고시조 속 언어유희

고시조 속 언어유희

인쇄 2019년 1월 20일 | 발행 2019년 1월 25일

엮은이 · 황 충 기
펴낸이 · 한 봉 숙
펴낸곳 · 푸른사상사

편집 · 지순이 | 교정 · 김수란 | 마케팅 (관리) · 김두천

등록 제2-2876호
경기도 파주시 회동길 337-16(서패동)
대표전화 031) 955-9111(2) 팩시밀리 031) 955-9114
메일 prun21c@hanmail.net
홈페이지 http://www.prun21c.com

ISBN 979-11-308-1400-1 93810
값 38,000원

한국문화총서 15

고시조 속 언어유희

황충기 엮음

가볍게 즐기는 시조의 재발견

푸른사상
PRUNSASANG

◇일러두기

1. 작품은 수록된 최초의 문헌 그대로 하였다.
2. 작품은 수록된 문헌과 관계없이 초·중·종장으로 구분하였고, 띄어쓰기를 하였다.
3. 작품과 관련된 기록이 있는 경우 함께 수록했다.
4. 작품의 주석은 되도록 쉽게 하였다.
5. 작품의 이해에 도움을 주고자 하여 '통석(通釋)'을 하였다.
6. 작품의 순서는 가나다 순으로 하였고, 평시조와 장시조를 구분하였다.

내가 고시조를 처음 접한 것은 초등학교나 중학교의 국어 수업 시간이었다. 많은 작품을 접한 것도 아니고 손에 꼽을 정도밖에 안 되었지만, 대부분 국가에 충성하고 부모에게 효도하라는 내용이었다. 고려 말엽 정몽주(鄭夢周)의 「단심가(丹心歌)」나 조선조 단종 복위와 관련이 있는 성삼문(成三問)의 「이 몸이 죽어가서……」나 정철(鄭澈)의 「훈민가(訓民歌)」 등, 교훈적인 시조가 고시조의 전부였다. 고등학교에 올라간 뒤 맹사성(孟思誠)의 「강호사시가(江湖四時歌)」를 대하면서 고시조에도 자연을 노래한 것이 있음을 알았으나 여전히 고시조의 주제는 다양하지 못했다.

고전(古典)이란 현대의 작품이 아니기 때문에 오늘날 사람들이 읽고 감상하기에는 쉽지 않다. 그렇다고 그냥 해묵은 고전으로만 취급하며 묻어버릴 것도 아니니 선뜻 가져다 읽기에는 어렵다. 형식이나 표기법도 까다로운데 주제와 내용까지 교훈적이고 무거운 것뿐이라는 선입견이 고시조를 한층 더 어려운 것으로 만들고 있다.

이에 고시조에는 교훈적인 것이거나 무거운 내용만이 아니라 재미있고 부담 없이 읽을 수 있는 가벼운 작품도 있다는 것을 많은 사람들이 알아주었으면 하는 마음에서, 이 책을 엮는다. 여기에는 웃음을 주제로 한 시조, 허황되고 모순된 내용으로 웃음을 자아내는 시조, 파자(破字), 어희(語戲), 말 잇기, 의성어와 의태어, 반복어 등 즐겁게 읽으며 그 속에 숨은 언어유희를 찾아볼 수 있는 시조 작품들이 망라되어 있다. 성(性)과 남녀관계를 노래한 것과 부록 삼아 슬픔과 죽음을 노래한 것을 모아보았다. 가벼운 마음으로 고전을 가까이하는 데 이 책이 보탬이 되었으면 한다.

　이 책은 편자의 팔순을 기념하여 발간하게 되었는데, 이 책을 내는 데 도움을 준 아들과 딸 그리고 교정을 봐준 아내에게 고마운 마음을 전한다. 『고시조로 속 언어유희』가 세상에 나올 수 있도록 기회를 만들어주신 푸른사상사와 수고한 분들께 감사드린다.

2019년 1월

黃忠基

次例

제1장 파자(破字)로 지은 시조

破字(파자)란 한자(漢字)의 자획(字劃)을 나누거나 합쳐 맞추는 일종의 수수께끼이다. 가령 "소가 외나무다리를 건너가는 글자가 무엇이냐" 하면 그 답은 '생(生)' 자이다. "말이 뿔이 나면 무슨 글자가 될까?" 답은 '우(牛)' 자이다. '오(午)'가 말[馬]을 뜻하기도 하기 때문이다.

"비 오는 날 삿갓 쓰고 도롱이 입고 삽을 들고 논두렁 가운데 서 있는 자는 무슨 자이냐." 아무리 따져보아도 답이 나오지 않는다. 정답은 '논 임자이다.' 논의 임자가 아니고서는 비 오는 날에 논두렁에 삽을 둘러메고 서 있을 사람은 없기 때문이다. 이것은 글자를 묻는 게 아니고 하나의 재치문답이라 하겠다.

내가 어렸을 때 동리의 노인에게서 들은 이야기가 기억난다. 그 노인은 학교에 다닌 적도, 구학문도 배운 적이 없는 문맹자였음에도 불구하고 다음과 같은 내용의 이야기를 들려주었다. 예전 먹고살기가 어려운 시절, 끼니때에 남에 집에 가는 것은 실례였으며, 어쩌다 찾아갈 일이 있어도 끼니때가 되면 그 집에서 나오는 것이 예의였다. 그런데 시아버지를 찾아온 손님이 끼니때가 되어도 갈 기미가 없자 며느리가 방문을 두드리며 "인양복일(人良卜一)하오리까?" 한다. 시아버지는 "월월산산(月月山山)어든." 하고 대꾸한다. 그러자 시아버지 친구가 "정구죽천(丁口竹天)이로다." 하고 갔다는 것이다. 여기서 며느리가 한 말은 '식상(食上)' 즉 "밥상을 올릴까요?" 하는 뜻이고, 시아버지가 한 말은 '붕출(朋出)' 즉 "벗이 가거든."이라는 뜻이다. 이 말을 들은 친구가 한 말은 "가소(可笑)롭다"란 뜻이다.

파자란 말하는 사람에 따라 달라질 수 있다. 가령 '출(出)' 자의 경우 '산상산

(山上山)'이라고 하기도 하고 '산하산(山下山)'이라고 하기도 한다. 고시조에서 파자로 지은 시조 작품은 4수이다.

1.
썻썻 常 평훌 平 통훌 通 보뷔 寶 字 구멍은 네모지고 四面이 둥그러셔
쳑듸글 구으러 간 곳마듸 반기는고나
엇더타 죠고만 金죠각을 두 챵이 닷토거니 나는 아니 죠홰라.   (靑六 862)

常平通寶(상평통보)=조선 영조 11년(1633)에 만들어 쓰기 시작하여 약 200년간 통용되던 엽전(葉錢) ◇쳑듸글 구으러=땍대구루루 굴러 ◇간 곳마듸 반기는고나=가는 곳마다 반가워하는구나. ◇金(금)죠각을 두 챵이 닷토거니=쇳조각을 두 자루의 창(槍)이 다투니. 전(錢) 자의 파자(破字)로, 쇠 금(金) 자 옆에 창 과(戈) 자 두 개가 있어 하는 말이다.

- **통석(通釋)** 상평통보, 구멍은 네모나고 사방이 둥글어,
  땍대구루루 굴러가는 곳마다 사람들이 반기는구나.
  어쩌다 조그만 쇳조각을 두 자루의 창이 다투는지 나는 좋아하지 않는다.

- **감상(鑑賞)** 동전은 하잘것없는 쇳조각에 불과하나 어디에 가든 가는 곳마다 사람들이 싫어하지를 않는다. 돈 전(錢) 자는 쇠 금(金) 자와 창 과(戈) 자 둘이 합쳐진 것인데 사람들이 돈 때문에 다투고 하는 것을 나는 좋아하지 않는다.

2.
琵琶琴瑟은 八大王이요 魑魅魍魎은 四小鬼로다
東方朔 西門豹와 南宮适 北宮黝는 東西南北之人이요 前朱雀 後玄武 左青龍 右白虎는 前後左右之山이요 司馬相如 藺相如는 姓不相如 名相如로다
이 中에 黃絹幼婦外孫杵臼는 絶妙好辭ㄴ가 ㅎ노라.   (海周 560) 金壽長

琵琶琴瑟(비파금슬)은 八大王(팔대왕)이요=비파와 금슬에는 왕(王) 자가 여덟이나 있고요. 비파는 현악기의 한 가지이고 금슬은 거문고와 비파 ◇魑魅魍魎(이매망량)은 四小鬼(사소귀)로다=이매와 망량에는 귀(鬼) 자가 넷이나 있다. 이매와 망량은 모든 도깨비의 총칭이다. 이매는 사람을 홀려 해친다고 하는 산도깨비이다. 숲 속의 이상한 기운으로 생기는 괴물로, 사람의 얼굴에 짐승의 몸을 한, 네 발을 가진 도깨비라고 한다. 망량은 산이나 물·나무 따위의 정기(精氣)가 어리어 된 도깨비를 가리킨다. ◇東方朔(동방삭)=한무제(漢武帝) 때 사람. 속설에 서왕모의 복숭아를 훔쳐 먹고 삼천 갑자를 살아 삼천갑자 동방삭이라 한다. ◇西門豹(서문표)=전국시대 위(魏)나라 문제(文帝) 때 사람 ◇南宮适(남궁괄)=춘추전국시대 노(魯)나라의 남용(南容)을 가리킨다. ◇北宮黝(북궁유)=전국시대 사람. ◇東西南北之人(동서남북지인)이요=동서남북의 사람이다. 동방삭, 서문표, 남궁괄, 북궁유 4명의 성이 모두 복성(複姓)으로 동서남북이 들어 있다. ◇前朱雀(전주작)=앞은 남쪽을 가리키며 상징하는 동물로 붉은 봉황의 모습이다. ◇後玄武(후현무)=뒤는 북쪽을 가리키며 상징하는 동물로 거북과 뱀을 합친 형상이다. ◇左靑龍(좌청룡)=좌는 동쪽을 가리키며 상징하는 동물은 푸른색의 용이다. ◇右白虎(우백호)=우는 서쪽을 가리키며 상징하는 동물은 흰색의 호랑이다. ◇司馬相如(사마상여) 藺相如(인상여)는 姓不相如 名相如(성불상여 명상여)로다=사마상여와 인상여는 성은 서로 같지 않으나 이름은 서로 같다. 사마상여는 한무제(漢武帝) 때의 문인이고, 인상여는 전국시대 조(趙)나라 사람이다. ◇黃絹幼婦外孫杵臼(황견유부외손저구)는 絶妙好辭(절묘호사)ㄴ가='杵'(저)와 '虀'(제)는 같은 글자이다. 후한(後漢) 때 효녀인 조아(曹娥)의 비문(碑文)에서 나온 말로, 황견(黃絹)은 색사(色絲)로 합치면 '絶'(절) 자가 되고, 유부(幼婦)는 소녀(少女)로 합치면 '妙'(묘) 자가 되고, 외손(外孫)은 딸의 자식으로 합치면 '好'(호) 자가 되고, 제구는 매운 것(辛)을 받은(受) 것으로 합치면 '辭'(사) 자가 된다. '절묘호사'(絶妙好辭)란 시문(詩文)의 뛰어나고 좋은 것을 칭찬하는 말이다. 이 시조의 초장(初章)과 중장(中章)은 홍만종(洪萬宗)의 『순오지(旬五志)』에 나오는 것으로 목은(牧隱) 이색(李穡 ; 1328~1396)이 중국에 갔을 때 중국의 학사(學士) 구양현(歐陽玄)이 목은이 변방에서 온 사람이라 얕잡아보고 "獸蹄鳥迹之道 交於中國"(수제조적지도 교어중국 : 짐승의 발자취와 새의 발자취가 어찌 중국에 와서 왕래하느냐?)라고 하자 목은이 "犬吠鷄鳴之聲 達于四境"(견폐계명지성 달우사경 : 개 짖고 닭 우는 소리가 사방에 들려오고 있다.)라고 하여 그를 놀라게 했다. 또 구양현이 "持盃入海 知多海"(지배입해 지다해 : 잔을 가지고 바다에 들어가니 바다가 큰 줄 알겠다.)라고 하자 목은이 "坐井觀天 曰小天"(좌정관천 왈소천 : 우물에 앉아 하늘을 보고 하늘이 작다고 한다.)고 하자 항복했다고 한다. 이때 목은과 성명이 같은 사람이 있어 어느 중국 사람이 목은을 조롱하여 "藺相

如 司馬相如 名相如 姓不相如"(인상여 사마상여 명상여 성불상여 : 인상여와 사마상여는 이름은 상여지만 성은 같지 아니하다.) 라고 하자 목은이 "魏無忌 長孫無忌 古無忌 今亦無忌"(위무기 장손무기 고무기 금역무기 : 위무기와 장손무기는 옛날에도 무기요, 지금에도 무기다.)라고 하자 그 사람이 목은에게 절하면서 "동방에는 이런 글재주가 있으니 우리가 공경하지 않을 수 없도다." 하고 목은을 스승으로 삼았다고 했다. 중국에서 온 사신 당고(唐皐)가 어느날 관반(館伴)에게 글 한 짝을 지으라고 하자, 관반이 "琴瑟琵琶 八大王 一般頭目"(비파금슬 팔대왕 일반두목 : 금슬과 비파는 큰 임금이 여덟이나 되니 일반 사람의 두목이다.)고 부르자 당고는 "魑魅魍魎 四小鬼 各自肚腸"(이매망량 사소귀 각자두장 : 이매와 망량은 작은 귀신이 넷이나 제각기 배짱이 다르다.)라고 했으며 또 다른 사신이 "東方朔 西門豹 南宮适 北宮黝 東西南北之人"(동방삭 서문표 남궁괄 북궁유 동소남북지인 : 동방삭과 서문표, 남궁괄과 북궁유는 동서남북의 사람이다.)라고 하자 관반이 "左靑龍 右白虎 前朱雀 後玄武 左右前後之山"(좌청룡 우백호 전주작 후현무 좌우전후지산 : 좌청룡 우백호 전주작 후현무는 전후좌우가 모두 산이다.)고 화답했다는 기록이 있는데 김수장(金壽長)이 이를 가지고 시조로 만든 것이다.

■ **통석(通釋)** 비파와 금슬에는 왕자가 여덟이요, 이매망량에는 귀자가 넷이다.
　　　　　　동방삭 서문표 남궁괄 북궁유는 동서남북의 사람이요 남쪽에는 주작 북쪽에는 현무 동쪽에는 청룡 서쪽에는 백호로 동서남북이 모두 산이요 사마상여와 인상여는 성은 서로가 다르나 이름은 서로가 같다.
　　　　　　이 가운데 황견유부외손저구는 절묘호사가 아닌가 한다.

3.
華堂賓客 滿座中에 彈琴ᄒᆞᄂᆞᆫ 王上點아
네 집 出頭天이 원 七月가 十二點가
眞實노 山上山이면 與爾同枕ᄒᆞ리라.　　　　　　　　　　　　　　(東國 313)

華堂(화당)=훌륭한 집. 또는 남의 집에 대한 높임말이다. ◇賓客(빈객)=문하(門下)의 식객(食客). 식객은 예전 세력 있는 대가(大家)에 기식(寄食)하면서 문객(門客) 노릇을 하던 사람을 가리킨다. ◇滿座中(만좌중)에=그 자리에 있는 많은 사람 가운데에 ◇彈琴(탄금)ᄒᆞᄂᆞᆫ 王上點(왕상점)아=가야금을 타는 주인아. 임금 왕(王) 자 위에

점을 찍으면 주인 주(主) 자가 된다. ◇出頭天(출두천)이=하늘 천(天) 자가 머리를 내밀면 지아비 부(夫) 자가 된다. 예전 불량배들이 부녀자에게 대하여 그 남편을 가리킬 때 쓰는 말이다. ◇원 七月(칠월)가=왼쪽으로 칠월인가? 있을 유(有) 자의 파자(破字)로, 있는가? ◇十二點(십이점)가=없는가? 없을 무(無) 자는 획수가 12이다. ◇山上山(산상산)이면=나갔으면. 날 출(出) 자는 산 위에 산이 있다. ◇與爾同枕(여이동침)ᄒ리라=너와 내가 같이 베개를 나란히 하겠다. 동침하겠다.

■ **통석(通釋)**　남의 집에서 식객들이 많이 앉아 있는 가운데 가야금을 타는 주인아네 서방이 지금 집에 있느냐 없느냐?

　정말로 나가고 없다면 너와 내가 베개를 나란히 하겠다. 함께 잘 수 있다.

그런데 이 시조는 수록된 가집에 따라 약간씩 달라져 있다. 그 차이나는 것을 보면 다음과 같다.

華堂賓客 滿座中에 彈琴ᄒ는 王上點아
一八用 出頭天이 左七月인야 山下山인야
至今에 八四十一四點이면 與我同寢.　　　　　　　　　(樂高 979)

이것은 중장(中章)에 차이가 있으니 '一八用'(일팔용)은 너 '이(爾)' 자의 파자이며, '산하산(山下山)'은 '상상산(山上山)'과 같은 것이다 ◇八四十一四點(팔사십일사점)=무점(無點). 팔사는 없을 무(無) 자의 획이 12획인데 이는 8에 4를 더하면 12가 되고, 십(十)과 일(一), 사(四)가 합치고 4개의 점 灬를 합치면 흑(黑) 자가 된다. 없으면,

草堂賓客 滿坐中에 아릿다온 王上點아
너히 집 出頭天이 山上山가 左七月가
眞實로 山上山이면 與我同枕ᄒ리라.　　　　　　　　　(解我愁 156)

花堂賓客 滿座中의 彈琴하는 王上点아
一人用 出頭天이 山下山이야 左七月이야

네 말리 만일 山下山이면 與我同醉.   (金聲玉振 4)

여기에서는 '화당(花堂)'과 '여아동취(女我同醉)'도 잘못된 표현이고, '일인용(一人
用)'도 '일팔용(一八用)'의 잘못이다.

華堂賓客 滿座中에 彈琴ᄒ는 王上点아
一八用 出頭天이 山上山이야 左七月이냐
진실로 山下山이면 與我同枕.   (無名時調集가本 75)

4.
漢高祖의 謀臣猛將 이제와 議論ᄒ면
蕭何의 給饋餉不絶糧道와 張良의 運籌帷幄과 韓信의 戰必勝攻必取는 三傑이
라 흘연이와 陳平의 六出奇計 안이런들 白登에 에운 城을 뉘라셔 풀어닙여 項
羽의 范亞父를 뉘라셔 離間ᄒ쇼
아마도 金刀刱業之功은 四傑인가 ᄒ노라.   (海周 387) 李鼎輔

漢高祖(한고조)=한(漢)나라를 세운 유방(劉邦)을 가리킨다. ◇謀臣猛將(모신맹장)=
지모(智謀)가 뛰어난 신하와 용감한 장군 ◇蕭何(소하)의 給饋餉不絶糧道(급궤향부절
양도)=소하는 유방이 항우와 싸울 때 군사들에게 배불리 먹이고 병량(兵糧)을 제때
에 공급하여 굶기지 아니하였다. ◇張良(장량)의 運籌帷幄(운주유악)=장량이 전장(戰
場)에서가 아니라 본영(本營)에서 작전계획을 세웠다. ◇韓信(한신)의 戰必勝攻必取
(전필승공필취)=한신이 싸우면 반드시 이겼고 성을 공격하면 반드시 함락시켰다. ◇
三傑(삼걸)=세 사람의 뛰어난 인물 ◇陳平(진평)의 六出奇計(육출기계)=한고조가 흉
노와 싸우던 중 백등(白登)에서 7일 동안 포위되어 있을 때, 진평이 6가지 계책을
내어 포위에서 탈출하였다. ◇白登(백등)=중국 산서성 대동현(大東縣) 동쪽에 있다.
◇項羽(항우)의 范亞父(범아보) 離間(이간)=항우는 모신(謀臣)인 범증(范增)을 아버지
다음으로 존경한다는 뜻에서 '아보'(亞父)라고 했다. 그들을 이간질했던 일 ◇金刀刱
業之功(금도창업지공)=유방이 한나라를 세운 공로. 금도(金刀)는 '劉' 자의 파자. 劉
자를 파자하면 '卯金刀'가 된다.

■ 통석(通釋) 한고조의 모신과 맹장들을 이제 와서 논의한다면

소하가 군사를 배불리 먹이고 군량의 끊어지지 않았던 공과 장량이 전장이 아닌 본영에서 작전계획을 하였으나 성공한 공과 한신이 싸우면 꼭 이기고 공격하면 반드시 성을 함락시킨 공을 삼걸이라 한다면 진평이 6가지 뛰어난 계책을 가지고 백등에서 7일 동안 포위되었던 고조를 구해냈고 항우와 범증을 이간질하였겠느냐?

  아마도 유방이 나라를 세운 공로는 진평인가 한다.

제2장 허황된 이야기

삼인성호(三人成虎)란 말이 있다. 세 사람이 서로 짜고 거리에 호랑이가 나타났다고 거짓말을 하면, 그 거짓말을 점점 사람들이 믿게 된다는 말이다. 근거가 없는 말도 여러 사람이 진실인 것처럼 말하면 믿게 됨을 비유하여 일컫는 말이다.

올바른 사실을 말하여도 듣는 사람이 믿지 않으면 어쩔 도리가 없다. 말을 듣고 옳고 그름을 판단해야 할 사람이 보통 사람이 아니고 한 나라를 통치하는 사람이라면 문제는 심각하다. 사실과 다르다고 아무리 설명을 해도, 듣는 사람은 말할 것도 없고 주변에서까지 나서서 "때리는 시어머니보다 말리는 시누이가 더 밉다"는 우리 속담처럼 통치자의 판단을 흐리게 하고 한술 더 떠서 어떤 특정한 사람을 나쁜 사람으로 몰아버리게 되면 당사자는 얼마나 황당할까? 이런 경우에는 "열 사람이 백 마디의 말을 하더라도 님이 짐작하십시오."라는 말밖에 할 말이 없을 것이다. 이 시조의 특색은 종장이 위의 "열 사람이⋯⋯"이다.

고려 충렬왕(忠烈王) 시절 정사를 돌보지 않는 왕에게 영합하기 위해 무당이나 기생 등 가무(歌舞)를 잘하는 사람을 골라 남장(男粧)이라 일컫고, 새로운 곡조란 뜻으로 신성(新聲)이라 하여 가르쳤던 노래로 「삼장가(三藏歌)」와 「사룡(蛇龍)」이 있다. 「사룡」에 "뱀이 용의 꼬리를 물고 태산을 넘어갔다는 말이 있습니다. 많은 사람들이 한마디씩 한다고 하더라도 짐작하여 들으십시오(有蛇含龍尾 聞過泰山岑 萬人各一語 斟酌在兩心)"라는 구절이 있는데 이 노래가 한역(漢譯)으로만 전해오다가 그 원형에 해당하는 형태가 일석본(一石本) 『해동가요(海東歌謠)』에 수록되어 있다.

1.

大鵬을 손으로 잡아 번¬ㅣ불에 구어 먹고

崑崙山 엽헤 ㅆ│고 北海을 건너뛰니

泰山이 발 ㅅㅣㅎ헤 차이여 왜각데걱 ㅎ더라.   (靑六 522)

大鵬(대붕)=하루에 구만 리나 날아간다는 상상 속의 큰 새 ◇崑崙山(곤륜산)=중국
서방에 있는 최대의 영산(靈山) ◇泰山(태산)=중국 산동성에 있는 산 ◇차이여=차여

■ **통석(通釋)**   커다란 붕새를 손으로 잡아 번갯불에 구워 먹고
          곤륜산을 옆구리에 끼고 북해를 건너뛰니
          태산이 발끝에 차여 왜각데걱하고 소리를 내더라.

2.

大鵬을 칩써 잡아 번¬ㅣ불에 쐬여 먹고

南海를 다 마시고 北海로 건너뛸 지

泰山이 발 ㅅㅣ히 ㅊ이여 웨걱제걱 ㅎ더라.   (甁歌 713)

칩써 잡아=뛰어올라 움켜잡아 ◇쐬여=구어 ◇건너뛸 지=건너뛸 때에.

■ **통석(通釋)**   큰 붕새를 뛰어올라 잡아 번갯불에 잽싸게 구워 먹고
          남해의 물을 다 마시고 북해를 건너뛸 때에
          태산이 발 끝에 차여 웨각데각 하고 소리를 내더라.

3.

白頭山 발노 박ㅊ 豆滿江을 메온 後에

漢南 王廷을 盡數히 밧츨 갈고

匹馬로 江山에 도라 드러 告厥成功ㅎ리라.   (詩歌(朴氏本) 399)

박ㅊ=박차고 뛰어올라 ◇메온=메운 ◇漢南(한남)='막남(漠南)'의 잘못. 막남은 고
비사막 남부지방인 내몽골 지역. ◇王廷(왕정)=조정 ◇盡數(진삭)히=없어질 때까지

자주. 무수히 ◇匹馬(필마)로=한 마리의 말을 타고 ◇告厥成功(고궐성공)=전쟁에서 이긴 것을 왕에게 알리다.

■ **통석(通釋)**   백두산을 발로 박차서 두만강을 다 메운 뒤에
　　　　　　　몽고의 오랑캐 조정을 평정해 밭으로 갈아엎고
　　　　　　　한 마리의 말을 타고 고국에 돌아와 성공한 것을 아뢰리라.

4.
죠고만 실빗암이 龍의 헐이 굴으 믈고
泰山峻嶺으로 가단 말이 잇셔이다
열 놈이 百 말을 ᄒ여도 님이 斟酌 ᄒ쇼셔.   (海— 451)

실빗암이=실뱀이 ◇헐이 굴으 믈고=허리를 가로 물고 ◇泰山峻嶺(태산준령)으로= 높은 산과 험한 고개 위로 ◇가단 말이 잇셔이다=지나갔다고 하는 말이 있습니다. ◇ 열 놈이 百(백) 말을=열 사람이 백 마디의 말을. 많은 사람들이 많은 말들을.

■ **통석(通釋)**   조그만 실뱀이 크나큰 용의 허리를 가로 물고
　　　　　　　높은 산과 험한 고개 위로 갔다고 하는 말이 있습니다.
　　　　　　　열 사람이 백 마디의 말을 하더라도 님께서 짐작하여 들으십시오.

5.
칩뜨며 大鵬을 잡아 번개불에 구어 먹고
北海水 다 마시고 東溟을 것너 쒸니
泰山이 발긋틱 치여 왝싹뎅싹 ᄒ노매라.   (解我愁 219)

칩뜨며=몸을 힘있게 솟구쳐 높이 뛰어오르며 ◇東溟(동명)을=동해(東海)를.

■ **통석(通釋)**   솟구쳐 뛰어오르며 대붕을 잡아 번갯불에 구워 먹고
　　　　　　　북해의 물을 다 마시고 동해를 건너뛰니
　　　　　　　태산의 발끝에 채여 왜각대각 하더라.

6.

간밤의 大醉ᄒ고 醉ᄒᆫ 줌에 쑴을 쑤니

七尺劍 千里馬로 遼海를 ᄂ라 건너 天驕를 降服 밧고 北闕에 도라와 告厥成功ᄒ여 뵈니

男兒의 慷慨ᄒᆫ ᄆ음이 胸中에 鬱鬱ᄒ여 쑴에 試驗ᄒ노매.   (靑珍 522)

大醉(대취)ᄒ고=술에 몹시 취하고 ◇遼海(요해)=아득히 먼 바다. 또는 중국 요녕성을 흐르는 요하(遼河)를 가리킬 수도 있다. ◇ᄂ라 건너=날아가듯 건너가 ◇天驕(천교)=흉노(匈奴)를 가리킨다. 하늘이 그 교만함을 허락한 아이라는 뜻 ◇北闕(북궐)=북쪽의 관문. 경복궁의 다른 이름 ◇慷慨(강개)ᄒᆫ=불의를 보고 의기가 북받치어 한탄하고 분개한 ◇胸中(흉중)에 鬱鬱(울울)ᄒ여=마음속에(가슴속에) 매우 답답하여.

■ **통석(通釋)**   간밤에 술에 몹시 취하고 취한 잠에 꿈을 꾸니
              긴 칼을 가지고 천리마를 타고 요해를 나는 듯 건너가서 흉노를 항복
          받고 대궐에 돌아와 전쟁에서 이긴 것을 임금을 뵙고 알리니
              남자의 분개한 마음이 가슴속에 너무 답답하여 꿈에 한번 시험해보았다.

7.

개야미 불개야미 준등 부러진 불개야미 압발에 疔腫 나고 뒷발에 종귀 난 불개야미

廣陵십재 너머드러 가람의 허리를 ᄀ르 무러 추혀들고 北海를 건너닷 말이 이셔이다 님아 님아

온 놈이 온 말을 ᄒ여도 님이 짐쟉 ᄒ쇼셔.   (靑珍 551)

개야미=개미 ◇疔腫(정종)=부스럼 ◇종귀=종기(腫氣). ◇廣陵(광릉)십재=고개 이름. 소재 불명 ◇너머드러=넘어 들어가 ◇가람=갈범. 칡범 ◇ᄀ르 무러 추혀들고=가로 물어 추켜들고 ◇건너닷 말이 이셔이다=건넜다는 말이 있습니다.

■ **통석(通釋)**   개미, 불개미 잔등이 부러진 불개미 앞발에 부스럼 나고 뒷발에 종기
          가 난 불개미

광릉 샘재를 넘어 들어가서 칡범의 허리를 가로 물어 추켜들고 북해를 건너뛰었다는 말이 있습니다 님아 님아,

백 사람이 백 마디의 말을 하여도 님께서 짐작하여 들으십시오.

8.

男兒의 快흔 일은 긔 무엇시 第一인고

挾泰山以超北海와 乘長風萬里波浪과 酒一斗詩百篇이라

世上에 草芥功名은 不足道ㄴ가 ᄒ노라.　　　　　　　　　(海周 351) 金壽長

快(쾌)흔=유쾌한 ◇挾泰山以超北海(협태산이초북해)=태산을 옆에 끼고 북해를 건너뛰는 것 ◇乘長風萬里波浪(승장풍만리파랑)=먼 곳까지 가는 바람을 타고 만 리나 되는 넘실대는 파도를 건넘 ◇酒一斗詩百篇(주일두시백편)=술 한 말을 마시는 동안에 시를 백 편이나 짓다. 이백(李白)이 그렇게 했다고 한다. ◇草芥功名(초개공명)=하찮은 이름 ◇不足道(부족도)ㄴ가=말할 것도 안 되는 것이 아닌가.

■ **통석(通釋)**　남자의 유쾌한 일이 그 무엇이 제일일까?

태산을 옆에 끼고 북해를 건너뛰는 것과 바람을 타고 만 리가 넘는 파도를 건너는 것과 술 한 말을 마시는 동안 시 백 편을 짓는 것이다.

세상에 하찮은 이름은 말할 것도 안 되는 것인가 한다.

9.

大川 바다 한가온대 中針細針 싸지거다

열 나믄 沙工 놈이 굿 므된 사엇대를 굿굿치 두러메여 一時에 소릐치고 귀 ᄶᅧ여내닷 말이 이셔이다 님아 님아

온 놈이 온 말을 ᄒ여도 님이 짐쟉 ᄒ쇼셔.　　　　　　　　　(靑珍 501)

中針細針(중침세침) 싸지거다=중치바늘과 가느다란 바늘이 빠졌다. ◇열 나믄=열이 조금 넘는 ◇굿 므된 사엇대를=끝이 무딘 삿대를 ◇굿굿치 두러메여=끝끝이 둘러메고. 끝까지 둘러메고 ◇귀 ᄶᅧ여내닷 말이 이셔이다=바늘귀를 꿰어내었다는 말이 있습니다.

■**통석(通釋)**　넓고 큰 바다 한가운데 중치바늘과 가는 바늘이 빠졌다.

　　　　　　열이 조금 넘는 사공 놈들이 끝이 무딘 삿대를 끝까지 둘러메고 다함

　　　　　　께 소리를 치고 바늘귀를 꿰어냈다는 말이 있습니다. 님아 님아

　　　　　　백 사람이 백 마디의 말을 할지라도 님께서 짐작하십시오.

10.

심의산 세네 바회 감도라 휘도라 五오六뉵月월 낫계즉만

살얼음 지픤 우ᄒ히 즌서리 섯거 티고 자최눈 디엇거늘 보앗ᄂᆞᆫ다 님아 님아

온 놈이 온 말을 ᄒᆞ여도 님이 짐쟉 하쇼셔.　　　　　　　(松星 42) 鄭澈

심의산=깊고 험한 산. 심의산(深意山)으로 표기된 곳도 있다. 혹 불교에서 말하는
수미산(須彌山)을 뜻하기도 한다. 수미산은 세상의 중심이 되는 곳이 있다고 하는
산. 여기서는 깊은 산의 뜻으로 쓰였다. ◇세네 바희=서너 바퀴 ◇감도라 휘도라=감
돌아 휘돌아. 빙 돌아 ◇낫계즉만='계'는 '겹다'의 뜻으로, 한낮이 조금 지난 ◇지픤
=잡힌. 얼기 시작한 ◇즌서리 섯거 티고=된서리가 섞여 내리고 ◇자최눈 디엇거늘=
자욱 눈이 내렸거늘 ◇보앗ᄂᆞᆫ다=보았느냐?

■**통석(通釋)**　깊고 험한 산을 서너 바퀴 빙 돌아서 오뉴월 한낮이 조금 지난

　　　　　　살얼음이 얼기 시작한 위에 된서리가 섞여 내리고 자국눈이 내렸거늘

　　　　　　보았느냐? 님아 님아

　　　　　　백 사람이 백 마디의 말을 하여도 님께서 짐작하십시오.

제3장 모순된 이야기

실제와 다른 모순된 사실을 얼굴 표정 하나 바꾸지 않고 마치 사실인 것처럼 말함으로써 듣는 사람이나 읽는 사람의 흥미를 자아낼 수 있다. 재담(才談)을 잘 하기로 유명한 조선시대 이항복(李恒福)이 하루는 조회(朝會)에 늦었다. 늦은 이 유를 묻자 이항복은 입궐하려고 종로를 지날 때 중과 고자가 싸우는데 고자는 중의 상투를 잡고, 중은 고자의 불알을 쥐고 싸우고 있어 그 구경을 하다가 늦 었다고 말해 모두를 웃겼다. 고자는 불알이, 중은 상투가 없으니 거짓말이지만 사실처럼 말하는 사람의 능청스러움과 재치가 사람들을 웃게 만드는 것이다.

시조에도 그러한 재치가 담긴 시조가 있다. 그러한 작품에 등장하는 인물은 주로 비정상적인 사람들인데 비정상적인 사람을 마치 정상적인 사람인 것처럼 행동하게 하여 웃음을 자아낸다.

1.
소경이 심근 남게 맹관니 물를 쥬어
외통 柯枝에 샤통 곳치 퓌여세라
그 남게 녀름이 녈녀시되 지글통이 녈녀세라.　　　　　　　　　(靑가 516)

심근 남게=심은 나무에 　◇외통 柯枝(가지)에=하나뿐인 가지에 　◇샤통=사통(四通). 이리저리. 많은 　◇남게 녀름이 녈녀시되=나무에 열매가 열렸는데 　◇지글통이 녈녀세 라=쭈그러진 열매가 열렸구나.

■**통석(通釋)**　소경이 심은 나무에 다른 소경이 물을 주어

하나뿐인 가지에 많은 꽃이 피었구나.

그 나무에 열매가 열렸으되 쭈그러진 열매가 열렸더라.

2.

宵鏡이 야밤 中에 두 눈 먼 말을 ㅌ고

大川을 건너다가 ㅅㅐ지거다 져 宵鏡아

아이에 건너지 마던들 ㅅㅐ질 줄이 이실야.　　　　　　　(海周 333) 李鼎輔

　宵鏡(소경)이 야밤 中(중)에=소경이 캄캄한 한밤중에　◇ㅅㅐ지거다=빠졌구나!　◇아이에 건너지 마던들=처음부터 건너가지 않았던들　◇ㅅㅐ질 줄이 이실야=물에 빠질 까닭이 있었겠느냐?

■ 통석(通釋)　소경이 캄캄한 밤중에 두 눈이 다 먼 말을 타고

　　　　　　커다란 냇물을 건너다가 빠졌구나! 저 소경아.

　　　　　　처음부터 건너지 않았던들 물이 빠질 까닭이 있었겠느냐?

3.

於于阿 우은지고 우은 일도 보안제고

소경이 붓슬 들고 그리ᄂᆞ니 細山水ㅣ로다

그리고 못 보는 情이야 네오 늬오 다르랴.　　　　　　　(源國 539)

　於于阿(어우아)=어와! 감탄사를 한자로 표기한 것　◇우은지고=우습구나.　◇우은 일도 보안제고=우스운 일도 다 보았구나.　◇그리ᄂᆞ니=그림을 그리는 것이. 달리 '그리워하다'라는 의미도 있는 중의적(重意的) 표현이다.　◇細山水(세산수)ㅣ로다=세밀하게 그린 산수화로구나!　◇그리고 못 보는 情(정)이야=그림을 그리고도 보지 못하는 사정(事情)이야. 그리워하면서도 만나지 못하는 심정이야　◇네오 늬오 다르랴=너와 내가 다르겠느냐?

■ 통석(通釋)　어와! 우습구나, 우스운 일도 보았구나.

　　　　　　소경이 붓을 들고서 그리는 것이 세밀하게 그리는 산수화로구나.

그림을 그리면서도(그리워하면서도) 보지를 못하는 사정이야 너와 내가 다르겠느냐?

4.

소경이 밍관이를 두루쳐 메고 굽써러진 평격지 민발의 신고
외나무 셕은 다리로 莫大ㅣ 업시 장금장금 건너가니
길 아릐 돌부쳐 셔서 仰天大笑ᄒ더라.　　　　　　　　　(靑六 772)

밍관이=맹관(盲觀)이. 장님　◇두루쳐 메고=둘러업고　◇굽 써러진=굽이 떨어져 나간　◇평격지=납작한 나막신　◇셕은=썩은　◇莫大(막대)ㅣ=막대기가. 지팡이가　◇장금장금=엉금엉금. 또는 살금살금　◇仰天大笑(앙천대소)=하늘을 쳐다보며 어이가 없다는 듯 크게 웃다.

■ **통석(通釋)**　소경이 다른 소경을 둘러업고 굽이 떨어져 나간 나막신을 맨발에 신고
　　　　　　썩은 외나무다리로 짚고 다니는 막대기도 없이 엉금엉금 건너가니
　　　　　　길 아래 말 못 하는 돌부처는 서서 하늘을 쳐다보며 큰 소리로 웃더라.

5.

술이라 ᄒ면 쇼 물 혜듯 ᄒ고 飮食이라 ᄒ면 헌 말 등에 藥 다오듯
兩 수종다리 잡조지 팔과 흘긔 눈에 안팟꼽장이 고쟈 男便을 망셕즁이라 안쳐두고 보랴
門밧긔 桶메옵쇼 ᄒ고 웨ᄂ 匠事 네나 자고 이거라.　　　　　　　　　(靑六 739)

쇼 물 혜듯 ᄒ고=소가 물을 들이켜듯 하고　◇헌 말 등에 藥(약) 다오듯=늙은 말 등에 약발을 잘 받아들이는 듯　◇兩(양) 수종다리=병으로 부은 양쪽 다리(水腫)　◇잡조지 팔과=잡좃과 같이 아주 작고 짧은 팔과. 잡좃은 쟁기를 들거나 뒤로 물릴 때 쟁기를 들어 올리는 작은 손잡이　◇흘긔 눈에=흑보기에. 눈동자가 한쪽으로 쏠려 언제나 흘겨보는 것과 같은 사람　◇안팟꼽장이=안팎곱사등이. 귀흉귀배(龜胸龜背)　◇고쟈=고자(鼓子). 성불구자.　◇망셕즁이라 안쳐두고 보랴=망석중이라고 앉혀놓고 쳐다보랴? 망석중이는 꼭두각시　◇桶(통)메옵쇼 웨ᄂ 匠事(장사)="통 메우시오" 하고 외치는 장사꾼아　◇네나 자고 이거라=너나 자고 가거라.

■ **통석(通釋)** 술이라고 하면 마치 목마른 소가 물을 들이켜듯 하고 먹는 것이라면
늙은 말 등에 약발이 잘 받는 것처럼 먹어치우듯

툥툥 부은 양쪽 발 잡좆처럼 짧은 팔과 흑보기에 안팎곱사등이 제구
실 못하는 남편을 꼭두각시라고 앉혀두고 보아야 하랴.

대문 밖에 '통 메우시오' 하고 외치는 장사꾼아, 너나 들어와 자고 가
거라.

6.

신흥수 즁놈이 암감골 승년에 머리칙 쥐고

암감골 승년니 신흥사 즁놈에 상투를 잡고 하나님 전에 등장 갈 졔 죠막숀
이 육갑 쏩고 쏩장이는 쟝쵸 맛고 안짐방니 탁견ᄒ고 장안 판슈 좀상니 셰고
벙어리는 판결ᄉ헌다

길 아릭 목 업는 돌부쳐는 앙쳔듸쇼.   (시철가 74)

신흥수=절 이름. 아마도 서울 돈암동에 있는 절을 가리키는 듯 ◇안감골=지명. 서
울의 안암동(安巖洞)을 가리키는 듯 ◇승년에=여승에 ◇하나님 전에 등장 갈 제=하
느님 앞으로 등장을 갈 때에. 등장(等狀)은 두 사람 이상이 연명(連名)하여 소원이나
억울한 일을 관청에 호소하는 일 ◇죠막숀이=손가락이 없거나 오그라들어 펴지 못
하는 손을 가진 사람 ◇육갑 쏩고=육갑(六甲)을 헤아리고. 육갑은 10개의 천간(天干)
과 12개의 지지(地支)가 갑자(甲子)에서 시작하여 계해(癸亥)로 끝난다. ◇쏩장이는
쟝쵸 맛고=곱사등이는 장초를 맞고. 징집(徵集)을 당하고. 장초(밵抄)는 예전 군사(軍
士)가 될 만한 사람을 뽑던 일 ◇안짐방니 탁견ᄒ고=앉은뱅이는 태견을 하고. 태견
은 맨손으로 상대방의 공격을 방어하거나 공격하는 무술의 한 가지 ◇장안 판슈=장
안의 판수. 판수는 점치는 일을 업으로 삼는 소경이나, 또는 소경 ◇좀상니 셰고=좀
생이를 세고. 좀생이는 묘성(昴星). 음력 2월 6일에 묘성의 빛깔과 달과의 거리를 헤
아려 그해 농사의 형편을 점친다고 한다. ◇판결ᄉ헌다=판결사(判決事)한다. 어떤 일
에 대해 판결을 내린다 ◇목 업는 돌부쳐는=목이 잘려나간 돌로 만든 부처는 ◇앙
쳔듸쇼=앙천대소(仰天大笑). 하늘을 쳐다보며 크게 웃다.

■ **통석(通釋)** 신흥사의 남자 중이 안암골의 여자 중의 머리채를 쥐고,

안암골 여자 중은 신흥사 남자 중의 상투를 잡고 하나님 앞으로 억울

한 사정을 호소하러 갈 때 조막손이는 육갑을 따지고, 곱사등이는 군대에 갈 수 있다는 영장을 받고, 앉은뱅이는 태껸을 하고, 장안의 점쟁이 소경은 좀생이를 세어 농사일을 헤아리는 점을 치고, 벙어리가 어떤 일을 옳고 그르다고 판결을 내린다.

이때 길 아래 목이 없어진 돌부처는 하늘을 쳐다보며 크게 웃는구나.

7.

오리나무란 거슨 십 리 밧게 세셔도 오리나무요 고향목이라 ᄒᆞᄂᆞᆫ 거슨 타관에 세셔도 고향나무요

숫셤이라 ᄒᆞᄂᆞᆫ 거슨 져무ᄂᆡ(도록) 잇다가도 숫셤이로고나 북이라 ᄒᆞᄂᆞᆫ 거슨 동셔 ᄉᆞ방에 걸녀셔도 북이오 새쟝고라 ᄒᆞᄂᆞᆫ 거슨 억만년 묵어셔도 새 쟝고로고나 산진인가 슈진인가 ᄒᆡ동쳥 별 보라ᄆᆡ가 노각단장에 짓샹모 달고 흑운 심쳔에 놉히 ᄶᅥ 돌 적에 엇던 남녀친구가 솔갱이로 본단 말가

싱각ᄒᆞ면은 ᄆᆞᆷ쌍이 삼으라 와셔 못 살갓네.   (樂高 909)

거슨=것은 ◇밧게 세셔도=밖에 서 있어도 ◇고향목=회양목 ◇타관(他關)=타향 ◇숫셤=숯을 담은 섬 ◇져무 ᄂᆡ(도록)=늦게까지 계속해서. 사용했는데도 ◇숫셤이로고나=사용하지 않은 그대로의 '숫셤'이로구나. 썼어도 새것이란 뜻 ◇산진인가=산지니인가. 산지니는 산속에서 오랫동안 있다가 길들인 매나 새매 ◇슈진인가=수지니인가. 사람의 손에서 길들여진 매나 새매 ◇ᄒᆡ동쳥 별 보라ᄆᆡ가=해동청(海東靑). 송골매 ◇노각단장에=노각은 '노각(露脚)'인 듯. 노각은 맨다리. 단장은 '단장고'인 듯. 단장고는 사냥매에 꾸미는 치장 ◇짓샹모 달고=깃상모를 달고. 깃을 새털. 상모(象毛)는 농악의 전립 꼭대기에 다는 새털 같은 장식 ◇흑운 심쳔에 놉히 ᄶᅥ 돌 적에=검은 구름(黑雲)이 떠 있는 높은 하늘(深天)에 높이 떠서 빙빙 돌 때에 ◇솔갱이 본단 말가=솔개로 보겠는가? 하잘것없는 작은 새로 보겠는가? ◇ᄆᆞᆷ쌍이 삼으라 와셔=마음 씀씀이 부족해서. 또는 서러워서.

■ **통석(通釋)**　오리나무라고 하는 것은 십 리 밖에 서 있어도 오리나무요, 고향목이라 하는 것은 다른 지방에 서 있어도 고향목이다.

숯섬이라 하는 것은 하루 종일 썼어도 그대로 숯섬이로구나. 북이라고 하는 것은 동쪽과 서쪽 사방에 걸려 있어도 북이요 새장고라고 하는 것

은 억만년을 묵었어도 새장고라고 하는구나. 산에서 자란 매인가 손에서 자란 매인가 송골매가 다리에 표시를 알리는 치장을 하고 아주 높은 하늘을 떠돌 때 어떤 남녀 친구가 한갓 솔갱이로 본단 말인가?

생각하면 마음 씀씀이가 서운해서 못살겠구나.

8.

즁놈은 고ᄌ 불을 쥐고 고ᄌ는 즇에 상토 잡아
작자궁 ᄊ오난듸 말니나니 안즘방이 굿 보느니 쇼경이라
어듸셔 귀막아 못 듯는 놈 말 못ᄒᄂᆫ 벙어리는 외다 올타ᄌ 하드라.

(興賦比 193)

고ᄌ 불을 쥐고=고자의 불알을 움켜쥐고. 고자는 생식기가 완전치 못한 사람으로 불알이 없다. ◇즇에 상토='즇'은 '즁'의 잘못. 중의 상투 ◇작자궁=짝자꿍이. 남 몰래 세우는 일이나 계획. 또는 서로 다투는 일 ◇말니나니=말리는 사람이 ◇굿 보느니=구경하는 사람이 ◇귀막아 못 듯는 놈='막아'는 '먹어'의 잘못. 귀가 먹어 못 듣는 놈. 귀머거리 ◇외다 올타ᄌ=그르다 또는 옳다구나.

■ **통석(通釋)**　남자 중은 고자의 없는 불알을 쥐고 고자는 남자 중의 없는 상투를 잡아 짝자꿍이를 치며 서로 싸우는데 말리는 사람은 서지도 못하는 앉은뱅이, 구경거리를 보는 사람은 눈먼 소경이다.

어디서 귀가 먹어 못 듣는 사람과 말 못 하는 벙어리는 그르다 또는 옳다구나 하더라.

9.

즁놈은 승년의 머리털 잡고 승년은 즁놈의 샹토 쥐고
두 ᄭ느니 맛밋고 이 왼고 져 왼고 쟉쟈공이 천ᄂᆫ듸 뭇 쇼경이 구슬 보니
어듸셔 귀머근 벙어리는 외다 올타 ᄒᄂᆞ니.

(靑珍 512)

즁놈은=남자 중은. 남자 중은 상투가 없다. ◇승년은=여자 중은. 여자 중은 머리카락이 없다. ◇두 ᄭ느니=두 끄덩이. 끄덩이는 머리카락이나 실 끝을 한데 뭉친 끝

◇맛 밋고=마주 잡고 ◇이 왼고 져 왼고=내가 그르냐 네가 그르냐 하고 ◇쟉쟉공이 천느듸=짝자꿍이를 쳤는데. 싸우는데 ◇뭇 쇼경이 구슬 보니=여러 소경이 굿을 보니. 하는 짓거리를 보는구나. ◇귀머근 벙어리는 외다 올타 ᄒᆞ느니=듣지도 못 하는 벙어리는 그르다 옳다 하느냐?

- ■ **통석(通釋)** 남자 중은 머리카락이 없는 여자 중의 머리카락을 잡고 여자 중은 남자 중의 상투를 잡고
  두 꼬덩이를 마주 잡고 내가 그르냐, 네가 그르냐 하고 서로 다투는데 여러 소경들이 하는 짓거리를 보는구나.
  어디서 듣지도 말하지도 못하는 벙어리는 그르다 옳다고 하느냐?

10.
風動竹葉은 十萬丈夫之喧嘩요 雨洗蓮花는 三千宮女之沐浴이라
五更樓下에 夕陽紅이요 九月山中에 春草綠이라
아마도 이 글 지은 자는 兩國 才士신가.　　　　　　　　(時調(池氏本) 111)

風動竹葉(풍동죽엽)=바람에 흔들리는 댓잎 ◇十萬丈夫之喧嘩(십만장부지훤화)=십만 명이나 되는 대장부들이 시끄럽게 떠드는 소리 같다. ◇雨洗蓮花(우세연화)=빗방울에 씻기는 연꽃 ◇三千宮女之沐浴(삼천궁녀지목욕)=삼천 명이나 되는 궁녀들의 목욕과 같다. ◇五更樓下(오경루하) 夕陽紅(석양홍)=오경루 아래 저녁 햇빛이 붉고 오경은 새벽 시간이고 석양은 저녁이니, 모순된다 ◇九月山中(구월산중)에 春草綠(춘초록)이라=구월 산속에 봄철의 풀이 푸르다. 구월은 가을이니, 구월과 봄철은 서로 모순된다. ◇兩國才士(양국재사)='兩國'은 '洋國'(양국)의 잘못인 듯. 서양의 재주 있는 사람. 양국재사가 누군지는 몰라도 박씨본『時調·歌詞』가번 81에 "鼎관撑石小溪邊(정관탱석소계변)에 白粉油煮杜鵑(백분유자두견)를 雙杵(쌍저)로 挾來香滿口(협래향만구)ᄒᆞ니 一年春色(일년춘색)이 腹中傳(복중전)이라 아마도 이 글 지은 즈는 냥국직스"라는 작품이 수록되어 있는데 김삿갓이 화전놀이에서 지어 대접을 받았다는 "鼎冠撑立小溪邊 白粉淸油煮杜鵑 雙杵挾來香滿口 一年春色腹中傳'(정관탱립소계변 백분청유자두견 쌍저협래향만구 일년춘색복중전 : 작은 시냇가에 솥을 걸어놓고 흰 가루를 묻혀 깨끗한 기름으로 진달래를 부쳐 젓가락으로 가져오니 향기가 입안에 가득하고 한해의 봄기운은 뱃속에 전하는구나.)과 같은 것으로 어떻게 해서 지은 사람이 양국(洋國)의 재사(才士)가 되었는지 의문이다.

■ **통석(通釋)** 바람에 날리는 댓잎은 십만 명이나 되는 대장부들이 시끄럽게 떠드는 소리와 같고요, 빗방울에 씻기는 연꽃은 삼천 명이나 되는 궁녀가 목욕하는 것과 같도다.

새벽인데도 다락 아래에는 저녁 햇빛이 붉고, 구월인데도 산속에는 봄철의 풀이 푸르다.

아마도 이 글을 지은 사람은 서양의 재주 있는 선비신가.

11.

ᄒᆞᆫ 눈 멀고 ᄒᆞᆫ 다리 져ᄂᆞᆫ 두터비 셔리 마즈 ᄑᆞ리 물고 두엄 우희 치다라 안자 건넌 山 ᄇᆞ라보니 白松骨리 ᄯᅥ 잇거ᄂᆞᆯ 가ᄉᆞᆷ이 금죽ᄒᆞ여 풀ᄯᅥᆨ 쒸다가 그 아ᄅᆡ 도로 잣바지거고나

ᄆᆞᆺ쳐로 날ᄂᆞᆫ 젤싀만졍 힝혀 鈍者ㅣ런들 어혈질 번ᄒᆞ괘라. (瓶歌 964)

져ᄂᆞᆫ=절뚝거리며 걷는 ◇두터비=두꺼비 ◇셔리 마즈='마즈'는 '마즌'의 잘못. 서리를 맞아 힘이 없는 ◇두엄 우희 치다라=퇴비 위에 힘차게 뛰어올라 ◇白松骨(백송골)리=백송골이. 흰 송골매가 ◇가ᄉᆞᆷ이 금즉ᄒᆞ여=가슴이 끔찍하여. 깜짝 놀라서 ◇도로 잣바지거고나=다시 나자빠졌구나. ◇ᄆᆞᆺ쳐로=모처럼. 어쩌다. 오랜만에 ◇날ᄂᆞᆫ=민첩한. 몸놀림이 빠른 ◇젤싀만졍=저이니까 망정. 나이니까 망정 ◇힝혀 鈍者(둔자)ㅣ런들=행여나 행동이 둔한 사람이었던들 ◇어혈질 번ᄒᆞ괘라=골병이 들 뻔하였다. 어혈(瘀血)은 멍이 드는 것.

■ **통석(通釋)** 한 눈은 멀고 한 다리는 쩔뚝이며 걷는 두꺼비가 서리 맞아 제 몸조차 가누지 못하는 파리를 물고 퇴비 위에 뛰어올라 앉아

건너 산을 바라보니 흰 송골매가 떠 있거늘 가슴이 끔찍하여 펄떡 뛰다가 그 아래로 그대로 나자빠졌구나.

어쩌다, 민첩한 나이니까 망정이지 행여라도 둔한 사람이었다면 골병이 들 뻔하였다.

12.

ᄒᆞᆫ 눈 멀고 ᄒᆞᆫ 다리 절고 痔疾 三年 腹疾 三年 邊頭痛 內丹毒 다 알ᄂᆞᆫ 죠고

만 삿기 개고리

一百 쉰 대자 쟝남게 게올을 제 쉬이 너겨 수로록 소로로소로로 수로록 허위허위 소솝쮜여 올라안자 ᄂ리실 제란 어이실고 나 몰래라 져 개고리

　우리도 새 님 거러 두고 나죵 몰라 ᄒ노라.　　　　　　　　　(靑珍 562)

痔疾(치질)=항문 주변에 생기는 병　◇腹疾(복질)=배앓이　◇邊頭痛(변두통)=편두통　◇內丹毒(내단독)=안으로 곪아드는 단독. 단독은 급성 병의 하나　◇다 알ᄂ=다 앓은　◇一百(일백) 쉰 대자=150자(尺)가 되는　◇쟝남게 게올을 제=긴 막대기에 기어오를 때에　◇쉬이 여겨=쉽게만 생각하여　◇소솝쮜여=솟구쳐 뛰어올라　◇ᄂ리실 제란 어이실고 나 몰래라=내려올 때에는 어이할 것인가? 나는 모르겠다.　◇거러 두고=약속을 하고　◇나죵=나중은. 뒷일은.

■**통석(通釋)**　한쪽 눈은 멀고 한쪽 다리는 쩔뚝거리고 치질 3년 장질 3년 편두통 내단독을 다 앓은 조고만 새끼 개구리

　　150자나 되는 긴 막대기를 기어오를 때 쉽게만 생각하여 수루룩 소로로 소로로 수루룩 허위허위 솟구쳐 뛰어올라 앉아 있지만 내려올 때는 어찌할 것인가. 나는 모르겠구나, 저 개구리

　　우리도 새 님과 약속을 하고는 나중 일을 몰라 한다.

제4장 말 잇기

　같은 말을 반복적으로 되풀이함으로써 음악적 효과를 거두는 동시에 의미의 혼동을 가져오는, 한 번에 두 가지 효과를 노리는 수법이다. 시조는 음악과 관련이 있기 때문에 같은 계통의 소리를 반복적으로 써서 음악적인 분위기를 자아낼 수 있다.

　유명한 방랑시인 김삿갓이 금강산을 묘사하여 이르되 '月白雪白天地白　山深夜深客愁深'(월백설백천지백　산심야심객수심)이나 '松松栢栢巖巖回　水水山山處處奇'(송송백백암암회 수수산산처처기)라고 했다. 또한 그는 함경도에 가서 가련(可憐)이란 기생과 가까이했다가 이별할 즈음에 '可憐行色可憐身　可憐門前訪可憐　可憐此意傳可憐　可憐能知可憐心'(가련행색가련신　가련문전방가련　가련차의전가련　가련능지가련심 : 가련한 행색과 가련한 몸이 가련의 문 앞에서 가련을 찾는다. 가련한 이 뜻을 가련에게 전하면 가련은 능히 가련한 내 맘을 알겠지)이라고 시를 지었다. 가련이란 말을 여덟 번이나 썼는데 기생 이름 가련과 지은이의 가련한 마음을 구분하기가 조금은 어려울 수도 있다.

　참고로 가련에게 주는 시는 전하는 문헌에 따라 약간 달라지기도 한다. 인용해보면 다음과 같다. '可憐門前別可憐　可憐行客尤可憐　可憐莫惜可憐去　可憐不忘歸可憐'(가련문전별가련　가련행객우가련　가련막석가련거　가련불망귀가련 : 가련의 문 앞에서 가련과 이별하니 가련한 행객이 더욱 가련하구나. 가련은 가련하게 떠남을 슬퍼하지 말라, 가련을 잊지 않고 가련에게 오련다.)

1.

그러ㅎ거니 어이 아니 그러ㅎ리
이리도 그러그러 져리도 그러그러
아마도 그러그러 ㅎ니 한슘 계워 ㅎ노라.   (靑珍 333)

그러ㅎ거니=그렇거니 ◇어이 아니 그러 ㅎ리=어찌 아니 그러하겠느냐? ◇그러그
러=그렇고 그렇고 ◇한슘 계위=한숨을 참기 어려워.

■ **통석(通釋)**   그렇거니 어찌 아니 그렇겠느냐?
              이래도 그렇고 그렇고 저래도 그렇고 그렇고
              아마도 그렇고 그렇고 하니 한숨을 참기 어렵구나.

2.

그려 病드는 자미 病드다가 만나는 자미
만나 질기는 자미 질기다 써나는 자미
平生의 이 자미 업스면 무삼 자미.   (歌一 726) 安玧甫

그려=그리워하여 ◇病(병)드는=병이 드는 ◇자미=재미(滋味) ◇질기는=즐기는 ◇
무삼=무슨.

■ **통석(通釋)**   그리워하여 병이 드는 재미, 병들었다가 서로 만나는 재미
              만나서 서로 즐기는 재미, 즐기다가 헤어지는 재미
              평생에 이런 재미가 없으면 무슨 재미가.

3.

그리 그러홀샤 엇디 ㅎ야 그런게고
그리 아니코는 그리치 모홀런가
그런 줄 아지 못ㅎ니 그런 줄 리 설웨라.(然然曲 1)   (杜谷集 19) 高應陟

그리 그러홀샤=그래서 그렇구나. ◇그런게고=그렇게 된 것인가? ◇그리 아니코는

=그렇게 하지 않고서는 ◇그리치 모홀런가=그렇게 할 수 없었는가? ◇그런 줄 아지 못하니=그렇게 된 줄을 알지 못하니 ◇그런 줄 리 설웨라=그렇게 된 것이 서럽구나.

■ **통석(通釋)** 그래서 그러하구나, 어찌하여 그렇게 된 것인가?
그렇게 하지 않고서는 그렇게 할 수 없었는가?
그런 줄 알지 못하니 그렇게 된 것이 서럽구나.

4.

그리 그러모도 그리 그러텃다
그러티 아니면 이제도록 그러ㅎ랴
진실로 그러ㅎ텃싸 그런 주리 깃게라.(然然曲 2)   (杜谷集 20) 高應陟

그리 그러모도=그렇고 그러하므로 ◇그리 그러텃다=그렇고 그러하구나. ◇이제도록 그러ㅎ랴=이제까지도 그러하랴? ◇그러ㅎ텃싸=그러하겠구나? ◇그런 주리 깃게라=그렇게 된 것이 기쁘구나.

■ **통석(通釋)** 그렇고 그러하므로 그렇고 그러하구나.
그렇지 않다면 이제까지도 그러하겠느냐?
진실로 그러하겠구나, 그렇게 된 것이 기쁘구나.

5.

내라 내라 ㅎ니 내라 ㅎ니 내 뉘런고
내 내면 낸 줄을 내 모ㄹ랴
내라셔 낸 줄을 내 모ㄹ니 낸동만동 ㅎ여라.(寅風)   (槿樂 289)

내라=나다. 내다 ◇내 뉘런고=내가 누군가? ◇내 내면 낸 줄을 내 모ㄹ랴=내가 나라면 나인 줄을 내가 모르겠느냐? ◇내라셔 낸 줄을=내라셔 나인 줄을 ◇내 모르니 낸동만동=내가 모르니 나인지 아닌지.

■ **통석(通釋)** 나다, 나다 하니 나라고 하니 내가 누군가?

내가 나면 나인 줄 내가 모르겠느냐?
나라도 나인 줄 내가 모르니 나인지 아닌지 모르겠구나.

6.

내의 졸ᄒᆞ이미 졸ᄒᆞᆫ 듕의 더 졸ᄒᆞ다
生涯도 졸ᄒᆞ고 學業도 졸ᄒᆞ여라
두어라 本性이 졸ᄒᆞ거니 므스이라 아니 졸ᄒᆞ리.   (葛峰先生遺墨 42) 金得硏

졸ᄒᆞ이미=졸(拙)함이. 못남이 ◇므스이라=무엇이라도.

- **통석(通釋)**　나의 못난 것이 못난 것 가운데에서도 더 못났다.
　　　　　　　살아가는 것도 못났고 공부하는 것도 못났구나.
　　　　　　　두어라, 타고난 성품이 못났거니 무엇이라도 아니 못났으랴?

7.

桃花 如桃花허고 桃花 如桃花허니
桃花ㅣ 勝桃花며 桃花 勝桃花아
두어라 人中桃花와 花中桃花ㅣ 싀워 무ᄉᆞᆷ 허리요.   (金玉叢部 84) 安玟英
(題海州妓桃花 ; 제해주기도화 : 해주 기생 도화를 두고 짓다.)

桃花 如桃花(도화여도화)허고=도화가 복숭아꽃과 같고 ◇桃花如桃花(도화여도화)허니=복숭아꽃이 도화와 같으니 ◇人中桃花(인중도화)와 花中桃花(화중도화)ㅣ=사람들 가운데 도화와 꽃 가운데 도화가 ◇싀와=시기(猜忌)하여. 작자가 해주 기생 도화를 두고 지은 시조이다.

- **통석(通釋)**　기생 도화가 복숭아꽃과 같고 복숭아꽃이 기생 도화와 같으니
　　　　　　　기생 도화가 복숭아꽃보다 나으며 복숭아꽃이 기생 도화보다 나으랴?
　　　　　　　두어라, 사람 가운데 도화와 꽃 가운데 복사꽃을 시기하여 무엇 하겠느냐?

8.

머귀 여름은 桐實桐實ᄒ고 보릿 불희는 麥根麥根

풋나못동과 쓰든 수셥이요 겸은 老松에 즈근 大棗ㅣ로다

이 中에 鷄鳴花竹處는 곳딋곳이라 ᄒ들아.　　　　　　　　(海周 557) 金壽長

　　머귀 여름=오동나무(桐)의 열매(實) ◇桐實桐實(동실동실)ᄒ고=동글동글하고. '동실(桐實)'은 오동나무의 열매란 뜻이다. ◇보릿 불희는=보리(麥) 뿌리는(根) ◇麥根麥根(맥근맥근)=매끈매끈하다. '맥근(麥根)'은 보리 뿌리라는 뜻 ◇풋나못동=풋과 나뭇동. 풋은 덜 마른 나무와 마른 나무의 둥치 ◇쓰든 수셥이요=쓰던 숯섬이요. '숫'은 본래 그대로라는 뜻인데 쓰던 것은 순수한 것이 아니라 쓰던 것인데도 숫이라 하니 모순된다. ◇겸은 老松(노송)=젊은 노송. 젊음과 늙음은 모순된 것이다. ◇즈근 大棗(대조)ㅣ로다=작은 것과 큰(大) 것은 서로 모순된다. ◇鷄鳴花竹處(계명화죽처)는 곳딋곳이라=닭이 '꼬꼬댁'하고 운 곳을 '꽃때곳'이라 하더라.

- **통석(通釋)**　오동나무 열매는 동실동실하고 보리 뿌리는 매끈매끈
　　　　　　　　풋나무와 마른 나무, 사용했음에도 불구하고 그대로의 숯섬이요 젊었
　　　　　　　는데 늙었다고 하는 소나무, 작은데도 크다고 하는 대추로다
　　　　　　　　이 가운데 닭이 '꼬꼬댁' 하고 운 곳을 '꽃때곳'이라 하더라.

다음 것은 초장이나 중장은 같으나 종장이 다른 것으로

머귀 여름 桐實桐實 보리 쌜이 麥根麥根

동인 풋나무 쓰든 숫셤 어린 老松 쟈근 大棗ㅣ로다

九月山中春草綠이오 五更樓下夕陽紅인가 ᄒ노라.　　　　　　　(甁歌 1060)

　　九月山中春草綠(구월산중춘초록)=본래의 뜻은 '구월산 속의 봄풀이 푸르다.'라는 것이지만, '구월의 산중에 봄풀이 푸르다.'라고 하면 모순된다는 뜻이다. ◇五更樓下夕陽紅(오경루하석양홍)인가=본래의 뜻은 '오경루 아래에 저녁 햇빛이 붉다.'이나 '새벽의 다락 아래 저녁 햇빛이 붉다.'라고 하면 모순된다는 뜻이다.

9.

사람이 스람을 그려 싱스람이 病드단 말가
스람이 언마 스람이면 스람 한나 病들일랴
스람이 스람 病들이는 스람은 스람 안인 스람.　　　　(源一 727) 安亨甫

그려=그리워하여　◇싱스람이=멀쩡한 사람이　◇病(병)드단 말가=병이 든단 말인가?　◇언마 스람이면=어떤 사람이면. 얼마나 사람다우면　◇病(병) 들릴랴=병들게 만드느냐?　◇病(병)들이는=병들게 하는　◇스람 안인 스람=사람 노릇 못하는 사람.

■ **통석(通釋)**　사람이 사람을 그리워하여 멀쩡한 사람을 병들게 만든단 말인가?
　　　　　　사람이 어떤 사람이면 사람 하나를 병들게 만드느냐?
　　　　　　사람이 다른 사람 병들게 하는 사람은 사람 노릇 못하는 사람.

10.

스룸이 사람 그려 스룸 ᄒ나 죽게 되니
사람이 스람이면 설마 스룸 죽게ᄒ랴
스룸아 스룸을 살여라 스룸이 살게.　　　　(詩謠 114)

죽게 되니=죽게 되었으니　◇스람이면=올바른 사람이면　◇죽게 하랴=죽게 하겠느냐?　◇스룸을 살여라=죽게 된 사람을 살려라.　◇스룸이 살게=사람이 살 수 있도록.

■ **통석(通釋)**　사람이 사람을 그리워하여 사람 하나가 죽게 되었으니
　　　　　　사람이 올바른 사람이면 설마 사람을 죽게 하겠느냐?
　　　　　　사람아, 죽게 된 사람을 살려라. 사람이 살 수 있도록.

11.

사람이 사람을 길우어 사람 하나 병들것네
병든 사람 살닐 스람 사람 ᄒ나 잇것마는
사람이 살람을 못 살니면 모진 사람.　　　　(時調(河氏本) 9)

길우어=그리워하여 ◇병들것네=병들겠다. ◇살닐 스람=살려낼 사람 ◇ᄒ나 잇것 마는=하나 있지만. 있는데도 ◇못 살니면=살려내지 못하면 ◇모진 사람=못할 짓을 할 수 있는 사람.

■ **통석(通釋)**　사람이 다른 사람을 그리워하여 사람 하나가 병이 들겠네.
　　　　　　　병든 사람을 살릴 수 있는 사람, 그 한 사람이 있지마는
　　　　　　　사람이 병든 사람을 못 살리면 못할 짓도 할 수 있는 사람.

12.

어리고 쏘 어리니 ᄒᄂᆞᆫ 일이 다 어리다
이러흠도 어리고 뎌리흠도 어리도다
아마도 어린 거시니 어린 대로 ᄒ리라.　　　　　　　　(葛峰先生遺墨 41) 金得硏

어리고 쏘 어리니=어리석고 또 어리석으니 ◇다 어리다=모두 다 어리석다. ◇어린 거시니=어리석은 사람이니 ◇어린 대로 ᄒ리라=어리석은 대로 행동하리라.

■ **통석(通釋)**　어리석고 또 어리석으니 하는 일이 다 어리석다.
　　　　　　　이렇게 행동하는 것도 어리석고 저렇게 행동하는 것도 어리석다.
　　　　　　　아마도 어리석은 사람이니 어리석은 대로 행동할 것이다.

13.

오늘도 죠흔 날이오 이곳도 죠흔 곳이
죠흔 날 죠흔 곳에 죠흔 사람 만나이셔
죠흔 술 죠흔 안쥬에 죠히 놀미 죠해라.　　　　　　　　　　　　(靑珍 460)

만나이셔=만나서 ◇죠히=깨끗이. 잘. 조용히 ◇놀미 죠해라=노는 것이 좋겠다.

■ **통석(通釋)**　오늘도 좋은 날이요 이곳도 경치가 좋은 곳이니
　　　　　　　좋은 날 경치가 좋은 곳에서 좋은 사람을 만나서
　　　　　　　좋은 술 좋은 안주에 조용히 노는 것이 좋겠다.

14.

堯舜도 우리 사름 우리도 堯舜 사름

져 사름 이 사름이 혼가지 사름이라

우리도 혼가지 사름이니 혼가진가 ᄒ노라.　　　　　　(歌譜(金益煥本) 28)

堯舜(요순)도 우리 사름=요임금과 순임금처럼 훌륭한 임금도 우리와 똑같은 사람
이다. ◇우리도 堯舜(요순) 사름=우리도 요임금이나 순임금과 똑같이 훌륭하게 될
수 있는 사람이다. ◇혼가지 사름이니=똑같은 사람이니 ◇혼가진가=똑같은 것이 아
닌가.

■ **통석(通釋)**　　요임금과 순임금도 우리와 같은 사람, 우리도 요임금 순임금처럼 될
　　　　　　수 있는 사람
　　　　　　저런 훌륭한 사람과 이런 보통 사람이 다 같은 사람이다.
　　　　　　우리도 다 같은 사람이니 사람이긴 한가진가 한다.

15.

人이 人이라 흔들 人마다 人이랴

人이 人이라샤 人이 人이니라

진실노 人노릇 ᄒ랴 ᄒ면 反求諸己ᄒ여스라.　　　　(開說堂遺稿) 安昌後

(人世人多豈盡人 人能人道乃爲人 求諸己也備人道 不必勞勞遠訪人 ; 인세인다기진인 인능인
도내위인 구제기야비인도 불필노로원방인)

人이라 흔들=사람이라고 한들 ◇人마다 人이랴=사람들마다 사람 구실을 하는 사
람이겠느냐? ◇人이라샤=사람 구실을 해야 ◇人이 人이니라=사람이 사람 노릇을 하
는 사람이다. ◇反求諸己(반구제기)ᄒ여스라=잘못을 도리어 자기에게서 찾도록 하여
라. 갖출 것을 다 갖추고 있어야 한다.

■ **통석(通釋)**　　사람이 사람이라고 한들 사람마다 사람 구실을 하는 사람이랴?
　　　　　　사람이면 사람 구실을 해야 사람이 사람 구실을 하는 사람이다.
　　　　　　참으로 사람 노릇을 하려면 잘못을 자신에게서 찾아라.

16.

長孫無忌 魏無忌는 古無忌요 今無忌로다
司馬相如 藺相如는 姓不相如 名相如로다
아마도 相如無忌니 그를 부러 ᄒᆞ노라.   (海周 565) 金壽長

古無忌(고무기)요 今無忌(금무기)로다=예전 무기요 이제 무기로다. ◇姓不相如(성불상여) 名相如(명상여)로다=성이 다른 상여나 이름이 같은 상여다. ◇相如 無忌(상여무기)니=상여나 무기와 같은 처지니 ◇부러=부러워.

■ **통석(通釋)**   징손무기와 위무기는 옛날 무기요 지금의 무기이다
              사마상여와 인상여는 성이 다른 상여이나 이름이 같은 상여로다
              아마도 상여와 무기와 같은 처지니 그를 부러워한다.

17

千里가 千里가 안니라 咫尺이 千里로다
千里 千里면 千里로 알년마ᄂᆞᆫ
咫尺이 千里니 그를 시러ᄒᆞ노라.   (啓明大本 靑丘永言 234)

千里 千里 아녀 咫尺이 千里로다
보면 咫尺이요 못 보면 千里로다
咫尺이 千里만 못ᄒᆞ니 그를 슬허 ᄒᆞ노라.   (永類 163)

알년마ᄂᆞᆫ=알겠지만 ◇시러ᄒᆞ노라='슬허ᄒᆞ노라'의 잘못 ◇아녀=아니다.

■ **통석(通釋)**   천 리가 천 리가 아니라 지척이 천 리다.
              천 리 천 리를 천 리로 알고 있지마는
              지척이 오히려 천 리가 되니 그것을 슬퍼한다.

18.

히히 히히 쏘 히히 히히(2구 결)

이러도 히히히히 져러도 히히히히

뮈양에 히히히히히ᄒ니 일일마도 히히히히로다.　　　　　(葛峰先生遺墨 40) 金得研

뮈양에=언제나(每樣) ◇일일마도=하는 일마다.

■ **통석(通釋)**　　히히 히히 또 히히 히히

　　　　　　　　이래도 히히히히 저래도 히히히히

　　　　　　　　언제나 히히히히 하고 웃으니 하는 일마다 히히히히로구나.

19.

非龍非彲 非熊非羆 非虎非貔는 渭水之陽 姜呂尙이요

非人非鬼亦仙은 水簾洞中 孫悟空이로다

이 中에 非眞似眞 似狂非狂은 花谷 老歌齋ᆫ가 ᄒ노라.　　　　　(海周 566) 金壽長

非龍非彲(비룡비이) 非熊非羆(비웅비비) 非虎非貔(비호비비)=용도 아니요 이무기도 아니요 곰도 아니요 큰 곰도 아니고 호랑이도 아니요 표범도 아닌 것 ◇渭水之陽(위수지양) 姜呂尙(강여상)=위수의 양지쪽에 강여상. 여상이 가난하여 동해에서 낚시질을 하다 주(周)나라에 이르렀을 때 문왕이 사냥을 위해 점을 치니 "용도 아니고 이무기도 아니고 곰도 아니고 큰 곰도 아니고 호랑이도 아니고 표범도 아닌 것은 임금을 보좌할 사람이라고 했다."라는 점괘가 나왔다는 고사 ◇非人非鬼亦仙(비인비귀역선)='亦'은 '非'의 잘못인 듯. 사람도 아니고 귀신도 아니고 신선도 아닌 것 ◇水簾洞中 孫悟空(수렴동중 손오공)=수렴동 안에 있는 손오공. 손오공은 중국의 소설 『서유기(西遊記)』의 주인공인 원숭이 ◇非眞似眞(비진사진) 似狂非狂(사광비광)=참되지 않으면서도 참된 것 같고 미친 것 같으면서도 미치지 않은 것 ◇花谷 老歌齋(화곡 노가재)ᆫ가=화곡의 노가재인가. 화곡은 지금 서울 종로구 화동(花洞)이며, 노가재는 시조집 『해동가요』를 엮은 김수장(金壽長)의 호(號)이다.

■ **통석(通釋)**　　용도 아니요 이무기도 아니고 곰도 아니요 큰 곰도 아니고 범도 아니요 표범도 아닌 것은 위수의 양지에 앉아 낚시질하는 강태공이요.

　　　　　　　　사람도 아니고 귀신도 아니고 신선도 아닌 것은 수렴동 안에 있는 손오공이다.

이 가운데 참되지 않으면서도 참된 것 같고 미친 것 같으면서도 미치지 않은 사람은 화곡의 노가재가 아닌가 한다.

20.

오늘도 져무러지게 져믈면은 새리로다 새면 이 님 가리로다
가면 못 보려니 못 보면 그리려니 그리면 病들려니 病곳 들면 못 살리로다
病드러 못 살 줄 알면 자고 간들 엇더리.　　　　　　　　　　　　　(青珍 506)

져무러지게=저물겠네. ◇새리로다=날이 샐 것이다. ◇가리로다=갈 것이다. ◇보려니=보게 되니 ◇그리려니=그리워하려니 ◇그리면 病(병)들려니 病(병)곳 들면 못 살리로다=그리워하게 되면 병이 들 것이니 병이 들면 못 살 것이다. ◇자고 간들 엇더리=자고 간다고 한들 어떻겠느냐?

■ **통석(通釋)**　　오늘도 날이 저물겠네, 저물면 날이 샐 것이다. 날이 새면 이 님은 갈 것이다.

　　님이 가면 못 보게 되니 못 보면 그리워하려니 그리워하면 병들 것이니 병이 들면 못 살 것이다.

　　병이 들어 못 살줄을 알면 자고 가도록 한들 어떻겠느냐?

제5장 반복어

같은 말을 되풀이함으로써 음악적 효과를 거둠은 물론, 말을 이어나가는 재미
도 있고 어려운 내용도 친근하게 느껴지게 한다.

1.

내의 졸ᄒ이미 졸ᄒᆫ 듕의 더 졸ᄒ다

生涯도 졸ᄒ고 學業도 졸ᄒ여라

두어라 本性이 졸ᄒ거니 므스이라 아니 졸ᄒ리.　　　　(葛峰先生遺墨 42) 金得研

내의 졸ᄒ이미=나의 졸(拙)함이. 나의 옹졸(壅拙)함이　◇졸ᄒᆫ 듕의=옹졸한 가운데
◇므스이라=무엇이라고. 무엇이.

■ **통석(通釋)**　　나의 옹졸함이 옹졸한 것 가운데 더 옹졸하다.

　　　　　　　　살아가는 것도 옹졸하고 공부를 하는 것도 옹졸하다.

　　　　　　　　두어라, 타고난 성품이 옹졸하거니 무엇이 옹졸하지 않으랴.

2.

벗ᄯ라 벗ᄯ라 가니 닉은 벗에 션 벗 잇다

이 벗 這 벗ᄒ니 어닉 벗이 벗 아니리

닉 됴코 맛 됴흔 벗은 닉 벗인가 ᄒ노라.　　　　　　　　(詩歌 575)

닉은=익숙한. 잘 아는　◇션=서먹서먹한. 어색한　◇닉 됴코 맛 됴흔=내가 좋아하

고 마음에 드는.

■ **통석(通釋)**　벗을 따라 벗을 따라가니 익숙한 벗에 어색한 벗도 있다.
　　　　　　이런 벗 저런 벗 하니 어떤 벗이 벗이 아니겠느냐?
　　　　　　내가 좋아하고 마음에 드는 벗은 다 내 벗이라 하겠다.

3.
色이 色을 밋고 오는 色을 뇌色 마라
네 色이 薄色이면 어늬 바 色이 好色ᄒ야
아므도 萬古絶色은 네 色인가.　　　　　　　　　　　　(無名時調集가本 5)

色(색)=얼굴. 얼굴 생김인 듯 ◇뇌色 마라=아는 체를 하지 마라. 감정을 나타내지
마라 ◇薄色(박색)=아주 못생긴 얼굴 ◇어늬 바=어느 것 ◇好色(호색)ᄒ야=좋아하는
색이랴. ◇萬古絶色(만고절색)=세상에서 가장 뛰어난 얼굴 생김 ◇네 色(색)인가=너
의 얼굴인가?

■ **통석(通釋)**　자기가 잘났다고 생각하는 사람이 잘났다는 생각하는 얼굴을 믿고서
　　　　　　오는 모양을 아는 체를 하지 마라
　　　　　　네 얼굴이 아주 못생긴 얼굴이면 어떤 얼굴이 다른 사람이 좋아하는
　　　　　　얼굴이랴.
　　　　　　아마도 세상에서 가장 뛰어나게 예쁜 얼굴은 네 얼굴인가?

4.
어리고 쏘 어리니 ᄒᄂ 일이 다 어리다
이리홈도 어리고 뎌리홈도 어리도다
아마도 어린 거시니 어린 대로 ᄒ리라.　　　　　　　(葛峰先生遺墨 41) 金得硏

어리고=어리석고 ◇이리홈도=이렇게 하는 것도 ◇뎌리홈도=저렇게 하는 것도 ◇
어린 거시니=어리석은 사람이니 ◇어린 대로=어리석은 대로.

■ **통석(通釋)**　어리석고 또 어리석으니 하는 일이 다 어리석구나.

　　　　　　　이렇게 하는 것도 어리석고 저렇게 하는 것도 어리석구나!

　　　　　　　아마도 어리석은 사람이니 어리석은 대로 행동하겠다.

5.

靑山도 절로절로 綠水도 절로절로

山 절로절로 水 절로절로 山水間에 나도 절로절로

두어라 절로 ᄌ란 몸이 늙기도 절로절로.　　　　　　　　　　　(靑珍 462)

山水間(산수간)=산과 물 사이. 자연 속 ◇절로 ᄌ란 몸이=누구의 돌봄 없이 자란 사람이니.

■ **통석(通釋)**　푸른 산도 저절로 저절로 푸른 시냇물도 저절로 저절로,

　　　　　　　산이 저절로 저절로 물도 저절로 저절로 자연 속에 나도 저절로 저절로,

　　　　　　　두어라, 누구의 돌봄 없이 자란 몸이니 늙기도 저절로 저절로.

제6장 시조 한 수에 나누어 담은 뜻

  우리가 말하는 시조는 대체로 평시조(平時調)다. 평시조는 초장·중장·종장의 3장으로 한 수의 글자가 45자 내외인, 일종의 정형시 형태로 되어 있다. 그러나 한시(漢詩)가 5언이나 7언의 정형시(定型詩)라고 한다면 시조는 한시와는 다른 정형시(定形詩)라고 할 수 있다. 어떤 틀에 찍어낸 그런 정형(定型)이 아니라 특정한 형태를 갖춘 정형(定形)이다.

  초장과 중장, 종장에 어떤 특별한 의미를 가진 뜻을 나누어 지음으로써 특정한 말의 의미를 이해하도록 한 배려가 돋보이는 시가 있다.

1.
君臣은 大義 잇고 父子는 至親이며
長幼有序의 兄弟 들고 朋友有信의 師生 드네
아마도 夫婦一倫은 五倫之本이라 엇디 無別ᄒ올소냐.　　　(頤齋亂稿 21) 黃胤錫

  大義(대의)=지켜야 할 큰 의리　◇至親(지친)이며=더 없이 친하며. 가까우며　◇兄弟(형제) 들고=형제를 만들고　◇師生(사생) 드네=가르치고 배움이 생기네.　◇夫婦一倫(부부일륜)은　五倫之本(오륜지본)이라=부부간의 윤리는 오륜의 근본이다.　◇엇디 無別(무별)ᄒ올소냐=어찌 구별이 없겠느냐. ―오륜을 소재로 했다.

■ **통석(通釋)**　군신 간에는 지켜야 할 의리가 있고 부자 간은 더없이 친하며
　　　　　　　장유유서는 형제를 만들고 붕우유신은 가르치고 배움을 만드네.
　　　　　　　아마도 부부간 윤리는 오륜의 근본으로 어찌 구별이 없겠느냐?

2.

그제 아희러니 어제는 少年이라
오늘은 白髮이니 ᄂᆡ일은 ᄂᆡ 몰ᄂᆡ라
두어라 逆旅過客이니 ᄂᆡ 뜻대로 ᄒᆞ리라.　　　　　　　　　　(樂府(羅孫本) 785)

ᄂᆡ 몰ᄂᆡ라=나도 모르겠다. ◇逆旅過客(역려과객)=세상은 여관과 같고 인생은 나그
네와 같다. 세월이 빠르다. ―그제, 어제, 오늘과 내일이 다 있다.

■통석(通釋)　그저께는 아이였더니 어제는 소년이었다.
　　　　　　　오늘은 백발의 늙은이가 되었으니 내일은 나도 모르겠다.
　　　　　　　두어라 세월이 너무 빠르니 내 뜻대로 하겠다.

3.

산중에 무녁일ᄒᆞ야 절 가는 줄 모르더니
곳 퓌면 춘졀이요 입 퓌면 하졀이요 단풍 들면 츄졀이라
지금에 청송녹쥭이 빅셜에 져져쓰니 동졀인가.　　　　　　　　(南薰 108)

무녁일ᄒᆞ야=역일(曆日)이 없어서. 달력이 없어서 ◇절 가는 줄=절기가 가는 줄을.
세월이 가는 줄을 ◇빅셜에 져져쓰니=흰 눈에 젖었으니. 눈을 뒤집어쓰고 있으니.
―춘하추동이 다 들어 있다.

■통석(通釋)　산속에 살면서 달력이 없어 세월이 가는 줄 몰랐더니
　　　　　　　꽃 피면 봄철이요 잎이 퍼지면 여름철이요 단풍이 들면 가을철이다.
　　　　　　　지금에 푸른 소나무와 대나무가 흰 눈을 뒤집어쓰고 있으니 겨울철인가.

4.

少年 十五 二十時를 ᄆᆡ양만 너겨더니
三四五六十이 於焉間의 지나거다
남은 ᄒᆡ 七八九十으란 秉燭夜遊ᄒᆞ오리라.　　　　　　　(靑六 249) 金焴

미양만=매양(每樣)만. 항상 같으려니 하고만 ◇너겨더니=여겼더니. 생각하였더니 ◇於焉間(어언간) 지나거다=어느 사이에 다 지나갔구나. ◇秉燭夜遊(병촉야유)=촛불을 밝히고 밤늦게까지 즐겁게 놀다. -10대에서 90대까지가 다 들어 있다.

■ **통석(通釋)**　어릴 때 열다섯에서 스무 살이 될 때까지 항상 젊으려니 생각했더니 서른 살에서 예순 살까지가 어느 사이에 지나갔구나.
　　　　　　남은 나이 일흔에서 아흔까지는 늦은 밤까지 촛불을 밝히면서라도 즐겁게 놀겠다.

5.

어제런지 그제런지 쇽절업슨 밤 기던디
그날 밤 버혀내여 오늘 밤 닛고라져
오늘이 來日이 되여 모리 새다 엇더ᄒ리.(艶情)　　　　　　　(古今 199)

쇽절업슨=속절없는. 어쩔 도리가 없는 ◇기던디=길던지 ◇버혀내여=잘라내어 ◇닛고라져=잇고 싶다. ◇새다 엇더ᄒ리=샌다고 한들 어떠하랴. -그제, 어제, 오늘, 내일과 모레가 다 들어 있다.

■ **통석(通釋)**　어제였던지 그제였던지, 어쩔 도리가 없는 밤은 왜 그렇게 긴지
　　　　　　그 긴 날 밤을 잘라내어 짧게 느껴지는 오늘 밤에 잇고 싶다.
　　　　　　오늘이 내일까지 이어지고 모레 가서야 샌다고 한들 어떠랴.

6.

오늘은 川獵ᄒ고 來日은 山行가ᄉ
곳다림 모리 ᄒ고 降神으란 글픠 ᄒ리
그글픠 邊射會홀제 各持壺果ᄒ시소.　　　　　　(靑珍 253) 金裕器

川獵(천렵)ᄒ고=냇가에서 고기를 잡으며 놀고 ◇山行(산행)가ᄉ=사냥하러 갑시다. ◇곳다림=꽃달임. 봄철에 꽃잎을 넣어 전이나 떡을 만들어 여럿이 모여 노는 일. 화전(花煎)놀이 ◇降神(강신)으란=신을 청하여 내리게 하는 일은. 신에게 제사지내는 일 ◇邊射會(변사회)홀 제=편사회(便射會)와 같은 말. 편을 갈라 하는 활쏘기 대회를

할 때에 ◇各持壺果(각지호과)=각자가 술이나 과일을 가지고 오다. ─오늘, 내일, 모레, 글피, 그글피가 차례로 다 들어 있다.

■ **통석(通釋)**　오늘은 천렵하고 내일은 사냥 갑시다.
　　　　　　꽃달임은 모레 하고 강신일랑 글피에 하겠다.
　　　　　　그글피 편사회 할 때 각자가 술과 과일을 가져오시오.

7.

人間 五福中에 一日 壽도 됴커니와
ᄒ믈며 富貴ᄒ고 康寧조ᄎ ᄒ오시니
그남아 攸好德 考終命이야 닐러 무ᄉᆞᆷᄒ리요.　　　　　(源國 317) 李廷藎

五福中(오복중)=다섯 가지 복 가운데. 오복은 수(壽)·부(富)·강녕(康寧)·유호덕(攸好德)과 고종명(考終命)이다. ◇하믈며=더군다나 ◇康寧(강녕)조ᄎ=몸이 건강하기까지 ◇그남아=그것마저. 그것밖에 ◇攸好德(유호덕)=도덕을 지키기를 낙으로 삼는 일 ◇考終命(고종명)=제 명대로 살다가 편안하게 죽는 것 ◇닐러 무슴 하리요=말하여 무엇 하랴? ─오복을 가리키는 말이 다 들어 있다.

■ **통석(通釋)**　사람이 살아가는 데 다섯 가지 복 가운데 첫 번째 오래 사는 것도 좋지만
　　　　　　더군다나 부자가 되고 지위까지 높고 몸이 건강하기까지 하니
　　　　　　그것밖에 유호덕과 고종명이야 말하여 무엇 하랴?

8.

日月星辰도 天皇氏ㅅ적 日月星辰 山河土地도 地皇氏ㅅ적 山河土地
日月星辰 山河土地 다 天皇氏 地皇氏 적과 ᄒᆞᆫ 가지로되
사ᄅᆞᆷ은 므슴 緣故로 人皇氏적 사ᄅᆞᆷ이 업ᄂᆞᆫ고.　　　　　(靑珍 485)

日月星辰(일월성신)=모든 천체. 우주 ◇天皇氏(천황씨)=중국 태고의 삼황(三皇)의 하나. 일만팔천 세를 살았다고 한다. ◇山河土地(산하토지)=산과 강과 토지. 땅 ◇地皇氏(지황씨)=중국 태고의 삼황의 하나. 천황씨처럼 일만팔천 세를 살았다고 한다.

◇人皇氏(인황씨)=삼황의 하나. 일만팔천 세를 살았다고 한다. ─중국 고대 삼황이 다 들어 있다.

■ **통석(通釋)**　모든 천체들이 천황씨 때와 같은 천체, 산과 강과 토지가 지황씨 때와 같은 산과 강과 토지

　　　　　　모든 천체와 산과 강과 토지가 천황씨 지황씨 때와 다름이 없이 똑같은데

　　　　　　사람은 무슨 까닭으로 인황씨 때 사람이 없는가?

9.

一二三月 桃李花 죠코 四五六月 綠陰芳草

七八九月은 黃菊丹楓 더 죠홰라

十一二月에 雪中梅香이 最多情이 죠홰라.　　　　　　　　　(海周 479)

雪中梅香(설중매향)=눈 속의 매화 향기 ◇最多情(최다정)=가장 다정한 것. 제일 좋은 것. ─1월부터 12월까지 다 있다.

■ **통석(通釋)**　봄철에는 복숭아와 오얏꽃이 좋고 여름철에는 녹음과 싱그러운 풀이 좋다

　　　　　　가을철에는 누런 국화와 단풍이 더 좋아라.

　　　　　　겨울철에는 눈 속의 매화향기가 가장 다정한 것이 좋더라.

10.

初更末에 翡翠 울고 二更初에 杜鵑이로다

三更 四五更에 우러 녜는 져 鴻雁아

너희도 날과 곳도다 밤시도록 우느니.　　　　　　　　　(甁歌 744)

初更末(초경말)=초경이 끝날 무렵. 초경은 밤 일곱 시에서 아홉 시 사이 ◇翡翠(비취)=새 이름 ◇二更初(이경초)에 杜鵑(두견)이로다=이경 첫머리에 소쩍새 울음소리다. ◇우러 녜는 져 鴻雁(홍안)아=울며 날아가는 저 기러기야. ◇날과 곳도다=나와 같구나. ◇우느니=우는구나. ─초경부터 오경까지가 다 있다.

초경이 끝날 무렵에는 비취새가 울고 이경이 될 무렵에는 두견이 운다.

삼경에서 사오경까지 울며 날아가는 저 기러기야.

너희들도 나와 같구나. 밤새도록 우는구나.

11.

春花發 秋月明ᄒ고 夏風淸 冬雪白ᄒ니

四時佳賞이 山水間의 ᄀ자 잇다

晝夜의 즐기ᄂ 興味ᄂ 分外事ㄴ가 ᄒ노라.　　　　　　(景寒亭詩歌 23) 郭始徵

四時佳賞(사시가상)=사계절의 아름다운 경치. 일년 내내의 아름다운 경치 ◇ᄀ자
잇다=갖추어져 있다 ◇分外事(분외사)=분수 밖의 일. 과분한 일. ―사계절이 다 들어
있다.

■통석(通釋)　봄엔 꽃이 피고 가을엔 달이 밝고 여름엔 바람이 시원하고 겨울엔 흰
　　　　　　　눈이 내리니

　　　　　　　한 해 동안의 아름다운 경치가 산수간에 다 갖추어 있다.

　　　　　　　밤낮으로 즐길 수 있는 흥미는 나에겐 과분한 일인가 한다.

12.

泰山이 若礪토록 父子有親 君臣有義

黃河 如帶토록 夫婦有別 長幼有序

桑田이 還碧海토록 朋友有信.　　　　　　　　　　　　(雜誌(平洲本) 18)

若礪(약려)토록=다 갈리어 평지가 되도록 ◇如帶(여대)토록=말라 띠처럼 되도록
◇桑田(상전)이 還碧海(환벽해)토록=뽕나무밭이 다시 푸른 바다가 되도록. 천지개벽
이 되도록. ―오륜이 다 들었다.

■통석(通釋)　태산이 다 닳아 평지가 되도록 부자유친 군신유의

　　　　　　　황하가 다 말라 띠처럼 되도록 부부유별 장유유서

　　　　　　　뽕나무밭이 다시 푸른 바다가 되도록 붕우유신.

13.

泰山이 平地토록 父子有親 君臣有義

五岳이 崩盡토록 夫婦有別 長幼有序

四海가 變ㅎ야 桑田토록 朋友有信 ㅎ리라.　　　　　　　(靑詠 438)

泰山(태산)=중국 산동성에 있는 산 ◇五岳(오악)이 崩盡(붕진)토록=다섯의 큰 산이 다 무너져 없어지도록. 오악은 동악(東岳) 태산(泰山), 서악(西岳) 화산(華山), 남악(南岳) 형산(衡山), 북악(北岳) 항산(恒山), 중악(中岳) 숭산(嵩山)임. -오륜이 다 들었다.

■통석(通釋)　　태산이 다 무너져 평지가 되도록 부자유친 군신유의
　　　　　　　오악이 다 무너져 없어지도록 부부유별 장유유서
　　　　　　　세상이 바뀌어 뽕나무밭이 되도록 붕우유신을 하겠다.

14.

화만산 춘절이요 녹음방초 하절이라

黃菊丹楓 추절이요 六花紛紛 동절이라

아마도 사시 佳景은 이뿐인가.　　　　　　　　　(時調(關西本) 38)

화만산(花滿山)=꽃이 온 산에 활짝 핌 ◇黃菊丹楓(황국단풍)=누런 국화와 붉게 물든 나뭇잎 ◇六花紛紛(육화분분)=눈이 펄펄 날리다. 육화(六花)는 눈을 가리킨다. ◇사시 佳景(가경)=일년 내내의 아름다운 경치. -춘하추동의 네 계절이 다 들어 있다.

■통석(通釋)　　온 산에 꽃이 활짝 피면 봄철이요 나뭇잎이 우거지고 풀이 무성하면
　　　　　　　여름철이요
　　　　　　　　노란 국화가 피고 단풍이 들면 가을철이요 눈이 펄펄 날리면 겨울철
　　　　　　　이다.
　　　　　　　　아마도 네 계절의 아름다운 풍경은 이것뿐인가.

15.

九九八十 一光老는 呂東濱 차저가고

八九七十 二君不事 濟王 蜀의 忠節이요 七九六十 三老董公 漢太祖를 遮說한 다 六九五十 四皓先生 商山의 바돌 두고 五九四十 五子胥는 東門의 눈을 걸고 四九三十 六秀夫는 輔國忠誠이 지극하다

三九二十 七六國은 戰國이 되고 二九十 八陣圖는 諸葛亮의 兵法이요 一九 九宮數는 河圖洛書가 이 아닌가.

(時調集(平洲本) 133)

一光老(일광로)=미상 ◇呂東濱(여동빈)=‘東濱’은 ‘洞賓’의 잘못. 당(唐)나라 때 사 람으로 이름은 암(嵒) 동빈은 자(字)이다. ‘한단지몽(邯鄲之夢)’에서 노생(盧生)이 여 동빈의 베개를 빌려 꿈을 꿨다고 한다. ◇二君不事(이군불사)=충신은 두 임금을 섬 기지 아니한다. ◇濟王(제왕) 蜀(촉)=미상 ◇三老董公(삼로동공)=동예(董翳)를 가리키 는 듯. 진(秦)나라의 항장(降將)으로 항우(項羽)에게서 삼진(三秦)에 봉해져 적왕(翟 王)이 되었으나 유방(劉邦)에게 패했다. ◇漢太祖(한태조)=한고조(漢高祖)의 잘못인 듯. 유방을 가리킨다. ◇遮說(차설)한다=말을 막는다. ◇四皓先生(사호선생) 商山(상 산)의 바돌 두고=사호선생은 상산에서 바둑을 두고. 사호선생은 진(秦)나라 말 세상 의 어지러움을 피하여 섬서성 상산에 은둔한 동원공(東園公), 기리계(綺里季), 하황공 (夏黃公), 녹리선생(甪里先生)의 네 사람을 가리킨다. ◇五子胥(오자서)는 東門(동문) 의 눈을 걸고=‘五子胥’는 ‘伍子胥’의 잘못. 춘추시대 초(楚)나라 사람인 오자서는 부 형(父兄)이 모두 초평왕(楚平王)에게 죽임을 당하자 오(吳)나라에 망명하여 오왕 합 려(闔閭)를 도와 초나라를 쳐 항복을 받았다. 후에 참소를 입어 오왕이 주는 칼을 물고 자살했으며 오왕을 그의 시체를 술항아리에 넣어 강물에 던졌다. 자서는 죽을 때 “장차 사슴들이 고소대에서 놀 것이다. 내 눈을 빼어 성의 동문에 걸어두라. 월 (越)이 오나라를 쳐 오나라가 망하는 것을 보리라.”고 했고, 절강(浙江)의 조수가 유 난히 맹렬한 것은 자서의 분기(憤氣) 때문이라 한다. ◇六秀夫(육수부)=중국 남송(南 宋) 때의 충신. 남송이 망할 때 태자와 함께 물에 빠져 죽었다. ◇輔國忠誠(보국충 성)=나라의 일을 돕는 충성 ◇戰國(전국)=전국시대. 주(周)나라 위열왕(威烈王) 때부 터 진(秦)의 시황제(始皇帝)가 통일하기까지의 약 183년간 ◇八陣圖(팔진도)=제갈량 의 진법으로 동당(洞當)·중황(中黃)·용등(龍騰)·조상(鳥翔)·연형(連衡)·악기(握機)· 호익(虎翼)·절충(折衝)이다. ◇九宮數(구궁수)=음양가(陰陽家)가 구궁(九宮)에 따라 길흉(吉凶)과 화복(禍福)을 판단하는 수. 구궁은 낙서(洛書)에 응한 구성(九星)에 중 궁(中宮)과 후천팔괘(後天八卦)와 팔문(八門)을 배합하여 그 운행하는 9방위의 자리 를 일컫는 말. ◇河圖洛書(하도낙서)=고대 중국에서 예언이나 수리(數理)의 기본이 된 책. 하도(河圖)는 복희(伏羲)가 황하(黃河)에서 얻은 그림으로, 이것에 의해 복희

는 팔괘(八卦)를 만들었다고 하며, 낙서(洛書)는 하우(夏禹)가 낙수(洛水)에서 얻은
글로, 이것에 의해 우(禹)는 천하를 다스리는 대법(大法)인 홍범구주(洪範九疇)를 만
들었다고 한다. -99에서부터 역으로 19에 이르는 수를 넣어 시조를 지은 것이다.

■ **통석(通釋)** 구구팔십 일광로가 여동빈을 찾아가고
팔구칠십 두 임금을 섬기지 않는 제왕 촉의 충성된 절개요, 칠구육십
삼로동의가 한고조의 말을 차단한다. 육구오십 사호선생이 상산에서 바
둑 두고, 오구사십 오자서는 죽어서 동문에 눈을 걸어달라고 했으며, 사
구삽십 육수부의 나라 일을 돕는 충성이 지극하다.
삼구이십 칠륙국은 전국이 되고, 이구십 팔진도는 제갈량의 병법이요,
십구 구궁수는 하도낙서가 이것이다.

16.

옛부터 이르기를 天地之間 萬物之中에 唯人이 最貴라 하엿스니 멀로 하야
最貴인고 三綱五倫을 알음이라
父爲子綱 君爲臣綱 夫爲婦綱이 三綱이오 父子有親 君臣有義 夫婦有別 長幼
有序 朋友有信이 五倫이라
人性은 天性之品이요 仁義禮智는 人性之綱이니 五常之道 모를진대 有毛之獸
를 면할손가.   (雜誌(平洲本) 424)

이르기를=말들 하기를 ◇唯人(유인)이 最貴(최귀)라=오직 사람이 가장 귀하다. ◇
멀로 하야=무엇으로 하여 ◇人性(인성)은 天性之品(천성지품)이요=사람의 본성은 타
고난 성품이요 ◇人性之綱(인성지강)=사람의 본성의 근본 ◇五常之道(오상지도)=사
람이 지켜야 할 기본적인 다섯 가지의 행실 곧 인의예지신(仁義禮智信) ◇有毛之獸
(유모지수)를 면할손가=털을 가진 짐승임을 벗어날 수 있을까? 동물에 지나지 아니
함을 벗어날 수 있을까?. -삼강과 오륜이 들었다.

■ **통석(通釋)** 예전부터 말들 하기를 하늘과 땅 사이의 모든 것 중에 사람이 가장 귀
하다고 하였으니 무엇으로 가장 귀한가? 삼강과 오륜을 알기 때문이다.
부위자강 군위신강 부위부강이 삼강이요 부자유친 군신유의 부부유별
장유유서 붕우유신이 오륜이다.

사람의 성품은 타고난 것이요 인의예지는 사람 본성의 근본이니 오상의 도리를 모르면 털을 가진 짐승임을 면하지 못할 것이다.

17.
一年 三百六十日은 春夏秋冬 四時節이라

꽃 피고 버들입 피면 花朝月夕 春節이요 四月東風 大麥黃은 綠陰芳草 夏節이라 秋風은 소슬한데 洞方의 버러지 울고 黃菊丹楓 秋節이요 白雪이 紛紛ᄒ여 千山에 鳥飛絶하고 萬徑에 人蹤滅하니 蒼松綠竹 冬節이라

人間七十 古來稀라 四時佳景과 無情歲月이 덧업어가니 글을 슬허.

(雜誌(平洲本) 433)

大麥黃(대맥황)=보리가 누렇게 익음 ◇소슬한데=소슬(蕭瑟)한데. 춥고 쓸쓸한데 ◇洞方(동방)의‘洞方’은 ‘洞房’의 잘못. 방 안에 ◇紛紛(분분)ᄒ여=펄펄 날려서 ◇千山(천산)에 鳥飛絶(조비절)하고=모든 산에 새들도 추위 때문에 날아다니기를 그치고 ◇萬徑(만경)에 人蹤滅(인종멸)하니 蒼松綠竹(창송녹죽)=모든 길에 사람의 발자취가 없어지니 푸른 소나무와 대나무뿐인 ◇人生七十古來稀(인생칠십고래희)=사람이 칠십까지 사는 것은 예로부터 드문 일이다. 두보(杜甫)의 시 「곡강(曲江)」의 한 구절이다. ◇덧업어=허무하게 빨라. −춘하추동이 들었다.

■ **통석(通釋)** 일 년 삼백육십 일은 춘하추동 네 계절이다.
　　　　꽃이 피고 버들잎이 퍼지면 화조월석 봄철이요 사월 따듯한 바람에 보리가 누렇게 익는 녹음방초는 여름철이요 가을바람은 쓸쓸한데 방 안에서 벌레가 울고 노란 국화와 단풍이 들면 가을철이요 흰 눈이 펄펄 날려 모든 산에 새들이 날아가기를 그치고 모든 길에 사람들의 자취 없어지니 소나무와 대나무만 푸른 겨울철이다.
　　　　사람이 칠십까지 사는 것이 예로부터 드문 일이라 네 계절의 아름다운 경치와 아무런 감정이 없는 세월이 허무하게 빨리 가니 그것을 서러워.

18.

正二三月은 杜莘杏桃李花ㅣ 됴코

四五六月은 綠陰芳草 놀기가 됴코 七八九月은 黃菊丹楓이 더 됴홰라

十一二月은 閣裡春光에 雪中梅ㄴ가 ᄒ노라.

(瓶歌 1055)

杜莘杏桃李花(두신행도리화)ㅣ=진달래, 족두리풀, 살구, 복숭아, 오얏의 꽃이 ◇閣裡春光(합리춘광)=집안의 봄빛. −1월부터 12월까지가 다 들었다.

■ **통석(通釋)** 정월에서 삼월까진 온갖 꽃들이 활짝 피어서 좋고
사월에서 유월까지는 짙은 그늘과 풀들이 무성해 놀기가 좋고 칠월에서 구월까지는 노란 국화와 단풍이 더 좋더라.
시월에서 섣달까지는 집안의 따듯한 봄빛에 눈 속에 피는 매화가 있다.

19.

天皇氏 一萬八千歲에 功德도 놉흐실뿟 日月星辰 風雲雷雨와 四時變態ᄒ고

地皇氏 一萬八千歲業은 山川草木 禽獸魚鼈로 萬物을 내오시고

人皇氏 主人되오ᄉ 人傑을 비져늬여 五行精氣를 알고 붉게 ᄒ여라.

(海周 538) 金壽長

日月星辰(일월성신)=해와 달과 별 ◇風雲雷雨(풍운뇌우)=기후의 변화 ◇四時變態(사시변태)ᄒ고=네 계절이 바뀌고 ◇禽獸魚鼈(금수어별)=뭍과 물에 사는 동물 ◇비져늬여=만들어서 ◇五行精氣(오행정기)=만물을 낳게 하는 다섯 가지 원소의 정기. −중국 고대 삼황(三皇)이 다 들어 있다.

■ **통석(通釋)** 천황씨 일만팔천 세에 공덕이 높으시어 모든 천체를 만들고 기후의 변화를 가져오고 계절이 바뀌도록 하시고,
지황씨 일만팔천 세에 하신 일은 산천초목과 뭍과 물에서 사는 만물을 만드시고,
인황씨가 주인이 되시어 사람을 만들어 오행정기를 아시고 밝게 하셨다.

20.

한一 두二 석三 ᄒ니 넉四 다사五 起分이라

여섯六 일곱七 이질가 ᄒ여 각고 야닷八 아홉九 이여셔 싱각셔라

아마도 十中會客는 을픔는 짐작.   (芳草錄 45)

起分(기분)이라=열(十)을 둘로 나누는 곳이다. ◇이질가ᄒ여=잊을까 하여 ◇각고=
미상 ◇이여서=계속하여 ◇十中會客(십중회객)는=열 가운데 손님을 모아 ◇을픔는=
읊는 것은. ─하나에서 열까지 다 들어 있다.

■ **통석(通釋)**　하나 둘 셋하니 넷 다섯은 열을 둘로 나누는 곳이다
　　　　　　　여섯 일곱 잊을까 하여 여덟 아홉 계속하여 생각해라
　　　　　　　아마도 열 가운데 손님을 모아 읊는 것을 짐작.

제7장 시조로 한자 뜻풀이

『천자문(千字文)』은 한자를 처음 배우는 아이들이 제일 먼저 배우는 책의 하나다. '천지현황(天地玄黃) 우주홍황(宇宙洪荒)'으로 시작하여 '위어조자(謂語助者) 언재호야(焉哉乎也)'까지 사언고시(四言古詩) 250구(句) 1,000자가 한 글자도 중복되지 않는 것으로 양(梁)나라 주흥사(周興嗣)가 지었다고 한다. 전하는 말로는 주흥사는 하룻밤 사이에 천자문을 짓고 머리가 하얗게 세었다고 한다.

어렸을 때 8·15 광복이 되고 학교에 들어가야 하는데, 학교에 갈 것이냐 아니면 서당에 가야 하느냐 하는 문제로 고민했던 기억이 새롭다. 일제강점기를 막 지나고 나서 신학문의 보급이 그렇게 절실하지 않았기 때문에 학교가 아닌 서당에 가서 한자 공부를 하는 아이들도 몇몇 있었다. 이때 서당에 다니는 아이들을 놀리는 말 가운데 하나가 "가마솥에 누룽지 벅벅 긁어서 선생님은 개밥그릇에, 우리는 놋그릇에"라는 것이었다. 그러면 훈장선생님이 "그놈 참 글도 못 읽는다" 하면서 종아리를 친다. "가마솥에 누룽지 벅벅 긁어서 선생님은 놋그릇에, 우리는 개밥그릇에" 하면 훈장선생님이 "그놈 참 잘도 읽는다."하면서 칭찬을 했다는 것이다. 다 우스갯소리다.

시조 작품 가운데 이세보(李世輔)의 작품을 제외하고는 많은 작품들이 천자문의 첫머리에 나오는 '천지현황'과 '우주홍황' 다음인 '일월영측'(日月盈昃)과 '진숙열장'(辰宿列張)까지를 적당히 나열하여 지었다. 나머지는 대부분 이를 원용(援用)하여 유사한 내용으로 하는 것이 대부분이다.

1.

괴로울 고 쯔 괴롭더니 다힐 진 쯔 다힛셰라

달 감 쯔 다다써니 올 닉 쯔 오는구나

아마도 고진감닉는 ㅎ날이신가. (風雅 110) 李世輔

다힛셰라=다했구나. ◇다다써니=달다고 했더니 ◇고진감닉는 ㅎ날이신가=고진감
래(苦盡甘來)는 하늘의 뜻인가. 고진감래란 쓴 것이 다하면 단 것이 온다는 뜻으로
고생 끝에 낙(樂)이 옴을 나타내는 말이다.

■ **통석(通釋)** 괴로울 고 자 괴롭더니 다할 진 자 괴로움이 다 끝났구나.

달 감 자 달다고 했더니 올 래 자 마침내 오는구나.

아마도 고생 끝에 낙이 오는 것은 하늘의 뜻인가?

2.

근심 슈 쯔 글 왕 되고 깃불 희 쯔 올 닉로다

만날 봉 쯔 만낫시니 질길 낙 쯔 질기리라

지금의 펼 셔 쯔와 쯧 정 쯔를. (風雅 111) 李世輔

근심 슈쯔 글 왕 되고=근심(愁)은 가고(往) ◇깃불 희짜 올 닉로다=기쁨(喜)이 온
다(來) ◇만날 봉 쯔 만낫시니 질길 낙 쯔 질기리라=만나서(逢) 즐기리라(樂) ◇펼셔
쯔와 쯧정 쯔를=뜻(情)을 펼치겠다(舒).

■ **통석(通釋)** 근심은 가고 기쁨이 오는구나.

서로 만났으니 즐기리라.

지금에 마음먹었던 바를 마음대로 펼쳐보겠다.

3.

님니 갈 적에 지환 한 짝 쥬고 가시더니

지 ᄌ는 갈 지 ᄌ요 환 ᄌ는 도라올 한 ᄌ라

지금에 지환니 무쇼식ㅎ니 글을 셜워. (시철가 23)

님니=님이 ◇지환 한 작=지환(指環) 한 짝. '지환'은 반지를 가리킨다. ◇도라올 한 ᄌ라='한'은 '환'의 잘못. 돌아올 환(還) 자다. ◇지환니 무쇼식ᄒ니=지환(之還)이 무소식하니. 가고 오는 것이 소식이 없으니. 여기에서 '지환'은 반지가 아니라 갔다가 돌아온다는 뜻으로 쓴 것이다.

■ **통석(通釋)**　님이 갈 때에 반지 한 짝을 주고 가시더니
　　　　　　 지 자는 손가락 지(指) 자가 아닌 갈 지(之) 자요 환 자는 고리 환(環) 자가 아닌 돌아올 환(還) 자다.
　　　　　　 지금에 갔다가 돌아온다고 하고는 소식이 없으니 그것을 서러워.

4.
압동산 봄 춘 자요 뒷동산 곳 화 자라
구비구비 ᄂᆡ 천 자요 흔들흔들 양유사라
아희야 술 부어라 마실음자가 貫珠인가.　　　　　　　　　(金聲玉振 104)

양유사=양류사(楊柳絲). 늘어진 버드나무 가지. ◇貫珠(관주)=시문(詩文)이 잘 된 곳을 골라 둥근 고리점을 치는 것. 점을 찍는 경우는 비점(批點)이라 한다.

■ **통석(通釋)**　앞동산에는 봄 춘(春) 자요 뒷동산에는 꽃 화(花) 자라
　　　　　　 굽이굽이 흐르는 내 천(川) 자요 흔들흔들 흔들리는 것은 늘어진 버드나무 가지라
　　　　　　 아이야 술을 부어라 마실 음(飮) 자가 제일 좋은 것인가 한다.

5.
이별 별 ᄶ 이별 되고 ᄯᅥ날 니 ᄶ ᄯᅥ낫셰라
싱각 ᄉ ᄶ 싱각ᄒ니 오릴 구 ᄶ 오릭구나
그즁의 슬플 챵 눈물 누 ᄶ야 일너 무삼.　　　　　　　(風雅 109) 李世輔

싱각ᄒ니=생각해보니 ◇오릭구나=오래되었구나. ◇슬플 챵 눈물 누 ᄶ야=창(愴) 자 누(淚) 자야 ◇일너 무삼=말하여 무엇하랴.

이별할 때가 되어 서로 헤어졌고 떠날 때가 되어 떠났구나.
　　　　　　 생각나서 생각하여보니 사귄 지가 참으로 오래되었구나.
　　　　　　 그러는 가운데 서글픔이나 흐르는 눈물은 말하여 무엇하랴.

6.

春山에 봄 春 字 든이 퍼귀마다 곳 花 字ㅣ로다
一壺酒 혼瓶 가질 持ᄒ고 내 川邊 ᄀ의 안즐 坐 ᄒ새
아희야 검은고 씌렝 淸 둑 쳐라 죠흘 好ㅅ 字ㄴ가 ᄒ노라.　　　　　 (海一 537)

(靑山의 봄春 드니 퍼기마다 곳花ㅣ로다
혼 병 술酒 가질持ᄒ고 시ᄂ! 溪ᄉ邊에 안즐坐ㅣ로다
아희童 잔盃 들擧ᄒ니 됴흘好ㄴ가ᄒ노라.)　　　　　　　　　 (瓶歌 999)

씌렝=거문고 울리는 소리 ◇淸(청) 둑 쳐라=맑은 소리가 나도록 툭 쳐라.

봄철 산에 봄이 찾아오니 풀과 나무 포기마다 꽃이 피었구나.
　　　　　　 술 한 병 가지고서 냇가에 앉아보자
　　　　　　 아이야, 거문고의 맑은 소리가 나도록 쳐라. 모든 것이 좋구나.

7.

하날천 싸지 땅의 집우 집죠 집을 짓고
너불홍 거칠황 허니 나릴 달월이 발거구나
우리도 은제나 정든 임 만나 별진 잘숙.　　　　　　　　　　 (調詞 50)

집우 집죠=우주(宇宙) ◇너불홍 거칠황=홍황(洪荒). 우주홍황. 세상이 넓고 광활하
다는 뜻이다. ◇나릴 달월=일월(日月). 해와 달이 밝았구나. ◇은제나=어느 때에나
◇별진 잘숙=진숙(辰宿). 잠자리를 같이하나. 천자문의 처음 16자 "천지현황 우주홍
황 일월영측 진숙열장(天地玄黃 宇宙洪荒 日月盈昃 辰宿列張)에서 해와 달이 기울고
보름달이 되는 것을 밝았다고 했고, 별 진과 잘 숙은 뜻을 풀이했다.

■ **통석(通釋)**   하늘 천 땅 지 땅에다 집을 짓고
　　　　　　　　넓을 홍 거칠 황 하니 해와 달이 밝았구나
　　　　　　　　우리도 언제쯤이 되어야 정든 님을 만나 잠자리를 같이하나.

8.

하날천 싸지 땅 너룬데 집우 집쥬 집을 지여
나릴 다월 달 발근 밤에 별진 잘슉 잠을 자니
淸風이 細雨를 모라다 잠든 나를.　　　　　　　　　　　　　　(源一 736)

너룬데=넓은데. 또는 넓은 곳에 ◇나릴 다월=날 일 달 월 ◇淸風(청풍)이 細雨(세
우)를 모라다=맑은 바람이 이슬비를 몰아다가.

■ **통석(通釋)**   하늘 천 따 지 땅 넓은 곳에 집 우 집 주 집을 지어
　　　　　　　　날 일 달 월 달 밝은 밤에 별 진 잘 숙 잠을 자니
　　　　　　　　맑은 바람이 이슬비를 몰아다가 잠든 나를.

9.

하날쳔 싸지 터의 집우 집주 집을 짓고
날일쫘 영창문을 달월쫘로 거러두고
밤중만 졍든 님 뫼시고 별진 잘슉.　　　　　　　　　　　　　(詩謠 132)

터의=터를 잡아 ◇영창문(影窓門)을 달월쫘로=유리를 끼운 창문을 달 모양으로.

■ **통석(通釋)**   하늘 천 따 지 터에다 집 우 집 주 집을 짓고
　　　　　　　　날 일 자 모양의 영창문을 달 월 자 모양으로 걸어두고
　　　　　　　　밤중만 정든 님을 뫼시고 별 진 잘 숙.

10.

南山에 봄 춘 자 드니 가지가지 꼿 화 싸라
一호酒 가질 지 허니 세늬 가에 안질 좌 싸

坐中이 조을 호 질길 낙 풍년 풍 저물 모 허니 도라갈 귀 짜.　　　(謌詞 36)

一壺酒=일호주(一壺酒). 한 병의 술 ◇세닉 가에=시냇가에. 냇물가에 ◇坐中(좌중)='座中'의 잘못인 듯. 여러 사람들이 모인 자리.

■ **통석(通釋)**　남산에 봄철이 되니 나뭇가지마다 꽃이로다.
　　　　　　　　술 한 병을 가지고 시냇가에 앉으니
　　　　　　　　여럿이 모인 자리에 풍년을 즐기다 돌아가기가 늦겠다.

11.

青山에 봄 春 들 入 字 ᄒ니 퍼귀 叢叢 꼿花ㅣ로다
一壺酒 ᄒ 瓶 가질 持 字 ᄒ고 시내 溪 字 ᄭ 邊 字 안즐 坐 字 노닐 遊 字
ᄒ고지고
水上에 麥秀ㅣ 漸漸 桃花紅ᄒ니 武陵인가 ᄒ노라.　　　(解我愁 167)

叢叢(총총)=포기마다. 모두 ◇麥秀漸漸(맥수점점)=보리 이삭이 일렁임. 예전에 기자(箕子)가 주(周)를 뵈러 갈 때「맥수가(麥秀歌)」를 지었다. 「맥수가」는 "麥秀漸漸兮 禾黍油油 彼狡童兮 不與我好兮"(맥수점점혜 화서유유 피교동혜 불여아호혜 : 보리 이삭 일렁이고 기장과 조 이삭은 누렇구나. 저 철모르는 아이는 나와 좋아하지 않는구나.) ◇桃花紅(도화홍)ᄒ니=복사꽃이 붉었으니 ◇武陵(무릉)=무릉도원.

■ **통석(通釋)**　푸른 산에 봄철이 되니 포기마다 모두 꽃이다.
　　　　　　　　술 한 병 가지고 시냇가에 앉아 노닐고 싶다.
　　　　　　　　물 위에 보리 이삭 일렁이고 복사꽃이 붉었으니 여기가 무릉도원이
　　　　　아닌가 한다.

제8장 의성어와 의태어

시가에 의성어(擬聲語)나 의태어(擬態語)를 사용하면 음악적 효과를 발휘하는 것은 물론 건조한 의미를 부드럽게 전달하는 역할도 한다. 의성어나 의태어는 아무래도 양반 사대부들이 사용하는 시어(詩語)와는 거리가 있어 시조 작품을 읽고 이해하는 데 크게 부담을 가질 필요가 없다. "보리뿌리 麥根麥根 오동열매 桐實桐實"과 같은 예를 보면 억지스럽지 않아 작품은 만드는 데도 별 무리가 없다. 같은 말을 두 번 되풀이하여 사용하는 첩어(疊語) 형태로 되어 있으나, 유사한 말을 되풀이하는 경우도 있다.

1.
가마고 톡기 즘싱 그 무어시 빗앗바셔
九萬里 長天을 허위허위 가스는고
이제는 십니의 흔 번식 수염수염 가렴으나.　　　　(玉溪先生續集 4) 趙宗道

가마고 톡기 즘싱=까마귀와 토끼인 짐승. 해와 달을 가리킨다. 해에는 삼족오(三足鳥)라는 까마귀가 있고 달에는 토끼가 있다고 한다. ◇무어시 빗앗바셔=무엇이 바빠서. 세월이 빠름을 일컫는 말이다. ◇가스는고=가시는고 ◇십니의=십 리에 ◇수염수염=쉬엄쉬엄.

■ **통석(通釋)**　　해와 달은 그 무엇이 바빠서
　　　　　　　　먼 하늘을 허위적허위적거리며 바삐 가시는가.
　　　　　　　　이제는 십 리에 한 번씩 쉬엄쉬엄 쉬면서 가려무나.

2.

곳츤 불긋불긋 닙흔 프릇프릇
이 내 ᄆᆞ음은 우즑우즑 ᄒᆞᄂᆞᆫ고야
春風은 불고도 낫바 건듯건듯 ᄒᆞᄂᆞᆫ다.(節序)   (古今 109)

우즑우즑=우쭐우쭐 ◇불고도 낫바=불고도 부족해서. 마음에 차지 않아서 ◇건듯
건듯=건들건들. 정성이 없이 대충대충 처리하는 모양.

■통석(通釋)   꽃잎은 불긋불긋 나뭇잎은 푸릇푸릇
             이런 때 내 마음은 우쭐우쭐하는구나
             봄바람은 불고도 마음에 차지 않는지 건들건들하느냐?

3.

뎌 괴ᄂᆞᆫ 누를 져허 노피노피 올나ᄂᆞᆫᄃᆞ
豺狼을 나ᄂᆞᆫ 저허 기피기피 드럿노라
宣父도 이러ᄒᆞᄆᆞ로 畏於匡을 ᄒᆞ시니라.   (淸溪歌詞 22) 姜復中

뎌 괴ᄂᆞᆫ=저 고양이는 ◇누를 져허=누구를 두려워하여 ◇豺狼(시랑)=이리 ◇宣父
(선보)=공자(孔子)를 부르는 이름 ◇畏於匡(외어광)=바로잡는 것을 두려워하다.

■통석(通釋)   저 고양이는 누구를 두려워하여 높이높이 올라갔느냐?
             이리가 나는 두려워 깊이깊이 들어왔다.
             공자도 이렇기 때문에 바로잡는 것을 두려워하셨다.

4.

冬至ㅅ들 기나긴 밤을 한 허리를 버혀내여
春風 니불 아레 서리서리 너헛다가
어론 님 오신 날 밤이여든 구뷔구뷔 펴리라.   (珍靑 287) 黃眞

한 허리를=한 부분을 ◇春風(춘풍) 니불 아레=봄바람처럼 따뜻한 이불 속에 ◇서

리서리 너헛다가=차곡차곡 넣었다가 ◇어론 님=사랑하는 님 ◇구뷔구뷔 펴리라=한 구비 한 구비 펼치겠다.

■**통석(通釋)** 동짓달 기나긴 밤을 한 부분을 베어내어
봄바람처럼 따뜻한 이불 속에 차곡차곡 넣었다가
사랑하는 님이 오신 날 밤이면 한 구비 한 구비씩 펼치겠다.

5.

둥덩둥덩 노식그려 날마다 둥덩둥덩 놀이라
민양장셩 둥덩둥덩 노라도 歲月이 如流ᄒ니
둥덩둥덩 노리라 긔 얼민요   (啓明大本 靑丘永言 229) 小栢舟

노식그려=놀아봅시다. ◇놀이라=놀겠다. ◇민양장셩=매양장상(每樣長常). 언제나
항상 ◇歲月(세월)이 如流(여류)ᄒ니=세월이 물이 흐르는 것처럼 빠르니 ◇노리라=
놀아보겠다. ◇긔 얼민요=그것이 얼마나 되겠느냐?

■**통석(通釋)** 둥덩둥덩 놀아봅시다 날마다 둥덩둥덩 놀겠다.
언제나 항상 둥덩둥덩 놀아도 세월이 물 흐르듯 빨리 가니
둥덩둥덩 놀아보겠다고 한들 그래도 그것이 얼마나 되겠느냐?

6.

뫼흔 길고길고 믈은 멀고멀고
어버이 그린 뜯은 만코만코 하고하고
어듸셔 외기러기는 울고울고 가ᄂ니.   (孤山遺稿 73) 尹善道

뫼흔=산줄기는 ◇믈흔 멀고멀고=냇물을 멀리멀리까지 흘러가고 ◇그린 뜯=그리
워하는 뜻 ◇하고하고=많고 많고 ◇가ᄂ니=가느냐?

■**통석(通釋)** 산줄기는 길게길게 벋어 있고 시냇물은 멀리멀리까지 흘러가고
어버이를 그리워하는 뜻은 많고많고 또 많고많고

어디서 외기러기는 울며울며 날아가느냐?

7.
ㅂ람이 불랴ᄂᆞᆫ지 나모 ᄭᅳ치 누읏누읏
비 오려ᄂᆞᆫ지 졔 구름이 머흘머흘
這 任이 내 품에 들려ᄂᆞᆫ지 눈을 금젹금젹 ᄒᆞ더라.   (樂高 298)

불랴ᄂᆞᆫ지=불려고 하는지 ◇누읏누읏=약하게 흔들리는 모양 ◇머흘머흘=모양이
자주 바뀌는 것. 뭉게뭉게 ◇這(저)='저'의 한자 표기 ◇품에 들려ᄂᆞᆫ지=품안에 들어
오려고 하는지. 안기려고 하는지.

■ **통석(通釋)**   바람이 불려고 하는지 나무 끝이 흔들흔들
　　　　　　　 비가 오려는지 몰려드는 구름이 뭉게뭉게
　　　　　　　 저 님이 내 품안에 들려고 하는지 눈을 끔적끔적하더라.

8.
우정워정ᄒᆞ며 歲셰月월이 거의로다
흐롱하롱ᄒᆞ며 일운 일이 무스 일고
두어라 已이矣의已이矣의어니 아니 놀고 엇디리.   (松星 63) 鄭澈

우정워정ᄒᆞ며=어정어정하다 보니 ◇거의로다=거지반이다. 거의 다 갔다. ◇흐롱하
롱ᄒᆞ며=허둥대다가 보니 ◇일운 일이 무스 일고=이루어놓은 일이 무슨 일이 있는
가? ◇已이矣의已이矣의어니=이미 지나가고 또 지나갔으니 ◇엇디리=어찌하랴. 무엇
하랴.

■ **통석(通釋)**   어정어정하다 보니 세월이 거의 다 갔구나.
　　　　　　　 허둥대면서 이루어놓은 일이 무슨 일이 있는가,
　　　　　　　 두어라 이미 지나가고 또 지나갔으니 아니 놀고서 무엇하랴.

9.

엄벙덤벙ᄒᆞᆫ 世上에 그렁져렁 다 늘거가니

이렁져렁 놀고 노ᄉᆡ 그려

아ᄒᆡ야 거문고 ᄂᆞ리와라 둥덩둥덩 놀이라.　　　(啓明大本 靑丘永言 444) 朴良佐

엄벙덤벙ᄒᆞᆫ=어쩔 줄 모르고 함부로 덤벙거리는 ◇그렁져렁=어찌 되는 것도 모르는 사이에 ◇이렁져렁=이런저런 모양으로 ◇ᄂᆞ리와라=내려놓아라. ◇놀이라=놀겠다.

■ **통석(通釋)**　어쩔 줄 모르고 함부로 덤벙거리는 세상에 어찌 되는 줄도 모르는 사이에 다 늙어가니

이런저런 모양으로 놀고 또 놉시다 그려

아이야, 거문고 내려놓아라. 둥덩둥덩 거문고를 치며 놀겠다.

10.

이리ᄒᆞ나 져러ᄒᆞ나 이 草屋 便코 됫타

淸風은 오락가락 明月은 들낙나락

이 中에 病업슨 이 몸이 쟈락ᄭᅵ락ᄒᆞ리라.　　　(源國 145)

이러ᄒᆞ나 져러ᄒᆞ나=이러하거나 저러하거나 ◇便(편)코 됫타=편안하고 좋다 ◇쟈락ᄭᅵ락=자다가 깨었다가.

■ **통석(通釋)**　이렇거나 저렇거나 이 초가집이 편안하고 좋구나.

맑은 바람은 오락가락 불어오고 밝은 달은 그림자를 드리웠다 그만뒀다.

이렇게 살아가는데 병이 없는 이 몸은 자다가 깨었다가 하며 살겠다.

11.

이셩져셩ᄒᆞ니 이론 일이 무스 일고

흐롱하롱ᄒᆞ니 歲月이 거의로다

두어라 已矣已矣여니 아니 놀고 어이리.　　　(靑珍 24) 宋寅

이셩져셩ᄒ니=이렇게 저렇게 하다 보니 ◇이론 일이=이루어놓은 일이 ◇무스 일고=무슨 일이 있는가? ◇흐롱하롱ᄒ니=허둥대다 보니 ◇거의로다=거의 다 흘러갔다. ◇已矣已矣(이의이의)여니=이미 지나가고 또 지나간 일이니.

■ **통석(通釋)**　이렇게 저렇게 하다 보니 이루어놓은 일이 무슨 일이 있는가?
　　　　　　　허둥대다 보니 세월이 거의 다 흘러갔다.
　　　　　　　두어라, 이미 지나가고 지나간 일이니 아니 놀고 어찌하랴?

12.
이셩져셩 다 지내고 흐롱하롱 인 일 업ᄂᆡ
功名도 어근버근 世事도 싱숭샹숭
每日에 ᄒᆞᆫ 盞 두 盞 ᄒᆞ여 이렁져렁ᄒ리라.　　　　　　　(靑珍 329)

다 지내고=세월을 다 지나 보내고 ◇인 일 업ᄂᆡ=이루어놓은 일이 없네. ◇어근버근=서로가 맞지 않고 틈이 벌어지는 모양 ◇世事(세사)=세상의 살아가는 일 ◇싱숭샹숭=싱숭생숭. 갈팡질팡하는 모양 ◇이렁져렁=이렇게 저렇게. 되는대로.

■ **통석(通釋)**　이렇게 저렇게 하는 동안에 세월을 다 보내고 흐롱하롱하면서 이룬
　　　　　　　일이 없네.
　　　　　　　공명도 뜻 같지 않아 못 이루고 세상 살아가는 일도 갈팡질팡
　　　　　　　매일에 한 잔 두 잔 마시며 이렁저렁 지내리라.

13.
虛렁더렁 다 지나가니 엇츨벗츨 죠흔 일 업ᄂᆡ
功名은 어근버근 世事ᄂᆞᆫ 싱숭샹숭
두어라 ᄒᆞᆫ 盞 두 盞으로 그리져리 ᄒᆞ리라.　　　　　　　(解我愁 129)

虛(허)렁더렁=헐렁덜렁. 하는 짓이 들뜨고 실속이 없다. ◇엇츨벗츨=어칠비칠. 어칠거리고 비칠거리는 모양 ◇어근버근=꼭 맞지 아니하는 모양. 좋아할 수도 싫어할 수도 없는 모양 ◇싱숭샹숭=싱숭생숭. 어수선하고 갈팡질팡하는 모양. ◇그리져리=

그럭저럭.

■ **통석(通釋)** 헐렁덜렁하다 보니 세월이 다 지나가니 어칠비칠 좋은 일이 하나도
없다.
공명은 좋아할 수도 싫어할 수도 없고 세상의 일들은 싱숭생숭
두어라, 한 잔 두어 잔으로 그럭저럭 살아가겠다.

14.
물 업신 강산 올ᄂ 나무도 썻쩌 다리도 노코 돌두 발노 툭 ᄎ 데글데글 궁
글여라
구렁도 메이고 만첩청산 ᄂ리고 ᄂ린 물쎨 휘여ᄌ바 타고 어르렁 쌀쌀 더지
둥덩실 임 ᄎᄌ가니
셕양에 물 ᄎᆫ 져비ᄂ 오락가락. (時調(朴氏本) 44)

물 업신 강산=물이 없는 강산(岡山) ◇돌두=돌도 ◇궁글여라=굴려라. ◇구렁도 메
이고=구렁도 메우고. 구렁은 땅이 움푹 파인 곳 ◇ᄂ리고 ᄂ린=낮은 곳으로 흘러
내려온 ◇휘여ᄌ바=움켜잡아 ◇더지 둥덩실=덩지 둥덩실 ◇물 ᄎᆫ 져비ᄂ=물을 차고
오르는 제비는. 날씬하다는 뜻도 있다.

■ **통석(通釋)** 물이 없는 산에 올라가 나무를 꺾어 다리도 놓고 돌도 발로 툭 차서
데굴데굴 굴려라.
구렁도 메우고 첩첩이 싸인 산줄기가 뻗어내려 휘어잡아 소리를 내며
콸콸 쏟아지는 물결을 타고 둥덩실 님을 찾아가니
석양에 물을 차고 오르는 제비만 오락가락.

15.
ᄮ 여든에 첫 계집을 ᄒ니 어렷두렷 우벅주벅 주글 번 살 번ᄒ다가
와당탕 드리ᄃ라 이리져리ᄒ니 老都슈의 ᄆ음 흥글항글
眞實로 이 滋味 아돗던들 길 적보터 흘랏다. (珍靑 508)

半(반) 여든에=마흔 살에 ◇첫 계집을 ᄒ니=처음으로 계집을 상대하니 ◇어렷두렷=어리둥절하는 모양 ◇우벅주벅=우적우적. 일을 억지로 급하게 서두는 모양 ◇주글 번 살 번=죽을 뻔 살 뻔. 어려움을 여러 번 겪는 모양 ◇드리드라 이리져리ᄒ니=달려들어서 이렇게 저렇게 다루니 ◇老都令(노도령)='都令'은 '道令'의 잘못. 노총각 ◇홍글항글=흥뚱항뚱. 몹시 들떠 있는 모양 ◇滋味(자미) 아돗던들=재미를 알았던들. 아기자기하게 즐거운 맛 ◇길 적보터 흘랏다=기어다닐 때부터 하였을 것이다.

■ **통석(通釋)** 나이 마흔에 처음으로 여자를 상대하니 어리둥절 우적우적, 죽을 뻔 살 뻔하다가
와당탕 달려들어 이렇게 저렇게 다루니 노총각의 마음이 흥뚱항뚱
참으로 이런 재미를 알았던들 기어다닐 때부터 하였을 것이다.

16.
재 우희 우둑 션 소나모 ᄇ람 불 적마다 흔덕흔덕
개울에 셧ᄂ 버들 므스 일 조차셔 흔들흔들 흔들흔들
님 그려 우ᄂ 눈물 올커니와 입ᄒ고 코ᄂ 어이 므스 일 조차셔 후루룩 비쥭 ᄒᄂ니.

(靑珍 511)

재=고개 ◇조차셔=따라서 ◇올커니와=당연하거니와 ◇어이=왜 ◇후루룩 비쥭=입은 후루룩 소리를 내고 코는 비쭉. 남을 시기하는 모양.

■ **통석(通釋)** 고개 위에 우뚝 서 있는 소나무는 바람이 불 때마다 흔들흔들
개울가에 서 있는 버드나무는 무슨 일 때문에 따라서 흔들흔들
님을 그리워하여 우는 눈물은 당연하거니와 입하고 코는 무슨 일을 따라서 후루룩 소리를 내고 삐죽하는가?

17.
푸른 풀 長堤上에 소 앞세고 장기 지고 슬렁슬렁 가ᄂ 져 農夫야
게고리 解産ᄒ고 밧비들기 오락가락 쯈북새ᄂ 논쉬마다 쯈북쯈북 검은 구름 덥힌 들에 비 쳥ᄒᄂ 져 一雙 白鷺 기룩기룩 울고 가ᄂ구나.

두어라 世間榮辱夢外事오 桑柘村無限景은 겨샌인가.   (歌歌 444)

長堤上(장제상)=긴 뚝 위 ◇앞셰고=앞세우고 ◇장기 지고=쟁기를 짊어지고 ◇슬
렁슬렁=어슬렁어슬렁 ◇게고리='개구리'의 잘못 ◇解産(해산)ᄒ고=새끼 낳고 ◇논쉬
마다=논 귀퉁이마다 ◇비 쳥ᄒᄂ=비가 내리기를 바라는 ◇世間榮辱夢外事(세간영욕
몽외사)오=세상의 명예와 치욕은 꿈밖의 일이요. 관심 밖이요. ◇桑柘村無限景(상자
촌무한경)=고향의 무한한 경치. '桑柘'는 '桑梓'의 잘못인 듯. '상자(桑梓)'는 뽕나무
와 가래나무란 뜻으로, 옛날에는 고향집 담 밑에 뽕나무와 가래나무를 심어 자손들
에게 조상을 생각하게 했다는 뜻에서 '고향의 집'이나 '고향'을 일컫는 말이다.

■ **통석(通釋)**   푸른 풀이 우거진 긴 뚝 위로 소를 앞세우고 쟁기를 지고 술렁술렁 가
는 저 농부야
　　개구리가 새끼를 낳고 밭비둘기는 오락가락 뜸북새는 논 귀퉁이마다
뜸북뜸북 시커먼 구름이 덮인 들에 비가 내리기를 바라는 저 백로 한 쌍
이 기룩기룩 울고 가는구나
　　두어라 세상의 명예와 치욕은 관심 밖이요 고향의 무한한 경치가 저것
뿐이 아닌가.

제9장 시조 속의 언어유희

일종의 말장난이다. 되도록 비슷한 말을 연속적으로 쓴다든가 사실과 다른 이야기를 꾸미거나 같은 말이라도 쓰는 경우가 엉뚱한 경우를 말한다. 띄어쓰기를 하지 않은 채 "아버지가방에들어가신다."라고 써놓고 "아버지가 방에 들어가신다"인지 "아버지 가방에 들어가신다"인지 헷갈리게 하는 것, "뜰에 콩깍지 깐 콩깍지인가? 안 깐 콩깍지인가?"를 빨리 읽어보려 하다가 발음이 꼬이는 것 등이 모두 말장난이다.

1.

물리 기러 長水런가 城이 기러 長城인가
長水長城 兩長間에 入山男兒 去留地라
아마도 긴장ᄌ 흔나이야 어이 길이 이즐손냐.　　　　　(竹菊軒稿 2) 金商稷

물리 기러=물이 길어　◇長水(장수)=전라북도에 있는 군명(郡名)　◇長城(장성)=전라남도에 있는 군명　◇去留地(거류지)=가거나 머무를 곳　◇긴장ᄌ 흔나이야 어이 길이 이즐손야=긴 장(長) 자 하나를 어떻게 영원히 잊겠느냐?

■ **통석(通釋)**　물이 길어 장수인가, 성이 길어 장성인가.
　　　　　　　장수와 장성의 두 장(長) 자 사이에 산에 든 남자가 가거나 머물 곳이다.
　　　　　　　아마도 장수건, 장성이건 장 자 하나를 어찌 영원히 잊을 수가 있겠느냐?

2.

ㅂ룸ㅅ 부ᄂ 날에 부스ㅅ 뮈여워라

말슴ㅅ 긋치시고 준치ㅅ ᄒㅅ이다

어옥ㅅ 더옥ㅅ 밋테 가면 노ㅅ ᄒ리 뉘 잇시랴. (歌譜 185)

ㅂ룸ㅅ=바람깨나 ◇브스ㅅ=부스스 하는 모양, 낌새 ◇뮈여워라=미워라. ◇말슴ㅅ
=말깨나 하는 사정, 형편 ◇긋치시고=그만두시고 ◇준치ㅅ ᄒㅅ이다=잔치나 합시다.
◇어옥ㅅ 더옥ㅅ=억새나 속새. 야생의 풀이다. ◇밋테 가면=묻히면. 죽으면 ◇노ㅅ
ᄒ리 뉘 잇시랴=놀자고 할 사람이 누가 있겠느냐? '식' 자를 연속적으로 써서 지은
시조이다.

■ **통석(通釋)** 　바람깨나 부는 날에 부스스 하는 모양이 미워라.

　　　　　　말깨나 하는 사정은 그만두시고 잔치나 합시다.

　　　　　　억새나 속새 밑에 묻히게 되면, 곧 죽으면 놀자고 할 사람의 누가 있

　　　겠느냐?

3.

우레ㄱㅊ 소ᄅㅣ나ᄂ 님을 번ㄱㅣㄱㅊ 번ᄯ 만나

비ㄱㅊ 오락ㄱㅣ락 구름ㄱㅊ 헤여지니

胸中에 ㅂ룸ㄱㅊ튼 ᄒ숨이 안ㄱㅣ 픠듯 ᄒ여라. (瓶歌 820)

우레ㄱㅊ 소ᄅㅣ나ᄂ=요란스럽게 떠들썩했던 ◇번ㄱㅣㄱㅊ 번ᄯ=번개가 치는 것처럼
매우 빠르게 ◇오락ㄱㅣ락=이랬다 저랬다. 오다가 그치다가 ◇구름ㄱㅊ 헤여지니=아
무런 약속도 없이 헤어지니 ◇胸中(흉중)=가슴속 ◇안ㄱㅣ 픠듯=안개가 퍼지듯. 아무
것도 없다. 'ㄱㅊ'를 연속적으로 써 시조를 만들었다.

■ **통석(通釋)** 　우레처럼 요란스럽고 떠들썩했던 님을 마치 번개처럼 매우 빨리 만나

　　　　　　비처럼 오다가 그쳤다 하다가 구름이 갈리듯 기약 없이 헤어지니

　　　　　　마음속에 바람처럼 허무한 한숨이 안개가 퍼지듯 하는구나.

4.

秋山이 秋風을 씌고 秋江에 줌겨 잇다

秋天에 秋月이 두려시 도닷늣듸

秋霜에 一雙 秋雁은 向南飛를 ᄒ더라.　　　　　(瓶歌 561) 儒川君 㴭

씌고=타고 ◇두려시 도닷늣듸=둥그렇게 떴는데. 환하게 ◇秋雁(추안)은 向南飛(향
남비)=가을철이 날아오는 기러기는 남쪽을 향해 날아가다. 가을 추(秋) 자를 연속적
으로 넣어 만든 시조이다.

■ **통석(通釋)**　단풍으로 물든 가을 산이 가을바람을 타고 가을 강물에 잠겨 있다.
　　　　　　　　가을하늘에 가을 달이 둥그렇게 떠 있는데
　　　　　　　　가을 서리에 놀란 한 쌍의 가을철 기러기는 남쪽을 향해 날아가더라.

5.

위딕 밍공이 다섯 아례딕 밍공이 다섯 景慕宮 압 연못세 잇는 밍공이 연닙
하나 쑥 짜 물 떠 두루쳐 이구 수운 장수허는 밍공이 다섯 三淸洞 밍공이 六月
소낙이의 죽은 어린이 나막신짝 하나 으더 타고 가진 풍유하고 서뉴허ᄂ 밍공
이 다섯 四五二十 시무 밍공이 慕華館 芳松里 李周明네 집 마당가의 포깁포깁
모이더니 밋테 밍공이 아구 무겁다 밍공 허니 윗 밍공이는 뭣시 무거유냐 장
간 차마라 작갑시럽다 군말 된다 허구 밍공 그中의 어느 놈이 상시럽구 밍낭
시러운 수밍공이냐

綠水靑山 깁흔 물의 白首風塵 흣날니구 孫子 밍공이 무릅혜 안치구 저리 가
거라 뒤틱를 보자 이리 오느라 압 틱를 보자 짝짝궁 도리도리 질나릭비 훨훨
지룡부리는 밍공이 슈밍공이루 아러더니

崇禮門 박 썩 닉다러 七픽八픽 靑픽 비다리 쪽졔굴 네거리 閭門洞 四거리
靑픽 비다리 첫 둘 셋 넷 다섯 여섯 일굽 여덜 아홉 녈직 미나리 논의 방구 통
쒸구 눈물 쇠죄죄 흘니구 오좀 잘금 싸구 노랑 머리 복쥐여 틋구 엄지와 장가
락의 된 가릭침 빅터 들구 두 다리 쇠고 깁흑헌 방축 밋테 남 알가 용 올니는
밍공이 슈밍공인가.　　　　　　　　　　　　　　　　　　　　　　(謌詞 62)

위딕=위쪽 대(臺). 대는 뚝 같은 것을 높게 쌓은 곳. 축대(築臺). 또는 서울의 서북쪽에 위치한 인왕산 가까이의 동네를 우대, 청계천 주변의 마을을 아랫대라 부르기도 하였다. ◇景慕宮(경모궁)=사도세자와 그의 비 헌경왕후(獻敬王后)가 거처하던 곳으로 종로구 연건동에 있었다. ◇두루쳐 이고=둘러 이고 ◇수운 장수허는=수운은 순(筍)을 가리키는 것으로 야채 장수를 말하는 듯. ◇소낙이의=소나기에 ◇으더 타고=얻어 타고 ◇가진 풍유하고=갖가지 풍류(風流)를 하고 ◇서뉴허는=선유(船遊)하는. 뱃놀이하는. ◇시무=스무. 스물 ◇慕華館(모화관)=서울 서대문 밖에 있었던 조선시대 중국 사신들을 영접하던 곳 ◇芳松里(방송리)=반송방(盤松坊). 모화관 북쪽에 있던 동리 ◇아구=아이고 ◇뭣시 무거유냐=무엇이 무거우냐? ◇장간 차마라=잠깐만 참아라. ◇작갑시럽다=자깝스럽다. 본래는 '깜찍하다'라는 뜻이나 여기서는 '시끄럽다'나 '잔소리한다'라는 뜻으로 쓰였다. ◇군말 된다=쓸데없는 말이 된다. ◇상시럽구 밍낭시러운=쌍스럽고 맹랑한 ◇白首風塵(백수풍진)=모진 세상을 겪은 모습 ◇뒤틱를=뒷모습을 ◇짝짝궁~훨훨=어린 애들의 재롱놀이 ◇썩 닉다려=거침없이 내달려 ◇배다리=서울 용산구 청파동과 동자동 사이에 있던 다리(舟橋) ◇쪽제굴=굴다리를 가리키는 듯 ◇闇門洞(이문동)=지금의 용산구 청파동 근처에 있던 동리인 듯 ◇복쥐여 틋고=마구 쥐어뜯고 ◇깁흑헌=깊숙한 ◇방축=방죽. 방축(防築) ◇용올리는=한 번에 힘을 쓰는.

■ **통석(通釋)** 위쪽 대 맹꽁이 다섯 아래쪽 대 맹꽁이 다섯 경모궁 앞 연못에 있는 맹꽁이 연잎 하나 뚝 따서 둘러 이고 채소 장사하는 맹꽁이 다섯 삼청동 맹꽁이 유월 소나기에 죽은 어린애 나막신 한 짝을 얻어 타고 갖은 놀이와 뱃놀이를 하는 맹꽁이 다섯 스무 맹꽁이가 모화관 반송방 이주명네 집 마당가에 포갬포갬 모이더니 밑에 맹꽁이 아이고 무겁다고 맹꽁 하니 위에 맹꽁이는 무엇이 무겁냐? 잠깐만 참아라, 시끄럽다. 쓸데없는 말이다. 하고 맹꽁 하니 그 가운데 어느 놈이 쌍스럽고 맹랑한 수놈 맹꽁이냐?

녹수 청산 깊은 물에 모진 세상 다 겪고 흰 머리카락을 흩날리며 손자 맹꽁이를 무릎 위에 앉히고 저리 가거라, 뒷모습을 보자. 이리 오너라, 앞모습을 보자. 짝짜꿍 도리도리 질나래비 훨훨 하며 재롱 부리는 맹꽁이를 수놈 맹꽁으로 알았더니

숭례문 밖을 거침없이 내달려 칠패 팔패 청파 배다리 쪽제굴 네거리 이문동 네거리 청파 배다리 첫째 둘 셋 넷 다섯 여섯 일곱 여덟 아홉 열

째 미나리 논에 방귀 뽕 뀌고 눈물 꾀죄죄 흘리고 오줌 찔끔 싸고 노랑
머리 꽉 쥐어뜯고 엄지와 장가락에 가래침을 뱉어 들고서 두 다리를 꼬
고 깊숙한 방죽 밑에 남이 알까 하여 한 번에 힘을 쓰는 맹꽁이가 수놈
맹꽁이인가?

6.

청쥬로다 청쥬로다 청쥬강에다 막걸네(리)로 빅 무어 씌우고 탁빅이 돗을 활
신 달고

그 빅 우혜다 녯날 녯적 소동파 리덕션 두목지 쟝건 녀동빈 제갈량 삼천갑
ᄌ 동방삭이며 요슌 우탕 문무 쥬공 렬녀 효ᄌ 츙신 다 모화 싯고 쇼쥬 바람이
슬슬 부ᄂ디 안쥬나 셩쥽으로 빅노리 가ᄌ고나

츠아로 가산 명쥬가 가로 막혀 나 못 살갓네.   (樂高 901)

청쥬로다=청주(淸酒)로구나. 맑은 술이로구나. 지명 청주(淸州)와 복합적 의미로
쓰였다. ◇막걸네로=막걸리로 ◇무어=만들어 ◇탁빅이=탁주(濁酒) ◇돗을 활신 달고
=돛을 시원스럽게 달고 ◇소동파=소동파(蘇東坡). 송나라의 소식(蘇軾). 호가 동파(東
坡)임. ◇리덕션=이적선(李謫仙). 당나라의 이백(李白). 적선(謫仙)은 하늘에서 땅으로
귀양 온 신선이란 뜻 ◇두목지=두목지(杜牧之). 당나라 시인 두목(杜牧). 목지는 그
의 자(字)이다. ◇쟝건=한(漢)나라 때 장건(張騫) ◇녀동빈=여동빈(呂洞賓). 당나라 사
람. 본명은 암(嵒). 동빈은 자 ◇제갈량=촉한의 사람. 유비를 도와 천하통일을 꾀했
다. ◇삼천갑ᄌ 동방삭=삼천갑자(三千甲子)를 살았다고 하는 동방삭(東方朔). 한무제
(漢武帝) 때 사람 ◇요순=요순(堯舜). 요임금과 순임금 ◇우탕=우탕(禹湯). 하(夏)나라
우왕(禹王)과 은(殷)나라 탕왕(湯王) ◇문무=문무(文武). 주(周)나라 문왕과 무왕(文武)
◇쥬공=주공(周公). 주나라 문왕의 아들이며 무왕의 아우. 주나라의 기초를 세웠다.
◇쇼쥬=중국의 소주(蘇州)가 아닌 술의 종류 소주(燒酒) ◇안쥬=안주(按酒). 지명 안
주(安州)가 아닌 술안주 ◇셩쥽으로 빅노리=도성안(城中)으로 뱃놀이 ◇가산 명쥬=
평안도에 있는 지명 가산(嘉山)과 정주(定州). 지세(地勢)가 높다는 뜻으로 썼다.

■**통석(通釋)** 청주로구나, 청주로구나. 청주 강에다 막걸리로 배를 만들어 띄우고
          탁주로 돛을 시원스럽게 달고
          그 배 위에다가 옛날옛적의 소동파 이적선 두목지 장건 여동빈 제갈

량 삼천갑자 동방삭이며 요임금 순임금 우왕과 탕왕 문왕과 무왕 주공
열녀 효자 충신 다 모아 싣고 소주 바람이 슬슬 부는 곳 안주나 성중으
로 뱃놀이 가자꾸나.

　참으로 가산과 정주 같은 높은 곳이 가로막혀 내가 못 살겠구나.

제10장 초·중·종장에 같은 말

3장 45자 내외의 짧은 시인 시조에서 각 장(章)에 같은 말을 넣어 짓는다는 것은 결코 쉬운 일이 아니다. 평시조가 아닌 장시조(長時調)의 예외가 없는 것은 아니지만 각각의 장에 같은 말을 넣음으로 해서 암송할 경우 어느 정도의 음악적 효과를 얻을 수 있고, 어려운 내용도 조금은 친근하게 느껴지게 할 수 있다.

1.
가노라 슬허 마소 보내는 나도 잇니
白沙場 千里 길히 몸이나 죠히 가소
가다가 細寒숨 지거든 날인가 돌아보소.　　　　　　　　　　(解我愁 161)

가노라 슬허 마소=내가 간다고 하여 슬퍼하지 마시오. ◇白沙場(백사장)=걷기 힘든 모래 길 ◇죠히 가소=잘 가시오. 평안히 ◇細寒(세한)숨 지거든=작은 한숨이라도 나오거든 ◇날인가=나인가 하고.

■**통석(通釋)**　간다고 슬퍼하지 마시오. 떠나보내는 나도 있습니다.
　　　　　　　걷기가 힘든 모래 길 천 리에 몸이나 건강하게 잘 가시오.
　　　　　　　가다가 작은 한숨이라도 나오거든 나인가 하고 돌아다보시오.

2.
가락디 싹을 닐코 네 홀로 날 쯔로니

네네 싹 츠즐제면 나도 님을 보련마는

싹 닐코 글이는 양이야 네나 닉나 다르랴.　　　　　　　　(源國 女唱 81)

가락디=가락지. 짝으로 된 반지　◇닐코=잃고　◇날 쯔로니=나를 따르니　◇네네 싹
츠즐제면='네네'는 운율을 맞추기 위함인 듯. 네 짝을 찾을 때에는　◇닐코 글이는
양이야=잃고 그리워하는 모양이야.

■ **통석(通釋)**　두 짝으로 된 반지가 한 짝을 잃어버리고 혼자서 나를 따르니

네가 네 짝을 찾을 때면 나도 님을 볼 수 있으련만

짝을 잃고 그리워하는 모양이 너나 내나 다르랴.

3.

가마괴 싹싹흔들 사름마다 다 주그랴

비록 싹싹흔들 네 죽으며 내 죽으랴

眞實노 죽기곳 죽으면 님의 님이 죽으리라.(艶情)　　　　　　　　(槿樂 230)

주그랴=죽겠느냐?　◇죽기곳 죽으면=죽기만 죽는다면. 틀림없이 죽는다면　◇님의
님이=님이 사랑하는 사람이.

■ **통석(通釋)**　까마귀가 깍깍 울면 사람이 죽는다고 하나 사람마다 다 죽으랴.

비록 까마귀가 깍깍 울면 네가 죽으며 내가 죽으랴.

참으로 죽기만 죽는다면 님의 님이 먼저 죽으리라.

4.

가마귀 검거라 말고 히오라비 셸 줄 어이

검거니 셰거니 一便도 흔져이고

우리는 수리두루미라 검도 셰도 아녜라.　　　　　　　　(靑珍 344)

검거라 말고=검다고만 하지 말고　◇히오라비 셸 줄 어이=백로(白鷺)가 희어질 줄
을 어찌　◇一便(일편)도 흔져이고=한쪽으로 분명도 하구나.　◇검도 셰도=검지도 희
지도.

까마귀를 검다고만 하지 말고 백로가 희어질 줄 어이 알랴

　　　　　　검거니 희거나 어느 쪽이든 분명하구나.

　　　　　　우리는 수리두루미라 검지도 희지도 아니하는구나.

5.

가마귀 검다 ㅎ고 白鷺ㅣ야 웃지 마라

것치 거믄들 속조차 거믈소냐

아마도 것 희고 속 검을 슨 너쑨인가 ㅎ노라.　　　　　　　(靑珍 418)

　것치 거믄들=겉이 검다고 한들 ◇속조차 거믈소냐=마음씨마저도 검겠느냐? ◇속
검을 슨=마음이 검은 것은.

■통석(通釋) 까마귀가 검다고 백로야 웃지를 말거라

　　　　　　겉이 검다고 한들 마음마저도 검겠느냐?

　　　　　　아마도 겉은 희고 마음씨가 검은 것은 너뿐인가 한다.

6.

가마귀 검다 한들 속까지 검을소냐

慈鳥反哺라 하니 새 中에 孝子로다

사람이 그 안 가트면 가마귀엔들 比하리.　　　　　　(商山集 1) 池德鵬

　慈鳥反哺(자조반포)=인자한 새가 부모에게 은혜를 갚는다. 까마귀는 자라고 난 뒤
에 제 어미에게 먹이를 가져다주어 은혜를 갚는다고 한다. ◇그 안 가트면=그와 같
지 않으면.

■통석(通釋) 까마귀가 겉이 검다고 한들 마음속까지 검겠느냐?

　　　　　　까마귀가 길러준 은혜를 갚는 새라 하니 새 가운데 효자로구나

　　　　　　사람이 그런 새와 같지 않다면 까마귀에 비교하랴.

7.

가마귀 싹싹 아모리 운들 님이 가며 내들 가랴

밧 가는 아들 가며 뵈틀에 안즌 아기똘이 가랴

재 너머 물 길나 간 며늘아기 네나 갈가 ᄒ노라

(靑詠 474)

아모리 운들=아무리 운다고 한들 ◇내들 가랴=내가 죽으랴 ◇재 너머 물 길나 간
=고개 너머 물을 길러 간 ◇네나 갈가=너나 죽어야 할까.

■ **통석(通釋)** 까마귀가 깍깍 하고 아무리 운들 님이 죽으며 내가 죽으랴.

밭을 가는 아들이 죽으며 베틀에 앉아 베를 짜는 어린 딸이 죽으랴.

고개 너머 물 길러 간 며느리 너나 죽어야겠다.

8.

가마귀 속 흰 줄 모르고 것치 검다 뮈무여하며

갈먹이 것 희다 ᄉ랑허고 속 검은 줄 몰낫더니

이졔야 表裏黑白을 ᄭ쳐ᄉ져 허노라.

(金玉 157) 安玫英

(余在鄕廬時 利川李五衛將基豐 使洞簫神方曲名唱金君植 領送一歌娥矣 問其名則錦香仙也
外林樣醜惡 不欲相對 然以當世風流郞指送 有難却 然卽請某某諸友 登山寺 而諸人見厥娥 皆掩面
而笑 然旣張之舞 難以中止 第使厥娥請時調 厥娥斂容端坐 唱蒼梧山崩湘水絶之句 其聲哀怨悽切
不覺遏雲飛塵 滿座無不落淚矣 唱時調三章後 續唱羽界面一編 又唱雜歌 牟末辛名唱員格 莫不透
妙 眞可謂絶世名人也 座上洗眼更見 則俄者醜惡 今忽丰容 雖吳姬越女 莫過於此矣 席上少年 皆
注目送情 而余亦難禁春情 仍爲先着鞭 大抵不以外貌取人 於是乎始覺云耳 ; 여재향려시 이천이
오위장기풍 사통소신방곡명창김군식 영송일가아의 문기명즉금향선야 외양추악 불욕상대 연이
당세풍류랑지송 유난개 연즉청모모제우 등산사 이제인견궐아 개엄면이소 연기장지무 난이중
지 제사궐아청시조 궐아렴용단좌 창창오산붕상수절지구 기성애원처절 불각운비진 만좌무불
락루의 창시조삼장후 속창우계면일편 우창잡가 모송등명창조격 막불투묘 진가위절세명인야
좌상세안갱견 즉아자추악 금홀봉용 수오희월녀 막과어차의 석상소년 개주목송정 이여역난금
춘정 잉위선착편 대저불이외모취인 어시호시각운이 : 내가 시골 오두막에 머물러 있을 때 이
천의 오위장 이기풍이 통소로 신방곡을 잘 부는 명창 김군식과 노래를 잘하는 아가씨를 보냈
다. 그의 이름을 물으니 금향선이라 하였다. 외양이 추악하여 상대하고 싶지 않으나 당대의
풍류랑이 지명해서 보냈기에 업신여기기가 어려웠다. 즉시 모모의 여러 벗들을 청하여 산사
에 오르니 모든 사람들이 그 아가씨를 보고 얼굴을 가리고 비웃지만 이미 시작한 춤판이라
중지하기가 어려웠다. 차례가 되어 그 아가씨에게 시조를 청하니 얼굴을 단정히 하고 앉아
창오산이 무너지고 상수가 끊어졌다는 구절을 노래하니 그 소리가 애원처절하여 구름이 멈추

초·중·종장에 같은 말 | 81

고 티끌이 날리는 것 같음을 깨닫지 못하고 모든 사람들이 눈물을 흘리지 않는 사람이 없었다. 시조 3장을 부르고 우계면 한 편을 계속해서 부르고 또 잡가를 부르니 모, 송 등 명창들의 조격보다 뛰어나게 묘함이 뒤지지 않으니 참으로 절세의 명인이라 이를 만하였다. 자리에서 눈을 씻고 다시 보니 조금 전의 추악하고 무시했던 것이 이제는 예쁜 얼굴로 보여 비록 오나라 월나라의 미녀라 하더라도 이보다 지나칠 수는 없었다. 자리에 있는 소년들이 다 눈길을 주며 정을 보내고 나도 또한 춘정을 금하기 어려워 먼저 채를 쳤다. 대저 외모를 보고 사람을 취할 것이 아니라는 것을 처음으로 깨달았을 따름이라 하겠다.)

뮈무여하며=매우 미워하며 ◇表裏黑白(표리흑백)을=겉과 속, 검은 것과 흰 것. 사람의 마음이 실제와 다름과 옳고 그름을 ◇씻쳐슨져=깨우쳤는가.

■통석(通釋) 　까마귀가 속이 흰 줄을 모르고 다만 겉이 검다고 하여 매우 미워하며
　　　　　　　갈매기는 겉이 희다고 하여 좋아하나 속이 검은 줄 몰랐더니
　　　　　　　이제야 겉과 속, 옳고 그름을 분명히 깨우쳤는가 한다.

9.
가마귀 칠ᄒᆞ여 검으며 히오리 늙어 셰더냐
天生黑白은 녜부터 잇건마ᄂᆞᆫ
엇더타 날 보신 님은 검다셰다 ᄒᆞᄂᆞ니.　　　　　　　　　　　　　　(甁歌 658)

셰더냐=희더냐? ◇天生黑白(천생흑백)은=태어날 때부터의 검고 흰 것은 ◇녜부터=예전부터 ◇엇덧타 날 보신=어쩌다 나를 만나본. 겪어본 ◇검다셰다=검다 희다. 옳다 그르다.

■통석(通釋) 　까마귀가 옻칠을 해서 검으며 백로가 늙어 터럭이 희더냐?
　　　　　　　태어날 때부터 검거나 흰 것은 예전부터 있는 것이지만
　　　　　　　어쩌다 나를 겪어보신 님은 나를 옳다 그르다 하느냐?

10.
가만이 웃쟈ᄒᆞ니 小人의 行實이요
허허쳐 웃쟈ᄒᆞ니 ᄂᆞᆷ 撓亂이 너길셰라

우음도 是非 만흐니 暫間 츠마 보리라.   (樂高 502)

가만이 웃쟈ᄒ니=소리 없이 웃자고 하니 ◇小人(소인)의 行實(행실)이요=못난 사
람이 하는 일상 하는 행동이요 ◇撓亂(요란)='요란(搖亂)'과 같다. 어지럽다. 시끄럽
다. ◇너길세라=여길 것이다. ◇是非(시비) 만흐니=말들이 많으니.

■ **통석(通釋)**   소리 내지 않고 웃고자 하니 소인들이나 하는 행실이요
                큰 소리로 웃자고 하니 남이 요란스럽다고 여길 것이다.
                웃는 것도 시비가 많으니 잠깐 참아보겠다.

11.
각셜 화셜 칙 보다가 돌고 ᄭ니 ᄭ이로다.
옛적 스ᄅᆷ드른 ᄭᆷ마다 증험이라
엇지타 ᄭᆷ ᄃᆺᄎ 무졍무심.   (風雅 196) 李世輔

각셜·화셜=각설(却說)·화설(話說). 고소설에서 화제(話題)를 바꿀 때 앞에 쓰는
말 ◇돌고 ᄭ니=졸다가 깨니 ◇증험이라=증험이다. 실제로 사실을 경험하다. ◇엇지
타 ᄭᆷ ᄃᆺᄎ 무졍무심=어쩌다 꿈마저 인정이 없고 관심도 없다.

■ **통석(通釋)**   각설·화설 책을 보다가 졸고 깨니 꿈이로구나.
                옛날 사람들은 꿈을 꿀 때마다 증험을 한다는데
                어쩌다 꿈마저 무정하고 무심한가?

12.
간다고 셜어 마라 두고 가난 나도 잇다
가며는 아쥬 가며 아쥬 간들 이질손야
가다가 님 ᄉᆡᆼ각 나거든 오던 길노.   (時調河氏本) 21)

셜어=서러워 ◇가난=떠나가는 ◇아쥬=정말로 ◇이질손야=잊겠느냐?

■ **통석(通釋)**   간다고 서러워하지 마라, 너를 두고 가는 나도 있다.

가면 정말로 가는 것이며, 아주 간다고 한들 잊겠느냐?
가다가 님이 생각나게 되면 오던 길로.

13.
간다고 스러 마오 두고 가는 나도 잇소
山疊疊 水重重한듸 부대부대 平安이 가오
가다가 조흔 任 만나면 갈지 말지. (時調集(平洲本) 39)

스러 마오=슬퍼하지 마시오. ◇山疊疊 水重重(산첩첩 수중중)한듸=산과 물이 겹치고 쌓였는데 ◇부대부대=부디부디.

■ **통석(通釋)** 간다고 슬퍼하지 마시오. 사랑하는 사람을 두고 가는 나도 있습니다.
산과 물이 겹치고 쌓였는데 부디부디 편안히 가시오.
가다가라도 좋은 님을 만나게 되면 갈지 말지.

14.
간밤의 우던 여흘 슬피 우러 지내여다
이제야 싱각ᄒ니 님이 우러 보내도다
져 물이 거스리 흐르고져 나도 우러 녜리라. (靑珍 296)

여흘=여울 ◇우러 지내여다=울며 흘러갔다. ◇우러 보내도다=울면서 보낸 것이다. ◇거스리 흐르고져=거꾸로 흐른다면. 역류(逆流)를 한다면 ◇우러 녜리라=울며 가겠다. 소리 내며 흐르겠다.

■ **통석(通釋)** 간밤에 소리를 내며 흘러가던 여울의 물, 슬픈 소리를 내며 흘러가는구나.
이제야 생각해보니 님이 울면서 보낸 것이다.
저 물이 거꾸로 흐른다면 나도 울며 흘러가겠다.

15.
갑프리라 갑프리라 셩쥬홍은 갑프리라

이 몸이 죽을진들 어이ᄒᆞ야 다 갑프리

이싱의 못 갑픈 은혜는 후싱의나 갑프리라.　　　　　(白日軒遺集) 李森

(報了報了 聖主鴻恩報了 此身雖死 何以盡報了 玆生未報恩 後生當報了 ; 보료보료 성주홍은
보료 차신수사 하이진보료 자생미보은 후생당보료)

　갑프리라=갚고 싶다. ◇성주홍은=성주홍은(聖主鴻恩). 훌륭한 임금의 큰 은혜 ◇
어이ᄒᆞ여 다 갑프리=어떻게 하면 다 갚을 수가 있으랴. ◇이싱의=이 세상의 살아
있는 동안에 ◇후싱의나=후생(後生)에나. 죽어 다시 태어나서라도.

■ **통석(通釋)**　　갚고 싶다, 갚고 싶다. 훌륭한 임금의 큰 은혜를 갚고 싶다.
　　　　　　　　이 몸이 죽을지언정 어떻게 하면 다 갚을 수 있으랴.
　　　　　　　　살아 있는 동안에 못 갚은 은혜는 죽어 다시 태어나서라도 갚고 싶다.

16.

江강湖호 둥실 白빅鷗구로다

偶우然연이 밧튼 춤이 지거구나 白빅鷗구 등에

白빅鷗구야 셩ᄂᆡ디 마라 世셰上샹 더려 ᄒᆞ노라.　　　　　(松別 52) 鄭澈

　밧튼 춤이 지거구나=뱉은 침이 떨어지겠다. ◇셩ᄂᆡ디 마라=노여워하지 마라 ◇더
려=더러워. 역겨워.

■ **통석(通釋)**　　강호에 둥실 떠 있는 것이 백구로구나.
　　　　　　　　우연히 뱉은 침이 떨어지겠다. 백구의 등에
　　　　　　　　백구야 노여워하지 말거라. 세상의 돌아가는 일들이 더러워 그랬다.

17.

去年에 붉든 곳츨 今年에 다시 보니

반갑다 花香이여 너도 ᄯᅩ흔 반기느냐

그 곳치 무어ᄒᆞ니 그을 답답ᄒᆞ여라.　　　　　(源皇 686)

　去年(거년)에 붉든=지난해에 붉었던. ◇ᄯᅩ흔 반기느냐=따라서 반가워하느냐? ◇무

어흥니=무어(無語)하니. 아무 말이 없으니 ◇그을=그것을.

■**통석(通釋)** 작년에 붉게 피었던 꽃을 올해에 다시 보니
　　　　　　　반갑구나, 꽃의 향기여! 너도 또한 나를 보고 반가워하느냐?
　　　　　　　그 꽃이 아무런 말이 없으니 그런 것이 답답하구나.

18.
거복아 너ᄂᆞᆫ 어이 머리ᄂᆞᆫ 내엿ᄂᆞ다
머리곳 내여시면 世上이 아ᄂᆞ니라
져재예 범 세히 이시니 머린들 낼 줄 이시랴.　　　　　　(景寒亭詩歌 19) 郭始徵
(識微審出處 ; 식미심출처)

거복아=거북아 ◇어이 머리ᄂᆞᆫ 내엿ᄂᆞ다=왜 머리는 내어놓았느냐? ◇머리곳 내여시
면=머리를 내어놓았으면 ◇아ᄂᆞ니라=알 것이다. ◇져재예 범 세히 이시니=저잣거리
에 범 세 마리가 있으니. 삼인성호(三人成虎 : 근거 없는 거짓말도 여러 사람이 말하게
되면 믿을 수밖에 없다). ◇머린들 낼 줄 이시랴=머리를 내놓을 까닭이 있겠느냐?

■**통석(通釋)** 거북아, 너는 왜 머리를 내어놓았느냐?
　　　　　　　머리를 내어놓았으면 세상이 다 알 것이다.
　　　　　　　근거 없는 말도 여럿이 우기면 믿게 되니 머리를 내놓을 까닭이 있겠
　　　　　　　느냐?

19.
傑紂ㅣ 죽이다 ᄒᆞ고 比干아 셜워 마라
傑紂 안이면 比干인 줄 뉘 아ᄂᆞ냐
하늘이 傑紂와 比干을 내여 後世人을 勸홈이라.　　　　　　(海朴 302) 金壽長

傑紂(걸주)ㅣ 죽이다=걸주가 죽였다 하고 걸주는 중국의 대표적인 폭군인 하(河)
나라 걸왕과 은(殷)나라 주왕을 가리킨다. 걸왕은 매희, 주왕은 달기라는 미녀에게
빠져 포악한 정치를 계속하다 각각 은의 탕왕, 주(周)의 무왕에게 멸망하였다. ◇比
干(비간)인 줄 뉘 아ᄂᆞ야=비간인 줄 누가 알겠느냐? 또는 비간이 있는 줄을 누가 알

겠느냐? 비간은 은나라 충신. 주왕의 폭정을 말리는 간언을 하다가 죽임을 당했다. ◇내여=태어나게 해서. 있게 만들어서 ◇勸(권)홈이라=권하는 것이다. 이는 '警戒'(경계)의 잘못인 듯.

■ **통석(通釋)** 걸주가 너를 죽였다 하고 비간아 서러워하지 마라.

걸주가 아니었다면 비간이 있는 줄 누가 알겠느냐?

하늘이 걸주와 비간을 태어나게 해서 후대 사람을 깨우침이다.

20.

곳 픠면 둘 싱각ᄒ고 둘 붉음연 술 싱각ᄒ고

곳 픠쟈 둘 붉쟈 술 엇으면 벗 싱각ᄒ네

언졔면 곳 알래 벗 들이고 翫月長醉 ᄒ련요.   (海一 316)

엇으면='잇스면'의 잘못. 또는 얻었으면 ◇언졔면=어느 때면 ◇곳 알래 벗 들이고= 꽃 아래에서 벗을 데리고 ◇翫月長醉(완월장취)=달을 즐기며 오랫동안 술에 취하다.

■ **통석(通釋)** 꽃이 피면 밝은 달을 생각하고 달이 밝으면 술을 생각하고

꽃이 피자 달이 밝고 술을 얻으면 벗을 생각하네.

언제면 꽃이 핀 아래에 벗을 데리고 달을 감상하며 오랫동안 술에 취해볼까.

21.

功名도 내 몰래라 富貴도 내 몰래라

虛浪ᄒᆞᆫ 人生이 世事도 내 몰래라

아마도 이 江山 아니면 내 몸 둘 듸 업세라.   (雜卉園集) 李重慶

내 몰래라=나는 모른다. 관심없다. ◇虛浪(허랑)ᄒᆞᆫ=언행이 허황되고 착실하지 못하다. ◇世事(세사)도=세상 살아가는 일도 ◇둘 듸 업세라=둘 곳이 없구나.

■ **통석(通釋)** 공명도 나는 모른다. 부귀도 나는 모른다.

허황되고 착실하지도 못한 삶이 세상의 모든 것을 나는 모른다.

아마도 이 강산이 아니면 내 몸마저 의지할 곳 없으리라.

22.

功名도 니젓노라 富貴도 니젓노라
世上 번우한 일 다 주어 니젓노라
내 몸을 내모자 니즈니 ᄂᆞᆷ이 아니 니즈랴.　　　　　　(珍靑 147) 金光煜

니젓노라=잊었다. 관심 없다. ◇번우한 일=번우(煩憂)한 일. 번거롭고 시름겨운 일
◇다 주어=다 내버려 ◇내모자 니즈니=나조차 잊으니.

■ 통석(通釋)　공을 이루는 것도 잊었다. 부귀도 잊었다.
　　　　　　세상의 번거롭고 시름겨운 일은 다 포기하고 잊었다.
　　　　　　내 몸을 나조차 잊으니 남인들 나를 잊지 않겠느냐?

23.

禽獸도 寒暖 알고 禽獸도 飢飽 알고
禽獸도 死生利害 낫낫치 모ᄅᆞᄂᆞᆫ 일 잇돗던가
슬푸다 禽獸만 賤타 말고 내 몸 貴키 도라보게.　　　(頤齋亂稿 24) 黃胤錫

禽獸(금수)도 寒暖(한란) 알고=짐승도 춥고 따뜻함을 알고 ◇飢飽(기포)=굶주림과
배부름 ◇死生利害(사생이해)=죽고 사는 것, 이롭고 해로운 것 ◇낫낫치=낱낱이. 하
나하나 ◇잇돗던가=있던가. ◇賤(천)타 말고=천하다고 하지 말고. ◇貴(귀)키 도라보
게=귀하도록 돌아보아라.

■ 통석(通釋)　짐승들도 춥고 따뜻함을 알고 짐승들도 굶주림과 배부름을 알고
　　　　　　짐승들도 죽고 사는 것과 이해를 낱낱이 모르는 일 있던가?
　　　　　　슬프다 짐승들만 천하다고 하지 말고 내 몸이 귀하도록 돌아보게나.

24.

금쥰에 술를 부어 옥슈로 상권ᄒᆞ니

슐 맛도 죠커니와 권허는 임이 더욱 좃타

아마도 미쥬미힝은 너뿐인가.   (樂高 508)

금쥰=금쥰(金樽). 술독. 금쥰은 술독의 미칭(美稱) ◇옥슈로 상권ᄒ니=옥슈(玉手)로
상권(相勸)하니. 아름다운 여인의 손으로 서로 권하니 ◇미쥬미힝은=미주미행(美酒美
行)은 좋은 술에 예의바른 행동은.

- **통석(通釋)**   술통에 술을 부어 예쁜 손으로 서로 권하니
                 술맛도 좋거니와 술을 권하는 님이 더욱 좋다
                 아마도 좋은 술에 예의바르게 권하는 것은 너뿐인가.

25.

金樽에 酒滴聲과 玉女의 解裙聲이

兩聲之中에 어늬 소리 더 됴흐니

아마도 月沈三更에 解裙聲이 더 됴왜라.   (瓶歌 730)

金樽(금쥰)=술독. 금쥰은 술독의 미칭(美稱) ◇酒滴聲(주적성)=술 방울이 떨어지는
소리 ◇玉女(옥녀)=아름다운 여인 ◇解裙聲(해군성)=치마를 벗는 소리 ◇兩聲之中(양
성지중)=두 소리 가운데 ◇됴흐니=좋으냐? ◇月沈三更(월침삼경)=달도 뜨지 않은 한
밤중.

- **통석(通釋)**   술독에 술 거르는 소리와 아름다운 여인의 치마 벗는 소리가
                 두 소리 가운데 어느 소리가 더 좋으냐
                 아마도 달도 뜨지 아니한 한밤중에 치마 벗는 소리가 더 좋더라.

26.

綺窓 아릐 픠온 곳치 어지 픤가 그지 픤가

날 보고 반겨 픤가 이슬에 졀노 픤가

아마도 졀노 픤 곳치니 이우도록 보리라.   (興比賦 385)

綺窓(기창)=비단 휘장을 둘러친 창. 여인네의 방 ◇어지=어제 ◇그지=그제 ◇졀노

=저절로 ◇이우도록=시들 때까지.

- **통석(通釋)**　비단을 둘러친 창 아래 핀 꽃이 어제 피었던가, 그제 피었던가.
　　　　　　나를 보고서 반가워하여 피었던가, 이슬을 맞고 저절로 피었던가.
　　　　　　아마도 저절로 핀 꽃이니 시들 때까지 오래도록 보겠다.

27.

길흘 갈 듸 몰나 거리여셔 바지니니
東西南北의 갈 길도 하고 할샤
알픠셔 가는 사롬아 뎡길 어듸(듸) 잇느니.(勸戒)　　　　　　　　　(古今 19)

　갈 듸 몰나 거리여셔 바지니니=가야 할 곳을 몰라 길거리에서 바장이니. 바장인
다는 것은 부질없이 왔다 갔다 하는 것 ◇하고 할샤=많기도 많구나. ◇알픠셔=앞에
서. 앞서서 ◇뎡길=정(正)길. 바른 길. 정도(正道) ◇어듸 잇느니=어디 있느냐?

- **통석(通釋)**　가야 할 길을 몰라 길거리에서 방황하니
　　　　　　동서남북으로 갈 수 있는 길들이 많고도 많구나.
　　　　　　앞에 가는 사람들아, 가야 할 바른 길이 어디에 있느냐? 가르쳐다오.

28.

쏫 업는 호졉 업고 호졉 업는 쏫시 업다
호졉의 청춘이요 청춘의 호졉이라
아마도 무궁츈졍은 탐화봉졉인가　　　　　　　　　　　(風雅 363) 李世輔

　호졉=호접(蝴蝶). 나비 ◇무궁츈졍=무궁춘정(無窮春情). 끝이 없는 남녀 사이의 정
욕 ◇탐화봉졉=탐화봉접(探花蜂蝶). 꽃을 찾는 벌과 나비.

- **통석(通釋)**　꽃이 없으면 나비도 없고 나비가 없으면 꽃도 없다
　　　　　　나비의 젊음이요 젊음을 사랑하는 나비다
　　　　　　아마도 끝이 없는 정욕은 꽃을 찾는 벌과 나비가 아닌가?

29.

꽂 피고 달 발근 밤이 人間에 第一良宵언만는

달 발그면 꽂이 업고 꽂이 피면 달이 업다

지금에 花開月明하니 못내 질겨.(花月夜)   (樂高 973)

第一良宵(제일양소)언만는=제일 좋은 밤이겠지만 ◇花開月明(화개월명)=꽂이 피고
달이 밝음 ◇못내 질겨=잊지 못하고 늘 즐거워. 그지없이.

■ **통석(通釋)**   꽃이 피고 달이 밝은 밤이 사람들에게는 제일 좋은 밤이겠지만
　　　　　　　　달이 밝으면 꽃이 없고 꽃이 피면 달이 없더라.
　　　　　　　　지금은 꽃이 활짝 피었고 달이 환히 밝은 밤이니 끝없이 즐겨.

30.

쐿고리 고흔 노린 나뷔 춤을 猜忌 마라

나뷔 춤 아니런들 鶯歌 너쑨이연니와

네 겻테 多情특 이를 거슨 蝶舞 ㅣ런가 허노라.   (金玉 109) 安玟英

(名利之人 不知相扶之爲貴 全事猜忌 反陷其身 可勝惜哉 ; 명리지인 부지상부지위귀 전사시
기 반함기신 가승석재 : 명예와 이익을 좋아하는 사람들은 상부상조가 귀한 것을 알지 못하고
모든 일을 시기하고 도리어 자신을 모함하니 너무 애석하다고 하겠다.)

猜忌(시기)=시샘하고 미워하다. ◇이를 거슨=말할 수 있는 것은 ◇蝶舞(접무) ㅣ런
가=나비의 춤이 아닌가. 춤추는 나비.

■ **통석(通釋)**   꾀꼬리야, 네 노랫소리가 곱다고 나비의 춤을 미워하거나 꺼리지 마라
　　　　　　　　나비의 춤이 없다면 꾀꼬리 너의 노래뿐이러니
　　　　　　　　네 곁에 다정하다고 말할 수 있는 것은 춤추는 나비인가 한다.

31.

꿈 가온딘 오는 임을 흔적 업다 칙망 마라

오민슈스 무한회포 꿈쇽의도 다정이라

언제나 그린 임 만나 몽중ㅅ를.　　　　　　　　　　(風雅 277) 李世輔

꿈 가온듸 오는=꿈속에 오는 ◇오ᄆᆡ슈ᄉᆞ=오매수사(寤寐愁思). 자나 깨나 항상 근심스런 마음 ◇무한회포=무한(無限懷抱). 끝이 없는 가지고 있는 마음 ◇꿈속의도=꿈속에서도 ◇그린=그리워하던 ◇몽중ᄉᆞ=꿈속에 있었던 일.

■통석(通釋)　꿈속에서 오는 님을 자취가 없다고 꾸짖지 마라
　　　　　　자나 깨나 근심스런 마음과 끝없는 회포가 꿈속에서도 다정터라.
　　　　　　언제나 그리워하던 님을 만나 꿈속에 있던 일을.

32.
꿈아 꿈아 어리쳑쳑흔 꿈아 왓는 님을 보ᄂᆡ년 것가
왓는 님 보ᄂᆡ느니 잠든 날이나 ᄭᆡ오ᄂᆞᆺ다
이 後에 님이 오셔드란 잡고 날 ᄭᆡ와라.　　　　　　　(靑六 603)

어리쳑쳑흔=어리석은 체하는 ◇보ᄂᆡ년 것가=그냥 보낼 것이냐? ◇날이나 ᄭᆡ오ᄂᆞᆺ다=내나 깨우거라. 깨워라. ◇오셔드란 잡고=오시거든 붙잡고.

■통석(通釋)　꿈아 꿈아 어리석은 체하는 꿈아 왔던 님을 그냥 보내는 것이냐?
　　　　　　왔던 님을 보내기보다는 잠든 나나 깨우려무나.
　　　　　　이후라도 님이 오시거든 붙잡고 나를 깨워라.

33.
꿈에 뵈는 님이 因緣 업다 ᄒᆞ건마ᄂᆞᆫ
탐탐이 그리온 제 ᄭᅮᆷ 아니면 어이ᄒᆞ리
ᄭᅮᆷ이야 ᄭᅮᆷ이언마ᄂᆞᆫ ᄌᆞ로ᄌᆞ로 뵈여라.　　　　　　(靑詠 370) 明玉

탐탐이=생각이 날 때마다. 즐기고 좋아할 때마다(耽耽) ◇어이ᄒᆞ리=어찌하리. ◇ᄌᆞ로ᄌᆞ로=자주.

■통석(通釋)　꿈속에서 뵙는 님이 인연이 없다고들 하지만

생각이 날 때마다 그리울 때 꿈이 아니면 어찌 하랴.
꿈이야 꿈이겠지만 자주자주 보이십시오.

34.
나는 가거니와 思郎으란 두고 감새
두고 가든 날 본 듯 사랑ᄒ소
思郎아 不待接ᄒ거든 괴ᄂᆞᆫ 대로 이거라   (樂府(서울大本) 337)

감세=가겠네. ◇날 본 듯시=나를 본 것처럼 ◇不待接(부대접)ᄒ거든=푸대접하거든
◇괴ᄂᆞᆫ 듸로=사랑하는 대로.

■ **통석(通釋)**   나는 가거니와 사랑일랑 두고 가겠네.
사랑을 두고 가거든 날 본 것처럼 사랑하시오
사랑아 혹시라도 푸대접하거든 사랑하는 대로 가거라(오너라).

35.
나는 ᄭᅩᆺ 보고 말ᄒ고 ᄭᅩᆺ츤 날 보고 당긋 웃네
웃고 말ᄒ는 즁의 나와 ᄭᅩᆺ치 갓ᄎ웨라
아마도 탐화광졉은 나ᄲᅮᆫ인가.   (風雅 89) 李世輔

날 보고 당긋 웃네=나를 보고 방긋 웃는다. ◇갓ᄎ웨라=가까워졌구나. ◇탐화광졉
=탐화광접(探花狂蝶). 꽃을 탐내느라 정신없는 나비. 사랑하는 이를 욕심내는 사람.

■ **통석(通釋)**   나는 꽃을 보고 말하고 꽃은 나를 보고 방긋 웃네.
웃고 말을 하고 하는 가운데 나와 꽃이 가까워졌구나.
아마도 꽃을 탐내느라 정신이 없는 나비는 나뿐인가.

36.
나니 아히 적의 늙으니를 우엇더니
내 이제 이리 늙어 아히 우임 되건지고

아희야 너도 늙어보면 웃던 줄을 알니라.   (解我愁 341)

나니=내가. 또는 감탄사 아! ◇우엇더니=비웃었더니 ◇이제 이리 늙어=지금은 이렇게 늙어 ◇우임 되건지고=웃음거리가 되었구나. ◇웃던 줄을=웃던 까닭을.

■ 통석(通釋)   내가 어렸을 때 늙은이를 비웃었더니
             내가 이제 이렇게 늙어 아이들의 웃음거리가 되었구나.
             아이들아 너도 늙으면 웃던 까닭을 알 것이다.

37.

나니 아힛 적의 늙으니를 戲弄트니
이제 내 늙으니 아희 우음 되연졔고
아희야 늙그니 戲弄 말고 아희대로 노라라.   (永言類抄 118)

아힛 적의=아이일 때에. 어릴 때에 ◇아희 우음 되연졔고=아이들의 웃음거리가 되었구나. ◇아희대로 노라라=아이들 본래의 모습대로 놀아라. 순진하게.

■ 통석(通釋)   내가 아이일 때에는 늙은이를 놀렸더니
             이제 내가 늙고 보니 아이들의 웃음거리가 되었구나.
             아이들아, 늙은이를 놀리지 말고 너희들 본래의 모습대로 놀아라.

38.

나도 그리거니 게셔 아니 그리실가
그리는 情恨을 흔 입으로 다 니슬가
언졔긔 相逢ᄒ야 그리는 뜯 슬오려뇨.   (龍潭錄 20) 金啓

그리거니=그리워하거니 ◇게셔=거기에서. 상대방을 가리킨다. ◇아니 그리실가=아니 그리워할까? ◇니슬가='니룰가'의 잘못인 듯. 말할 수 있을까? ◇언졔긔=어느 때에 ◇슬오려뇨=말을 할 것이냐?

■ 통석(通釋)   나도 그리워하거니 거기에서 아니 그리워할까?

그리워하는 정과 한을 한 입으로 어찌 다 말할 수 있을까?
어느 때에 서로 만나 그리워하는 뜻을 말을 할 것인가?

39.
나라히 굿드면 딥이 조차 구ᄃ리라
딥만 도라보고 나라 일 아니ᄒᆞᄂᆡ
ᄒᆞ다가 明堂이 기울면 어ᄂᆡ 딥이 굿들이요.　　　　　　　　　(漆室遺稿 26) 李德一

굿드면=단단하고 튼튼하면　◇딥이 조차=집도 따라서　◇도라보고=돌보고　◇ᄒᆞ다가=그렇게 하다가　◇明堂(명당)=좋은 집, 좋은 나라의 뜻으로 쓰였다.

■ 통석(通釋)　　나라가 튼튼하면 집도 따라서 튼튼할 것이다.
　　　　　　　　집안 일만 돌아보고 나라 일은 아니하니
　　　　　　　　그러다가 나라가 기울면 어느 집이 튼튼하랴?

40.
나ᄅᆡ 도쳐 鶴 되여 나라가셔 보고지고
정체 업슨 구름 되여 오며 가며 보고지고
靑天의 明月 되여 夜夜相從 ᄒᆞ리라.　　　　　　　　　　　　(樂府(羅孫本) 340)

나ᄅᆡ 도쳐=날개가 돋아나　◇나라 가셔 보고지고=날아가서라도 보고 싶다.　◇정체 업슨=정처(定處) 없는. 정해놓은 곳이 없는　◇夜夜相從(야야상종)=밤마다 서로 따르며 사이좋게 지내다.

■ 통석(通釋)　　날개가 돋아나 학이 되어 날아가서라도 보고 싶다.
　　　　　　　　갈 곳을 미리 정해놓은 것이 없는 구름이 되어 오며 가며 보고 싶다.
　　　　　　　　푸른 하늘이 밝은 달이 되어 밤마다 서로 사이좋게 따르고 싶다.

41.
나뷔면 다 나뷔며 곳치면 다 곳치랴

나뷔는 범나뷔요 곳츤 화즁왕이라
아마도 곳과 나뷔는 이 웃듬인가.　　　　　　　　　　　(風雅 366) 李世輔

화즁왕=꽃 가운데 제일인 꽃. 모란　◇이 웃듬인가=이것이 제일인가.

■ **통석(通釋)**　나비면 다 나비이며 꽃이면 다 꽃이겠느냐?
　　　　　　　나비는 범나비가 제일 이고 꽃은 모란이 제일이다.
　　　　　　　아마도 꽃과 나비는 모란과 범나비가 제일인가?

42.

나뷔 모를 곳시 업고 곳 모를 나뷔 업다
틱도 잇난 고흔 곳헤 풍치 됴흔 범나뷔라
아마도 곳 본 나뷔요 믈 본 기럭인가.　　　　　　　(風雅 90) 李世輔

틱도 잇난=태도(態度) 있는. 맵시 있는　◇풍치 됴흔=풍채(風采) 좋은. 겉모습이 좋은　◇곳 본 나뷔요 믈 본 기럭인가=꽃을 본 나비요 물을 본 기러기인가. 그냥 지나칠 수 없다.

■ **통석(通釋)**　나비를 모른다고 할 꽃이 없고 꽃을 모른다고 할 나비가 없다.
　　　　　　　맵시 있는 고운 꽃에 풍신 좋은 범나비다.
　　　　　　　아마도 꽃을 본 나비요, 물을 본 기러기가 아닌가? 그냥 지나칠 수 있
　　　　　　　겠느냐?

43.

나뷔야 靑山에 가쟈 범나뷔 너도 가쟈
가다가 져무러든 곳듸 드러 자고 가쟈
곳에셔 푸待接ᄒ거든 닙혜셔나 ᄌ고 가쟈.　　　　　　(靑六 419)

져무러든=저물거든　◇곳듸 드러=꽃에 들어가　◇닙혜셔나=잎에서라도

■ **통석(通釋)**　나비야 청산에 가자, 범나비야 너도 같이 가자.

가다가 날이 저물면 꽃에 들어가 자고 가자.

꽃에서 푸대접을 한다면 잎에서라도 자고 가자.

44.

나온댜 今日이야 즐거온댜 오늘이야

古往今來에 類 업슨 今日이여

每日의 오늘 굿튼면 므슴 셩이 가시리. (自菴集 4) 金縡

나온댜=즐겁구나. ◇古往今來(고왕금래)=옛날부터 지금까지에 이르기까지 ◇類(류) 업슨=비길 데가 없는 ◇므슴 셩이 가시리=무슨 귀찮은 일이 있으랴.

- **통석(通釋)**　즐겁구나, 오늘이여. 즐겁구나, 오늘이여.

　　　　　　 예전부터 오늘에 이르기까지 비길 데가 없이 좋은 오늘이여.

　　　　　　 매일이 오늘만 같으면 무슨 성가신 일이 있으랴?

45.

나 보기 죠타 ᄒ고 남의 님을 ᄆᆡ양 보랴

한 여흘 두 닷쇄에 여드레만 보고지고

그 달도 셜흔 날이면 ᄯᅩ 잇틀을 못 보리라. (靑六 904)

한 여흘~여드레만='여흘'은 '열흘'의 잘못. 이십팔일만. 음력으로 작은 한 달이다.

- **통석(通釋)**　나 혼자서 좋다고 임자 있는 님을 언제나 만나볼 수 있겠느냐?

　　　　　　 한 달 이십팔 일만 보고 싶다.

　　　　　　 그 달도 큰 달이면 또 이틀을 못 볼 것이다.

46.

나 잇난 寥寂村에 뉘 날을 ᄎᆞᄌᆞ리요

삼희셩 아니시면 ᄎᆞᄌᆞ리 업슬노다

倖然나 날 볼 손 오시거든 뒷 뫼흐로 ᄎᆞᄌᆞ라. (興比賦 333)

나 잇난 寥寂村(요적촌)에=내가 있는 쓸쓸하고 고요한 마을에 ◇뉘 날을 츠즈리요=누가 나를 찾으랴? ◇삼희성 아니시면=삼희성(三喜聲)이 아니었으면. 삼희성은 세 가지 기쁜 소리로, 다듬이 소리, 글 읽는 소리, 갓난아기 우는 소리 ◇츠즈리 업슬노다=찾을 사람이 없을 것이다. 찾을 까닭이 ◇倖然(행연)나=행여나 ◇날 볼 손=나를 만나려고 하는 손님.

■ **통석(通釋)** 내가 사는 쓸쓸하고 고요한 마을에 누가 나를 찾아오겠느냐?
세 가지 기쁜 소리가 아니면 찾을 사람이 없을 것이다.
행여나 나를 만나려고 하는 손님이 오시거든 뒷산으로 와 나를 찾아라.

47.

洛陽 얏튼 물에 蓮 킥는 兒孺들아
쟌 蓮 킥다가 굵은 蓮닙 닷칠세라
蓮닙헤 깃드린 鴛鴦이 선줌 끽와 놀나니라.　　　　　(源國 362) 成世昌

얏튼=얕은 ◇닷칠세라=다칠까 두렵다. ◇깃 드린=둥지를 튼 ◇鴛鴦(원앙)=원앙새 ◇끽와 놀나니라=깨어 놀라겠다.

■ **통석(通釋)** 낙양의 얕은 물에서 연을 캐는 아이들아
작은 연을 캐다가 굵은 연잎을 다칠까 두렵다.
연잎에 둥지를 튼 원앙새가 선잠을 깨어 놀라겠구나.

48.

樂只쟈 오늘이여 즐거온쟈 今日이야
즐거온 오늘이 힝혀 아니 져물세라
每日에 오늘 ㄳ트면 므슴 시름 이시리.　　　　　(靑珍 92) 金玄成

樂只(낙지)쟈=즐겁다. ◇힝혀아니 져물세라=행여나 아니 저물까 두렵다. 실제의 뜻은 반대이다. ◇므슴 시름 이시리=무슨 근심이 있겠느냐?

■ **통석(通釋)** 즐겁다 오늘이여 즐겁구나, 오늘이야

즐거운 오늘이 행여라도 저물까 두렵다.

매일매일이 오늘과 같으면 무슨 걱정이 있겠느냐?

49.

南北에 君臣離別 胡地 母子離別

別路 兄弟離別니 섧다 ᄒᆞ건이와

아마도 이 내 靑年 임 離別 갓탈손야.　　　　　(啓明大本 靑丘永言 284)

胡地(호지)=오랑캐의 땅. 먼 곳 ◇別路(별로)=이별하는 길. 이별하는 처지 ◇섧다 ᄒᆞ건이와=서럽다고 하겠거니와 ◇갓탈손야=같을쏘냐?

■ **통석(通釋)**　 남북으로 헤어져야 하는 군신 간의 이별 오랑캐 땅으로 가야 하는 모
　　　　　　자 간의 이별
　　　　　　이별할 처지의 형제 간의 이별이 섧다고 하지만
　　　　　　아마도 나의 젊어서 님과의 이별과 어찌 같을쏘냐?

50.

남의 임 거러두고 쇽 몰나 쓰는 이와

정든 임 이별ᄒᆞ고 보고 십퍼 그린 이를

아마도 분슈ᄒᆞ면 그린 이가 나으련이.　　　　　(風雅 139) 李世輔

거러두고=약속하고 ◇쇽 몰나 쓰는 이와=마음을 몰라서 쓰이는 심정과 ◇그린 이를=그리워하는 심정을 ◇분슈하면=분수(分手)하면. 이별해보면 ◇나으련이=더 좋을 것이다.

■ **통석(通釋)**　 임자가 있는 님과 약속하고 마음을 몰라 쓰이는 마음과
　　　　　　정든 임과 이별하고 보고 싶어 그리워하는 마음을
　　　　　　아마도 이별하여 보면 그리워하는 마음이 더 나을 것이라.

51.

님이 날 니ᄅᆞ기를 貞節 업다 ᄒᆞ건만은

내 타시 아니라 님자 업슨 타시로다

아무나 내 님 되여셔 사라보면 알니라.(艶情)　　　　　　　　　　(槿樂 228)

날 니르기를=나를 두고 말하기를　◇貞節(정절) 업다=여자로서 지켜야 할 지조가
없다　◇타시=탓이　◇사라보면 알니라=같이 살아보면 알 것이다.

■ **통석(通釋)**　남이 나를 두고 말하기를 정절이 없다고 하지마는
　　　　　　이는 내 탓이 아니다. 임자가 없는 탓이다.
　　　　　　아무나 내 님이 되어서 살아보면 알 것이다.

52.

남 ᄒ여 片紙 傳치 말고 當身이 제오 다야

남이 남의 일을 못 일과져 ᄒ랴마ᄂᆞᆫ

남 ᄒ여 傳ᄒᆞᆫ 片紙니 일쏭말쏭ᄒᆞ여라.　　　　　　　　　　(甁歌 743)

남 ᄒ여=다른 사람으로 하여금　◇제오 다야=체부(遞夫)가 되어　◇일과져 ᄒ랴마
ᄂᆞᆫ=이루게야 하겠느냐만.

■ **통석(通釋)**　다른 사람으로 하여금 편지를 전하지 말고 당신이 직접 체부가 되어
　　　　　　다른 사람이 다른 사람의 일이라 못 이루게야 하겠느냐만
　　　　　　남을 시켜 일부러 전달한 편지니 전할 듯 말 듯하구나.

53.

닉 그려 쑴을 쑨가 님이 그려 쑴의 뵌가

에엿분 얼골이 번드시 뵈노믹라

쑴이야 쑴이엿마는 자로자로 뵈와라.　　　　　　　　　　(靑洪 275)

그려 쑴을 쑨가=그리워하여 꿈을 꾼 것인가?　◇뵌가=보인 것인가? 보였나.　◇에
엿분=가련한　◇번드시 뵈노믹라=뚜렷하게 보이는구나.　◇자로자로=자주자주.

■ **통석(通釋)**　내가 님을 그리워하여 꿈을 꾼 것인가, 님이 그리워해서 꿈에 보인 것

인가?

      가련한 네 얼굴이 뚜렷이 보이는구나.

      아무리 꿈이야 꿈이지만 자주자주 보여라.

54.

내 뜻 아ᄂᆞᆫ 벗님네ᄂᆞᆫ 모다 오소 ᄒᆞᆫ듸 노새

모다 와 ᄒᆞᆫ듸 놀미 긔 아니 즐거오랴

ᄒᆞ믈며 風月이 無盡藏ᄒᆞ니 글노 노쟈 ᄒᆞ노라.　　　　　(葛峰先生遺墨 47) 金得研

모다 오소 ᄒᆞᆫ듸 노새=모두들 오시오, 같이 놉시다. ◇모다 와 ᄒᆞᆫ듸 놀미=모두 와
서 같이 노는 것이 ◇글노=그것으로. 그것과.

■ **통석(通釋)**　　내 뜻을 아는 벗님들은 모두 오십시오, 같이 놉시다.

                      모두 와 같이 노는 것이 그 아니 즐겁겠소.

                      하물며 청풍과 명월은 무진장하니 그것과 놀고자 한다.

55.

내 ᄠᅳᆺ즌 靑山이오 님의 情은 綠水ㅣ로다

綠水는 흘너간들 靑山이야 變할손냐

綠水도 靑山을 못 니져 우러 녜고 가더라.　　　　　(時調集(慶大本) 118)

못 니져 우러 녜고=못 잊어 울면서 흘러가고

■ **통석(通釋)**　　나의 뜻은 청산과 같이 변함이 없고 님의 정은 흘러가는 냇물과 같구나.

                      냇물이야 흘러 모습이 바뀐들 청산이야 변할 까닭이 있겠느냐?

                      흘러가는 냇물도 변하지 않는 청산을 못 잊어 울면서 흘러가더라.

56.

닉 머리 혼쟈 셰랴 世間의 公道로다

南山 萬松頭도 一時예 희건디고

두어라 나 셰고 너 희거니 歲暮同期 ᄒᆞ요리라.   (過庭拾遺 13) 李景嚴

머리=머리카락 ◇혼쟈 셰랴=혼자서 희어지랴. 저절로 희어지랴. ◇世間(세간)의
公道(공도)로다=세상의 공평한 도리다. ◇萬松頭(만송두)=수많은 소나무 꼭대기 ◇희
건디고=(눈 때문에)희었구나. ◇나 셰고 너 희거니=나도 희고 너도 희니 ◇歲暮同期
(세모동기)=같이 세밑을 맞이하다.

■ **통석(通釋)**　내 머리카락이 나 혼자만 희어지랴. 희어지는 것은 세상의 공변된 도
　　　　　　리다.
　　　　　　남산의 수많은 소나무 꼭대기도 일시에 희었구나.
　　　　　　두어라, 나도 머리카락이 희어지고 너도 허여니 같이 세밑을 맞이하
　　　　　　겠다.

57.
내 思郞 ᄂᆞᆷ 주지 말고 ᄂᆞᆷ의 思郞을 貪치 마소
울이의 두 思郞에 雜思郞 幸혀 섯씰셰라
平生에 이 思郞 가지고 百年同樂ᄒᆞ리라.   (海一 517)

貪(탐)치 마소=욕심내지 마시오. ◇울이=우리 ◇幸(행)혀 섯씰셰라=어쩌다 섞일까
두렵다. ◇百年同樂(백년동락)=죽을 때까지 함께 즐기며 살다.

■ **통석(通釋)**　내 사랑을 남에게 주려고도 하지 말고 남의 사랑도 욕심내지 마시오.
　　　　　　우리 두 사람의 사랑에 잡된 사랑이 어쩌다 섞일까 두렵다
　　　　　　평생을 이렇게 좋은 사랑을 가지고 죽을 때까지 함께 즐기며 살겠다.

58.
ᄂᆡ 속의 석은 간ᄌᆞᆼ 싯고져 穎川水의
싯츤 후 ᄯᅩ 석으면 世上이 우수리라 ᄂᆡ에 마음
밍셋코 싯츤 마음 다시야 싯게 ᄒᆞ리.   (樂府(羅孫本) 317)

속의=마음에 ◇석은 간ᄌᆞᆼ=썩은 간장(肝腸). 아픈 심정. ◇싯고져 穎川水(영천수)=

씻어버리고 싶다, 영천수에. 영천은 중국 하남성에서 회수(淮水)로 흘러드는 냇물. 요임금 때 소보(巢父)와 허유(許由)가 숨어 살던 곳 ◇싯츤 후 쏘 석으면=씻어낸 뒤에 또 썩으면 ◇우수리라=비웃을 것이다. ◇싯게 ᄒ리=씻게 하라.

- **통석(通釋)**　내 마음의 아픈 심정을 영천의 냇물에 씻고 싶다.
　　　　　　　씻은 뒤에 또 썩으면 세상 사람들이 비웃으리라 나의 마음을,
　　　　　　　맹세코 한번 씻은 마음을 또다시 씻게 하랴.

59.

내 양지를 내 몯 보니 내 그더도록 블셔 늘건ᄂ냐
엇그제 少年이어든 그리 수이 늘글소냐
아모려 늘다 늘다 ᄒ야도 나는 몰나 ᄒ노라.　　　　　　(葛峰先生遺墨 37) 金得硏

양지를=양자(樣姿)를, 또는 양자(樣子)를. 모습이나 얼굴을 ◇그더도록 블셔 늘건ᄂ냐=그토록 벌써 늘었느냐? 그렇게 되도록 ◇그리 수이 늘글소냐=그렇게도 쉽게 늙을 수가 있느냐? ◇아모려 늘다 늘다=아무리 늙었다 늙었다.

- **통석(通釋)**　내 얼굴을 내가 못 보니 내가 그토록 벌써 늙었느냐?
　　　　　　　엊그제까지 소년이었는데 그렇게도 쉽게 늙을 수가 있느냐?
　　　　　　　아무려나 늙었다 늙었다 하여도 나는 모르겠다. 믿지 못하겠다.

60.

내 이만 글이우니 저희도 글일노다
글일 줄 알앗다면 當初 아니 보낼나쇠
아마도 보내고 글이ᄂ 일은 나도 몰나 ᄒ노라.　　　　　　(綠坡集 2) 李植根

내 이만 글이우니=내가 이만큼 그리워하니 ◇저희도 글일노다=저들도 그리워할 것이다. ◇보낼나쇠=보냈을 것이다. ◇글이ᄂ 일은=그리워하는 일은.

- **통석(通釋)**　내가 이만큼 그리워하니 저희들도 그리워할 것이다.
　　　　　　　그리워할 줄 알았다면 처음부터 아니 보냈을 것이다.

아마도 보내놓고 그리워하는 일은 나도 모르겠다.

61.

내 情은 青山이오 님의 情은 綠水 ㅣ로다

綠水 흘너간들 青山이야 變홀손가

綠水도 青山 못 니저 밤새도록 우러 녠다.(離恨)　　　　　　　　　(槿花 249)

青山(청산)＝변하지 않음을 강조한 말 ◇綠水(녹수)＝세월이 흐르면 변함을 강조한
말 ◇못 니저＝못 잊어 ◇우러 녠다＝소리 내며 흘러간다.

■ 통석(通釋)　나의 정은 청산처럼 변하지 않고 님의 정은 흘러가는 푸른 냇물처럼
　　　　　오래되면 변한다.
　　　　　녹수는 오래되면 변하지만 청산이야 어찌 변하겠는가?
　　　　　하지만 변하는 푸른 냇물도 변하지 않는 청산을 못 잊어 밤새도록 소
　　　　　리 내며 흘러간다.

62.

내 집이 길ᄀᆞ히라 風풍雪셜歸귀人인 아ᄌᆞᇂ고

내 낫분 밥 메겨 길러내야거든

뉘라셔 내 기를 나무 기라 ᄒᆞᆫ뇨.　　　　　　　　　(松江別集 58) 鄭澈

길ᄀᆞ히＝길가. 번화한 곳 ◇풍셜귀인 아ᄌᆞᇂ고＝눈바람이 몰아치는 밤에 집으로 돌
아오는 사람들에게 쉽게 알리고자 하고 ◇내 낫분 밥 메겨 길러내야거든＝내가 먹기
에도 부족한 밥을 먹여 길렀거든 ◇나무 기라 ᄒᆞᆫ뇨＝남의 개라고 하느냐?

■ 통석(通釋)　내 집이 번화가라 눈보라가 치는 밤에 돌아오는 사람이 쉽게 알게 하
　　　　　려고
　　　　　내가 먹기에도 부족한 밥을 먹여 길렀거든
　　　　　누가 내 개를 다른 사람의 개라고 하느냐?

63.

내히 죠타 ᄒ고 ᄂᆞᆷ 슬흔 일 ᄒ지 말며
ᄂᆞᆷ이 혼다 ᄒ고 義 아니면 좃지 말니
우리ᄂᆞᆫ 天性을 직희여 삼긴 대로 ᄒ리라.　　　　　　　(靑珍 341)

내히 죠타ᄒ고=나에게 좋다고 내가 하기 좋다고　◇남 슬흔=다른 사람이 하기 싫어하는　◇義(의) 아니면 좃지 말니=옳은 일이 아니면 따르지 말 것이니.

■ **통석(通釋)**　나에게 좋다고 남에게 싫은 일을 하지 말며
　　　　　　　남이 한다고 해도 옳은 일 아니면 따르지 말 것이니
　　　　　　　우리는 천성을 지켜 생긴 대로 행동하겠다.

64.

녯 사ᄅᆞᆷ 이젯 사ᄅᆞᆷ 耳目口鼻 ᄀᆞᆺ것마ᄂᆞᆫ
나 혼자 엇디하야 녯 사ᄅᆞᆷ을 그리ᄂᆞᆫ고
이제도 녯 사ᄅᆞᆷ 겨시니 긔 내 벗인가 ᄒ노라.　　　　(水南放翁遺稿 11) 鄭勳

耳目口鼻(이목구비) ᄀᆞᆺ것마ᄂᆞᆫ=생김새가 똑같지만　◇그리ᄂᆞᆫ고=그리워하는가?　◇이제도=지금도　◇녯 사ᄅᆞᆷ 겨시니=옛날 사람이 계시니. 곧 성인(聖人)이 계시는 것과 같으니.

■ **통석(通釋)**　옛날 사람과 이제 사람의 이목구비가 다 같지마는
　　　　　　　나 혼자서 어찌하여 옛날 사람을 그리워하는가?
　　　　　　　지금도 성인은 옆에 계시는 것과 같으니 그가 내 벗인가 한다.

65.

노ᄅᆡ 명창 기ᄉᆡᆼ첩을 두고 갈가 다리고 갈가
모시 적삼 속 ᄌᆞ락에 ᄊᆞ고 간들 두고 가랴
가다가 줄風流 만나거든 놀고나 갈가.　　　　　　(時調集(慶大本) 28)

명창=명창(名唱). 노래를 잘 부르는 사람 ◇쓰고 간들=싸가지고 갈지라도 ◇줄風流(풍류)=현악기로 구성하여 연주하는 음악.

■ **통석(通釋)**　노래 잘 부르는 기생첩을 두고 갈까 데리고 갈까.
　　　　　　　　모시 적삼 안자락에 싸 가지고 갈지라도 두고 가랴?
　　　　　　　　가다가 줄풍류를 만나게 되면 놀다가나 갈까.

66.

○○ 부르나 마나 半나마 알니로다

거문고 타나 마나 둥지둥의 알니로다

님겨셔 오시나 마나 달 지기에 알니로다.　　　　　　　(樂府(羅孫本) 598)

○○='노래'인 듯 ◇半(반)나마 알니로다=반쯤은 알겠다. ◇둥지둥의=거문고 소리로 ◇님겨셔=님께서 ◇오시나 마나 달 지기에=오실지 아니 오실지는 달이 지기 때문에.

■ **통석(通釋)**　노래 부르나 마나 반쯤은 알겠다.
　　　　　　　　거문고 타거나 말거나 거문고 소리로 알겠다.
　　　　　　　　님께서 오실지 아니 오실지는 달이 지는 것으로 알겠다.

67.

綠楊 千萬絲들 가는 春風 어이ᄒ며

貪花 蜂蝶인들 지는 곳츨 어이ᄒ리

아모리 ᄉ랑이 重ᄒᆫ들 가는 님을 어이ᄒ리.(離別)　　　　　(古今 215)

綠楊 千萬絲(녹양천만사)들=푸른 버들이 가지가지 늘어진들 ◇어이ᄒ며=어찌할 것이며 ◇貪花蜂蝶(탐화봉접)인들=꽃향기를 탐내는 벌과 나비인들 ◇지는 곳츨=시들어 떨어지는 꽃을.

■ **통석(通釋)**　푸른 버들이 가지가지 늘어진들 지나가는 봄바람을 어찌 막으며,
　　　　　　　　꽃향기를 탐내는 벌과 나비인들 시들어 떨어지는 꽃을 어찌하랴.

아무리 사랑이 소중하다고 한들 나를 버리고 떠나가는 님을 어찌하랴.

68.

눈을 외다 할식 ㅁ음인들 올흔 녠다
눈은 보거니와 못 춤ᄂ 너도 외다
보거니 못 춤거니 ㅎ니 아모 왼 줄 몰내라.   (永類 47)

외다 할식=그르다고 한다면. 잘못이라 하면 ◇올흔 녠다=올바른 너이냐? ◇아모
왼 줄 몰내라=누가 잘못된 줄을 모르겠다.

■ **통석(通釋)**   눈을 그르다고 한다면 마음 씀씀이가 옳은 너이냐?
                 눈은 직접 보거니와 그것을 참지 못하는 너도 그르다.
                 눈은 보거니 마음은 못 참거니 하니 누가 잘못된 줄을 모르겠다.

69.

늘그니를 만나니 반갑고도 즐겁고야
반갑고 즐거오니 늘근 줄을 모로노라
진실로 늘근 줄 모르거니 ᄆ일 만나 즐기리라.   (葛峰先生遺墨 49) 金得研

늘그니=늙은이 ◇늘근 줄을 모를로다=늙은 줄을 모르겠다. 또는 늙는 줄을 모르
겠다 ◇모르거니=모르니.

■ **통석(通釋)**   늙은이를 만나니 반갑고도 즐겁구나.
                 반갑고도 즐거우니 늙는 줄을 모르겠구나.
                 정말로 늙는 줄을 모르니 매일 만나서 즐기겠다.

70.

늘그니 져 늘그니 林泉에 슘은 져 늘그니
詩酒歌琴與碁로 늘거온은 져 늘그니
平生에 不求聞達허고 졀노 늙는 져 늘그니.   (金玉叢部 46) 安玟英

(雲崖朴先生　隱於弼雲坮　老於詩酒歌琴中 ; 운애박선생　은어필운대　노어시주가금중 : 운애 박선생이 필운대에 은거하여 시와 술과 노래와 거문고로 늙다.)

林泉(임천)=숲과 샘이 있는 곳. 은사(隱士)가 사는 곳 ◇슘은=숨어 있는 ◇詩酒歌 琴與碁(시주가금여기)로=시와 술, 노래와 가야금과 바둑과 더불어 ◇늘거온은=늙어 온 ◇不求聞達(불구문달)허고=명성을 구하지 아니하고, 널리 알려지기를 바라지 아 니하고 ◇절로=혼자. 또는 사는 그대로. 작자가 스승인 박효관을 두고 지은 것이다.

■ **통석(通釋)**　늙은이, 저 늙은이, 은사가 사는 곳에 숨은 저 늙은이
　　　　　　　시와 술, 노래와 가야금 그리고 바둑과 더불어 늙어온 저 늙은이
　　　　　　　생전에 이름이나 널리 알려지기를 구하지 아니하고 사는 그대로 늙어
　　　　　　　온 저 늙은이.

71.

늘기 다 셜거니와 오래 살기 어려오니
진실로 오래 살면 늘글소록 더 놀리라
우리ᄂᆞᆫ 樂而忘憂ᄒᆞ야 늘ᄂᆞᆫ 줄을 모ᄅᆞ리라.　　　　　(葛峰先生遺墨 44) 金得硏

늘기 다 셜거니와=늙는 것이 다들 서럽다고 하거니와 ◇늘글소록 더 놀리라=늙어 갈수록 더 놀겠다. ◇樂而忘憂(낙이망우)ᄒᆞ야=즐기면서 근심을 잊어.

■ **통석(通釋)**　늙는 것도 다 서럽거니와 오래 살기도 어려운 것이니
　　　　　　　진실로 오래 살게 된다면 늙을수록 더 놀겠다.
　　　　　　　우리는 즐기면서 근심을 잊어 늙는 줄을 모를 것이다.

72.

늘ᄅᆞᆫ 줄을 내 모ᄅᆞ니 이 내 모미 한가ᄒᆞ다
是非인들 내 알며 榮辱긴들 내 아더냐
아마도 一簞食 一瓢飮이야 내 분인가 ᄒᆞ노라.　　　　　(葛峰先生遺墨 65) 金得硏

늘ᄅᆞᆫ 줄=늙어가는 줄 ◇모미=몸이 ◇是非(시비)인들 내 알며 榮辱(영욕)긴들 내

아더냐=옳고 그름인들 내가 알며 영예와 치욕인들 내가 알겠느냐? ◇一簞食(일단사)
一瓢飲(일표음)이야 내 분인가=한 소쿠리의 밥과 한 표주박의 물이 나의 분수(分數)
인가. 가난한 살림살이가 나의 분수인가.

■ **통석(通釋)**　늙는 줄을 내가 모르니 이 나의 몸이 한가하다.

　　　　　　　 잘잘못인들 내가 알 수 있으며 영예와 치욕인들 내가 알겠느냐?

　　　　　　　 아마도 한 소쿠리의 밥과 한 표주박의 물로 살아가는 것이 내 분수인

　　　　　가 한다.

73.

늙거든 病드지 마나 病들거든 늙지 마나

늘거니 病들거니 흠긔 어이 빈아ᄂ다

이 몸이 늙고 病드니 그를 슬허 ᄒ노라.　　　　　　　　　　　　(靑가 432)

病(병)드지 마나=병이 들지 말거나　◇늘거니=늙거니　◇흠긔 어이 빈아ᄂ다=같이
왜 재촉을 하느냐? 성화를 하느냐?

■ **통석(通釋)**　늙거든 병이 들지 말거나 병이 들거든 늙지를 말거나

　　　　　　　 늙거니 병이 들거니 둘이 함께 왜 명을 재촉을 하느냐?

　　　　　　　 이 몸이 늙고 병이 드니 그것을 서러워한다.

74.

늙고 病든 情은 菊花에 붓쳐두고

실갓치 헛튼 愁心 墨葡萄에 붓쳐노라

귀 밋틔 홋나는 白髮은 一長歌에 붓쳣노라.　　　　　　(海周 487) 金壽長

붓쳐두고=마음을 당기게 하고 의지하고　◇실갓치 헛튼 愁心(수심)=실처럼 흐트러
진 걱정. 많은 걱정.　◇墨葡萄(묵포도)=먹으로 그린 포도.　◇홋나는=흩날리는.

■ **통석(通釋)**　늙고 병이 든 정은 국화에다 마음을 주고

　　　　　　　 실처럼 흐트러진 근심하는 마음은 묵화에다 주었다.

귀 밑에 흘날리는 백발은 긴 노래에다가 마음을 주었다.

75.

님을 미들 것가 못 미들슨 님이시라

미더온 時節도 못 미들 줄 아라스라

밋기야 어려와마는 아니 밋고 어이리.　　　　　　　　(靑珍 104) 李廷龜

미들 것가=믿을 수 있는 것인가? ◇못 미들슨 님이시라=못 믿을 것은 님이다. ◇미더온 時節(시절)도 못 미들 줄 아라스라=믿을 만했던 시절도 꼭 믿을 만한 것이 아님을 알아라. ◇밋기야 어려와마는=믿는 것이야 어렵지 않지만 ◇아니 밋고 어이리=믿지 아니하고 어찌하랴?

■ **통석(通釋)**　님을 믿을 수 있는 것인가? 못 믿을 것은 님이로구나.

믿을 만한 때라 할지라도 믿기 힘든 줄을 알아라.

믿는 것이야 어렵지 않지만 아니 믿고 어쩌랴.

76.

닛쟈 닛쟈 ᄒ여도 어이구러 못 닛는고

나 닛고 제 니즈면 혈마 아니 니즐소냐

至今에 못 닛고 글이는 情懷는 나도 몰나 ᄒ노라.　　　　　(解我愁 215)

닛쟈=잊어버리자. ◇어이구러=어째서 ◇혈마=설마 ◇글이는=그리워하는.

■ **통석(通釋)**　잊어버리자, 잊어버리자 하면서도 어째서 못 잊어버리는가?

내가 잊고 제가 잊으면 설마 아니 잊겠느냐?

지금에 못 잊고 그리워하는 정과 회포는 나도 모르는 것이 아닌가 한다.

77.

달갓치 두렷흔 님을 져 둘갓치 거러두고

달달이 그린 졍을 어늬 달에 푸러볼고

지금의 달 보고 쟝탄식ᄒ니 이 싯는 듯.   (詩謠 137)

두렷흔=둥근. 또는 뚜렷한 ◇달달이=매달. 언제나 ◇그린 졍=그리워하는 심정.

■ **통석(通釋)**　달처럼 둥근 님을 저 달처럼 높이 걸어두고
　　　　　　　다달이 그리워하는 정을 어느 달에나 풀어볼 수 있을까?
　　　　　　　지금에 저 달을 보며 길게 한숨을 내쉬니 창자가 끊어지는 듯.

78.
들ᄀᆞ치 두렷흔 님을 뎌 들ᄀᆞ치 오요 두고
슬ᄃᆞ리 그리다가 어ᄂᆡ 들에 맛나볼고
들ᄀᆞ치 두렷흔 가슴이 들 지는 듯ᄒ여라.   (永類 331)

두렷흔=둥그런. 잘생긴 ◇오요=외롭게. 홀로 ◇슬ᄃᆞ리 그리다가=알뜰히 그리워하다가 ◇들 지는 듯ᄒ여라=달이 지는 듯 허무하다.

■ **통석(通釋)**　달같이 둥근 님을 저 달처럼 외롭게 두고
　　　　　　　알뜰히 그리워하다가 어느 달에나 만나볼 수 있을까?
　　　　　　　달같이 뚜렷한 가슴이 달이 지는 듯 허무하구나.

79.
달아 너를 보니 님 본 다시 반가워라
님도 너를 보고 날 본 다시 반기던야
져 달아 明氣를 빌여라 나도 보게.   (時調演義 46) 林重桓

날 본 다시 반기던야=나를 만나본 듯이 반가워하더냐? ◇明氣(명기)를 빌여라=명기를 빌려다오. 명기는 환하고 명랑한 얼굴빛.

■ **통석(通釋)**　달아 너를 보니 님을 본 것처럼 반갑구나
　　　　　　　님도 너를 보고 나를 본 것처럼 반가워하더냐?
　　　　　　　저 달아 명기를 빌려다오 나도 볼 수 있게.

80.

돌아 붉은 돌아 李太白이 노든 돌아

太白이 騎鯨飛上天後ㅣ니 눌과 놀녀 붉앗ᄂᆞᆫ다

늬 亦是 風月之豪士라 날과 놀미 엇더리.　　　　　　　(甁歌 671)

騎鯨飛上天後(기경비상천후)ㅣ니=고래를 타고 하늘로 올라간 뒤니　◇눌과 놀녀=
누구와 놀려고　◇亦是(역시) 風月之豪士(풍월지호사)라=또한 풍월을 좋아하는 호탕
한 사람이라.　◇날과 놀미=나와 노는 것이.

- **통석(通釋)**　달아 밝은 달아 이태백이 놀던 달아
　　　　　　　　태백이 고래를 타고 하늘로 올라간 뒤니 누구와 놀려고 밝았느냐?
　　　　　　　　내 역시 풍월을 좋아하는 호탕한 사람이라 나와 노는 것이 어떠냐?

81.

돌이야 님 본다 ᄒᆞ니 님 보ᄂᆞᆫ 돌 보려 ᄒᆞ고

東窓을 반만 열고 月出을 기ᄃᆞ리니

눈믈이 비 오둧 ᄒᆞ니 돌이 조차 어두에라.(別恨)　　　　(古今 225)

돌이 조차 어두에라=달마저 어둡구나.

- **통석(通釋)**　달이야 님을 볼 수 있다고 하니 님 볼 수 있는 달을 보려고
　　　　　　　　동창을 반쯤 열고 달이 뜨기를 기다리니
　　　　　　　　눈물이 비 오듯 쏟아지니 달마저 어둡구나.

82.

담 안예 불근 곳츤 버들빗츨 싀워 마라

버들곳 아니런덜 花紅 너샛이어니와

네 겻테 多情타 이를 거슨 柳綠인가 하노라.　　　(金玉 154) 安玟英

(江陵妓月出 晉州妓楚玉 揚名於洛下 而有相猜之嫌；강릉기월출 진주기초옥 양명어낙하 이
유상시지혐 : 강릉 기생 월출과 진주 기생 초옥은 서울에서 이름을 날렸는데 서로는 시기하는

흠이 있다.)

식워 마라=시기(猜忌)하지 마라. 시샘 ◇버들곳 아니런들=버들이 아니라면 ◇花紅 (화홍)=붉게 핀 꽃 ◇이를 거슨=말할 수 있는 것은 ◇柳綠(유록)인가=푸른 버들인가.

- ■**통석(通釋)**　담 안에 피어 있는 붉은 꽃은 푸르고 싱싱한 버들빛을 시샘하지 마라
  푸른 버들이 없다면 다만 붉은빛만 있는 너뿐이니
  네 것에 있어 너를 더욱 돋보이게 하는 것은 푸른 버들인가 한다.

83.

대쵸 볼 불근 골에 밤은 어이 뜻드르며

벼 뷘 그르헤 게는 어이 ᄂᆞ리는고

술 닉쟈 체 쟝ᄉ 도라가니 아니 먹고 어이리.　　　　　(靑珍 324)

골=골짜기 또는 고을 ◇어이 뜻드르며=왜 떨어지며 ◇그르헤=그루터기에 ◇ᄂᆞ리 는고=올라오는가? ◇도라가니=지나가니.

- ■**통석(通釋)**　대추가 익어 붉어진 골에 밤은 왜 떨어지며
  벼를 베고 난 뒤의 그루터기에 게는 왜 올라오는가?
  술이 익자 때 맞춰 체장사가 지나가니 아니 먹고 어쩌랴.

84.

녀 가는 뎌 사름아 네 집이 어듸미오

나는 定處 업서 간 듸마다 집이로다

옷 버서 술 바든 집은 다 내 집인가 ᄒᆞ노라.(閑情)　　　(槿樂 163)

뎌=저기 ◇어듸미오=어느 곳이냐? ◇定處(정처) 업서 간 듸마다=정해놓은 곳 없 어 가는 곳마다 ◇옷 버서 술 바든=옷을 벗어주고 술을 산.

- ■**통석(通釋)**　저기 가는 저 사람아 네 집이 어느 곳이냐?
  나는 정해놓고 가는 곳은 없지만 가는 곳마다 다 내 집이다.

옷을 벗어주고 술을 산 집은 다 내 집이 아닌가 한다.

85.

뎌 괴ᄂ 누를 져허 노피노피 올나ᄂᆞᆮ

豺狼을 나ᄂ 저허 기피기피 드럿노라

宣父도 이로ᄒᆞ므로 畏於匡을 ᄒ시니라.　　　　　　　(淸溪歌詞 22) 姜復中

뎌 괴ᄂ 누를 져허=저 고양이는 누구를 두려워하여　◇豺狼(시랑)=승냥이와 이리.
욕심이 많고 무자비한 사람이나 간악하고 잔혹한 사람. 나쁜 사람　◇宣父(선보)도
이로ᄒᆞ므로=공자님도 이러하므로. 선보는 공자(孔子)를 일컫는 말　◇畏於匡(외어광)=
바로잡기를 두려워함.

■통석(通釋)　　저 고양이는 누구를 두려워하여 높이높이 올라갔느냐?
　　　　　　　　승냥이와 이리를 두려워하여 깊이깊이 숨었노라.
　　　　　　　　공자도 이러하므로 잘못된 것을 바로잡기를 두려워하셨다.

86.

둘러내쟈 둘러내쟈 긴 ᄎ골 둘너내쟈

바라기 역고를 골골마다 둘너내쟈

쉬 짓튼 긴 ᄉ래ᄂ 마조 잡아 둘너내쟈.　　　　　　　(三足堂歌帖 3) 魏伯珪

둘러내쟈=도려내자. 잘라내자. 뽑아내자.　◇긴 ᄎ골=긴 고랑　◇바라기 역고를 골
골마다=바랭이와 여뀌를. 밭에 자라는 잡초들을 고랑마다　◇쉬 짓튼 긴 ᄉ래ᄏ(풀이)
빠르게 많이 자란 긴 이랑　◇마조 잡아=마주 잡고. 둘이 같이.

■통석(通釋)　　뽑아내자, 뽑아내자. 긴 고랑의 잡초를 뽑아내자.
　　　　　　　　바랭이와 여뀌 같은 잡초를 고랑마다 뽑아내자.
　　　　　　　　풀이 빠르게 많이 자란 긴 이랑은 둘이 마주 잡아서라도 뽑아내자.

87.

들입써 ᄇ드득 안은이 당싯당긋 웃는고야

억쎄 넘어 등을 글근이 漸漸 나사 날을 안네

져 님아 하 ㄹㄹ이 안지 말아 가슴 답답ᄒ여라.　　　　　　　　(海一 558)

　들입셔 ᄇ드득 안은이=들입다 바드득 소리가 나도록 끌어안으니. ◇억쎄 넘어 등을 글근이=어깨 너머 등을 긁으니 ◇漸漸(점점) 나사 날을 안네=조금씩 앞으로 나와 나를 끌어안네. ◇하 ㄹㄹ이 안지 마라=너무 간간(侃侃)이 안지 마라. 너무 세게 끌어안지 마라.

■ **통석(通釋)**　들입다 빠드득 소리 나도록 끌어안으니 방긋방긋 웃는구나.
　　　　　　　　어깨 너머로 등을 긁으니 점점 앞으로 나와 나를 안는구나.
　　　　　　　　저 님아 너무 세게 끌어안지 마라 가슴이 답답하구나.

88.

들언 지 오래더니 보안지고 兄弟巖아

兄友弟恭ᄒ야 믜양 흔 듸 잇다 홀싀

우리도 너희 부러 兄弟 홈ᄭᅴ 왓노라.　　　　　　　(李氏兩賢實記) 李宗儉

　들언 지 오래더니 보안지고=말로만 들은 지가 오래되었더니 이제야 보았구나! ◇兄友弟恭(형우제공)ᄒ야 믜양 흔 듸 잇다 홀싀=형제가 서로 극진히 사랑하여 언제나 한 곳에 머물자고 하므로 ◇너희 부러=너희들이 부러워.

■ **통석(通釋)**　형제암이 있다고 들은 지가 오래되었더니 이제야 보는구나! 형제암아
　　　　　　　　형제간에 우애하여 항상 한 곳에 있자고 하므로
　　　　　　　　우리도 너희가 부러워 형제가 함께 왔노라.

89.

마롤디여 마롤디여 이 싸홈 마롤디여

尙可更東西를 싱각ᄒ야 마롤디여

眞實로 말기옷 말면 穆穆濟濟 ᄒ리라.　　　　　憂國歌 (漆室遺稿) 15) 李德一

　마롤디여=말지어다. 그만둘지어다. ◇尙可更東西(상가갱동서)=아직도 동인(東人)이

다 서인(西人)이다 하고 다투기를 더할 것인지 ◇말기옷 말면=그만두기를 한다면 ◇穆穆濟濟(목목제제)=고요하고 엄숙함. 『漢書』(한서)에는 "穆穆肅肅"(목목숙숙) 『國語』(국어)에는 "肅肅濟濟"(숙숙제제)라고 하였다.

- **통석(通釋)** 말지어다, 그만둘지어다. 이 싸움을 말지어다.

     동인이다, 서인이다 하고 다투기를 더할 것인지를 생각하여 말지어다.

     진실로 싸움을 그만두기를 한다면 고요하고 엄숙하게 될 것이다.

90.

마리쇼셔 마리쇼셔 이 싸홈 마리쇼셔

至公無私히 마리쇼셔 마리쇼셔 마리쇼셔

眞實노 마리옷 마리시면 蕩蕩平平ᄒ리이다.   憂國歌 (漆室遺稿 16) 李德一

마리쇼셔=마시옵소서. 그만두십시오. ◇至公無私(지공무사)히=더없이 공평하고 사사로움이 없이 ◇마리옷 마리시면=그만두기를 하신다면 ◇蕩蕩平平(탕탕평평)=어느 쪽에나 치우침이 없이 공평하다.

- **통석(通釋)** 마시옵소서, 마시옵소서. 이 싸움을 마시옵소서.

     더없이 공평하고 사사로움이 없이 마시옵소서 마시옵소서 마시옵소서.

     진실로 그만두시기만 하신다면 어느 쪽에도 치우침이 없이 공평할 것입니다.

91.

마음이 咫尺이면 千里라도 咫尺이오

마음이 千里오면 咫尺도 千里로다

우리ᄂᆞᆫ 各在千里오나 咫尺인가 ᄒ노라.   (靑六 288)

咫尺(지척)=아주 가까운 거리 ◇各在千里(각재천리)오나 咫尺(지척)인가=각각 천리나 떨어져 있으나 지척이 아닌가?

- **통석(通釋)** 마음이 아주 가까운 곳에 있다면 천 리라도 아주 가까운 거리요,

마음이 천 리나 되는 곳에 있다면 아주 가까운 곳도 천 리로구나.

우리는 각각 천 리나 떨어져 있으나 아주 가까운 곳에 있는 것이 아닌가 한다.

92.

萬物을 삼겨두고 日月 업시 살리러냐

方寸 神明이 긔 아니 日月인가

진실로 學問곳 아니면 日月食이 저프니라.　　　　　　　明明德曲 (杜谷集 3) 高應陟

삼겨두고=만들어놓고　◇살리러냐=살 수 있겠더냐? 살 수 있느냐?　◇方寸神明(방촌신명)=사람의 마음　◇日月(일월)인가=성현(聖賢)과 같은 것이 아닌가?　◇日月食(일월식)=미상. 혹 날마다 살아가는 것을 말하는 것인지　◇저프니라=두렵다.

- **통석(通釋)**　세상의 모든 것을 만들고 해와 달 없이 살 수 있겠느냐?

　　　　　　조그마한 사람의 마음이 그 아니 성현과 같은 것이 아니랴?

　　　　　　진실로 학문이 아니면 날마다 살아가는 것이 두렵다.

93.

萬壽山 上上峰에 萬壽水가 잇더니라

그 물로 비즌 술이 萬壽酒라 ᄒ더니라

眞實노 이 盞 잡으면 萬壽無窮 ᄒ오리라.　　　　　　　　　　　　(靑詠 456)

萬壽山(만수산)=상상의 산인 듯　◇잇더니라=있다고 하더라.　◇萬壽無窮(만수무궁)='萬壽無疆(만수무강)'의 잘못인 듯　◇ᄒ오리다=할 것입니다.

- **통석(通釋)**　만수산 상상봉에는 만수 샘이 있었느니라.

　　　　　　그 물로 빚은 술을 만 년을 살 수 있는 술이라고 하더라.

　　　　　　진실로 이 잔을 잡으시면 만 년을 건강하게 사실 수 있을 것이라 하더라.

94.

말리 말리 ᄒ되 이 일 말기 어렵다

이 일 말면 一身이 閑暇ᄒ다

어지게 엇그제 ᄒ던 일이 다 왼 줄 알과라.　　　　　(松巖續集 7) 權好文

말리=그만두겠다. ◇말기=그만두기 ◇말면=그만두면 ◇어지게=감탄사 ◇다 왼 줄
알과라=다 잘못된 줄 알겠구나.

■ **통석(通釋)**　　그만두겠다, 그만두겠다. 하지만 이 일을 그만두기 어렵구나.

　　　　　　　이 일을 그만두면 이 한 몸이 한가할 것이다.

　　　　　　　아! 엊그제 하던 일이 다 잘못된 줄 알겠구나.

95.

末世人物이라 ᄒ들 上古人物 다를넌가

偏邦人物이라 ᄒ들 中國人物 다를넌가

으즙어 天生人物이라 古今中外 分揀 알게.　　　　　(頤齋亂稿 27) 黃胤錫

末世人物(말세인물)=쇠퇴하고 망해버릴 때의 사람 ◇上古人物(상고인물)=훌륭한
성인을 가리키는 듯 ◇偏邦人物(편방인물)=중국이 아닌 변두리 나라 사람 ◇으즙어=
어즙어. 감탄사 ◇天生人物(천생인물)=하늘이 내어준 인물 ◇古今中外(고금중외) 分
揀(분간) 알게=예전이냐 지금이냐 중앙이냐 변두리냐를 분간할 줄 알게나.

■ **통석(通釋)**　　말세에 살던 인물이라고 한들 성인과 다를까

　　　　　　　변두리 나라 사람이라고 중국에 태어난 사람과 다를까

　　　　　　　아! 하늘이 낸 인물이니 고금과 중외를 분간할 줄 알게나.

96.

말 업슨 靑山이오 態 업슨 流水ㅣ로다

갑 업슨 淸風과 임ᄌ 업슨 明月이로다

이 듕에 일 업슨 ᄂ니 몸이 分別 업시 늙그리라.　　　　　(甁歌 106) 成渾

態(태) 업슨=일정한 모양이 없는 ◇갑 업슨=값을 따질 수 없는 ◇일 업슨=특별히 하는 일이 없는 ◇分別(분별) 업시=아무런 걱정 없이.

■ **통석(通釋)** 말이 없는 청산이요, 일정한 모양이 없는 흐르는 물이다.
값을 따질 수 없는 청풍과 임자가 따로 없는 명월이다.
이런 가운데 별 일이 없는 내 몸이 걱정 없이 늙겠다.

97.

믈은 가쟈 울고 님은 잡고 울고
夕陽은 재를 넘고 갈 길은 千里로다
져 님아 가ᄂᆞ 날 잡지 말고 지ᄂᆞ 히를 잡아라.(離別)　　　　　　(古今 212)

재=고개. 산 ◇갈 길은 千里(천리)로다=가야 할 길은 아주 멀다. ◇날=나를 ◇지ᄂᆞ=넘어가는.

■ **통석(通釋)** 말은 가자고 울고 님은 옷자락을 잡고 울고
지는 해는 고개를 넘어가고 가야 할 길은 아주 멀다.
저 님아, 가는 나를 잡지 말고 지는 해를 잡아라.

98.

말을 삼가ᄒᆞ야 怒호온 제 더 ᄎᆞᆷ아라
ᄒᆞᆫ 번을 失言ᄒᆞ면 一生의 뉘읏브뇨
이 中의 조심홀 거시 말ᄉᆞᆷ인가 ᄒᆞ노라.　　　　　　(仙源續稿 9) 金尙容

怒(노)호온 제=노여울 때 ◇失言(실언)ᄒᆞ면=말을 실수하게 되면. ◇一生(일생)의 뉘읏브뇨=평생을 뉘우친다.

■ **통석(通釋)** 말을 삼가고 노여울 때는 더 참아라.
한 번이라도 말실수를 하게 되면 평생을 뉘우친다.
이 가운데 조심해야 할 것은 말씀인가 한다.

99.

말ᄒ기 죠타 ᄒ고 ᄂᆞᆷ의 말을 마롤 거시
ᄂᆞᆷ의 말 내 ᄒ면 ᄂᆞᆷ도 내 말 ᄒᄂᆞ 거시
말로셔 말이 만ᄒ니 말 모로미 죠해라.　　　　　　　　　　(靑珍 439)

말ᄒ기 죠타 ᄒ고=남의 말을 하기가 좋다고　◇마롤 거시=그만둘 것이　◇말로셔 말
이 만ᄒ니=말 때문에 말이 많으니　◇말 모로미 죠해라=남의 말을 모르는 것이 좋다.

■ **통석(通釋)**　　남의 말을 하기가 좋다고 하지만 남에 대한 말을 그만둘 것이,
　　　　　　　　　남의 말을 내가 하게 되면 다른 사람도 나에 대한 말을 하게 되는 것이,
　　　　　　　　　말 때문에 말이 많아지는 것이니 남의 말은 모르는 것이 좋다.

100.

믜아미 밉다 ᄒ고 쓰르람미 쓰다 ᄒ네
山菜ᄅᆞᆯ 밉다더냐 薄酒ᄅᆞᆯ 쓰다더냐
우리ᄂᆞ 草野에 뭇쳣시니 밉고 쓴 줄 몰ᄂᆡ라.　　　　　　　(靑六 404) 李廷藎

山菜(산채)를 밉다더냐=산나물을 맵다고 할 것이냐?　◇薄酒(박주)를 쓰다더냐=막
걸리를 쓰다고 할 것이냐?　◇草野(초야)에 뭇쳣시니=시골에 사니　◇밉고 쓴 줄=어려
운 줄. 힘드는 줄.

■ **통석(通釋)**　　매미는 맵다고 울고 쓰르라미는 쓰다고 우네.
　　　　　　　　　산나물을 맵다고 할 것이냐? 막걸리를 쓰다고 할 것이냐?
　　　　　　　　　우리는 비록 시골에 살고 있으나 어려운 줄을 모르겠구나.

101.

믜ᄒᆡ야 나와 너와 ᄒᆞᆫ ᄃᆡ 녜쟈 원이러니
나ᄂᆞ 너를 써나 이 곳의 와 잇ᄂᆞᄃᆡ
년년의 날 ᄎᆞ자 니르니 깁흔 졍을 늣기노라.　　　　　　(甲棘漫詠 7) 尹陽來

흔 듸 녜쟈 원이러니=한 곳에 살자. 같이 지내자 하고 소원(所願)이더니. 바랐더니 ◇년년의 날 츠자 니르니=연년(年年)이 나를 찾아오니. 해마다 나를 찾아 이곳에 이르니

■**통석(通釋)** 매화야, 나와 네가 한 곳에 사는 것이 소원이더니
　　　　　　　나는 너를 떠나서 이곳에 와 있는데,
　　　　　　　너는 해마다 나를 찾아 이곳에 오니 깊은 정을 느낀다.

102.

孟子見梁惠王ᄒ신듸 첫 말슴이 仁義로다
仁義도 ᄒ련이와 富國強兵 바릴손가
아마도 富國强兵 仁義已.

(時調(朴氏本) 124)

孟子見梁惠王(맹자견양혜왕)ᄒ신듸=맹자가 양나라의 혜왕을 뵈었는데. 양나라는 중국 전국시대의 나라 이름. 양혜왕은 위(魏)의 군(君)이었으나, 뒤에 스스로 왕이라 칭했다. 혜(惠)는 시호. 이때 자기 나라의 강성을 꾀해 현인을 초빙하기에 노력한 결과 맹자가 양나라에 가게 되었다. ◇仁義(인의)=어짊과 의로움. 사람이 지켜야 할 도리. ◇바릴손가=버릴 것인가? ◇仁義已(인의이)=인의만 있을 따름이다.

■**통석(通釋)** 맹자가 양나라 혜왕을 뵈었는데 첫 말씀이 인의였다.
　　　　　　　인의도 해야겠지만 나라를 부강하게 하고 강한 군대를 만드는 것을 버리겠는가?
　　　　　　　아마도 부국강병과 인의만 있을 따름이다.

103.

먹디도 됴홀샤 승졍원 션반야
노디도 됴홀샤 대명뎐 기슬갸
가디도 됴홀샤 부모다힛 길히야.

(聾巖集 1) 權氏

먹디도 됴홀샤=먹기에도 좋구나. ◇승졍원=승정원(承政院). 조선시대 왕명(王命)의 출납을 맡아보던 관아 ◇션반야=선반(宣飯)이여. 예전 관아에서 벼슬아치들에게 베

풀던 끼니 ◇노디도=놀기도 ◇대명뎐 기슬가=대명전(大明殿) 기슭이여. 대명전은 고려시대 개성에 있던 궁전이나 여기서는 대궐의 뜻으로 쓰였다. ◇가기도 됴흘샤 부모다힛 길히야=가는 것도 좋구나! 부모님이 계신 방향이야. 부모님을 뵈러 가는 길.

■**통석(通釋)**　먹기도 좋구나 승정원에서 주는 밥이여
　　　　　　　놀기도 좋구나 궁궐의 주변이여
　　　　　　　가기도 좋구나 부모님을 뵈러 가는 길이여.

104.

棉花 棉花ᄒ되 百花叢中 네 아니라
千台山 할미 말이 젼죠 作班 棉花 가틈도 갓다
아마도 淑香이 還生ᄒ여 棉花된가 ᄒ노라.　　　　　　(樂府(羅孫本) 590)

棉花(면화)=목화(木花) ◇百花叢中(백화총중)=모든 꽃들이 활짝 핀 가운데 ◇千台山(천태산)=‘天台山(천태산)’의 잘못. 중국 절강성에 있는 산 ◇할미=마고선녀(麻姑仙女)를 가리킨다. ◇젼죠=전조(前朝). 먼젓번 조정 ◇作班(작반)=반을 나누다. ◇가틈도 갓다=같은 것과 같다. ◇淑香(숙향)이 還生(환생)하여 棉花(면화) 된가=숙향이 다시 태어나 목화가 된 것이 아닌가? 숙향은 고소설『숙향전(淑香傳)』의 주인공.

■**통석(通釋)**　목화, 목화라고 하지만 모든 꽃 가운데 가장 좋은 네가 아니겠느냐?
　　　　　　　천태산 마고선녀의 말이 먼젓번 조정에서 반을 나누었을 때 심은 목화와 같구나.
　　　　　　　아마도 숙향이 다시 태어나 목화가 된 것이 아닌가 한다.

105.

明明德 실은 수레 어드메나 가더이고
物格峙 넘어드러 知止 고기 지나더라
가미야 ᄀ더라마는 誠意館을 못 갈네라.　　　　　　(源國 55) 盧守愼

明明德(명명덕)=명덕(明德)을 밝힌다는 뜻. 명덕은『대학(大學)』삼강령의 하나 ◇物格峙(물격치)=물격이란 고개. 물격은『대학』8조목의 하나로 사물의 이치를 뜻한

다. 여기서는 물격을 고개에 비유했다 ◇知止(지지) 고기=그칠 줄을 안다는 뜻의 고개 ◇가미야 ᄀ더라마는=가기야 가겠지만 ◇誠意館(성의관)='誠意關(성의관)'의 잘못인 듯. 성의관은 상상의 관문으로 성심성의껏 노력을 해도 뜻이 쉽게 이루어지지 않음을 말한다.

■ **통석(通釋)**   명덕을 밝히는 수레가 어디쯤이나 가던가
　　　　　　　물격 고개를 넘어서 지지 고개를 지나더라.
　　　　　　　가기야 가겠지만 성의관까지는 못 갈 것이다.

106.

몰나 병 되더니 아라 ᄯᅩᄒᆞᆫ 病이로다
몰나 병 아라 병 되면 병에 얼의여 못 살니로다
아무리 華扁을 만ᄂᆞᆫ들 이 病이야 곳칠 둘이.　　　　　　(金玉叢部 131) 安玟英

(南原妓松節 有傾國之色 然而昧於歌舞 可勝惜哉 余在南原時 親狎相隨 不能暫忘 ; 남원기송절 유경국지색 연이매어가무 가승석재 여재남원시 친압상수 불능잠망 : 남원 기생 송절은 뛰어난 아름다움을 가졌다. 그러나 가무에는 어두웠으니 참으로 애석하다. 내가 남원에 있을 때 친숙해서 서로 따르며 잠시라도 잊기가 어려웠다.)

몰나=몰라서 ◇아라=알아도 ◇얼의여 못 살니로다=엉겨 못 살겠다. 휩싸여 못 살겠다. ◇華扁(화편)=화타(華佗)와 편작(扁鵲)과 같은 명의(名醫). 화타는 후한(後漢)의, 편작은 전국시대 유명한 의원(醫員)이었다. ◇곳칠 둘이=고칠 수가. 작자가 남원의 기생 송절을 잊지 못하고 지은 것임.

■ **통석(通釋)**   몰라서 병이 되더니 알아도 또한 병이로구나.
　　　　　　　몰라도 병 알아도 병이 되면 병에 휩싸여 못 살 것이다.
　　　　　　　아무리 화타와 편작 같은 명의를 만난다고 한들 이 병이야 고칠 수가.

107.

문노라 버리바회야 엇지ᄒᆞ여 버런ᄂᆞᆫ다
萬頃蒼波水를 다 마시랴 버러ᄂᆞᆫ다
우리도 人間飜覆 몬내 우셔 버런노라.　　　　　　(追慕錄) 金宇宏

문노라=묻겠다. ◇버리바회=(입이) 벌어진 바위. 형상이 입을 벌린 것 같은 바위 (開口巖) ◇엇지ᄒ여 버런는다=어째서 입을 벌렸느냐? ◇人間飜覆(인간번복)=사람들 이 먼저 것을 뒤엎어버림 ◇몬내 우셔 버런노라=끝내 우스워 입을 벌렸다.

■ **통석(通釋)**　묻겠다. 버리바위야, 어찌하여 입을 벌렸느냐?
　　　　　　　넓은 바다의 출렁이는 물을 다 마시려 벌렸다.
　　　　　　　우리도 세상 사람들이 먼저 것을 뒤엎어버림이 우스워 입이 벌어지더라.

108.
바름 불고 비 올 줄 알면 鶴氅衣를 줄에 걸며
먼듸 任 오실 줄 알ᄋ쓰면 문을 닷고 불을 ᄭᅵ랴
日後에 먼듸 任 오실 줄 알면 留門長燈.　　　　　　　　(無名時調集가本 25)

비 올 줄 알면=비가 올 줄을 알았다면 ◇鶴氅衣(학창의)=학의 우모(羽毛)로 만든 털옷. 빛이 희고 소매가 넓고 가를 흑색으로 꾸민 옷 ◇日後(일후)에=오늘 이후에 ◇留門長燈(유문장등)=문에 오래도록 등불을 밝혀두다.

■ **통석(通釋)**　바람이 불고 비가 올 줄 알았다면 학창의를 줄에 널었으며
　　　　　　　먼 곳의 님이 오실 줄 알았으면 문을 닫고 불을 껐으랴?
　　　　　　　오늘 이후에 님이 오실 줄 알면 문에 오래도록 불을 밝히겠다.

109.
ᄇ람 불 줄 알이 불 줄 믈결로 알지로다
비 올 줄 알이 올 줄 구름결로 알지로다
각씨임이 내 말 드를 줄 알이 드를 줄 눈씨로 알지로다.

（啓大本 靑丘永言 248）

불 줄 알이 불 줄=불지 아니 불지를 ◇믈결로 알지로다=물결로 알 수 있다. ◇구 름결로=구름의 모양으로 ◇드를 줄 알이 들을 줄=들을지 아니 들을지를 ◇눈씨로= 눈치로. 눈짓으로

■ **통석(通釋)**   바람이 불지 아니 불지를 물결로 알 수 있다.

비가 올지 아니 올지를 구름의 모양으로 알 수 있다.

각시님이 내 말을 들을지 아니 들을지를 눈치로 알 수 있다.

110.

半나마 늘거시니 다시 졈든 못ᄒᆞ여도

이 後ㅣ나 늙지 말고 ᄆᆡ양 이만ᄒᆞ엿고쟈

白髮아 네나 짐쟉ᄒᆞ여 더듸 늙게 ᄒᆞ여라.   (靑珍 351)

半(반)나마=살아온 것의 반이 넘게 ◇다시 졈든=다시 젊어지는 ◇ᄆᆡ양 이만ᄒᆞ엿고
쟈=언제나 이만하였으면 좋겠다. ◇네나=네가.

■ **통석(通釋)**   살아온 것의 반이 넘어 이제 늙었으니 다시 젊어지지는 못하여도

이후에나 더 늙지 말고 항상 이만하였으면 좋겠다.

백발아, 네가 짐작하여 더디게 늙도록 해라.

111.

밤도 김도 기다 ᄂᆞᆷ도 밤이 일이 긴가

어듸셔 밤이 길니 내 줌 업슨 탓시로다

언제나 글이던 님 만나 긴 밤 실가 ᄒᆞ노라.   (解我愁 253)

김도 기다=길기도 길다. ◇ᄂᆞᆷ도 밤이 일이 긴가=다른 사람도 밤이 이렇게 길까?
◇어듸셔=어디서. 어떤 일인지 ◇길니=긴 것은 ◇글이던=그리워하던 ◇실가=새울까.

■ **통석(通釋)**   밤이 길기도 길구나, 다른 사람도 밤이 이렇게 길까?

어떤 일인지 밤이 긴 것은 내가 잠이 없는 탓이로구나.

언제나 그리워하던 님을 만나게 되면 긴 밤을 새워볼까 한다.

112.

白鷗 白鷗들하 내 네오 네 내로라

내 버지 네어니 네 나를 모를소냐

此中의 閑暇흔 溪山의 나와 너와 놀리라.　　　　　　　(雜卉園集) 李重慶

내 네오 네 내로다=내가 너이고 네가 나이다. ◇버지 네어니=벗이 너희들이니 ◇
此中(차중)의=이런 가운데의 ◇溪山(계산)=물과 산. 자연.

■ **통석(通釋)**　　갈매기, 갈매기들아. 내가 너이고 네가 나로구나.
　　　　　　　　나의 벗이 너이니 네가 나를 모른다고 하겠느냐?
　　　　　　　　이런 가운데의 한가한 자연에서 나와 네가 어울려 놀겠다.

113.

百年을 可使人人壽ㅣ라도 憂樂이 中分未百年을

흔믈며 百年 반듯기 어려오니

두어라 百年前ᄭ지만 醉코 놀려 흐노라.　　　　　　　(靑珍 435)

百年(백년)을 可使人人壽(가사인인수)ㅣ라도=가령 사람들이 백 년을 산다고 하더
라도 ◇憂樂(우락)이 中分未百年(중분미백년)을=근심과 즐거움이 나뉘면 백 년이 못
되는 것을 ◇百年(백년) 반듯기 어려오니=백 년을 살기가 반드시 어려운 것이니.

■ **통석(通釋)**　　가령 사람들이 백 년을 산다고 하더라도 근심과 즐거움이 나누면 백
　　　　　　　　년이 못 되는 것을
　　　　　　　　하물며 백 년을 산다고 하는 것도 반드시 어려운 것이니
　　　　　　　　두어라 백 년이 되기 전까지만이라도 술에 취하고 놀까 한다.

114.

百年을 可斯人人壽라도 憂樂을 中分未百年이라

恒時百年이 難可必인대 不如長醉百年前을

오늘도 백년 중 하로인대 아니 노든.　　　　　　　(時調關西本 14)

可斯人人壽(가사인인수)= '斯(사)'는 '使(사)'의 잘못. 사람마다 백 년을 살 수 있더
라도 ◇恒時百年(항시백년)이 難可必(난가필)인대=항상 백 년을 산다는 가능성을 기

대하기가 어려운데 ◇不如長醉百年前(불여장취백년전)=백 년이 되기 전까지라도 술 취한 것만 못하다.

■ **통석(通釋)**   백 년을 사람마다 살 수 있더라도 근심과 즐거움을 나누면 백 년이 못 된다.
　　　　　　항상 백 년을 사는 것을 기대하기 어려우니 백 년이 되기 전까지라도 언제나 취하는 것만 못하다.
　　　　　　오늘도 백 년 가운데 하루인데 아니 놀지는.

115.
빅사장 홍노변에 굽니러 먹는 져 빅노야
흔 닙에 두셋 물고 무에 낫싸 굽니느냐
우리도 구복이 웬슈라 굽니러 먹네.　　　　　　　　　　　　　(南太 85)

빅사장 홍노변(白沙場 紅蓼邊)=흰 모래밭 붉은 여뀌 옆 ◇굽니러 먹는=몸을 굽혔다 폈다 하며 먹이를 먹는 ◇흔 닙에 두셋 물고 무에 낫싸=한 입에 두서너 개를 물고 무엇이 부족하여 ◇구복이 웬슈라=구복(口腹)이 원수라. 입과 배가 원수와 같아. 먹고사는 것이 어려워.

■ **통석(通釋)**   흰 모래밭 붉은 여뀌 옆에 몸을 굽혔다 펴가며 먹이를 먹는 저 백로야
　　　　　　한 입에 먹이를 두서너 개씩 물고도 무엇이 부족해서 굽혔다 폈다 하느냐?
　　　　　　우리도 먹고사는 것이 웬수라 굽혔다 폈다 하며 먹이를 먹는다.

116.
白雲山 白雲寺를 녜 듯고 이제 보니
萬壑 기픈 곳에 白雲이 즘겨셰라
世上에 브리인 몸이 白雲 속에 늙그리라.　　　　　　　　　　　(解我愁 224)

白雲山(백운산) 白雲寺(백운사)=특정한 산이나 절이 아닌 듯 ◇녜 듯고 이제 보니=예전에 듣고 이제야 와서 보니 ◇萬壑(만학)=첩첩이 겹쳐진 많은 골짜기 ◇즘겨셰

라=끼어 있다. ◇ 브리인 몸이=버림받은 몸이. 버려진 내가.

■**통석(通釋)**　백운산에 있는 백운사를 예전에 듣고 이제 와서 보게 되니
　　　　　　 첩첩한 많은 골짜기 깊은 곳에 흰 구름 속에 쌓였구나.
　　　　　　 세상에서 버림받은 몸이니 흰 구름이 쌓인 곳에서 늙겠다.

117.
百草를 다 심어도 듸는 아니 시물 거시
젓씩 울고 살씩 가고 그리는 이 붓썩로다
이後에 울고 가고 그리는 듸 시물 줄이 이시랴.　　　　　　　(瓶歌 736)

듸는=대나무는 ◇아니 시물 거시=아니 심을 것이다. ◇젓씩=적(笛)을 만드는 대
◇살씩 가고=화살[箭(전)]을 만드는 대는 날아가고. 화살은 날아가 아니 오고 ◇그리
는 이=글씨를 쓰거나 그림을 그리는 것이. 그림을 그리거나 그리워한다는 의미의 중
의적(重義的)인 표현이다. ◇시물 주리 이시랴=심을 까닭이 있겠느냐?

■**통석(通釋)**　모든 풀들을 다 심어도 대나무는 심을 것이 아니다.
　　　　　　 피리를 만든 대는 울고 화살을 만든 대는 날아가고 그림을 그리거나
　　　　 글씨를 쓰는 것은 붓을 만든 대이다.
　　　　　　 이후에 울거나 날아가서 돌아오지 않거나 그리워하기만 하는 대를 심
　　　　 을 까닭이 있겠느냐?

118.
벗 짜라 벗 쫀라 가니 닉은 벗에 션 벗 잇다
이 벗 這 벗 ᄒ니 어니 벗이 벗 아니리
니 됴코 맛 됴흔 벗은 니 벗인가 ᄒ노라.　　　　　　　(詩歌(朴氏本) 575)

닉은=익숙한. 가까운 ◇션=서먹서먹한. 어색한 ◇這(저)='저'의 한자 표기 ◇아니
리=아니겠느냐? ◇니 됴코 맛 됴흔=내가 좋아하고 마음에 맞는.

■**통석(通釋)**　벗을 따라 벗을 따라 가니 가까운 벗에 서먹서먹한 벗이 있다.

이런 벗 저런 벗 하니 어느 벗이 벗이 아니겠느냐?
내가 좋아하고 내 마음에 맞는 벗은 진정한 내 벗인가 한다.

119.
碧空에 걸인 둘이 李太白 노던 달 안이런가
太白이는 어듸 가고 둘만 혼자 볼갓는고
至今에 둘은 발가시나 太白은 와 노는 듸 업도다.

(啓明大本 靑丘永言 112) 柳自新

碧空(벽공)에 걸인=푸른 하늘에 걸린. 푸른 하늘에 뜬 ◇노던 달 안이런가=놀던 달이 아니겠는가? ◇혼자 볼갓는고=혼자서 환히 밝았는가? ◇와 노는 듸=와 노는 곳.

■ **통석(通釋)**　푸른 하늘에 뜬 달이 이태백이가 놀았다는 달이 아니겠는가?
　　　　　　　이태백이는 어디로 가고 달만 혼자서 밝게 비추는가?
　　　　　　　지금은 달은 밝았으나 태백이 와서 노는 곳은 없구나.

120.
벽오동(碧梧桐) 시문 쯧슨 봉황(鳳凰) 올가 ᄒ여쩌니
봉황은 안 오고 오작(烏鵲)만 나려든다
동ᄌ야 오작 날녀라 봉황 오게.

(風雅 22) 李世輔

벽오동 시문 쯧슨=벽오동을 심은 뜻은. 벽오동은 오동나무의 한 가지. 껍질은 푸른색을 띠며 재목은 가구나 악기를 만드는데 쓰인다. ◇오작만 나려든다=까마귀와 까치만 날아든다. 잡새만 ◇날녀라=날려 보내라.

■ **통석(通釋)**　벽오동을 심은 뜻은 혹시라도 봉황새가 날아올까 하였더니,
　　　　　　　봉황은 아니 오고 까마귀와 까치만 날아든다.
　　　　　　　아이야, 까마귀와 까치를 날려 보내라 봉황이 올 수 있도록.

121.

봄이 갈야 ᄒᆞ이 내 혼ᄌᆞ 말닐손냐
못 다 풀 桃李花를 어이ᄒᆞ고 가랴ᄂᆞ다
아희야 ᄌᆞᆫ 가득 부어라 가ᄂᆞ 봄 젼송ᄒᆞ리라.　　　　　(海朴 457)

갈야ᄒᆞ이=가려고 하니　◇말닐손냐=말릴 수가 있느냐?　◇풀='핀'의 잘못. 핀　◇어
이ᄒᆞ고 가라ᄂᆞ다=어떻게 하고 가려고 하느냐?　◇젼송=전송(餞送). 대접해서 떠나보
내다.

■통석(通釋)　봄이 가려고 하니 내 혼자서 말릴 수가 있겠느냐?
　　　　　　아직도 다 피지 않은 복숭아와 오얏꽃을 어떻게 두고 가려고 하느냐?
　　　　　　아이야, 잔 가득 부어라. 가는 봄을 대접해서 떠나보내겠다.

122.

봄이 간다커늘 술 싯고 餞送 가니
落花ᄒᆞᄂᆞ 곳에 간 곳을 모롤너니
柳幕에 쇠ᄭᅩ리 이르기를 어지 갓다 ᄒᆞ더라.　　　　　(瓶歌 773)

모롤너니=모르겠더니　◇柳幕(유막)에=버들 숲에　◇이르기를=말하기를　◇어지 갓
다=어제 있었던 일 같다. 또는 어제 갔다.

■통석(通釋)　봄이 간다고 하거늘 술을 싣고 떠나보내려 하니
　　　　　　꽃잎이 떨어지는 곳에 어디로 갔는지를 모르겠더니
　　　　　　버들 숲에 꾀꼬리가 말하기를 어제 있었던 일 같다고 하더라.

123.

鳳凰山 松林中의 슬이 우는 저 杜鵑아
울 양이면 네나 울지 웃던 나를 울이너냐
아마도 웃는곳 울이기ᄂᆞ 너ᄲᅮᆫ인 듯.　　　　　(時調(河氏本) 57)

슬이=슬피 ◇울 양이면 네나 울지=울 것이면 너나 울 것이지 ◇웃던 나를 울이너냐=웃든 나를 울리느냐? ◇웃는곳 울이기는=웃는 것을 곳바로 울게 만들기는.

■통석(通釋) 봉황산 소나무 숲 가운데 슬피 우는 저 두견새야
울 것이면 너나 울지 웃던 나를 울리느냐?
아마도 웃던 나를 곧바로 울리는 것은 너뿐인가.

124.

富貴도 驕로 일코 才能도 驕로 損失ᄒ니
션비의 仁義禮智 교만ᄒ고 불글소냐
아마도 驕字의 警戒는 天子庶人 一樣일가 ᄒ노라.   (閒說堂遺稿) 安昌後

驕(교)로 일코=교만한 것으로 잃어버리고 ◇션비=선비 ◇仁義禮智(인의예지)=사람으로서 갖추어야 할 네 가지의 마음가짐 ◇교만하고 불글소냐=교만(驕慢)과 바꾸겠느냐? ◇驕字(교자)의 警戒(경계)는=교만하다는 글자의 깨우치고 삼감은 ◇天子庶人(천자서인)=위로는 황제와 아래로는 일반 서민. 곧 모든 사람들 ◇一樣(일양)일가=똑같은 것이 아닐까.

■통석(通釋) 부귀도 교만 때문에 잃고 재능도 교만 때문에 손해를 보니
선비의 인의예지를 교만함과 바꾸겠느냐?
아마도 '교'란 글자의 깨우치고 조심함은 모든 사람들이 똑같은 것이
아닌가 한다.

125.

夫婦ㅣ 이신 後에 父子兄弟 삼겨시니
夫婦곳 아니면 五倫이 가즐소냐
이 中에 生民이 비롯ᄒ니 夫婦 크다 ᄒ로라.   (盧溪集 15) 朴仁老

이신 後에=있은 다음에 ◇삼겨시니=생겨났으니 ◇가즐소냐=갖추어질 수 있겠느냐? ◇生民(생민)이 비롯ᄒ니=사람이 생기는(또는 살아가는) 것이 시작되니 ◇夫婦(부부) 크다 ᄒ로라=부부의 역할이 매우 크다고 하겠다.

■ **통석(通釋)** 부부가 있은 다음에 부자와 형제의 관계가 생기는 것이니
부부가 아니면 오륜이 갖추어질 수 있겠느냐?
이 가운데서 사람이 생기기 시작하니 부부의 역할이 매우 크다고 하
겠다.

126.

北海上 저문 날에 울고 간은 저 기럭아
瀟湘은 가ᄂᆞᆫ야 洞庭으로 向ᄒᆞᄂᆞ냐
眞實노 가ᄂᆞᆫ 듸 일너라 너를 좃차 붓치리라.　　　　　　(東國 159)

瀟湘(소상)=소상강. 중국 호남성 동정호 남쪽에 있는 강 ◇洞庭(동정)=동정호 ◇
가ᄂᆞᆫ 듸 일너라 너를 좃차 붓치리라=가는 곳을 말하여라. 너를 따라 보내겠다.

■ **통석(通釋)** 북쪽 바다 위 날이 저문데 울고 가는 저 기러기야
소상강으로 가느냐? 동정호로 향하느냐?
진실로 가는 곳을 말 하여라. 너를 따라 보내겠다.

127.

不如歸 不如歸ᄒᆞ며 슬피 우ᄂᆞᆫ 져 杜鵑아
두 나리 가지고셔 어듸 못 가 우지ᄂᆞᆫ다
우리ᄂᆞᆫ 네 나리 가졋고져 우닐 줄 이시랴.　　　　　　(海我愁 116)

不如歸(불여귀)=돌아갈 수 없다. 또는 돌아가지 못한다. 소쩍새 울음 소리의 표기
◇나리=날개 ◇어듸 못 가 우지ᄂᆞᆫ다=어디를 가지 못해 우느냐? ◇나리 가졋고져 우
닐 줄 이시랴=날개를 갖고 싶다. 울 까닭이 있겠느냐?

■ **통석(通釋)** 불여귀 불여귀 하며 슬프게 우는 저 두견새야
두 날개를 가지고서 어디에 못 가고 여기에서 우느냐?
우리는 네 날개를 가졌다면 여기에서 울 까닭이 없다.

128.

비즌 술 다 먹은 後에 먼 듸셔 벗이 왓닉

술집은 졔엇마는 헌 옷시 얼마 줄이

兒히야 헌 옷시 술이니 주는 대로 바다오렴.　　　　　　　　(解我愁 171)

먼 듸셔=먼 곳에서　◇졔엇마는=저기에 있지만　◇얼마 줄이=얼마를 주랴. 주겠느
냐?　◇주는 대로 바다오렴=주는 대로 받아오렴.

■ **통석(通釋)**　　담근 술을 다 먹었는데 먼 곳에서 벗이 찾아왔네.
　　　　　　　　　　술집은 저기지만 헌 옷에 얼마나 값을 쳐주겠느냐?
　　　　　　　　　　아이야, 헌 옷으로 사는 술이니 주는 대로 받아오렴.

129.

사라 그려야 올흐랴 죽어 이제야 올흐랴

사라 그리기도 어렵고 죽어 잇기도 어려웨라

죽어도 잇기 어려오니 사라 두고 보리라.(感物)　　　　　　　(槿樂 299)

사라 그려야 올흐랴=살아서 그리워해야 옳으냐?　◇이제야=잊어야　◇사라 그리기
도=살아서 그리워하기도　◇사라 두고 보리라=살아서 두고 보겠다.

■ **통석(通釋)**　　살아서 그리워해야 옳으냐? 죽어서 잊어야 옳으냐?
　　　　　　　　　　살아서 그리워하기도 어렵고 죽어서 잊기도 어렵다.
　　　　　　　　　　죽어도 잊기가 어려우니 살아 있어서 어찌되나 두고 보겠다.

130.

사름 사름마다 이 말ᄉᆞᆷ 드러ᄉᆞ라

이 말ᄉᆞᆷ 아니면 사름이오 스름 아니

이 말ᄉᆞᆷ 닛디 말오 빅호고야 마로링이다.(五倫歌)　　　　(武陵續稿) 周世鵬

드러ᄉᆞ라=듣거라.　◇사름이오 스름 아니=사람이냐, 사람 아니다.　◇닛지 말오=잊

지 마시오. ◇빗호고야 마로링이다=배우고야 말 것이다.

■ **통석(通釋)** 사람들 사람들마다 이 말씀을 듣거라.
　　　　　　이 말씀을 아니 들으면 사람이냐, 사람 아니다.
　　　　　　이 말씀을 잊지 마시오. 배우고야 말 것이다.

131.
스룸의 善惡이 다 ᄆᆞ음 심 자에 잇ᄂᆞ니
ᄆᆞ음이 어딜면 스룸 사오날가
아마도 ᄆᆞ음이 사오나온 後에 어딜일 일 업ᄂᆞ니.　　　　　(啓明大 靑丘永言 18)

어딜면=어질다면　◇사오날가=사나울까?　◇어딜일 일=어질게 될 일은.

■ **통석(通釋)** 사람이 착하고 악한 것이 다 마음 심 자에 달렸으니
　　　　　　마음이 어질다면 사람이 사나울까?
　　　　　　아마도 마음이 사나워진 다음에 어질게 될 일은 없을 것이다.

132.
스룸이 단 일만 爲事ᄒ고 쓴 일은 不爲事면
나ᄂᆞ 달건이와 남이 아니 쓸가
달고 쓴 일을 ᄂᆞᆷ과 ᄂᆞ나 하면 是非예 걸일가.　　　　　(啓明大本 靑丘永言 14)

단 일만 爲事(위사)ᄒ고=달콤한 일만 하려고 하고. 하기 좋은 일만 하려고 하고
◇쓴 일은 不爲事(불위사)면=하기 싫은 일은 하려고 하지 않으면　◇달건이와=달거니
와. 좋거니와　◇남이 아니 쓸가=다른 사람이 쓰지 않을까? 다른 사람이 괴롭지 않을
까?　◇달고 쓴 일을 ᄂᆞᆷ과 ᄂᆞ나 하면=단 일과 쓴 일을 남과 나눠 하면　◇是非(시비)
에 걸일가=시비에 걸릴까. 옳고 그름을 다투는 일에 연관될까.

■ **통석(通釋)** 사람들이 하기 좋은 일만 하려고 하고 하기 싫은 일을 하려고하지 않
　　　　　　으면
　　　　　　나에게는 달콤하지만 다른 사람에게는 쓰지 않을까?

달고 쓴 일을 남과 나눠 한다면 시비에 걸릴까?

133.

사름이 드러가셔 나올지 못 나올지

드러가 보니 업고 나오다 ㅎ니 업네

드러가 못 나올 人生이 아니 놀고 어이리.　　　　　(青六 516) 金光燦

드러가셔 나올지 못 나올지=죽어서 다시 살아날지 못 살아날지 ◇드러가 보니=들어가본 사람이. 죽어본 사람이 ◇나오다 ㅎ니=나왔다고 하는 사람이. 살았다고 하는 사람이 ◇드러가 못 나올=죽었다 다시 살아나지 못할.

■ 통석(通釋)　사람들이 죽어서 살아 나올지 또는 못 나올지
　　　　　　　들어가본 사람도 없고 살아 나왔다고 하는 말도 없다.
　　　　　　　죽어서 다시 살아나지 못할 인생이니 아니 놀고 무엇하랴?

134.

思郞과 辭說과 둘이 밤새도록 힉쑤든이

思郞이 힘이 물려 辭說의게 지닷 말가

思郞이 辭說 들여 닐으기를 나종 보자 ㅎ더라.　　　　　(海一 474)

辭說(사설)=잔소리로 늘어놓는 말. 사살 ◇힉쑤든이=힐난하더니. 헐뜯더니 ◇힘이 물려=힘이 부족하여. 힘이 몰려 ◇辭說(사설)의게 지닷말가=사설에게 졌단 말인가? ◇辭說(사설) 들여 닐으기를 나종 보자=사설에게 말하기를 나중에 보자.

■ 통석(通釋)　사랑과 자잘한 말과 둘이 밤새도록 서로를 헐뜯고 싸우더니
　　　　　　　사랑이 힘이 부족하여 잔소리 같은 말에게 졌단 말이냐?
　　　　　　　사랑이 사설에게 말하기를 나중에 다시 보자고 하더라.

135.

스랑 스랑 긴긴 스랑 기천구치 내내 스랑

九萬里長空에 넌즈러지고 남는 스랑

아마도 이 님의 亽랑은 ㄱ 업슨가 ᄒ노라.   (靑珍 457)

내내=계속 이어지는. 계속되는 ◇九萬里長空(구만리장공)=아득히 높고 먼 하늘 ◇
넌즈러지고=넌출지고 치렁치렁 늘어지고 ◇ㄱ 업슨가=끝이 없는가.

■ **통석(通釋)**　사랑 사랑 길고 긴 사랑 개천처럼 계속 이어지는 사랑
　　　　　　　아득하게 높고도 먼 하늘에 치렁치렁 늘어지고도 남는 사랑
　　　　　　　아마도 이 님의 사랑은 끝이 없는 것이 아닌가 한다.

136.

思郎은 불 붓듯 ᄒ고 말릴 이는 빗발치듯
말려셔 말 님이량이면 처음에 안이 말앗씨랴
말려셔 마지 안일 님인이 덧여둘까 ᄒ노라.   (海一 498)

말릴 이는 빗발치듯=말리는 사람은 빗발이 쏟아지듯 ◇말려서 말 님이량이면=말
려서 그만둘 님일 것 같으면 ◇안이 말앗씨랴=아니 그만두었으랴? ◇말려셔 마지
안일 님인이=말려서 그만두지 않을 님이니 ◇덧여둘까=내버려둘까?

■ **통석(通釋)**　사랑은 불붙듯 맹렬하고 말리는 사람들은 빗발치듯
　　　　　　　말린다고 그만둘 님이라면 처음부터 포기했겠느냐?
　　　　　　　말려도 그만두지 아니할 님이니 그냥 내버려둘까 한다.

137.

山마다 玉 잇스며 玉마다 眞品리랴
蓬萊山 第一峰에 玉眞이라 ᄒ난 玉니
아믜도 玉中 眞品은 너쑨인가 ᄒ노라.   (三家樂府)

玉마다 眞品(진품)리랴=옥마다 진짜 옥이랴? 물건이랴. ◇蓬萊山(봉래산)=삼신산의
하나.

■ **통석(通釋)**　산마다 옥이 있으며 옥마다 다 진짜이랴.

봉래산 제일봉에 옥진이라 하는 옥이 있으니
아마도 옥 가운데 진짜는 너뿐인가 한다.

138.
山은 녯 山이로되 물은 녯 물 아니로다
晝夜로 흐르니 녯 물이 이실쏜야
人傑도 물과 깃도다 가고 아니 오노믹라.　　　　　　　　(海朴 260) 眞伊

아니로다=아니로구나. ◇이실쏜야=있을 수 있겠느냐? ◇깃도다=같구나. ◇가고 아
니 오노믹라=죽어서는 다시 살아오지 않는구나.

- ■ 통석(通釋)　　산은 옛날 그대로지만 물은 옛날 물 그대로가 아니다.
　　　　　　　　밤낮으로 흘러가니 예전의 물이 있을 수 있겠느냐?
　　　　　　　　사람들도 물과 같구나. 죽어서는 다시 살아오지 않는구나.

139.
山은 올커니와 믈은 거즛말이
晝夜의 흘너가니 녯 믈이 이실손가
사름도 믈 깃ᄒ여 가고 아니 오데이다.(懷古)　　　　　　　　(古今 93)

녯 믈이 이실손가=예전의 물이 있을 수 있겠는가? ◇믈 깃ᄒ여 가고 아니 오데이
다=물과 같아서 죽고는 다시 아니 오더라.

- ■ 통석(通釋)　　산은 거짓말을 하지 않지만 물을 거짓말을 하더라.
　　　　　　　　밤낮으로 쉬지 않고 흘러가니 예전의 물이 있을 수 있겠는가?
　　　　　　　　사람도 물과 같아서 한번 죽어서는 다시 오지 않더라.

140.
山은 잇건마ᄂᆞᆫ 물은 간 듸 업다
晝夜로 흐르니 나믄 물이 이실소냐

아마도 千年流水는 나도 몰라 호노라.   (靑珍 174) 朗原君

간 듸 업다=간 곳이 없다. ◇나믄 물이 이실소냐=남아 있는 물이 있겠느냐? ◇千年流水(천년유수)는 나도 몰라=천 년을 두고 계속 흘러가는 물이 있는지 없는지는 나도 몰라.

■**통석(通釋)** 산은 예전처럼 남아 있지만 물은 간 곳이 없다.
　　　　　　　밤낮으로 흘러가니 남아 있는 물이 있겠느냐?
　　　　　　　아마도 오랜 세월 동안 흘러만 가는 물은 어떤 것인지 나도 모른다고
　　　　　　　하겠다.

141.
山中에 안즌 즁아 너 안전지 몃千 年고
險혼 山路에 길 몰라 안젓는다
안쇼도 못 니는 情懷야 네오 내오 드르랴.   (解我愁 176)

안전지=앉은 지가 ◇길 몰라 안젓는다=갈 길을 몰라 앉았느냐? ◇못 니는=못 일어나는.

■**통석(通釋)** 산속에 앉아 있는 중아, 네가 앉아 있는지 몇천 년이나 되느냐?
　　　　　　　험준한 산길에 길을 몰라 앉았느냐?
　　　　　　　앉아 있으면서도 못 일어나는 마음이야 너와 내가 다르겠느냐?

142.
시 달은 붉득마는 녯 버든 어듸 간고
져도 둘 보고 날가치 싱각는가
둘 보고 벗 싱각ㅎ니 그럴 셜워 ㅎ노라.   (淸溪歌詞 33) 姜復中
徐蘇胡龍甲謫居相思曲(서소호용갑적거상사곡 : 소호 서용갑의 귀양살이를 생각하고 지은
노래다.)

시 달은=새로 뜬 달은 ◇녯 버든=예전의 벗은 ◇날가치 싱각는가=나처럼 생각할

까? ◇그럴 셜워=그것을 서러워. 슬퍼.

■ **통석(通釋)**　새로 뜬 달은 밝지만 예전의 벗은 어디에 갔는가?
저도 저 달을 쳐다보고 나처럼 생각할까?
달을 쳐다보고 벗을 생각하니 그것을 서러워한다.

143.

서리 치고 별 성긘 제 울며 ¬는 져 기럭아
네 길이 긔 언마¬나 밧바 밤ㅁ길 춋ㅊ 녜는 것가
江南에 期約을 두엇시민 늣져 갈¬가 져레라.　　　　　　　(源河 200)

서리 치고=서리가 내리고 ◇별 성긘 제=별빛이 듬성듬성할 때. 날이 샐 녘에 ◇
언마¬나 밧바 밤ㅁ길 춋ㅊ 녜는 것가=얼마나 바쁘기에 밤길 따라가는 것이냐? ◇
두엇시민 늣져 갈¬가 져레라=두었으므로 늦게 갈까 두렵다.

■ **통석(通釋)**　서리가 내리고 별이 드문 새벽에 울고 가는 저 기러기야
네 갈 길이 그 얼마나 바빠 밤길인데도 날아가는 것이냐?
강남에 약속을 하였으므로 늦게 갈까 두렵다.

144.

夕陽의 지을 넘고 갈 길은 千里로다
말은 가자 굽을 치고 任은 잡고 落淚한다
任아 가는 날 잡지 마라.　　　　　　　　　　　　　(金聲玉振 132)

지을 넘고=고개를 넘어가고 ◇가자 굽을 치고=가자고 발굽으로 땅을 두드리고 ◇
잡고 落淚(낙루)한다=붙잡고 눈물을 흘린다. ◇가는 날 잡지 마라=가려고 하는 나를
붙잡지 마라.

■ **통석(通釋)**　저녁 해는 고개를 넘어가고 가야 할 길은 천 리나 남았다.
말은 가자고 발굽으로 땅을 두드리고 님은 잡고 눈물을 흘린다.
님아 가려고 하는 나를 잡지 마라.

145.

聖恩이 罔極호 줄 사름들아 아느순다
聖恩곳 안니면 萬民이 살로소냐
이 몸은 罔極호 聖恩을 갑고 말려 ᄒ노라.　　　　　(蘆溪集 10) 朴仁老

罔極(망극)=큰 은혜를 갚기가 어렵다. ◇아느순다=아느냐? ◇살로소냐=살 수가 있
겠느냐?

■**통석(通釋)**　임금님의 은혜가 너무 커 갚기가 어려움 사람들아 아느냐?
　　　　　　　임금님의 은혜가 아니면 만백성이 살 수 있겠느냐?
　　　　　　　이 몸은 큰 임금님의 은혜를 갚고야 말려고 한다.

146.

세상에 모를 일이 하나둘이 아니로다
내가 나를 모르거든 남이 나를 어이 알니
두어라 알고도 모를 일을 알어 무삼.　　　　　(時調(平洲本) 106)

하나둘이 아니로다=하나둘이 아니로구나. 많다. ◇어이 알니=어찌 알겠느냐? ◇알
어 무삼=알아서 무엇.

■**통석(通釋)**　세상에 모를 일이 하나둘이 아니로구나.
　　　　　　　내가 나를 모르거든 남이 나를 어찌 알겠느냐?
　　　　　　　두어라, 알고 있으면서도 모를 일을 알아서 무엇.

147.

世上에 미운 글자 病이란 病 字ㅣ로다
ᄉ름이 病 안니 들면 주그리 뉘 잇슬가
그 病字을 燧人氏 낸 불로 사라볼가 ᄒ노라.　　　　　(啓明大本 靑丘永言 164) 李貴

病(병) 안니 들면 주그리 뉘 잇슬가=병이 안 들면 죽을 사람이 누가 있을까? ◇燧人

氏(수인씨) 낸 불로 사라볼가=수인씨가 만들 불로 태워볼까? 수인씨는 중국 태고 때의 전설적인 임금. 사람들에게 불을 일으키는 기술과 화식(火食)을 가르쳤다고 한다.

■ **통석(通釋)**　세상에서 미운 글자가 병이란 병 자이다.
　　　　　　　 사람이 병들지 않으면 죽을 사람이 누가 있을까?
　　　　　　　 그 병이란 글자를 수인씨가 만든 불로 태워볼까 한다.

148.
셧쯸 그뭄 除夕日에 滋米 드는 져 上帝야
네 滋米 쥬량이면 三代獨子 長壽ᄒ랴
진실로 그러ᄒ량이면 年年 滋米.　　　　　　　　(無名時調集가本 37)

除夕日(제석일)=음력 섣달 그믐날 밤 ◇滋米(자미) 드는 져 上帝(상제)야=재미(齋米)를 달라고 하는 저 상좌(上座)야. 재미는 중에게 보시(布施)로 주는 쌀. 상좌는 절에서 재덕이 높은 연장자. ◇네 滋米(자미) 쥬량이면=너에게 자미(재미)를 줄 것 같으면. 너에게 자미(재미)를 준다면 ◇그러ᄒ량이면=그렇기만 하다면.

■ **통석(通釋)**　섣달 그믐날 밤에 재미를 달라는 상좌중아,
　　　　　　　 너에게 재미를 주면 삼대독자가 장수하겠느냐?
　　　　　　　 진실로 그렇다고 한다면 해마다 재미를 주겠다.

149.
소곰 수릐에 메여시니 千里馬ㄴ 줄 제 뉘 알며
돌 속에 ᄊ혀시니 天下寶ㄴ 줄 제 뉘 알니
두어라 알 니 알지니 恨홀 줄이 이시랴.　　　　　(詩歌 215) 金春澤

메여시니=메웠으니. 끌게 하였으니 ◇제 뉘 일며=그 누가 알 수 있으며 ◇제 뉘 알니=그 누가 알겠느냐? ◇알 니 알지니 恨(한)홀 줄이=알 사람은 알 것이니 한탄할 까닭이.

■ **통석(通釋)**　소금 수레를 끌게 하였으니 천리마인 줄 그 누가 알며

돌 속에 싸여 있으니 천하의 보배인 줄 그 누가 알겠느냐?
두어라, 알 사람은 알 것이니 한탄할 까닭이 있느냐?

150.

소리는 或혹 이신들 ᄆᆞᄋᆞ이 이러ᄒᆞ랴
ᄆᆞᄋᆞᆷ은 或혹 이신들 소리를 뉘 ᄒᆞᄂᆞ니
ᄆᆞᄋᆞᆷ이 소리예 ᄂᆞ니 그를 됴하 ᄒᆞ노라.　　　　贈伴琴 (孤山遺稿 22) 尹善道

혹 이신들=혹 있더라도 ◇뉘 ᄒᆞᄂᆞ니=누가 하겠느냐? ◇소리예 ᄂᆞ니=소리에서 나
오는 것이니 ◇됴하=좋아.

■**통석(通釋)**　소리가 혹 있다고 한들 마음까지 이러하랴?
　　　　　　마음이 혹 있다고 한들 소리를 누가 할 수 있으랴?
　　　　　　마음이 소리에서 나오는 것이니 그것을 좋아한다.

151.

蘇仙七月 이 달이요 赤壁江月 이 달이라
이 달은 그 달이나 그 ᄉᆞ람은 어듸 간고
두어라 이 두고 가문 날 위흔가 ᄒᆞ노라.　　　　　　　　(靑六 289) 金鏌

蘇仙七月(소선칠월)=신선과 다름없는 소동파의 칠월. 송(宋)나라 소식(蘇軾)이 지
은 「赤壁賦(적벽부)」의 시작이 칠월로 되어 있다. ◇赤壁江月(적벽강월)=적벽강에 뜬
달. 적벽강은 중국 황강현 성 밖에 있다. ◇두고 가문 날 위흔가=두고 간 것은 나를
위한 것인가.

■**통석(通釋)**　소동파가 뱃놀이하던 칠월도 이 달이요 적벽강에 뜬 달도 이 달이다.
　　　　　　이 달은 그때의 달과 같지만 그때의 사람은 어디를 갔는가?
　　　　　　두어라, 이 달을 남겨두고 간 것은 나를 위한 것인가 한다.

152.

壽夭長短 뉘 아던가 죽은 後ㅣ면 거줏 쩌시

天皇氏 一萬八千歲도 죽은 後 l 면 거즛 거시

스라셔 먹고 노는 거시 긔 조혼가 ㅎ노라.　　　　(海周 353)

　壽夭長短(수요장단) 뉘 아던가=오래 살거나 일찍 죽거나 하는 것을 누가 알겠느냐. ◇거즛 쩌시=거짓 것이다. 쓸데없다. ◇스라셔 먹고 노는 거시 긔 조혼가=살아 있을 때 먹고 노는 것이 좋은 것인가.

- **통석(通釋)**　오래 살고 일찍 죽는 것을 누가 안다더냐, 죽은 뒤에는 쓸데없는 것
　　　　　　　천황씨가 일만팔천 세를 살았다고 하지만 죽은 뒤에는 쓸데없는 것
　　　　　　　살아 있을 때 먹고 노는 것이 제일 좋은 것인가 한다.

153.

술 먹고 뷔거를 저긔 먹지 마쟈 盟誓 l 러니

盞 잡고 구버보니 盟誓홈이 虛事 l 로다

두어라 醉中盟誓 l 를 닐러 므슴ㅎ리오.　　　　(靑珍 409)

　뷔거를 저긔=비틀걸음을 할 때에 ◇盞(잔) 잡고 구버보니=술잔을 들고 내려다보니 ◇盟誓(맹서)홈이 虛事(허사) l 로다=맹세했던 것이 말짱 헛일이다. ◇醉中盟誓(취중맹서) l 를 닐러 므슴ㅎ리오=술이 취해 한 맹세를 말하여 무엇 하겠는가?

- **통석(通釋)**　술 먹고 비틀걸음을 할 때에 술을 먹지 말자고 맹세하였더니
　　　　　　　술잔을 잡고 내려다보니 맹세한 것이 모두 헛일이로구나.
　　　　　　　두어라 술 취해 한 맹세를 말하여 무엇 하겠느냐?

154.

술 먹고 비틀거름 칠 제 술 먹지 말자 盟誓하엿더니

술 보고 안주 보니 밍셰도 허사로다

아히야 술 갓득 부어라 밍셰 푸리하자.　　　　(敎坊歌謠 82)

醉中側步劇迷昏 醉後深盟不把樽 及見酒肴盟亦悔 呼兒滿酌解盟言
(취중측보극미혼 취후심맹불파준 급견주효맹역회 호아만작해맹언)

비틀거름 칠 제=비틀거리며 걸을 때에 ◇허사로다=헛일이다 ◇밍셰 푸리하자=맹세를 풀어버리자.

■ **통석(通釋)** 술을 먹고 비틀거리며 걸을 때에 이제는 술을 먹지 말자고 맹세를 하였더니
술을 보고 거기에 안주까지 보게 되니 술 먹지 말자는 맹세도 헛일이다.
아이야, 술 가득 부어라 술 먹지 말자던 맹세를 풀어버리자.

155.

술 먹고 醉치 안니ᄒᆞ면 구톄여 먹어 무엇 ᄒᆞᆯ고
나ᄂᆞᆫ 醉키 됴와ᄒᆞ여 먹ᄂᆞᆫ니
아ᄒᆡ야 술 부어라 醉토록 먹고 놀리라. (啓明大本 靑丘永言 147) 鄭太和

醉(취)치 안니ᄒᆞ면=취하지 아니하면 ◇구톄여=구태여 ◇醉(취)키 됴와ᄒᆞ여 먹ᄂᆞᆫ니=술 취하는 것이 좋아 먹는 것이니.

■ **통석(通釋)** 술 마시고 취하지 아니하면 구태여 먹어서 무엇을 하겠느냐?
나는 취하는 것을 좋아하여 마시는 것이니
아이야, 술 부어라 취하도록 마시고 놀겠다.

156.

술 아니 먹난 져 ᄉᆞᄅᆞᆷ들 술 먹난 이을 웃지 말소
술 안니면 시름을 이질손야
우리ᄂᆞᆫ 술로 시름을 이진니 안니 먹고 어이ᄒᆞ리.

(啓明大本 靑丘永言 162) 金堉

먹난 이를 웃지 마소=먹는 사람을 비웃지 마시오. ◇이질손야=잊을 수가 있겠느냐? ◇시름을 이진니 안니 먹고 어이ᄒᆞ리=시름을 잊으니 아니 먹고 어찌하랴?

■ **통석(通釋)** 술을 아니 먹는 저 사람들 술 먹는 사람들을 비웃지 마시오.
술이 아니라면 시름을 잊을 수가 있겠느냐?

우리는 술로 시름을 잊으니 술을 아니 먹고 어찌하랴?

157.

술은 뉘 삼기며 離別은 뉘 닉신고

술 나ᄌ 離別 나ᄌ 離別 後에 술이 나니

醉ᄒ고 님 離別ᄒ니 그를 슬허ᄒ노라.　　　　　　　　(詩歌(朴氏本) 400)

뉘 삼기며=누가 만들었으며　◇뉘 닉신고=누가 만들어내셨는가.　◇나ᄌ=생기자.

■ **통석(通釋)**　술은 누가 만들었으며 이별은 누가 만들어내셨는가?
　　　　　　　　술이 생기자 이별이 나오자 이별 후에 술이 생기니
　　　　　　　　술 취하고 님과 이별하게 되니 그것을 슬퍼한다.

158.

술은 언ᄌ 나고 시름은 언ᄌ 난지

술 나고 시름 난지 시름 난 後 술이 난지

아마도 술이 난 後에 시름 난가 ᄒ노라.　　　　　　　　(甁歌 769)

나고=생기고　◇언ᄌ 난지=언제 낳는지. 생겼는지.　◇시름 난가=시름이 생겼는가?

■ **통석(通釋)**　술은 언제 생겨났고 근심은 언제 생겨났는지,
　　　　　　　　술이 생기고 근심이 생겼는지 근심이 생겨난 뒤에 술이 생겼는지,
　　　　　　　　아마도 술이 생겨난 뒤에 근심이 생긴 것이 아닌가 한다.

159.

술을 내 즐기던가 술이라셔 제 ᄯ로닉

먹ᄂᆫ 내 글으냐 ᄯ로ᄂᆫ 제 글으냐

먹거나 ᄯ로거니 아무권 줄 몰내라.　　　　　　　　(解我愁 201)

술이라셔 제 ᄯ로닉=술이라고 해서 제가 나를 따라오네.　◇글으냐=그르냐? 잘못

이냐? ◇아무권 줄 몰내라=누군지를 모르겠다. 어떤지를 모르겠다.

■ **통석(通釋)**   술을 내가 즐기던가? 술이라고 해서 제가 나를 따라오네.
　　　　　　　　술을 먹는 내가 잘못이냐, 따라오는 술이 잘못이냐?
　　　　　　　　술을 먹거나 술이 따라오거나 누가 누군지를 모르겠다.

160.

술 흔 盞 먹스이다 다시 흔 盞 먹스이다
곳 꺽거 算 노코 無盡無盡 먹스이다
먹다가 醉ᄒ거든 먹음은 지 줌을 드쟈.　　　　　　　　　　(解我愁 256)

먹스이다=먹읍시다. 마십시다. ◇算(산) 노코=산가지를 놓고. 산가지는 셈을 위한
막대기. 헤아리며 ◇먹음은 지 줌을 드쟈=머금은 채로 잠을 자자.

■ **통석(通釋)**   술 한 잔 먹읍시다. 다시 또 한 잔 먹읍시다.
　　　　　　　　꽃을 꺾어 산가지를 놓고 헤아려 가며 계속해서 먹읍시다.
　　　　　　　　먹다가 술이 취하거든 머금은 채 잠을 자자.

161.

쉰 술 걸러내여 밉ᄃ록 먹어보새
쁜 ᄂ믈 데워내여 ᄃ도록 십어보새
굽격지 보요 박은 잣딩이 무되ᄃ록 ᄃ녀보새.　　　　　　(松星 51) 鄭澈

쉰 술=맛이 변한 술. 또는 숙성이 잘 된 술 ◇밉ᄃ록 먹어보새=맵도록 먹어보자.
취하도록 ◇데워내여=데워내어. 따뜻하게 해서 ◇ᄃ도록=단 맛이 나도록 씹어보자.
먹어보자. ◇굽격지 보요 박은 잣딩이 무되도록 ᄃ녀보새=굽이 있는 나막신에 총총
하게 박은 자그마한 징이 (다 닳아) 무뎌지도록 다녀보자.

■ **통석(通釋)**   맛이 변한 술을 걸러 취하도록 먹어보세
　　　　　　　　쓴 나물을 데워서 단 맛이 나도록 씹어보세
　　　　　　　　굽 달린 나막신에 총총이 박은 징이 무디어지도록 다녀보세.

162.

슈박것치 두렷ᄒᆞᆫ 님아 ᄎᆞ뮈 것튼 단 말슴 마소
가지가지 ᄒᆞ시ᄂᆞᆫ 말이 말마듀 읜 말이로다
九十月 ᄲᅵ동아것치 속 셩긘 말 마르시소.　　　　　　　　(靑六 863)

두렷ᄒᆞᆫ=둥글둥글한 ◇ᄎᆞ뮈 것튼 단 말슴 마소=참외와 같은 달콤한 말씀 하지 마
시오. 거짓말을 하지 마시오. ◇가지가지 ᄒᆞ시ᄂᆞᆫ 말이 말마듀 읜 말이로다=가지가지
로 하시는 말마다 다 거짓말이다. ◇ᄲᅵ동아것치=씨동아같이. 씨를 받게 된 동아처럼.
동아는 일년생 풀. 열매를 먹음. 동과(冬瓜) ◇속 셩긘 말 마르시오=속이 엉성한 말
하지 마시오. 거짓말하지 마시오.

- **통석(通釋)**　수박처럼 둥글둥글한 님아 참외 같은 달콤한 말씀만 하지 마시오.
　　　　　　　　갖가지 하시는 말씀이 하는 말마다 거짓말입니다.
　　　　　　　　구시월 씨를 받을 동아처럼 속이 엉성한 말씀 마시오.

163.

시월 서리 밤의 혼자 우ᄂᆞᆫ 져 기러가
므음 ᄯᅳᆮ 먹고 어듸 가 우니ᄂᆞᆫ다
짝 이코 우ᄂᆞᆫ 졍이야 네오내오 다ᄅᆞᆯ랴.　　　　　　　　(奉事君日記 10)

서리 밤의=서리가 내린 밤에 ◇므음 ᄯᅳᆮ 먹고=무슨 생각을 가지고 ◇어듸 가 우니
ᄂᆞᆫ다=어디에 가서 울고 있느냐? ◇이코 우ᄂᆞᆫ 졍이야=잃고 우는 사정이야.

- **통석(通釋)**　시월 서리가 내린 밤에 혼자 우는 저 기러기야
　　　　　　　　무슨 뜻을 먹었기에 어디 가서 울고 있느냐?
　　　　　　　　짝을 잃고 우는 사정이야 너와 내가 다르겠느냐?

164.

時節도 져러ᄒᆞ니 人事도 이러ᄒᆞ다
이러ᄒᆞ거니 어이 져러 아닐소냐

이런쟈 저런쟈 ᄒ니 한숨 계워ᄒ노라.   (靑珍 101) 李恒福

人事(인사)도=세상 살아가는 일도 ◇이러ᄒ거니 어이 져러 아닐소냐=이러하니 어찌 저렇지 아니하겠느냐? ◇이런쟈 저런쟈 ᄒ니=이렇다 저렇다 하니. 이러하거나 저러하거나 ◇계워=억제하기가 어렵다.

■ **통석(通釋)**   세상이 저러하니 세상 살아가는 일도 이러하다.
　　　　　　　이러하거늘 어찌 저러하지 아니하겠느냐?
　　　　　　　이러하거나 저러하거나 간에 한숨을 억제하기가 어렵구나.

165.
神農氏 嘗百草홀 제 萬病을 다 고치되
相思로 든 病은 百藥이 無效ㅣ로다
저 님아 널노 든 病이니 네 고칠가 ᄒ노라.   (瓶歌 567)

神農氏(신농씨)=중국 옛 전설에 나오는 황제(皇帝)의 하나. 사람들에게 농사짓는 법을 가르쳤다고 한다. ◇嘗百草(상백초)홀=백성들을 위해 여러 가지 풀을 먹어보고 먹을 수 있고 없음을 결정할 ◇널로 든=너 때문에 든.

■ **통석(通釋)**   신농씨가 모든 풀을 먹어볼 때에 모든 병을 다 고칠 수가 있었으되,
　　　　　　　님을 그리워해서 생긴 병은 모든 약이 효과가 없구나.
　　　　　　　저 님아 너 때문에 난 병이니 너만이 고칠 수 있을까 한다.

166.
十년 전 곱던 양자 임을 위해 다 늘것다
이제 임이 오면 날인 줄 알오실ㅅ가
임쎄서 날인 줄 알짝시면 고대 죽다 설우랴.   (雜誌(平洲本) 359)

곱던 양자=고왔던 모습(樣姿). 또는 얼굴(樣子) ◇날인 줄 알오실ㅅ가=나인지를 아실까? ◇날인 줄 알짝시면 고대 죽다 설우랴=나인 줄 알 것 같으면 곧바로(즉시) 죽는다고 서럽겠느냐?

십 년 전에 곱든 얼굴 님을 위해 다 늙었다

　　　　　　　이제라도 님이 오시면 예전의 나인 줄 아실까

　　　　　　　님께서 나인 줄을 아신다면 즉시 죽는다 해도 서러우랴.

167.

아히 제 늘그니 보고 白髮을 비웃더니

그 더디 아히들이 날 우슬 줄 어이 알리

아히야 하 웃지 마라 나도 웃던 아히로다.　　　　　　　(仙石遺稿) 辛啓榮

　아히 제=아이였을 때에 ◇그 더디=그 사이에 ◇날 우슬 줄 어이 알리=나를 비웃을 줄을 어찌 알았으랴? ◇하 웃지 마라=너무 비웃지 마라.

■ 통석(通釋)　아이였을 때에 늙은이를 보고 백발을 비웃었더니

　　　　　　　그 사이에 아이들이 오히려 나를 비웃을 줄 어찌 알았으랴?

　　　　　　　아이야, 너무 비웃지마라. 나도 예전엔 비웃던 아이였다.

168.

알고 그린는가 모로고 그린는가

아니 알오도 모로노라 그린는가

眞實로 알고 그리면 닐러 무슴ᄒ리오.　　　　　　　(漆室遺稿 22) 李德一

　그린는가=그렇게 했는가? ◇알오도 모로노라=알고도 모른다고 ◇알고 그리면 닐러 무슴ᄒ리오=알고도 그랬다면 더 말하여 무엇 하겠는가?

■ 통석(通釋)　알고도 그렇게 했는가? 모르고 그렇게 했는가?

　　　　　　　아니 알고도 모른다고 그렇게 한 것인가?

　　　　　　　진실로 알고도 그렇게 했다면 말하여 무엇 하겠는가?

169.

알쓰리 그리다가 만나보니 우슴거다

그림것치 마주 안져 脈脈이 볼 쑨이라

至今예 相看無語를 情일련가 ᄒ노라.　　　　　　　　　(金玉 150) 安玟英

(丁丑春 余在雲宮矣 有人來訪 故出往視之 則其人自袖中出一封花箋 坼而見之 則乃是全州梁
臺在京書也 卽往相握 其喜何量信乎 其喜極無語 ; 정축춘 여재운궁의 유인래방 고출왕시지 즉기
인자수중출일봉화전 탁이견지 즉내시전주양대재경서야 즉왕상악 기희하량신호 기희극무어 :
정축년(1877) 봄에 내가 운현궁에 있었다. 어떤 사람이 찾아왔기에 나가 만나보니 그 사람이
소매 속에서 봉한 편지 한 장을 꺼내주거늘 뜯어보니 곧 전주 양대가 서울에서 보낸 편지였다.
즉시 가서 서로 손을 잡으니 그 기쁨을 어찌 헤아릴 수가 있으랴?)

알쓰리 그리다가=알뜰하게 그리워하다가 ◇우슴거다=우습구나. ◇그림 것치 마주
안져 脈脈(맥맥)이=마치 그림처럼 마주 앉아 계속해서. 줄기차게 ◇相看無語(상간무
어)를=서로 바라보며 말이 없음을.

■통석(通釋)　　알뜰하게 그리워하다가 만나보니 우습구나
　　　　　　　그림처럼 마주 앉아 뚫어지게 바라다볼 뿐이다
　　　　　　　지금처럼 서로 쳐다보면서도 말이 없는 것을 정일까 한다.

170.
애고 늘긔 셜ᄂᆞᆫ 졔가 늘지 말고 사랏고쟈
셰월이 하 쉬 가니 아믜타 다 늘글노다
비로기 늘글지라도 오래 사라 노올리라.　　　　　　　(葛峰先生遺墨 43) 金得硏

애고=아이고! ◇늘긔 셜ᄂᆞᆫ 졔가=늙기 서러운 내가 ◇사랏고쟈=살고 싶구나. ◇하
쉬 가니=너무 빨리 가니 ◇아믜타=아무렇거나. 또는 누구나 ◇다 늘글노다=다 늙는
구나. 늙을 것이다. ◇비로기=비록 ◇사라 노올라라=살아서 놀겠다.

■통석(通釋)　　아이고! 늙기 서러운 내가 늙지 아니하고 살고 싶구나.
　　　　　　　세월이 너무 빨리 흘러가니 누구나 다 늙는구나?
　　　　　　　비록 늙을지라도 오래오래 살아서 놀겠다.

171.

藥이 靈타 하되 效驗이 바히 업다

淸心節慾ᄒ면 이 안이 仙藥인가

암아도 藥 일홈은 四君子닌가 ᄒ노라.　　　　　　　　(靑丘歌謠 40) 金振泰

靈(영)타 하되=영검하다 하지만. 신통하다 하지만 ◇바히 업다=전혀 없다. ◇淸心
節慾(청심절욕)ᄒ면=마음을 깨끗이 하고 욕심을 절제하면 ◇이 안이 仙藥(선약)인가
=이것이 효험이 좋은 약이 아니겠는가? ◇四君子(사군자)닌가=사군자가 아닌가? 사
군자는 매란국죽(梅蘭菊竹)을 가리킨다.

■ **통석(通釋)**　약이 아주 좋다고 하나 효험이 전혀 없구나.

마음을 깨끗이 하고 욕심을 절제하면 이것이 효험이 있는 약이 아니
겠느냐?

아마도 이 약의 이름은 사군자인가 한다.

172.

兩班니 글 못ᄒ면 졀로 常놈 되고

常놈니 글 ᄒ면 졀로 兩班 되ᄂ니

두어라 兩班 常놈을 글로 分別ᄒᄂ이라.　　　　　(啓明大本 靑丘永言 130) 金塹

졀로 常(상)놈 되고=저절로 상놈이 되고. 상놈은 막되어 먹은 사람. 신분이 낮은
사람 ◇글로=그것으로.

■ **통석(通釋)**　양반이 글을 하지 못하면 저절로 쌍놈이 되고

쌍놈이 글을 하게 되면 저절로 양반이 되는 것이니

두어라 양반과 쌍놈을 글 하고 못하는 것으로 나뉘는 것이니라.

173.

어듸 쟈고 어듸 온다 平壤 쟈고 여긔 왓ᄂ

臨津 大同江을 뉘뉘 빈로 건너온다

船價는 만트라마는 女妓 빈로 건너왔녀.　　　　　　　　　　(瓶歌 817)

어듸 쟈고=어느 곳에서 자고 ◇어듸 온다=어디를 왔느냐? ◇건너온다=건너왔느냐? ◇船價(선가)는 만트라마는=뱃삯은 많이 있었지만. 여기서는 배편의 뜻으로 쓰였다. ◇女妓(여기) 빈로=기생의 배로. 배(船)와 배(腹)를 중의적으로 표현한 것이다.

- ■통석(通釋)　"어디서 자고 어디를 찾아왔느냐." "평양서 자고 여기에 왔다."
　　　　　　　 "임진강과 대동강을 누구의 배로 건너왔느냐?"
　　　　　　　 "배편은 많이 있었지만 기생의 배를 타고 건너왔다."

174.

漁父 漁父들하 네 내오 내 네로라
네 버지 내어니 내 너를 모를소냐
此中의 閑暇흔 生涯는 너와 나와 잇도다.　　　　　　(雜卉園集) 李重慶

네 내오 내 네로다=네가 나요, 내가 너이다. ◇네 버지 내어니=너의 벗이 나이니 ◇此中(차중)의=이러한 가운데 ◇너와 나와 잇도다=너와 내가 있구나.

- ■통석(通釋)　어부 어부들아 네가 나요 내가 너로다.
　　　　　　　 너의 벗이 나이니 내가 너를 모르겠느냐?
　　　　　　　 이런 가운데 한가한 생활을 누림에는 너와 내가 있구나.

175.

어엿분 네 님금을 싱각ᄒ고 절노 우니
하ᄂᆞᆯ이 시겨써든 네 어이 울녀시리
날 업슨 霜天雪月에는 눌노 ᄒ여 우니던가.　　　　　　(海朴 220) 李ᅵ柔

어엿분=불쌍한 ◇절노=저절로. 스스로 ◇시겨써든 네 어이 울녀시리=시켰다면 네가 어찌 울었겠느냐? ◇날 업슨=내가 없는 ◇霜天雪月(상천설월)=서리가 내린 추운 날과 눈에 비친 달 ◇눌로 ᄒ여 울니던가=누구로 하여금 울게 할 거이냐?

불쌍한 옛 임금을 생각하고 제 스스로 우니

만약 하늘이 시켰다면 네가 어찌 울었겠느냐?

내가 없는 추운 날과 달밤에는 누구로 하여금 울게 할 것이냐?

176.

어와 가고지고 내 갈 듸를 가고지고

갈 듸를 가게 되면 볼 스룸 볼연마는

못 가고 그리노라 ᄒ니 슬든 애를 서기노라.(別恨)　　　　　　　　(古今 230)

어와=아! ◇가고지고 내 갈 듸를=가고 싶다. 내가 가고 싶은 곳을 ◇볼 스룸 볼

연마는=만나볼 사람을 볼 수 있으련만 ◇그리노라 ᄒ니=그리워하노라 하니 ◇슬든

애를 서기노라=알뜰한 마음을 썩이는구나.

■ 통석(通釋)　아! 가고 싶다. 내가 가고 싶은 곳을 가고 싶다.

가고 싶은 곳을 가게 되면 보고 싶은 사람을 볼 수 있으련만

가지는 못하고 그리워만하니 알뜰한 마음을 썩이는구나.

177.

어이 얼어 자리 므스 일노 얼어 자리

鴛鴦枕 翡翠衾을 어드 드고 얼어 자리

오늘은 춘 비 마자시니 더욱 덥게 자리라.　　　　　　　　(海朴 266) 寒雨

어이 얼어 자리=왜 얼어 자려느냐? ◇므스 일노=무슨 일로 ◇어드 드고=어디에

두고 ◇춘 비=차가운 비. 또는 지은 사람 한우(寒雨)를 가리키는 중의적인 표현이다.

◇더욱 덥게 자리라=더욱 따뜻하게 자겠다.

■ 통석(通釋)　왜 얼어 자려느냐? 무슨 일로 얼어 자려느냐?

원앙 베개와 비취 이불을 어디에 두고 얼어 자려느냐?

오늘은 차가운 비를 맞았으니 더욱 따뜻하게 자겠다.

178.

어져 네로고나 날 소기든 네로고나

셩흔 날 病드리고 날 소기든 네로고나

아마도 널노 든 病은 네 고칠가 ᄒᆞ노라.　　　　　　　(甁歌 762)

어져=아! ◇네로고나=너로구나. 너였구나. ◇날 소기든=나를 속이던 ◇셩흔 늘 病
(병)드리고=멀쩡한 나를 병들게 하고 ◇널노 든=너 때문에 생긴.

■통석(通釋)　아! 너로구나 나를 속이던 너로구나.

　　　　　　　멀쩡한 나를 병들게 하고 나를 속이던 너로구나.

　　　　　　　아마도 너로 말미암아 든 병이니 네가 고칠 수 있을까 한다.

179.

어져 世上 사ᄅᆞᆷ 사ᄅᆞᆷ 아지 마라스라

알면 情이 나고 情이 나면 싱ᄀᆞᆨᄂᆞ니

平生의 쩌나고 글이ᄂᆞᆫ 情은 사ᄅᆞᆷ 안 타신가 ᄒᆞ노라.(離恨)　　　(槿樂 284)

어져=아! ◇아지 마라스라=알지 말 것이로다. 사귀지 ◇나고=생기고 ◇싱ᄀᆞᆨᄂᆞ니=
그리워하게 되나니 ◇쩌나고 글이ᄂᆞᆫ=서로 이별하고 그리워하는 ◇안 타신가=알게
된 탓인가.

■통석(通釋)　아! 세상 사람들 사람을 알지 말 것이로다.

　　　　　　　알게 되면 정이 생기고 정이 생기면 그리워하게 되는 것이니

　　　　　　　생전의 떠나보내고 그리워하는 감정은 사람을 알게 된 탓이라 하겠다.

180.

어화 보완지고 그리던 님 보완지고

七年大旱에 열 구름 빗발 본 듯

이後에 다시 만나면 九年之水에 볏뉘 본 듯ᄒᆞ여라.　　　　　(詩歌(朴氏本) 364)

보완지고=보았구나. ◇七年大旱(칠년대한)=칠 년 동안 계속된 가뭄. 은나라 탕왕 때에 있었다고 한다. ◇열 구름 빗발 본 듯=지나가는 구름에 줄줄이 쏟아지는 빗줄기를 본 듯 ◇九年之水(구년지수)에 볏뉘 본 듯=구 년 동안 계속된 홍수에 볕기를 본 듯. 볕기는 볕의 기운. 구년지수는 요임금 때 있었다고 한다.

■ **통석(通釋)**   야! 보았구나, 그리워하던 님을 보았구나.
　　　　　　　칠 년이나 계속된 큰 가뭄에 지나가는 구름 사이로 쏟아지는 빗줄기를 본 듯
　　　　　　　이후에 다시 만난다면 구 년이나 계속된 긴 장마 끝에 볕의 기운을 본 것 같으리라.

181.

엊긔제 비즌 술이 다만 세 甁뿐이로다
흔 甁은 믈의 놀고 또 흔 甁은 뫼희 노셔
이 밧긔 나믄 甁 가지고 달의 논들 엇더리.　　　　　　　(玉京軒遺稿) 張復謙

믈의 놀고=물에서 놀고. 물가에서 ◇뫼희 노셔=산에서 노세. 산에 가서 노세그려. ◇달의 논들=달과 논다고 한들. 달에서.

■ **통석(通釋)**   엊그제 담근 술이 다만 세 병뿐이로구나.
　　　　　　　한 병은 물놀이에 가서 놀고 또 한 병은 산에 가서 노세.
　　　　　　　이 밖에 남은 한 병을 가지고 달과 함께 논들 어떠랴.

182.

연분 업는 임이 업고 임 업는 연분 업다
졍 업쓰면 임 잇쓰며 임 잇쓰면 졍 업스랴
아마도 인간의 유란무란은 임 소랑인가.　　　　　　　(風雅 361) 李世輔

유란무란=유란무란(有難無難). 있으나 없으나 어렵기는 마찬가지이다.

■ **통석(通釋)**   연분이 없는 님이 없고 님이 없는 연분이 없다

정이 없으면 님이 있으며 님이 있으면 정이 없으랴.
아마도 사람들에게 있으나 없으나 어렵기는 님의 사랑인가.

183.

嶺山의 白雲起ᄒ니 나ᄂᆞᆫ 보ᄆᆡ 즐거웨라
江中 白鷗飛ᄒ니 나ᄂᆞᆫ 보ᄆᆡ 반가왜라
즐기며 반가와 ᄒ거니 내 벗인가 ᄒ노라.   (兩棄齋散稿 8) 安瑞羽

嶺山(영산)의 白雲起(백운기)ᄒ니=산마루에 흰 구름이 일어나니 ◇보ᄆᆡ 즐거웨라=쳐다보는 것이 즐겁다.

■**통석(通釋)**   산마루에 흰 구름이 일어나니 내가 보기에 즐겁구나.
             강에 갈매기가 날아오니 내가 보기에 반갑구나.
             즐기며 반가워하거나 간에 내 벗인가 한다.

184.

오ᄂᆞᆯ이 오ᄂᆞᆯ이란 노래 뉘라셔 디엿ᄂᆞᆫ고
偶然 즐거웨야 오ᄂᆞᆯ이라 ᄒ엿ᄂᆞᆫ가
그날도 오ᄂᆞᆯ가 ᄀᆞᆺ틀식 오ᄂᆞᆯ이라 ᄒ도다.   (永類 114)

뉘라셔 디엿ᄂᆞᆫ고=누가 지었는가? 만들었는가? ◇偶然(우연)이 즐거웨야=우연하게 즐거워서 ◇오ᄂᆞᆯ가 ᄀᆞᆺ틀쇠 오ᄂᆞᆯ이라=오늘과 같으므로 오늘이라.

■**통석(通釋)**   오늘이 오늘이란 노래를 누가 지었는가?
             우연히 즐거워서 오늘이라 하였는가?
             그날도 오늘과 같으므로 오늘이라 하였다.

185.

梧桐에 雨滴ᄒ니 五絃을 잉이ᄂᆞᆫ 듯
竹葉에 風動ᄒ니 楚漢이 셧도ᄂᆞᆫ 듯

金樽에 月光明ᄒ니 李白 본 듯ᄒ여라.　　　　　　　　　　　　　(詩歌(朴氏本) 387)

雨滴(우적)ᄒ니=빗방울이 떨어지니 ◇五絃(오현)=순임금이 타던 현이 다섯인 악기 ◇잉이ᄂᆞᆫ 듯=흔드는 듯. 연주하는 ◇竹葉(죽엽)에 風動(풍동)ᄒ니=댓잎에 바람이 부니 ◇楚漢(초한)이 셧도ᄂᆞᆫ 듯=초나라의 항우와 한나라의 유방의 군인들이 뒤섞여 싸우는 듯 ◇金樽(금준)=술통.

■ **통석(通釋)**　　오동나무 잎에 빗방울이 떨어지니 마치 순임금의 오현금을 타는 듯
　　　　　　　　　댓잎에 바람이 부니 항우의 초나라와 유방의 한나라가 뒤섞여 싸우는 듯
　　　　　　　　　술독에 달빛이 환히 비추니 당나라의 이백을 본 듯하여라.

186.
寤寐不忘 우리 임이 지게 열고 드러오니
어우와 님이로다 안으러 ᄒ고 다시 보니
헛도이 임은 아니 오고 初生ᄃᆞ리라.　　　　　　　　　　　　　(樂府(羅孫本) 748)

寤寐不忘(오매불망)=자나 깨나 잊지 못하다. ◇지게 열고=지게문을 열고 ◇어우와=어와! ◇안으러 ᄒ고=끌어안으려 하고 ◇헛도이=허황되게 ◇初生(초생)ᄃᆞ리라=초승달이더라.

■ **통석(通釋)**　　자나 깨나 잊지 못할 우리 님이 지게문을 열고 들어오니
　　　　　　　　　어와! 님이로구나. 하고 끌어안으려 하고 다시 보니
　　　　　　　　　허황되게도 님은 오지 아니하고 초승달이더라.

187.
오면 가랴 하고 가면 아니 오네
오노라 가노라니 볼 날히 전혀 업네
오날도 가노라 하니 그를 슬허하노라.　　　　　　　　　(歷代時調選) 宣祖大王

오면 가랴 하고=왔으면 갈려고만 하고 ◇오노라 가노라 하니=온다고 또는 간다고

하니 ◇볼 날히 전혀 업네=볼 수 있는 날이 아주 없다.

■**통석(通釋)**　왔으면 가려고만 하고 가면 아주 아니 오네.
　　　　　　　온다고 간다고 하니 볼 수 있는 날이 전혀 없구나.
　　　　　　　오늘도 간다고 하니 그것을 서러워한다.

188.
玉 ᄀᆞ튼 님을 일코 님과 ᄀᆞ튼 너를 본이
네가 건지 긔가 낸지 암오건 줄 내 몰래라
네 긔나 긔 네낫 中에 자고 간들 엇더리.　　　　　　　　　　(海一 569)

너를 본이=너를 만나보니 ◇네가 건지 긔가 낸지=네가 그 사람인지 그가 나인지
◇암오건 줄 내 몰래라=누구인 줄을 내가 모르겠다. ◇네낫='내낫'의 잘못. 나이거나.

■**통석(通釋)**　옥처럼 소중한 님을 잃고 님과 똑같은 너를 보니
　　　　　　　네가 그 사람인지 그가 나인지 누군지를 내가 모르겠다.
　　　　　　　네가 그이거나 그가 나이거나 간에 자고 간들 어떠랴.

189.
玉盆에 심근 梅花 ᄒᆞᆫ 柯枝 것거내니
곳도 됴커니와 暗香이 더옥 죠타
두어라 것근 곳이니 ᄇᆞ릴 줄이 이시랴.　　　　　　　　(靑珍 244) 金聖器

玉盆(옥분)=좋은 화분 ◇暗香(암향)=그윽이 풍겨오는 향기 ◇것근 곳이니 ᄇᆞ릴 줄
이=꺾은 꽃이니 버릴 까닭이.

■**통석(通釋)**　좋은 화분에 심은 매화꽃 한 가지를 꺾으니
　　　　　　　꽃도 좋지만 그윽한 향기가 더욱 좋다
　　　　　　　그냥 두어라, 이미 꺾은 꽃이니 내버릴 까닭이 있겠느냐?

190.

玉에 흙이 뭇어 길ᄀ의 ᄇᆞᆯ엿신이
온은 이 가는 이 흙이라 ᄒᆞ는고야
두워라 알 리 잇실씬이 흙인 듯시 잇걸아.　　　　　(海一 253) 尹斗緒

뭇어=묻어 ◇ᄇᆞᆯ엿신이=버렸으니 ◇온은 이 가는 이=오는 사람과 가는 사람이 ◇
알 리 잇실씬이 흙인 듯시 잇걸아=알아볼 수 있는 사람이 있을 것이니 흙인 것처럼
있거라.

■ **통석(通釋)**　　옥에 흙이 묻어 길가에 버려져 있으니
　　　　　　　　오는 사람 가는 사람 모두가 흙이라고 하는구나.
　　　　　　　　그냥 두어라, 알아볼 수 있는 사람이 있을 것이니 흙인 것처럼 있거라.

191.

올흔 일 ᄒᆞ쟈 ᄒᆞ니 이제 뉘 올타 ᄒᆞ며
그른 일 ᄒᆞ쟈 ᄒᆞ니 後의 뉘 올타 ᄒᆞ리
醉ᄒᆞ여 是非를 모르면 긔 올흘가 ᄒᆞ노라.(慨世)　　　　　(古今 60)

ᄒᆞ쟈 ᄒᆞ니=하려고 하니 ◇이제 뉘 올타 ᄒᆞ며=이제 와서 누가 옳은 일이라 하며
◇긔 올흘가=그것이 옳은 것인가.

■ **통석(通釋)**　　옳은 일을 하려고 하니 이제 누가 옳다고 하며
　　　　　　　　잘못 된 일을 하려고 하니 이후에 누가 옳다고 하랴.
　　　　　　　　술 취하여 시비를 모르면 그것이 옳은 것인가 한다.

192.

왓다고 ᄆᆡ여 마소 날 왓다고 ᄆᆡ여 마소
님 둔 님 볼아 오기 내 윈 줄 알것마ᄂᆞᆫ
님이야 날 싱각할랴마ᄂᆞᆫ 내 못 니저 볼아 왓늬.　　　　　(解我愁 159)

믜여 마소=미워하지 마시오. ◇볼아 오기 내 왼 줄=보려고 온 것이 내 잘못인 줄 ◇내 못 니저 볼아 왓닉=내가 잊지 못해 보려고 왔네.

■ **통석(通釋)** 왔다고 미워하지 마시오, 내가 왔다고 미워하지 마시오.
다른 님을 둔 님을 보려고 온 내가 잘못인 줄 알지마는
그런 님이 날 생각이나 하랴만 내가 못 잊어 보려고 왔다.

193.
堯年을 살으쇼셔 舜年을 살으쇼셔
堯年도 뎍어이다 舜年도 뎍어이다
堯舜年 다 사오신 후의 更加萬年ㅎ쇼셔.(頌祝)   (古今 29)

堯年(요년)=요임금이 통치한 기간 또는 생존했던 기간 ◇舜年(순년)=순임금이 통치한 기간 또는 생존했던 기간 ◇뎍어이다=적습니다. ◇更加萬年(갱가만년)ㅎ쇼셔=다시 만 년을 보태소서.

■ **통석(通釋)** 요임금이 통치했던 기간만큼 사십시오, 순임금이 통치했던 기간만큼 사십시오.
요임금이 통치했던 기간도 적습니다. 순임금이 통치했던 기간도 적습니다.
요임금과 순임금이 통치했던 기간에 다시 만 년을 보태도록 사십시오.

194.
堯舜도 우리 사름 우리도 堯舜 사름
져 사름 이 사름이 흔가지 사름이라
우리도 흔가지 사름이니 흔가진가 ㅎ노라.   (歌譜(金益煥本) 28)

우리 사름=우리와 똑같은 사람 ◇堯舜(요순) 사름=요순과 같은 훌륭하게 될 수 있는 사람 ◇흔가진가=똑같은 사람인가.

■ **통석(通釋)** 요순 임금도 우리와 똑같은 사람이요 우리도 요순과 같은 사람이다.

요순 임금이나 우리도 모두 같은 사람들이다.
우리도 똑같은 사람이니 모두가 똑같은가 한다.

195.

요지연(瑤池宴) 남은 반도(蟠桃) 삐 디여 다시 나셔

곳 픠여 다시 디고 새 여름 다시 밋쳐

그 삐를 또 다시 심거 또 여드록 사르쇼셔.   (玉所稿 37) 權爕

요지연=주목왕(周穆王)이 요지(瑤池)에서 서왕모(西王母)와 더불어 주연을 베풀었다고 하는 잔치 ◇반도=삼천 년에 꽃이 피고 삼천 년에 한 번 열린다는 선도(仙桃) ◇디여=떨어져서 ◇새 여름 다시 밋쳐=새 열매가 다시 열려 ◇심거 또 여드록=심어 또 열릴 때가지.

■ **통석(通釋)**   요지연에서 먹고 남은 반도 씨가 떨어져 다시 싹이 나서
꽃이 피어 다시 떨어지고 새 열매가 다시 맺혀
그 씨를 또다시 심어 또 열매가 열릴 때까지 사십시오.

196.

堯舜도 사름이요 내 역시 사름이다

사름은 흔 가지나 堯舜 호자 堯舜이다

아마도 發憤力行ᄒ면 人皆可爲 堯舜일가 ᄒ노라.   (開說堂遺稿) 安昌後

호자=혼자만 ◇發憤力行(발분역행)ᄒ면=분발해서 열심히 노력하면 ◇人皆可爲(인개가위)堯舜(요순)일가=사람은 누구나 요순과 같은 사람이 될 수가 있을까?

■ **통석(通釋)**   요임금도 순임금도 사람이요 나 역시 사람이다.
사람은 다 같으나 요순만 혼자 훌륭한 사람이 되나.
아마도 분발해서 열심히 노력하면 누구나 요순처럼 될 수 있을까 한다.

197.

울이 둘이 後生ᄒ야 네 나 되고 내 너 되야

내 너 글여 긋든 애를 너도 날 글여 긋처보면
이生에 내 셜워ᄒᆞ든 줄을 너도 알까 ᄒᆞ노라.　　　　　　　(海一 430)

울이 둘이 後生(후생)ᄒᆞ야=우리 두 사람이 다음 세상에 태어나서 ◇글여 긋든 애
를=그리워하여 끊어지는 듯 애타는 심정을 ◇날 글여 긋쳐보면=나를 그리워하여 마
음이 아파보면 ◇이生에 내 셜워ᄒᆞ든 줄을=이승에서 내가 서러워하던 줄을.

■ **통석(通釋)**　　우리 둘이 다음 세상에 태어나 네가 내가 되고 내가 네가 되어
　　　　　　　　내가 너를 그리워하여 겪었던 끊어지는 듯한 심정을 너도 나를 그리
　　　　　　　　워하여 끊어지는 듯해보면
　　　　　　　　이승에서 내가 서러워하던 줄을 너도 알 수 있을까 한다.

198.
우슘이 변ᄒᆞ여 셔름이 되고
셔름이 변ᄒᆞ여 우슘이 된다
아마도 ᄋᆡ락 두 ᄌᆞ는 ᄉᆞ름의 평ᄉᆡᆼ인가.　　　　　　　(風雅 144) 李世輔

셔름이=설움이 ◇ᄋᆡ락 두 ᄌᆞ는=애락(哀樂)이란 두 글자는.

■ **통석(通釋)**　　웃음이 바뀌어 설움이 되고
　　　　　　　　설음이 바뀌어 웃음이 된다.
　　　　　　　　아마도 슬픔과 즐거움이란 두 글자는 사람이 겪는 한평생이 아닌가.

199.
웃기도 졍이러니 울기도 졍이로다
부질업슨 졍을 ᄆᆡ자 못 니져 흔이로다
아마도 이 졍이 원쉰가 ᄒᆞ노라.　　　　　　　(崑坡遺稿) 柳道貫

졍이러니=인정이러니 ◇부질업슨 졍을 ᄆᆡ자 못 니져 흔이로다=쓸데없는 정을 맺
어 못 잊어 걱정이로구나. ◇이 졍이 원쉰가=이 정이 원수가 아닌가.

■ **통석(通釋)**　웃는 것도 정이라면 우는 것도 정이로다.

　　　　　　　쓸데없는 정을 맺어 못 잊는 것이 오히려 한이로구나.

　　　　　　　아마도 이 정이 원수가 아닌가 한다.

200.

六十年을 다 지낸 후 ᄯᅩ 두 히를 지내엿더니

오늘날 봄을 보니 ᄯᅩ 흔 히 ᄯᅩ 오도다

ᄆᆡ일에 ᄯᅩ 흔 히 ᄯᅩ 흔 히 ᄒᆞ면 千百年에 니ᄅᆞ리로다.

(葛峰先生遺墨 26) 金得研

지내엿더니=지냈더니. 보냈더니 ◇봄을 보니=봄에 보니. 되니 ◇오도다=오는구나.
◇니ᄅᆞ리로다=이를 것이다.

■ **통석(通釋)**　육십 년을 다 보낸 후에 또 두 해를 보냈더니

　　　　　　　오늘 와서 봄을 보니 또 한 해가 또 오는구나.

　　　　　　　매일에 또 한 해 또 한 해 하면 백 년 천 년에 이르게 될 것이다.

201.

의 업고 정 업쓰니 아셔라 나는 간다

썰치고 가는 나샴 다시 챤챤 뷔여잡고

눈물노 이른 말리 ᄂᆡ 한 말 듯고 가오.

(風雅 127) 李世輔

의=의리(義理) ◇정=인정(人情) ◇아셔라=그만두어라. ◇나샴=나삼(羅衫). 비단 적
삼. ◇챤챤 뷔여잡고=단단히 움켜쥐고 ◇이른 말리=하는 말이 ◇한 말 듯고=한마디
의 말을 듣고

■ **통석(通釋)**　의리도 없고 인정도 없으니 그만두어라 나는 간다

　　　　　　　떨치고 떠나가는 님의 비단 적삼을 단단히 움켜잡고

　　　　　　　눈물을 머금고 하는 말이 내 말 한마디만 듣고 가시오.

202.

이 고기 가싀 만타 ᄒ고 ᄇ리기는 앗갑고야

ᄇ리디 마쟈ᄒ니 이 가싀를 엇디ᄒ리

이 가싀 낫낫치 ᄀᆯ희고 먹어보쟈 ᄒ노라.　　　　　　　　　(玉所稿 53) 權煃

食多鯁魚(식다경어 : 가시가 많은 고기를 먹다)

가싀 만타 ᄒ고 ᄇ리기는 앗갑고야=가시가 많다고 하고 버리기는 아깝구나. ◇엇
디ᄒ리=어쩌랴. ◇낫낫치 ᄀᆯ희고 먹어보쟈=하나하나 골라내고 먹어볼까?

- ■**통석(通釋)**　　이 고기가 가시가 많다고 하고는 버리기는 아깝구나.
　　　　　　　　버리지 말자고 하나 이 많은 가시를 어찌하랴?
　　　　　　　　이 가시들을 하나하나 골라내고 먹어볼까 한다.

203.

이러 혜여 알 길 업고 져리 혜여 알 길 업네

혜여 모을 일을 다시 혠다 알야마는

아쉽고 그리는 맘에 ᄒᆡᆼ혀 알가.　　　　　　　　　　　　　(시쳘가 92)

이러 혜여 알 길 업고=이렇게 헤아려도 알 수 있는 방법이 없고 ◇혜여 모을=헤
아려도 모를 ◇그리는 맘에 ᄒᆡᆼ혀 알가=그리워하는 마음에 행여나 알 수 있을까?

- ■**통석(通釋)**　　이렇게 헤아려도 알 길이 없고 저렇게 헤아려도 알 길이 없네.
　　　　　　　　헤아려도 보아도 모를 일을 다시 헤아린다고 알겠느냐만
　　　　　　　　아쉽고도 그리워하는 마음에 행여나 알 수 있을까.

204.

이리도 聖恩이오 져리도 聖恩이라

이 몸 一生이 何莫非聖恩이랴

아마도 갑기 어려올 슨 聖恩인가 ᄒ노라.　　　　　　　　　(東歌選 169) 白景炫

一生(일생)이 何莫非聖恩(하막비성은)이랴=한평생 살아가는 것이 어찌 임금의 은혜가 아니겠느냐?

■ **통석(通釋)**　이렇게 하여도 임금님의 은혜요 저렇게 하여도 임금님의 은혜다.
　　　　　　　이 몸이 한평생을 사는 것이 어찌 임금님의 은혜가 아니겠느냐?
　　　　　　　아마도 보답하기 어려운 것은 임금님의 은혜가 아닌가 한다.

205.
이리 보온 후의 쏘 언제 다시 볼고
진실노 보오완가 힝혀 아니 쑴이런가
쑴이야 쑴이나마 미양 보게 ᄒ쇼셔.(離恨)　　　　　　　　　(槿樂 253)

이리 보온=이렇게 본. 이렇게 만난　◇보오완가=본 것인가?　◇힝혀=혹시라도　◇미양=항상.

■ **통석(通釋)**　이렇게 만나본 뒤에 또 언제 다시 만나볼까?
　　　　　　　진실로 만나본 것인가? 혹시라도 꿈은 아닌가?
　　　　　　　꿈이면 꿈일지라도 언제나 볼 수 있게 하십시오.

206.
이별리 잇거들낭 연분이 업고지고
연분이 잇거들낭 이별리 업고지고
엇지타 어려운 연분이 이별은 쉬워.　　　　　　　(風雅 376) 李世輔

잇거들낭=있게 되거든　◇업고지고=없었으면　◇엇지타=어쩌다　◇어려운 연분이=만나기 어려운 연분이　◇이별은 쉬워=이별하기는 너무나 쉬워.

■ **통석(通釋)**　이별이 있게 되거든 연분이나 없었으면
　　　　　　　연분이 있게 되거든 이별이나 없었으면
　　　　　　　어쩌다 만나기는 어려운 연분이 이별하기는 너무 쉬워.

207.

이보오 늬 마리가 ᄒ마 블셔 셰ᄂ이다

늘거든 아니 셰랴 셰ᄂ 거시 녜ᄉ니라

셰기야 셸대로 셰거니 ᄉ랑이야 어듸 가랴.　　　　(古今歌曲 303) 松桂煙月翁

이보오=이보시오! ◇마리가 ᄒ마 블셔 셰ᄂ이다=머리카락이 이미 벌써부터 희어
졌나 보다. 머리카락이 벌써 희어졌구나. ◇셰ᄂ 거시 녜ᄉ니라=희어지는 것이 예사
(例事)다. ◇셰기야 셸대로 셰거니=희어지는 것이야 희게 될 대로 희어지겠지만 ◇
ᄉ랑이야 어듸 가랴=사랑이야 어디로 가겠느냐? 변하겠느냐.

■ **통석(通釋)**　　이보시오, 내 머리카락이 이미 벌써부터 희어졌구나.

늙으면 아니 희어지겠느냐? 희어지는 것이 예사다.

희어지는 것이야 희게 될 대로 희어지겠지만 사랑이야 어디로 가랴.

208.

이시렴 부듸 갈다 아니 가든 못 ᄒ소냐

가셔 오ᄂ니 와신 지 자고 가렴

가노라 ᄒ고 자고 간들 엇더ᄒ리.　　　　　　　　　　(永言類抄 195)

이시렴 부듸 갈다=있으려무나, 꼭 가야겠느냐. ◇가셔 오ᄂ니 와신 지=갔다가 다
시 오ᄂ니 왔을 때에 ◇가노라 ᄒ고=간다고 하고서.

■ **통석(通釋)**　　있으려무나, 꼭 가야만 하겠느냐? 아니 가지는 못하겠느냐?

갔다가 다시 오ᄂ니 왔을 때에 자고 가려무나.

간다고 하고서 자고 간들 어떻겠느냐?

209.

이 盞 잡으소셔 술이 아닌 盞이로ᄉ|

漢武帝 承露盤에 이슬 바든 盞이로ᄉ|

이 盞을 다 셔신 後면 壽富無疆ᄒ리이다.　　　　　　　(瓶歌 745)

漢武帝 承露盤(한무제 승로반)에=한(漢)나라 무제(武帝)가 장수(長壽)를 위해 건장궁(建章宮)에 이슬을 받으려고 만들어놓은 커다란 구리 쟁반에 ◇다 셔신=다 잡수신 ◇壽富無疆(수부무강)ᄒ리이다=부자로 오래 살고 건강하실 것이다.

■ **통석(通釋)**   이 잔을 잡으십시오. 술이 아니 담긴 잔입니다.
한나라 무제가 승로반에 이슬을 받은 잔입니다.
이 잔을 다 잡수신 뒤에는 부자로 오래 살고 건강하실 것입니다.

210.

人間의 벗 잇단 말가 나는 알기 슬희여라
物外에 벗 업단 말가 나는 알기 즐거웨라
슬커나 즐겁거나 내 분인가 ᄒ노라.   (兩棄齋散稿 7) 安瑞羽

잇단 말가=있다는 말인가. ◇알기 슬희여라=알기가 싫다. ◇物外(물외)=속세를 떠난 곳 ◇분인가=분수인가. 복인가.

■ **통석(通釋)**   인간에 벗이 있단 말인가 나는 알기도 싫다
속세를 떠난 곳이 벗이 없다는 말인가 나는 아는 것이 즐겁다
싫거나 즐겁거나 다 내 분수인가 한다.

211.

人生을 혜여ᄒ니 ᄒᆞᆫ바탕 쑴이로다
죠흔 일 구즌일 쑴속에 쑴이여니
두어라 쑴ᄀᆞᆺ튼 人生이 아니 놀고 어이리.   (靑珍 227) 朱義植

혜여ᄒ니=헤아려보니 ◇구즌일=언짢은 일. 나쁜 일 ◇아니 놀고 어이리=놀지 아니하고 어찌하랴.

■ **통석(通釋)**   인생을 헤아려보니 한바탕의 꿈이로구나.
좋은 일 나쁜 일 모두가 꿈속의 꿈이니
두어라, 마치 꿈과 같은 짧은 인생이니 놀지 않고 어찌하랴?

212.

人生이 쑴인 줄을 져마다 아노라늬

아노라 ᄒ오시나 아ᄂ 니를 못 볼너고

우리는 眞實로 아오믹 醉코 놀녀 ᄒ노라.   (源國 265) 宋宗元

져마다 아노라늬=저마다 안다고들 하네. ◇아ᄂ 니를 못 볼너고=아는 이를 못 보
았구나. ◇아오믹=알기 때문에.

■ 통석(通釋)   인생이 꿈인 줄을 저마다 안다고들 하네.
              알겠다고는 하시나 제대로 아는 이를 못 보았구나.
              우리는 진실로 알기 때문에 술에 취하여 놀려고 한다.

213.

人生이 百年이라 ᄒ니 어이 니룬 말이런고

百年을 살쟉시면 현마 어이ᄒ리마는

百年이 期必키 어려오니 그를 슬허ᄒ노라.   (靑詠 433)

어이 니룬 말이런고=어떻게 해서 일컫는 말인가? ◇살쟉시면 현마 어이ᄒ리마는=
살 수 있다면 설마 어찌하랴마는 ◇期必(기필)키 어려오니=반드시 이루기가 어려우
니. 가능성이 적으니.

■ 통석(通釋)   사람 살 수 있는 것이 백 년이라 하니 어떻게 해서 일컫는 말인가.
              백 년을 살 수 있다면 설마 어찌 하랴마는
              백 년 산다는 것을 믿기 어려우니 그것을 서러워한다.

214.

日暮蒼山遠ᄒ니 날 저무러 못 오던가

天寒白屋貧ᄒ니 하늘이 차 못 오던가

柴門에 聞犬吠ᄒ니 님 오는가 ᄒ노라.   (甁歌 573)

日暮蒼山遠(일모창산원)ᄒ니=날이 저물어 푸른 산이 더 멀어 보이니. 컴컴해지니
◇天寒白屋貧(천한백옥빈)ᄒ니=날씨가 차가워 못 사는 사람의 집이 더 가난해 보이
니 ◇하날이 차=날이 추워 ◇柴門(시문)에 聞犬吠(문견폐)ᄒ니=사립문에 개 짖는 소
리가 들리니.

■ **통석(通釋)** 날이 저물어 푸른 산이 더 멀어 보이니 날이 저물어서 못 오던가?

날씨가 차가워 못 사는 사람의 집이 더 가난해 보이니 하늘이 차가워
못 오던가?

사립문에 개 짖는 소리가 들리니 님이 오는가 한다.

215.

一千株 심근 남기 다만 두리 香남기라

ᄒ 남근 紫丹이오 ᄯ흔 남근 沈香이라

沈香이 紫丹을 만나 ᄶᅥ날 뉘를 모른다.   (海朴 361)

심근 남기 다만 두리 香(향)남기라=심은 나무가 다만 둘이서 향나무다. ◇紫丹(자
단)=자단(紫檀)과 같음. 상록 활엽 교목으로 목질이 단단하여 가구와 건축재로 쓰이
며 자단향을 만든다. ◇沈香(침향)=열대지방에서 나는 향목 ◇ᄶᅥ날 뉘를=떨어질 때
를. 떨어질 줄을.

■ **통석(通釋)** 천 그루의 심은 나무 가운데 다만 둘이 향나무다.

한 나무는 자단이요 또 한 나무는 침향이다.

침향이 자단을 만나서 서로 떨어질 줄을 모른다.

216.

임이 ᄶᅥ나실 머데 三月 달노 오마드니

문노라 木童드라 三月 달이 어느 ᄶᅥ냐

저 근너 두견이 불거시니 三月인가.   (調詞 56)

ᄶᅥ나실 머데=떠나실 때에 ◇달노 오마드니=달에는 온다고 하더니 ◇木童(목동)=
'牧童(목동)'의 잘못 ◇두견이 불거시니=두견화(진달래)가 붉게 피었으니.

님이 떠나실 때에 삼월달에는 돌아오겠다고 하더니
묻겠다, 목동들아. 삼월달이 어느 때냐?
저 건너 진달래가 붉게 피었으니 삼월이 아닌가?

217.

任의 버슨 오슬 벼개 삼아 베어스니

粉쩐 기름내는 任 본 듯ᄒ다마는

아마도 任이 아니니 그를 슬허 ᄒ노라.　　　　　　　　(樂府(高大本) 332)

粉(분)쩐 기름내는=분이 묻은 더러움과 기름 냄새는 ◇아마도 任(임)이 아니니=그
래도 님은 아니니.

■ 통석(通釋)　님이 벗어놓은 옷을 베개 삼아 베고 누웠더니
분이 묻은 더러움이나 기름 냄새는 님을 본 것 같지만
그래도 님이 아니니 그런 것을 슬퍼한다.

218.

잇노라 즐여 말고 못 엇노라 슬허 마소

엇은 이 憂患인 줄 못 엇은 이 제 알쏜가

世上에 엇을 이 하 紛紛흔이 그를 우어 ᄒ노라.　　　　　(海周 363)

잇노라='엇노라'의 잘못인 듯. 얻었노라. ◇즐여 말고=좋아하지 말고 ◇엇은 이=
얻은 것이 ◇못 엇은 이 제 알쏜가=못 얻은 사람이 제가 알겠느냐? ◇엇을 이 하
紛紛(분분)흔이=얻은 것들이 너무 시끄러우니 ◇우어=우스워.

■ 통석(通釋)　얻었다고 좋아하지 말고 못 얻었다고 슬퍼하지 마라
얻은 것이 우환이 될 줄을 못 얻은 사람이 어찌 알겠는가.
세상에 얻은 것들이 오히려 너무 시끄러우니 그런 것을 우스워한다.

219.

子息을 두어도 걱정 못 두어도 걱정이로다

두고 걱졍ᄒ면 못 둔 거슬 걱졍홀가
아히들아 ᄂᆞᆷ의 子息 되여셔 父母 걱졍 업계 ᄒ여라.

(啓大本 靑丘永言 418) 朴良佐

두어도=낳아도. 있어도.

- **통석(通釋)**　자식을 두어도 걱정이요 자식을 못 두어도 걱정이다
　　　　　　자식 두고서 걱정을 하게 되면 못 둔 것을 걱정할까?
　　　　　　아이들아 남의 자식이 되어서 부모님들 걱정 없도록 하여라.

220.
昨日에 一花開ᄒ고 今日에 一花開라
今日에 花正好연을 昨日에 花已老ㅣ로다
花已老 人亦老ᄒ이 안 놀고 어이리.　　　　　　(海一313) 李鼎輔

花正好(화정호)=꽃이 아주 곱거늘　◇花已老(화이로)=꽃이 이미 시들었다.　◇人亦老(인역로)ᄒ이=사람들 또한 늙는 것이니.

- **통석(通釋)**　어제 꽃이 한 송이가 피었고, 오늘에도 한 송이가 피었다.
　　　　　　오늘에 핀 꽃은 아주 곱거늘 어제 핀 꽃은 이미 시들었다.
　　　　　　꽃이 이미 시들고 사람들도 또한 늙어가니 아니 놀고 어이하랴.

221.
잘 가노라 닷지 말며 못 가노라 쉬지 말라
브듸 긋지 말고 寸陰을 앗겻슬아
가다가 中止곳 ᄒ면 안이 갈 만 못 ᄒᆞ니라.　　　　　　(海周 427) 金天澤

가노라 닷지 말며=간다고 뛰어가지 말고　◇브듸 긋지 말고=부디 그치지 말고　◇寸陰(촌음)을 앗겻슬아=매우 짧은 시각이라도 아껴 써라(아껴라).　◇中止(중지)곳 ᄒ면=그치게 되면　◇안이 갈 만=아니 간 것만.

■**통석(通釋)**　잘 간다고 뛰지를 말고 못 간다고 쉬지를 말라

　　　　　　　부디 그치지 말고 짧은 사간이라도 아껴라.

　　　　　　　가다가 그치게 되면 처음부터 안 간 것만 못하다.

222.

莊周는 蝴蝶이 되고 蝴蝶은 莊周ㅣ 된이

蝴蝶이 莊周ㅣ 런지 莊周ㅣ 안여 蝴蝶이런지

卽今에 漆園叟ㅣ 업쓴이 물을 곳이 엇의요.　　　　　　　(海一 290) 李鼎輔

　莊周(장주)는 蝴蝶(호접)이 되고 蝴蝶(호접)은 莊周(장주)ㅣ 된이=장주는 나비가 되고 나비는 장주가 되니. 장주지몽(莊周之夢)을 말한다. 周(주)는 장자(莊子)의 본명. 장자가 꿈에 나비가 되어 날아다니니 유쾌했지만, 자기가 장자인 줄을 알지 못했다. 꿈을 깨고서 장자가 꿈에 나비가 되었는지 나비가 꿈에 장자로 되었는지를 분간하지 못했다고 한다. ◇漆園叟(칠원수)ㅣ 업쓴이=칠원수가 없으니. 칠원수는 장자(莊子)를 가리킨다. 그는 칠원이란 곳의 벼슬아치를 지냈다. ◇물을 곳이 엇의요='곳'은 '곳'의 잘못. 물어볼 곳이 어디냐?

■**통석(通釋)**　장주는 나비가 되고 나비는 장주가 되니

　　　　　　　나비가 장주였는지 장주가 아니라 나비였는지.

　　　　　　　오늘에는 장주가 없으니 물어볼 곳이 어디냐?

223.

齊도 大國이오 楚도 亦 大國이라

죠고만 滕國이 間於齊楚ᄒ여시니

두어라 이 다 죠ᄒ니 事齊事楚ᄒ리라.　　　　　　　(海朴 264) 笑春風

　齊(제)=춘추전국시대의 한 나라. 주나라 무왕이 태공망(太公望)에게 봉해준 나라 ◇楚(초)=춘추전국시대에 있었던 나라 ◇滕國(등국)=춘추전국시대의 한 나라로 초와 제에 인접했었다. ◇間於齊楚(간어제초)=제와 초의 사이에 끼어 있다. ◇事齊事楚(사제사초)ᄒ리라=제나라도 섬기고 초나라도 섬기리라.

제도 큰 나라요 초도 또한 큰 나라다

조고만 등나라가 제와 초의 중간에 끼어 있으니

두어라 이것이 다 좋으니 제나라도 섬기고 초나라도 섬기리라.

224.

져무니 어룬 뫼셔 간 듸마다 추례곳 알면

無知혼 愚氓들도 아니 아지 못 ᄒ려니

ᄒ믈며 人倫을 알려ᄒ면 이 아니코 어이리. (青珍 200) 朗原君

져무니 어룬 뫼셔=젊은이가 어른들을 모시고 ◇간 듸마다 추례곳 알면=가는 곳마다 차례를 알게 되면. 가는 곳마다 장유유서(長幼有序)를 알게 되면 ◇愚氓(우맹)=어리석은 백성 ◇이 아니코=이를 아니하고.

■ **통석(通釋)**　젊은이들이 어른을 뫼시고 간 곳마다 장유유서를 알게 되면

무식한 어리석은 백성들도 알지 않으면 안 되는 것이니

하물며 인륜을 알려고 한다면 이를 아니하고는 어쩌랴.

225.

從容히 다시 뭇쟈 너 나건지 몃千 年고

네 나흔 必然ᄒ고 내 나흔 젹건마ᄂᆞᆫ

니제나 너과 나와ᄂᆞᆫ 홈긔 늘쟈 ᄒ노라. (孫氏隨見錄 9) 朴仁老

從容(종용)히 다시 뭇쟈=조용히 다시 물어보자. ◇너 나건지=너 낳은 지. 너 생긴지 ◇나흔 必然(필연)=나이는 당연히 많고 ◇니제나 너과 나와ᄂᆞᆫ=이제부터는 너와 나와ᄂᆞᆫ.

■ **통석(通釋)**　조용히 다시 물어보자 너 낳은 지 몇천 년이냐?

네 나이가 많은 것은 당연하고 내 나이는 적지마는

이제부터는 너와 나는 함께 늙어가고자 한다.

226.

周濂溪는 愛蓮하고 陶靖節은 愛菊이라

蓮花는 君子어늘 菊花는 隱逸士ㅣ라

至今에 方塘에 蓮 시무고 號稱蓮湖ᄒ더라.　　　　　　　(金玉 32) 安玟英

(朴監牧官漢英 字士俊 號蓮湖 ; 박감목관한영 자사준 호연호 : 감목관 박한영의 자는 사준이
고 호는 연호라고 했다.)

周濂溪(주염계)=송(宋)나라 학자 주돈이(周敦頤). 그의 호가 염계다. ◇陶靖節(도정
절)=진(晉)나라의 도잠(陶潛) 호가 연명(淵明)이고 정절은 달리 부르는 호칭이다. ◇
方塘(방당)에 蓮(연) 시무거=네모반듯하게 생긴 연못에다 연꽃을 심고 ◇號稱蓮湖(호
칭연호)=호를 연호라고 불렀다.

■통석(通釋)　주염계는 연꽃을 좋아하고 도정절은 국화를 좋아했다.
　　　　　　연꽃은 군자와 같거늘 국화꽃은 숨어 사는 선비와 같다.
　　　　　　지금 네모난 웅덩이에 연을 심고 호를 연호라고 부르더라.

227.

主人이 술 부으니 客으란 노릐ᄒ쇼

ᄒᆫ 盞 술 한 曲調ㄷ식 싀도록 즑이다가

싀거든 싀 술 싀 노릐로 니여 놀녀ᄒ노라.　　　　　　　(源國 228) 李象斗

싀도록 즑이다가=날이 새도록 즐기다가 ◇싀거든=날이 새거든 ◇니여 놀녀ᄒ노라
=계속해서 놀려고 한다.

■통석(通釋)　주인이 술을 부으니 손님일랑 노래하십시오.
　　　　　　술 한 잔에 노래 한 곡씩 날이 새도록 즐기다가
　　　　　　날이 새거든 새 술 새 노래로 계속해서 놀까 한다.

228.

죽기와 늙는 일이 그 므어시 더 셜우니

病드러 죽기는 셜운 줄 모로려니와

알고셔 못 禁ᄒᆞᄂᆞᆫ 白髮을 그야 셜워 ᄒᆞ노라.(歎老)　　　　　(水南放翁遺稿 7) 鄭勳

그 므어시 더 셜우니=그 무엇이 더 서러우냐? ◇그야=그것을.

■ **통석(通釋)**　　죽는 것과 늙는 일 가운데 그 무엇이 더 서러우냐?
　　　　　　　　　병이 들어 죽는다면 서러운 줄 모르겠지만
　　　　　　　　　알고도 막지 못하는 백발을 그것이야말로 서러워해야 할 것이다.

229.

죽어 니저야 ᄒᆞ랴 살아 글여야 ᄒᆞ랴

죽어 닛기도 얼엽고 살아 글의이도 얼여왜라

져 님아 ᄒᆞᆫ 말씀만 ᄒᆞ소라 死生決斷 ᄒᆞ리라.　　　　　　　(海一 416)

니저야 ᄒᆞ랴=잊어야 하랴. ◇살아 글여야=살아서 그리워해야 ◇글의이도=그리워
하기도 ◇ᄒᆞᆫ 말씀만 ᄒᆞ소라=한마디 말만 하여보아라.

■ **통석(通釋)**　　죽어 잊어야 하랴 살아서 그리워해야 하랴
　　　　　　　　　죽어 잊기도 어렵고 살아서 그리워하기도 어렵구나
　　　　　　　　　저 님아 한 말씀만 하여라. 죽고 살기로 결단하겠다.

230.

樽酒 相逢 十載前에 君爲丈夫 我少年이

樽酒 相逢 十載後에 我爲丈夫 君白髮이라

我丈夫 君白髮ᄒᆞ니 그를 슬허 ᄒᆞ노라.　　　　　　(詩歌)(朴氏本) 539)

樽酒(준주) 相逢(상봉)=술통 앞에서 서로 만나다. ◇君爲丈夫(군위장부)=그대는 장
부이다.

■ **통석(通釋)**　　술통 앞에서 서로 만난 십 년 전에는 그대는 장부였고 나는 소년이었
　　　　　　　　고

술통 앞에서 서로 만난 십 년 뒤에는 나는 장부가 되고 그대는 백발이 되었다.

나는 장부가 되고 그대는 백발이 되었으니 그것을 슬퍼한다.

231.

즘싱 즁 개란 거시 제 님자를 스랑ᄒ니

개도 그러커든 사름이야 닐을소냐

그러코 背主 後君ᄒ면 개 罪人 될가 ᄒ노라.　　　　　　(觀城雜錄 9) 金履翼

그러커든 사름이야 닐을소냐=그러하거든 사람이야 말할 것이 있겠느냐? ◇그러코 背主後君(배주후군)ᄒ면=그러하고도 지금의 임금을 배반하고 뒤 임금을 섬기면 ◇개 罪人(죄인) 될가=개만도 못한 죄인이 되지 않을까.

■통석(通釋)　짐승 가운데 개란 것이 제 임자를 좋아한다.

개도 그러하거든 사람이야 말할 것이 있겠느냐?

그러면서도 지금의 임금을 배반하고 다른 임금을 섬긴다면 개만 못한 죄인이 될까 한다.

232.

咫尺이 千里러니 쏘 萬里를 가단 말가

山高水深ᄒ듸 쑴인들 어이 가리

이 몸이 둘이나 되여 간 듸마다 빗최리라.(離恨)　　　　　(槿樂 246)

가단 말가=간단 말인가? 가겠다는 말인가? ◇어이 가리=어떻게 가려느냐.

■통석(通釋)　지척이 천 리나 된다더니 또 만 리를 간단 말인가

산 높고 물 깊은 곳을 꿈이라 한들 어떻게 가려느냐.

이 몸이 차라리 달이나 되어 가는 곳마다 비취리라.

233.

窓 궁글 뉘 쑤러 술독의 둘 드듸(ㄴ)니

이 술 먹으면 들빗도 먹오려니

眞實노 들빗곳 먹으면 안히조차 붉으리라.(醉興)　　　　　　　　　(古今 174)

궁글 뉘 쑤러=구멍을 누가 뚫어 ◇드느니=비치느냐? ◇먹오려니=먹을 수 있을 것
이니 ◇들빗곳 먹으면 안히조차=달빛을 먹으면 마음마저.

■ **통석(通釋)**　창문에 구멍을 누가 뚫어 술독에 달빛이 비치느냐?
　　　　　　　이 술을 먹게 되면 달빛도 함께 먹을 수 있는 것이니
　　　　　　　참으로 달빛을 먹게 되면 마음마저 달빛처럼 밝으리라.

234.

滄浪扁舟翁니 心與滄浪淸을

滄浪淸兮여 白鷗 둥둥 씃도다

두어라 滄浪 白鷗은 닉 버진가 ᄒ노라.　　　　　　　(啓明大本 靑丘永言 276)

滄浪扁舟翁(창랑편주옹)니=출렁이는 물결에 작은 배를 탄 늙은이가 ◇心與滄浪淸
(심여창랑청)을=마음이 넓고 푸른 물과 더불어 맑거늘 ◇滄浪淸兮(창랑청혜)여=출렁
이는 물결이 맑음이여 ◇닉 버진가=나의 벗인가.

■ **통석(通釋)**　넓고 출렁이는 물에 작은 배를 탄 늙은이가 마음이 넓고 푸른 물과 더
　　　　　　　불어 맑거늘
　　　　　　　넓고 출렁이는 물이 아주 깨끗함이여 갈매기가 둥둥 떴구나.
　　　　　　　두어라, 넓고 출렁이는 물에 뜬 갈매기는 내 벗인가 한다.

235.

창 박긔 게 뉘 왓ᄂ 뒤 졀 소승 나려왓소

어둠침침 야삼경의 무삼 일노 나려왓나

아기씨 모단 쪽도리 거란 말코지의 소승 삼장 걸너 나려왓소.　　　(歌詞 122)

게 뉘 왓ᄂ=그 누가 왔는가? ◇무삼 일노=무슨 일로 ◇모단 쪽도리=비단 족두리
◇거란 말코지의=거는 말코지에. 말코지는 물건을 걸기 위하여 벽 따위에 달아두는

나무 갈고리 ◇삼장='장삼(長衫)'의 잘못인 듯.

■ 통석(通釋)　"창 밖에 그 누가 왔나" "뒷 절 소승이 내려왔소"
　　　　　　　"어둠침침한 한밤중에 무슨 일로 내려왔나"
　　　　　　　"아가씨 비단 족두리 거는 말코지에 내 장삼을 걸려고 내려왔소"

236.
챵쉬의 샹쟝목ㄱ티 눈 마초고 말련제고
징바늬 다믄 슈져 소릐 내고 말련제고
동지둘 시내믈ㄱ치 어러붓고 말련제고.　　　　　　　　　　　(奉事君日記 13)

챵쉬=창귀(倀鬼). 귀신의 한 가지. 범에게 물려 죽은 사람의 귀신. 범에 붙어 다니
며 범의 심부름을 한다고 한다. 남을 인도하여 못된 짓을 하게 하는 사람을 이르는
말 ◇샹쟝목ㄱ티=상장목(上張目)같이. 크게 부릅뜬 눈같이 ◇눈 마초고 말련제고=눈
길을 맞추고 말겠구나. ◇징바늬 다믄 슈져=쟁반에 담은 수저가 ◇소릐 내고 말련제
고=소리를 내고 말겠구나. ◇동지둘 시내믈ㄱ치 어러붓고=동짓달 시냇물처럼 얼어
붙고.

■ 통석(通釋)　못된 귀신의 부릅뜬 눈같이 눈길을 맞추고 말겠구나.
　　　　　　　쟁반에 담은 수저가 끝내 소리를 내고 말겠구나.
　　　　　　　동짓달의 시냇물처럼 끝내 얼어붙고 말겠구나.

237.
天桃를 貴타호듸 듯고셔 못 보니
이 징반의 ㄷ믄 天桃 大監이 ㄷ 쟈신ㄷ
니 天桃 ㄷ 자신 後의 百年 살게 ㅎ소셔.　　　　　　　(淸溪歌詞 15) 姜復中

天桃(천도)=선가(仙家)에서 천상에 있다고 하는 복숭아 ◇貴(귀)타호듸 듯고셔 못
보니=귀하다고 하지만 듣고서도 못 보았더니 ◇쟈신ㄷ=잡수신다.

■ 통석(通釋)　천도복숭아가 귀하다고 하되 있다는 말을 듣고서도 못 보았더니

이 쟁반에 담은 천도복숭아를 대감께서 다 잡수신다.
이 천도복숭아를 다 잡수신 뒤에 백 년을 살 수 있게 하십시오.

238.
千里 千里 아녀 咫尺이 千里로다
보면 咫尺이요 못 보면 千里로다
咫尺이 千里만 못ᄒ니 그를 슬허 ᄒ노라.　　　　　　　(永類 163)

아녀=아니고. 아니다.

■ **통석(通釋)**　천 리 천 리 하지만 천 리가 먼 것이 아니고 지척이 천 리로구나.
　　　　　　　만나보면 천 리도 지척이요 못 보면 지척도 천 리로구나.
　　　　　　　지척이 천 리만 못하니 그것을 서러워한다.

239.
淸江에 비 듯ᄂ 소리 긔 무어시 우읍관듸
滿山紅綠이 휘두ᄅ며 웃ᄂ고야
두어라 春風이 몃 날이리 우을 쌔로 우어라.　　　　　　　(海朴 9) 孝宗

비 듯ᄂ=비 오는. 빗방울 떨어지는 ◇긔 무어시 우읍관듸=그 무엇이 우습기에 ◇
휘두ᄅ며 웃ᄂ고야=정신을 차리기 어려울 정도로 웃는구나. ◇몃 날이리=며칠이랴.
며칠을 가랴. ◇우을 쌔로 우어라=웃고 싶은 대로 웃어라.

■ **통석(通釋)**　맑은 강에 빗방울 떨어지는 소리가 그 무엇이 우습기에
　　　　　　　온 산의 꽃과 풀들이 정신을 차릴 수 없을 만큼 웃느냐
　　　　　　　그냥 두거라, 봄바람이 며칠이나 계속되랴 웃고 싶은 대로 웃거라.

240.
淸江淸兮 白鷗白이오 白鷗白兮 淸江淸을
淸江이 不厭白鷗白ᄒ니 白鷗長在淸江淸을

世上에 淸白을 알진된 이쑨인가 ᄒ노라.　　　　　　　　　(大東風雅 23)

淸江淸兮(청강청혜) 白鷗白(백구백)이오=맑은 강은 맑고 백구는 희고요. ◇不厭白
鷗白(불염백구백)ᄒ니=백구가 흰 것을 싫어하지 않으니 ◇長在(장재)=오랫동안 머물
다. ◇淸白(청백)=맑고 깨끗함 ◇알진된=알 수 있는 것은. 또는 알 수 있는 곳은.

- **통석(通釋)**　맑은 강이 맑고 흰 갈매기는 희고요 흰 갈매기는 희고 맑은 강이 맑음을
　　　　　　　맑은 강이 흰 갈매기가 흰 것을 싫증내지 않으니 흰 갈매기는 언제나
　　　　　맑은 강에 있다.
　　　　　세상에서 맑고 깨끗함을 알 수 있는 것은 이뿐인가 한다.

241.
靑山은 닉 쯧시요 綠水는 任의 情이
綠水 흘녀간들 靑山이야 變ᄒ손가
綠水도 靑山을 못 니져 우러 예어.　　　　　　　　　　　　(芳草錄 34)

못 니져=잊지 못하고 ◇우러 예어=소리를 내며 흘러.

- **통석(通釋)**　푸른 산은 내 뜻이요 푸른 물은 님의 정이다.
　　　　　푸른 물이 흘러간다고 하더라도 푸른 산이야 변할 까닭이 있겠느냐.
　　　　　푸른 물도 푸른 산을 못 잊어 소리를 내며 흘러간다.

242.
靑天의 발근 달은 임의 얼골 보련마는
나는 엇지ᄒ여 져 달과 갓치 못 가는고
님도 져 달 보고 날 싱각 ᄒ년지.　　　　　　　　　　(三家樂府) 元絳

보련마는=보겠지만 ◇갓치 못 가는고=함께 못 가는가.

- **통석(通釋)**　푸른 하늘에 밝게 비추는 달은 님의 얼굴을 보겠지만
　　　　　나는 어찌하여 저 달과 함께 가지를 못 하는가?

님께서도 저 달을 보시고 나를 생각하실는지.

243.

靑春에 곱던 양ᄌ 님으뢰야 다 늙거다
이제 님이 보면 날인 줄 아르실가
아모나 내 形容 그려다가 님의 손듸 드리고져.　　　　　　(靑珍 168) 姜栢年

양ᄌ=얼굴(樣子). 모습(樣姿) ◇님으뢰야=님 때문에 ◇날인 줄 아르실가=나인 줄을 아실까? ◇손듸=손에. 님에게.

■**통석(通釋)**　　젊었을 때의 곱던 얼굴이 님 때문에 다 늙었다.
　　　　　　　　이제 님이 보신다면 나인 줄을 아실까.
　　　　　　　　아무나 내 모습을 그려다가 님에게 보여드리고 싶다.

244.

靑春에 보던 거울 白髮에 곳쳐 보니
靑春은 간 듸 업고 白髮만 뵈는고나
白髮아 靑春이 제 갓시랴 네 쏫츤가 ᄒ노라.　　　　　　(源國 258) 李廷藎

白髮(백발)에 곳쳐 보니=늙어서 다시 보니 ◇간 듸 업고=간 곳이 없고 ◇제 갓시랴=제가 스스로 갔겠느냐? ◇네 쏫츤가=네가 쫓았는가.

■**통석(通釋)**　　젊어서 보던 거울을 나이가 들어서 다시 보니
　　　　　　　　젊음은 어디 가고 흰 머리카락만 보이는구나.
　　　　　　　　백발아, 젊음이 제 스스로가 갔겠느냐? 네가 쫓아낸 것이 아닌가 한다.

245.

靑春을 사자 하니 팔 사람 뉘 잇으며
白髮을 팔자 헌들 그 뉘라서 사겟는고
두어라 팔도 사도 못할진대 老少同樂.　　　　　　(時調集 (平洲本) 3)

靑春(청춘)을 사자 하니=젊음을 사고자 하니 ◇뉘 잇으며=누가 있으며 ◇白髮(백발)을 팔자 헌들=늙음을 팔고자 한들 ◇뉘라서 사겟는고=누가 사겠는가? ◇팔도 사도 못할진대=팔지도 사지도 못할 것이니.

- ■통석(通釋) 젊음을 사자고 하니 팔 사람이 누가 있으며,
  늙음은 팔고자 한들 그 누가 사겠다고 하겠는가?
  두어라 팔지도 사지도 못할 것이면 노소가 함께 즐기자.

246.

청풍은 늬 지조요 명월은 늬 히포라

청풍과 명월이며 갑 업슨 보배로다

규문에 잠든 풍월아 너와 함쯰 즐기자.　　　　　　　　　　(龜蓮帖)

지조=지조(志操). 곧은 뜻과 절조 ◇히포='회포(懷抱)'의 잘못인 듯 ◇규문=규문(閨門). 규중(閨中)과 같은 말.

- ■통석(通釋) 맑은 바람은 나의 지조와 같고요 밝은 달은 나의 회포와 같다.
  맑은 바람이나 밝은 달은 다 돈을 주고 팔고 사는 보배가 아니다
  규중에 잠든 바람과 달아 너는 나와 함께 즐기자.

247.

草堂에 困이 든 잠 학의 소래 놀나 쌔니

학은 간 데 업고 들니나니 水聲이라

童子야 白雲洞 살펴어라 학 간 자최.　　　　　　　(雜誌(平洲本) 36)

困(곤)=곤하게 ◇들니나니=들리는 것은 ◇白雲洞(백운동)=흰 구름이 낀 골짜기.

- ■통석(通釋) 초당에서 곤하게 든 잠을 학의 울음소리에 놀라 깨니
  학은 간 곳이 없고 들리는 것은 물소리뿐이로구나.
  아이야, 구름이 낀 골짜기를 살펴보거라. 학이 날아간 자취.

248.

秋夜長 밤도 길다 남도 밤이 그리 긴가
길기야 길녀마는 任이 업는 타시로다
우리도 언제나 조흔 任 만나 긴 밤 짤게.　　　　　　(時調集(平洲本) 34)

남도 밤이 그리 긴가=다른 사람도 밤이 그렇게 길까? ◇길기야 길녀마는=길기야
길겠지마는 ◇타시로다=탓이다.

■ **통석(通釋)**　긴 가을밤은 밤도 참 길다, 다른 사람도 나처럼 그렇게 길까.
　　　　　　　길기야 길다고 하겠지만 모두가 님이 없는 탓이다.
　　　　　　　우리도 언제쯤이나 좋은 님을 만나 긴 밤을 짧은 듯이.

249.

春山의 불이 나니 못 다 핀 곳 다 붓는다
져 뫼 져 불은 쓸 물이나 잇거니와
이 몸의 닉 업슨 불이 나니 쓸 믈 업서 ᄒ노라.　　　　(金忠壯公遺事) 金德齡

불이 나니=꽃이 피니 ◇붓는다=탄다. 핀다. ◇닉 업슨 불이 나니=연기도 나지 않
는 불이 나니. 울화가 치미니.

■ **통석(通釋)**　봄철 산에 불이 난 것처럼 꽃이 피니 미처 피지 못한 꽃이 다 불타는
　　　　　　　것 같구나.
　　　　　　　　저 산의 저 불은 끌 물이라도 있거니와
　　　　　　　　이 몸에는 연기도 나지 않는 불이 나니 끌 수 있는 물도 없구나.

250.

칩다 네 품에 드쟈 벼기 업다 네 ᄑᆞᆯ 베자
입에 바름 든다 네 혀 물고 즘을 드쟈
밤中만 믈 미러 오거든 네 빅 탈가 ᄒ노라.　　　　　　　(詩歌 389)

칩다=춥다. ◇드즈=들자. 안기자. ◇든다=들어온다. ◇믈 미러 오거든=물이 밀려
오거든. 성욕이 발동하거든.

■ **통석(通釋)**　춥다. 네 품안으로 들어가자 베개가 없구나 네 팔이라도 베자.
　　　　　　　입에 바람이 들어오는구나. 네 혀라도 물고 잠을 들자.
　　　　　　　밤중만 물이 밀어 올라오게 되면 네 배라도 탈까 한다.

251.
틸월 틸일이 됴히 삼긴 나리로다
견우 직녀도 혼 듸 몯는 나리로다
엇더다 인간 니벼른 모둘 나리 업슨고.　　　　　　　　　　(奉事君日記 7)

틸월 틸일=7월 7일. 칠석(七夕) ◇됴히 삼긴 나리로다=좋게 생긴 날이로다. 잘 만
들어진 날이로다. ◇혼 듸 몯는=한 곳에 모이는 ◇엇더다=어쩌다 ◇인간 니벼른 모
둘 나리 엄슨고=사람들의 이별은 모일 날이 없는고

■ **통석(通釋)**　칠월 칠석이 참으로 잘 만들어진 날이로구나.
　　　　　　　견우와 직녀도 한 곳으로 모이는 날이로구나.
　　　　　　　어쩌다 사람들의 이별에는 모일 수 있는 날이 없는가.

252.
彭祖는 壽 一人이요 石崇은 富 一人을
群聖中 集大成은 孔夫子ㅣ 一人이시라
이 中에 風流狂士는 폼ㅣ 一人인가 ᄒ노라.　　　　　(海周 517) 金壽長

彭祖(팽조)=중국 상고시대 장수한 사람. 나이 700여 세인데도 노쇠하지 않았다고
한다. ◇壽一人(수일인)=제일 오래 산 사람 ◇石崇(석숭)=진(晉)나라 때 부호 ◇群聖
中(군성중)=여러 성인들 가운데 ◇集大成(집대성)=많은 것을 모아 하나로 통합 정리
하는 일, 또는 그것. 백이(伯夷)의 청(淸), 이윤(伊尹)의 임(任), 유하혜(柳下惠)의 화
(和)와 공자(孔子)의 시(時)를 모은 것을 집대성이라 한다. ◇孔夫子(공부자)=공자(孔
子) ◇風流狂士(풍류광사)는=풍류를 즐기는 미치광이 같은 선비는 ◇폼(오)=나.

■ **통석(通釋)** 팽조는 장수한 사람으로 제일가는 사람이요 석숭은 부자로 제일가는
사람이다.

　여러 성인들 가운데 모든 것을 모아 하나로 정리한 사람은 공자가 제
일가는 사람이다.

　이 가운데 풍류를 즐기는 미치광이 같은 선비는 내가 제일가는 사람
인가 한다.

253.

편지야 너 오는냐 녜 임자는 못 오든냐
長安道上 널은 길에 오고가기 너쁜일다
日後란 너 오지 말고 네 임자만.　　　　　　　　　　(源一 656)

　長安道上(장안도상) 널은 길에=서울 오가는 넓은 길에 ◇오고가기 너쁜일다=오고
가는 것이 너뿐이냐?

■ **통석(通釋)** 편지야 너 오느냐, 네 임자는 못 오더냐?

　서울 오가는 넓은 길에 오고 가는 것은 겨우 너뿐이냐?

　이후에는 너는 오지 말고 네 임자만.

254.

ᄒ려 ᄒ려 ᄒ되 이 뜯 못ᄒ여라
이 뜯 ᄒ면 至樂이 잇ᄂ니라
우웁다 엇그제 아니턴 일을 뉘 올타 ᄒ던고.　　　　(松巖續集 6) 權好文

　ᄒ려 ᄒ려 ᄒ되=하려고 하려고 하였으되 ◇至樂(지락)이 잇ᄂ니다=커다란 즐거움
이 있을 것이다. ◇우웁다=우습다. ◇아니턴 일을 뉘 올타=아니라고 하던 일을 누가
옳다고. 그르다고 하던 일을 누가 옳다고.

■ **통석(通釋)** 하려고 하려고 하였지만 이 뜻 이루지 못했다.

　이 뜻을 이루게 되면 커다란 즐거움이 있을 것이다.

　우습다. 엊그제 그르다고 하던 일을 누가 옳다고 하던가.

255.

鶴학은 어디 가고 亭뎡子즈는 븨엿느니
나는 이리 가면 언제만 도라올고
오거나 가거나 듕의 혼 잔 자바 ᄒ쟈.   (松星 54) 鄭澈

뎡즈는 븨엿느니=정자는 비었느냐? ◇이리 가면 언제만=이렇게 가게 되면 언제쯤
에나.

■통석(通釋)   학은 어디로 날아가고 정자는 텅 비었느냐?
            나는 이쪽으로 간다면 언제쯤에 다시 돌아올까?
            오거나 가거나 간에 술이나 한 잔 잡자.

256.

혼 둘 셜흔 날에 醉홀 날이 몃 날이리
盞 자븐 날이야 眞實로 내 날이라
그날곳 지나간 後ㅣ면 뉘 집 날이 될 줄 알리.   (靑珍 268)

날이리=날이냐? ◇그날곳 지나간=그날이 지나간 ◇뉘 집 날이 될 줄 알리=누구네
집 날이 될 줄 알겠느냐?

■통석(通釋)   한 달 설흔 날에 술 취한 날이 몇 날이냐?
            술잔을 잡은 날이야 진실로 나의 날이다
            그날이 지나간 뒤면 누구의 집 날이 될 줄 알겠느냐?

257.

혼 일 ᄒ생이다 부디 혼 일 ᄒ생이다
술 먹고 醉치 말고 늙지 말 일 ᄒ생이다
늠 ᄃ려 이 두 일 무로니 다 어렵다 ᄒ더라.   (永類 190)

혼 일 ᄒ생이다=한 가지 일 합시다. 또는 할 일을 합시다. ◇늙지 말 일=늙지 않

을 일 ◇눔 ᄃ려=다른 사람에게 ◇무로니 다 어렵다=물어보니 둘 다 어렵다고.

■**통석(通釋)**   한 가지 일만 합시다. 부디 한 가지 일만 합시다.
　　　　　　　　술 먹고 취하지 아니하고 늙지 아니할 일 합시다.
　　　　　　　　다른 사람들에게 이 두 가지 일을 물어보니 다 어렵다고 하더라.

258.

힌아 가지 마라 너와 나와 훔끽 가쟈
기나긴 하늘의 어듸 가려 수이 가ᄂ
東山의 ᄃᆯ이 나거든 보고 가다 엇더리.(歎老)　　　　　　　　(槿樂 112)

힌아=해야 ◇어듸 가려 수이 가ᄂ=어디에 가려고 빨리 가느냐? ◇ᄃᆯ이 나거든 보
고 가다 엇더리=달이 뜨거든 보고 간들 어떠하랴.

■**통석(通釋)**   해야, 가지 마라. 너와 나와 함께 가자
　　　　　　　　기나긴 넓은 하늘에 어디를 가려고 그렇게 빨리 가느냐?
　　　　　　　　동산에 달이 뜨거든 보고 간들 어떠하랴.

259.

虛靈ᄒ온 이 내 本心 純善ᄒ온 이 내 本性
本心은 聖凡이 한가지오 本性은 人物이 한가지니
엇디타 本心性 汨失하여 至愚極賤 되올소냐.　　　　　　(頣齋遺稿) 黃胤錫

虛靈(허령)ᄒ온 本心(본심)=포착할 수 없으나 그 영험이 불가사의한 나의 마음 ◇
純善 (순선)ᄒ온=아주 착한 ◇聖凡(성범)=성스러움과 평범함 ◇本性(본성)=천성(天
性). 본질 ◇엇디타=어쩌다 ◇本心性 汨失(본심성골실)ᄒ여=본래의 심성을 모두 잃
어 ◇至愚極賤(지우극천) 되올소냐=아주 어리석고 천하게 될까 보냐?

■**통석(通釋)**   알 수 없는 내 마음 아주 착한 내 천성
　　　　　　　　마음은 성스러움과 범상함이 한가지요 천성은 사람이 한가지니
　　　　　　　　어쩌다 마음과 본질을 모두 잃어 아주 어리석고 천하게 될 수 있으랴?

260.

花화灼쟉灼쟉 범나븨 雙빵雙빵 柳뉴靑쳥靑쳥 괴꼬리 雙빵雙빵

늘즘승 길짐승 다 雙빵雙빵ᄒ다마ᄂᆞ

엇디 이 내 몸은 혼자 雙빵이 업ᄂ다.　　　　　　　　(松星 75) 鄭澈

花灼灼(화쟉쟉)=꽃은 찬란하게 피었고 ◇柳靑靑(유쳥쳥)=버들은 푸르르고 ◇엇디=
어째서.

■ **통석(通釋)**　꽃은 찬란하게 활짝 피었고 범나비는 쌍쌍 버들은 무성하고 꾀꼬리는
　　　　쌍쌍

　　　　날아다니는 짐승이나 기어다는 짐승 모두가 다 쌍쌍이지만

　　　　어째서 이 내 몸은 혼자만 쌍이 없는 것이냐?

261.

흉즁의 불이 나니 블 ᄢᅥ쥬리 뉘 잇쓰리

인간의 물노 못 ᄭᅳᆫ는 불이라 업것마ᄂᆞ는

엇지타 샹ᄉᆞ로 난 불은 물노도 못 ᄭᅥ.　　　　　　(風雅 103) 李世輔

흉즁의 불이 나니=가슴속에 불이 나니. 울화가 치미니 ◇ᄢᅥ쥬리 뉘 잇쓰리=꺼줄
사람이 누가 있느냐? ◇엇지타 샹ᄉᆞ로 난=어쩌다 남을 그리워하는(相思) 것으로 생
긴 ◇물노도=물을 가지고도.

■ **통석(通釋)**　가슴속에 불이 나니 불 꺼줄 사람이 누가 있느냐?

　　　　사람이 사는 세상에 물로 못 끄는 불이라고는 없지마는

　　　　어쩌다 남을 그리워하여 난 불은 물로도 못 꺼.

262.

희여 검을ᄶᅵ라도 희는 것시 셜우려든

희여 못 검는듸 ᄂᆞᆷ의 몬져 휠 쑬 어이

희여셔 못 검을 人生인이 그를 슬ᄒᆞᄒ노라.　　　　　　　(海一 377)

희여 검을쩌라도=희었다가 검을지라도 ◇희는 것시 셜우려든=희어지는 것이 서럽거든. 머리카락이 희어지는 것은 ◇눔의 몬져=남보다 먼저 ◇희여셔 못 검을=희어지면 다시는 못 검을.

■ **통석(通釋)** 머리카락이 희었다가 검을지라도 다시 희어지는 것이 서럽거든,
희어지면 검지 못하는데 남보다 먼저 희는 것을 어찌하랴.
희어져서 다시 검지 못할 인생이니 그것을 슬퍼한다.

263.
가마귀 가마귀를 뜬라 들거고나 뒷東山에
늘어진 괴향남게 휘둣누니 가마귀로다
잇튼날 뭇 가마귀 흔듸 나려 뒤덤벙뒤덤벙 두로 덥젹여 쓰오니 아모 어지 그 가마권 줄 몰늬라.   (瓶歌 876)

가마귀=까마귀 ◇들거고나=들어왔구나. ◇늘어진 괴향남게=가지가 늘어진 회양나무에 ◇휘둣누니=마구 들어오느니. 들어오는 것이 ◇뭇=여러. 많은 ◇흔듸 나려=한곳에 내려와 ◇두로 덥젹여 쓰오니=두루 덥적거리며 싸우니. 쓸데없이 참견하여 ◇아모=누가. 누구도.

■ **통석(通釋)** 까마귀가 까마귀를 따라 들어왔구나 뒷동산에
늘어진 회양나무에 마구 들어오느니 까마귀로구나.
이튿날 많은 까마귀들이 한곳에 내려와 뒤범벅이 되어 마구 덥적거려 싸우니 누구도 어제 그 까마귀인 줄 모르더라.

264.
가마기가 가마기를 묘차 셕양사로에 나라든다 쩌든다 임의 집 홍졍 뒤로
오르면 골각 나리면 길곡 갈곡길곡 ᄒ는 즁에 어늬 가마기 슈 가마기냐
그 즁에 멈젹 나라 안젓짜가 야즁 나라가는 그 가마기 긴가.   (南太 198)

묘차=따라 ◇셕양사로에 나라든다=석양사로(夕陽斜路)에 날아든다. 저녁나절 햇빛이 비낀 길에 날아 들어온다. ◇홍졍='송졍(松亭)'의 잘못 ◇ᄒ는 즁에=하는 가운데

◇야좋 나라가는=나중에 날아가는 ◇긴가=그것인가.

■ **통석(通釋)**   까마귀가 다른 까마귀를 따라 저녁나절 햇빛이 비낀 길에 날아든다.
시끄럽다 님의 집 소나무 숲 정자 뒤로
  날아오르면서 깍깍 낮게 나르면서 깍깍하고 우는 가운데 어느 까마귀
가 숫놈 까마귀냐?
  그 가운데 먼저 날아 앉았다가 나중에 날아가는 그 까마귀가 숫놈
까마귀인가 한다.

265.

가마귀 깍깍 아모리 운들 님이 가며 내들 가랴
밧 가는 아들 가며 뵈틀에 안즌 아기쑬이 가랴
재 너머 물 길나 간 며늘아기 네나 갈가 ᄒ노라.   (靑詠 474)

아모리 운들=아무리 운다고 한들 ◇가며 내들 가랴=죽으며 낸들 죽으랴. 내가 ◇
물 길나=물 길러 ◇네나 갈가=너나 죽을까. 죽어야할까.

■ **통석(通釋)**   까마귀가 깍깍 하고 아무리 운다고 한들 님이 죽으며 낸들 죽으랴
  밭 갈러 간 아들이 죽으며 베틀에 앉아 있는 딸이 죽으랴
  재 너머 물 길러 간 며느리 너나 죽어야 할 것이 아니냐.

266.

閣氏네 더위들 사시오 일은 더위 느즌 더위 여러 히포 묵은 더위
  五六月 伏더위에 情에 님 만나이셔 둘 불근 平牀 우희 츤츤 감겨 누엇다가
무음 일 ᄒ엿던디 五臟이 煩熱ᄒ여 구슬 쏨 흘리면셔 헐덕이는 그 더위와 冬
至둘 긴 긴 밤의 고운 님 품의 들어 ᄃ스흔 아름목과 둑거온 니불 속에 두 몸
이 흔 몸 되야 그리져리 ᄒ니 手足이 답답ᄒ고 목굼기 타올 적의 웃목에 츤 숙
늉을 벌덕벌덕 켜는 더위 閣氏네 사려거든 所見ᄃ로 사시옵소
  쟝스야 네 더위 여럿 둥에 님 만는 두 더위는 뉘 아니 됴화ᄒ리 눔의게 ᅲ
디 말고 부듸 내게 ᅲᄅ시소.   (蓬萊樂府 20) 申獻朝

일은=빠른. 빨리 온 ◇해포=두어 해. 여러 해 ◇무음 일 ᄒ엿던디=무슨 일을 하
였던지 ◇煩熱(번열)ᄒ여=열이 나고 가슴이 답답하여 ◇둑거온=두꺼운 ◇목굼기 타
올 적의=목구멍이 타는 듯할 때에 ◇슉늉을=숭늉을 ◇켜는=한 번에 마시는 ◇사려
거든 所見(소견)듸로=사려고 하거든 생각대로 ◇됴화ᄒ리=좋아하겠느냐? ◇푸디=팔
지 ◇부듸=부디. 제발.

■ **통석(通釋)** 아가씨들 더위들 사시오, 빠른 더위 늦은 더위 여러 해 묵은 더위
오뉴월 삼복더위에 고운 님 만나서 달 밝은 평상 위에 칭칭 감겨 누웠
다가 무슨 일을 하였는지 오장에 열이 나고 답답하여 구슬땀을 흘리면
서 헐떡이는 그런 더위와 동짓달 긴긴 밤에 고운 님의 품안에 들어 따뜻
한 아랫목과 두꺼운 이불 속에 두 몸이 한 몸이 되어 그렇고 저렇고 하
니 팔다리가 답답하고 목구멍이 탈 때에 윗목의 차가운 숭늉을 벌컥벌
컥 들이켜 마시는 더위, 아가씨들 사고 싶거든 마음대로 골라 사시오.
장사꾼아, 네가 팔려는 더위 여럿 가운데 님을 만난 두 더위는 누가
아니 좋아하랴, 다른 사람에게 팔지 말고 제발 나에게 팔아라.

267.
간밤의 ᄌ고 간 그놈 암아도 못 니즐다
瓦冶ㅅ놈의 아들인지 즌흙에 쐼늬듯시 두더쥐 伶息인지 국국기 뒤지듯시 沙
工의 成伶인지 沙礫씩 질으듯시 平生에 처음이오 凶症이도 야르제라
前後에 나도 무던이 격거시되 참 盟誓 간밤 그놈은 참아 못 니즐싯 ᄒ노라.

(海周 383) 李鼎輔

니즐다=잊겠다. ◇瓦冶(와야)ㅅ놈의=기와를 만드는 놈의 ◇쐼늬듯시=뽐놀듯이. 뛰
놀듯이 ◇伶息(영식)='令息(영식)'의 잘못. 영식은 남의 자식의 높임말 ◇국국기=구
석구석. 또는 꾹꾹 ◇成伶(성령)=솜씨를 뜻하는 '성녕'의 한자 표기 ◇沙礫(사석)씩
질으듯시=삿대로 찌르듯이 ◇凶症(흉증)이도 야르제라=음흉한 성벽(性癖)도 이상야
릇해라. ◇무던이 격거시되=어지간하게도 겪어보았지만 ◇참아=참으로. 정말로.

■ **통석(通釋)** 지난밤에 자고 간 그놈을 아마도 못 잊겠다.
기와를 만드는 놈의 아들인지 진흙에서 뛰놀듯이 두더지의 아들인지

구석구석 뒤지듯이 뱃사공의 솜씨인지 삿대로 찌르듯이 평생에 처음이
요 음흉하게도 야릇해라

　이전이나 이후에 나도 어지간하게 겪어보았지만 참으로 맹세하는데
간밤의 그놈은 정말로 못 잊을까 한다.

268.

갈가 보다 말가 보다 님을 ᄯᅡ라서 안이 갈 수 업네

　오날 가고 ᄅᆡ일 가고 모레 가고 글피 가고 하루 잇흘 ᄉᆞ흘 나흘 곱잡아 여
들에 八十里를 다 못 갈지라도 님을 ᄯᅡ라서 안이 갈 수 업네 천창만검지中에
부월이 당견할지라도 님을 ᄯᅡ라서 안이 갈 수 업네 남기라도 향ᄌᆞ목은 음양을
分하야 마주ᄂᆞ 섯고 돌이라도 망두석은 자웅을 ᄯᅡ라서 마주ᄂᆞ 섯는데

　요 ᄂᆡ 팔ᄌᆞ는 웨 그리 망골이 되야 간 곳마다 잇을 님 업서셔 나 못살겟네.

(樂高 916)

여들에=여드레에. 팔일(八日) 만에 ◇천창만검지中에=천창만검지중(千槍萬劍之中)
에. 모든 종류의 무기 가운데 ◇부월이 당견할지라도=부월(斧鉞)이 당전(當前)할지라
도. 도끼가 눈앞에 닥치더라도. 어떤 어려움이 눈앞에 닥치더라도 ◇남기라도=나무라
도 ◇향ᄌᆞ목=은행나무(杏子木) ◇음양을 분하야=양(陽)과 음(陰)으로 나뉘어 ◇망두석
=망두석(望頭石). 망주석(望柱石)과 같은 말. 무덤 앞에 세우는 돌 ◇자웅을 ᄯᅡ라서=
암수(雌雄)를 따라서 ◇그리 망골이 되야=그렇게 언행이 고약하거나 주책없이 구는
사람(亡骨)이 되어 ◇잇을=있어야 할.

■ **통석(通釋)**　갈까 보다, 갈까 보다. 님을 따라서 아니 갈 수 없네.

　　　　　오늘 가고 내일 가고 모레 가고 글피 가고 하루 이틀 사흘 나흘을 곱
　　　　　잡아 여드레에 팔십 리를 다 가지 못할지라도 님을 따라서 아니 갈 수가
　　　　　없네. 많은 창과 칼 가운데서 도끼가 당장 눈앞에 닥치더라도 님을 따라
　　　　　서 아니 갈 수가 없네. 나무라도 은행나무는 암과 수로 나뉘어 마주 섰
　　　　　고 돌이라도 망주석은 암수에 따라 마주 섰는데

　　　　　요 내 팔자는 왜 그렇게도 사람이 제 구실을 못해 가는 곳마다 있을
　　　　　님이 없어서 나는 못살겠네.

269.

開城府 쟝亽 北京 갈 쩨 걸고 간 銅爐口 싸리 올 쩨 본이 盟誓 痛憤이도 반가왜라

젓 銅爐口 싸리 졀이 반갑써든 돌쐬어미 말이야 닐러 무슴홀이

들어가 돌쇠엄이 보옵써든 銅爐口 짤이 보고 반기온 말쓈 ᄒ리라. (海一 542)

銅爐口(동로구) 싸리=퉁노구 걸었던 자리. 퉁노구는 퉁쇠로 만든 작은 솥 ◇痛憤(통분)이도=원통하게도. 여기서는 매우 반갑게도의 뜻으로 쓰였다. ◇젓='져'의 잘못 ◇졀이=저렇게 ◇닐러 무슴홀이=말하여 무엇하랴. ◇반기온=반가워했던.

■ **통석(通釋)** 개성의 장사꾼이 북경 갈 때 걸고 간 퉁노구 걸었던 자리 올 때 다시 보니 맹서하지만 몹시도 반갑구나.

저 퉁노구 걸었던 자리가 저렇게도 반갑거든 돌쇠 어미의 말이야 말하여 무엇하랴.

돌아가 돌쇠 어미를 보거든 퉁노구 걸었던 자리를 보고 반가워했던 말을 하겠다.

270.

게만 그리울가 나도 더욱 그라옵ᄂᆡ

ᄂᆡ 그리ᄂᆞᆫ 심회을 게셔 어이 아ᄂᆞ실고

언저긔 春日이 연난커든 一壺酒 가지고 그리ᄂᆞᆫ 情恨ᄂᆞᆯ 細細詳書호리이다.

(龍潭錄 21) 金啓

게만=거기만. 당신만 ◇그리ᄂᆞᆫ 심회을=그리워하는 심회(心懷)를. 심화는 마음과 회포 ◇게서 어이 아ᄂᆞ실고=거기서 어찌 아실까? ◇언저긔=어느 때이고 ◇연난커든=연난(連暖)하거든. 계속해서 따뜻하거든 ◇細細詳書(세세상서)=아주 자세하게 쓰다.

■ **통석(通釋)** 거기만 그리울까 나도 더욱 그립다네.

내가 그리워하는 마음을 거기서 어찌 알겠는가.

언제라도 봄날이 계속해서 따뜻하거든 술 한 병 가지고 그리워하는 정과 한을 아주 자세하게 쓰겠다.

271.

谷口哢 谷口哢ᄒ니 有鳥衣黃 谷口哢이라

性愛谷口綠陰繁ᄒ여 每歲春晚谷口哢을 朝朝谷口 暮谷口에 一哢二哢復哢이라

世人이 謂爾谷口哩ᄒ니 謂爾長在谷口哢이나 靜看谷口遷喬木ᄒ니 未必長在

谷口哢을.   (靑六 627)

谷口哢 谷口哢(곡구롱 곡구롱)ᄒ니=꾀꼬리롱 꾀꼬리롱 하니. 꾀꼬리의 울음소리
◇有鳥衣黃 谷口哢(유조의황 곡구롱)이라=노랑 옷을 입은 새가 있으니 꾀꼬리다. ◇
性愛谷口綠陰繁(성애곡구녹음번)ᄒ여=본성이 골짜기의 녹음이 번성한 것을 좋아하여
◇每歲春晚谷口哢(매세춘만곡구롱)을=매년 늦은 봄에 꾀꼬리롱 하고 우는 것을 ◇朝
朝谷口(조조곡구) 暮谷口(모곡구)=아침마다 꾀꼴 저녁에도 꾀꼴 ◇一哢二哢復哢(일롱
이롱부롱)=한 번 꾀꼴 두 번 꾀꼴 다시 꾀꼴 ◇世人(세인)이 謂爾谷口哩(위이곡구리)
ᄒ니=세상 사람들이 너를 꾀꼬리라고 부르니 ◇謂爾長在谷口哢(위이장재곡구롱)이나
=너는 언제나 골짜기에 있으면서 운다고 하나 ◇靜看谷口遷喬木(정간곡구천교목)ᄒ
니=자세히 보니 골짜기에서 교목으로 옮겨가니 ◇未必長在谷口哢(미필장재곡구롱)을
=오래지 않아 골짜기에서 꾀꼬리롱 하고 울지 않을 것을. 오래지 않아 훌륭하게 될
것을.

■ **통석(通釋)**　꾀꼴 꾀꼴 하니 노란 옷을 입은 새가 있으니 바로 꾀꼬리이다.
　　　　본성이 골짜기의 녹음이 번성한 것을 좋아하여 매년 늦은 봄 꾀꼴 하
고 우는 것을, 아침마다 꾀꼴 저녁에도 꾀꼴 한 번 꾀꼴 두 번 꾀꼴 또
꾀꼴꾀꼴
　　　　세상 사람들이 너를 꾀꼬리라 부르니 너는 항상 골짜기에 있으면서
운다고 하나 자세히 보니 골짜기에서 교목으로 옮겨가니 오래지 않아
골짜기에서 꾀꼴 하고 울지 않을 것이다.

272.

기름의 지진 쓸약과도 아니 먹는 날을 닝수의 살문 돌만두를 먹으라 지근

絕代佳人도 아니 허ᄂ 날을 閣氏님이 허라고 지근지근

아모리 지근지근 흔들 품어 잘 줄 이스랴.   (甁歌 996)

날을=나를 ◇닝수의 살문 돌만두=냉수에 넣어 삶은 돌만두. 돌만두는 만두소를 넣지 않고 쌀가루나 밀가루로만 만든 만두 ◇지근=지근덕거리다. ◇絕代佳人(절대가인)=뛰어나게 아름다운 여인 ◇아니 허는=관계를 맺지 않는 ◇품어 잘 줄 이스랴=끌어안고 잘 까닭이 있겠느냐?

■ **통석(通釋)** 기름에 지진 맛있는 꿀약과도 먹지 않는 나에게 냉수에 삶은 돌만두를 먹으라고 지근덕지근덕

뛰어나게 아름다운 여인과도 관계를 맺지 않은 나에게 각시님이 관계를 맺자고 지근덕지근덕

아무리 지근덕지근덕 한들 품고 잘 까닭이 있겠느냐?

273.

나는 진졍 말이지 슴각산 거흐든 범나비로

장안만호를 나려다보니 오쉭이 영롱키로 화긔당졀인가 츈흥을 못 익여 나려를 왓다가 돌아가든 회로에 이 몸이 앗츳 실수되야 인왕산 蛛絲에 나 걸넛고나 엘라 노와라 나 못 놋켓구나 열 발가락이 씨여서도 나 못 놋켓네. (樂高 912)

진졍 말이지=참말로 하는 말이지만 ◇거흐든=거(居)하던. 살던 ◇장안만호=장안만호(長安萬戶). 서울 도심의 많은 집들 ◇화긔당졀=화개당절(花開當節). 꽃이 피는 봄철을 맞다. ◇츈흥=춘흥(春興). 봄의 흥취 ◇못 익여=억제하지 못하여 ◇회로=회로(回路). 돌아가는 길에 ◇蛛絲(주사)에 나=거미줄에 내가 ◇엘라=감탄사 ◇씨여서도=찢어져도.

■ **통석(通釋)** 나는 참말로 말이지만 삼각산에 살던 범나비로

서울의 많은 집들을 내려다보니 오색이 영롱하기에 꽃이 피는 봄철을 맞았는가, 봄의 흥취를 이기지 못하고 내려왔다가 돌아가는 길에 이 몸이 아차 실수하여 거미줄에 내가 걸렸구나.

에라, 놓아라. 나는 못 놓겠다. 열 발가락이 다 찢어져도 나는 못 놓겠다.

274.

나모도 바히 돌도 업슨 뫼헤 매게 쏘친 가토릐 안과

大川바다 한가온대 一千石 시른 비에 노도 일코 닷도 일코 농총도 근코 돗
대도 것고 치도 쌔지고 브람부러 물결치고 안개 뒤섯계 주자진 날에 갈 길은
千里萬里 나문듸 四面이 거머어둑 져믓 天地寂寞 가치노을 썻는듸 水賊 만난
都沙工의 안과

엇그제 님 여흰 내 안히야 엇다가 フ흘ㅎ리오.　　　　　　　　　(靑珍 572)

바히=전혀 ◇매개 뽀친=매에게 쫓긴 ◇가토릐=까투리의. 까투리는 암꿩 ◇안과=
심정과. 마음과 ◇노도 일코=노도 잃어버리고 ◇닷=닻 ◇농총 근코=용총줄도 끊어
지고. 용총줄은 돛을 올리고 내리기 위해 돛대에 매어놓은 줄 ◇돗대도 것고=돛대도
꺾어지고 ◇치도 쌔지고=키도 물에 빠지고. 키는 배의 방향을 조정하는 기구 ◇뒤섞
계=뒤섞여 ◇주자진=자욱한 ◇가치노을 썻난듸=까치놀이 떴는데. 까치놀은 석양을
받아 멀리 수평선에 희번덕거리는 빛. 백두파(白頭波) ◇水賊(수적)=바다나 강에 있
는 도적 ◇都沙工(도사공)=배의 선장 ◇엇다가 フ흘ㅎ리오=어디에다 비교하랴.

■ **통석(通釋)**　나무도 전혀 돌도 없는 산에 매에게 쫓긴 까투리의 심정과
　　　　　　큰 바다 한가운데 일천 석이나 되는 많은 화물을 실은 배에 노도 잃어
버리고 닻도 잃어버리고 닻줄도 끊어지고 돛대도 꺾어지고 키도 빠지고
바람이 불어 파도 치고 안개까지 뒤섞여 자욱한 날에 가야 할 길은 천
리 만 리나 남았는데 사방이 검어어둑 저물어 온 세상이 적막하고 까치
놀이 떴는 데다가 도둑을 만난 선장의 심정과
　　　　　　엊그제 님을 잃은 나의 심정이야 어디에다 비교하랴.

275.
落花는 뜻이 이셔 流水를 쏜루거늘
無情흔 뎌 流水는 落花를 보닉거다
落花야 닉 언제 너 홀로 보닉더냐 나도 함씌 흐르노라.　　　(源河 428) 金學淵

뜻이 이셔=나름대로의 생각이 있어 ◇쏜루거늘=따르거늘 ◇보닉거다=그냥 보내
는구나.

■ **통석(通釋)**　떨어진 꽃잎은 나름대로 뜻이 있어 흐르는 물을 따라가거늘

무정하게 흐르는 저 물은 떨어진 꽃잎을 그냥 보내는구나.

떨어진 꽃잎아, 내가 언제 너를 혼자만 보내더냐. 나도 함께 흘러간다.

276.

님이라 님을 아니 두랴 思郞도 밧첫노라

梨花에 나간 님이 走馬鬪鷄 노니다가 霽月光風 겸근 날에 黃菊丹楓 다 盡토
록 金鞍白馬猶未還이라

두어라 님이 비록 니젓시나 紗窓 긴긴 밤의 幸여 올가 기드린다.

(靑邱 72) 朴文郁

님이라=나라고 해서 ◇梨花(이화)에 나간=배꽃이 핀 봄철에 집을 나간 ◇走馬鬪
鷄(주마투계) 노니다가=말달리고 닭싸움을 하며 놀러 다니다가. 잡기(雜技)에 빠져
놀다가. ◇霽月光風(제월광풍)=시원한 바람과 비가 온 뒤의 환한 달. 좋은 때 ◇겸근
=해가 저문 ◇黃菊丹楓(황국단풍) 다 盡(진)토록=국화꽃이 피고 단풍이 다 지는 가
을까지도 ◇金鞍白馬猶未還(금안백마유미환)=좋은 안장의 흰 말이 아직 돌아오지 않
았다. 호사스런 치장을 한 사랑하는 사람이 아직 돌아오지를 않았다. ◇비록 니젓시
나=비록 잊고 있으나 ◇幸(행)여 올가=행여나 돌아올까?

■ **통석(通釋)**   나라고 해서 님을 아니 두었겠느냐? 사랑도 바쳤다.

배꽃이 핀 봄철에 집을 나간 님이 말달리고 닭싸움하는 놀이에 빠져
놀며 다니다가 좋을 시절 다보내고 날이 저문 날에 국화와 단풍이 다 지
는 가을이 되도록 사랑하는 사람은 아직도 돌아오지를 않았다.

두어라, 님은 비록 잊었는지 모르겠으나 휘장을 둘러친 창에 긴긴 밤
이지만 행여나 돌아올까 기다린다.

277.

늬가 죽어 이져야 오르냐 네가 자라 평싱에 그리워야 올타 ᄒ랴

죽어 잇기도 어렵써니와 사라 싱니별 더욱 셜자

차라로 늬 먼뎌 죽어 도라갈셰 네 날 긔리워라.

(南太 112)

이져야 오르냐=잊어버려야 옳으냐? ◇자라='사라'의 잘못 ◇올타 ᄒ랴=옳다고 하

랴? ◇셜짜=서럽다. ◇차라로=차라리 ◇도라갈쎄 네 날 긔리워라=죽을 터이니 네가
나를 그리워해라.

■**통석(通釋)** 내가 죽어 잊어야 옳으냐. 네가 살아서 평생을 두고 그리워해야 옳다
고 하랴.
죽어서 잊기도 어렵거니와 살아서 생이별은 더욱 서럽다.
차라리 내가 먼저 죽어서 먼저 갈 것이니, 네가 나를 그리워해라.

278.

노새 노새 미양 쟝식 노새 낫도 놀고 밤도 노새

壁上의 그린 黃鷄 수둙이 뒤 ㄴ래 탁탁 치며 긴 목을 느리워셔 홰홰 쳐 우
도록 노새그려

人生이 아츰 이슬이라 아니 놀고 어이리.   (靑珍 516)

노새=놉시다. ◇매양 쟝식=매양(每樣) 쟝식(長息). 언제나 항상 ◇壁上(벽상) 그린
黃鷄(황계) 수둙이=벽에 붙어 있는 그림 속의 누런 수탉이 ◇뒤 ㄴ래=뒷날개 ◇느리
워셔=길게 빼서 ◇우도록 노새그려=울 때까지 놉시다그려 ◇아츰 이슬이라=아침의
이슬과 같아서. 아주 짧은 시간과 같아서.

■**통석(通釋)** 노세, 노세, 어느 때나 항상 노세, 낮에도 놀고 밤에도 노세.
벽에 붙어 있는 그림 속의 누런 수탉이 뒷날개를 탁탁 치며 긴 목을
빼서 홰홰 소리치며 울 때까지 놉시다그려.
사람 산다는 것이 아침 이슬과 같이 잠깐이니 아니 놀고 어찌하겠느
냐?

279.

누리쇼셔 누리쇼셔 만천세를 누리쇼셔

무쇠 기동에 뭊 푸여 열음 열어 ᄯ드리도록 누리쇼셔

그남아 억만세 밧게 ᄯ 만세를 누리쇼셔.   (女唱歌謠錄 68)

누리쇼셔=누리옵소서. ◇만천세=만천세(萬千歲). 천년만년 ◇무쇠 기동에 뭊 푸여

=무쇠로 만든 기둥에 꽃이 피어 ◇열음 열어 ᄯᅳ드리도록=열매가 열려 따 들일 때가 되도록 ◇그남아=그나마 ◇밧게=밖에. 지나.

■ 통석(通釋)   누리옵소서, 누리옵소서. 천년만년을 누리옵소서.
         무쇠 기둥에 꽃이 피어 열매가 열려 딸 때가 되도록 누리옵소서.
         그나마 억만 년을 넘어 또 만 년을 누리옵소서.

280.
늙기 셜웨란 말이 늙은의 妄伶이로다
天地江山은 無限長이요 人之定命은 百年間이니 셜웨라 ᄒᆞ는 말이 아모려도
妄伶이로다
두어라 妄伶엣 말을 우어 무슴ᄒᆞ리오.   (海周 535) 金壽長

늙기 셜웨란 말=늙기가 서럽다고 하는 말 ◇忘伶(망령)='忘靈(망령)'의 잘못. ◇人
之定命(인지정명)=사람에게 주어진 목숨 ◇우어 무슴ᄒᆞ리오=웃어 무엇 하랴.

■ 통석(通釋)   늙기가 서럽다고 하는 말이 늙은이들의 망령이다.
         천지와 강산은 무한정 계속되고 사람에게 정해진 목숨은 기껏 백 년
         이니 서럽다고 하는 말이 아무래도 망령이다.
         두어라, 망령된 말을 웃어 무엇 하랴.

281.
님과 나와 브듸 둘이 離別 업씨 사쟈 ᄒᆞ엿던이
平生 離別 險因緣이 잇셔 離別로 구틔여 여희연졔고
明天이 에엿비 넉이셔 離別 업쎄 ᄒᆞ쇼셔.   (海一 518)

브듸=부디 ◇사쟈=살자고 ◇險因緣(험인연)이 잇셔=험악한 인연이 있어서. 나쁜
인연이 있어서. ◇구틔여 여희연졔고=억지로 헤어졌구나. ◇明天(명천)=모든 사정을
잘 아는 하느님 ◇에엿비 넉이셔=불쌍하게 여기시어.

■ 통석(通釋)   님과 나와 부디 둘이서 이별 없이 함께 살자고 하였더니,

평생 이별이란 험악한 인연이 있어서 이별로 구태여 헤어졌구나.

사정을 잘 아시는 하느님이 불쌍히 여기시어 이별만은 없게 하십시오.

282.

님 그려 깁피 든 病을 엇지ᄒᆞ여 곳쳐닐고

醫員 請ᄒᆞ여 命藥ᄒᆞ고 쇼경 무당 온갖 일 흔들 相思로 드러 骨髓에 박히인

모진 病이 ᄒᆞ릴쇼냐

졈임아 널노 든 病이니 네 곳칠가 ᄒᆞ로라.   (慶大本歌集 311)

엇지ᄒᆞ여 곳쳐닐고=어떻게 하여 고쳐낼까? ◇命藥(명약)ᄒᆞ고=약 처방을 받고 ◇
모진=정도가 심한 ◇모진 病(병)이 ᄒᆞ릴소냐=고치기 힘든 병이 낫겠느냐? ◇졈임아
='져임아'의 잘못 ◇널노 든=너 때문에 든 ◇네 곳칠가 ᄒᆞ로라=네가 고칠 수가 있을
까 한다.

■ **통석(通釋)**   님을 그리워하여 깊이 든 병을 어떻게 하면 고칠까

　　　　　　　의원을 청하여 처방을 받고 소경이나 무당을 불러 온갖 것들을 해본

　　　　　　　들 상사로 병이 들어 골수에 박힌 모진 병이 낫겠느냐

　　　　　　　저 님아 너 때문에 든 병이니 네가 고칠 수 있는 것이 아닌가 한다.

283.

님 그려 깁히 든 病을 무슴 藥으로 고쳐닐고

太上老君 草還丹과 西王母의 千年蟠桃 洛伽山 觀世音 甘露水와 晉元子의 人

蔘果며 三山十洲 不死藥을 아무만 먹은들 하릴소냐

아마도 그리던 님을 만나량이면 긔 良藥인가 ᄒᆞ노라.   (靑六 675) 金時慶

그려=그리워하여 ◇太上老君(태상노군)의 草還丹(초환단)='초환단'은 '招魂丹(초혼
단)'의 잘못인 듯. 태상노군은 도가(道家)에서 노자(老子)를 존칭하는 말. 초혼단은
죽은 사람의 혼을 불러 다시 살아나게 한다는 약 ◇西王母(서왕모)의 千年蟠桃(천년
반도)=서왕모가 가졌다는 복숭아. 삼천 년에 한 번씩 열매가 열린다는 전설의 복숭
아. 먹으면 장수한다고 한다. ◇洛伽山(낙가산)='伽(가)'는 '迦(가)'의 잘못. 동해 가운
데 있고 관음대사가 화현(化現)했다고 하는 곳 ◇觀世音(관세음)=자비의 화신이라고

하는 보살 ◇甘露水(감로수)=도리천(忉利天)에 있는 달콤한 영액(靈液). 한 방울만 먹어도 온갖 괴로움이 없어지고 영생할 수 있다고 한다. ◇眢元子(진원자)의 인삼과(人蔘果)=진원자의 인삼과. 진원자는 양(梁)나라의 원효서(阮孝緒)를 가리키는 듯. 산삼을 구하여 어머니의 병을 고쳤다고 한다. ◇三山十洲(삼산십주)=삼신산(三神山)과 십주(十洲). 삼신산은 발해(渤海)에 있는 신선이 산다는 봉래산(蓬萊山), 방장산(方丈山)과 영주산(瀛洲山). 십주는 신선이 산다고 하는 열 개의 섬으로 조주(祖洲), 영주(瀛洲), 현주(玄洲), 염주(炎洲), 장주(長洲), 원주(元洲), 유주(流洲), 생주(生洲), 봉린주(鳳麟洲)와 취굴주(聚窟洲) ◇하릴소냐=낫겠느냐? ◇만나랑이면=만나게 되면.

■ **통석(通釋)** 님을 그리워하여 깊이 든 병을 무슨 약으로 고칠까?

태상노군의 초혼단과 서왕모의 천년반도, 낙가산 관세음의 감로수, 진원자의 인삼과, 삼신산과 십주에 있다는 불사약을 아무리 먹은들 이 병이 낫겠느냐?

아마도 그리워하던 님을 만나게 되면 그것이 곧 좋은 약이 아닌가 한다.

284.

님이 가오실 제 爐口 네흘 주고 가니

오노구 가노구 그리노구 여희노구

이직는 그 노구 다 흔 듸 모아 가마나 질가 흐노라.　　　　(瓶歌 747)

가오실 제=가실 때 ◇爐口(노구)=노고. 노구솥. 놋쇠나 구리로 만든 작은 솥. 여기서는 솥이 아니다. ◇네흘=넷을 ◇오노구 가노구 그리노구 여희노구=오고 가고 그리워하고 이별하고 ◇다 흔 듸 모아 가마나 질가=다 한 곳에 모아 가마솥이나 때울까. 만들까.

■ **통석(通釋)** 님이 가실 때에 노구솥 네 개를 주고 가니

오고 가고 그리워하고 이별하고

이제는 그 노구솥을 다 한 곳에 모아 가마솥이나 만들까 한다.

285.

님이 가오실 졔 노고 네을 두고 가니

오노고 가노고 보뇌노고 그리노고

그 中에 가노고 보뇌노고 그리노고란 다 몰속 씌쳐바리고 오노고만 두리라.

(靑六 977)

몰속 씌쳐바리고=전부 깨 부숴버리고.

■ **통석(通釋)** 님이 가실 때에 노구솥 네 개를 두고 가니

오고 가고 보내놓고 그리워하고

그 가운데 가고 보내놓고 그리워하고는 모두 다 깨어버리고 오고만
두겠다.

286.

다려가거라 쓸어가거라 나를 두고선 못 가느니라 女必은 從夫릿스니 거저
두고는 못 가느니라

나를 바리고 가랴 ᄒ거든 靑龍刀 잘 드는 칼노 요츔이라도 ᄒ고서 아뤼 토
막이라도 가져가소 못 가느니라 못 가느니라 나를 바리고 못 가느니라 나를
바리고 가랴 ᄒ거든 紅爐火 모진 불에 살울 터이면 살우고 가소 못 가느니라
못 가느니라 그저 두고는 못 가느니라 그저 두고서 가랴 ᄒ거든 廬山瀑布 흘
으는 물에 풍덩 더지기라도 ᄒ고서 가소 나를 바리고 가는 님은 五里를 못 가
서 발病이 나고 十里를 못 가서 안즌방이 되리라

츰으로 任 싱각 그리워서 나 못살겠네.

(樂高 920)

女必(여필)은 從夫(종부)릿스니=여인네는 반드시 지아비를 따른다고 했으니 ◇거
저=그냥 ◇요츔이라도=요참(腰斬)이라도. 허리를 자르고서라도 ◇紅爐火(홍로화) 모
진 불에=시뻘겋게 타오르는 화롯불에 ◇살울 터이면 살우고=태워버릴 터이면 태우
고 ◇廬山瀑布(여산폭포)=중국 강서성(江西省) 구강부(九江府)에 있는 여산의 폭포
◇더지기라도 ᄒ거서=던지기라도 하고서 ◇안즌방이 되리라=앉은뱅이가 될 것이다.

■ **통석(通釋)** 데리고 가거라 끌고라도 가거라. 나를 두고는 못 간다. 여인네는 반드
시 지아비를 따른다고 했으니 그냥 두고는 못 간다.

나를 버리고 가겠거든 청룡도 날카로운 칼로 허리를 잘라 아래 토막 이라도 가져가라 못 간다 못 간다 나를 버리고는 못 간다 나를 버리고 가겠거든 시뻘건 화롯불에 태우겠거든 태우고 가라 못 간다 그냥 두고 는 못 간다 그냥 두고 가겠거든 여산 폭포 흐르는 물에 풍덩 던지기라도 하고 가라. 나를 버리고 가시는 님은 오 리를 못 가서 발병이 나고 십 리를 못 가서 앉은뱅이가 될 것이다.

참말로 님 생각이 그리워서 나 못살겠다.

287.

도련님 날 보시려 홀 제 피나모 굽격지에 잣징 박아주마터니

도련님 날 보신 後는 굽격지는 ᄏ니와 헌 신짝 ᄒ나토 나 몰늬라

이 後란 도련님 날 보고 눈 금적홀 제 나는 입을 빗쥭 ᄒ리라.　　　　(樂高 628)

보시려 홀 제=만나자고 할 때에. 사정을 알려고 할 때에 ◇피나무 굽격지에=피나 무로 만든 굽이 달린 나막신에 ◇잣징 박아주마터니=작은 징을 박아준다고 하더니 ◇ᄏ니와=커녕.

■ **통석(通釋)**　　도련님이 나를 만나자고 할 때 피나무로 만든 굽이 달린 나막신에 작 은 징을 박아준다고 하더니

도련님이 나를 만난 다음에는 굽 달린 나막신은 커녕 헌신짝 하나도 나 몰라라 하는구나.

이후에는 도련님이 나를 보고 눈을 끔적할 때면 나는 입을 삐쭉하고 응하지 않겠다.

288.

며누리 어질기도 내 아달에 잇고

며누리 不孝도 내 아다리 어질면 며누리 제 사오날가

아마도 며누리 善惡이 다 내 아달의 所爲로다.　　　　(啓明大 靑丘永言 429) 朴良佐

어질기도=어진 것도 ◇아달에 잇고=아들이 하기에 있고 ◇제 사오날가=제가 사 나울까? ◇所爲(소위)=하는 일. 할 탓이다.

■ **통석(通釋)** 며느리가 어진 것도 내 아들이 하기 나름에 있고

며느리가 불효하는 것도 내 아들이 어질면 며느리 제가 사나우랴?

아마도 며느리가 착하고 악한 것도 다 내 아들이 할 탓이다.

289.

모시를 이리져리 삼아 두로 삼아 감삼다가

가다가 한가온대 쪽 근쳐지거늘 晧齒丹脣으로 홈샐며 감샐며 纖纖玉手로 두 긋 마조 자바 뱌븨여 니으리라 져 모시를

엇더타 이 人生 긋처갈 제 져 모시쳐로 니으리라.   (靑珍 538)

삼아=삶아 ◇두로=두루. 골고루 ◇감삼다가=충분히 삶다의 뜻인 듯 ◇晧齒丹脣
(호치단순)=하얀 이와 붉은 입술 ◇홈샐며=입술을 오므리어 빨며 ◇감샐며=감칠 맛
이 있게 빨며 ◇纖纖玉手(섬섬옥수)=가냘프고 고운 여자의 손 ◇두 긋 마조 자바 뱌
븨여 니으리라=두 끝을 마주 잡아 이으리라. ◇엇더타=어쩌다 ◇긋처갈 제=죽을 때
에 ◇모시쳐로 니으리라=모시처럼 이으리라.

■ **통석(通釋)** 모시를 이렇게도 저렇게도 삶아 골고루 삶아 푹 삶았다가

가다가 한가운데가 똑 끊어지거늘 하얀 이와 붉은 입술로 오므리며
빨다가 감칠맛 있게 빨며 부드럽고 고운 손으로 두 끝을 마주 잡아 비벼
서 끊어진 것을 이으리라 저 모시를

어쩌다 우리 사람들도 인연이 끊어져갈 때면 저 모시처럼 이으리라.

290.

문 압픠 가는 물이 대제로 흘러 든다

쬘가다 져 물ㄱ예 갓근 싯고 브라보이 가는 것도 져 물니오 잇는 것도 져
물이라

셩닌의 일른 말슴 물보기도 술이 닛다 ㅎ신이라.   (愛景言行錄) 南極曄

가는=흘러가는 ◇대제로 흘러 든다=대제(大堤, 큰 방죽)로 흘러 들어간다. ◇쬘가
다 져 물ㄱ예=맑다, 저 물가에 ◇갓근 싯고 브라보이=갓끈을 씻고 바라보니 ◇셩닌
의 일른 말슴=성인(聖人)이 하신 말씀에 ◇물보기도 술이 닛다 ㅎ신이라=물을 바라

보는 것도 기술(技術)이 있다고 하시더라.

■ 통석(通釋)　문 앞에 흘러가는 물이 큰 방죽으로 흘러드는구나.

맑구나, 저 물에 갓끈을 씻고 바라보니 흘러가는 것도 저 물이요 고여 있는 것도 저 물이다.

성인이 하신 말씀에 물을 구경하는 것도 방법이 있다고 하시더라.

291.

물네는 줄노 돌고 수리는 박희로 돈다

山陳이 水陳이 海東蒼 보라미 두 죽지 녑희 쯰고 太白山 허리를 안고 도는구나

우리도 그리던 任 만나 안고 돌까 ㅎ노라.　　　　　　　　　(靑六 736)

물네는 줄노 돌고=물레는 줄(끈)로 돌고　◇수리는 박희로=수레는 바퀴로　◇山陳(산진)이=산에서 자란 야생 매　◇水陳(수진)이='水(수)'는 '手(수)'의 잘못. 사람의 손에서 자란 매　◇海東蒼(해동창)='海東靑(해동청)'의 잘못. 송골매　◇보라미=그해에 난 새끼를 길러 사냥에 쓰는 매　◇두 죽지 녑희 쯰고=양쪽 날갯죽지를 펴지 않고.

■ 통석(通釋)　물레는 줄로 돌아가고 수레는 바퀴로 굴러간다.

산에서 자란 매와 사람 손에서 자란 매와 해동청 보라매가 두 날갯죽지를 펴지 않고서도 태백산 허리를 안고 빙빙 도는구나.

우리도 그리워하던 님을 만나 껴안고서 돌까 한다.

292.

뮈온 님 촉 직어 물리치는 갈골아쟝쟐이

고온 님 촉 직어 나옷친은 갈골아쟝쟐이 큰 갈골아쟝쟐이 쟉은 갈골아쟝쟐이 흔 듸 들어 넘는이 어늬 갈골아쟝쟐이 갑 만흐며 쏘 언의 갈골아쟝쟐이 갑 적은 줄 알리

아마도 고온 님 촉어 나오치는 갈골아쟝쟐이는 금 못칠까 ㅎ노라. (海一 559)

뮈온=미운 ◇촉 직어=꼭 찍어 ◇갈골아쟛잘이=갈고랑이 ◇나웃친은=내치는 ◇흔 디 들어 넘는이=한곳에 들어와 넘실대느니 ◇갑 만흐며=값이 많으며 ◇촉어='촉직 어'의 잘못 ◇금 못칠싸=값을 따질 수 없을까.

■ **통석(通釋)** 뮈운 님을 꼭 찍어 물리치는 갈고랑이

고운 님을 꼭 찍어 낚아채는 갈고랑이 큰 갈고랑이 작은 갈고랑이 한 곳에 들어 넘나드니 어느 갈고랑이가 값이 많으며 어느 갈고랑이가 값 이 적은 줄을 알랴.

아마도 고운 님 꼭 찍어 낚아채는 갈고랑이는 값을 따질 수 없을까 한다.

293.

믯남진 그놈 紫驄 벙거지 쓴 놈 소딕書房 그놈은 삿벙거지 쓴 놈 그놈
믯남진 그놈 紫驄 벙거지 쓴 놈은 다 뷘 논에 졍어이로되
밤中만 삿벙거지 쓴 놈 보면 싈별 본 둣ㅎ여라.   (靑六 830)

믯남진=본남편 ◇紫驄(자총)=자줏빛 말총. 말총은 말의 꼬리나 갈기의 털 ◇벙거 지=모자. 남자의 성기를 가리킨다. ◇소딕書房(서방)=샛서방 ◇삿벙거지=삿갓모양의 벙거지 ◇다 뷘 논에 졍어이로되=추수가 끝난 논에 서 있는 허수아비와 같지만. 쓸 모가 없지만 ◇싈별=샛별.

■ **통석(通釋)** 본남편 그놈은 자줏빛 말총으로 만든 벙거지를 쓴 것 같은 놈이고 샛 서방 그놈은 삿갓 벙거지를 쓴 것 같은 놈 그놈이다.

본남편 그놈, 자줏빛 말총으로 만든 벙거지를 쓴 놈은 추수를 다 끝 낸 논에 서 있는 허수아비와 같이 쓸데가 없는데

밤중에 삿갓 벙거지를 쓴 그놈만 보면 마치 샛별을 본 듯하여라.

294.

믯난편 廣州ㅣ 뿟리뷔 쟝ᄉ 쇼대 난편 朔寧 닛뷔 쟝ᄉ
눈경에 거론 님은 쑤닥쑤닥 쑤드려 방망치 쟝ᄉ 돌호로 가마 홍도ᄱᅢ 쟝ᄉ
븽븽 도라 물레 쟝ᄉ 우물젼에 치ᄃ라 ᄀ댕ᄀ댕ᄒ다가 워렁충창 풍 쌔져 물
듬북 쩌내ᄂᆞᆫ 드레곡지 쟝ᄉ

어듸가 이 얼올 가지고 죠리 쟝亽를 못 어드리.　　　　　　(靑珍 565)

廣州(광주)=경기도의 시명(市名) ◇朔寧(삭녕)=경기도 연천과 장단 사이에 있던 곳의 지명 ◇닛뷔=잇으로 만든 비. 잇은 풀꽃을 가리킨다. ◇눈경에 거론=눈짓에 걸린. 눈짓에 걸려든 ◇돌호로 가마=도로로 감아 ◇도라=돌아 ◇우물젼에 치드라=우물가에 뛰어가 ◇듬북 떠내는=듬북 떠올리는 ◇드레곡지=두레박꼭지 ◇얼올='얼골'의 잘못 ◇죠릐=조리. 조리는 쌀을 이는 기구 ◇못 어드리=못 얻으랴.

■ **통석(通釋)**　　본남편은 광주 싸리비 장사 샛남편은 삭녕 잇비 장사
　　　　　　눈짓이 걸린 님은 뚜닥뚜닥 두르려 방망이 장사 도로로 감아 홍두깨
　　　　　　장사 빙빙 돌아 물레 장사 우물가에 달려가 간댕간댕하다가 워렁충창
　　　　　　빠져 물 듬뿍 떠내는 두레꼭지 장사
　　　　　　어디 가서 이 얼굴 가지고 조리 장사를 못 얻겠느냐?

295.
바독이 검동이 靑揷沙里中에 조 노랑 암캐ㅈㅊ치 얄믭고 잣믜오랴
믜온 任 오게 되면 꼬리를 회회 치면 반겨 늿닷고 고은 任 오게 되면 두 발을 벗씌듸고 코쐴을 씽그리며 무르락 나오락 캉캉 즛는 요 노랑 암캐
잇틋날 門밧긔 기 亽옵싀 웨는 匠事 가거드란 찬찬 동혀 늬야쥬리라.
　　　　　　　　　　　　　　　　　　　　　　　　　　(靑六 740)

靑揷沙里中(청삽사리중)=검은 삽살개 가운데 ◇잣믜오랴=잣달게 미우랴. ◇회회치면 반겨 늿닷고=홰홰 치면서 반기며 뛰어가고 ◇벗씌듸고=벋디디고. 발에 힘을 주어 딛고 ◇코쐴=콧살. 코를 찡그릴 때 생기는 주름 ◇기 亽옵싀 웨는='개 사시오' 하고 외치는 ◇匠事(장사) 가거드란=장사꾼 가게 되면 ◇늬야쥬리라=내어주겠다.

■ **통석(通釋)**　　바둑이 검둥이 검은 삽살개 가운데서 저 노랑 암캐처럼 얄밉고도 잣
　　　　　　달게 미우랴.
　　　　　　믜운 님이 오면 꼬리를 홰홰 치며 반겨서 내뛰고 고운 님이 오면 두
　　　　　　발을 뻗치고 콧살을 찡그리며 물려고 뛰쳐나오려고 컹컹 짖는 저 노랑
　　　　　　암캐.

이튿날 문 밖에 "개 파시오" 하고 외치는 장사꾼 가거들랑 찬찬 동여
내어주겠다.

296.

브람 불 줄 알이 불 줄 믈결로 알지로다
비 올 줄 알이 올 줄 구룸결노 알지로다
각씨임이 내 말 드를 줄 알이 드를 줄 눈씨로 알지로다.

(啓明大本 靑丘永言 248)

불 줄 알이 불 줄=불지 아니 불지를 ◇알지로다=알 수 있다. ◇구룸결=구름의 무
늬. 구름의 모양새 ◇드를 줄 알이 드를 줄=들을지 아니 들을지를 ◇눈씨=눈치.

■ **통석(通釋)**　바람이 불 것인지 아니 불 것인지를 물결로 알 수 있다.
　　　　　　비가 올 것인지 아니 올 것인지를 구름결로 알 수 있다.
　　　　　　각씨님이 내 말을 들을 것인지 아니 들을 것인지를 눈치로 알 수 있
　　　　　　다.

297.

浮虛토 아닌 내오 섭겁도 아닌 내오
긔쏭 天下야 興盡커든 불인 내오
千里馬 絶代佳人은 내 아니 주엇거든 졔 뉘라셔 가뎌가리.(寅諷)　　(權樂 94)

浮虛(부허)도 아닌=들떠서 허황되지도 않은 ◇아닌 내오=아니한 나이오. 않은 나
요 ◇섭겁도=나약하지도. 싱겁지도 ◇긔쏭=그까짓 ◇興盡(흥진)커든=흥미가 다하였
거든 ◇불인=버린. 포기한 ◇졔 누라셔 가뎌가리=그 누구라 가져가겠느냐?

■ **통석(通釋)**　들떠 허황되지도 않은 나요, 나약하지도 않은 나이다.
　　　　　　그까짓 세상의 모든 것들은 흥미가 다하면 포기해버린 나요.
　　　　　　천리마와 절대가인은 내가 내주지도 않았거든 그 누가 가져가랴.

298.

北邙山川이 긔 엇더ᄒ여 古人이 다 가ᄂ고

秦始皇 漢武帝도 採藥求仙ᄒ여 브ᄃᆡ 아니 가려터니

엇덧타 驪山風雨와 武陵松栢은 어ᄃᆡ라고 가거니.　　　　　　(古今歌曲 272)

北邙山川(북망산천)=북망산과 같은 말. 북망산은 중국 하남성 낙양(洛陽) 북쪽에 있는 산. 후한(後漢)의 능(陵)들과 당송(唐宋) 때 명신(名臣)의 묘가 많다. 일반적으로 '무덤이 많은 곳, 사람이 죽어서 가는 곳', 공동묘지의 뜻으로 쓰인다. ◇긔 엇더ᄒ여=그곳이 어떻기에 ◇秦始皇(진시황)=천하를 통일하고 나라 이름은 진(秦)이라 했고, 스스로 시황제(始皇帝)라 했다. ◇漢武帝(한무제)=한(漢)나라 무제. 이름은 유철(劉徹), 연호를 처음 썼으며 외적을 치고 유교를 펴는 등 국위를 내외에 빛냈다. 능은 섬서성 무릉(茂陵)에 있다. ◇採藥求仙(채약구선)ᄒ여=불사약을 구하고 신선술(神仙術)을 익혀 오래 살려고. 진시황은 불사약을 구하기 위해 삼신산으로 서불(徐市)을 보낸 일이 있고, 한무제는 장생하려고 승로반(承露盤)에 이슬을 받아 마신 적이 있다. ◇브ᄃᆡ=꼭. 아무쪼록 ◇驪山風雨(여산풍우)와=여산의 비바람과. 여산은 진시황의 무덤이 있는 곳. 여산에 묻혀 있음을 말한다. ◇茂陵松栢(무릉송백)은=무릉의 소나무와 잣나무는. 무릉은 한무제의 무덤이 있는 곳이다. ◇가거니=갔느냐?

■ **통석(通釋)**　　북망산천이 그 어떠한 곳이라 옛날 사람들이 다 가는가?

　　　　　　진시황과 한무제도 불사약을 캐 오도록 하였고 신선술을 익혀 아무쪼록 죽지 않으려고 하더니

　　　　　　어쩌다 여산의 비바람과 무릉의 소나무와 잣나무 속을 어디라고 갔느냐?

299.

不如歸 不如歸 ᄒ며 슬피 우ᄂ 져 杜鵑아

두 나ᄅᆡ 가지고셔 어ᄃᆡ 못 가 우지ᄂ다

우리ᄂ 네 ᄂᆞᆯ기 가젓고져 우닐 줄 이시랴.　　　　　　(海我愁 116)

不如歸(불여귀) ᄒ며=돌아갈 수 없다고 하며. '불여귀'는 접동새 울음소리를 표현한 말이다. ◇우지ᄂ다=우짖느냐? ◇네 ᄂᆞᆯ기 가젓고져=너의 날개를 가졌다면 ◇우닐

줄 이시랴=울 까닭이 있겠느냐?

■ **통석(通釋)** 불여귀 불여귀 하며 슬프게 우는 저 두견새야
　　　　　　　두 날개를 가졌으면서도 어디라도 못 가고 우짖느냐?
　　　　　　　우리는 네 날개를 가졌다면 울 까닭이 있겠느냐?

300.

붓체 몃 가지니 尾扇 扇子 두 가지라

扇子는 君子 袖中 四節이요 尾扇은 兒女子之夏三朔이라

閣氏님 尾扇 부대 바리고 扇子 대쇼.　　　　　　　　　　(樂府(羅孫本) 591)

　　붓체=부채　◇尾扇(미선)=자루가 달린 부채　◇扇子(선자)=접는 부채. 합죽선(合竹扇)　◇袖中(수중) 四節(사절)이요=소매 속에 일 년 내내 있고요.　◇兒女子之夏三朔(아녀자지하삼삭)=아녀자의 손에서 여름 석 달 동안　◇부대 바리고=제발 버리고　◇대쇼=쓰시오. 준비하시오.

■ **통석(通釋)** 부채가 몇 가지냐, 자루가 달린 부채와 합죽선의 두 가지다.
　　　　　　　합죽선은 군자의 소매 속에서 사철이요 자루 달린 부채는 아녀자의
　　　　　　　손에서 여름 석 달 동안이다.
　　　　　　　각시님 자루 달린 부채를 제발 버리고 합죽선을 쓰시오.

301.

思郎思郎 고고이 ᄆᆡ친 思郎 왼 바다를 두로 덥ᄂᆞᆫ 그물 ᄀᆞᆺ치 ᄆᆡ친 思郎

往十里 踏十里라 츔외 너출 슈박 너출 얼거지고 트러져셔 골골이 버더가ᄂᆞᆫ 思郎

아마도 이 님의 思郎은 ᄭᅳᆺ 간 듸를 몰나 ᄒᆞ노라.　　　　　　　(甁歌 948)

　　고고이 ᄆᆡ친=(그믈)코처럼 촘촘이 맺힌　◇두로 덥ᄂᆞᆫ=두루 덮는. 다 덮는　◇往十里(왕십리) 踏十里(답십리)=서울 도심지 동쪽에 있는 마을　◇너출=넝쿨　◇얼거지고 트러져셔=얽히고설켜서　◇골골이 버더가ᄂᆞᆫ=고랑마다 뻗어가는　◇ᄭᅳᆺ 간 듸를 몰나=끝이 간 곳을 몰라. 끝나는 곳을 몰라.

■ **통석(通釋)**   사랑 사랑 그물코같이 맺힌 사랑, 온 바다를 두루 다 덮을 수 있는 그
           물처럼 맺힌 사랑.

           왕십리와 답십리의 참외 넝쿨 수박 넝쿨처럼 얽히고설켜서 고랑마다
뻗어가는 사랑.

           아마도 이 님의 사랑은 끝나는 곳을 모르겠다.

302.

世上 富貴人드리 人生을 둘만 너겨두고 쓰 두고 먹고 놀 줄 모로는고

먹고 놀 쥴 모로거던 죽을 쥴을 어이 알니 石崇이 쥭어갈 제 무슨 寶貨 가
져가며 劉伶의 무덤 우희 어닉 술이 이르던고

ᄒ믈며 靑春日將暮ᄒ되 桃花ㅣ 亂落ᄒ니 이가치 죠흔 ᄶᅵ에 아니 놀고 어이
ᄒ리.
                                               (靑六 725)

너겨두고=여겨두고, 생각해두고 ◇어이 알니=어찌 알겠느냐? ◇어닉 술이 이르던
고=어떤 술이 이르던가? ◇靑春日將暮(청춘일장모)ᄒ되=화창한 봄날이 장차 저물어
가는데 ◇亂落(난락)ᄒ니=어즈러이 날리니 ◇이가치 죠흔 ᄶᅵ에=이처럼 좋은 시절에
◇어이ᄒ리=어쩌랴. 어찌하랴.

■ **통석(通釋)**   세상의 부귀한 사람들이 인생을 둘 있는 것으로 생각하여 저축하고
           또 저축하고서 먹고 놀 줄은 왜 모르는가?

           놀 줄을 모르니 죽을 줄을 어찌 알겠느냐? 석숭이 죽을 때 무슨 보화
를 가져가며 유령의 무덤에 어느 누가 술을 주더냐?

           하물며 화창한 봄날이 다 가고 복숭아꽃이 어지럽게 날리니 이처럼
좋은 때에 아니 놀고 어찌하랴.

303.

싀어마님 며느라기 낫바 벽 바흘 구루지 마오

빗에 바든 며느린가 갑세 쳐오 며느린가 밤나모 서근 들걸에 휘초리 나니ᄀᆞᆺ
치 알살픠선 싀아바님 볏 뵌 쇳동 ᄀᆞᆺ치 되죵고신 싀어마님 三年 겨론 망태에
새 송곳부리 ᄀᆞᆺ치 쏙족ᄒ신 싀누으님 당피 가론 밧틔 돌피 나니 ᄀᆞᆺ치 싀노란

윗곳 ᄀᆞ튼 피똥 누ᄂᆞ 아들 ᄒᆞ나 두고

건 밧틔 멋곳 ᄀᆞ튼 며ᄂᆞ리를 어듸를 낫바 ᄒᆞ시ᄂᆞᆫ고.　　　　　　(靑珍 573)

며느라기 낫바=며늘아기가 나쁘다고. 며느리가 마음에 들지 않아 ◇벽 바흘 구루지 마오=부엌 바닥을 소리가 나도록 힘주어 밟지 마시오. ◇빗에 바든=빚 대신에 받은 ◇갑세 처오=‘처오’는 ‘처온’의 잘못. 값을 따져서 데려온 ◇밤나모 서근 들걸=밤나무 썩은 등걸 ◇휘초리 나니ᄀᆞ치=가느다란 나뭇가지가 나온 것같이. 또는 나무 ◇알살픠선=앙살피우는. 또는 바짝 말라버린 ◇볏 뵌 쇳동 ᄀᆞ치 되죵고신=햇볕에 쬐여 말라버린 쇠똥같이 말라빠진 ◇겨른 망태에=결은 망태기에. 엮은 망태기에 ◇새 송곳부리=새의 부리처럼 뾰족한 송곳 ◇당피 가론 밧틔=좋은 곡식을 심은 밭에 ◇돌피 나니=돌피가 나다. 돌피는 나쁜 곡식 ◇싀노란 욋곳=샛노란 오이꽃. 보잘것 없는 것. ◇건 밧틔 멋곳=기름진 밭에 메꽃 ◇어듸를 낫바=어디를 나쁘다고. 부족하다고.

■ **통석(通釋)**　시어머님 며느리가 마음에 들지 않는다고 해서 부엌 바닥을 구르지 마시오.

　　빚 대신 받은 며느린가 값을 매겨서 사 온 며느린가 밤나무 썩은 등걸에 말라빠진 회초리같이 앙살피우는 시아버지 햇빛에 쬐어 말라빠진 쇠똥같이 말라빠진 시어머니 삼 년을 두고 엮은 망태기에 새 주둥이같이 뾰족거리는 시누님 당피를 심은 밭에 몹쓸 피처럼 외꽃처럼 보잘것없고 피똥이나 싸는 아들 하나를 두고

　　기름진 밭에 메꽃처럼 나무랄 데가 없는 며느리를 어디를 나쁘다고 하시는가?

304.

압 못셰 든 고기들아 녜 와 든다 뉘 너를 몰아다가 엿커를 잡히여 든다

北海 淸소 어듸 두고 이 못싀 와 든다

들고도 못 나ᄂᆞ 情이야 네오 닉오 다르랴.　　　　　　(甁歌 30)

압 못셰 든=앞에 있는 웅덩이에 들어온 ◇녜 와 든다=여기에 왜 들어왔느냐? ◇뉘 너를 몰아다가 엿커를=누가 너를 몰아다가 넣었거늘 ◇잡히여 든다=잡혀 들어왔

느냐? ◇淸소=맑은 소(沼). 큰 웅덩이 ◇들고도 못 나는 情(정)이야=들어오고도 못 나가는 사정(事情)이야 ◇네오 닉오=너와 내가.

■**통석(通釋)** 앞 웅덩이에 들어온 고기들아 여기에 왜 들어왔느냐, 누가 너를 몰아 다가 넣었거늘 잡혀 들어왔느냐?

넓은 북해나 맑고 큰 웅덩이를 어디에 두고 이 웅덩이에 왜 들어왔느 냐?

들어오고도 나가지 못하는 사정이야 너와 내가 다르겠느냐?

305.

어이 못 오던다 므스 일로 못 오던다

너 오는 길 우희 무쇠로 城을 ᄡᆞ고 城 안헤 담 ᄡᆞ고 담 안헤란 집을 짓고 집 안헤란 두지 노코 두지 안헤 櫃를 노코 櫃 안헤 너를 結縛ᄒᆞ여 너코 雙비목 외 걸새에 龍거북 ᄌᆞ믈쇠로 수기수기 ᄌᆞᆷ갓더냐 네 어이 그리 아니 오던다

ᄒᆞᆫ 달이 셜흔 날이여니 날 보라 올 흘리 업스랴. (靑珍 568)

어이 못 오던다=왜 못 오느냐? ◇안헤란=안에는 ◇두지 노코=뒤주 놓고 ◇櫃 (궤)=궤짝 ◇雙(쌍)배목=쌍으로 된 문고리나 걸쇠를 거는 구멍 난 못 ◇외걸새=외걸 쇠. 외짝으로 된 걸쇠. 걸쇠는 문의 빗장으로 쓰는 'ㄱ'자 모양의 쇠 ◇수기수기=꼭 꼭. 단단히 ◇어이 그리=어찌 그렇게 ◇날 보라 올 흘리 업스랴=나를 보러 올 수 있는 하루가 없겠느냐?

■**통석(通釋)** 왜 못 오느냐? 무슨 일로 못 오느냐?

네가 오는 길에 무쇠로 성을 쌓고 성 안에 담을 쌓고 담 안에는 집을 짓고 집 안에는 뒤주를 놓고 뒤주 안에 궤짝을 놓고 궤짝 안에 너를 결 박하여 놓고 쌍으로 된 문고리나 하나로 된 걸쇠에 용과 거북 모양의 자 물쇠로 단단히 잠갔더냐 어찌 그렇게 아니 오느냐?

한 달이 서른 날인데 나를 보러 올 수 있는 하루가 없겠느냐?

306.

어젯밤도 흔자 곱송글여 새오줌 자고

진안 밤도 혼자 곱숑글여 새오좀 잔이 어인 놈의 八字ㅣ가 晝夜長常에 곱숑글여셔 새오좀만 잔다

오놀은 글이든 왓신이 발을 펴 블이고 싀훤이 잘까 ᄒ노라.　　　　　(海一 576)

곱숑글여 새오좀=몸을 움츠려 새우잠. 새우잠은 새우 모양으로 구부리고 자는 잠 ◇진안=지난 ◇잔이=자니 ◇어인 놈의=어떻게 된 놈의 ◇晝夜長常(주야장상)=밤낮을 가릴 것 없이 항상 ◇싀훤이 잘까=시원스럽게 잘까. 편안하게 잘까.

■통석(通釋)　어젯밤도 혼자 몸을 움츠려 새우잠 자고
　　　　　지난밤도 혼자 몸을 움추려 새우잠을 자니 어찌 된 놈의 팔자가 밤낮 없이 항상 몸을 움츠려 새우잠만 자야 하느냐?
　　　　　오늘은 그리워하던 님이 왔으니 발을 펴고 편하게 잘까 한다.

307.

이바 편메곡들아 듬보기 가거늘 본다

듬보기 셩내여 土卵눈 부릅드고 쌔자반 나룻 거스리고 甘苔신 사마신고 다스마 긴 거리로 가거늘 보고 오롸

가기ᄂ 가더라마ᄂ 蔈古흔 얼굴에 셩이 업시 가드라.　　　　　(靑珍 531)

이바=이봐라. ◇편메곡=평평한 미역 ◇듬보기=뜸부기 ◇본다=보았느냐? ◇셩내여=성이 나서 ◇土卵(토란)눈=토란처럼 생긴 눈 ◇쌔자반=깨보숭이. 깨처럼 아주 작은 것 ◇나룻거스리고=구레나룻을 위로 올라가게 만들고. ◇甘苔(감태)신 사마신고=김으로 만든 신발 만들어 신고 ◇보고 오롸=보고 왔다. ◇蔈古(표고)흔=이울고 낡은. 바다표고와 같은 해초(海草)로 보는 견해도 있다. ◇셩이 업시=성낸 기색이 없이.

■통석(通釋)　이봐라, 평평한 미역들아 뜸부기 가는 것을 보았느냐?
　　　　　뜸부기 성을 내어 토란 같은 눈 부릅뜨고 짧은 수염 거스르고 김으로 만든 신을 만들어 신고 다시마 긴 거리로 가는 것은 보고 왔다.
　　　　　가기는 가더라만 이울고 낡은 얼굴에 성낸 기색 없이 가더라.

308.

李太白 주네랑 呼兒將出換美酒ㅎ고

姜太公 주네랑은 銀鱗玉尺 낙과녜여 安酒 담당ㅎ고 陶淵明 주네랑 五絃琴
더라 징둥덩지 타고

張子方 주네랑 鷄鳴山 秋夜月에 玉筒簫 슬피 부쇼.　　　(時調·歌詞(朴氏本) 17)

呼兒將出換美酒(호아장출환미주)ㅎ고=아이를 불러 술을 바꾸어 드리도록 하고. 이
백(李白)의 「將進酒(장진주)」의 한 구절이다. ◇銀鱗玉尺(은린옥척) 낙과녜여=번쩍이
는 큰 물고기를 낚아서 ◇安酒(안주)='按酒(안주)'의 잘못 ◇張子方(장자방)='張子房
(장자방)'의 잘못. 한나라의 책사 장량. 자방은 장량(張良)의 자 ◇鷄鳴山秋夜月(계명
산추야월)에 玉筒簫(옥통소)=계명산의 가을 달밤에 옥통소. 계명산에서 장량이 옥통
소를 불자 항우의 군대가 밤 사이에 다 도망갔다고 한다.

■ **통석(通釋)**　　이태백 자네랑은 아이를 불러 술울 바꾸어 들이도록 하고
　　　　　　　강태공 자네랑은 번쩍이는 큰 물고기를 잡아 안주를 담당하고 도연명
　　　　　　자네랑은 오현금 둥지둥 타고
　　　　　　　장자방 자네랑은 계명산 가을 달밤에 옥통소를 서글프도록 불게나.

309.

一定百年 살 줄 알면 酒色 춤다 관계ㅎ랴

힝혀 춤은 後에 百年을 못 살면 긔 아니 애도론가

人命이 在于天定이라 酒色을 춤은들 百年 살기 쉬우랴.　　　(珍青 486)

一定百年(일정백년)=살 수 있도록 정해진 나이가 백 년이다. ◇춤다=삼가다. 절제
하다 ◇힝혀=행여나 ◇애도론가=애달프지 않은가. 서럽지 않을까. ◇힝혀 춤은=행여
라도 참은 ◇人命(인명)이 在于天定(재우천정)=사람의 목숨은 이미 하늘이 정해준
것이다.

■ **통석(通釋)**　　백 년이나 살 수 있을 것 같으면 술과 여색에 빠진들 어떠랴.
　　　　　　　행여나 주색을 참은 뒤에 백 년을 못 산다면 그 어찌 애달프지 않을까?
　　　　　　　사람의 목숨이 이미 하늘이 정해준 것이니 주색을 참는다고 백 년까

지 살기가 쉽겠느냐?

310.

임은 가고 봄은 오니 芳春花柳繁華時라

꽃 피여도 임의 생각 春節 가고 夏節 오니 江岸 日日 喚愁生한데 풀만 푸르러도 임의 생각 夏節 가고 秋節 오니 秋雨梧桐落葉時라 입만 저도 임의 생각 秋節 가고 冬節 오니 白雪江山銀世界에 눈만 날여도 임의 생각

임이란 무어신지 자나깨나 깨나자나 욕망난망이요 불사이자사로다.

(雜誌(平洲本) 429)

芳春花柳繁華時(방춘화류번화시)라=꽃과 버들이 한창인 봄철이다. ◇江岸日日喚愁生(강안일일환수생)=강가에 날마다 근심만 불러온다. ◇秋雨梧桐落葉時(추우오동낙엽시)라=가을비 내리고 오동나무 잎 떨어지는 때라 ◇저도=떨어져도 ◇白雪江山銀世界(백설강산은세계)=흰 눈이 온 세상을 덮어 은빛 세계를 이루다. ◇날여도=내려도, 날리어도 ◇욕망난망=욕망난망(欲忘難忘). 잊으려고 해도 잊기 어렵다. ◇불사이자사=불사이자사(不思而自思). 생각을 않으려 해도 저절로 생각이 나다.

■ **통석(通釋)**   님은 가고 봄은 오니 봄은 꽃과 버들이 한창인 계절이다
꽃이 피어도 님의 생각 봄이 가고 여름이 오니 강가에 날마다 근심만 불러오는데 풀만 푸르러도 님의 생각 여름 가고 가을이 되니 가을비에 오동나뭇잎이 떨어지는 때라 나뭇잎만 떨어져도 님의 생각 가을이 가고 겨울이 오니 눈이 덮인 강산이 은세계를 이루어 눈만 날려도 님의 생각 님이란 무엇인지 자나깨나 깨나자나 잊으려 해도 잊기 어렵고 생각을 않으려 해도 생각이 나는구나.

311.

져 죠흔 큰 길 우히 가온대로 바로 가면

흘늬 百里를 간들 것칠 것시 이실소냐

그려도 흔 편으로 가는 이 하 만흐니 흘 일 업셔 ᄒ노라.

(金剛永言錄 7) 金履翼

죠흔 큰 길=넓고 큰 길 ◇바로 가면=곧바로 가면 ◇홀닉=하루에 ◇간들 것칠 거시 이실소냐=간다고 한들 방해가 될 것이 있겠느냐? 거리낄 것이 ◇가는 이 하 만흐니=가는 사람들이 너무 많으니.

- **통석(通釋)**　저 좋은 큰 길 위의 한가운데로 똑바로 가면
　　　　　　　하루에 백 리를 간들 방해가 될 것이 있겠느냐.
　　　　　　　그래도 한편으로 오가는 사람들이 너무 많으니 할 일이 없을까 한다.

312.

天地를 創造ᄒ고 萬物을 化育ᄒ니 上帝의 勞働이오
倫理를 尊重히 ᄒ고 道德을 培養ᄒ니 聖人의 勞働이라
至今에 社會를 組織ᄒ고 國家를 治平흠은 우리의 勞働.　　(時調演義 78) 林重桓

化育(화육)ᄒ니=자연이 만물을 생성하여 기르니 ◇上帝(상제)=옥황상제 ◇培養(배양)ᄒ니=가꾸어 기름.

- **통석(通釋)**　천지를 처음으로 만들고 만물을 만들어 기르니 옥황상제의 노동이요
　　　　　　　인간의 윤리를 존중하고 도덕을 가꾸어 기르니 성인의 노동이요
　　　　　　　지금에 사회를 만들고 나라를 잘 다스리니 우리의 노동이다.

313.

청산 귀로 구부러가는 즁니 구졀쥭장 손의 쥐고
소소리 송낙 엄지 장가락 심을 만니 쥬워 두 귀 눌너 덥퍼 쓰고 휘디장슴 실썩 씌고 빅팔염쥬 목의 걸고 알금살작 거러가며 염불ᄒ넌 져 즁아 제 잠 섯거라 말 무러 보자
가던 즁니 죽장으로 빅운을 가르치며 보지 안코 가넌구나.　　(歌詞 193)

귀로 구부러가는=귀퉁이로 휘돌아가는. 어귀로 ◇구부러가는 즁니=빙 돌아가는 중이 ◇구졀쥭장=구절죽장(九節竹杖). 마디가 여러 개인 대지팡이 ◇소소리 송낙=송락(松絡). '소소리'는 가락을 맞추기 위한 조음(調音). 송락은 소나무 겨우살이로 만든 여승이 쓰는 모자 ◇엄지 장가락 심을 만니 쥬워=엄지손가락과 가운데 손가락에

힘을 많이 주어 ◇두 귀 눌너 덥퍼 쓰고=두 귀퉁이를 눌러 덮어쓰고 ◇휘듸장슴 실 씌 씌고=휘감은 장삼(長衫)에 실로 만든 띠를 매고 또는 가느다란 띠 ◇알금살작= 살금살금 ◇제 잠=거기 잠깐.

■ **통석(通釋)** 푸른 산 귀퉁이로 휘돌아가는 중이 마디가 여러 개인 대지팡이를 손 에 쥐고

송락을 엄지와 장지에 힘을 많이 주어 두 귀퉁이를 눌러 덮어 쓰고 휘 감은 장삼에 가느다란 띠를 매고 백팔염주를 목에 걸고 살금살금 걸어 가며 염불하는 저 중아 거기에 잠깐 멈춰라. 말 좀 물어보자.

길을 가던 중이 대지팡이로 흰 구름을 가리키며 뒤도 돌아보지 않고 가는구나.

314.

草堂 뒤에 와 안자 우는 솟젹다시야 암솟젹다신다 슈솟젹다 우는 신다

空山이 어듸 업셔 客窓에 와 안져 우는다 솟젹다시야

空山이 허고만흐되 울 듸 달나 예 와 우노라.　　　　　　　　(甁歌 956)

솟젹다시=소쩍새 ◇신다=새냐? ◇우는다=우느냐 ◇허고만흐되=많고 많지만 ◇울 듸 달나=울만한 곳이 다 달라 ◇예 와=여기에 와서.

■ **통석(通釋)** 초당 뒤에 와 앉아 우는 소쩍새야 암소쩍새냐 숫소쩍새냐 우는 새냐? 울 만한 산이 어디 없어 객창에 와서 앉아 우느냐, 소쩍새야 울 수 있는 산이 많고 많지만 울 곳이 달라 여기에 와서 운다.

315.

하늘이 福 가지고 갑슬 보고 주시느니

갑시 갑시 아니라 德 닥기가 갑시오니 쟈근 德 큰 德의 德대로 福이로세

자네들 福 바드려거든 德 닥기를 힘쓰시소.　　　　　(蓬萊樂府 19) 申獻朝

갑슬 보고=값을 따져서.

■**통석(通釋)** 하늘이 복을 가지고 값을 따져보고서 주시는 것이니

값이 값이 아니라 덕을 닦는 것이 값이니 작은 덕 큰 덕에 덕을 닦는
대로 복을 받는 것이네.

자네들 복을 받으려거든 덕을 닦기에 힘쓰시오.

316.

夏四月 첫 여드릿 날에 觀燈ᄒ려 臨高臺ᄒ니

夕陽은 빗졋는딕 遠近高低는 魚龍燈 鳳鶴燈과 둘움이 남싱이며 鐘磬燈 북燈
懸燈에 水朴燈 만을燈과 蓮곳 곳에 仙童이요 鸞鳳 우희 天女ㅣ로다 빅燈 집燈
산딕燈과 闌干燈 影燈 알燈 瓶燈 壁欌燈 駕馬燈과 獅子ㅣ 탄 體适이요 虎狼이
탄 亢良哈와 七星燈 벌엇는되 東嶺에 月上ᄒ고 곳곳이셔 불을 현다 於焉忽焉
間에 燦爛도 ᄒ져이고

이 中에 月明燈明 天地明ᄒ이 大明 본 듯ᄒ여라.   (海周 547)

觀燈(관등)=음력 사월 팔일에 등을 달고 불꽃놀이 제등행렬 등을 구경하는 것 ◇
臨高臺(임고대)=높은 곳에 올라가다. ◇둘움이=두루미 모양의 등 ◇남싱이=남생이
모양의 등. 남생이는 거북 모양의 작은 짐승 ◇懸燈(현등)=걸린 등 ◇天女(천녀)=직
녀성 ◇體适(체괄)=오랑캐의 이름 ◇亢良哈(항량합)=오랑캐의 이름 ◇벌엇는되=벌려
있는데 ◇月上(월상)ᄒ고=달이 뜨고 ◇현다=켠다 ◇於焉忽焉間(어언홀언간)에=갑자
기 ◇大明(대명)=해(太陽).

■**통석(通釋)** 사월 첫 여드렛날에 등불을 구경하려고 높은 곳에 올라가니

저녁 햇빛은 비꼈는데 멀고 가깝고 높고 낮은 곳에는 어룡등 봉학등
과 두루미 남생이등이며 종경등 북등 달려 있는 등에 수박등 마늘등과
연꽃 속에 선동이요 난새와 봉새 위에 천녀로구나 배등 집등 산대등과
난간등 영등 알등 병등 벽장등 가마등과 사자를 오랑캐요 호랑이를 탄
오랑캐와 칠성등이 벌려 있는데 동쪽 마루에 달이 뜨고 곳곳에서 불을
켠다 갑자기 찬란하기도 하구나.

이 가운데 달도 밝고 등도 밝고 온 천지가 밝으니 마치 해를 본 듯하
구나.

317.

한슘아 셰 한슘아 네 어닉 틈으로 드러온다

고모장즈 셰살장즈 가로다지 여다지에 암돌져귀 수돌져귀 빈목걸새 쑥닥 박
고 龍거북 즈물쇠로 수기수기 츠엿는듸 屛風이라 덜걱 져븐 簇子ㅣ라 딕딕글
믄다 네 어닉 틈으로 드러온다

어인지 너 온 날 밤이면 즘 못 드러ㅎ노라.   (靑珍 553)

셰 한슘아=가느다란(細) 한숨아 ◇어닉=어느 ◇고모장즈=거북무늬의 장지문. 구문
(龜紋) ◇셰살장즈=창살이 가느다란 장지문 ◇가로다지=가로닫이. 가로 밀어서 여닫
는 문 ◇여다지=여닫이. 밀거나 당겨서 여닫는 문 ◇암돌져귀=암톨쩌귀. 수톨쩌귀를
끼우는 구멍이 뚫린 돌쩌귀 ◇수돌져귀=수톨쩌귀. 문틀에 박아 암톨쩌귀를 끼울 수
있도록 한 것 ◇츠엿는듸=채웠는데 ◇져븐=접고 ◇딕딕글 믄다=도르르 말겠느냐?
◇어인지=어쩐지.

■통석(通釋) 한숨아, 가느다란 한숨아. 네가 어느 틈으로 들어왔느냐?
        거북무늬 장지 가는 살 장지 가로닫이 여닫에 암톨쩌귀 수톨쩌귀
        배목걸쇠를 박고 용거북 자물쇠로 단단히 채웠는데 병풍이라고 덜컥 접
        고 족자라고 도르르 말겠느냐. 네가 어느 틈으로 들어왔느냐?
        어쩐지 네가 오는 날 밤이면 잠 못 들이 한다.

318.

흔 히도 열두 들이요 閨朔 들면 열석 쏠이라

흔 들도 셜흔 날이요 그 들 쟉으면 슴오 아흐래 금음이로다

밤 다섯 날 닐곱 쩨예 날 볼 홀리 업쓸야.   (海一 534)

閨朔(윤삭)=윤달 ◇금음=그믐. ◇날 볼 홀리=나를 만나볼 수 있는 하루가.

■통석(通釋) 한 해도 열두 달이요 윤달이 들면 열석 달이다
        한 달도 삼십 일이요 그 달이 작으면 이십구 일이 그믐이다
        밤 다섯 낮 일곱 때에 설마 날 볼 수 있는 하루가 없겠느냐?

제11장 고시조 속에 나타난 웃음

사람의 일곱 가지 감정을 칠정(七情)이라 하는데, 우리가 보통 말하는 칠정과 불교에서 말하는 칠정이 다르다. 일상적으로는 희(喜)·노(怒)·애(哀)·락(樂)·애(愛)·오(惡)·욕(欲)을 드는데 '락' 대신 '구(懼)'를 넣는 경우도 있고, 희·노·우(憂)·사(思)·비(悲)·경(驚)·공(恐)을 일컫는 경우도 있다. 불교에서는 희·노·우·구·애·증(憎)·욕을 들기도 한다.

웃음은 '희'나 '락'과 관련이 있는 행위라고 하겠다. 예전부터 '소문만복래(笑門萬福來)'라 하여 웃음이 있는 집안에 많은 복이 들어온다고 했다. 울거나 슬퍼하는 것보다는 웃는 것이 좋음은 당연한 일이다. 웃음을 나타내는 말들을 보면 좋은 감정을 나타내는 함박웃음, 너털웃음도 있지만 기분이 그렇게 좋지 않을 때 웃는 헛웃음이나 쓴웃음, 실웃음도 있고 다른 사람의 감정에 거슬리는 비웃음이나 코웃음도 있다. 한자어로 보면 미소(微笑)나 실소(失笑)가 있는가 하면 큰소리로 웃는 '가가대소(呵呵大笑)', 손바닥을 치며 웃는 '박장대소(拍掌大笑)'와 입이 찢어져라 웃는 '파안대소(破顔大笑)'가 있다. 관용어를 살피면 너무 웃다가 '배꼽이 빠진다', '턱이 빠진다'란 말이 있다. 한자어에 보면 '포복절도(抱腹絕倒)'니 '요절복통(腰折腹痛)'이니 하는 말이 있다. 개미의 허리가 잘록한 것은 너무 웃다가 허리가 부러졌기 때문이란 우스갯소리도 있다.

우리말로 웃음소리를 표현하는 말은 '하'에서 시작하여 '허·호·후·흐·히'까지 같은 말을 두 번 겹쳐 '하하'로 시작해 '허허' '호호' '후후' '흐흐' '히히'가 있으며 여기에 조음(助音)으로는 '아'에서 '어·오·우·으·이'가 쓰인다. '하하'보다는 '아하하', '후후'보다는 '우후후'가 더 크거나 깊은 느낌을 준다.

고시조에서 유일하게 웃음을 주제로 한 연시조가 있다. 조선 중기에 권섭(權燮, 1671~1759)이란 분이 「소의호(笑矣乎)」란 제목의 연시조 4수를 지었다. 오늘날 전하는 그의 시조는 모두 75수이다. 재미있는 것은 4수 가운데 네 번째 수에 들어가는 '박장대소'(拍掌大笑)를 빼고는 순수한 우리말로만 지었다는 사실이다. 첫 번째 수에서는 웃음 가운데 '흐흐'만 빠졌다. 웃음의 종류를 말한 것이다. 두 번째 수에서는 왜 웃는지를 밝혔고, 세 번째 수에서는 웃음이 나오면 웃어야 할 것이지만 웃을 수밖에 없는 일은 하지 말라고 하였다. 마지막 수에서는 웃음이 나오는 것을 참을 수 없다고 하였다.

신라 48대 경덕왕이 왕위에 오르고 난 뒤 귀가 길어져서 당나귀 귀처럼 되었다. 이를 감추고자 했지만 복건을 만드는 사람, 또는 이발사에게는 어쩔 수 없이 보여주어야 했고 소문이 날까 두려워 복건을 씌우는 일이나 이발이 끝나면 그 사람을 죽였다. 그러던 중 한 사람이 부모님이 계시니 살려달라고 애원하자 비밀을 지키라고 약속하고 살려주었다. 그 사람은 목숨을 건졌으나 하고 싶은 말을 하지 못하니 병이 났다. 점쟁이에게 물어보니 하고 싶은 말을 하지 못해서 난 병이라며 어디 가서 하고 싶은 말을 마음껏 하라고 가르쳐주었다. 그 사람은 아무도 없는 대밭에 가 마음껏 "임금님 귀는 당나귀 귀"라고 소리쳤다. 그러자 대밭에 바람이 불 때마다 "임금님 귀는 당나귀 귀"라는 소리가 울려 퍼져 결국 온 나라 백성들이 다 알게 되었다고 한다. 웃음을 참으면 병이 된다는 것을 보여주는 설화이다.

1.
笑矣乎 1
이바 우옵고야 우음도 우우올샤
우옵고 우우우니 우움 계워 못 홀노다
아마도 히히 호호 흐다가 하하 허허 홀셰라.   (玉所稿 55) 權燮

笑矣乎(소의호)=웃자. ◇이바=이 보시오 ◇우옵고야·우우올샤=우습구나. ◇계워 못 홀노다=참기 어려워 못 참겠다.

■ **통석(通釋)**　　이보시오! 우습구나, 웃음을 웃는 것도 우습구나.

우습고 우스우니 웃음을 참기 어려워 못 참겠다.

아마도 히히 호호 하고 웃다가 하하 허허 하겠구나.

2.

笑矣乎 2

하하 허허 흔들 내 우움이 졍 우움가

하 어쳑 업서셔 늣기다가 그리 되게

벗님ᄂᆡ 웃디들 말구려 아귀 쯰여디리라.　　　　　　　　　　　(玉所稿 56)

흔들=웃는다고 한들　◇졍 우움가=진정으로 웃는 것일까?　◇하 어쳑 업서셔=너무
어처구니가 없어서　◇늣기다가 그리 되게=너무 웃다가 그렇게 되었네.　◇웃디들 말
구려 아귀 쯰여디리라=웃지들 마시구려, 입이 찢어지겠다.

■ **통석(通釋)**　　하하 허허 하고 웃는다고 한들 내 웃음이 진정으로 웃는 것일까?

너무 어처구니가 없어서 웃다가 그렇게 되었네.

벗님들 웃지들 마시오, 너무 웃다가 입이 찢어지겠습니다.

3.

笑矣乎 3

아귀 쯰여딘들 우운 거슬 어이ᄒᆞ리

우운 일 슬큿 ᄒᆞ고 웃기조차 말라ᄒᆞᄂᆞᆫ

이 사람 져만 슬커든 우운 일을 말구려.　　　　　　　　　　　(玉所稿 57)

우운 거슬 어이ᄒᆞ리=우스운 것을 어찌하겠습니까?　◇슬큿 ᄒᆞ고 웃기조차 말라ᄒᆞᄂᆞ
ᄂᆞᆫ=실컷 하고 웃는 것마저 하지 말라고 하느냐?　◇져만 슬커든 우운 일을 말구려=
자기만 싫거든 웃을 일을 하지 마라.

■ **통석(通釋)**　　입이 찢어진다고 한들 우스운 것을 어찌하겠습니까?

웃을 일 마음껏 해놓고 웃는 것조차도 하지 말라고 하느냐?

이 사람아 저만 싫거든 웃을 일을 하지 마라.

4.

笑矣乎 4

아므리 마쟈 흔들 우움이 졀노 나늬

내가 이만홀제 자내늬야 다 니룰가

슬토록 히히 하하 흐다가 박쟝대쇼(拍掌大笑)흐시소.　　　　　(玉所稿 58)

아므리 마쟈 흔들=아무리 웃지 말자고 한들 ◇이만홀제=이만할 때에 ◇자내늬야
다 니룰가=자네들이야 다 말하여 무엇 하겠는가? ◇슬토록=마음껏 ◇박장대소=손뼉
을 쳐가며 크게 웃음.

■통석(通釋)　　아무리 웃지 말자고 한들 웃음이 저절로 나오네.
　　　　　　　내가 이만할 때에 자네들이야 다 오죽하겠는가?
　　　　　　　마음껏 히히 하하 하고 웃다가 손뼉을 쳐가며 큰 소리로 웃으시오.

5.

가만이 웃쟈 흐니 小人의 行實이요

허허 쳐 웃쟈 흐니 늠 撓亂이 너길셰라

우음도 是非 만흐니 暫間 츠마 보리라.　　　　　　　　　　(樂高 502)

가만이 웃쟈 흐니=소리 없이 웃자고 하니 ◇小人(소인)=도량이 좁고 간사한 사람
◇허허 쳐=크게 소리를 내어 ◇늠 撓亂(요란) 너길셰라='擾亂(요란)'이 맞음. 다른
사람들이 시끄럽고 어지럽다고 여길 것이다. ◇是非(시비) 만흐니=옳으니 그르니 하
고 말이 많으니 ◇츠마 보리라=참아보겠다.

■통석(通釋)　　웃음소리를 내지 않고 웃고자 하니 마치 소인의 행실과 같고요
　　　　　　　크게 소리 내어 웃고자 하니 시끄럽게 여길 것이다.
　　　　　　　웃음에도 시비가 많으니 웃음이 나와도 잠깐이나마 참아보겠다.

제12장 성리학과 불교를 풍자한 시조

유학(儒學)이 우리나라에 들어온 뒤에 이것을 생활의 지표로 삼는 것은 물론이고 그 기본이 되는 유학 이론이 담긴 사서(四書)나 삼경(三經)을 공부하는 것이 사람들의 생활에 무엇보다도 우선이 되었다. 공부를 계속하는 사람들은 이것을 읽고 뜻을 이해하고 그것을 바탕으로 생활인으로, 더 나가가서는 학자나 관리로 살아갔다. 배움의 어려움을 풍자하기 위해 공자(孔子)나 맹자(孟子), 그 후인들인 안자(顏子), 자사(子思), 증자(曾子) 들을 등장시켜 유학을 공부하는 과정을 항해나 여행 등에 비유하여 파도를 헤쳐 가는 돛이나 길을 가는 수레, 묵어야 할 숙소 등으로 표현하는 시조가 많이 보인다. 유학에 비해 많지는 않지만 불교도 비슷한 방식으로 시조에서 다루어지고 있다. 성리학과 불교의 순으로 수록하였다.

1.
孔子曰 孟子하면 모도 다 聖賢인가
觀音菩薩하면 모도 다 道僧인가
人生이 一場春夢이라 안이 놀갓.　　　　　　　　　　　　　(金聲玉振 29)

孔子曰 孟子(공자왈맹자)하면=도학을 열심히 공부하면 ◇모도 다 聖賢(성현)인가=모두가 다 훌륭한 성인인가? 성현이 되는가? ◇觀音菩薩(관음보살)하면=불경을 열심히 외우면 ◇道僧(도승)인가=도를 깨우친 중인가? 도승이 되는가? ◇안이 놀갓=아니 놀겠느냐?

■ **통석(通釋)** 도학을 열심히 공부하면 모두가 성인이 되는가?
불경을 열심히 외우면 모두가 도를 깨달은 중이 되는가?
사람 사는 것이 한바탕 꿈과 같은 것이니 아니 놀겠느냐?

2.

공ᄌᆞ임 시므신 나무 안증자 물을 쥬워
자사의 버든 가지 피여난니 ᄆᆡᆼ자화라
아마도 그 나무 붓도드시 리 졍쥬자신가. (歌詞 86)

공ᄌᆞ임=공자님(孔子) ◇안증자=안자(顔子)와 증자(曾子). 공자의 제자로 안자는 안회(顔回)를 증자는 증삼(曾參) ◇자사의 버든 가지=자사(子思)에게서 뻗은 나뭇가지. 자사는 공자의 손자로 이름은 급(伋). 자사는 자. 증자에게 배우고 『중용』(中庸)을 지었다고 한다. ◇ᄆᆡᆼ자화라=맹자가 피운 꽃이다(孟子花). 맹자는 전국시대 추(鄒)나라 사람으로 이름은 가(軻). 칠서(七書)의 하나인 『맹자』를 지었다. ◇붓도드시 리=북돋은 사람이 ◇졍쥬자신가=정자(程子)와 주자(朱子)이신가. 정자는 송(宋)나라 학자 정호(程顥, 1032~1085)와 정이(程頤, 1038~1107) 형제를 높여 부르는 말이고, 주자는 송나라 주희(朱熹, 1130~1200)를 높여 부르는 말이다. 성리학을 중흥시켰다.

■ **통석(通釋)** 공자님이 심으신 나무에 안자와 증자가 물을 주어
자사에게서 뻗은 가지에 피었구나, 맹자의 꽃이.
아마도 그 나무를 북돋은 사람이 정자와 주자이신가?

3.

大學山 남글 베혀 明德船을 무어 ᄂᆡ여
臣民江 거네 저어 至善所히 ᄆᆡ야 두고
어즈버 三綱令八條目을 낙가 볼ᄭᆞ ᄒᆞ노라. (海周 465) 金壽長

大學山(대학산)=사서(四書)의 하나인 대학을 산에다 비유한 것이다. ◇明德船(명덕선)=대학의 삼강령(三綱令) 의 하나인 명덕을 배에 비유. 명덕은 공명한 덕행을 말한다. ◇무어 ᄂᆡ여=만들어 내어 ◇臣民江(신민강)='臣'은 '親'의 잘못. 신민(親民)은 대학의 삼강 가운데 하나인 '신민'을 강에 비유한 것이다. 친민은 백성들을 친애하는

것이나, 새롭게 한다는 뜻도 있다. ◇至善所(지선소)희=지선소에. 삼강령 가운데 하나인 지어지선(止於至善)을 말한다. 지선은 지극한 선이나 최고의 선을 가리키며 여기에 머무른다는 것은 온 정신을 기울여 지극한 경지에 몸을 두어 굳건히 이를 지킨다는 뜻이다. ◇三綱令八條目(삼강령팔조목)을 =『대학』에서 말하는 삼강령과 팔조목. 삼강령은 명덕, 신민, 지어지선, 팔조목은 격물(格物)·치지(致知)·성의(誠意)·정심(正心)·수신(修身)·제가(齊家)·치국(治國)·평천하(平天下)를 말한다.

■ 통석(通釋)　　대학산의 나무를 베어 바른 덕행을 베풀 배를 만들어
　　　　　　　　신민강을 건너 저어서 지선소에 매여 두고
　　　　　　　　아! 삼강령과 팔조목을 낚아볼까 한다.

4.

明明德 스른 수릭 어딕 메를 가더인고
格物치 너머드러 知止 고긱 지나더라
가기야 가더라마는 誠意館을 못 갈네라.　　　　　　　(詩歌)(朴氏本) 505) 盧守愼

明明德(명명덕)=명덕(明德)을 밝힘. 명덕은 삼강령의 하나 ◇스른='실은'의 잘못 ◇어딕 메를 가더인고=어디를 가던가? 어느 곳을 ◇格物(격물)치=격물 고개[峙(치)]. 팔조목을 하나인 격물을 고개에 비유했다. ◇知止(지지)고긱='知止'는 '致知'의 잘못. 팔조목의 하나인 치지(致知)를 고개에 비유했다. ◇誠意館(성의관)을=성의관에. 팔조목의 하나인 성의(誠意)를 집에 비유했다.

■ 통석(通釋)　　명덕을 실은 수레가 어디만큼을 가더냐?
　　　　　　　　격물고개를 넘어서 지지고개를 지나가더라.
　　　　　　　　가기야 가겠지만 성의관에는 들어가지 못할 것이다.

5.

毛詩을 빅를 무어 仁義禮智 시러 두고
顔淵 子路로 櫓 잡퍼두엇다가
언즈면 順風을 만나셔 尼丘山에 이르이오.　　　　　　　(詩歌)(朴氏本) 378)

毛詩(모시)을 빗를 무어=모시로 배를 만들어. 모시는 모공(毛公)이 전(傳)을 지었으므로 제한(齊韓)의 이가(二家)의 시와 구별하기 위하여 모(毛) 자를 붙여 부르는 것이다. 『시경(詩經)』으로 배를 만들어 ◇仁義禮智(인의예지)=사람으로서 갖추어야 할 네 가지의 마음가짐 ◇櫓(노) 잡퍼두엇다가=노를 쥐여주었다가 ◇언지면=어느 때가 되면 ◇尼丘山(이구산)에 이르이요=이구산에 이를 수 있으랴. 공자의 경지에 이를 수 있으랴. 이구산은 공자(孔子)의 부모가 빌어 공자가 태어나게 한 산.

■ **통석(通釋)**　　시경으로 배를 만들어 인의예지를 실어놓고
　　　　　　　　안연과 자로에게 노를 쥐여주었다가
　　　　　　　　언제면 순풍을 만나서 공자가 태어난 곳에 갈 수 있으랴.

6.
三綱五倫으로 빗를 무어 忠孝貞烈로 도슬 다러
孔孟 顔曾 沙工 삼어 堯舜 禹湯을 스러스니
아모리 傑周 風波 만난들 破船할가.　　　　　　　　　　　　(源一 737)

도슬 다러=돛을 달아 ◇스러스니=배에 실었으니 ◇傑周(걸주)=‘傑紂(걸주)’의 잘못. 걸(傑)은 하(夏)나라의, 주(紂)는 은(殷)나라의 폭군이었다.

■ **통석(通釋)**　　삼강오륜으로 배를 만들어 충효와 정렬로 돛을 달아
　　　　　　　　공자와 맹자 안연과 증삼을 사공 삼아 요순 임금과 우탕 임금을 실었으니
　　　　　　　　아무리 걸왕과 주왕 같은 풍파를 만난들 배가 망가질 까닭이.

7.
濂溪에 빗를 씌여 伊川으로 도라드러
仁義禮智 憙迷흔 길을 무르리라
明道先生 가ᄃᆞ 날 져물거든 晦菴 잘가.　　　　　　　　　　(無名時調集가本 65)

濂溪(염계)=염계는 북송(北宋)의 학자 주돈이(周敦頤 : 1017~1073)의 호(號). 시냇물

에 비유했다. ◇伊川(이천)=이천은 송나라 정이(程頤)의 호. 냇물에 비유했다. ◇仁義禮智(인의예지) 憙迷(희미)ᄒᆞᆫ 길을 무르리라=인의예지가 어디인지를 몰라 어두운 길을 물어보겠다. ◇明道先生(명도선생)=명도는 송(宋)나라 정호(程顥)의 존칭 ◇晦菴(회암)=송나라 주희(朱熹)의 호이며 그가 강학(講學)하던 서실(書室)의 이름.

- **통석(通釋)**　염계에 배를 띄워 이천으로 돌아들어
　　　　　　　　인의예지가 무엇인지 자세히 몰라 어두운 길을 묻겠다.
　　　　　　　　명도선생을 찾아가다 날이 저물면 회암에서나 잘까?

8.
烏床上 黃卷中의 夫子를 외와시니
顔曾은 後先ᄒᆞ고 程朱ᄂᆞᆫ 左右로다
이 中의 즐기ᄂᆞᆫ ᄆᆞᄋᆞᆷ이 늙ᄂᆞᆫ 줄을 몰래라.　　　　　(景寒亭詩歌 10) 郭始徵

烏床上(오상상)=옻칠을 한 책상 위. '오상(吾床)'으로 된 판본도 있는데 이때는 '내 책상 위'라는 뜻 ◇黃卷中(황권중)= 책 가운데. 황권은 책을 일컫는 말이다. ◇夫子(부자)를 외와시니= 공자(孔子)의 가르침을 외웠으니. '외와시니'를 '뫼와시니'의 잘못으로 보면 '공자님을 모셨으니'라는 뜻 ◇顔曾(안증)은 後先(후선)ᄒᆞ고=안연(顔淵)과 증삼(曾參)이 앞서거니 뒤서거니 하고. 안연과 증삼은 다 공자의 제자로 뒤에 안자(顔子) 증자(曾子)로 높여 불렀다. ◇程朱(정주)는 좌우(左右)로다=정자(程子)와 주자(朱子)는 곁에 있다. 정자와 주자는 송(宋)나라 때 학자 정호(程顥)·정이(程頤) 형제와 주희(朱熹)를 높여 부르는 이름이다. ◇즐기ᄂᆞᆫ ᄆᆞᄋᆞᆷ이=즐거워하는 마음이.

- **통석(通釋)**　내 책상 위에 있는 책 가운데 공자님을 뫼셨으니
　　　　　　　　안연과 증삼이 앞서거니 뒤서거니 하고 정자와 주자가 곁에 있다.
　　　　　　　　이런 가운데 이를 즐기는 마음이 늙는 줄을 모르겠다.

※누군가가 이와 유사한 시조를 「독서가(讀書歌)」라 하고 "吾床上 黃卷中이 兩夫子 뫼셔신이 顔曾은 後先ᄒᆞᆫᄃᆡ 程周ᄂᆞᆫ 左右로쇠 이 中이 나 혼자 즐기ᄂᆞᆫ 聖樂이 그디 업셔 ᄒᆞ노라."라고 하였고 그 答歌로 "聖樂을 탐홀단딘 舜琴을 어딘 두고 兩聖만 뫼셔ᄂᆞᆫ고 ᄂᆞᄂᆞᆫ 홀노 南風이 불거든 五絃樂만 탐하노라."라고 적은 것이

있어 답가는 어느 가집에도 없는 것이다.

9.

堯舜이 심그신 나무 夏禹 殷湯 물을 주어

文武 周公 곶치 되고 孔孟 顔曾 입히 피어

그 가지 結實하니 程朱인가.   (金聲玉振 63)

夏禹(하우) 殷湯(은탕)=중국 삼대(三代)에서 주(周)나라 이전인 하(夏)나라 우임금
과 은(殷)나라 탕임금 ◇文武(문무) 周公(주공)=주나라 문왕(文王)과 무왕(武王), 그리
고 무왕의 아우인 주공으로 주나라의 기초를 세웠다. ◇孔孟(공맹) 顔曾(안증)=공자
와 맹자, 그리고 공자의 제자인 안회와 증삼 ◇程朱(정주)=송나라 때의 정자(程子)와
주자(朱子).

■통석(通釋) 요임금과 순임금이 심으신 나무에 하나라 우임금, 은나라 탕임금이 물
          을 주고
             주나라 문왕 무왕과 주공이 꽃을 피우고 공자와 맹자, 안자와 증자를
          거쳐 잎이 피어
             그 가지가 열매를 맺으니 정자와 주자인가?

10.

尼山에 降彩ᄒ샤 大聖人을 내오시니

繼往聖開來學에 德業도 노프실샤

아마도 群聖中 集大成은 夫子ㅣ신가 ᄒ노라.   (靑珍 277) 金天澤

尼山(이산)에 降彩(강채)ᄒ샤=이구산(尼丘山)에 오색의 서운(瑞雲)이 내려와서. 이
구산은 중국 산동성에 있는 산으로 공자의 아버지가 빌어 공자를 낳았다고 한다. ◇
大聖人(대성인)을 내오시니=공자를 낳으시니 ◇繼往聖開來學(계왕성개래학)=성인의
도통을 이어 후인에게 이를 열어 전하게 하다 ◇集大成(집대성)=많은 것을 모아 하
나로 통합 정리하는 일, 또는 그것. 백이(伯夷)의 청(淸), 이윤(伊尹)의 임(任), 유하혜
(柳下惠)의 화(和)와 공자(孔子)의 시(時)를 모은 것을 집대성이라 한다. ◇夫子(부
자)=공자를 가리킨다.

■ **통석(通釋)**　　이구산에 서운이 내리비쳐 아주 훌륭한 사람을 태어나게 하시니
　　　　　　　　성인의 도통을 이어 후세의 사람에게 전하니 덕업도 높으시구나.
　　　　　　　　아마도 성인들 가운데 집대성한 공로는 공자님이신가 한다.

11.

伊川에 비를 쓰여 濂溪로 건너가니

明道게 길흘 무러 가는 되로 비시겨라

가다가 져무러지거든 晦菴에 드러 ᄌᆞ리라.　　　　　　　　　　　　(瓶歌 719)

쓰여=띄워　◇가는 되로 비시켜라=흘러가는 대로 배를 맡겨두어라.　◇져무러지거든=날이 저물면　◇드러 ᄌᆞ리라=들어가 자겠다.

■ **통석(通釋)**　　이천에다 배를 띄워 염계를 건너가니
　　　　　　　　명도에게 길을 물어서 가는대로 배를 맡겨두어라
　　　　　　　　가다가 날이 저물거든 회암에 들어가 자겠다.

12.

孝悌로 비를 무워 忠信으로 돗글 달아

顔淵 子路로 櫓 주워 셰워두고

우리도 孔夫子 뫼옵고 學海中에 놀이라.　　　　　　　(海周 466) 金壽長

무워=만들어　◇돗글 달이=돗을 달아　◇顔淵(안연) 子路(자로)=공자의 제자　◇櫓(노) 주워 셰워두고=노를 주어 배를 세워두고　◇學海中(학해중)에 놀이라=배움의 바다 가운데서 놀겠다. 열심히 공부하겠다.

■ **통석(通釋)**　　효제로 배를 만들어 충신으로 돛을 달아
　　　　　　　　안연과 자로에게 노를 주어 세워두고
　　　　　　　　우리도 공자님을 뫼시고 배움의 바다에 놀겠다.

13.

釋迦如來 심근 남게 出光如來 믈을 쥬어
文殊 버든 柯枝 普賢 곳이 프엿ᄂᆞ듸
그 긋혜 五百羅漢이 줄줄이 열여더라.　　　　　　　（詩歌(朴氏本) 509)

釋迦如來(석가여래)=석가모니(釋迦牟尼)를 가리킨다. 불교의 개조(開祖) ◇出光如
來(출광여래)=빛을 내는 부처님이란 뜻인 듯 ◇文殊(문수)=문수보살(文殊菩薩). 석가
모니불 옆에 있어 지혜를 맡은 보살 ◇普賢(보현)=보현보살(普賢菩薩). 석가모니불
옆에 있어 부처의 이(理)·정(定)·행(行)의 덕을 맡아 본다고 한다. ◇곳이 프엿ᄂᆞ듸
=꽃이 피었는데 ◇긋혜= 끝에 ◇五百羅漢(오백나한)이=석가여래가 죽은 뒤 그의 유
경(遺經)을 결집(結集)하기 위해 모여든 500명의 제자들이 ◇줄줄이 열여더라=줄줄
이 열렸더라. 여러 줄이.

　■ 통석(通釋)　　석가여래가 심은 나무에 출광여래가 물을 주어
　　　　　　　　　문수보살이 뻗친 가지에 보현보살의 꽃이 피었는데
　　　　　　　　　그 끝에 오백나한이 여러 줄로 열렸더라.

14.

가사 쟝삼 ᄀᆞ초 닙고 ᄎᆞ례로 버려 셔서
탁하의 삼ᄇᆡᄒᆞ고 천수공양 도도ᄂᆞᆫ 양
아마도 삼대상 위의를 다시 본 ᄃᆞᆺᄒᆞ여라.(禪樂定)　　　　　（玉所稿 14) 權燮

가사 쟝삼=가사(袈裟)와 장삼(長衫)을. 가사는 중이 입는 법의(法衣)로 장삼 위에
왼쪽 어깨에서 오른쪽 겨드랑이 밑으로 걸쳐 입으며, 장삼은 검은 베로 만든 길이가
길고 소매가 넓은 중의 옷 ◇ᄀᆞ초 닙고=갖추어 입고 ◇버려 셔서=벌려 서서. 늘어
서 ◇탁하의=탁하(卓下)에. 탁자 아래에 ◇삼ᄇᆡ하고=삼배(三拜)하고. 세 번 절하고
◇천수공양=천수공양(天壽供養). 오래 살기를 비는 의미에서 부처에게 음식을 올리
는 의식 ◇도도ᄂᆞᆫ 양=위로 높게 올리는 모양은 ◇삼대상 위의=삼대상(三代上) 위의
(威儀). 삼대 때의 위엄 있는 의식.

　■ 통석(通釋)　　가사와 장삼을 갖추어 입고 차례로 벌려 서서

탁자 아래에서 삼배를 올리고 천수공양을 올리는 모양은
아마도 삼대 때의 위엄 있는 의식을 다시 보는 듯하다.

15.

南無阿彌陀佛 南無阿彌陀佛ᄒᆞᆫ들 듕놈마다 成佛ᄒᆞ며
孔子ㅣ曰 孟子ㅣ曰 ᄒᆞᆫ들 ᄉᆞ름마다 得道ᄒᆞ랴
아마도 得道成佛은 都兩難인가 ᄒᆞ노라.　　　　　　　　　(靑六 631)

南無阿彌陀佛(나무아미타불)=염불하는 소리로, 부처님께 귀의한다는 뜻 ◇成佛(성불)ᄒᆞ며=부처가 되며 ◇得道(득도)ᄒᆞ랴=도를 깨달으랴. ◇都兩難(도양난)인가=둘 다 어려운 것인가.

■ **통석(通釋)**　　나무아미타불 나무아미타불 한들 중들마다 부처가 되며
　　　　　　　　공자왈 맹자왈 한들 사람들마다 도를 깨달으랴.
　　　　　　　　아마도 도를 깨우치고 부처가 되는 것은 둘 다 어려운 것인가 한다.

16.

阿彌陀佛 阿彌陀佛ᄒᆞ야 一心이오 不亂이면
阿彌陀佛이 卽現目前 ᄒᆞᄂᆞ니
臨終애 阿彌陀佛 阿彌陀佛ᄒᆞ면 往生極樂 ᄒᆞ리라.　　　　　(枕肱集) 枕肱大師

一心(일심)이오 不亂(불란)이면=전념(專念)하고 마음을 흐트러뜨리지 아니하면 ◇卽現目前(즉현목전)=즉시 눈앞에 모습을 드러낸다. ◇臨終(임종)애=죽음에 다달아 ◇往生極樂(완생극락)=죽어서 극락세계에 다시 태어나다.

■ **통석(通釋)**　　아미타불 아미타불 하며 마음의 잡념을 없애고 마음을 흐트러뜨리지
　　　　　　　　않으면
　　　　　　　　아미타불이 바로 눈앞에 모습을 드러낼 것이니,
　　　　　　　　죽기 전에 아미타불 아미타불을 외우면 극락세계에 다시 태어나리라.

17.

八萬大藏 부처님게 비ᄂᆞ이다 나와 님을 다시 나게ᄒ오소셔

如來菩薩 地藏菩薩 文殊菩薩 普賢菩薩 十王菩薩 五百羅漢 八萬加藍 三千揭
諦 西方淨土 極樂世界 觀世音菩薩 南無阿彌陀佛

後生에 還道相逢ᄒ여 芳緣을 잇게ᄒ면 菩薩님 恩惠를 捨身報施ᄒ리이다.

(瓶歌 962) 李鼎輔

八萬大藏(팔만대장) 부처님께=모든 부처님께. 팔만은 대장경에 법문(法門)이 팔만 사천 개가 있어 일컫는 말 ◇如來菩薩(여래보살)=부처님으로 모시는 석가모니 ◇地藏菩薩(지장보살)=부처가 입멸후(入滅後) 미륵불의 출세까지 무불(無佛)의 세계에 머물러 중생을 제도한다는 보살 ◇文殊菩薩(문수보살)=여래 왼편에 있어 지혜를 맡은 보살 ◇普賢菩薩(보현보살)=불타의 이(理)·정(正)·행(行)을 맡아보는 보살 ◇十王菩薩(시왕보살)=시왕차사(十王差使)를 말함. 시왕이 죄인을 잡아오라고 보내는 사자 ◇五百羅漢(오백나한)=석가의 사후에 그의 유경(遺經)을 모으기 위해 모였던 제자들 ◇八萬加藍(팔만가람)='加'는 '伽(가)'의 잘못. 팔만 개의 가람. 가람은 승려가 살면서 불도를 닦는 곳. 절 ◇三千揭諦(삼천게체)=삼천 개의 게체. 게체는 불교의 오묘한 진리 ◇西方淨土(서방정토)=서방 극락. 서쪽으로 십억만토를 지나 있다고 하는 아미타불의 세계 ◇極樂世界(극락세계)=불교에서 말하는 지극히 안락한 이상의 세계 ◇觀世音菩薩(관세음보살)=관세음과 같은 뜻임. 보살은 위로 부처님을 따르면서 아래로 중생의 제도를 일삼는 부처의 다음 가는 성인(聖人) ◇還道相逢(환도상봉)=환생하여 서로 만남. 환생은 죽었다가 다시 살아난다. ◇芳緣(방연)을=좋은 인연을 ◇捨身報施(사신보시)=수행(修行)이나 보은(報恩)을 위해 속계에서의 몸을 버리고 불문(佛門)에 들어가다.

■ **통석(通釋)** 　모든 부처님께 비나이다. 나와 님을 다시 태어나게 하여주옵소서.

여래보살 지장보살 문수보살 보현보살 시왕보살 오백나한 팔만가람 삼천게체 서방정토 극락세계 관세음보살 나무아미타불

후세에 다시 태어나 서로 만나 좋은 인연을 잇게 되면 보살님의 은혜를 몸을 던져서라도 갚겠습니다.

18.

한 중은 가ᄉ 책복ᄒ고 ᄯᅩ 흔 중은 百八念珠 목의 걸고

ᄯᅩ 흔 중은 바라 광증 치고 大師 중은 木鐸 치면 禮佛흔다

그 아ᄅᆡ 焚香 四拜ᄒ고 發願ᄒ온 임 보려고.　　　　　　　(樂府(羅孫本) 321)

가ᄉ=가사(袈裟). 어깨에 걸쳐 입는 스님의 옷　◇책복ᄒ고='착복(着服)ᄒ고'의 잘
못. 옷을 입고　◇광증 치고=광증(狂症) 치고. 미친 듯이 치고　◇木鐸(목탁) 치면=목
탁을 두드리면서　◇焚香四拜(분향사배)ᄒ고 發願(발원)ᄒ온=향을 태우며 네 번 절을
하고 소원을 비는.

■**통석(通釋)**　한 중을 가사를 입고 또 한 중은 백팔염주를 목에다 걸고
　　　　　　또 한 중은 바리를 미친 듯이 두드리고 대사 중은 목탁을 두드리면서
　　　불공을 드린다.
　　　　　　그 아래 분향 사배하고 소원을 비는 님을 보려고.

제13장 성(性), 그리고 남녀

시조에서 성(性)이나 남녀관계 등을 노래하기는 유교적인 이념이 규범이 되어 있는 조선시대에는 쉬운 것이 아니었다. 더구나, 고려 중엽 이후 조선조에 이르기까지 시조라는 문학 장르의 작자로 알려진 사람들은 일반인들이 아닌 신흥사대부나 유학자들이기 때문에 남녀 관계에 대한 시조를 읊기가 더욱더 어려웠던 것으로 추측된다.

고려 말엽의 혼란한 사회에서 남녀의 관계나 성을 노골적으로 표현한 고려가요가 없는 것은 아니나, 불교 대신에 유교를 정치적 이념으로 삼은 조선시대에 들어와서는 '남녀상열지사(男女相悅之詞)'니 '사리부재(詞俚不載)'니 하여 문헌에 기록할 수가 없었다.

이런 사회 분위기로 인해 아무리 인간의 본능적인 감정인 것이라 하더라도 이런 것들을 직설적으로 표현하기보다는 간접적으로 표현하는 경우가 많았고, 직설적인 표현은 양반 계층보다는 여항인들이 시조의 작가로 등장하기 시작한 이후, 형식 면으로 보면 단형인 평시조보다 장형시조가 발달하고부터라고 할 수 있다.

성(性)을 노래하거나 남녀관계를 노골적으로 표현하기를 즐긴 여항인 작가들 중 대표적인 인물로 김수장(金壽長), 박문욱(朴文郁) 등이 있다. 이보다 뒤에는 양반 작가도 등장하니 그 대표적인 작가가 이정보(李鼎輔, 1693~1766)와 신헌조(申獻朝, 1752~1807)라 하겠다.

1.

금준의 주적성과 월ㅎ옥녀 탄금성이

양성지중의 어ᄂᆡ 소ᄅᆡ 더 죳트냐

아마도 화촉동방 무월야의 ᄒᆡ군성인가. (詩謠 128)

금준의 주적성=금준(金樽)의 주적성(酒滴聲). 술통에서 술이 떨어지는 소리 ◇월ㅎ 옥녀 탄금성=월하옥녀(月下玉女) 탄금성(彈琴聲). 달빛 아래 예쁜 여인이 가야금 타 는 소리 ◇양성지중=양성지중(兩聲之中). 두 소리 가운데 ◇어ᄂᆡ 소ᄅᆡ=어느 소리가 ◇화촉동방 무월야의 ᄒᆡ군성인가=화촉동방(華燭洞房) 무월야(無月夜)의 해군성(解裙 聲). 불빛이 환한 신혼방에서 달도 뜨지 아니한 밤에 치마를 벗는 소리

■**통석(通釋)** 술통에서 술 떨어지는 소리와 달빛 아래 예쁜 여인이 가야금을 타는 소리가

두 가지 소리 가운데 어떤 소리가 더 좋겠느냐?

아마도 신혼 첫날 달도 뜨지 아니한 밤에 치마를 벗는 소리가 더 좋은 가 한다.

2.

ᄂᆞᆷ이 날 니ᄅᆞ기를 貞節 업다 ᄒᆞ건만은

내 타시 아니라 님자 업슨 타시로다

아무나 내 님 되어셔 사라보면 알니라.(艶情) (槿樂 228)

ᄂᆞᆷ이 날 니ᄅᆞ기를=남들이 나를 두고 말하기를 ◇貞節(정절)=여자로서의 곧은 절 개 ◇내 타시=나의 탓이 ◇님자 업슨=임자가 없는. 남편이 없는 ◇아무나=누구든 ◇사라보면 알니라=살아보면 알 것이다.

■**통석(通釋)** 남들이 나를 두고 말하기를 정절이 없다고 하지마는

이는 내 탓이 아니라 임자가 없는 탓이다.

누구든 나의 임자가 되어 같이 살아보면 알 것이다

3.

둘이 아모리 붉다 져즌 옷 몰닉오며

안고 다시 안아 두 몸이 한 몸 되랴

這 任아 하 안지 마라 가슴 답답ᄒ여라.　　　　　　　(樂高 296)

져즌 옷 몰닉오며=젖은 옷을 말릴 수가 있으며 ◇안고 다시 안아=끌어안고 다시
끌어안는다고 ◇하 안지 마라=너무 끌어안지 마라.

■ **통석(通釋)**　달이 아무리 밝다고 한들 젖은 옷을 말릴 수가 있으며
　　　　　　　끌어안고 다시 안는다고 해서 두 몸이 한 몸이 되겠느냐?
　　　　　　　저 님아 너무 끌어안지 마라, 가슴이 답답하구나.

4.

어듸 쟈고 어듸 온다 平壤 자고 여긔 왓닉

臨津 大同江을 뉘뉘 배로 건너 온다

船價는 만트라마는 女妓 빅로 건너 왓닉.　　　　　　　(瓶歌 817)

어듸 자고 어듸 온다=어디서 자고 어디를 왔느냐? ◇뉘뉘 배로 건너 온다=누구의
배를 타고 건너왔느냐? ◇船價(선가)는 만트라마는=배삯은 많이 있었지만. 여기서는
배편(船便)을 가리킨다. ◇女妓(여기) 배로=기생의 배를 타고. 배[船]와 배[腹]가 음
(音)이 같음을 비유해서 지은 것이다.

■ **통석(通釋)**　어디서 자고 어디를 찾아왔느냐? 평양서 자고 여기에 왔다.
　　　　　　　임진강과 대동강을 누구의 배를 타고 건너왔느냐?
　　　　　　　배편은 많았지만 기생의 배를 타고 건너왔다.

5.

즌솔밧 언덕 울히 굴죽ᄀᆞ튼 고래논을

밤마다 장긔 메워 물부침의 씨 지우니

두어라 自己買得이니 他人竝作 못ᄒ리라.　　　　　　　(蓬萊樂府 7) 申獻朝

준솔밧 언덕 올히 굴쥭굿튼 고래논=작은 소나무가 우거진 밭 아래에 있는 물이 많고 기름진 고래논. 잔솔밭은 여자의 성기 주변을, 고래논은 성기를 가리킨다. ◇밤마다 장긔 메워=밤마다 쟁기를 꾸려가지고. 쟁기는 남자의 성기를 가리킨다. ◇물부침의 삐 지우니=물을 대고 볍씨를 떨어뜨리니. 성교의 과정을 가리킨다. ◇自己買得(자기매득)=내가 돈을 주고 산 것 ◇他人竝作(타인병작)=다른 사람과 더불어 짓는 어우리농사. 여기서는 다른 사람과 같이 즐긴다는 뜻.

■**통석(通釋)** 　작은 소나무가 우거진 밭 언덕 아래 기름진 고래논을
　　　　　　밤마다 쟁기를 꾸려 물을 대고 씨를 뿌려 농사를 지으니
　　　　　　두어라 내가 돈을 주고 산 내 것이니 다른 사람과 어우리농사는 안 된다.

6.
칩다 네 품에 드즈 벼기 업다 내 풀 베자
입에 바룸 든다 네 혀 믈고 줌을 드즈
밤中만 믈 미러 오거든 네 빅 탈가 ᄒ노라.　　　　　　(詩歌 389)

  칩다=춥다. ◇품에 드즈=품안에 들어가자. ◇바룸 든다=바람 들어온다. ◇네 혀 믈고 줌을 드즈=네 혀를 물고 잠을 자자 ◇믈 미러 오거든=물이 밀어 닥치거든. 성욕(性欲)이 생기게 되면 ◇네 빅 탈까=네 배에 올라갈까? 성행위를 가리킨다.

■**통석(通釋)** 　춥다. 내 품안에 들어가자. 베개가 없구나, 내 팔을 베자
　　　　　　입에 바람 들어온다. 네 혀를 물고 잠을 자자
　　　　　　밤중에 물이 밀어 닥치거든 네 배에 올라탈까 한다.

7.
抱向紗窓弄未休ᄒ올제 半含嬌態半含羞ㅣ라
低聲闇問相思否아 手整金釵로 少點頭ㅣ로다
네 父母 너 싱겨 닐 제 날만 괴라 싱겻쏘다.　　　　　　(六靑 545)

  抱向紗窓弄未休(포향사창농미휴)ᄒ올제=비단천을 둘러친 창문 쪽을 향하여 서로 끌

어안고 희롱하기를 그치지 아니할 때에 ◇半含嬌態半含羞(반함교태반함수) ㅣ 라=반은
아양을 머금은 듯하고 반은 수줍음을 타는 듯하다. ◇低聲闇問相思否(저성암문상사
부)아=나직한 목소리로 가만히 묻기를 나를 사랑하지 않느냐? ◇手整金釵(수정금채)
로 少點頭(소점두) ㅣ 로다=손으로 금비녀를 만지작거리며 머리를 조금 끄덕이더라.
◇너 싱겨 닐 제=너를 낳을 때에 ◇날만 괴라 싱겻쏘다=나만을 사랑하라고 낳았다.
조선 선조 때 사람인 심희수(沈喜壽)의 시를 누군가 시조로 만든 것이다.

■통석(通釋)   사창을 향해 서로 끌어안고 희롱하기를 그치지 아니할 때에 반은 아
            양을 머금은 듯하고 반은 수줍음을 타는 듯더라.
            나직한 목소리로 가만히 묻기를 나를 사랑하지 않느냐고 하니 손으로
            금비녀를 만지작거리며 고개를 조금 끄덕이더라.
            네 부모가 너를 낳을 때에 나만을 사랑하라고 낳으셨다.

8.
각시닉 玉 ᄀᆞᆺ튼 가슴을 어이구러 다혀볼고
톳綿紬 紫芝 쟉져구리 속에 깁젹삼 안셥히 되되여 죤둑죤둑 대히고 지고
잇다감 쏨나 붓닐 제 써힐 뉘를 모르리라.   (珍靑 480)

이이구리 다혀볼고=어떻게 하여야 대어볼까. 어떻게 해야 만져볼까. ◇톳綿紬(면
주)=거친 명주(明紬). 명주는 명주실로 무늬 없이 짠 비단 ◇紫芝(자지) 쟉져구리=자
줏빛 회장저고리 ◇깁젹삼 안셥히 되되여=비단 적삼의 안섶이 되어. '되되어'는 강
조한 말 ◇죤둑죤둑 대히고 지고=딱 달라붙어 만져보고 또 만져보고 ◇잇다감=이따
금 ◇쏨나 붓닐 제=땀이 나 달라붙어 있을 때에 ◇써힐 뉘를 모르리라=떨어질 줄을
모르겠다. 때를.

■통석(通釋)   각시님의 옥같이 예쁜 가슴을 어떻게 하면 만져볼 수 있을까?
            거친 명주 자줏빛 회장저고리 비단 적삼의 안섶이 되어 쫀득쫀득 달
            라붙어 만져보고 또 만져보고 싶구나
            이따금 땀이 나서 꽉 붙어 있을 때에는 떨어질 줄을 모르리라.

9.

閣氏네 더위들 사시오 일은 더위 느즌 더위 여러 히포 묵은 더위

五六月 伏더위에 情에 님 만나이셔 둘 붉근 平牀 우희 츤츤 감겨 누엇다가
무음 일 ᄒᆞᆺ던디 五臟이 煩熱ᄒᆞ여 구슬ᄯᆞᆷ 흘리면셔 헐덕이ᄂᆞᆫ 그 더위와 冬至
ᄃᆞᆯ 긴긴밤의 고온님 품에 들어 다스ᄒᆞᆫ 아름묵과 둑거운 니불 속에 두 몸이 ᄒᆞᆫ
몸 되야 그리져리ᄒᆞ니 手足이 답답ᄒᆞ고 목굼기 타올 적의 윗목에 츤 숙늉을
벌덕벌덕 켜ᄂᆞᆫ 더위 閣氏네 사혀거든 所見대로 사시옵소

쟝ᄉᆞ야 네 더위 여럿 듕에 님 만ᄂᆞᆫ 두 더위ᄂᆞᆫ 뉘 아니 됴화ᄒᆞ리 ᄂᆞᆷ의게 ᄑᆞ
디 말고 브듸 늬게 ᄑᆞᄅᆞ시소.

(蓬萊樂府 20) 申獻朝

閣氏네=젊은 여인네들 ◇일은 더위=빨리 찾아온 더위 ◇느즌 더위=늦더위 ◇히
포 묵은=두어 해를 계속하는 ◇平牀(평상) 우희=평상 위에. 평상은 평상(平床)과 같
은 것으로 나무로 만든 침상(寢牀)의 하나 ◇무음 일 ᄒᆞᆺ던디=무슨 일을 하였던지
◇五臟(오장)이 煩熱(번열)ᄒᆞ여=온몸에 열이 나고 가슴이 답답하여 ◇헐덕이는=헐떡
거리는 ◇다스ᄒᆞᆫ 아름묵과=따뜻한 아랫목과 ◇둑거운 니불 속에=두꺼운 이불 속에
◇그리져리 ᄒᆞ니=그렇게 저렇게 하니 ◇목굼기 타올 적의=목구멍에 갈증을 느낄 때
에 ◇츤 숙늉을=차가운 숭늉을 ◇켜ᄂᆞᆫ=들이키는 ◇사혀거든 所見(소견)대로 사시옵
소=사려거든 마음 내키는 대로 사시오. ◇뉘 아니 됴화ᄒᆞ리=누가 아니 좋아하랴? ◇
ᄂᆞᆷ의게 ᄑᆞ디 말고 부듸 늬게=다른 사람에게 팔지 말고 부디 나에게.

■ **통석(通釋)** 각시네들 더위들을 사시오. 이른 더위, 늦은 더위, 여러 해 묵은 더위
오뉴월 복더위에 정든 님 만나서 달 밝은 평상 위에 칭칭 감아 누웠다
가 무슨 일을 하였던지 온몸에 열이 나고 가슴이 답답하여 구슬땀 흘리
면서 헐떡이는 그런 더위와 동짓달 길고 긴 밤에 두 몸이 한 몸 되어 그
렇게 저렇게 하니 팔과 다리가 답답하고 목구멍이 타올 때에 윗목에 차
가운 숭늉을 벌컥벌컥 들이키는 더위를 각시네들 사려고 하거든 마음
내키는 대로 사십시오.
장사꾼아, 네가 파는 더위 여럿 가운데서 님과 만난 두 더위는 누구
아니라도 좋아하지 않겠느냐? 남에게 팔지 말고 부디 나에게 파시오.

10.

閣氏네 외밤이 오려논이 두던 눕고 물 만코 되지고 거지다 흔듸

竝作을 부듸 쥬려 ᄒ거든 연장 됴흔 날이나 주소

眞實노 날을 늬여 줄쟉시면 가릐 들고 씨 지여볼까 ᄒ노라.   (甁歌 1058)

외밤이=외배미. 외따로 떨어져 있는 논. 여성의 성기를 은유한다. ◇오려논=올벼를 심은 논 ◇두던 눕고=두둑이 높고 ◇되지고 거지다 흔듸=둑이 단단하고 땅이 기름지다고 하는데 ◇竝作(병작)=소출을 주인과 농사짓는 사람이 나누어 갖는 제도 ◇부듸 쥬려 ᄒ거든=어쩔 수 없이 주려고 한다면 제발 ◇연장 됴흔 날이나 주소=연장이 좋은 나에게나 주시오. 연장은 농기구(農器具)지만 여기서는 남자의 성기를 가리킨다. ◇날을 늬여 줄쟉시면=나에게 내어준다면 ◇가릐 들고=가래를 들고. 가래는 농기구나 '가랭이'의 뜻으로 쓰였다. ◇씨 지여볼까=씨를 떨어뜨려볼까. 농사를 지을까? 여기서는 성교를 의미한다.

- **통석(通釋)** 각시네들 외배미 올벼를 심은 논이 두둑이 높고 물이 많고 단단하고 기름지다고 하더라.

   병작을 어쩔 수 없이 주려고 한다면 제발 연장이 좋은 나에게나 주시오.

   진실로 나에게 내어줄 것 같으면 가래를 들고 농사를 지어볼까 한다.

11.

閣氏님 將碁 흔 板 두새 板을 펴쇼

手를 보새 자늬 將 보아ᄒ니 面像이 더욱 됴희

車 치고 面像 쳐 헷치고 고든 卒 지로면 궁게 여허 질을지라.   (詩歌 618)

두새=둡시다. ◇펴쇼=펼치시오. ◇手(수)를 보새=수를 보자. 수는 장기나 바둑에서 한 번씩 번갈아 두는 기술 ◇將(장)=장기판의 모양을 가리키나, 여기서는 여자의 인상을 말한다 ◇面像(면상)=장기를 둘 때 상을 궁의 앞에 두는 수. 여기서는 '面相(면상)'의 뜻으로 얼굴의 생김새를 말한다. ◇쳐 헤치고 고든 卒(졸) 지로면=쳐서 헤치고 곧장 졸로 찌르면. '졸'은 장기의 졸이지만 남성의 성기를 은유한다. ◇궁게 여허 질을지라=궁에 넣어 찌를 것이다. 구멍에 넣어. '궁'은 장기의 궁이나 여기서는 여성의 성기를 가리킨다.

각씨님 장기 한 판 둡시다. 장기판을 펼쳐보시오.

어디 수를 봅시다. 각씨님 상을 보니 면상이 더욱 좋습니다.

차를 치고 면상을 헤치고 곧바로 졸로 찌르고 공격하면 구멍에 넣어
찌를 것이다.

12.

간밤의 ᄌᆞ고 간 그놈 암아도 못 니즐다

瓦冶ㅅ놈의 아들인지 즌흙에 쏨ᄂᆡ드시 두더쥐 伶息인지 국국기 뒤지드시 沙
工의 成伶인지 沙禦ᄯᅥ로 잘으드시 平生에 처음이오 凶症이도 야르제라

前後에 나도 무던이 격거시되 참 盟誓 간밤의 그놈은 참아 못 니즐ᄉᆡ 하노
라.   (海周 383) 李鼎輔

암아도 못 니즐다=아마도 못 잊겠구나. ◇瓦冶(와야)ㅅ놈의=기와를 만드는 놈의
◇즌흙에 쏨ᄂᆡ드시=진흙을 이기기 위해 그 위에서 뛰놀듯이 ◇伶息(영식)인지='令息
(영식)'의 잘못. 영식은 남의 아들을 부르는 말 ◇국국기 뒤지드시=꾹꾹 눌러 뒤지듯
이. 또는 구석구석을 뒤지듯이 ◇成伶(성령)인지=솜씨인지. 재주인지. '성령'의 한자
표기 ◇沙禦(ᄯᅥ)로 지르드시=사앗대로 찌르듯이 ◇凶症(흉증)이도 야르제라=음흉하고
도 얄궂어라. ◇무던이 격거시되=수없이 많이 겪어보았지만 ◇참아 못 니즐ᄉᆡ 하노
라=참으로 못 잊을까 한다.

■ **통석(通釋)** 간밤에 자고 간 그놈은 아마도 못 잊을 것 같다.

기와를 만드는 놈의 아들인지 진흙 위에서 뽐내며 뛰놀듯이 두더지의
자식인지 구석구석을 뒤지듯이 뱃사공의 날쌘 동작인지 사앗대 찌르듯
이 평생에 처음이요 음흉하고도 얄궂어라.

이전이나 이후에 나도 수없이 많이 겪어보았으나 참말로 간밤의 그놈
은 차마 못 잊을까 하노라.

13.

高臺廣室 나ᄂᆞᆫ 마다 錦衣玉食 더욱 마다

銀金寶貨 奴婢田宅 緋緞 치마 大緞 쟝옷 蜜羅珠 겻칼 紫芝鄕織 져고리 ᄯᅳ머

리 石雄黃 오로 다 꿈자리 ᄀᆺ고

　眞實로 나의 平生 願ᄒ기ᄂᆞᆫ 말 잘ᄒ고 글 잘ᄒ고 얼골 ᄭᅵ자ᄒ고 품자리 잘
ᄒᄂᆞᆫ 져믄 書房이로다.　　　　　　　　　　　　　　　　　　　　(珍靑 559)

　高臺廣室(고대광실)=매우 크고 좋은 집 ◇나ᄂᆞᆫ 마다=나는 싫다 ◇錦衣玉食(금의옥
식)=비단옷과 좋은 음식 ◇奴婢田宅(노비전택)=남녀 종과 전답과 저택. 많은 재산
◇大緞(대단) 쟝옷=비단으로 만든 장옷. 장옷은 여인네들이 외출할 때에 머리에 쓰
는 옷 ◇蜜羅珠(밀라주) 겻칼=‘밀라주’는 ‘밀화주(蜜花珠)’의 잘못인 듯. 밀화주는 밀
화를 칼자루에 박아 만든 은장도(銀粧刀)이며, 밀화는 호박(琥珀)의 일종이다. ◇紫芝
鄕織(자지향직) 져고리=자줏빛 명주 저고리. 향직은 우리나라에서 짠 명주 ◇쓴머리
=‘쏜머리’의 잘못. 쏜머리는 가발의 일종으로, 본래의 머리를 풍성하게 보이기 위해
덧 넣는 머리 ◇石雄黃(석웅황)=광물의 일종으로 염료(染料)로 쓰인다. 색이 고운 댕
기를 가리키는 듯 ◇오로 다 꿈자리 ᄀᆺ고=모두가 다 꿈만 같고 ◇얼골 ᄭᅵ자ᄒ고=얼
굴이 깨끗하고 단아하며 잘생겼고 ◇품자리 잘ᄒᄂᆞᆫ=잠자리 잘하는. 밤일(房事)을 잘
하는. ◇져믄=젊은.

■ **통석(通釋)**　크고 좋은 집도 나는 싫다. 비단옷과 기름진 음식은 더욱 싫다.
　　　　　　　금은보화에 남녀종과 전답과 저택, 비단 치마와 대단 장옷, 밀화주 박
　　　　　　　은 은장도, 자줏빛 명주저고리, 딴머리에 고운 댕기가 모두가 다 꿈자리
　　　　　　　와 같이 허황되고
　　　　　　　진실로 내가 평생 원하는 것은 말 잘하고 글 잘하고 얼굴이 잘생기고
　　　　　　　밤일을 잘하는 젊은 서방이다.

14.

기름의 지진 쑐약과도 아니 먹는 날을

ᄂᆡᆼ수의 살믄 돌만두를 먹으라 지근 絶代佳人도 아니허ᄂᆞᆫ 날을 閣氏님이 허
라고 지근지근

아모리 지근지근ᄒᆞᆫᄃᆞᆯ 품어 잘 줄 이스랴.　　　　　　　　　　　　　(瓶歌 996)

　아니 먹는 날을=먹지 않는 나에게 ◇ᄂᆡᆼ수에 살믄 돌만두=냉수에 넣어 삶은 돌만
두. 돌만두는 만두소를 넣지 않고 쌀가루나 밀가루만 뭉쳐 만든 만두 ◇지근=지근덕

지근덕 ◇絶代佳人(절대가인)도 아니허는 날을=아주 예쁜 여인과도 관계를 맺지 않는 나를 ◇허라고=관계를 맺자고 ◇품어 잘 줄 이스랴=품고 잘 까닭이 있겠느냐?

■ **통석(通釋)**　기름에 지진 꿀을 바른 약과도 먹지 않는 나에게
　　　　　　　냉수에 삶은 돌만두를 먹으라고 지근덕지근덕, 뛰어나게 예쁜 여인과
　　　　　　　도 관계를 맺지 않는 나에게 각시가 관계를 맺자고 지근덕지근덕
　　　　　　　아무리 지근덕지근덕거린들 품고 잘 까닭이 있겠느냐?

15.
내 쇼실랑 일허불연지가 오늘날조차 찬 三年 이오런이
輾轉틔틔 聞傳ᄒ이 閣氏네 房구석의 셔 잇드라 ᄒ데
柯枝란 다 씻쳐쓸찔아도 ᄌ르 들일 굼엉이나 보애게.　　　　　　　(海一 561)

쇼실랑=쇠스랑. 땅을 파거나 고르는 농기구의 하나로 발이 세 개 달렸다. ◇일허불연지가=잃어버린 지가 ◇오늘날조차 찬=오늘까지 꽉 찬. 만(滿) ◇輾轉(전전)틔틔 聞傳(문전)ᄒ이='전전'은 '轉傳(전전)'의 잘못인 듯. 여러 차례 전해온 끝에 전해 들으니 ◇셔 잇드라 ᄒ데=서 있더라고 하더라. ◇柯枝(가지)란 다 씻쳐쓸찔아도=가지는 다 찢어졌을지라도. '가지'는 '자루'의 잘못인 듯 ◇ᄌ르 들일 굼엉이나 보애개=자루를 들이밀 구멍이나 보이게(남기게). 자루는 남성의, 구멍은 여성의 성기를 가리킨다.

■ **통석(通釋)**　내 쇠스랑을 잃어버린 지가 오늘까지 만 3년이 되었더니
　　　　　　　여러 차례 거쳐온 끝에 전해 들으니 각시네 방구석에 서 있다고 하더라.
　　　　　　　가지는 다 찢어졌을지라도 자루를 들이밀 구멍이나 남기게.

16.
드립더 ᄇ득 안으니 셰허리지 ᄌ늑ᄌ늑
紅裳을 거두치니 雪膚之豊肥ᄒ고 擧脚蹲坐ᄒ니 半開ᄒ 紅牧丹이 發郁於春風
이로다
進進코 又 退退ᄒ니 茂林山中에 水舂聲인가 ᄒ노라.　　　　　　　(珍靑 519)

드립더=들입다. 별안간 ◇브득 안으니=바드득 끌어안으니. 바드득 소리가 나도록 끌어안으니 ◇세허리지 즈늑즈늑=가는 허리가 자늑자늑. '지'는 강조 ◇紅裳(홍상)을 거두치니=붉은 치마를 걷어 올리니 ◇雪膚之豐肥(설부지풍비)ㅎ고=눈처럼 흰 피부가 풍만하게 살이 찌고 ◇擧脚蹲坐(거각준좌)ㅎ니=다리를 쳐들고 걸터앉으니 ◇半開(반개)흔 紅牧丹(홍목단)=반쯤 핀 붉은 모란. 모란은 여성의 성기를 가리킨다. ◇發郁於春風(발욱어춘풍)이로다=봄바람이 활짝 피었다. ◇進進(진진)코 又退退(우퇴퇴)=앞으로 나가고 나갔다가 또 뒤로 물러나고 물러나니. 성교의 과정을 말한다. ◇茂林山中(무림산중)에=숲이 우거진 산속에. 여성의 성기를 형용한 말이다. ◇水春聲(수용성)=물방아 찧는 소리. 성교의 과정을 말한다.

■ **통석(通釋)**　별안간 바드득 소리가 나도록 끌어안으니 가느다란 허리가 자늑자늑
　　　　　붉은 치마를 걷어 올리니 눈같이 흰 피부가 풍만하게 살이 쪘고, 다리
　　　　　를 쳐들고 걸터앉으니 반쯤 핀 붉은 모란이 따뜻한 봄바람에 활짝 피었
　　　　　구나.
　　　　　앞으로 나아갔다가 또 뒤로 물러나니 숲이 우거진 산속에 물방아 찧
　　　　　는 소리가 아닌가 한다.

17.
밋 남진 그놈 紫驄 벙거지 쓴 놈 소듸 書房 그놈은 삿벙거지 쓴 놈 그놈
밋 남진 그놈 紫驄 벙거지 쓴 놈은 다 뷘 논에 정어이로되
밤中만 삿벙거지 쓴 놈 보면 실별 본 듯ㅎ여라.　　　　　　　(靑六 830)

밋 남진=본남편 ◇紫驄(자총) 벙거지=자줏빛 말총으로 만든 벙거지. 벙거지는 모자인데 남성의 성기를 가리킨다. ◇소듸 書房(서방)=샛서방(間夫) ◇삿벙거지=삿갓 모양의 벙거지. 성기의 외형(外形)을 가리킨다. ◇다 뷘 논에 정어이로되=벼를 다 거두어들인 다음에 텅 빈 논에 서 있는 허수아비로다. 쓸모가 없다. ◇실별 본 듯ㅎ여라=샛별을 본 것처럼 반갑다.

■ **통석(通釋)**　본남편 그놈은 마치 자줏빛 말총으로 만든 벙거지를 뒤집어 쓴 놈과
　　　　　같고 샛서방 그놈은 삿갓 벙거지를 쓴 그런 놈
　　　　　본남편 그놈 자줏빛 말총으로 만든 벙거지를 쓴 놈은 마치 추수가 끝

난 논에 서 있는 허수아비와 같구나.

　한밤중에 삿갓 벙거지를 쓴 그놈만 보면 마치 샛별을 본 것처럼 반가
워라.

18.

白髮에 환양 노는 년이 져믄 書房ᄒ랴 ᄒ고

셴 머리에 墨漆ᄒ고 泰山峻嶺으로 허위허위 너머가다가 과 그른 쇠나기에
흰 동경 거머지고 검던 머리 다 희거다

그르사 늘근의 所望이라 일락배락 ᄒ노매.　　　　　　　　　　(珍靑 507)

　환양 노는 년=서방질하는 계집년 ◇져믄 書房(서방)ᄒ랴 ᄒ고=젊은 서방을 얻으
려 하고 ◇셴 머리에 墨漆(묵칠)ᄒ고=흰 머리에 먹칠을 하고 ◇泰山峻嶺(태산준령)
으로=높은 산과 험준한 고개로 ◇허위허위 너머가다가=허위적허위적거리며 힘들게
넘어가다가 ◇과 그른 쇠나기에=점괘(占卦)가 맞지 않은 소나기에. 예측하지 못한
소나기에 ◇흰 동경 거머지고=흰 동정이 검어지고. 동정은 저고리의 목둘레 부분에
때가 타지 않게 하기 위해 덧대는 흰색의 천 ◇다 희거다=전부가 하얘졌다 ◇그르
사=글렀구나. 잘못 되었구나 ◇늘근의 所望(소망)이라=늙은이가 바라던 바라 ◇일락
배락 ᄒ노매=될락 말락 하는구나. 이루어질지 말지 하는구나.

■ **통석(通釋)**　늙어서 서방질을 하겠다는 계집년이 젊은 서방을 얻으려 하고
　　　　　　　흰 머리에 먹칠을 하고 높은 산 험준한 고갯마루로 허위적허위적거리
　　　　　　며 넘어가다가 예측하지 못한 소나기에 흰 동정은 검어지고 검던 머리
　　　　　　가 다시 하얘졌구나.
　　　　　　　잘못되었구나, 늙은이의 소망이라 일이 잘 풀릴지 안 풀릴지를 예측하
　　　　　　기 어렵구나.

19.

白華山 上上頭에 落落長松 휘여진 柯枝 우희

부헝 放氣 쒼 殊常흔 옹도라지 길쥭넙쥭 어틀머틀 믜뭉슈로ᄒ거라 말고 님
의 연장이 그러코라쟈

眞實로 그러곳 홀쟉시면 벗고 굴물진들 셩이 므슴 가싀리.　　　　　(珍青 545)

白華山 上上頭(백화산 상상두)=백화산 맨 꼭대기. 백화산은 고유지명이 아닌 듯. '白華'는 '白樺'의 잘못으로 자작나무가 많이 있는 산을 가리키고, 이는 산이 아닌 사람의 넓적다리를 비유한 것이다. ◇落落長松(낙락장송) 휘여진 柯枝(가지)=큰 소나무의 처진 가지. 남자의 성기를 가리킨다. ◇부헝 放氣(방기) 쒼 殊常(수상)혼 옹도라지=부엉이가 방귀를 꿔어 생긴 이상하게 생긴 옹두라지. 옹두라지는 소나무 가지를 자른 곳에 생긴 혹. 남성의 성기 ◇길쥭넙쥭 어틀머틀 믜뭉슈로ᄒ거라 말고=길쭉 넓죽 우툴두툴 뭉클뭉클하지 말고 ◇그러코라쟈=그러했으면 좋겠다. ◇그러곳 홀쟉시면=그렇기만 하다면 ◇벗고 굴물진들=헐벗고 굶주린다고 한들 ◇셩이 므슴 가싀리=무슨 성가신 일이 있으랴.

■ **통석(通釋)**　넓적다리 사타구니에 낙락장송의 휘어진 가지 위에

　　　　　부엉이가 방귀를 꿔어 생긴 이상한 옹두라지가 길쭉 넓죽 우툴두툴 뭉클뭉클하지 말고 사랑하는 님의 연장이 그렇기만 했으면 좋겠다.

　　　　　참으로 그렇기만 하다면 헐벗고 굶주린다고 한들 무슨 성가신 일이 있으랴.

20.

石崇의 累鉅萬財와 杜牧之의 橘滿車風采라도

밤일을 홀저긔 제 언장 零星ᄒ면 쑴자리만 자리라 그 무서시 貴홀소냐

貧寒코 風度ㅣ 埋沒홀지라도 제 거시 무즑ᄒ여 내 것과 如合符節곳 ᄒ면 긔 내 님인가 ᄒ노라.　　　　　(珍青 546)

石崇(석숭)의 累鉅萬財(누거만재)=석숭의 많은 재산. 석숭은 진(晉)나라 때 대부호이며 문장가 ◇杜牧之의 橘滿車風采(굴만거풍채)=두목지의 기생들이 던진 굴이 수레에 가득할 정도의 풍채. 두목지는 당나라 시인 두목(杜牧)의 자(字)로 두목이 술에 취해 양쥬(揚州)를 지날 때 그의 풍채에 반한 기생들이 수레에 굴을 던져 가득했다고 한다. ◇밤일을 홀저긔=밤일을 할 때에. 밤일은 방사(房事)를 말한다. ◇제 언장이 零星(영성)ᄒ면='언장'은 '연장'의 잘못. 제 연장이 보잘것없으면 ◇쑴자리만 자리라=꿈에서나 자겠다. 동침하지 않겠다. ◇그 무서시 貴(귀)홀소냐=그 무엇이 가장 귀

하겠느냐? ◇貧寒(빈한)코 風度(풍도) ㅣ 埋沒(매몰)홀지라도=가난하고 풍채와 도량이 보잘것없다 하더라도 ◇제 거시 무즘ᄒ여=제 물건이 제법 묵직하여 ◇내 것과 如合符節(여합부절)곳 ᄒ면=내 것과 부절을 합친 것처럼 꼭 들어맞는다면. 부절은 사신(使臣)이 지녔던 신표(信標).

■ **통석(通釋)**   석숭의 수많은 재산과 두목의 귤이 수레에 가득 차는 풍채를 가졌어도
　　　　밤일을 할 때에 제 연장이 보잘것없으면 동침하지 않으리라. 그 무엇이 가장 귀하겠느냐?
　　　　가난하고 풍채와 도량이 보잘것없다고 할지라도 제 것이 묵직하여 내 것과 부절을 합친 것처럼 꼭 들어맞는다면 그가 내 님이 아닌가 한다.

21.

셋괏고 사오나온 저 軍牢의 쥬정 보소
半龍丹 몸쑹이에 담벙거지 뒤앗고셔 좁은 집 內近ᄒ듸 밤듕만 들녀 들어 左右로 衝突ᄒ여 새도록 나드다가 제라도 氣盡턴디 먹은 濁酒 더 거이네
아마도 酗酒를 잡으려면 저놈브터 잡으리라.　　　　　(蓬萊樂府 25) 申獻朝

셋괏고 사오나온=굳세고 사나운 ◇軍牢(군뢰)의 쥬정 보소=군노(軍奴)의 술주정을 보시오. 군노는 지방 관아에 딸린 나졸(羅卒). 여기에서는 남성의 성기를 비유한 것이다. ◇半龍丹(반룡단) 몸쑹이에 담벙거지 뒤앗고셔=반용단 몸뚱이에 담벙거지를 뒤로 넘어가게 쓰고셔. '半龍(반룡)'은 '반령(盤領)'의 잘못이고 '丹(단)'은 옷의 단을 한자로 표기한 듯. 폭이 좁은 소매에 둥근 깃을 단 옷인 반령착수(盤領窄袖)를 가리키는 듯. 남자 성기의 외형(外形)을 묘사한 것이다. ◇內近(내근)ᄒ듸=가까운 곳에. 여성의 성기를 가리킨다. ◇左右(좌우)로 衝突(충돌)ᄒ여 새도록 나드다가=좌우로 부딪치고 밤새도록 드나들다가. 성행위를 가리킨다. ◇제라도 氣盡(기진)턴디=저마저도 기운이 다 빠져 지쳤던지 ◇먹은 濁酒(탁주) 다 거이네=먹었던 탁주를 다 게우네. 탁주는 정액(精液)을 비유한 것이다. ◇酗酒(후주)를 잡으려면=술주정꾼을 잡으려거든.

■ **통석(通釋)**   굳세고 사나운 저 군뢰의 술주정을 보시오.
　　　　반령단 몸뚱이에 담벙거지를 뒤로 넘어가도록 쓰고 좁은 집 내근한

곳에 밤중에 달려들어 좌우로 부딪히고 밤새도록 드나들다가 저마저도 기운이 다 빠졌는지 먹었던 탁주를 다 게우는구나.

아마도 술주정꾼을 잡으려거든 저놈부터 잡으리라.

22.

어이려뇨 어이려뇨 싀어마님아 어이려뇨

쇼대 남진의 밥을 담다가 놋쥬걱 줄를 부르쳐시니 이를 어이ᄒ료뇨 싀어마님아

저 아기 하 걱정 마스라 우리도 져머신 제 만히 것거 보왓노라. (珍靑 478)

어이려뇨=어찌하나요. ◇쇼대 남진=샛서방(間夫) ◇놋쥬걱 줄를 부르쳐시니=놋으로 만든 밥주걱의 자루를 부러뜨렸으니 ◇하 걱정 마스라=너무 걱정하지 마라. ◇져머신 제 만히 것거=젊었을 때에 많이 겪어. 또는 꺾어.

■ **통석(通釋)** "어찌하나 어찌하나 시어머님아 어찌하나.

샛서방의 밥을 퍼 담다가 놋주걱 자루를 부러뜨렸으니 이를 어찌하나요 시어머님아."

"저 며늘아기 너무 걱정을 하지 마라. 우리도 젊었을 때에 많이 겪어 보았다."

23.

얽고 검고 킈 큰 구레나롯 그것조차 길고 넙다

잠지 아닌 놈 밤마다 빅에 올라 죠고만 구멍에 큰 연장 너허두고 흘근흘적 흘 제는 愛情은 ᄏ니와 泰山이 덥누로는 듯 즌 放氣 소리에 젓 먹던 힘이 다 쓰이노믜라

아므나 이놈을 ᄃ려다가 百年同住ᄒ고 永永 아니 온들 어닉 개쓸년이 싀앗 싀옴 ᄒ리오. (珍靑 569)

구레나롯=구레나룻. 본래는 귀밑에서 턱까지에 나온 수염이지만, 여기서는 성기 주변의 체모(體毛)를 가리킨다. ◇그것조차 길고 넙다=그것마저 길고 크다. 남자의

성기를 가리킨다. ◇잠지 아닌 놈=잠지가 아닌 놈. 잠지는 어린애의 성기를 가리키는 말. 또는 작지 아니한 놈 ◇빈에 올라=배 위에 올라와서 ◇죠고만 구멍에 큰 연장 너허두고=작은 구멍에 큰 연장을 넣어두고. 작은 구멍은 여자의 성기를, 큰 연장은 남자의 성기를 가리킨다. ◇흘근흘젹흘 제는=천천히 드나들 때에는 ◇愛情(애정)은 쿠니와=애정은커녕. 말할 것도 없이 ◇泰山(태산)이 덥누로는 듯=커다란 산이 덮쳐누르는 듯 ◇쟌 放氣(방기) 소리에=작은 방귀 소리에. 또는 잦은 방귀 소리에 ◇졋 먹던 힘이 다 쓰이노믜라=모든 힘이 다 쓰이는구나. ◇아므나=아무나. 누구든 ◇百年同住(백년동주)ᄒ고 永永(영영) 아니 온들=평생을 같이 살고 다시는 되돌아오지 아니한다고 한들 ◇어느 기쯜년이=어느 개 같은 딸년이. 행실이 나쁘거나 못된 년이 ◇싀앗싀옴=시앗에 대한 시기심을 가지다.

■ **통석(通釋)** 얽고 검고 키가 큰 구레나룻 그 물건마저 길고 넓죽하다.

작지 않은 놈이 밤마다 배에 올라와 조그만 구멍에 커다란 연장을 넣어두고 천천히 드나들 적에는 애정은 말할 것도 없이 마치 태산이라도 덮쳐누르는 듯 작은 방귀소리에도 젖 먹던 힘까지 다 쓰이는구나.

아무나 이놈을 데려다가 평생을 같이 살면서 영영 돌아오지 아니한다고 한들 어느 개딸년이 시앗새움을 하겠느냐?

24.

長衫 쓰더 즁의 젹슴 짓고 염주 쓰더 당나귀 밀밀치 ᄒ고
釋王世界 極樂世界 觀世音菩薩 南無阿彌陀佛 十年 工夫도 너 갈 듸로 니거
밤즁만 암居士의 품에 드니 念佛경이 업세라.　　　　　　　(珍靑 514)

長衫(장삼) 쓰더=장삼을 뜯어. 장삼은 길이가 길고 소매가 넓은 중이 입는 웃옷의 하나 ◇즁의 젹슴 짓고=중의와 적삼을 만들고. 또는 중의 적삼을 만들고. 중의(中衣)는 여름옷인 홑바지이고, 적삼(赤衫)은 홑저고리. ◇밀밀치 ᄒ고=밀밀치를 만들고. '밀'은 '밀치'를 강조한 말. 밀치는 마소의 안장이나 질마에 딸린 기구로, 꼬리 밑에 대는 좁다란 막대기 ◇釋王世界 極樂世界(석왕세계극락세계)=아미타불이 살고 있는 극락정토의 세계 ◇觀世音菩薩(관세음보살)=관세음과 같은 말. 보살은 위로는 부처를 따르며 아래로는 중생의 제도를 일삼는 부처 다음으로 가는 성인(聖人) ◇南無阿彌陀佛(나무아미타불)=염불하는 소리의 하나로 아미타불에 귀의한다는 뜻 ◇十年工夫(십년공부)도 너 갈 듸로 니거=십 년 동안의 공부도 너 갈 데로 가거라. 십 년 동

안의 공부가 도로 아미타불이 되었다. ◇암 居士(거사) 품에 드니=여자의 품에 드니. 여자를 안고 있으니 ◇念佛(염불)경이 업세라=염불할 경황이 없구나.

■ **통석(通釋)**　장삼 뜯어 중의 적삼을 만들고 염주를 뜯어 당나귀의 밀치를 만들고 석왕세계 극락세계 관세음보살 나무아미타불 십 년 공부도 너 갈 데로 가거라.
　　　　　밤중만 여자의 품에 안기니 염불할 경황이 없구나.

25.
지 넘어 싀앗슬 두고 손쌕 치며 애써 간이
말만 흔 삿갓집의 헌 덕셕 펼쳐 덥고 년놈이 흔 듸 누어 얽지고 틀어젓다
이졔는 얼이북이 叛奴軍에 들거곤아
　　두어라 모밀쩍에 두 杖鼓를 말녀 무슴ᄒ리요.　　　　　　　(青謠 15) 金兌錫

지 넘어='넘어'는 '너머'의 잘못. 고개 너머 ◇싀앗슬 두고=시앗을 얻어두고. 시앗은 첩(妾) ◇손쌕 치며 애써 간이=좋아라 하고 부지런히 가니 ◇말만 흔 삿갓집의=말(斗)처럼 조그만 삿갓 모양의 움집에 ◇헌 덕셕=낡은 덕석. 덕석은 겨울에 추위를 막기 위해 소의 등에 덮는 멍석 ◇얽지고 틀어졌다=얽히고 뒤틀어졌다. ◇얼이북이=어리보기. 정신이 투미한 사람을 일컫는 말 ◇叛奴軍(반노군)='발룩구니'의 한자음사(漢字音寫). 발룩구니는 하는 일 없이 공연히 놀며 돌아다니는 사람을 일컫는 말 ◇들거곤아=되었구나. 그런 무리에 들었구나. ◇모밀쩍에 두 杖鼓(장고)=가난한 사람이 처첩을 거느리고 두 살림을 차리고 사는 것을 빗대서 하는 말. 속담에 "메밀떡 굿에 쌍장구를 치랴."에서 왔다.

■ **통석(通釋)**　고개 너머에 시앗을 얻어두고 좋아라 하고 손뼉을 치며 부지런히 넘어가니
　　　　　말처럼 조그만 움막집에 헌 덕석을 펼쳐 덮고 두 연놈이 한 곳에 누워 얽어지고 뒤틀어졌구나. 이제는 어리보기 발룩구니 축에 들겠구나.
　　　　　두어라 메밀떡에 쌍장구를 치는 것을 말려 무엇 하겠느냐?

26.

청울치 듁늴 메토리 신고 휘대 長衫 두루혀 메고

瀟湘斑竹 열두 ᄆ듸를 불휫재 쌔쳐 집고 ᄆ르 너머 재 너머 들 건너 벌 건너 靑山 石逕으로 휫근누은 누운휫근 휫근동 너머 가옵거늘 보은가 못 보오가 그 우리 난편 禪師 즁이

ᄂᆞ미셔 즁이라 ᄒᆞ여도 밤즁만 ᄒᆞ여셔 玉 ᄀᆞ튼 가슴 우희 슈박ᄀᆞ튼 머리를 둥굴썰썰 썰썰둥굴 둥굴둥실 둥글러 긔여올라올 저긔ᄂᆞᆫ 내사 죠해 즁 書房이.

(珍靑 577)

청울치=청올치. 칡덩굴의 속껍질 ◇듁늴 메토리=육날 미투리. 신날을 여섯 개로 하여 삼 껍질로 엮은 신발 ◇휘대 長衫(장삼) 두루혀 메고=소매가 넓고 긴 중의 옷을 둘러메고 ◇瀟湘斑竹(소상반죽)=소상의 얼룩무늬가 있다는 대나무. 순임금의 이비(二妃)의 피눈물로 얼룩졌다고 한다. ◇볼휫재 쌔쳐=뿌리까지 뽑아 ◇마르 너머 재 너머=고개 너머 또 너머 ◇들 건너 벌 건너=들판과 벌판을 건너 ◇靑山石逕(청산석경)=푸른 산으로 난 돌길 ◇휫근누은~휫근동=희끗누릇. 흰빛과 누런 빛이 뒤섞인 모양 ◇보은가 못 보오가=보았느냐? 못 보았느냐? ◇ᄂᆞ미셔=남이야. 남들이 ◇긔어올라올 저긔ᄂᆞᆫ=기어 올라올 때에는 ◇내사 죠해=나는야 좋아라.

■ **통석(通釋)** 청울치로 만든 육날 미투리를 신고 소매가 넓고 간 장삼을 둘러메고 소상반죽 열두 마디의 대나무를 뿌리째 뽑아 만든 지팡이를 짚고 고개 너머 들판을 건너 청산의 돌길로 희끗누릇 넘어가거늘 보았는가 못 보았는가 우리 남편 중 선사님

남들이야 중이라고 하여도 밤중만 하여서 옥 같은 예쁜 가슴 위로 수박 같은 머리통을 둥글려 기어 올라올 때에는 나는 좋아라, 중 서방님.

27.

텬장욕우에 디션슙ᄒᆞ니 하ᄂᆞ님씌셔 비를 주실나ᄂᆞᆫ지 싸흐로부터 누기만 들고 나갓든 님이 오실나ᄂᆞᆫ지 잠ᄌᆞ든 거시기 거시기 싱야단 ᄒᆞ누나

츰아루 님의 화용이 간졀ᄒᆞ여 나 못살갓네.

(樂高 893)

텬쟝욕우에 지션습ᄒ니=천장욕우(天將欲雨)에 지선습(地先濕)하니. 비가 오려고 하면 땅이 먼저 축축해지는 법이니 ◇짜흐로부터 누기만 들고=땅으로부터 습한 기운(漏氣)만 가득 올라오고 ◇나갓든 님이 오실나ᄂ지=집을 나갔던 님이 돌아오시려는지 ◇잠ᄌ든 거시기 싱야단ᄒ누나=잠자던 거시기가 온통 야단을 치는구나. 거시기는 남성의 성기로 발기하여 억제하기 어려움을 말하는 것이다. ◇춤아루 님의 화용이 간절ᄒ여=참으로 님의 예쁜 얼굴 생각이 간절하여.

■ **통석(通釋)** 비가 오려고 하면 땅이 먼저 축축해지는 법이니 하느님께서 비를 내리게 하여주시려는지 땅으로부터 축축한 기운만 돌고

집을 나갔던 님이 돌아오시려는지 잠자듯 가만히 있던 거시기가 온통 야단을 치는구나.

참으로 예쁜 님의 얼굴의 생각이 절실하여 나 못살겠구나.

28.

皮租쏠 못 먹인 희예 물이쑬이도 하도하다

陽德 孟山 酒湯이와 永柔 肅川 換陽이년들 저 다 타먹은 還上를 이 늙은 내게 다 물릴쏜야

邊利란 네 다 물찌라도 밋츨안 내 다 擔當ᄒ오리라.　　　　　　　(海一 629)

皮租(피조)쏠=피좁쌀. 껍질도 제대로 벗기지 않은 좁쌀 ◇못 먹인 희예=먹지 못한 해에 ◇물이쑬이도 하도하다=무리꾸럭이 많기도 많다. 무리꾸럭은 다른 사람의 빚이나 손해를 대신 물어주는 일 ◇陽德·孟山·永柔·肅川(양덕 맹산 영유 숙천)=평안도에 있는 지명(地名) ◇酒湯(주탕)이=술 파는 계집 ◇換陽(환양)이 년=서방질을 하는 계집 ◇타먹은 환상(還上)을=찾아 먹은 환자(還子)를. 환자는 나라에서 봄에 양식을 빌려주고 가을에 받아들이던 제도 ◇내게 다 물릴쏜야=나에게 다 물릴 것이냐? ◇邊利(변리)란 네 다 물찌라도=이자는 네가 다 물더라도 ◇밋츨란 내 다 擔當(담당)ᄒ오리라=본전일랑 내가 다 담당하겠다. 달리, 밑은 여성의 성기를 가리킨다.

■ **통석(通釋)** 피좁쌀도 제대로 먹지 못한 해에 무리꾸럭도 많구나.

양덕·맹산의 술 파는 계집과 영유 숙천의 서방질하는 년들이 제가 다 타먹은 환자를 이 늙은 나에게 다 물릴 것이냐?

이자는 네가 다 물지라도 여자들의 밑은 내가 다 담당하겠다.

제14장 초·중장이 대구(對句)로 된 것

시조는 초장·중장·종장의 3장 형태로 되어 있다. 한시의 경우 절구(絕句)는 기(起)·승(承)·전(轉)·결(結)의 4구(句)로 되어 있고, 율시(律詩)는 절구의 배가 되는 8구로 되어 있으면서 2구를 한 연(聯)이라 하여 수련(首聯)·함련(頷聯)·경련(頸聯)·미연(尾聯)으로 부르고 함련과 경련은 대구(對句)로 짓게 되어 있다. 절구에서도 기구(起句)와 승구(承句)는 대련의 성격이 짙다. 시조도 초장과 중장은 한시 절구의 경우와 마찬가지로 초장과 중장이 기구와 승구처럼 대구의 성격을 가졌고 종장은 마치 한시의 전구(轉句)와 결구(結句)를 합쳐놓은 듯하다. 한시의 절구가 기구에서 시작하여 전구로 이어지기 전에 승구에서 한 번 더 호흡을 가다듬고 넘어가는 것이 한결 여유가 있어 보이는 것처럼, 시조의 경우도 초장에서 시작된 정서를 종장으로 이어가기 전에 중장에서 한 번 더 가다듬고 가는 것이 감정상 여유가 있어 보이고 같거나 비슷한 소리로 이어져 음악적 효과를 거둘 수가 있다.

많은 작품들이 초장과 중장이 대구 형식으로 되어 있다. 초장에서 못 다한 이야기를 바로 중장에서 이어받아 전하고자 하는 내용을 한층 더 분명히 하는 역할을 한다고 하겠다.

1.
가다ㄱ 올디라도 오다ㄱ란 가지 마소
뮈다ㄱ 괼디라도 괴다가란 뮈지 마소
뮈거나 괴거나ㄷ中에 쟈고갈ㄱㄱ ᄒ노라.　　　　　(源國 女唱 46)

가다ㄱ 올디라도=가다가 되돌아올지라도 ◇오다ㄱ란=오다가는 ◇뮈다ㄱ 괼디라도 =미워하다가 사랑할지라도 ◇뮈지 마소=미워하지 마시오.

■ **통석(通釋)** 가다가 되돌아올지라도 오다가는 가지 마시오.
　　　　　　　미워하다가 사랑할지라도 사랑하다가는 미워하지 마시오.
　　　　　　　미워하거나 사랑하거나 간에 자고나 갈까 한다.

2.

가더라소 가더라소 날 왓다가 가더라소
뷘 房 찬 ᄌ리에 혼ᄌ 못 ᄌ 가더라소
밤中만 지ᄂ 닙 솔이에 애ᄯᄂ 듯ᄒ여라.　　　　　　　　　　(解我愁 237)

가더라소=되돌아가더라고 하시오. ◇날 왓다가=내가 왔다가 ◇찬 ᄌ리=차가운 잠자리 ◇지ᄂ 닙 솔이에 애ᄯᄂ 듯=떨어지는 나뭇잎 소리에도 창자가 끊어지는 듯.

■ **통석(通釋)** 되돌아가더라고 하시오, 가더라고 하시오. 내가 왔다가 가더라고 하시오.
　　　　　　　빈방 차가운 잠자리에 혼자서는 못 자고 되돌아가더라고 하시오.
　　　　　　　밤중쯤에 떨어지는 나뭇잎 소리에도 창자가 끊어지는 듯하구나.

3.

가마귀 검은아ᄃ아 海올이 희나ᄃ아
黃새 다리 긴아ᄃ아 올희 다리가 쟈른아ᄃ아
平生에 黑白長短은 나는 몰라 ᄒ노라.　　　　　　　　　　(海一 589)

검은아ᄃ아=검거나 말거나 ◇海(해)올이=해오라기. 백로 ◇희나ᄃ아=희거나 말거나 ◇긴아ᄃ아=길거나 말거나 ◇올희=오리 ◇쟈른아ᄃ아=짧거나 말거나 ◇黑白長短 (흑백장단)=옳고 그름과 장점과 단점. 다른 사람에 대한 평.

■ **통석(通釋)** 까마귀가 검거나 말거나 해오라기가 희거나 말거나

해오라기 다리가 길거나 말거나 오리 다리가 짧거나 말거나
평생에 남의 옳고 그름이나 장단점은 나는 모르는 일이다.

4.

가을바람 업섯더면 꼿치 아니 시들지며
유슈광음 막앗스면 사람 아니 늘그련만
세상싀 그럿 된지라 한탄한들 엇지리.　　　　　　　　(龜蓮帖)

업섯더면=없었더라면　◇시들지며=시들었을 것이며　◇유슈광음=유수광음(流水光陰). 흐르는 물같이 빠른 세월　◇세상싀 그럿 된지라=세상사(世上事)가 잘못된 것이라.　◇엇지리=어쩌랴?

■ **통석(通釋)**　가을바람이 없었더라면 꽃이 아니 시들었을 것이며
　　　　　　　빨리 가는 세월을 막았다면 사람들이 아니 늙으련만
　　　　　　　세상의 모든 일들이 잘못된지라 한탄한들 어쩌랴.

5.

가즈이 가기도 어렵고
안 가즈이 안 가기는 더 어렵도다.
츠라로 슈벽낙똥강(水碧洛東江)의 임몸 쥬거 졔ᄂ 편케.　　(風雅(小) 73) 李世輔

가즈이=가자고 하니　◇츠라로 슈벽낙똥강의=차라리 푸른 물결의 낙동강에　◇임몸='이 몸'의 잘못.　◇쥬거 졔ᄂ 편케=죽어서 저나 편하게.

■ **통석(通釋)**　가고자 하니 가기도 어렵고
　　　　　　　안 가고자 하니 안 가기는 더 어렵다.
　　　　　　　차라리 푸른 물결의 낙동강에 이 몸이 빠져죽어 저나 편하게.

6.

가지 업는 남기 업고 쟝원 업는 집이 업다

부모 업는 즈손 업고 나라 업는 됴졍 업다

엇지타 타향의 나 홀노 의지 업셔.　　　　　　　　　　(風雅 81) 李世輔

남기=나무가　◇쟝원=장원(牆垣). 담장　◇됴졍=조정(朝廷). 임금이 나라의 정치를 하는 곳　◇엇지타=어쩌다　◇의지=의지(依支). 몸을 기댐. 또는 마음을 붙여 도움을 받음.

■통석(通釋)　가지 없는 나무가 없고 담장이 없는 집이 없다.
　　　　　　부모 없는 자손이 없고 나라가 없는 조정이 없다.
　　　　　　어쩌다 타향에 나 혼자서 도움을 받을 곳이나 사람이 없어.

7.

간나히 가는 길흘 스나히 에도드시

스나히 녜난 길흘 계집이 츼도드시

제 남진 제 계집 아니어든 일홈 뭇디 마오려.　　　　　　(松星 6) 鄭澈

간나히=여자가　◇스나히 에도다시=남자가 뺑 돌아가듯이. 피하듯이　◇녜난=가는　◇츼도드시=비켜서 돌아가듯이　◇일홈 뭇디 마오려=이름을 묻지 말구려.

■통석(通釋)　여자가 가는 길을 남자가 뺑 돌아가듯이
　　　　　　남자가 가는 길을 여자가 비켜서 돌아가듯이
　　　　　　제 남편 제 여편네가 아니거든 이름을 묻지 말구려.

8.

갑 업슨 江山이요 말 업슨 綠水로다

일 업슨 淸風이요 실름 업슨 明月이라

아마도 病 업는 이 몸이 놀고 갈가 ᄒ노라.　　　　　　(海朴 483)

실름=시름. 걱정.

■ **통석(通釋)**　값을 따질 수 없는 강산이요 소리는 있으나 말이 없는 녹수로다.

할 일이 없는 것 같은 청풍이요 아무런 걱정이 없는 것 같은 명월이다.

아마도 아무런 병이 없는 이 몸이니 놀고나 갈까 한다.

9.

江頭에 屹立ᄒ니 仰之예 더욱 놉다

風霜에 不變ᄒ니 鑽之예 더욱 굿다

사름도 이 바회 ᄀᆺᄒ면 大丈夫ᄂ가 ᄒ노라.　　　　　　(盧溪集 28) 朴仁老

江頭(강두)에 屹立(흘립)ᄒ니=강어귀 근처에 우뚝 섰으니 ◇仰之(앙지)예=우러러보기에 ◇鑽之(찬지)예=뚫기에 ◇굿다=단단하다. ◇ᄀᆺᄒ면=같으면. 같다고 한다면.

■ **통석(通釋)**　강어귀 근처에 우뚝 솟아 서 있으니 우러러보기에 더욱 높다

세월이 흐름에도 변하지 않으니 뚫기에 더욱 굳다

사람도 이 바위와 같다면 늠름하고 씩씩한 남자가 아닐까 생각한다.

10.

江湖로 가려 하니 聖恩이 깁고 깁고

功名을 하려 하니 白髮이 半華로다

아마도 輔國安民後에 攻成身退하리라.　　　　　　　　(興比賦 86)

江湖(강호)=자연. 시골 ◇功名(공명)=공을 세워 이름을 떨치다 ◇半華(반화)로다=반이나 희었다. ◇輔國安民後(보국안민후)=나랏일을 돕고 백성을 편안하게 한 뒤 ◇功成身退(공성신퇴)=공을 세우고 그 자리에서 물러나다.

■ **통석(通釋)**　자연으로 돌아가려고 하니 임금님의 은혜가 너무 깊고 깊다.

공을 세워 이름을 떨치려고 하니 흰 머리카락이 이미 반이나 되었다.

아마도 나라를 돕고 국민을 편하게 한 뒤에 그 자리에서 물러나리라.

11.

江湖에 노쟈 ᄒ니 聖主를 ᄇ리례고
聖主를 셤기쟈 ᄒ니 取樂애 어긔예라
호온자 岐路에 셔셔 갈 ᄃᆡ 몰라 ᄒ노라.　　　　　(松巖續集) 權好文

노쟈 ᄒ니=놀고자 하니　◇聖主(성주)를 ᄇ리례고=훌륭한 임금을 저버리겠고　◇取樂(취락)애 어긔예라=얻은 즐거움에 어긋나는구나.　◇호온자 岐路(기로)에 셔셔=혼자 갈림길에 서서　◇갈 ᄃᆡ=가야 할 곳을.

■통석(通釋)　강호에 놀고자 하니 훌륭한 임금을 저버리겠고
　　　　　　훌륭한 임금을 섬기고자 하니 얻은 즐거움에 어긋나는구나.
　　　　　　혼자서 갈림길에 서서 가야 할 곳을 모르겠구나.

12.

ᄀᆡ고리 져 ᄀᆡ고리 得得爭躍 하난 겻테
ᄒᆡ오리 져 ᄒᆡ오리 垂垂不飛 하난(는)고나
秋風에 ᄒᆡ오리 펼젹 나니 ᄀᆡ고리 간 곳 업셔 하노라.　　　(金玉 136) 安玟英
(茶山丁承旨詩曰　得得蛙爭躍　垂垂鷺不飛 ; 다산정승지시왈　득득와쟁약　수수노불비 : 다산 정승지의 시에 이르기를 "펄쩍펄쩍 개구리가 다투어 뛰어오르고 차츰차츰 내려오는 백로는 날지를 않는구나.")

得得爭躍(득득쟁약)=팔짝팔짝 다투어 뛰어오르다.　◇垂垂不飛(수수불비)=날개를 드리우고 날지를 아니하다.　◇펼젹 나니=펄떡 나르니. 다산 정약용(丁若鏞)의 시를 가지고 지은 시조이다.

■통석(通釋)　개구리 저 개구리 팔짝팔짝 다투어 뛰어오르는 곁에
　　　　　　해오라기 저 해오라기 날개를 드리우고 날지를 않는구나.
　　　　　　가을바람에 해오라기가 훌쩍 나르니 개구리는 간 곳이 없구나

13.

거두어 드려옴도 이 主人의 할 다시오

미러 내여 씀도 이 主人의 홀 다시라

진실로 出入無節ᄒ면 돈슨키슬 미드랴. (杜谷集 10) 高應陟

거두어 드려옴=거두어 들여오는 것. 벼슬을 안 하는 것 ◇主人(주인)의 할 다시오 =주인이 할 탓이요 ◇미러 내여 씀=밖으로 밀어내서 쓰는 것. 벼슬을 하는 것 ◇出 入無節(출입무절)ᄒ면=들고 나는 것에 절제가 없으면 ◇돈슨키슬 미드랴=적은 돈으 로 산 것을 믿겠느냐?

■ 통석(通釋) 　안으로 거두어 들여오는 것도 이 주인이 할 탓이요

　　　　　　밖으로 밀어내서 쓰는 것도 이 주인이 할 탓이다.

　　　　　　진실로 들고 나는 것이 절제가 없으면 적은 돈으로 산 것을 믿겠느냐?

14.

乾坤이 有意ᄒ야 男兒를 ᄂᆡ엿던이

歲月이 無情ᄒ야 이 몸이 늙엇셰라

功名이 在天흔이 슬허 므슴ᄒ이오. (海周 319) 李鼎輔

乾坤(건곤)이 有意(유의)ᄒ야=천지(天地)가 나름대로의 뜻이 있어. 세상이 ◇ᄂᆡ엿 던이=태어나게 했더니 ◇在天(재천)흔이=하늘에 매여 있으니. 하늘에 달려 있으니 ◇슬허=슬퍼해서.

■ 통석(通釋) 　천지가 나름대로의 뜻이 있어 나를 남자로 태어나게 했더니

　　　　　　세월이 생각 없이 빨리 가서 이 몸이 늙었구나.

　　　　　　공명이 하늘에 매여 있으니 슬퍼해서 무엇을 하겠느냐?

15.

乾坤이 有意ᄒ야 丈夫를 내여시대

歲月이 無情ᄒ야 白髮을 催促ᄒ니

아마도 聖主鴻恩을 못 갑흘가 ᄒ노라.　　　　　　　　　　(歌詞(平洲本) 38)

白髮(백발)을 催促(최촉)ᄒ니=늙기를 재촉하니　◇聖主鴻恩(성주홍은)=훌륭한 임금의 커다란 은혜.

■ **통석(通釋)**　천지가 어떤 뜻이 있어서 나를 장부로 태어나게 했으되
　　　　　　　세월이 너무 빨라서 늙기를 재촉하니
　　　　　　　아마도 임금의 커다란 은혜를 갚지 못할까 걱정이다.

16.

겨월날 ᄃᆞ스흔 볏츨 님 계신 ᄃᆡ 비최고쟈

봄 미나리 슬진 마슬 님의게 드리고쟈

님이야 무서시 업스리마ᄂᆞᆫ 내 못 니저 ᄒ노라.　　　　(靑珍 428)

ᄃᆞ스흔 볏츨=따뜻한 햇볕을　◇봄 미나리~님의게 드리고쟈=봄 미나리의 살진 맛을 임금에게 드리고 싶다. 『여씨춘추(呂氏春秋)』에 나오는 말로 '野人美芹願獻至尊(야인미근원헌지존 : 백성이 맛있는 미나리를 임금에게 드리고 싶다.)'이 있다.　◇무서시 업스리마ᄂᆞᆫ=무엇이 없으랴마는　◇내 못 니저 ᄒ노라=내가 잊지를 못하겠다.

■ **통석(通釋)**　추운 겨울날 따뜻한 햇볕을 님에게 비추게 하고 싶다
　　　　　　　봄 미나리의 향긋한 맛을 님에게 드리고 싶다
　　　　　　　님이야 무엇이 없으랴마는 내가 잊지 못한다.

17.

耕田ᄒ야 朝夕ᄒ고 釣水ᄒ야 飯餐ᄒ며

長腰의 荷鎌ᄒ고 深山의 採樵ᄒ니

내 生涯 이ᄲᅮᆫ이라 뉘라셔 다시 알리.　　　　(兩棄齋散稿 5) 安瑞羽

耕田(경전)ᄒ야 朝夕(조석)ᄒ고=농사를 지어 아침저녁 거리를 장만하고　◇釣水(조수)ᄒ야 飯餐(반찬)ᄒ며='飯餐(반찬)'은 '飯饌(반찬)'의 잘못. 낚시질하여 반찬을 만들

며 ◇長腰(장요)의 荷鎌(하겸)ᄒ고=허리에 낫을 차고 ◇深山(심산)의 採樵(채초)ᄒ니=깊은 산에 가 나무를 채취하니 ◇다시 알리=또 알겠느냐?

- **통석(通釋)**　농사를 지어 끼니를 장만하고 낚시로 반찬은 얻으며
　　　　　　　허리에 낫을 갈아 차고 깊은 산에 가 나무를 해 오니
　　　　　　　나의 삶이 이것뿐이니 누가 다시 알겠느냐?

18.

功名도 니젓노라 富貴도 니젓노라
世上 번우한 일 다 주어 니젓노라
내 몸을 내 ᄆ자 니즈니 ᄂᆞᆷ이 아니 니즈랴.　　　　　　　(靑珍 147) 金光煜

니젓노라=잊었다. ◇번우한 일 다 주어=번우(煩憂)한 일 모두 통틀어. 괴롭고 근심스러운 일 모두를 통틀어 ◇내 ᄆ자 니즈니=내 마저 잊으니.

- **통석(通釋)**　공명도 잊었다. 부귀도 잊었다.
　　　　　　　세상에 괴롭고 근심스러운 일 모두를 관심이 없어 잊었다.
　　　　　　　내 몸을 내 마저 잊으니 남이 아니 잊겠느냐?

19.

功名도 죳타ᄒ나아 閑暇홈과 엇더ᄒ며
富貴를 불어ᄒ나아 安貧에 엇더ᄒ료
이 百年 져 百年 즘옴에 언의 百年이 달을리.　　　　　　　(海周 493)

죳타ᄒ나아=좋다고들 하지만 ◇불어ᄒ나아=부러워하나 ◇엇더ᄒ료=어떠하랴. ◇즘옴에=즈음에. 사이에 ◇언의=어떤 ◇달을리=다르랴.

- **통석(通釋)**　공명이 좋다고들 하지만 한가함과 어떠하며
　　　　　　　부귀를 부러워들 하지만 안빈과는 어떠하나?
　　　　　　　이렇게 사는 백 년 저렇게 사는 백 년 사이에 어떤 백 년이 다르랴.

20.

功名을 즐겨 마라 榮辱이 半이로다.

富貴를 貪치 마라 危機를 밟ᄂ니라.

우리ᄂ 一身이 閑暇커니 두려온 일 업세라.　　　　　　(靑珍 235) 金三賢

즐겨 마라=좋아하지 마라. ◇貪(탐)치 마라=욕심내지 마라. ◇危機(위기)를 밟ᄂ니라=매우 위험한 순간을 밟ᄂ니라. 위기를 겪게 된다. ◇두려온 일 업세라=두려워할 일이 없다.

■ **통석(通釋)**　공명을 좋아하지 마라 영예와 치욕이 반반이다.
　　　　　　부귀를 욕심내지 마라 위험한 고비를 겪느니라.
　　　　　　우리는 내 한 몸이 한가하니 두려워할 일이 없구나.

21.

구룸 빗치 조타 ᄒ나 검기를 ᄌ로 흔다

ᄇ람 소ᄅ 묽다 ᄒ나 그칠 적이 하노매라

조코도 그츨 뉘 업기ᄂ 믈뿐인가 ᄒ노라.　　　　　　(孤山遺稿 14) 尹善道

조트 ᄒ나=깨끗하다고 하나 ◇검기를 ᄌ로 흔다=검기를 자주 한다. 변하기를 자주 한다. ◇그칠 적이 하노매라=그칠 때가 많구나. ◇뉘=때가.

■ **통석(通釋)**　구름 빛이 깨끗하다고들 하지만 검게 변하기를 자주 한다.
　　　　　　바람소리가 맑다고들 하지마는 그칠 때가 많구나.
　　　　　　깨끗하고도 그칠 때가 없는 것은 흘러가는 물뿐인가 한다.

22.

구름은 가건만은 나ᄂ 어이 못 가ᄂ고

비ᄂ 오건만은 님은 어이 못 오ᄂ고

우리도 구름 비 갓타여 오락가락 ᄒ리라.　　　　　　(東國 157)

가건만은=흘러가지만. 떠가지만 ◇어이=왜 ◇갓타여=같아 ◇ㅎ리라=하겠다. 할
것이다.

■ **통석(通釋)** 구름은 마음대로 흘러가지만 나는 왜 못 가는가?
　　　　　　비는 내리지마는 님은 왜 못 오시는가?
　　　　　　우리도 구름이나 비와 같아서 오락가락하겠다.

23.
글을 ㅎ쟈 ㅎ니 인간식자우환시오
활을 쏘자 ㅎ니 내지병재시흉그라
두어라 유유음재 뉘기명이니 단원장취 ㅎ리라.　　　　　　　　　(歌曲 1)

　ㅎ쟈 ㅎ니=배우고자 하니 ◇인간식자우환시오=인간식자우환시(人間識字憂患始)요.
사람들이 글자를 알고부터 근심이 시작되었다. 아는 것이 병이다. ◇쏘자 ㅎ니=활
쏘는 것을 배우고자 하니 ◇내지병재시흉그라=내지병자시흉기(乃知兵者是凶器)라.
곧 병기(兵器)란 것은 흉악한 도구임을 알겠다. ◇유유음재 뉘기명이니=유유음자(惟
有飲者)가 유기명(遺其名)이니. 오직 술을 마시는 사람만이 그 이름을 남기는 것이니
◇단원장취=단원장취(但願長醉). 다만 오랫동안 취하기를 바랄 뿐이다.

■ **통석(通釋)** 글을 배우고자 하니 사람들이 글자를 알고부터 근심이 시작되었고
　　　　　　활 쏘는 것을 배우고자 하니 곧 병기란 것이 흉악한 도구임을 알겠다.
　　　　　　두어라, 오직 술을 마시는 사람만이 그 이름을 남기는 것이니 오랫동
　　　　　　안 취하기를 바랄 뿐이다.

24.
金生麗水ㅣ라 ㅎ들 물마다 金이 남여
玉出崑岡이라 ㅎ들 뫼마다 玉이 날쏜야
암으리 思郎이 重타ㅎ들 님님마다 좃츨야.　　　　　　　　　(海一 412)

金生麗水(금생여수)ㅣ라 ㅎ들=금이 여수에서 나온다고 한들 ◇玉出崑岡(옥출곤강)

이라 한들=옥은 곤강에서 나온다고 한들. 곤강은 중국의 곤륜산(崑崙山). 『천자문』에 나오는 말로, 땅에서 나는 것 가운데 금과 옥이 가장 소중함을 말한다. ◇날쏜야=나 오겠느냐? ◇암으리 思郞(사랑)이 重(중)타 흔들=아무리 사랑이 소중하다고 한들 ◇ 좃츨야=따르랴.

■ **통석(通釋)** 금이 여수에서 나온다고 한들 물마다 다 금이 나오며
옥이 곤산에서 나온다고 한들 산마다 옥이 나오겠느냐?
아무리 사랑이 소중하다고 한들 님들마다 따르겠느냐?

25.
今生 百年 다 놀고셔 來生 百年 다시 노셔
桑田碧海 다 되도록 世世生生 이여 노셔
아모리 天荒코 地老흔들 늬 情죠츠 쓴흘 줄이 잇스랴.   (大東 281)

桑田碧海(상전벽해)=천지가 개벽이 되다 ◇世世生生(세세생생) 이여=몇 번이라도 다시 환생하여 계속해서 ◇天荒(천황)코 地老(지로)흔들=세상이 망한다고 한들 ◇情 (정)죠츠 쓴흘 줄이 잇스랴=정마저 끊어질 까닭이 있겠느냐?

■ **통석(通釋)** 이승에서 백 년을 다 놀고서 오는 세상 백 년을 다시 노세
천지개벽이 다 되도록 몇 번이라도 다시 환생하여 계속 노세
아무리 세상이 망한다고 한들 내 정마저 끊어질 까닭이 있겠느냐?

26.
금음에 지는 달도 十五夜의 다시 밝고
今年에 이운 곳도 明年 三月 다시 퓌네
두어라 월부원 화깅발을 다시 볼가 흐노라.   (源一 715) 羅志成

금음에 지는=그믐에 없어지는 ◇十五夜(십오야)의=보름에 ◇이운=시든 ◇월부원 화깅발=월부원 화갱발(月復圓花更發). 달이 다시 둥글고 꽃이 다시 피는 것.

■ **통석(通釋)**　　그믐이면 지는 달도 보름이 되면 다시 밝고
　　　　　　　　올해에 시든 꽃도 내년 삼월이 되면 다시 피네.
　　　　　　　　두어라, 달이 다시 둥글고 꽃이 다시 피는 것을 다시 볼까 한다.

27.

꼿 보고 됴흔 마음 낙화 될 쥴 아럿쓰며
촉ㅎ의 다정헌 임 이별될 쥴 아럿쓰랴
엇지타 건곤은 변치 안코 인심은 달나.　　　　　　　　　(風雅 385) 李世輔

　보고 됴흔 마음=보고 좋았던 마음　◇촉ㅎ의=촉하(燭下)에. 촛불 아래에　◇아럿쓰랴=알았겠느냐?　◇건곤은 변치 안코 인심은 달라=건곤(乾坤)은 변치 않고 인심(人心)은 달라. 세상은 변하지 않는데 사람의 마음은 한결같지 않다.

■ **통석(通釋)**　　꽃을 보고 좋았던 마음이 꽃이 시들 줄을 알았으며
　　　　　　　　촛불 아래에 다정했던 님이 이별이 될 줄을 알았으랴?
　　　　　　　　어쩌다 세상은 변치 않는데 인심은 한결같지 않아.

28.

꼿치 호졉을 몰나도 그 호졉이 쓸 듸 업고
호졉이 꼿츨 몰나도 그 꼿치 쓸 데 업다
허물며 스름이야 다 일너 무샴.　　　　　　　　　　　(風雅 88) 李世輔

　호졉(蝴蝶)=나비　◇허물며=하물며　◇다 일너 무샴=다 말하여 무엇.

■ **통석(通釋)**　　꽃이 나비를 모른다면 그 나비가 쓸 데가 없는 것이고
　　　　　　　　나비가 꽃을 모른다면 그 꽃이 쓸 데가 없다.
　　　　　　　　하물며 사람들이야 다 말하여 무엇.

29.

꼿치면 다 고으랴 無香이면 꼿 아니요

벗이면 다 벗지랴 無情이면 벗 아니라
아마도 有香 有情키는 님쑌인가.   (歌謠(東洋文庫本) 49)

고으랴=곱겠느냐? ◇無香(무향)이면=향기가 없으면 ◇다 벗지랴=다 벗이겠느냐?

■통석(通釋) 꽃이라면 다 곱겠느냐? 향기가 없으면 꽃도 아니다.
           벗이라면 다 벗이겠느냐? 정이 없으면 벗도 아니다.
           아마도 향기도 있고 정도 있기는 님뿐이 아닌가.

30.
나모 여름 中의 잣ᄀᆞ치 고소ᄒᆞ며
너출 여름 中의 으흐음ᄀᆞ치 고흥덩지랴
으흐음 자 고명 박으면 흘글항글 ᄒᆞ리라.   (永類 211)

나모 여름=나무 열매 ◇너출 여름=넝쿨에 달리는 열매 ◇으흐음=으름. 으름덩굴
의 열매로 가을에 자갈색으로 익어 벌어지는데 맛이 좋다. 목통(木通) ◇고흥덩지랴
=(맛이)고소하고 넘쳐나랴. ◇으흐음 자 고명 박으면=으름과 잣으로 고명을 박으면.
고명은 음식의 모양과 맛을 더하기 위해 음식 위에 뿌리거나 위에 덧놓은 양념 같
은 것 ◇흥글항글=흥글흥글. 마음이 들떠 있는 모양.

■통석(通釋) 나무에 달리는 열매 가운데 잣처럼 고소하며
           넝쿨에 달리는 열매 가운데 으름처럼 맛이 고소하고 넘쳐나랴.
           으름과 잣으로 고명을 박으면 좋아서 마음이 흥글흥글하리라.

31.
나뷔면 다 나뷔며 곳치면 다 곳치랴
나뷔는 범나뷔요 곳츤 화즁왕이라
아마도 곳과 나뷔는 이 읏듬인가.   (風雅 105) 李世輔

화즁왕=화중왕(花中王). 꽃 가운데 왕. 모란을 가리킨다. ◇이 읏듬인가=이것이 첫

째가 아닌가.

■ **통석(通釋)**　나비라면 다 나비며 꽃이라면 다 꽃이겠느냐?

　　　　　　　나비는 범나비가 제일이요 꽃은 화중왕인 모란이 제일이다.

　　　　　　　아마도 꽃과 나비는 모란과 범나비가 첫째인가.

32.

나이 언제런지 어제런지 그제런지

어듸런지 갓던지 누리던지 마라던지

至今에 잇츨 이 업스니 아모른 줄 몰ᄂᆡ라.　　　　　　　　(歌譜(金益煥本) 43)

　나이 언제런지=날이 언제였던지. 때가 ◇어듸런지 갓던지=어디엔가를 갔던지 ◇
누리던지 마라던지=누렸던지 아니었는지. 또는 누구와 만났던지 ◇잇츨 이 업스니=
잊을 까닭이 없으니 ◇아모른 줄 몰ᄂᆡ라=어떠한지를 모르겠다.

■ **통석(通釋)**　때가 언제였던지 어제였던지 그제였던지

　　　　　　　어딘가를 갔던지 누렸던지 아니었는지

　　　　　　　지금에 잊을 까닭이 없으니 어떠한지를 모르겠다.

33.

洛陽城裡見秋風ᄒᆞ니 欲作家書意萬重을

復恐忽忽說不盡ᄒᆞ니 行人臨發又開封이로다

아모나 가실 이 잇거든 님 계신대 傳ᄒᆞᆯ고.　　　　　　　　(樂府(서울大本) 416)

　洛陽城裡見秋風(낙양성리견추풍)ᄒᆞ니=낙양성 안에서 가을바람을 맞으니 ◇欲作家
書意萬重(욕작가서의만중)을=집에 편지를 쓰고자 하나 뜻이 만겹이나 겹치는 것을
◇復恐忽忽說不盡 (부공홀홀설부진)ᄒᆞ니=다시 바빠서 말을 다 하지 못할까 두려워하
니 ◇行人臨發又開封(행인임발우개봉)이로다=행인이 출발을 하려고 하므로 다시 봉
한 것을 뜯어본다. 중국의 시인 장적(張籍)의 「추사(秋思)」를 가져다 시조로 만든 것
이다. ◇아모나 가실 이 잇거든=누구든 갈 사람이 있거든.

■ **통석(通釋)**　낙양성 안에서 가을바람을 맞으니 집에 편지를 쓰고자 하나 뜻이 겹겹
　　　　　이 쌓였음을

　　　　　다시 바빠서 말을 다 하지 못할까 두려워하니 행인이 출발하려고 할
　　　　　때 다시 봉한 것을 뜯어본다.

　　　　　아무나 가는 사람이 있거든 님 계신 곳에 전할까.

34.

남산에 봄이 드니 뉴색 黃金 桃花村이라

大海를 구버보니 어옹 白구의 세계로다

盞 잡고 달덜어 묻ᄂᆞᆫ니 동庭호와 엇더흔이.　　　　　　　(樂府(羅孫本) 752)

뉴색 黃金(황금)=유색(柳色)이 황금빛. 버드나무 빛깔이 꾀꼬리 때문에 누렇다. ◇
어옹 白(백)구의 세계로다=어옹(漁翁)과 백구(白鷗)의 세계로다. 고기잡이 늙은이와
갈매기의 세상이다. ◇달덜어 묻ᄂᆞᆫ니=달에게 묻는다. ◇엇더흔이=어떻더냐.

■ **통석(通釋)**　남산에 봄이 되니 꾀꼬리 때문에 버드나무 빛깔이 노랗고 복숭아꽃이
　　　　　핀 마을이 되었구나.

　　　　　큰 바다를 내려다보니 어부들과 갈매기의 세상이로구나.

　　　　　술잔을 잡고 달에게 묻는다. 중국의 동정호와는 어떠하더냐?

35.

남산은 쳔연산이요 ᄒᆞᆫ강수년 만연수라

북악은 억만봉이요 금쥬임은 만만셰라

우리도 승쥬님 뫼압고 동낙틱평.　　　　　　　(時調(池氏本) 121)

천연산=천년산(千年山). 천년이 지나도 변함이 없는 산 ◇ᄒᆞᆫ강수년 만연수라=한강
수는 만년수(萬年水)라. 한강의 강물은 만년을 흘러도 그치지 않을 물이다. ◇금쥬임
은 만만셰라=금주(今主)님은 만만세(萬萬歲)라. 지금의 임금님은 오래오래 사실 분이
다. ◇승쥬님 뫼압고=성주(聖主)님을 뫼시고 ◇동낙틱평=동락태평(同樂太平). 함께
즐기며 태평한 세월.

남산은 천년이 지나도 변함이 없는 산이요 한강물은 만년을 흘러도
그치지 않는 물이다.

북악산은 억만이나 되는 봉우리요 지금의 임금님은 오래오래 사실 분
이다.

우리도 훌륭한 임금님을 뫼시고 함께 즐기며 태평한 세월을.

36.

藍色도 안인내외 草綠色도 안인내외

唐多紅 眞粉紅에 軟半物도 안인내외

閣氏네 物色을 모르셔도 나는 眞男인가 ᄒ노라.   (海一 568)

안인내외=아니네요. ◇唐多紅(당다홍)=중국에서 난 짙은 붉은 빛깔 ◇眞粉紅(진분
홍)=짙은 분홍빛 ◇軟半物(연반물)=연한 검은빛을 띤 남빛 ◇物色(물색)=물건의 빛깔
또는 세상의 물정 ◇眞男(진남)인가=참된 남자인가? '眞藍(진남)'으로 표기된 곳도
있다.

■ **통석(通釋)** 남색도 아니네요 초록색도 아니네요
붉은색 분홍색에 연한 검은빛을 띤 남색도 아니네요
각시네 세상의 물정을 모르셔도 나는 참된 남자인가 한다.

37.

남의 임 거러두고 속 몰나 쓴는 이와

졍든 임 이별ᄒ고 보고 십퍼 그린 이를

아마도 분슈ᄒ면 그린 이가 나으련이.   (風雅 139) 李世輔

남의 님 거러두고=임자가 있는 님과 약속을 하고 ◇속 몰나 쓴는 이와=마음 씀씀
이를 몰라 쓰이는 심정과 ◇그린 이를=그리워하는 심정을 ◇분슈ᄒ면=분수(分手)하
면 또는 분수(分數)하면. 떨어져 있어보면 또는 헤아려보면 ◇나으련이=나을 것이다.

■ **통석(通釋)** 임자가 있는 님과 약속을 하고 마음 씀씀이를 몰라 쓰이는 심정과

정든 님과 이별하고 보고 싶어 그리워하는 심정을
아마도 서로 떨어져 있어보면 그리워하는 심정이 더 나을 것이다.

38.
님의 臣下 되면 爲國忠誠홀 거시요
님의 子息 되거든 孝養父母할진니
두어라 忠孝늘 못하면 亂臣賊子을 免홀손야.　　　　　(啓明大本 靑丘永言 98)

爲國忠誠(위국충성)홀 거시요=나라를 위해 충성을 다할 것이요. ◇孝養父母(효양
부모)할진니=부모를 정성껏 봉양해야 할 것이니 ◇亂臣賊子(난신적자)=나라를 어지
럽히는 신하와 어버이를 해치는 자식.

■ 통석(通釋)　남의 신하가 되었으면 나라를 위해 충성을 다할 것이요
　　　　　　　남의 자식이 되었으면 부모를 위해 정성껏 효도해야 할 것이니
　　　　　　　두어라 충성과 효도를 못하면 못된 신하와 자식을 벗어날 수가.

39.
내 길흔 완완ᄒ니 압희 몬져 셔오쇼셔
내 밧츤 넉넉ᄒ니 ᄀ흘 몬져 갈ᄅ쇼셔
어즙어 녜 죠흔 풍속을 다시 볼가 ᄒ노라.　　　　　(警民編 17) 李廷燿

내 길흔 완완ᄒ니=내 길은 완완(緩緩)하니. 내가 갈 길은 급하지 않으니 ◇ᄀ흘=
가을. 농사(農事) ◇갈ᄅ쇼셔=지으시오. 가시오. ◇어즈버=아! 감탄사 ◇녜 죠흔=예
전에 좋았던.

■ 통석(通釋)　내 갈 길은 바쁘지 않으니 앞에 먼저 가십시오.
　　　　　　　내 밭은 넉넉하니 농사일을 먼저 하십시오.
　　　　　　　아! 예전의 좋은 풍속을 다시 볼 수 있을까 한다.

40.

내 낫거던 네 나지 말거나 네 낫거던 내 나지 말거나

보와던 믭거나 못 보와 잇치거나

아마도 相思 진졍은 네을 간ᄒᆞ노라.　　　　　　　(啓明大本 靑丘永言 262)

내 낫거던 네 나지 말거나=내가 태어났으면 네가 태어나지 말거나 ◇보와던 믭거나=만나보았으면 믭거나 ◇못 보와 잇치거나=못 보았으면 잊어버리거나 ◇相思(상사) 진졍은=그리워하며 느끼는 정은 ◇네을 간ᄒᆞ노라=너를 간(看)하노라. 너를 보았구나.

■ **통석(通釋)**　내가 태어났으면 네가 태어나지 말거나 네가 태어났으면 내가 태어나지 말거나

만나보았다면 미워하거나 못 보았으면 잊어버리거나

아마도 서로 그리워하는 참다운 정은 너를 보았구나.

41.

내 ᄆᆞ음 定ᄒᆞᆫ 後니 爲貧而仕 거즛말이

내 몸을 自專티 못ᄒᆞ니 爲親而屈이 올흔 말이

이제나 養極專城ᄒᆞ니 도라갈가 ᄒᆞ노라.　　　　(兩棄齋散稿) 安瑞羽

定(정)한 後(후)니=결정한 다음이니 ◇爲貧而仕(위빈이사)=가난 때문에 벼슬한다. ◇自專(자전)티=스스로 마음대로 못하니 ◇爲親而屈(위친이굴)=어버이를 위해 절개를 굽힘 ◇養極專城(양극전성)ᄒᆞ니=‘城(성)’은 ‘誠’(성)의 잘못. 어버이의 봉양에 정성을 극진히 해야 하니.

■ **통석(通釋)**　내 마음을 결정한 다음이니 가난 때문에 벼슬살이를 한다는 말이 거짓말이.

내 몸을 스스로 마음대로 못하니 어버이를 위해 절개를 굽힌다는 것이 옳은 말이.

이제는 어버이의 봉양에 정성을 다 해야 하니 벼슬을 그만두고 돌아갈까 한다.

42.

내 몸이 병이 하니 어닉 버디 즐겨 오리
녜부터 그러ᄒ니 ᄇ라도 쇽졀업다
두어라 風月이 버디어니 글로 노다 엇더료.　　　　　(葛峰遺稿 60) 金得研

하니=많으니. 있으니 ◇어닉 버디 즐겨 오리=어느 벗이 좋아서 찾아오겠느냐? ◇
녜부터 그러ᄒ니=예전부터 그러했으니 ◇ᄇ라도 쇽졀업디=원해도 어쩔 수 없다. ◇
風月(풍월)이 버디어니=자연(自然)이 벗이니 ◇글로 노다 엇더료=그와 더불어 논다
고 한들 어떠랴.

■ **통석(通釋)**　내 몸에 병이 있으니 어느 벗이 좋아서 오겠느냐?
　　　　　　　예전부터 그러하였으니 원해도 어쩔 수 없다
　　　　　　　두어라, 풍월도 벗이니 그와 더불어 논들 어떠랴.

43.

내 貧賤 보내려 ᄒ들 이 貧賤 뉘게 가며
ᄂᆷ의 富貴 오과다 ᄒ들 져 富貴 내게 오랴
보내디도 청티도 말고 내 분대로 ᄒ리라.　　　　　(葛峰先生遺墨 20) 金得研

보내려 ᄒ들=보내고자 한들 ◇뉘게 가며=누구에게 가겠으며 ◇오과다 ᄒ들=오고
싶다고 한들. 오라고 한들 ◇보내디도 청티도 말고=보내지도 요청하지도 말고 ◇분
대로=분수(分數)대로.

■ **통석(通釋)**　나의 빈천을 내보내려고 한들 이 빈천이 누구에게로 가며
　　　　　　　남의 부귀가 오고 싶다고 한들 저 부귀가 나에게로 오겠느냐?
　　　　　　　내보내려고도 요청하려고도 말고 내 분수대로 하리라.

44.

내 시름 어딕 두고 ᄂᆞ믹 우음 블리잇가
내 술잔 어딕 두고 ᄂᆞ믹 므레 들니잇가

옥 ᄀᄐᆞᆫ 처엄 ᄆᆞᆷ이야 가실 주리 이시랴.　　　　　　　　(松星 60) 鄭澈

시름=시름. 걱정 ◇ᄂᆞ믜 우움 블리잇가=남의 웃음을 부러워할까? ◇므레 들니잇
가=물에 들겠습니까. 남의 술잔을 마시겠습니까 ◇옥 ᄀᄐᆞᆫ 처엄 ᄆᆞᆷ이야=깨끗한
처음의 마음이야 ◇가실 주리 이시랴=변할 까닭이 있겠습니까.

■ **통석(通釋)**　　내 시름을 어디에 두고 남의 웃음을 부러워하리까.
　　　　　　　　내 술잔은 어디에 두고 남의 술잔을 들겠습니까.
　　　　　　　　옥같이 깨끗한 처음의 마음이야 변할 까닭이 있겠습니까.

45.
내 히 죠타 ᄒᆞ고 ᄂᆞᆷ 슬흔 일 ᄒᆞ지 말며
ᄂᆞᆷ이 ᄒᆞᆫ다 ᄒᆞ고 義 아니면 좃지 말니
우리ᄂᆞᆫ 天性을 직희여 삼긴대로 ᄒᆞ리라.　　　　　　　　(靑珍 341)

내 히 죠타 ᄒᆞ고=내 하기가 좋다고 하고 ◇슬흔=하기 싫어하는 ◇좃지 말니=따
르지 말 것이니.

■ **통석(通釋)**　　내 하기가 좋다고 남이 하기 싫어하는 일 하지 말며
　　　　　　　　다른 사람이 한다고 해서 옳은 일 아니면 따르지 말 것이니
　　　　　　　　우리는 타고난 성품을 그대로 지켜 있는 그대로 행동하겠다.

46.
넙엿ᄒᆞ쟈 ᄒᆞ니 모난 듸 ᄀᆞ일셰라
두렷ᄒᆞ쟈 ᄒᆞ니 ᄂᆞᆷ의 손듸 둘릴셰라
外 두렷 內 번듯ᄒᆞ면 ᄀᆡ둘릴 줄 이시랴.　　　　　　　　(靑珍 345)

넙엿ᄒᆞ쟈 ᄒᆞ니=넓적하게 하고자 하니 ◇모난 듸 ᄀᆞ일셰라=모난 곳이 갈릴까 두렵
다. ◇두렷ᄒᆞ쟈=둥그렇게 만들고자 ◇ᄂᆞᆷ의 손듸=남의 손에. 남에게 ◇둘릴셰라=휘둘
릴세라. ◇外 두렷 內 번듯ᄒᆞ면=밖은 둥글고 안쪽이 반듯하면. 남보다 낮게 되면 ◇

긔둘릴 줄 이시랴=휘둘릴 까닭이 있겠느냐?.

- **통석(通釋)**　넓적하게 만들고자 하니 모난 곳이 갈리게 될까 두렵다.
  둥그렇게 만들고자 하니 남에게 휘둘릴까 두렵다.
  바깥이 둥글고 안쪽이 반듯하다고 남에게 휘둘릴 까닭이 있겠느냐.

47.
네 집 상ᄉ들흔 어도록 출호슨다
네 쓸 셔방은 언제나 마치ᄂ슨다
내게도 업다커니와 돌보고져 ᄒ노라.　　　　　　(松星 12) 鄭澈

상ᄉ들흔=상사(喪事)들은. 어려운 일들은　◇어도록 출호슨다=어느 만큼이나 차렸
는가. 어떻게 끝냈는가　◇언제나 마치ᄂ슨다=언제쯤 맞이하느냐　◇업다커니와 돌보
고져=없지만 같이 걱정하고자.

- **통석(通釋)**　네 집의 어려운 일들을 어떻게 끝내려 하느냐?
  네 딸의 서방은 언제쯤이나 맞이하느냐?
  내게도 별로 가진 것이 없으나 돌보아주고자 한다.

48.
綠駬霜蹄 슬지게 먹여 시ᄂ물에 씨셔 타고
龍泉雪鍔 들게 ᄀ라 다시 쌘혀 두러메고
丈夫의 爲國忠節을 적셔볼가 ᄒ노라.　　　　　　(甁歌 799)

綠駬霜蹄(녹이상제)=준마(駿馬)의 이름. 녹이는 주(周)나라 목왕(穆王)의 팔준마(八
駿馬)의 하나. 상제는 굽에 흰 털이 난 좋은 말　◇龍泉雪鍔(용천설악)=보검(寶劍)의
이름　◇쌘혀 두러메고=빼어 둘러메고　◇爲國忠節(위국충절)=나라를 위한 충성된 절
개　◇적셔볼가='세워볼가'의 잘못인 듯.

- **통석(通釋)**　녹이와 상제 같은 준마를 살지게 먹여 시냇물에 씻어 타고

용천과 설악 같은 보검을 잘 들도록 갈아 다시 빼어 둘러메고
사내대장부의 나라를 위한 충성과 절개를 세워볼까 한다.

49.

놉푸락 나즈락 하며 멀기와 갓갑기外

모지락 둥그락 ᄒ며 길기와 져르아와

平生에 이러ᄒ엿스니 무삼 근심 잇스리.　　　　　(金玉叢部 24) 安玟英

(雲崖朴先生 平生有喜無怒 待人接物也 每每悅之 可謂君子之風 ; 亦可謂無愁太平翁 : 운애박
선생 평생유희무노 대인접물야 매매열지 가위군자지풍 역가위무수태평옹 : 운애 박선생은 평
생 동안 사람을 대하거나 사물에 접했을 때 기뻐하고 노여워할 줄 몰랐다. 매번 기뻐했다. 군
자의 풍도가 있다고 이를 만하고 또한 근심이 없는 태평한 늙은이라 이를 만하였다.)

놉푸락 나즈락하며=높으락 낮으락 하며(高低) ◇멀기와 갓갑기外(외)='外'는 '와'
의 잘못. 멀기와 가깝기와(遠近) ◇모지락 둥그락 하며=모나고 원만하며(方圓) ◇길
기와 져르아와=길기와 짧기와(長短) ◇이러ᄒ엿스니=이렇게 살아왔으니 ◇무삼 근심
잇스리=무슨 근심이 있으랴? 스승인 박효관을 두고 지은 시조이다.

- **통석(通釋)**　　높으락 나즈락 하며 멀기와 가깝기와

　　　　　　　　모나고 원만하며 길기와 짧기와

　　　　　　　　생전에 성품이 이렇게 살아왔으니 무슨 근심이 있으랴?

50.

雷霆이 破山ᄒ야도 聾者는 몯 듣ᄂ니

白日이 中天ᄒ야도 瞽者는 몯 보ᄂ니

우리는 耳目聰明 男子로 聾瞽 ᄀᆞᆮ디 마로리.　　　　　(陶山六曲板木 8) 李滉

雷霆(뇌정)이 破山(파산)ᄒ여도=천둥소리가 요란하여 산을 깨뜨려도 ◇聾者(농자)
는 몯 듣ᄂ니=귀머거리는 못 듣는다. ◇白日(백일)이 中天(중천)하야도=해가 하늘에
떴어도 ◇瞽者(고자)=장님 ◇耳目聰明(이목총명)=듣거나 보는 데 지장이 없다. 똑똑
하다. ◇聾瞽(농고) ᄀᆞᆮ디 마로리=귀머거리와 장님 같지는 않으리라.

천둥이 산을 파헤쳐도 귀머거리는 못 듣는다.

해가 하늘 한가운데 떠도 장님은 못 본다.

우리는 듣고 보는 데 지장이 없는 남자로 귀머거리나 장님같이 행동하지 않으리라.

51.

닐어나 쇼 먹인이 曉星이 三五ㅣ로다

들으을 불아보니 黃雲色도 죠코좃타

암아도 農家의 興味는 이쑨인가 ᄒ노라.　　　　　　　(靑丘歌謠 36) 金振泰

닐어나=아침에 일어나서　◇曉星(효성)이 三五ㅣ로다=샛별이 몇 개 떴다. 먼동이 텄다.　◇들으을 불아보니=들을 바라보니　◇黃雲色(황운색)도 죠코좃타=누렇게 익은 벼의 색깔이 좋고도 좋다.　◇農家(농가)의 興味(흥미)는=농사짓고 사는 재미는.

■통석(通釋)　아침에 일어나 소를 먹이니 샛별이 몇 개 떠 있구나.

들을 바라보니 누렇게 익은 벼의 색깔도 좋기도 좋구나.

아마도 농사짓는 사람의 재미는 이것뿐인가 한다.

52.

님 보신 둘 보고 님 뵈온 듯 반기로다

님도 너을 보고 날 본 듯 반기ᄂᆞᆫ가

출하리 저 둘이 되여셔 비최여나 보리라.　　　　　　　(瓶歌 180) 李元翼

반기로다=반긴다.　◇반기ᄂᆞᆫ가=반길까?

■통석(通釋)　나는 님이 보신 달을 쳐다보고 마치 님을 뵈온 듯 반긴다.

님도 너를 보고서 나를 본 것처럼 반기실까?

차라리 저 달이 되어 비추어나 보겠다.

53.

님은 죽어가셔 靑山이 도여 잇소

나는 죽어가셔 접동싀 도여심싀

春山의 접동이 울거든 날인 줄을 싱각ᄒᆞ소.　　　　　　　　(海朴 439)

죽어가셔=죽어서 ◇도여 잇소=되어 있으시오. ◇도여 심싀=되어 있겠소. ◇접동=
접동새 ◇날인 줄=나인 줄.

■ **통석(通釋)**　　님은 죽어서 청산이 되어 있으시오.

　　　　　　　　나는 죽어서 접동새가 되어 있겠소.

　　　　　　　　봄철 산에 접동새가 울거든 나인 줄로 생각하십시오.

54.

달아 너를 보니 님 본 다시 반가워라

님도 너를 보고 날 본 다시 반기던야

져 달아 明氣를 빌여라 나도 보게.　　　　　　　　(時調演義 46) 林重桓

본 다시=본 것처럼 ◇반기던야=반가워하더냐? ◇明氣(명기)를 빌여라=명랑하고
환한 얼굴빛을 빌려다오(보여다오).

■ **통석(通釋)**　　달아, 너를 보니 님을 본 것처럼 반갑구나.

　　　　　　　　님도 너를 보고 나를 본 것처럼 반가워하더냐?

　　　　　　　　저 달아 명랑하고 환한 빛을 보여다오, 나도 너를 볼 수 있게.

55.

돌은 ᄒᆞ돌이로듸 온 天下에 다 빗최고

눈은 둘이로듸 먼 듸 님 못 보ᄂᆞ니

보거나 못 보거나 中에 消息조차 긋처ᄂᆞ니.　　　　　　　　(解我愁 359)

보ᄂᆞ니=보는구나. ◇긋처ᄂᆞ니=끊어졌구나.

달은 반달이라도 온 천하에 다 비추고
눈은 둘이지만 먼 곳의 님을 못 보는구나.
보거나 못 보거나 간에 소식마저 끊어졌구나.

56.

들이 하 불그니 三更이 낫이로다

바람 서늘ᄒ니 六月이 ᄀ을이라

이 淸風明月을 두고 아니 놀고 어이ᄒ리.(閑適)   (古今 156)

하 불그니=너무 밝으니 ◇三更(삼경)이 낫이로다=한밤중이 대낮과 같구나. ◇ᄀ을
이라=가을과 같구나. ◇어이ᄒ리=어찌하랴?

■ 통석(通釋)   달이 너무나 밝으니 한밤중이 대낮과 같구나.
바람이 서늘하니 유월이 마치 가을과 같구나.
이런 맑은 바람과 밝은 달을 두고서도 아니 놀고 어찌하겠느냐?

57.

들이 하 불그니 三更이 낫지로다

秋風이 건듯 부니 萬山이 곳지로다

좀 ᄭᆡ야 虛浪흔 ᄆᆞ음이 우즑우즑 ᄒ노매라.   (永類 203)

하=너무. 아주 ◇낫지로다=한낮과 같구나. ◇건듯=잠깐 ◇萬山(만산)이 곳지로다=
많은 산들이 꽃이로구나. 많은 산에 단풍이 들었구나. ◇虛浪(허랑)흔 ᄆᆞ음=들떠 있
는 마음 ◇우즑우즑=우쭐우쭐.

■ 통석(通釋)   달이 너무 밝으니 한밤중이 대낮이로구나.
가을바람이 잠깐 부니 모든 산이 꽃이 핀 것 같구나.
잠을 깨어 바라보니 들떠 있는 마음이 우쭐우쭐 하는구나.

58.

돍아 우지 마라 옷 버셔 中天 쥬마

날아 새지 말아 돍의 손 비러노라

숨구즌 東녁 되이는 漸漸 발가 오드라.　　　　　　　　(詩歌(朴氏本) 495)

中天(중천) 쥬마='重錢(중전)'의 잘못. 전당 잡힌 돈을 주겠다. ◇돍의 손 비러노라
=닭에게 빌어도 보았다. ◇숨구즌 東(동)녁 되이는=심술궂은 동쪽은 ◇발가오드라=
밝아오더라.

- **통석(通釋)**　　닭아, 울지 마라 옷을 벗어서라도 전당 잡힌 돈을 주마

　　　　　　　　　날아, 새지 마라 닭에게 빌어도 보았다.

　　　　　　　　　심술궂은 동쪽 하늘은 점점 밝아오더라.

59.

당쵸의 몰나써면 이별이 웨 잇스며

이별될 줄 아럿스면 당쵸의 정 업스런이

앗지타 셰샹인심이 시동이 달나.　　　　　　　　　(風雅 123) 李世輔

당쵸의 몰나써면=당초(當初)에 몰랐다면. 처음에 몰랐다면 ◇웨 잇스며=왜 있으며
◇아럿스면=알았다면 ◇앗지타=어쩌다 ◇시동이 달나=시종(始終)이 달라. 처음과 끝
이 달라.

- **통석(通釋)**　　처음부터 서로 몰랐다면 이별이 왜 있으며

　　　　　　　　　이별이 될 줄 알았다면 처음부터 정이 없었을 것이니

　　　　　　　　　어쩌다 세상의 인심이 처음과 끝이 달라.

60.

대쵸 볼 불굴 柯枝 에후루혀 굴희 쓰고

올밤 벙근 柯枝 휘두두려 굴희 주어

벗 모화 草堂에 드러가니 술이 풍풍 이셰라.　　　　　　(靑珍 433)

에후루혀=에둘러 당겨. 둥글게 휘어 당겨 ◇굴희 쓰고=가리어 따고 골라 따고 ◇
올밤=제철보다 일찍 여문 밤 ◇벙근=벌어진 ◇굴희 주어=가려 주워서 ◇벗 모화=벗
을 불러 모아 ◇풍풍 이세라=아주 많이 있구나.

■ **통석(通釋)**　대추 볼이 붉게 물들어 달려 있는 가지를 휘둘러 당겨 골라 따고
　　　　　　　올밤이 벌어져 달려 있는 가지를 막대기로 휘두들겨 골라 주워
　　　　　　　벗을 불러 모아 초당으로 들어가니 술이 아주 많이 있구나.

61.
德으로 일삼으면 제 分인 줄 제 모로며
懲忿을 져버보면 窒慾인들 뉘 모르리
學文을 보뵈로 아라야 去取適中 ᄒ리라.　　　　　　　　(靑珍 193) 郞原君

제 分(분)인 줄 제 모로며=제 분수인 줄을 제가 모르며 ◇懲忿(징분)=분한 생각을
경계하는 것 ◇져버보면=망각하면. 또는 헤아려보면 ◇窒慾(질욕)인들 뉘 모르리=욕
심을 막는 것을 누가 모르랴? ◇보뵈로 아라야=보배처럼 소중하게 알아야 ◇去取適
中(거취적중)=버리고 취함을 알맞게 하다.

■ **통석(通釋)**　덕행으로 일삼으면 제 분수인줄 제가 모르며
　　　　　　　분한 생각을 경계하는 것을 망각하면 욕심을 막을 줄을 누가 모르랴.
　　　　　　　공부하는 것을 보배로 알아야 버리고 취함을 알맞게 할 것이다.

62.
桃花은 點點紅이요 綠柳는 絲絲綠이라
花間蝶舞는 紛紛雪이요 柳上鶯飛는 片片黃이라
아마도 花紅柳綠하니 春二色인가.　　　　　　　　(雜誌(平洲本) 201)

點點紅(점점홍)이요=꽃잎마다 붉다. ◇絲絲綠(사사록)이라=가지마다 푸르다. ◇花
間蝶舞(화간접무)는 紛紛雪(분분설)이요=꽃 사이에 춤추는 나비는 펄펄 날리는 눈과
같다. ◇柳上鶯飛(유상앵비)는 片片黃(편편황)이라=버드나무에 날아다니는 꾀꼬리는
조각조각 노랗다. ◇花紅柳綠(화홍유록)하니 春二色(춘이색)인가=꽃은 붉고 버들은

푸르니 봄은 두 가지색뿐인가.

- **통석(通釋)** 복사꽃은 꽃잎마다 붉고 푸른 버들은 가지마다 푸르다.
  꽃 사이에 춤추는 나비는 펄펄 날리는 눈과 같고 버드나무에 날아다니는 꾀꼬리는 조각조각 금이다.
  아마도 꽃은 붉고 버들은 푸르니 봄은 이 두 가지 색뿐인가.

63.
東山에 布穀새 울고 南林에 倉庚이 운다
農夫는 보리를 갈고 村婦는 뽕 눈을 본다
아마도 太平한 百姓은 田家인가.　　　　　　　　　　　(樂高 965)

布穀(포곡)새=뻐꾸기　◇倉庚(창경)=꾀꼬리　◇村婦(촌부)=시골 아낙네　◇田家(전가)=농부들.

- **통석(通釋)** 동쪽 산에 뻐꾸기가 울고 남쪽 숲에 꾀꼬리가 운다.
  농부는 보리를 갈고 촌 아낙네는 뽕나무 눈을 살펴본다.
  아마도 태평한 시대의 백성들은 농부들인가.

64.
두고 가는 의 안 보내고 잇는 의 안과
두고 가는 이는 雪擁藍關에 馬不前뿐이여니
보내고 잇는 의 안흔 芳草年年에 恨不窮이로다.　　　　(靑珍 468)

두고 가는 의 안=두고 가는 사람의 마음과　◇雪擁藍關(설옹남관)에 馬不前(마부전)뿐이여니=눈이 남관을 가리고 있어 말이 앞으로 나가지 못하는 것과 같을 뿐이니. 당나라 문인 한유(韓愈)의 시구이다.　◇芳草年年(방초연년)에 恨不窮(한불궁)이로다=해마다 봄이 되면 풀은 무성하건만 한은 다하지 않았다.

- **통석(通釋)** 님을 두고 가는 사람의 마음과 님을 보내고 있는 사람의 마음과

두고 가는 사람은 눈이 남관을 막고 있어 말이 앞으로 나가지 못하는 심정과 같고

보내고 있는 사람의 심정은 해마다 봄이 되면 풀은 무성하건만 한은 다하지 않았다.

65.

두 귀를 넙게 ᄒ니 閑中예 今古이로다

두 눈을 볼게 ᄒ니 靜裡예 乾坤이로다

ᄒ믈며 豁然處에 올ᄅ면 日月인들 멀니까.　　　　　　　(杜谷集) 高應陟

넙게 ᄒ니=넓게 하여 들으니 ◇閑中(한중)예 今古(금고)이로다=한가한 속에서도 예전 것과 지금의 것을 들을 수 있다. ◇볼게 ᄒ니=자세히 살피니 ◇靜裡(정리)에 乾坤(건곤)이로다=고요한 속에 하늘과 땅이 다 보인다. ◇豁然處(활연처)에 올ᄅ면=앞이 탁 트인 곳에 올라갈 수 있다면 ◇멀니까=멀겠습니까?

■ **통석(通釋)**　두 귀를 넓게 하여 들으니 한가한 가운데에도 예전과 지금의 일들을 들을 수 있다.

두 눈으로 자세히 살피니 고요한 속에 세상이 다 보인다.

하물며 앞이 탁 트인 곳이 올라갈 수 있다면 해와 달인들 멀겠습니까?

66.

燈盞불 그무러갈 지 窓前 집고 드ᄂ 님과

ᄉ벽들 지실 적에 고쳐 안고 눕ᄂ 님은

眞實노 白骨塵土 된들 이즐 줄이 이시랴.　　　　　　　(甁歌 742)

그무러갈 지=꺼져갈 때에 ◇窓前(창전) 집고 드ᄂ=창틀을 잡고 들어오는 ◇지실 적에=지샐 때에 ◇고쳐 안고 눕ᄂ=다시 끌어안고 자리에 눕는 ◇白骨塵土(백골진토) 된들=죽는다고 한들 ◇잊을 줄이 이시랴=잊을 까닭이 있겠느냐?

■ **통석(通釋)**　등잔불이 꺼져갈 때에 창틀을 잡고 들어오는 님과

새벽달이 샐 녘에 다시 끌어안고 눕는 님은

진실로 죽어 흙이 된들 잊을 까닭이 있겠느냐?

67.

마ᄅᆞ쇼셔 마ᄅᆞ쇼셔 移都 ᄠᅳᆺ 마ᄅᆞ쇼셔

一百적 勸ᄒᆞ여도 마ᄅᆞ쇼셔 마ᄅᆞ쇼셔

享千年 不拔鞏基를 더져 어히ᄒᆞ시릿가.　　　　　(漆室遺稿 9) 李德一

마ᄅᆞ쇼셔=하지 마십시오. ◇移都(이도)=도읍을 옮기다. ◇一百(일백)적=백 번이나 ◇享千年(향천년) 不拔鞏基(불발공기)를=천 년을 누려도 뽑히지 아니할 단단한 터전을 ◇더져=던져. 내버려 ◇어히ᄒᆞ시릿가=어찌하시렵니까?

■**통석(通釋)**　하지 마십시오. 하지 마십시오. 도읍을 옮길 뜻 하지 마십시오.

일백 번을 권하여도 하지 마십시오. 하지 마십시오.

천년을 누려도 뽑히지 아니할 단단한 터전을 내버려 어찌 하시렵니까?

68.

마롤디여 마롤디여 이 싸홈 마롤디여

尙可更東西를 싱각ᄒᆞ야 마롤디여

진실로 말기옷 말면 穆穆濟濟 ᄒᆞ리라.　　　　　(漆室遺稿 15) 李德一

마롤디여=그만둘지어다. ◇尙可更東西(상가갱동서)=또다시 동이다 서이다 하고 다툴 ◇말기옷 말면=그만두기로 한다면 ◇穆穆濟濟(목목제제)=온화하고 엄숙하다.

■**통석(通釋)**　그만둘지어다 그만둘지어다 이 싸움을 그만둘지어다

또다시 동이다 서이다 하고 다툴 생각을 그만둘지어다

참으로 그만두기로 한다면 온화하고 엄숙하게 될 것이다.

69.

마리쇼셔 마리쇼셔 이 싸홈 마리쇼셔

至公無私히 마리쇼셔 마리쇼셔 마리쇼셔

진실로 마리옷 마리시면 蕩蕩平平 ㅎ리이다.　　　(漆室遺稿 16) 李德一

至公無私(지공무사)=지극히 공평하고 사사로움이 없다　◇蕩蕩平平(탕탕평평)=어느
쪽에도 치우치지 않다.

■ **통석(通釋)**　하지 마십시오 하지 마십시오 이 싸움 하지 마십시오

지극히 공평하고 사사로움이 없게 하지 마십시오 하지 마십시오 하지
마십시오

참으로 하지 않기로 하신다면 어느 쪽으로도 치우치지 않을 것입니다.

70.

맛나서 다정헌 말리 그려셔 싱각이요

그려셔 싱각든 말리 만나서 다정컨마는

엇짓타 그린 졍이 변키 쉬워.　　　(風雅 97) 李世輔

날리=말이　◇그려셔=그리워해서　◇엇짓타=어쩌다　◇그린 졍이 변키 쉬워=그리워
했던 정이 바뀌기는 쉬워.

■ **통석(通釋)**　둘이 만나서 다정했던 말이 서로 그리워서 생각이 나고

그리워해서 생각했던 말이 서로 만나서 다정하건만

어쩌다 서로 그리워하던 정이 바뀌기가 쉬워

71.

末世 人物이라 흔들 上古人物 다를넌가

偏邦 人物이라 흔들 中國人物 다를넌가

으즙어 天生人物이라 古今中外 分揀 알게.　　　(頤齋亂稿) 黃胤錫

末世人物(말세인물)이라 흔들=어지럽고 쇠퇴하여가는 세상에 사는 사람이라고 한들 ◇다를넌가=다르겠는가. ◇偏邦(편방)=변두리에 있는 나라 ◇으즙어=어즈버. 감탄사 ◇天生人物(천생인물)이라=하늘이 낳은 사람이라. 낸 ◇古今中外(고금중외)=예전과 지금, 중앙과 변두리.

■ **통석(通釋)** 어지럽고 쇠퇴하여가는 세상에 사는 사람이라고 한들 예전의 훌륭한 사람과 다르겠는가?

변방 치우친 곳에 사는 사람이라고 한들 중국에 사는 사람들과 다르겠는가?

아! 하늘이 낳은 사람이니 고금과 중외를 분간하여 알 수 있게.

72.

말슴을 글희여 내면 결을 일이 바히 업고

無逸을 죠하ᄒ면 貪慾인들 이실소냐

一毫ㅣ나 밧긔 일ᄒ면 헷工夫ㄴ가 ᄒ노라.　　　　　(靑珍 194) 朗原君

글희여 내면=골라서 하게 되면 ◇결을 일이 바히 업고=다툴 일이 전혀 없고 ◇無逸(무일)=편안하기를 바라지 않는다. 안일에 흐르지 않는다. ◇죠하ᄒ면=좋아하면 ◇貪慾(탐욕)인들 이실소냐=지나친 욕심인들 있겠느냐? ◇一毫(일호)ㅣ나 밧긔 일ᄒ면=조금이라도 해서 안 되는 일을 하면. 분수 밖의 일을 하면 ◇헷工夫(공부)ㄴ가=헛공부인가? 헛일이 아닌가.

■ **통석(通釋)** 말씀을 골라서 하게 되면 남과 다툴 일이 전혀 없고
안일에 흐르지 않음을 좋아하면 지나친 욕심인들 있겠느냐?
조금이라도 양심에 벗어난 일을 하면 헛공부라 하겠다.

73.

뭇누의님 쉬인여ᄉ 아이손 마온아홉

져근 누의 마은 여ᄉ 아니 늙다 ᄒ올소냐

내 나도 쉬인인 흔아히니 百年慈親 흠씌 榮華ᄒ리　　　(頤齋遺稿 8) 黃胤錫

아이손=아우는 ◇아니 늙다 ㅎ올소냐=아니 늙었다고 하겠느냐? ◇내 나도=내 나이도 ◇百年慈親(백년자친) 흠씌 榮華(영화)ㅎ리=평생을 어머님과 함께 이름을 빛내리.

■통석(通釋) 맏누님 나이는 쉰여섯 아우는 마흔아홉
　　　　　　작은누이의 나이는 마흔여섯 늙지 않았다 하겠느냐?
　　　　　　내 나이도 쉰하나니 평생 어머님과 함께 이름을 빛내리라.

74.
먹거든 머지 마나 멀거든 먹지 마나
멀고 먹거든 말이나 ㅎ련마는
입조차 벙어리 되니 말 못하여 ㅎ노라.　　　　　　(兩棄齋散稿) 安瑞羽

먹거던 머지 마나=귀가 먹었거든 눈이 멀지 말거나 ◇멀거든 먹지 마나=눈이 멀었으면 귀라도 먹지 말거나 ◇멀고 먹거든 말이나 ㅎ련마는=눈이 멀고 귀라도 먹었거든 말이라도 할 수 있으련만.

■통석(通釋) 귀가 먹었거든 눈이나 멀지 말거나 눈이 멀었거든 귀가 먹지 말거나
　　　　　　눈이 멀고 귀가 먹었거든 말이라도 할 수 있으련만
　　　　　　입마저 벙어리가 되니 말을 하지 못 하는구나.

75.
먹으나 못 먹으나 酒樽으란 뷔우지 말고
ㅎ거나 못 ㅎ거나 絕代佳人 겻틔 두워
어즈바 逆旅光陰을 慰勞코져 ㅎ노라.　　　　　　(海朴 307) 金壽長

酒樽(주준)으란=술통일랑 ◇ㅎ거나 못ㅎ거나=쓸 데가 있거나 없거나 ◇絕代佳人(절대가인)=뛰어난 미인 ◇어즈바=아! 감탄사 ◇逆旅光陰(역려광음)=지나가는 손님처럼 아랑곳 않고 빨리 가는 세월.

술을 먹으나 못 먹으나 술통은 비우지 말고

데리고 놀거나 못 놀거나 뛰어난 미인을 곁에 두어,

아! 지나가는 손님처럼 빨리 가는 세월을 위로하고자 한다.

76.

明燭達夜ᄒ니 千秋에 高節이오

獨行千里ᄒ니 萬古에 大義로다

世上에 節義兼全은 이쑨인가 ᄒ노라.   (甁歌 763)

明燭達夜(명촉달야)=촛불을 밝히고 밤을 새우다. 덕이 높아 세상의 사표가 되다
◇千秋(천추)=오래고 긴 세월. 또는 먼 장래 ◇獨行千里(독행천리)ᄒ니=혼자서 천 리
를 가니. 관우(關羽)가 유비(劉備)를 찾아 적중(敵中) 천 리를 달려간 사실을 말한다.
◇節義兼全(절의겸전)은 이쑨인가=절개와 의리를 아울러 갖춤은 이것뿐인가? 관우뿐
인가.

■통석(通釋) 관우(關羽)가 덕이 높아 남의 사표가 되니 오랜 세월 동안의 높은 절
개요.

관우가 유비를 찾아 적중 천 리를 홀로 달려가니 만고에 커다란 의리
로다.

세상에서 절개와 의리를 아울러 갖춤은 관우뿐인가 한다.

77.

旄丘를 돌아보니 衛사람 에엿브다

歲月이 자로 가니 츩줄이 길엇세라

이 몸의 헤어진 갓옷을 기워줄 이 업서라.   (松巖遺稿 5) 李廷煥

旄丘(모구)=앞이 높고 뒤가 낮은 언덕 ◇衛(위)사람 에엿브다=위나라 사람이 불쌍
하다. 위는 주나라 무왕의 아우 강숙(康叔)이 책봉된 곳. 후에 적인(狄人)이 여후(黎
侯)를 쫓아내자 여후가 위나라에 있으면서 위나라에 구원을 청하였으나 들어주지 않
았다. 그 후 여후의 신하가 모구에 올라 츩이 자란 것을 보고 위군(衛君)을 책하여
한 말이다. ◇자로 가니=자주 가니. 빨리 가니 ◇츩줄이 길엇세라=츩덩굴이 길어졌

구나. ◇갓옷=갖옷. 갖옷은 짐승의 가죽으로 만든 옷.

■ **통석(通釋)** 저 언덕을 돌아보니 '위나라 사람이 불쌍하다'라는 말이 생각난다.
　　　　　　세월이 빠르게 지나가니 칡덩굴이 길었구나.
　　　　　　이 몸에 해진 갓옷을 기워줄 사람이 없구나.

78.

門 앒희 흐르는 물은 太公의 渭川이오
울 뒤히 프른 뫼는 嚴子陵의 富春이라
아마도 釣水採山은 이 됴흔가 ᄒ노라.　　　　　　　　(靑詠 249) 傲南軒

앒희=앞에 ◇太公(태공)의 渭川(위천)이오=태공의 위수요. 위천은 위수(渭水)와 같
은 말. 강태공이 낚시를 하던 곳이다. ◇嚴子陵(엄자릉)의 富春(부춘)이라=엄자릉이
숨어 있던 부춘산(富春山)이다. 엄자릉은 후한(後漢) 광무제(光武帝) 때 사람으로 이
름은 광(光)이다. ◇釣水採山(조수채산)=낚시질하고 나물을 뜯음.

■ **통석(通釋)** 대문 앞에 흐르는 물은 강태공이 낚시하던 위수요
　　　　　　울타리 뒤에 푸른 산은 엄자릉이 숨어 있던 부춘산이다.
　　　　　　아마도 낚시질하고 나물을 뜯음은 이처럼 좋은 것인가 한다.

79.

文章을 ᄒ쟈 ᄒ니 人間識字憂患始요
孔孟을 비호려 ᄒ니 道若登天不可及이로다.
이 내 몸 쓸 ᄃᆡ 업스니 聖代農圃 되오리라.　　　　　　(兩棄齋散稿 2) 安瑞羽

文章(문장)을 ᄒ쟈 ᄒ니=글을 배우고자 하니 ◇人間識字憂患始(인간식자우환시)
요=사람이 글자를 알고부터 쓸데없는 걱정이 시작되었다. ◇孔孟(공맹)을 비호려 ᄒ니
=공자와 맹자의 학문을 배우려고 하니. 도학(道學)을 배우려고 하니 ◇道若登天不可
及(도약등천불가급)이로다=도덕이 마치 하늘에 오르는 것처럼 어려워 미치지 못하겠
더라. ◇쓸 ᄃᆡ 업스니=쓰일 곳이 없느니 ◇聖代農圃(성대농포)=태평성대의 농사꾼.

■ **통석(通釋)** 글을 배우고자 하니 사람이 글자를 알고부터 쓸데없는 걱정이 시작되
었다.

　　도학을 배우려고 하니 도덕이란 것이 마치 하늘에 오르는 것처럼 어
려워 미치지 못하겠더라.

　　이 내 몸은 쓸 곳이 없으니 태평성대에 농사꾼이나 되겠다.

80.

믈은 거울이 되여 窓 아픠 빗겨거늘

뫼흔 屛風이 되어 하늘 밧긔 어위엿늬

이 듕에 벗 스몬 거슨 白鷗 外예 업서라.　　　　　　　(寒碧堂文集) 郭期壽

빗겨거늘=반사하거늘. 비추거늘　◇뫼흔=산은　◇어위엿늬=널리 펼쳐 있네. 둘러쌌
네.　◇이 듕에=이것들 가운데에. 속에　◇벗 스몬 거슨=벗 삼을 것은.

■ **통석(通釋)** 물은 거울이 되어 창 앞을 비추거늘

　　산은 병풍이 되어 하늘 밖에 넓게 펼쳐져 있네.

　　이 가운데 벗 삼을 것은 갈매기밖에 없구나.

81.

ᄇᆞ람아 부지 말아 亭子 나모 닙 쩌러진다

歲月아 가지 말아 英雄豪傑 다 늙는다

이 죠흔 太平烟月에 無盡토록 놀리라.　　　　　　　　　　(海一 476)

부지 마라=불지 마라.　◇無盡(무진)토록=끝이 없는 것처럼.

■ **통석(通釋)** 바람아 불지를 마라, 정자의 나뭇잎이 다 떨어진다.

　　세월아 가지를 마라, 영웅과 호걸들이 다 늙는다.

　　이처럼 좋고 태평한 세상에 무궁무진토록 놀겠다.

82.

바람아 부지 마라 窓前 桃花 다 떠러진다
세월아 가지 마라 록빈홍안 다 늙는다
인생이 일장춘몽이니 안이 놀든.　　　　　　　　　　　(時調(關西本) 55)

록빈홍안=녹빈홍안(綠鬢紅顔). 아름답고 젊은 얼굴 ◇안이 놀든=아니 놀지는.

■ **통석(通釋)** 　바람아 불지를 마라 창 앞에 복사꽃이 다 떨어진다
　　　　　　　세월아 가지를 마라 아름답고 젊은 얼굴이 다 늙는다.
　　　　　　　인생이란 한바탕 봄철의 꿈과 같은 것이니 아니 놀지는.

83.

ㅂ람이 불 줄 알면 雪綿子를 울희 걸며
님이 올 줄 알면 門을 닷고 줌을 들냐
왓다가 가더라 ᄒ니 그를 셜워 ᄒ노라.(艶情)　　　　　　(古今 195)

雪綿子(설면자)를 울희 걸며=풀솜을 울타리에 걸며 ◇줌을 들냐=잠을 자랴. ◇왓
다가 가더라 ᄒ니=왔다가 그냥 되돌아갔다고 하니.

■ **통석(通釋)** 　바람이 불 것인지를 알면 풀솜을 울타리에 걸어놓으며
　　　　　　　님이 올 줄을 미리 알았다면 문을 닫고 잠을 자랴.
　　　　　　　님이 왔다가 그대로 갔다고 하니 그것을 서러워한다.

84.

바희난 危殆타만은 꼿 얼골이 天然하고
골은 그윽다만은 ᄉ소리 셕글하다
飛瀑는 急한 비 形勢 비러 落九天을 하더라.　　　　　　(金玉 16) 安玟英
(余於壬子春 自嶺南歸路 到聞慶鳥嶺 交龜亭龍湫 暫歇 ; 여어임자춘 자영남귀로 도문경조령
교구정용추 잠헐 : 내가 임자년(1852) 봄에 영남으로부터 돌아오는 길에 문경 새재에 이르러
교구정 용추에서 잠시 머물렀다.)

危殆(위태)타만은=위태로운 모습이지만. 가파르게 생겼지만 ◇곳 얼골이=꽃이 피어 있는 모습이 ◇골은 그윽다만은=골짜기는 깊숙하지만 ◇싀소리 셕글하다=새 우는 소리가 시끄럽다. ◇飛瀑(비폭)=높은 곳에서 쏟아지는 폭포 ◇落九天(낙구천)='九天(구천)'은 '九泉(구천)'의 잘못인 듯. 하늘에서 땅으로 떨어지다. 작자가 경상도에서 서울로 오다가 문경 새재에서 지은 것이다.

- **통석(通釋)**   바위는 위태한 모습이나 꽃이 핀 모습이 천연 그대로이고
                  골짜기는 깊숙하지만 새들의 우는 소리가 시끄럽다.
                  쏟아지는 폭포는 급한 비처럼 땅으로 떨어지더라.

85.

博古通今흔이 크기도 ᄀ장 크다
以盛萬物흔이 斤重이 ᄀ이 업다.
두어라 宦海에 쓰워 以濟不通 ᄒ리라.   (靑丘歌謠 29) 金振泰

博古通今(박고통금)흔이=옛 일을 널리 알고 이제의 일에 통달하니 ◇以盛萬物(이성만물)흔이=만물을 다 담을 수 있으니 ◇斤重(근중)이 ᄀ이 업다=무게가 끝이 없다. 한정이 ◇宦海(환해)=바다. 어려운 세상 ◇以濟不通(이제불통)=통하지 못하는 것을 건너게 하다. 안 되는 일들을 되도록 하다.

- **통석(通釋)**   옛일을 널리 알고 이제의 일에 통달하니 크기도 가장 크다
                  만물을 다 담을 수 있으니 무게가 한정이 없구나.
                  두어라 어려운 세상에 안 되는 일들을 다 되도록 하겠다.

86.

반되불이 되다 반 되지 웨 불일소냐
돌히 별이 되다 돌이지 웨 별일소냐
불인가 별인가 ᄒ니 그를 몰라 ᄒ노라.   (靑珍 140) 申欽
(螢雖爲火 螢也非火 石雖爲星 石也非星 此未解者 ; 형수위화 형야비화 석수위성 석야비성
차미해자)

반되불이 되다=반딧불이가 된다고 ◇불일소냐=불이 될 수가 있느냐? ◇돌히=돌이.

■ **통석(通釋)** 반딧불이가 된다고 한들 반 되지 왜 불이 될 수가 있느냐?
돌이 별이 된다고 한들 돌이지 왜 별이 될 수가 있느냐?
불이 아닌가 별이 아닌가 하니 그 이치를 모르겠다.

87.
拔山力 蓋世氣는 楚覇王의 버금이오
秋霜節 烈日忠은 伍子胥의 우희로다
千古에 烈丈夫風은 壽亭侯ㄴ가 ᄒ노라.　　　　　　　　　(瓶歌 271) 林慶業

拔山力 蓋世氣(발산력개세기)는=힘은 산을 뽑을 만하고 기개는 세상을 덮을 만하기는. 항우(項羽)가 한 말이다. ◇楚覇王(초패왕)의 버금이요=초나라 항우의 다음이요. ◇秋霜節 烈日忠(추상절열일충)은=서릿발 같은 절개와 뜨거운 충성심은 ◇伍子胥(오자서)의 우희로다=오자서보다 위이다. 낫다. 오자서는 초나라 사람으로 아버지와 형을 죽인 초나라의 평왕(平王)을 죽여 원수를 갚았다. ◇烈丈夫風(열장부풍)은 壽亭侯(수정후)ㄴ가=절개가 굳은 장부의 모습은 촉한(蜀漢)의 관우(關羽)인가.

■ **통석(通釋)** 힘은 산을 뽑아버릴 만하고 기개는 세상을 덮을 만하기는 항우의 다음이요
서릿발 같은 절개와 뜨거운 충성심은 오자서보다 한 수 위이다
예전부터 이제까지 절개가 굳은 장부의 모습은 관우인가 한다.

88.
빅발낭군 날 보닉고 나 ᄌ든 방 홀노 안져
노든 형용 싱각ᄒ고 업는 잠 더 업스런이
아마도 녀힝은 한번 허신 어려운가.　　　　　　　　　(風雅 126) 李世輔

빅발낭군=백발낭군(白髮郎君). 나이가 많은 서방님 ◇노든 형용=놀던 형용(形容). (예전에)놀던 모습 ◇녀힝=여행(女行). 여자의 행실 ◇허신=허신(許身). 몸과 마음을

허락하다.

- **통석(通釋)**　나이 많은 서방인 나를 보내고 내가 자던 방에 홀로 앉아
　　함께 놀던 형용을 생각하고는 없는 잠이 더 없을 것이니
　　아마도 여자의 행실은 한 번 몸과 마음을 허락하기가 어려운 것이 아
　　닌가.

89.

빅셩을 알냐 ᄒᆞ면 아젼이 야쇽이요
아젼을 알냐 ᄒᆞ면 빅셩이 원망이라
엇지타 인간의 싱이가 다 각각.　　　　　　　　　　(風雅 319) 李世輔

알냐 ᄒᆞ면＝알려고 한다면　◇아젼이 야쇽이요＝아전(衙前)이 야속(野俗)하고. 아전
은 예전 지방관아의 하급 관리. 야속하다는 것은 박정하고 쌀쌀맞다는 의미.　◇엇지
타＝어쩌다　◇인간의 싱이가＝인간의 생애(生涯)가. 사람들이 살아가는 것이

- **통석(通釋)**　백성을 알고자 하면 아전의 무리들이 야속하고
　　아전을 알고자 하면 백성의 무리들이 원망이다.
　　어쩌다 사람들이 살아가는 것이 다 각각 다른가.

90.

빅화를 ᄉᆞ랑헌들 가는 츈풍 어이ᄒᆞ며
근원이 지즁헌들 가는 임을 어이ᄒᆞ랴
아희야 쇠ᄭᅩ리 날녀라 ᄉᆞᆷ결인가.　　　　　　　　(風雅 352) 李世輔

빅화를 ᄉᆞ랑헌들＝백화(百花)를 사랑한들. 모든 꽃들을 좋아한다고 한들　◇가는 츈
풍 어이ᄒᆞ며＝가는 봄을 어찌할 것하며　◇지즁헌들＝지중(至重)한들. 지극히 소중하다
고 한들.

- **통석(通釋)**　모든 꽃들을 다 좋아하지만 가는 봄바람을 어찌하며

근원이 매우 소중하지만 떠나가는 님을 어찌하랴.
아이야, 꾀꼬리를 날려라. 혹시라도 꿈결인가 한다.

91.
벽도 홍도화는 화즁풍뉴랑이요
빅년 홍년화는 화즁군ᄌ로다
그즁의 월계 ᄉ계 영산홍 싀 고은가.　　　　　　　　　　(風雅 94) 李世輔

벽도 홍도화는 화즁 풍뉴랑이요=벽도(碧桃) 홍도화(紅桃花)는 화즁풍류랑(花中風流郞)이요. 푸른 복사꽃과 붉은 복사꽃은 꽃 가운데 멋을 아는 남자와 같구요. ◇빅년 홍련화는 화즁군자로다=백련(白蓮) 홍련화(紅蓮花)는 화중군자(花中君子)로다. 흰 연꽃과 붉은 연꽃은 꽃 가운데 군자와 같다. ◇월계 사계 영산홍은=월계화(月季花) 사계화(四季花) 영산홍(暎山紅). 다 야생 화초이다.

■**통석(通釋)**　　푸른 복사꽃과 붉은 복사꽃은 꽃 가운데 멋을 아는 남자와 같고
　　　　　　　　흰 연꽃과 붉은 연꽃은 꽃 가운데 군자와 같다.
　　　　　　　　그 가운데 월계화 사계화 영산홍은 꽃의 빛깔이 좋은 것이 아닌가 한다.

92.
보거든 슬믜거나 못 보거든 잇치거나
네 나지 말거나 닉 너를 모로거나
츨하리 닉 몬져 치여셔 너 그리게 ᄒ리라.　　　　　　　(甁歌 512) 高敬文

보거든 슬믜거나=보게 되면 싫고 밉거나 ◇잇치거나=잊히거나. 잊어버리거나 ◇나지 말거나=태어나지 말거나 ◇모로거나=모르거나 ◇몬져 치여셔=먼저 죽어서 ◇너 그리게='네'의 잘못인 듯. 네가 그리워하게.

■**통석(通釋)**　　보게 되면 싫고 밉거나 못 보게 되면 잊히거나
　　　　　　　　네가 태어나지 말거나 내가 너를 모르거나
　　　　　　　　차라리 내 먼저 죽어서 네가 나를 그리워하게 하겠다.

93.

볼련져 못 볼련져 여희련져 그리련져

내 思郞ᄒ던 님이 ᄂᆞᆷ의 思郞 되리련져

비록애 ᄂᆞᆷ 思郞ᄒᆞᆯ지라도 날 졈 닛디 마ᄅᆞ시소.　　　　　　(永類 245)

볼련져=보게 될는지　◇여희련져 그리련져=이별하게 될는지 그리워하게 될는지　◇
되리련져=되어버릴는지　◇비록애=비록　◇날 졈 닛디=나를 제발 잊지.

■ **통석(通釋)**　　보게 될는지 못 볼는지 이별하게 될는지 그리워하게 될는지,
　　　　　　　　내 사랑하던 님이 남의 사랑이 되어버릴는지,
　　　　　　　　비록 남을 사랑할지라도 나를 제발 좀 잊지 마십시오.

94.

봄은 엇더ᄒ야 草木이 다 즑이고

ᄀᆞ을은 엇더ᄒ여 草衰兮木落인고

松竹은 四時長靑ᄒᆞᆫ이 글을 불어 ᄒ노라.　　　　　　(海一 292) 李鼎輔

草衰兮木落(초쇠혜목락)인고=풀은 시들고 나뭇잎은 떨어져버리는고　◇四時長靑(사
시장청)ᄒᆞᆫ이=일 년 내내 늘 푸르니　◇글을 불어=그것을 부러워.

■ **통석(通釋)**　　봄은 어떠하여 초목들이 다 즐기고
　　　　　　　　가을은 어떠하여 풀은 시들고 나뭇잎은 떨어지는가?
　　　　　　　　송죽은 일 년 내내 늘 푸르니 그것을 부러워한다.

95.

富貴를 뉘 마다ᄒ며 貧賤을 뉘 즑이리

壽悠를 뉘 厭ᄒ며 壽短을 뉘 貪ᄒ리

眞實로 在數天定이라 恨ᄒᆞᆯ 쑬이 업는이.　　　　　　(靑丘歌謠 10) 金友奎

뉘 마다하며=누가 싫다고 하며　◇뉘 즑이리=누가 즐기랴.　◇壽悠(수유)를 뉘 厭

(염)ᄒ며=오래 사는 것을 누가 싫어하며 ◇壽短(수단)을 뉘 貪(탐)ᄒ리=일찍 죽는 것을 누가 탐을 내랴? ◇在數天定(재수천정)이라=좋은 운수가 있고 없는 것은 하늘이 정해주는 것이라. ◇恨(한)ᄒ홀 쭐이 업는이=한탄할 까닭이 없다.

■ 통석(通釋)　부귀를 누가 싫다고 하며 빈천을 누가 즐기랴
　　　　　　　오래 사는 것을 누가 싫어하며 일찍 죽는 것을 누가 탐을 내랴.
　　　　　　　참으로 운수란 하늘이 정해주는 것으로 한탄할 까닭이 없다.

96.
富貴를 ᄇ라지 말아 富貴 간 듸 말 만터라
功名도 밧비 마라 白眼 모힌 곳 이러라
天爵을 닷가두어라 바젓 쓸 듸 업스랴.(勸戒)　　　　　　　　(古今 25)

ᄇ라지 마라=원하지 마라. ◇간 듸 말 만터라=간 곳은 말이 많더라. 있는 ◇밧비 마라=서둘지 마라. ◇白眼(백안) 모힌 곳이러러=백안이 모인 곳이다. 백안은 냉소하거나 흘겨보는 눈 ◇天爵(천작)을 닷가두어라=천작을 닦아두어라. 천작은 하늘이 내린 벼슬이란 뜻으로, 남에게 존경을 받을 만한 타고난 덕행이나 미덕을 일컫는 말이다. ◇바젓 쓸 듸 업스랴=소중하게 쓸 곳이 없겠느냐?

■ 통석(通釋)　부귀를 바라지 마라 부귀가 간 곳은 말이 많더라.
　　　　　　　공명도 서둘지 마라 흘겨보는 눈들이 모인 곳이다.
　　　　　　　덕행을 닦아두어라 소중하게 쓰일 곳이 없겠느냐.

97.
父母님 계신 제ᄂ 父母ᆫ 주를 모르더니
父母님 여흰 후에 父母ᆫ 줄 아로라
이제사 이 ᄆᄋᆷ 가지고 어듸다가 베프료.　　　　　　(汾川講好錄) 李叔樑

계신 제ᄂ=생존해 계실 때는 ◇주를 모르더니=소중한 줄 몰랐더니 ◇아로라=알겠다. ◇이제사=이제서야 ◇어듸다가=어디에다가.

■ **통석(通釋)**   부모님이 생존해 계실 때에는 부모가 소중한 줄 몰랐더니
　　　　　　　　 부모님이 돌아가신 후에야 부모가 소중한 줄 알겠다.
　　　　　　　　 이제야, 이런 마음을 가지고 어디에다 베풀 수 있으랴?

98.

부모의 공 반만 알면 효ᄌ 안 될 ᄌ식 업고
국은을 ᄌᆼ이 알면 튱신 안 될 신ᄒ 업다
엇지타 너남 업시 튱효의 ᄯᆺ이 적어.　　　　　　　　　　 (風雅 142) 李世輔

공=공(功). 은공(恩功) ◇국은을 ᄌᆼ이 알면=국은(國恩)을 중(重)히 알면. 나라의 은
혜를 소중한 줄 알게 되면 ◇너남 업시=내나 남이나 가릴 것 없이.

■ **통석(通釋)**   부모의 은공을 반이라도 알게 되면 효자 안 될 자식이 없고
　　　　　　　　 나라의 은혜를 소중한 줄 알게 되면 충신 안 될 신하가 없다.
　　　　　　　　 어쩌다 내나 남이나 가릴 것 없이 충성과 효도할 뜻이 너무 적어.

99.

父兮 날 나흐시니 恩惠 밧긔 恩惠로다
母兮 날 기르시니 德 밧긔 德이로다
아마도 하늘 ᄀᆺ튼 이 恩德을 어듸 다혀 갑ᄉ오고.　　　　　　 (海朴 296) 金壽長

어듸 다혀 갑ᄉ오고=어디에 견주어 갚을 수 있을까?

■ **통석(通釋)**   아버지가 나를 낳으시니 은혜 밖의 은혜로구나.
　　　　　　　　 어머니가 나를 기르시니 덕 밖의 덕이로구나.
　　　　　　　　 아마도 하늘 같이 큰 은덕을 어디에 견주어 갚을 수 있을까?

100.

北溟에 有魚ᄒᆫ이 일홈이 鯤이로다
化而爲鳥ᄒᆫ이 이 닐온 大鵬이라

千萬里 瞬息만 넉이기는 너쑨인가 ᄒ노라.　　　　　　　　(靑謠 19) 金振泰

北溟(북명)=북쪽의 큰 바다 ◇일홈이 鯤(곤)이로다=이름이 곤이다. 곤은 북쪽 바다에 있다고 하는 상상의 물고기. 『장자(莊子)』에 "北溟有魚 其名爲鯤 鯤之大不知其機千里也(북명유어 기명위곤 곤지대부지기기천리야)"라고 했다. ◇化而爲鳥(화이위조)흔이 이 닐온 大鵬(대붕)이라=모습이 바뀌어 새가 되니 이것이 일컫는 대붕이다. 대붕은 하루에 구만 리를 난다는 상상의 새다. ◇千萬里 瞬息(천만리순식) 넉이기는=천만리나 되는 먼 거리를 순간으로만 여기기는.

■통석(通釋)　북쪽의 큰 바다에 물고기가 있으니 이름이 곤이다
　　　　　　　모습이 새로 바뀌니 이 일컫는 커다란 붕새이다
　　　　　　　천만리도 잠깐으로만 여기는 것은 너뿐인가 한다.

101.
비ᄂ 온다마ᄂ 님은 어이 못 오ᄂ고
믈은 간다마ᄂ 나ᄂ 어이 못 가ᄂ고
오거나 가거나 ᄒ면 이대도록 셜우랴.(別恨)　　　　　　　　(古今 235)

온다마ᄂ=오지마는 ◇어이=왜 ◇간다마ᄂ=흘러가지마는 ◇이대도록 셜우랴=이처럼 서러우랴.

■통석(通釋)　비는 내리지마는 님은 왜 못 오는가?
　　　　　　　물을 흘러가지마는 나는 왜 못 가는가?
　　　　　　　오거나 가거나 할 수만 있으면 이처럼 서러우랴.

102.
비록 못 니버도 ᄂ믜 오ᄉᆯ 앗디 마라
비록 못 머거도 ᄂ믜 밥을 비디 마라
ᄒᆞᆫ적곳 ᄠᅵ 시ᄅᆫ 휘면 고텨 싯기 어려우리.　　　　　　(松星 14) 鄭澈

니버도=입어도 ◇ᄂᆞ민 오슬 앗디 마라=남의 옷을 빼앗지 마라. ◇비디=빌지. 구걸하지 ◇ᄒᆞᆫ 적곳 ᄯᆡ 시른 휘면=한 번이라도 때를 묻히고 나면. 한 번이라도 잘못을 저지르고 나면 ◇고텨 싯기 어려우리=다시 씻어내기가 어려울 것이다.

■**통석(通釋)**   비록 옷이 없어 못 입어도 남의 옷을 빼앗지 마라.

               비록 밥이 없어 못 먹어도 남의 밥을 빌어먹지 마라.

               한 번이라도 때를 묻히고 나면 다시 씻어내기 어려울 것이다.

103.

비 오ᄂᆞᆫ딕 들희 가랴 사립 닷고 쇼 머겨라

마히 믜양이랴 잠기 연장 다ᄉᆞ려라

쉬다가 개ᄂᆞᆫ 날 보아 ᄉᆞ래 긴 밧 가라라.   (孤山遺稿 8) 尹善道

들희 가랴=들에 가겠느냐 ◇마히 믜양이랴=장마가 매일 계속되겠느냐. ◇잠기 연장 다ᄉᆞ려라=쟁기와 농기계들을 손보아두어라. ◇개ᄂᆞᆫ 날 보아=개는 날씨를 보아. 맑아지는 ◇ᄉᆞ래 긴 밧 가라라=이랑이 긴 밭을 갈아라.

■**통석(通釋)**   비가 오는데 들에 가겠느냐 사립문을 닫고 소를 먹여라.

               장마가 매일 계속되겠느냐 쟁기와 연장들을 손보아두어라.

               쉬다가 날이 개는 것을 보아 이랑이 긴 밭을 갈아라.

104.

ᄉᆞ룸의 일시지은을 아됴 과이 밋지 말며

ᄉᆞ룸의 일시지슈 아됴 과이 혐의 마라

아마도 은반위슈요 슈반위은.   (風雅 406) 李世輔

일시지은=일시지은(一時之恩). 한 번의 은혜 또는 한때의 은혜 ◇아됴 과이 밋지 말며=아주 크게 믿지 말며. 지나치게 믿지 말며 ◇일시지슈=일시지수(一時之讐). 한때의 원수 ◇혐의 마라=혐의(嫌疑) 마라. 싫어하지 마라. 미워하지 마라. ◇은반위슈=은반위수(恩反爲讐). 은혜가 도리어 원수가 됨. ◇슈반위은=수반위은(讐反爲恩). 원수가 도리어 은혜가 됨.

■**통석(通釋)**　사람이 한때의 은혜를 너무 지나치게 믿지 말며,
　　　　　　　사람이 한때의 원수를 너무 지나치게 미워하지 마라.
　　　　　　　아마도 은혜가 원수가 될 수 있고, 원수가 은혜가 될 수 있음은.

105.

사룸이 죽어갈 제 갑슬 주고 살쟉시면
顔淵이 죽어갈 제 孔子ㅣ 아니 살녀시랴
갑 주고 못 살 人生이니 아니 놀고 어이ᄒ리.　　　　　　　　　(甁歌 648)

죽어갈 제=죽을 때에 ◇갑슬 주고 살쟉시면=값을 주고 살 수가 있다면 ◇顔淵(안
연)=공자의 수제자로 공자보다 일찍 죽었다. ◇아니 살녀시랴=아니 사지 않았겠느
냐? 또는 아니 살렸으랴.

■**통석(通釋)**　사람이 죽을 때에 값을 주고 살 수 있다면
　　　　　　　안연이 죽을 때에 공자가 돈을 주고 사지 않았겠느냐?
　　　　　　　값을 주고도 못 사는 인생이니 아니 놀고 어찌하랴?

106.

ᄉ랑 거즛말이 님 날 ᄉ랑 거즛말이
ᄭᅮᆷ에 뵌닷 말이 긔 더욱 거즛말이
날ᄀᆺ치 좀 아니 오면 어늬 ᄭᅮᆷ에 뵈이리.　　　　　　　　　(靑珍 369)

거즛말=거짓말. ◇뵌닷 말=보인다고 하는 말. 나타난다는 말 ◇긔 더욱=그것이
더욱더 ◇날ᄀᆺ치=나처럼 ◇어늬 ᄭᅮᆷ에 뵈이리=어느 꿈에 보이겠느냐? 어떤 꿈에 보
이겠느냐?

■**통석(通釋)**　사랑이란 말이 거짓말이 님이 날 사랑한다는 말이 거짓말이,
　　　　　　　꿈에 보인단 말이 그것이 더욱 거짓말이,
　　　　　　　나처럼 잠이 안 오면 어느 꿈에 보이겠느냐?

107.

ᄉ랑 뫼여 불이 되여 가슴에 퓌여나고

肝腸 셕어 물이 되여 두 눈으로 소ᄉᄂ니

一身이 水火相侵ᄒ니 살동말동 ᄒ여라.   (靑六 905)

뫼여=모여 ◇가슴에 퓌여나고=가슴에 생기고, 일어나고 울화가 치밀고 ◇셕어=
썩어 ◇水火相侵(수화상침)ᄒ니=간장 썩은 물과 사랑이 모인 불이 서로를 침범하니.

■ **통석(通釋)**   사랑이 모여 불이 되어 가슴에 피어나고

　　　　　　간장이 썩어 물이 되어 두 눈으로 솟아나오니

　　　　　　한 몸에 물과 불이 서로를 침범하니 살동말동 하여라.

108.

思郎을 사자 ᄒ들 思郎 팔 니 뉘 이시며

離別을 파자 ᄒ들 離別 ᄉ 리 뉘 잇스리

아마도 ᄉ고 팔지 못ᄒ기는 이쑨인가.   (無名時調集가本 45)

사자 ᄒ들=사고자 한들 ◇팔 니 뉘 이시며=팔 사람이 누가 있으며 ◇파자 ᄒ들=
팔고자 한들 ◇ᄉ 리 뉘 잇스리=살 사람이 누가 있으랴.

■ **통석(通釋)**   사랑을 사자고 한들 사랑을 팔 사람이 누가 있으며

　　　　　　사랑을 팔고자 한들 사랑을 살 사람이 누가 있으랴?

　　　　　　아마도 팔지도 사지도 못하는 이것은 사랑뿐인가?

109.

ᄉ랑이 엇더터니 두럿더냐 넙엿더냐

기더냐 쟈르더냐 발을러냐 자힐러냐

지멸이 긴 줄은 모르되 애 그츨만 ᄒ더라.   (靑珍 459)

엇더터니=어떠하더냐? ◇두럿더냐 넙엿더냐=둥글더냐? 넓적하더냐? ◇기더냐 쟈

르더냐=길더냐 짧더냐? ◇발을러냐 자힐러냐=발[丈]이 넘겠더냐? 자로 잴 정도냐?
◇지멸이=매우 지루하게. 또는 특별히 ◇애 그츨만=창자가 끊어질 만은.

■ 통석(通釋)　사랑이 어떠하더냐, 둥글더냐 넓적하더냐.
　　　　　　길더냐 짧더냐 한 발이 넘겠더냐 자로 잴 만하더냐.
　　　　　　특별히 지리할 정도로 긴 줄은 모르겠으나 창자가 끊어질 만큼은 되
　　　　　　더라.

110.

山名以東ᄒ니 謝太傅 노던 된가.
村居近社ᄒ니 稷下里 여긔로다.
아희야 絃誦乙 니겨스라 高臥時起 ᄒ리라.　　　　　　　　(兩棄齋散稿 16) 安瑞羽

山名以東(산명이동)ᄒ니=산 이름이 동산(東山)이니 ◇謝太傅(사태부) 노던 된가=사
태부가 놀던 곳인가. 사태부는 진(晉)나라 때 사안(謝安)을 가리킨다. 죽은 다음에 태
부로 추증되어 사태부라고 했다. ◇村居近社(촌거근사)ᄒ니=사는 시골이 사단(社壇)
과 가까우니 ◇稷下里(직하리)=직하는 중국 산동성 임치현(臨淄縣) 북쪽 옛날 제성
(齊城)의 서쪽 땅. '직(稷)'은 산 이름. 또는 성문(城門)이라고도 한다. 제(齊)나라 선
왕(宣王)이 학자들을 우대하였으므로 한때 천하의 학자들이 모두 이곳에 모였다고
한다. ◇絃誦乙(현송을)=거문고를 타며 시를 읊는 것을. 학문을 익힘을 말한다. ◇니
겨스라=익혀두어라. ◇高臥時起(고와시기)=편안히 누워 있다가 때가 되면 일을 시작
하다.

■ 통석(通釋)　산 이름이 '동산'이니 사태부가 놀던 곳인가.
　　　　　　사는 시골이 사단과 가까우니 직하리가 여기로구나.
　　　　　　아이야, 학문을 익혀두어라. 편히 지내다 때 되면 일을 시작하겠다.

111.

山阿에 ᄭ치 피니 불근 내 ᄭ여 잇고
江岸에 柳垂하니 푸른 발 치여 잇다
이 中에 愛春光하난 맘은 늘글 뉘를 몰라라.　　　　　　　　(商山集 5) 池德鵬

山阿(산아)에 꼬치 피니=산언덕에 꽃이 피니 ◇불근 내 찌여 잇고=붉은빛의 이내
가 끼었고. 붉은 노을이 끼었고 ◇江岸(강안)에 柳垂(유수)하니=강 언덕에 버드나무
가 가지를 드리우니 ◇푸른 발 치여 잇다=푸른색 발이 쳐져 있다. ◇愛春光(애춘광)
하난 맘은=봄 경치를 좋아하는 마음은 ◇늘글 뉘를=늙을 줄을. 늙을 때를.

■ **통석(通釋)**　산언덕에 꽃이 피니 붉은빛의 이내가 끼어 있고
　　　　　　　강언덕에는 버들이 가지를 드리우니 푸른 발을 친 것 같다.
　　　　　　　이런 속에 봄 경치를 좋아하는 마음은 늙을 줄을 모르겠다.

112.

山º 너는 어이 한갈갓치 노프시며
물º 너는 웃지 날날리 흐르느냐
此間에 仁智흔 君子는 못닉 즐겨 ᄒ노니ᄅ.　　　　　　　(刻溪遺事) 李淨

어이 한갈갓치 노프시며=왜 한결같이 높으며 ◇웃지 날날리 흐르느냐=어찌하여
날마다 흘러가느냐? ◇此間(차간)=둘 사이. 여기서는 산과 물 사이 ◇仁智(인지)흔=
인자하고 지혜 있는. 산과 물을 좋아하는. 『논어(論語)』에 "子曰 知者樂水 仁者樂山
知者動 仁者靜(자왈 지자요수 인자요산 지자동 인자정)"이라 했다. ◇못닉 즐겨 ᄒ노
니ᄅ=항상 즐거워 하느니라. 언제나 즐거워 하느니라.

■ **통석(通釋)**　산아, 너는 왜 한결같이 높기만 하며
　　　　　　　물아, 너는 왜 날마다 쉬지 않고 흐르기만 하느냐
　　　　　　　산과 물을 좋아하는 군지는 못내 즐겨하는구나.

113.

山外에 有山ᄒ니 넘도록 뫼히로다
路中 多路ᄒ니 녜도록 길히로다
山不盡 路無窮ᄒ니 녤 길 몰나 ᄒ노라.　　　　　　　(詩歌 339)

山外(산외)에 有山(유산)ᄒ니=산 너머 또 산이 있으니 ◇路中(노중) 多路(다로)ᄒ
니=길에 또 길이 많으니. 갈래가 많으니 ◇녜도록=갈수록 ◇山不盡(산부진) 路無窮

(노무궁)ᄒ니=산은 다함이 없고 길은 끝이 없으니 ◇녤 길=갈 길을. 가야 할 길을.

■ **통석(通釋)**   산 너머 또 산이 있으니 넘을수록 산이로구나.
　　　　　　　　길에 또 길이 갈래가 많으니 갈수록 길이로구나.
　　　　　　　　산은 다함이 없고 길은 끝남이 없으니 가야할 길이 어딘지를 모르겠
　　　　　　　　구나.

114.

山이 하 놉흐니 杜鵑이 나즤 울고
물이 하 ᄆᆞᆯ그니 고기를 혜리로다
白雲이 내 벗이라 오락가락 ᄒᆞᄂᆞᆫ고야.(節序)　　　　　　　　　(古今 146)

하=너무 ◇나즤=낮에. 또는 저녁 때 ◇혜리로다=헤아리겠다.

■ **통석(通釋)**   산이 아주 높으니 두견새가 낮에도 울고
　　　　　　　　물이 너무 맑으니 노는 고기를 헤아리겠다.
　　　　　　　　흰 구름이 나의 벗이라 오락가락 하는구나.

115.

山 疊疊 千峰이로되 놉고 나진 짐작 잇고
蒼海 茫茫 萬里로되 녓고 집품 알 겻고야
사람에 一片心 時刻變은 알 슈 업셔.　　　　　　　　　　　　　(源一 734)

千峰(천봉)이로되=천 개의 봉우리지만. 봉우리가 많지만 ◇놉고 나진 짐작 잇고=
높고 낮은 짐작이 있고 ◇茫茫(망망)=넓고 멀어 아득하다. ◇녓고 집품 알 겻고야=
얕고 깊음을 알겠구나. ◇一片心(일편심) 時刻變(시각변)은=조그마한 마음이 때때로
변함은 ◇알 슈=알 수가.

■ **통석(通釋)**   산이 겹치고 겹처 봉우리가 많으나 높고 낮은 짐작이 있고
　　　　　　　　푸른 바다가 넓고 아득해 만 리나 되는 것 같되 얕고 깊음을 알겠구나.

사람의 조그마한 마음이 때때로 변함은 알 수가 없구나.

116.

山村에 밤이 드니 먼 듸 기 즈져온다

柴扉를 열고 보니 하늘이 ᄎ고 달이로다

져 기야 空山 잠든 달을 즈져 무슴ᄒ리오.　　　　　　(靑六 418) 千錦

　드니=되니　◇즈져온다=우짖는다.　◇柴扉(시비)를=사립문을　◇하늘이 ᄎ고 달이로다=날이 차갑고 달이 떴다.　◇즈져=짖어서

■ **통석(通釋)**　　산촌에 밤이 되니 먼 곳에서 개가 우짖는구나

　　　　　　　　　사립문은 열고 내다보니 하늘이 차갑고 달이 떴다

　　　　　　　　　저 개야, 아무도 없는 산에 잠든 달을 짖어서 무엇하려느냐?

117.

山下泉에 귀를 시으니 人間事을 뉘 드르리오

澗畔松을 벗 사므니 歲寒心事를 내 아노라

ᄒ믈며 早晩功業은 雲卷舒에 인노라.　　　　　　(葛峰先生遺墨 17) 金得硏

　山下泉(산하천)에 귀를 시으니=산 아래 있는 샘물에 귀를 씻으니. 세상을 잊어버리니　◇뉘 드르리오=누가 듣겠느냐? 누가 알겠느냐?　◇澗畔松(간반송)=시냇가에 있는 소나무　◇歲寒心事(세한심사)=날이 추워져도 변하지 않는 마음 씀씀이　◇早晩功業(조만공업)=오래지 않아 이룰 큰 일　◇雲卷舒(운권서)에 인노라='卷(권)'은 '捲(권)'의 잘못. 재덕을 감추거나 나타내는 것에 있구나.

■ **통석(通釋)**　　산 아래 있는 샘에 귀를 씻으니 세상일을 누가 들을 수 있겠느냐

　　　　　　　　　시냇가에 있는 소나무를 벗 삼으니 추위에도 변하지 않는 마음을 내가 알겠다.

　　　　　　　　　하물며 오래지 않아 이룰 큰 일은 재덕을 감추거나 나타내는 것에 있다고 하겠다.

118.

살음이란 무엇이며 죽음이란 무엇이냐

살음이며 죽음이란 조화옹의 작난이라

작난에 노는 늬 몸이 작난으로 놀니라.   (龜蓮帖)

살음=삶 ◇조화옹의 작난이라=만물을 창조했다는 조물쥬[造化翁]의 장난이다. ◇
작난에 노는=장난에 놀아나는.

■ 통석(通釋)   삶이란 무엇이며 죽음이란 무엇인가?

삶이란 것이며 죽음이란 것이 모두 조물주의 장난이다.

장난에 놀아나는 내 몸이 장난으로 삼아 놀겠다.

119.

祥雲이 어린 곳의 老安堂이 壯麗하고

和風이 이는 곳의 太乙亭이 飄緲하다

두어라 祥雲和風이 萬年長住하리라.   (金玉叢部 13) 安玟英

(老安堂雲峴大舍廊 太乙亭後園山亭 ; 노안당운현대사랑 태을정후원산정 : 노안당은 운현궁
의 큰 사랑이고 태을정은 후원의 산정이다.)

祥雲(상운)=상서로운 구름 ◇어린=끼어 있는 ◇老安堂(노안당)·太乙亭(태을정)=운
현궁(雲峴宮) 안에 있던 건물의 이름 ◇壯麗(장려)하고=웅장하고 화려하고 ◇和風(화
풍)이 이는 곳의=온화한 바람이 일어나는 곳에. 온화한 바람이 부는 곳에 ◇飄緲(표
묘)하다=멀리 희미하게 보인다. ◇萬年長住(만년장주)=오랫동안을 함께 머물다. 작자
가 운현궁 안에 있는 노안당과 태을정을 두고 노래한 것이다.

■ 통석(通釋)   상서로운 구름이 끼어 있는 곳에 노안당이 웅장하며 화려하고

온화한 바람이 일어나는 곳에 태을정이 멀리 희미하게 보인다.

두어라, 상서로운 구름과 온화한 바람이 함께 아주 오랫동안을 머무
를 것이다.

120.

犀씌 씌든 헐이 숫씌도 씌연졔고
珮玉 츠든 헐이 졉낫도 걸언졔고
엇끄졔 비緞옷 버섯신이 덜물 쩌시 업세라.　　　　　　　　　(海一 347)

犀(서)씌 씌든 헐이=서대(犀帶)를 매던 허리. 서대는 과거 정일품에서 종일품의 관리가 띠던 띠. 서각(犀角)으로 만들었다. 높은 벼슬아치를 가리킨다. ◇숫씌 씌연졔고=새 끼 띠도 띠었구나. 새끼줄로 만든 띠도 매었구나. ◇珮玉(패옥)=금관조복 좌우에 늘이어 차는 옥 ◇졉낫도 걸언졔고=자그마한 낫도 걸었구나. ◇비緞옷 버섯시니=비단옷을 벗었으니. 벼슬을 그만두었으니 ◇덜물 쩌시 업세라=더러워질 것이 없구나.

■ **통석(通釋)**　　조복(朝服)을 입던 허리에 새끼줄로 만든 띠도 매었구나.
　　　　　　　패옥을 늘어뜨렸던 허리에 작은 낫도 걸었구나.
　　　　　　　엊그제까지 입었던 비단옷을 벗어버렸으니 더러워질 옷이 없구나.

121.

西山에 日暮ᄒ니 天地 ᄀᆞ이 업ᄂᆡ
梨花 月白ᄒ니 님 生覺이 ᄉᆡ로왜라
杜鵑아 너ᄂᆞᆫ 눌을 그려 밤ᄉᆡ도록 우지지ᄂᆞᆫ.　　　　　　　(瓶歌 696)

日暮(일모)ᄒ니=해가 저무니. 해가 지니 ◇ᄀᆞ이 업ᄂᆡ=끝이 없네. 캄캄하네. ◇ᄉᆡ로 왜라=새롭구나. ◇눌을 그려 밤ᄉᆡ도록 우지지ᄂᆞᆫ=누구를 그리워하여 밤이 새도록 우짖느냐?

■ **통석(通釋)**　　서산으로 해가 지니 온 세상이 끝이 없네(캄캄하네).
　　　　　　　배꽃이 달빛에 더욱 희니 님 생각이 새롭구나.
　　　　　　　두견아, 너는 누구를 그리워하여 밤이 다 새도록 우짖느냐?

122.

西山에 지ᄂᆞᆫ 헤ᄂᆞᆫ ᄌᆞ바 멜 길 바이 업고

東海로 흐르는 물은 다시 오기 어렵도다

엇지면 志士에 未盡事業 白髮 前에.　　　　　　　　　　(源(가람本) 310)

헤는='히는'의 잘못　◇즈바 멜 길 바이 업고=잡아맬 방법 전혀 없고　◇다시 오기
어렵도다=되돌아오기 어렵다(불가능하다).　◇志士(지사)에=크고 높은 뜻을 가진 선비
의　◇未盡事業(미진사업) 白髮(백발) 前(전)에=미처 다하지 못한 사업은 늙기 전에.

■통석(通釋)　서산으로 지는 해를 붙잡아둘 방법은 전혀 없고
　　　　　　　동해로 흐르는 물은 다시 되돌아오기 어렵다.
　　　　　　　어쩌면 뜻을 가지고 있는 선비의 다하지 못한 사업은 늙기 전에.

123.

石坡大老 英風雄略 汾陽王과 古今이요

府大夫人 懿範淑德 郭夫人과 前後ㅣ로다

以故로 百子千孫의 富貴榮華ᄒ시더라.　　　　　　　　(金玉 71) 安玟英

(戊寅二月初三日 府大夫人華甲日也　作三章歌曲唱而獻賀 ; 무인이월초삼일　부대부인화갑일
야　작삼장가곡창이헌하 : 무인년(1878)　이월 초삼일은 부대부인의　화갑일이다 가곡창 3장을
지어 헌수를 드려 축하하다.)

石坡大老(석파대로)=흥선대원군　◇英風雄略(영풍웅략)=뛰어난 풍모와 지략　◇汾陽
王(분양왕)=당(唐)나라 때　인물 곽자의(郭子儀). 안녹산의　난을 평정한 공으로 분왕
(汾王)에 봉해졌다.　◇府大夫人(부대부인)=대원군의 부인을 가리킨다.　◇懿範淑德(의
범숙덕)=아름다운 범절과 덕행　◇郭夫人(곽부인)=곽자의의　부인　◇以故(이고)로=이
러하므로　◇百子千孫(백자천손)=많은 후손들.

■통석(通釋)　대원군의 뛰어난 풍모와 지략은 곽자의와 고금이 다르고,
　　　　　　　부부인의 아름다운 범절과 덕행은 곽부인에 버금간다.
　　　　　　　이러하므로 많은 후손들이 부귀영화를 누리리라.

124.

瀟湘江 밤이 오고 洞庭湖의 달 비친다

蒼烏山 구름 일고 黃陵墓의 杜鵑 운다

어딕셔 數聲漁笛이 늬의 든 잠.　　　　　　　　　　　　(金聲玉振 49)

瀟湘江(소상강)=중국 호남성 동정호 남쪽에 있는 강 ◇洞庭湖(동정호)=중국 호남성에 있는 중국 최대의 호수 ◇蒼烏山(창오산)='烏(오)'는 '梧(오)'의 잘못. 순(舜)임금이 남순(南巡)하다 죽은 산 ◇黃陵墓(황릉묘)='墓(묘)'는 '廟(묘)'의 잘못. 순임금의 이비(二妃)인 아황(娥皇)과 여영(女英)의 사당 ◇數聲漁笛(수성어적)=두서너 가락의 목동의 피리 소리가 ◇늬의=나의. 내가.

■통석(通釋)　소상강에는 밤이 오고 동정호에는 달이 비친다.
　　　　　　　창오산에 구름이 일어나고 황릉묘에는 두견새가 운다
　　　　　　　어디서 두서너 가락의 목동의 피리 소리가 나의 든 잠을.

125.
壽添壽 福添福ᄒ니 壽福이 添添이요
子繼子 孫繼孫ᄒ니 子孫이 繼繼로다
至今의 壽富貴多男子년(는) 聖世子씌 비긴져.　　　　　(金玉叢部 69) 安玫英
(賀祝 第五 ; 하축 제오)

壽添壽(수첨수) 福添福(복첨복)ᄒ니=장수(長壽)에다 장수를 보태고 복에다 복을 보태니 ◇添添(첨첨)이요=보태고 또 보탬이요. ◇子繼子(자계자) 孫繼孫(손계손)ᄒ니=아들은 아들에게 잇고 손자는 손자에게 대를 이으니 ◇繼繼(계계)로다=잇고 또 잇는다. ◇壽富貴多男子(수부귀다남자)년=장수하고 부자가 되며 귀하게 되고 아들 많이 낳는 것은. 복이 많음은 ◇비긴져=견줄 만하구나. 세자 탄신을 축하하여 지은 것의 다섯 번째 작품임.

■통석(通釋)　장수에다 장수를 보태고 복에다 복을 보태니 오래 살고 복을 누리는 것을 보태고 또 보탰다.
　　　　　　　자식은 자식에게 손자는 손자에게 대를 이으니 자손을 잇고 또 잇는다.
　　　　　　　지금에 오래 살고 부하게 살며 귀하게 되고 아들을 많이 낳는 것은 훌륭한 세자에게 견줄 만하구나.

126.

淳風이 죽다 ᄒ니 眞實로 거즈마리

人性이 어디다 ᄒ니 眞實로 올ᄒ 마리

天下애 許多英材를 소겨 말솜ᄒ가　　　　　　　　(陶山六曲板本 3) 李滉

淳風(순풍)이 죽다 ᄒ니=순박한 풍속이 없어졌다고 하는 말이 ◇거즈마리=거짓말이다. ◇어디다 ᄒ니=어질다고 하는 말이 ◇올ᄒ 마리=옳은 말이다. ◇許多英才(허다영재)를 소겨=많은 영재들을 속여서.

■ **통석(通釋)**　순박한 풍속이 없어졌다고 하는 말이 참으로 거짓말이
　　　　　　　　사람의 품성이 어질다고 하는 말이 참으로 옳은 말이
　　　　　　　　세상에 많은 천재들을 속여서 하는 말일까?

127.

술도 머그려니와 德덕 업스면 亂란ᄒᄂ니

춤도 추려니와 禮례 업스면 雜잡되ᄂ니

아마도 德덕禮례를 딕히면 萬만壽슈無무彊강ᄒ리라.　　　(孤山遺稿 26) 尹善道

덕 업스면 란ᄒᄂ니=덕망(德)이 없으면 난잡(亂雜)하게 되는 것이다. ◇례 업스면 잡되ᄂ니=예절(禮節)이 없으면 혼잡(混雜)하게 되는 것이다. ◇딕히면 만슈무강=지키면 수명이 끝이 없다.

■ **통석(通釋)**　술도 먹어야 하겠지만 덕망이 없으면 난잡하게 되는 것이니
　　　　　　　　춤도 추어야겠지만 예절이 없으면 혼잡하게 되는 것이니
　　　　　　　　아마도 덕망과 예절을 지키면 오래오래 살 수 있을 것이다.

128.

술은 어이ᄒ야 됴ᄒ니 누록 섯글 타시러라

국은 어이ᄒ야 됴ᄒ니 鹽염梅ᄆᆡ ᄤᆯ 타시러라

이 음식 이 뜯을 알면 萬만壽슈無무彊강ᄒ리라.　　　　　(孤山遺稿 24) 尹善道

어이ᄒᆞ여 됴ᄒᆞ니=어찌해야 좋으냐? 어떻게 하면 좋으냐? ◇누록 섯글 타시러라=누룩을 섞을 탓이다. ◇염ᄆᆡ 뜰=염매(鹽梅)를 탈. 조미료를 섞을. 염매는 소금과 백매(白梅). 백매는 매실을 소금에 절인 것.

■ **통석(通釋)**　술은 어떻게 하면 좋으냐? 누룩을 섞을 탓이다.
　　　　　　　국은 어떻게 하면 좋으냐? 염매를 탈 탓이다.
　　　　　　　이 음식에 이 뜻을 알면 오래오래 살 수가 있을 것이다.

129.
술이라 하는 것은 代性之狂藥이요
色이라 하는 것은 身亡之近法이니
可不愼哉이며 可不戒哉오　　　　　　　　　　　　　　(雜誌(平洲本) 121)

代性之狂藥(대성지광약)이요=사람의 본성(本性)을 대신해 미치게 하는 약이요 ◇身亡之近法(신망지근법)이니=몸을 망치게 하는 가장 가까운 법이니 ◇不可愼哉(불가신재)이며=삼가지 않을 수가 없으며 ◇不可戒哉(불가계재)오=경계하지 않을 수가 없다.

■ **통석(通釋)**　술이라고 하는 것은 사람의 본성을 대신해 미치게 하는 약이요,
　　　　　　　여색이라고 하는 것은 몸을 망치게 하는 가장 가까운 법이니,
　　　　　　　삼가지 않을 수 없고 경계하지 않을 수 없다.

130.
술이 醉ᄒᆞ거든 ᄭᆡ지 말게 삼기거나
님을 만나거든 離別 업게 삼기거나
술ᄭᆡ고 님 離別ᄒᆞ니 그를 슬허 ᄒᆞ노라.　　　　　　　(靑詠 364)

ᄭᆡ지 말게 삼기거나=깨어나지 않게 생기거나 ◇슬허=슬퍼. 서운해.

■ **통석(通釋)**　술에 취하거든 깨어나지 말게 생기거나
　　　　　　　님을 만났거든 이별이나 없게 생기거나

술을 깨고 님과도 이별하게 되니 그렇게 되는 것을 슬퍼한다.

131.

술 흔잔 먹스이더 쏘 흔준 먹스이더

곳 것거 슨 노코 무진무진 먹스이더

아희야 잔 가닥 부어라 쟝취불셩 ᄒ리라.   (海朴 363)

먹스이더=먹읍시다. ◇곳 것거 슨 노코=꽃을 꺾어 산(算)가지 놓고 세어가며 ◇
무진무진=무진무진(無盡無盡). 끝이 없이 ◇가닥=가득 ◇쟝취불셩=장취불성(長醉不
醒). 오랫동안 취해 깨어나지 않다.

■ **통석(通釋)**　술 한 잔 먹읍시다 또 한 잔 먹읍시다.

　　　　　　　꽃 꺾어 세어가며 무진무진 먹읍시다.

　　　　　　　아희야. 잔 가득 부어라, 오랫동안 술에 취해 깨어나지 않으리라.

132.

시름이 업슬션졍 富貴功名 관계ᄒ며

ᄆ음이 편홀션졍 ᄂᆷ이 웃다 어이ᄒ리

엇더타 守拙安貧을 나ᄂ 죠화 ᄒ노라.   (靑珍 327)

업슬션졍=없을지언정 ◇관계ᄒ며=관심을 가지며 ◇ᄂᆷ이 웃다 어이ᄒ리=남이 웃
는다고 어찌하랴. ◇엇더타=어쩌거나 ◇守拙安貧(수졸안빈)=질박함을 지키고 가난해
도 스스로 만족함 ◇나ᄂ 죠화=나는 좋아.

■ **통석(通釋)**　근심이나 걱정이 없을지언정 부귀나 공명에 관심을 가지며

　　　　　　　마음이 편할지언정 남이 나를 비웃는다고 어찌하랴.

　　　　　　　어떻거나 질박하면서도 가난을 견디는 것을 나는 좋아한다.

133.

是非 업슨 後ㅣ라 榮辱이 다 不關타

琴書를 흐튼 後에 이 몸이 閑暇ᄒ다

白鷗ㅣ야 機事를 니즘은 너와 낸가 ᄒ노라.　　　　　　　(靑珍 129) 申欽

(是非亡矣 榮辱何關 琴書散後此身閑 白鷗乎忘機吾與爾: 시비망의 영욕하관 금서산후차신한

백구호망기오여이)

다 不關(불관)타=다 아무런 관련이 없다. 상관없다. ◇琴書(금서)를 흣튼=탄금과

독서를 다 흩어버린. 거문고와 독서를 다 그만둔 ◇機事(기사)를 니즘은=기밀한 일

을 잊음은. 번거로운 일을 ◇낸가=나뿐인가.

■**통석(通釋)**　잘잘못을 따지는 일이 없는 뒤라 영예와 치욕이 다 나와는 관련이 없다.

　　　　　　탄금과 독서를 그만둔 뒤에 이 몸이 한가하구나.

　　　　　　갈매기야, 세상 번거로운 일을 잊음은 너와 나뿐인가 한다.

134.

心性이 게여름으로 書劍을 못 일우고

稟質이 迂疏흠으로 富貴를 모르거다

七十載 이우려 어든 거시 一長歌인가 ᄒ노라.　　　　　　(海周 519) 金壽長

心性(심성)이 게여름으로=타고난 마음씨가 게을러서. 성품이 게을러서 ◇書劍(서

검)을 못 일우고=책이나 칼을 이루지 못하고. 문(文)과 무(武)를 이루지 못하고 ◇稟

質(품질)이 迂疏(우소)흠으로=타고난 성품이 세상 물정에 어둡고 민첩하지 못하므로

◇모르거다=모르겠다. 관심이 없다. ◇七十載(칠십재)=70세가 되는 동안 ◇이우려 어

든 거시=겨우 얻은 것이.

■**통석(通釋)**　타고난 마음씨가 게을러서 글도 검술도 이루지 못하고

　　　　　　타고난 성품이 세상 물정에 어둡고 민첩하지 못해 부귀를 모르겠다.

　　　　　　칠십 살이 되도록 겨우 얻은 것이 긴 노래 하나 잘 부를 뿐이다.

135.

심심은 ᄒ다마ᄂᆞᆫ 일 업슬ᄼᆞᆫ 마히로다

답답은 ᄒᆞ다마ᄂᆞ 閑한暇가ᄒᆞᆯᄉᆞᆫ 밤이로다
아희야 일즉 자다가 東동트거든 닐거라.　　　　　　　(孤山遺稿 9) 尹善道

일 업ᄉᆞᆯ순=할 일이 없는 것은 ◇마히로다=장마로구나. ◇동트거든 닐거라=먼동이
트거든 일어나거라.

■ **통석(通釋)**　심심하기는 하지만 일이 없는 것은 장맛비로구나.
　　　　　　답답하기는 하지만 한가한 것은 밤이로구나.
　　　　　　아이야, 일찍 자다가 먼동이 트거든 일어나거라.

136.
아ᄎᆞᆷ을 지닌 후의 젼녁이 걱정이요
젼녁을 지닌 후의 아ᄎᆞᆷ이 걱정이라
엇지타 ᄉᆞ름이 ᄆᆡᆨ반일긔도 ᄢᅵ를 지나.　　　　　　　(風雅 43) 李世輔

아ᄎᆞᆷ=아침 ◇젼녁=저녁 ◇엇지타=어쩌다 ◇ᄆᆡᆨ반일긔=맥반일기(麥飯一器). 보리밥
한 그릇 ◇ᄢᅵ를 지나=끼니를 지나야.

■ **통석(通釋)**　아침을 지낸 다음에 저녁이 걱정이요
　　　　　　저녁을 지낸 다음에 아침이 걱정이다.
　　　　　　어쩌다 사람들이 보리밥 한 그릇도 끼니가 지나야.

137.
아히야 그믈 내여 漁舡에 시러노코
달 괸 술 막 걸러 酒樽에 다마두고
어즈버 ᄇᆡ 아직 노치 마라 ᄃᆞᆯ 기드려 가리라.　　　　　　　(靑珍 307)

그믈 내여=그물을 가져다 ◇漁舡(어강)=고기잡이배 ◇달 괸 술 막 걸러=덜 익은
술을 급하게 걸러 ◇酒樽(주준)에 다마두고=술통에 담아두고, 술독에 담아두고 ◇ᄇᆡ
아직 노치 마라=배를 아직은 띄우지 마라. ◇ᄃᆞᆯ 기드려=달이 뜨기를 기다려.

■ **통석(通釋)**   아이야 그물을 내다가 고기잡이배에 실어놓고
　　　　　　　　덜 익었지만 술을 급히 걸러 술동이에 담아두고
　　　　　　　　아! 배를 아직 띄우지 마라. 달이 뜨기를 기다려 가겠다.

138.

악헌 말 흔 년후의 챡헌 말 싱각ᄒ고

챡헌 일 지난 후의 악헌 일 씌닷는다

아마도 젹션지가의 필유여경인가.　　　　　　　　　　(風雅 252) 李世輔

악한 말 흔 년후의=험악한 말을 하고 난 뒤에. 쌍스러운 말을 하고 난 뒤에 ◇젹
션지가의 필유여경인가=적선지가(積善之家)의 필유여경(必有餘慶)인가. 착한 일을 한
집에는 반드시 좋은 경사가 있는 것인가. 『역경(易經)』에 나오는 말이다. "積善之家
必有餘慶 積不善之家 必有餘殃"(적선지가 필유여경 적불선지가 필유여앙)라고 했다.

■ **통석(通釋)**   험악한 말을 한 뒤에는 착한 말을 할 생각을 하고
　　　　　　　　착한 말을 한 뒤에는 험악했던 일이 잘못되었음을 깨닫는다.
　　　　　　　　아마도 착한 일을 한 집에는 반드시 좋은 경사가 있는 것이 아닌가.

139.

安貧을 슬히 넉여 손 혜다 물러감여

富貴를 불어ᄒ여 손 치다 나아오랴

암아도 貧而無怨이 긔 올흔가 ᄒ노라.　　　　　　　　　(海周 426) 金天澤

安貧(안빈)을 슬히 넉여=가난하더라도 편안한 마음으로 지냄을 싫다고 생각하여
◇손 혜다=손익을 헤아리다. 계산하다. 싫다고 헤젓다. ◇불어ᄒ여 손 치다=부러워
하여 손바닥을 치며. 좋다고 ◇貧而無怨(빈이무원)=가난하여도 이를 원망하지 아니
하다. ◇긔 올흔가=그렇게 하는 것이 옳은가.

■ **통석(通釋)**   가난하게 사는 것을 싫다고 생각하여 싫다고 물러나며
　　　　　　　　부귀를 부러워하여 좋다고 생각하여 손바닥을 치며 나오겠느냐?

아마도 가난해도 이를 원망하지 않는 것이 올바른 일인가 한다.

140.

安貧을 厭치 말아 일 업쓰면 긔 죠흔이

벗 업다 恨치 말라 말 업쓰면 이 죠흔이

암아도 守分安拙이 긔 올흔가 ᄒ노라.   (海周 494) 金壽長

厭(염)치 말아=싫어하지 마라. 싫증내지 마라. ◇일 업쓰면 긔 죠흔이=아무런 일이 없으면 그것이 좋은 것이다. ◇守分安拙(수분안졸)이=분수를 지켜 편안하게 지내는 것이.

■**통석(通釋)**　가난하게 사는 것을 싫어하지 마라, 아무런 일이 없으면 그것이 좋은 것이다.

　　　　　　　벗이 없다고 한탄하지 마라, 아무런 말이 없으면 그것이 좋은 것이다.

　　　　　　　아마도 분수를 지키며 편안하게 지내는 그것이 올바른 것인가 한다.

141.

알고 그린ᄂᆞᆫ가 모로고 그린ᄂᆞᆫ가

아니 알오도 모로노라 그린ᄂᆞᆫ가

眞實로 알고 그리면 닐러 무슴ᄒ리요.   (漆室遺稿 22) 李德一

그린ᄂᆞᆫ가=그렇게 행동하는가? 또는 그랬는가? ◇알오도 모로노라=알고도 모른다고 ◇알고 그리면=알고도 그렇게 행동했다면 ◇닐러 무슴ᄒ리요=말하여 무엇 하랴. 타일러 무엇하랴.

■**통석(通釋)**　알고도 그렇게 행동하는가 모르고 그렇게 하는가?

　　　　　　　아니 알고도 모른다고 그렇게 하는 것인가?

　　　　　　　진실로 알고도 그렇게 행동한다면 말하여 무엇하겠는가?

142.

어와 뎌 족하야 밥 업시 엇디홀고

어와 뎌 아자바 옷 업시 엇디홀고

머흔 일 다 닐러스라 돌보고져 ᄒ노라.　　　　　(松星 11) 鄭澈

어와=아! 감탄사　◇족하=조카　◇업시 엇디홀고=없어서 어찌할까? 없어서 어쩔까.
◇아자바=아재비야.　◇머흔 일=험한 일. 어려운 일　◇다 닐러스라=다 말하여라. 말
하여보라.

■ **통석(通釋)**　　아! 저 조카야 먹을 밥이 없어서 어찌할까?

　　　　　　　　아! 아재비야 입을 옷이 없어서 어찌할까?

　　　　　　　　어려운 일 있으면 다 말하여라, 돌보고자 한다.

143.

어와 셜운디오 싱각거든 셜운디오

國家艱危를 알 니 업서 셜운디오

아모나 이 艱危 알아 九重天의 슬오쇼셔.　　　　　(漆室遺稿 6) 李德一

어와 셜운디오=아! 서럽구나.　◇싱각거든=생각해보니　◇國家艱危(국가간위)를 알
니 업서=나라의 어려움과 위태로움을 아는 사람이 없어　◇艱危(간위) 알아=어렵고
위태함을 알아서　◇九重天(구중천)=궁정(宮庭) 또는 하늘　◇슬오쇼셔=말씀을 드리십
시오. 아뢰옵소서.

■ **통석(通釋)**　　아! 서럽구나, 생각할수록 서럽구나.

　　　　　　　　나라의 어려움과 위태로움을 아는 사람이 없어 서럽구나.

　　　　　　　　아무나 이 나라의 어려움과 위태로움을 알아서 하늘에다 아뢰옵소서.

144.

어졔런지 그졔런지 밤이런지 낫지런지

어드러로 가다가 눌이런지 만낫던지

오날은 너를 만나시니 긔 네런가 ᄒ노라.   (靑六 689)

어제런지 그제런지=어젠지 그젠지 ◇밤이런지 낮지런지=밤인지 낮인지 ◇어드러
로=어디에로 ◇눌이런지 만낫던지=누군지를 만났던지 ◇긔 네런가 ᄒ노라=그가 너
인가 한다.

■ **통석(通釋)**   어젠지 그젠지 밤인지 낮인지
                  어디에로 가다가 누군지를 만났던지
                  오늘은 너를 만났으니 그가 너인가 한다.

145.
言人過後患何ᄂ 孟夫子의 垂訓이요
卽其新不究舊ᄂ 韓昌黎의 至論이라
이 말슴 시힝ᄒ면 身不危 俗淳厚ᄒ오리라.   (開說堂遺稿) 安昌後

言人過後患何(언인과후환하)는=남의 허물을 말하였다가 그 후환을 어찌 할까는
◇孟夫子(맹부자)의 垂訓(수훈)이요=맹자가 후세에 전하는 교훈이요. 원문(原文)은
"言人之不善 當如後患 何"(언인지불선 당여후환 하 : 남의 착하지 않음을 말하였다가
마땅히 후환을 어찌하랴)이다. ◇卽其新不究舊(즉기신불구구)는=새로운 것만 가까이
하고 옛것은 연구하지 않는 것은 ◇韓昌黎(한창려)의 至論(지론)이라=한창려가 주장
하는 이론이다. 한창려는 당나라의 한유(韓愈 ; 768~824)를 가리킨다. ◇시힝하면=시
행(施行)하면. 실제로 사용하면. ◇身不危 俗淳厚(신불위 속순후)=몸은 위태롭지 아
니하고 풍속은 순박하고 두터워진다.

■ **통석(通釋)**   "남의 허물을 말하였다가 그 후환을 어찌할까."는 맹자가 후세에 전하
                  는 교훈이요,
                  "새로운 것만 가까이하고 옛것은 연구하려 하지 않는다."는 한유가 주
                  장하는 바이다.
                  이 말씀을 실행하면 몸은 위태롭지 않고 풍속은 순박하고 두터워질
                  것이다.

146.

嶺山의 白雲起ᄒ니 나는 보믹 즐거웨라

江中 白鷗飛ᄒ니 나는 보믹 반가왜라

즐기며 반가와ᄒ거니 내 벗인가 ᄒ노라.　　　　　(兩棄齋散稿 8) 安瑞羽

嶺山(영산)의 白雲起(백운기)ᄒ니=산봉우리에 흰 구름이 일어나니. 산마루에 ◇보
믹=바라보매. 보는 것이.

■ **통석(通釋)**　　산봉우리에 흰 구름이 일어나니 나는 바라보매 즐겁구나.
　　　　　　　　강에 갈매기가 나르니 나는 보는 것이 반갑구나.
　　　　　　　　즐기며 반가워하며 좋아하니 내 벗인가 한다.

147.

梧桐에 雨滴ᄒ니 舜琴을 잉이는 듯

竹葉에 風動ᄒ니 楚漢이 셧도는 듯

金樽에 月光明ᄒ니 李白 본 닷ᄒ여라.　　　　　(詩歌(朴氏本) 387)

梧桐(오동)에 雨滴(우적)ᄒ니=오동나무에 빗방울이 떨어지니 ◇舜琴(순금)=순(舜)
임금이 연주했다는 오현금(五絃琴) ◇잉이는 듯=흔들리는 듯. 연주하는 듯 ◇竹葉(죽
엽)에 風動(풍동)ᄒ니=댓잎에 바람이 부니. 바람에 흔들리니 ◇楚漢(초한)=항우와 초
나라와 유방의 한나라 ◇셧도는 듯=섞여 도는 듯. 싸우는 듯 ◇金樽(금준)에 月光明
(월광명)ᄒ니=술통에 달빛이 환하게 비추니. ◇본 닷=본 듯.

■ **통석(通釋)**　　오동나무에 빗방울이 떨어지니 순임금의 거문고를 타는 듯
　　　　　　　　댓잎에 바람이 부니 초나라와 한나라가 서로 다투는 듯
　　　　　　　　술통에 달빛이 환히 밝으니 마치 당나라의 이백을 본 듯하구나.

148.

玉ᄀ튼 漢宮女도 胡地에 塵土 되고

解語花 楊貴妃도 驛路에 ᄇ렷느니

閼氏닉 一時花容을 앗겨 무슴ᄒ리오.　　　　　　　　　　　　(甁歌 694)

漢宮女(한궁녀)=한나라 궁녀. 왕소군(王昭君)을 가리킨다. ◇胡地(호지)에 塵土(진
토) 되고=오랑캐 땅에 흙이 되고 ◇驛路(역로)에 ᄇ렷ᄂ니=지나가는 길에 내버려졌
느니. 내버려졌다. ◇一時花容(일시화용)을 앗겨=한때뿐인 예쁜 얼굴을 아껴서.

■ **통석(通釋)**　옥처럼 고운 한나라 궁녀 왕소군도 오랑캐 땅에 흙이 되었고
　　　　　　　 말을 알아듣는 꽃이라던 양귀비도 지나가는 길에 버려졌느니
　　　　　　　 아가씨, 한때뿐인 예쁜 얼굴을 아껴서 무엇 하려느냐?

149.
玉鬢紅顔 第一色을 나ᄂ 널을 보앗거니
明月黃昏 風流郞을 너ᄂ 누룰 보안ᄂ다
두어라 路柳墻花언이 돌려 놀가 ᄒ노라.　　　　　　　　　　(海朴 465)

玉鬢紅顔(옥빈홍안) 第一色(제일색)=젊고 아름다우며 제일가는 미인 ◇널을 보앗
거니=너를 보았거니와 ◇明月黃昏(명월황혼) 風流郞(풍류랑)=밝은 달이 뜬 밤에 풍
류를 즐기는 멋진 남자 ◇누룰 보안ᄂ다=누구를 보았느냐? ◇路柳墻花(노류장화)언
이=길기리의 비드나무와 담장에 핀 꽃이니. 기생이니 ◇돌려 놀가=바꾸어가며 놀까.

■ **통석(通釋)**　젊고 아름다우며 제일가는 미인아, 나는 너를 보았거니와
　　　　　　　 밝은 달이 뜬 밤에 풍류를 즐기는 멋진 남자야, 너는 누구를 보았느냐?
　　　　　　　 두어라, 임자가 없는 기생이니 바꾸어가며 놀까 한다.

150.
玉顔을 相對하니 如雲間之明月이요
朱脣을 半開하니 若水中之蓮花로다
두어라 雲月水中花를 앗겨 무삼.　　　　　　　　　　(歌詞(平洲本) 69)

玉顔(옥안)=옥 같은 얼굴. 미인 ◇如雲間之明月(여운간지명월)이요=구름 사이에

뜬 밝은 달과 같고요. ◇朱脣(주순)을 半開(반개)하니=붉은 입술을 반쯤 여니 ◇若水中之蓮花(약수중지연화)로다=물속에 핀 연꽃과 같다. ◇雲月水中花(운월수중화)를 앗겨=구름 사이의 달과 물속의 꽃을 아껴서.

■**통석(通釋)** 예쁜 얼굴을 마주 대하니 구름 사이에 뜬 밝은 달과 같고요,
　　　　　　붉은 입술을 반쯤 여니 물속에 핀 연꽃과 같구나.
　　　　　　두어라 구름 사이의 달과 물속의 꽃을 아껴서 무엇.

151.

올히 댤은 다리 학긔 다리 되도록애

거믄 가마괴 해오라비 되도록애

享福無疆ᄒ샤 億萬歲를 누리소셔.　　　　　　　　　　(自菴集) 金綏

　올히=오리 ◇댤은 다리=짧은 다리 ◇학긔 다리 되도록애=학(鶴)의 다리가 될 때까지 ◇거믄 가마괴=검은 까마귀 ◇享福無疆(향복무강)ᄒ샤=끝없는 복을 누리시어.

■**통석(通釋)** 오리의 짧은 다리가 학의 다리처럼 길게 될 때까지
　　　　　　검은 까마귀가 해오라비처럼 희게 될 때까지
　　　　　　끝없는 복을 누리시어 억만 년을 누리십시오.

152.

올흔 일 ᄒ쟈 ᄒ니 이제 뉘 올타 ᄒ며

그른 일 ᄒ쟈 ᄒ니 後의 뉘 올타 ᄒ리

醉ᄒ여 是非를 모르면 긔 올흘가 ᄒ노라.(慨世)　　　　　(古今 60)

　올흔 일 ᄒ쟈 ᄒ니=옳은 일을 하고자 하니 ◇이제 뉘 올타 ᄒ며=지금의 누가 옳다고 하며 ◇그른 일=옳지 못한 일을 ◇後(후)의=나중에. 뒷날에 ◇醉(취)ᄒ여 是非(시비)를 모르면=술에 취해 옳고 그름을 모른다면 ◇긔 올흘가=그렇게 하는 것이 옳은 일일까.

옳은 일을 하고자 하니 지금의 누가 옳다고 하며
그른 일을 하고자 하니 나중에 누가 옳다고 하랴.
술 취하여 시비를 모르고 지나는 것이 그것이 옳을까 한다.

153.

堯舜은 엇더ᄒ여 德澤이 놉흐시며
傑紂는 엇더ᄒ여 暴虐이 甚톳던고
이러코 졀어흔 줄을 둣고 알게 ᄒ노라.   (海周 459) 金壽長

德澤(덕택)=남에게 베푼 덕이나 은택 ◇傑紂(걸주)=고대 중국의 폭군. 걸은 하(夏)
나라의, 주는 은(殷)나라의 폭군이었다. ◇暴虐(포학)이 甚(심)톳던고=횡포하고 잔악
함이 극심했던가? ◇이러코 져러흔 줄을=이러하고 저러한 줄을 ◇둣고 알게=듣고서
알 수 있게.

요임금이나 순임금은 어떠하여 덕이나 은택이 높으시고
걸왕이나 주왕은 어떠하여 횡포하고 잔악함이 심하였던가?
이러하고 또 저러한 줄을 듣고서 알게 하고자 한다.

154.

堯田을 갈던 ᄉ람 水慮를 못 닉엿고
湯田을 갈던 ᄉ람 旱憂를 어이흔고
아마도 無憂無慮헐쓴 心田인가 ᄒ노라.   (源國 24) 金學淵

堯田(요전)을 갈던 ᄉ람=요임금 때 밭을 갈던 사람. 요임금을 말한다. ◇水慮(수
려)를 못 닉엿고=홍수에 대한 근심에 익숙하지 못하였고. 요임금 때 있었던 구 년
동안의 홍수(九年之水)를 말한다. ◇湯田(탕전)을 갈던 ᄉ람=탕임금 때 밭을 갈던 사
람. 탕(湯)임금을 말함 ◇旱憂(한우)를 어이흔고=가뭄에 대한 걱정을 어찌할 것인가.
탕임금 때 있었던 칠 년 동안의 가뭄(七年大旱)을 말한다. ◇無憂無慮(무우무려)헐쓴
心田(심전)인가=아무런 근심이나 걱정이 없는 것은 마음을 닦는 것인가.

■ **통석(通釋)**   요임금 때 밭을 갈던 사람 홍수에 대한 근심에 익숙하지 못하였고
순임금 때 밭을 갈던 사람 가뭄에 대한 걱정을 어찌할 것인가?
아마도 아무런 근심이나 걱정이 없는 것은 마음을 닦는 것인가 한다.

155.

요지수 구년인덜 틱산 뭇쳐시며
탕지흔 칠년인덜 ᄒᆞ히가 마를손야
ᄃᆡ쟝부 아모리 궁곤 씌여신덜 튱의조차.   (時調(池氏本) 125)

요지수 구년인덜=요지수구년(堯之水九年)인들. 요임금 때 구 년의 홍수인들 ◇틱
산 뭇쳐시며=높은 태산(泰山)이 파묻혔으며 ◇탕지흔 칠년인덜=탕지한칠년(湯之旱七
年)인들. 탕임금 때 칠 년의 가뭄인들 ◇ᄒᆞ히가 마를손야=하해(河海)가 마를쏘냐. 강
과 바다가 마르겠느냐 ◇아모리 궁곤 씌여신덜=아무리 궁곤(窮困)한 처지에 놓였다
고 한들 ◇튱의조차=충의(忠義)조차. 임금에 대한 충성과 백성에 대한 의리마저.

■ **통석(通釋)**   요임금 때 구 년의 홍수인들 태산이 파묻혔으며,
탕임금 때 칠 년의 가뭄인들 하해가 말랐느냐?
대장부가 아무리 궁곤한 처지에 놓였다고 한들 충성과 의리마저.

156.

龍樓에 우는 북은 太簇律을 應허엿고
萬戶에 발킨 불은 上元月을 맛는고야
俄已오 百尺 紅橋上에 萬人同樂허더라.   (金玉 27) 安玫英

(上元夜 聽鐘玩月 ; 상원야 청종완월 : 정월 보름날 밤에 종소리를 들으며 달을 감상하다.)

龍樓(용루)에 우는 북=커다란 누각에서 울리는 북소리. ◇太簇律(태주율)=12율려
(律呂)의 하나로, 음력 정월에 해당한다. 1월의 별칭이기도 하다. ◇上元月(상원월)을
맛는고야=정월 대보름달을 맞이하는구나. ◇俄已(아이)오=이윽고. 얼마 있다가 ◇百
尺紅橋上(백척홍교상)='紅橋(홍교)'는 '虹橋(홍교)'의 잘못. 높다란 무지개다리 위에.

누각에서 울리는 북소리는 일월과 상응하였고

많은 집들에서 밝힌 불은 정월 대보름 달을 맞이하는구나.

이윽고 높다란 무지개 모양의 다리 위에서 모든 사람들이 함께 즐기
더라.

157.

愚夫도 알며 ᄒ거니 긔 아니 쉬운가

聖人도 몯 다 ᄒ시니 긔 아니 어려운가

쉽거니 어렵거낫 듕에 늙ᄂ 주를 몰래라.　　　　　(陶山六曲板本 12) 李滉

愚夫(우부)도 알며 ᄒ거니=어리석은 남자도 알아서 하는 것이니 ◇긔 아니 쉬온
가=그것이 쉬운 것 아닌가. ◇몯 다 ᄒ시니=다하지 못하시니 ◇긔 아니 어려온가=
그것이 어려운 것 아닌가 ◇늙ᄂ 주를=늙어가는 줄을.

■ 통석(通釋)　어리석은 남자도 알아서 하는 것이니 그것이 쉬운 것이 아닌가?

훌륭한 사람도 다 못 하시니 그것이 어려운 것이 아닌가?

쉽거나 어렵거나 가운데 늙어가는 줄을 모르겠다.

158.

牛山에 지ᄂ 히를 齊景公이 우럿더니

孔德里 가을 다를 國太公이 늣기삿다

아마도 今古英傑의 慷慨心懷는 한 가진가 ᄒ노라.　　　　(金玉 103) 安玟英

(石坡大老於壬申春 偃息於孔德里 一日夕陽 率門人及妓工 登臨尤笑處 大張風樂蕾娛之際 日
落月上矣 乃喟然歎日 吾年今五十餘矣 餘年幾何 吾儕亦於來生 會合一處 以續今世未盡之緣 亦
不可乎 衆皆掩面含淚 ; 석파대로어임신춘 언식어공덕리 일일석양 솔문인급기공 등림우소처 대
장풍악권오지제 일락월상의 내위연탄왈 오년금오십여의 여년기하 오제역어래생 회합일처 이
속금세미진지연 역불가호 중개엄면함루 : 석파대로께서 임신년(1872) 봄에 공덕리에서 편히
쉬고 계셨다. 하루는 석양에 문인과 기생 악공을 데리고 우소처에 올라 풍악을 크게 베풀고
오락을 권장할 즈음에 해는 이미 지고 달이 돋았다. 이내 슬프게 탄식하며 말씀하시기를 "내
나이 이제 오십을 넘었다. 남은 해가 얼마나 되랴. 우리들이 또한 이 세상에 태어나 한 곳에
모여 이승에서 못다한 인연을 잇는 것이 또한 가능할까?" 하자 모두 얼굴을 가리고 눈물이

글썽했다.)

牛山(우산)에 지는 히를 齊景公(제경공)이 우럿더니=우산에 지는 해를 보고 제나
라 경공이 감격하여 울었더니. 우산은 중국 산동성 치현(淄縣) 남쪽에 있는 산으로,
제(齊)나라 경공이 이곳에 놀면서 그 아름다운 경치를 감상하고 자기가 조만간 죽을
것을 슬퍼해 울었다고 한다. ◇孔德里(공덕리) 가을 다를 國太公(국태공)이 늣기샷다
=공덕리의 가을에 뜬 달을 보고 국태공이 느끼셨다. 공덕리는 서울 마포구에 있는
곳으로 이곳에 국태공인 흥선대원군의 별장이 있었다. ◇今古英傑(금고영걸)=지금에
서 예전에 이르기까지의 뛰어난 영웅 ◇慷慨心懷(강개심회)=불의에 대해 의분하는
마음. 대원군을 두고 지은 시조이다.

■ **통석(通釋)**   우산에 지는 해를 보고 제나라의 경공이 감격하여 울었더니,

                    공덕리에서 가을에 뜬 달을 보고 국태공이 감격하여 느끼셨다.

                    아마도 지금이나 예전이나 뛰어난 영웅들의 의분하는 마음은 한가지

           가 아닌가 한다.

159.

우슘이 변ᄒ여 셔름이 되고

셔름이 변ᄒ여 우슘이 된다

아마도 이락 두 ᄌ는 ᄉ름의 평싱인가.   (風雅 144) 李世輔

우슘이 변ᄒ여 셔름이 되고=웃음이 바뀌어 설움이 되고 ◇이락 두 ᄌ는=애(哀)와
락(樂) 두 글자는. 서러움과 즐거움은 ◇평싱인가=평생(平生)과 관련이 있는 것인가.

■ **통석(通釋)**   웃음이 바뀌어 설움이 되고

                    설움이 바뀌어 웃음이 된다.

                    아마도 애(哀) 자와 락(樂) 자 이 두 글자는 사람의 평생과 관련이 있

           는 것인가.

160.

禹之水 九年인들 곤륜산이 무너지며

湯之旱 七年인들 黃河水가 마르소냐

大丈夫 不遇之時인들 마음 좃차.   (雜誌(平洲本) 200)

禹之水 九年(우지수구년)=우임금 때에 구 년 동안 계속된 홍수인들 ◇곤륜산=곤
륜산(崑崙山). 중국 서방(西方)에 있는 산 ◇湯之旱七年(탕지한칠년)=탕임금 때에 칠
년간 계속된 가뭄 ◇마르소냐=마르겠느냐? ◇不遇之時(불우지시)인들=때를 만나지
못했다 한들.

■ 통석(通釋) 우임금의 구 년 계속된 장마인들 곤륜산이 무너지며
          탕임금의 칠 년 계속된 가뭄인들 황하의 물이 마르겠느냐?
          대장부가 때를 만나지 못했다한들 마음도 따라서.

161.
遠上寒山石逕斜ᄒ니 白雲深處有人家ㅣ라

停車坐愛楓林晚ᄒ니 霜葉이 紅於二月花ㅣ로다

아마도 無限淸景은 이쑨인가 ᄒ노라.   (源國 280)

遠上寒山石逕斜(원상한산석경사)ᄒ니=멀리 한산의 돌길이 비꼈으니 ◇白雲深處有
人家(백운심처유인가)ㅣ라=흰 구름 깊은 곳에 인가가 있구나. ◇停車坐愛楓林晚(정거
좌애풍림만)ᄒ니=수레를 멈추고 늦가을의 경치를 좋아하니 ◇霜葉(상엽)이 紅於二月
花(홍어이월화)ㅣ라=서리 맞은 나뭇잎이 봄철의 꽃보다 붉더라. 두목(杜牧)의 「산행
(山行)」을 초·중장으로 만들었다. ◇無限淸景(무한청경)은=한이 없는 좋은 경치는.

■ 통석(通釋) 멀리 한산의 돌길이 비꼈으니 흰 구름 깊은 곳에 인가가 있구나
          수레를 멈추고 늦가을의 경치를 구경하니 단풍잎이 봄철의 꽃보다 더
          붉더라
          아마도 한이 없는 좋은 경치는 이것뿐인가 한다.

162.
幽蘭이 在谷ᄒ니 自然이 듣디 됴해

白雲이 在山ᄒ니 自然이 보디 됴해

이 듕에 彼美一人를 더옥 닛디 못 ᄒ얘.　　　　　　　(陶山六曲板本 4) 李滉

幽蘭(유란)이 在谷(재곡)ᄒ니=난초가 골짜기에 피어 있으니 ◇듣디 됴해=듣기가
좋다. 듣기는 향기의 잘못인 듯 ◇보디 됴해=보기가 좋다. ◇彼美一人(피미일인)을=
저 아름다운 한 사람을. 왕을 가리킨다. ◇더옥 닛지=더욱 잊지를.

■통석(通釋)　　난초가 골짜기에 피어 있으니 자연이 듣기가 좋구나.
　　　　　　　　흰 구름이 산에 끼어 있으니 자연이 보기가 좋구나.
　　　　　　　　이런 가운데 저 아름다운 한 사람을 더욱 잊지를 못 하겠구나.

163.

劉伶이 嗜酒ᄒ다 술조ᄎ 가져가며

太白이 愛月ᄒ다 ᄃᆞᆯ조ᄎ 가져가랴

나믄 술 나믄 ᄃᆞᆯ 가지고 翫月長醉ᄒ리라.　　　　　　　(瓶歌 680)

劉伶(유령)이 嗜酒(기주)ᄒ다 술조ᄎ=유령이 술을 좋아한다고 술마저. 유령은 중국
진(晉)나라 사람으로 술을 즐겼으며, 죽림칠현(竹林七賢)의 한 사람이고 술을 칭찬하
는 글 「주덕송(酒德頌)」을 지었다. ◇愛月(애월)ᄒ다=달을 좋아한다고 ◇翫月長醉(완
월장취)=달을 감상하며 오래도록 술에 취하다.

■통석(通釋)　　유령이 술을 좋아한다고 술마저 가져갔으며
　　　　　　　　태백이 달을 좋아한다고 달마저 가져갔으랴.
　　　　　　　　남은 술 남은 달 가지고 달을 감상하며 오래도록 술에 취하리라.

164.

幽僻을 차쟈가니 구름 속에 집이로다

山菜에 맛 드리니 世味를 니즐노다

이 몸이 江山風月과 함께 늙쟈 ᄒ노라.　　　　　　　(源國 76) 趙ᄂᆞᆫ

幽僻(유벽)을 차쟈가니=한적하고 궁벽한 곳을 찾아가니 ◇山菜(산채)에 맛 드리니 =산나물에 맛을 들이니 ◇世味(세미)를 니즐노다=세상사는 재미를 잊겠구나. ◇江山 風月(강산풍월)=자연 속에서 살아가다.

■ **통석(通釋)**　한적하고 궁벽한 곳을 찾아가니 구름 속에 집이 있구나.
　　　　　　　산나물에 맛을 들이니 세상 살아가는 재미를 잊겠구나.
　　　　　　　이 몸이 강산과 풍월과 함께 늙어가고자 한다.

165.
有情코 無心홀 순 아마도 風塵朋友
無心코 有情홀 순 아마도 江湖鷗鷺
이제야 昨非今是을 쐬다른가 ᄒ노라.　　　　　　　　　(兩棄齋散稿 9) 安瑞羽

有情(유정)코 無心(무심)홀 순=정이 많아 보여도 관심이 없는 것은 ◇風塵朋友(풍 진붕우)=속세의 친구 ◇無心(무심)코 有情(유정)홀 순=무심한 듯하고도 정이 많은 것 은 ◇江湖鷗鷺(강호구로)=강호의 갈매기와 백로 ◇이제야=지금에서야 ◇昨非今是(작 비금시)을 쐬다른가=어제는 그르다고 하던 것이 오늘에야 옳은 것임을 깨달았는가.

■ **통석(通釋)**　정이 많아 보여도 관심이 없는 것은 속세의 친구들
　　　　　　　무심한 듯하고도 정이 많은 것은 강호의 갈매기와 백로들
　　　　　　　이제야 어제 그르다던 것이 오늘에야 옳은 것임을 깨달았는가 한다.

166.
유정도 ᄒ엿노라 무정도 ᄒ엿노라
ᄉ랑도 ᄒ엿노라 이별도 ᄒ엿노라
아마도 취인광긱은 이뿐인가.　　　　　　　　　　　(風雅 401) 李世輔

ᄒ엿노라=하였었다. ◇취인광긱=취인광객(醉人狂客). 술 취한 사람과 같고 미친 사람과 같다.

■ **통석(通釋)**　　정이 있기도 하였었다. 정이 없기도 하였었다.

　　　　　　　　　사랑도 하였었다. 이별도 하였었다.

　　　　　　　　　아마도 술 취한 사람과 같기도 하고 미친 사람 같기도 하기는 이것뿐
　　　　　　　　　인가?

167.

이런들 엇더ᄒ며 져런들 엇더ᄒ료

萬壽山 드렁츩이 얼거진들 엇더ᄒ리

우리도 이ᄀᆺ치 얼거져 百年ᄭᆞ지 누리리라.　　　　　　　　(靑珍 216) 太宗

　　萬壽山(만수산)=고려 때 개성 수창궁(壽昌宮)에 만들었던 가산(假山) ◇드렁츩=들
에나 산기슭에 나는 츩 ◇얼거진들 엇더ᄒ리=뒤얽혀진들 어떠하랴.

■ **통석(通釋)**　　이런들 어떠하며 저런들 어떠랴

　　　　　　　　　만수산에 드렁츩이 얽혀진들 어떠랴

　　　　　　　　　우리도 이같이 얽혀져 백 년까지 가겠다.

168.

이 말이 원 말이요 가단 말이 원 말이요

生ᄉᆞ름 病드려 노코 가단 말이 원 말이요

가다가 긴 ᄒᆞᆷ 나거든 ᄂᆞ 줄 아오.　　　　　　　(無名時調集가本 17)

　　원 말이요 가단 말이=웬 말이냐? 간다고 하는 말이 ◇生ᄉᆞ름=멀쩡한 사람. 건강
한 사람 ◇긴 ᄒᆞᆷ 나거든=오래 하는 한숨이 나오거든. 긴 ◇ᄂᆞ 줄 아오=나인 줄
아시오.

■ **통석(通釋)**　　이 말이 웬 말이오, 간다고 하는 말이 웬 말이오.

　　　　　　　　　멀쩡한 사람을 병들게 하고 간다고 하는 말이 웬 말이오.

　　　　　　　　　가다가 긴 한숨이 나오거든 나인 줄이나 아시오.

169.

이 말이 웬 말인야 가단 말이 웬 말이냐

無端이 네 실트냐 어늬 연놈이 꾀오드냐

열 놈이 빅 말을 ᄒ여도 任의 짐작.　　　　　　　　(無名時調集가本 2)

無端(무단)이 실트냐＝까닭도 없이 싫더냐.　◇어늬 연놈이 꾀오드냐＝어떤 사람이
꾀더냐.

■ **통석(通釋)**　　이 말이 웬 말인가, 간다고 하는 말이 웬 말이냐?

까닭 없이 싫더냐? 어떤 사람이 꾀더냐?

열 사람이 백 마디의 말을 하더라도 님이 짐작하여.

170.

李白이 愛月터니 남은 달이 반달이요

劉伶이 愛酒터니 남은 술이 반 잔이다

우리도 남은 달 남은 술로 翫月長醉.　　　　　　　　(時調(趙氏本) 6)

愛月(애월)터니＝달을 좋아하더니　◇翫月長醉(완월장취)＝달을 감상하며 오래도록
술에 취하다.

■ **통석(通釋)**　　이백이 달을 좋아하더니 남아 있는 달이 반달이요

유령이 술을 좋아하더니 남아 있는 술이 반 잔이다.

우리도 남은 달과 남은 술 가지고 달을 감상하며 오래도록 취하겠다.

171.

離別 뫼화 뫼이 된들 놉푼 줄 뉘 알며

눈믈 흘여 江이 된들 깁푼 줄 뉘 알니

두어라 놉고 깁품을 임이 알가 ᄒ노라.　　　　　　　(啓明大本 靑丘永言 231) 梅花

뫼화＝모여서　◇뫼이 된들＝산이 된다고 한들　◇눈믈 흘여＝눈물이 흘러　◇알니＝알랴.

■ **통석(通釋)**   이별이 모여서 산처럼 된다고 한들 그 산이 높은 줄을 누가 알며
눈물이 흘러서 강처럼 된다고 한들 그 강이 깊은 줄을 누가 알랴.
두어라 그 산이 높고 그 강이 깊음을 님은 알까 한다.

172.

離別이 불이 되니 肝腸이 틋노믹라
눈물이 비 되니 실 쯧도 흐건마는
한숨이 부람이 되니 실쭁말쭁ᄒᆞ여라.   (源國 女唱 83)

불이 되니=불이 되니. 울화가 치미니 ◇틋노믹라=타는 듯하구나. ◇실 쯧도 흐건
마는=끌 수 있을 것 같기도 하지만.

■ **통석(通釋)**   이별이 불이 되니 간장이 다 타는구나.
눈물이 비가 되니 끌 수 있을 것 같기도 하지만
한숨이 바람이 되어 훼방을 놓으니 끌 수 있을 듯 못할 듯하구나.

173.

이별리 잇거들낭 연분이 업고지고
연분이 잇거들낭 이별리 업고지고
엇지타 어려운 연분이 이별은 쉬워.   (風雅 376) 李世輔

이별리 잇거들낭=이별이 있게 되면 ◇업고지고=없고 ◇엇지타 어려운 연분이 이
별은 쉬워=어쩌다 맺기 어려운 연분이 이별은 너무나 쉬워.

■ **통석(通釋)**   이별이 있게 되면 연분이나 없고
연분이 있게 되면 이별이나 없고
어쩌다 만나기 어려운 연분이 이별은 너무나 쉬워.

174.

人間에 ᄒᆞ는 말을 하늘이 다 듯는이

暗室에 ᄒᆞ는 일을 鬼神이 다 잇은이
天老도 鬼老도 안엿신이 마음 놋치 말와라.　　　　　(海周 497) 金壽長

듯는이=듣나니. 듣는다. ◇잇은이='본은이'의 잘못인 듯. 보느니. 아느니 ◇天老(천
로)도 鬼老(귀로)도 아엿신이 마음 놋치 말와라=하늘도 귀신도 아니니 마음을 놓지
말거라.

■ **통석(通釋)**　사람들이 하는 말을 하늘은 다 듣나니
　　　　　　　어두운 방 안에서 하는 일을 귀신은 다 보느니
　　　　　　　사람은 하늘도 귀신도 아니니 마음을 놓지 말거라.

175.
人間의 벗 잇단 말가 나ᄂᆞᆫ 알기 슬희여라
物外에 벗 업단 말가 나ᄂᆞᆫ 알기 즐거웨라
슬커나 즐겁거나 내 분인가 ᄒᆞ노라.　　　　　(兩棄齋散稿 7) 安瑞羽

잇단 말가=있다는 말인가. ◇알기 슬희여라=아는 것이 싫다. ◇物外(물외)=속세의
밖 ◇분=분수.

■ **통석(通釋)**　사람이 사는 세상에 벗이 있다는 말인가, 나는 아는 것이 싫다.
　　　　　　　속세의 바깥 세상에 벗이 없다는 말인가, 나는 아는 것이 즐겁다.
　　　　　　　싫거나 즐겁거나 모두가 내 분수인가 한다.

176.
人間의 風雨 多ᄒᆞ니 므스 일 머므ᄂᆞ뇨
物外에 煙霞 足ᄒᆞ니 므스 일 아니 가리
이제ᄂᆞᆫ 가려 定ᄒᆞ니 逸興 계워 ᄒᆞ노라.　　　　　(兩棄齋散稿 12) 安瑞羽

風雨 多(풍우다)ᄒᆞ니=바람과 비가 많으니. 어려움이 많으니 ◇物外(물외)=사람이
사는 세상 밖에 있는 딴 세상 ◇煙霞 足(연하족)ᄒᆞ니=연기와 이내가 많으니. 좋은

일이 많으니 ◇므스 일 아니 가리=무슨 일로 아니 가려고 하느냐? ◇逸興(일흥) 계
위=아주 흥겨움이 넘쳐나다.

■**통석(通釋)** 사람이 사는 세상에는 어려움이 많은데 무슨 일로 머물려고 하는가?
　　　　　　속세의 바깥세상에는 좋은 일이 많을 터인데 무슨 일로 아니 가랴?
　　　　　　이제는 막상 가려고 결정하니 아주 흥겨움이 넘쳐나는구나.

177.
인ᄂ니 가ᄂ니 글와 한숨을 디디 마소
취ᄒ니 ᄭᅵ니 글와 선우음 웃디 마소
비 온 날 니믜춘 누역이 볏귀 본들 엇더리.　　　　　　　　(松星 50) 鄭澈

인ᄂ니 가ᄂ니 글와 한숨을 디디 마소=남아 있겠다거니 가겠다거니 하며 한숨을
짓지 마시오. ◇취ᄒ니 ᄭᅵ니 글와 선우음 웃디 마소=술에 취하였느니 깨였느니 하며
억지웃음을 웃지 마시오. ◇니믜춘 누역이=걸친 도롱이가 ◇볏귀 본들 엇더리=햇볕
을 본들 어떠리. 벗겨진들 어떠랴.

■**통석(通釋)** 남아 있겠다거니 가겠다거니 하며 한숨을 짓지 마시오.
　　　　　　술에 취하였느니 깨였느니 하며 억지웃음을 웃지 마시오.
　　　　　　비 오는 날에 걸친 도롱이가 벗겨진들 어떠하랴?

178.
日暮蒼山遠ᄒ니 날 저무러 못 오던가
天寒白屋貧ᄒ니 하늘이 차 못 오던가
柴門에 聞犬吠ᄒ니 님 오ᄂ가 ᄒ노라.　　　　　　　　　　(瓶歌 573)

日暮蒼山遠(일모창산원)ᄒ니=날이 저물고 푸른 산이 멀어 보이니 ◇天寒白屋貧(천
한백옥빈)ᄒ니=날이 추워 초라한 집이 더욱 가난해 보이니 ◇차=차가워. 추워 ◇柴
門(시문)에 聞犬吠(문견폐)ᄒ니=사립문에 개 짖는 소리가 들리니.

　날이 저물어 푸른 산이 멀어 보이니 날이 저물어 못 오던가.

날이 추워 초라한 집이 더욱 가난해 보이니 하늘이 차가워 못 오던가.

사립문 밖에 개 짖는 소리가 들리니 반가운 님이 오시는 것이 아닌가
한다.

179.

일 슴거 느저 피니 君子의 德이로다

風霜에 아니 지니 烈士의 節이로다

世上에 陶淵明 업스니 뉘라 너를 닐니오.　　　　　　　　　　　(瓶歌 583)

일 슴거 느저 피니=일찍 심었어도 늦어서야 꽃이 피니 ◇아니 지니=시들지 아니
하니 ◇節(절)이로다=절개로구나. ◇뉘라 너를 닐니오=누가 너를 말하겠느냐? 국화
(菊花)를 두고 지은 시조이다.

■ 통석(通釋)　봄에 일찍 심었어도 가을 늦어서야 꽃이 피니 군자의 덕을 지녔구나.

풍상에도 시들지 아니하니 열사의 절개를 가졌구나.

지금에 도연명이 없으니 누가 너의 덕과 절개를 말하겠느냐?

180.

임이라 졍이라 ᄒ니 임마다 유졍ᄒ며

이별리 샹ᄉ라 ᄒ니 이별마다 샹ᄉ 되랴

그즁의 어렵기는 유졍코 샹ᄉ인가.　　　　　　　　　　　(風雅 398) 李世輔

임이라 졍이라 ᄒ니=임이니 졍이니 하고 말들을 하니 ◇유졍ᄒ며=유정(有情)하며.
정이 있으며 ◇샹ᄉ라=상사(相思)라. 서로 그리워하는 것이라.

■ 통석(通釋)　님이다 정이다 하니 님이면 다 정이 있으며

이별이 서로 그리워하는 것이라 하니 이별마다 다 그리움이 되랴.

그 가운데 어려운 것은 정이 있으면서도 서로 그리워하는 것인가?

181.

昨日에 一花開ᄒ고 今日에 一花開라

今日에 花正好연을 昨日에 花已老ㅣ로다

花已老 人亦老ᄒ이 안 놀고 어이리.　　　　　　　　　　(海一 313) 李鼎輔

花正好(화정호)연을=꽃이 한창 보기가 좋았거늘 ◇昨日(작일)에 花已老ㅣ로다='昨日(작일)'은 '來日(내일)'의 잘못인 듯. 내일에는 꽃은 이미 시들리라. ◇花已老 人亦老(화이노인역로)흔이=꽃은 이미 시들고 사람 또한 늙으니 ◇안 놀고=놀지 아니하고.

■ **통석(通釋)**　꽃이 어제에도 한 송이 피고 오늘에도 한 송이 피었다.
　　　　　　오늘에는 꽃이 한창 좋았거늘 내일에는 꽃이 이미 시들 것이로다.
　　　　　　꽃은 이미 시들고 사람 또한 늙는 것이니 아니 놀고 어찌하랴.

182.

才秀名成ᄒ니 達人의 快事여늘

晝耕夜讀ᄒ니 隱者의 志趣ㅣ로다

이밧게 詩酒風流는 逸民인가 ᄒ노라.　　　　　　　　　　　(源國 350)

才秀名成(재수명성)ᄒ니=재주가 뛰어나고 성공을 하니(이름을 알리니) ◇達人(달인)의 快事(쾌사)여늘=통달한 사람의 기분 좋은 일이거늘 ◇晝耕夜讀(주경야독)ᄒ니 隱者(은자)의 志趣(지취)ㅣ로다=낮에는 밭 갈고 밤에는 글을 읽으니 세상에 숨어 사는 사람의 의지와 취향이다. ◇이밧게 詩酒風流(시주풍류)는=이것밖에 시와 술을 좋아하고 멋을 아는 ◇逸民(일민)인가=보통 사람이 아닌가.

■ **통석(通釋)**　재주가 뛰어나고 성공을 하고 나니 통달한 사람의 기분 좋은 일이거늘
　　　　　　낮에는 밭 갈고 밤에는 글을 읽으니 세상에 숨어 사는 사람의 의지와
　　　　　　취향이다.
　　　　　　나는 이것밖에 시와 술을 좋아하고 멋을 아는 보통 사람이 아닌가
　　　　　　한다.

183.

저 盞에 술이 고라시니 劉伶이 와 마시도다

두렷흔 둘이 이즈러시니 李白이 와 낏치도다

나믄 술 나믄 둘 가지고 翫月長醉하오리라.   (甁歌 821)

고라시니=곯았으니. 가득 차지 않았으니 ◇와 마시도다=와서 마셨나 보구나. ◇두
렷흔 둘이 이즈러시니=둥그런 달이 이지러졌으니. 쭈그러졌으니 ◇낏치도다=깨부수
었나 보구나.

■ **통석(通釋)**　저 술잔이 술이 가득 차지 않았으니 유령이 와서 마셨나 보구나.
둥그런 달이 이지러졌으니 이백이 와서 깨부수었나 보구나.
남은 술 남은 달을 가지고 달을 감상하며 오래도록 술에 취하겠다.

184.

笛童을 아픠 셰고 楓嶽을 츠자오니

神仙은 어듸 가고 鶴巢만 나만는고

아므나 赤松子 만나든 날 왓더러 닐러라.   (靑珍 185) 朗原君

笛童(적동)을 아픠 셰고=피리 부는 아이를 앞세우고 ◇楓嶽(풍악)=금강산. 풍악은
금강산을 가을철에 부르는 이름 ◇鶴巢(학소)만 나만는고=학의 둥지만 남아 있는가.
◇아므나=누구든 ◇赤松子(적송자)=중국 신농씨 때의 신선 ◇만나든 날 왓더러 닐러
라=만나거든 내가 왔더라고 말하여라.

■ **통석(通釋)**　피리 부는 아이를 앞세우고 금강산을 찾아오니
신선은 어디 가고 학의 둥지만 남아 있는가.
누구든 적송자를 만나거든 내가 왔더라고 말하여라.

185.

赤城의 丹霞起ᄒ니 天臺는 어듸메오

香爐에 紫烟生ᄒ니 天臺山이 여긔로다

이듕의 無限仙境이 내 分인가 ᄒ노라.　　　　　　　　　（兩棄齋散稿 15）安瑞羽

赤城(적성)의 丹霞起(단하기)ᄒ니=적성에 붉은 놀이 일어나니. 적성은 흙빛이 모두 붉은 산으로 중국 천태산(天台山) 어귀라고 한다. 또한 우리나라 단양(丹陽)의 옛 이름이기도 하다. ◇天臺(천대)=천태산을 가리킨다. ◇香爐(향로)에 紫烟生(자연생)ᄒ니 =향로에 자줏빛 연기가 피어오르니 ◇無限仙境(무한선경)이=한 없이 펼쳐진 좋을 경치가.

■통석(通釋)　적성에 붉은 놀이 일어나니 천태산은 어디냐?
　　　　　　향로에 자줏빛 연기가 피어오르니 천태산이 바로 여기로구나.
　　　　　　이런 가운데 한없이 펼쳐진 좋은 경치가 내 분수가 아닌가 한다.

186.
前川에 雨歇허니 柳色이 푸루엿고
東園에 日暖허니 百花爭發 小紅이라
兒禧야 小車에 슐 실어라 訪花隨柳허리라.　　　　　　　（金玉 28）安玟英
(讚箕妓小紅 : 찬기기소홍 : 평양의 기생 소홍을 칭찬하다.)

前川(전천)에 雨歇(우헐)허니=앞 내에 비가 그치니 ◇柳色(유색)=버드나무 빛깔 ◇日暖(일난)허니=날씨가 따뜻하니 ◇百花爭發(백화쟁발)=모든 꽃들이 다투어 피다. ◇小紅(소홍)=조금 붉다. 기생의 이름이기도 하다 ◇訪花隨柳(방화수류)=꽃을 찾고 버드나무를 따라가리라. 평양 기생 소홍을 칭찬하고자 지은 것임.

■통석(通釋)　앞 내에 비가 그치니 버드나무 빛깔이 푸르렀고,
　　　　　　동산에 날씨가 따뜻하니 모든 꽃들이 다투어 피어 조금은 붉었더라.
　　　　　　아이야, 수레에 술을 실어라. 꽃을 찾고 버드나무를 따라가 놀리라.

187.
前村에 鷄聲 滑ᄒ니 봄ㅁ消息이 갓ᄀ왜라
南窓에 日暖ᄒ니 閣裏梅 푸르럿다

兒禧야 盞가득 부어라 春興 계워ᄒ노라.   (源國 193)

鷄聲(계성) 滑(활)ᄒ니=닭의 울음소리가 매끄럽게 느껴지니 ◇갓ᄀ왜라=가깝구나.
◇日暖(일난)ᄒ니=날씨가 따뜻하니 ◇閤裏梅(합리매)=집안의 매화 ◇春興(춘흥) 계워
ᄒ노라=봄의 흥취를 억제하기 어렵구나.

■ **통석(通釋)**   앞마을에 닭 울음소리가 매끄럽게 느껴지니 봄소식이 가까웠구나.
             남쪽 창에 햇볕이 따뜻하니 집안의 매화가 푸르렀구나.
             아이야, 잔 가득 부어라 봄의 흥취를 억제하기 어렵구나.

188.
져 님의 눈즛 보쇼 에우린 낙시로다
져 낙시 거동 보쇼 날 낙글 낙시로다
두어라 낙기곳 낙그면 낙겨볼가 ᄒ노라.   (海朴 503)

눈즛 보쇼=눈짓을 보시오. ◇에우린=둥글게 구부린 ◇거동=거동(擧動). 움직임 ◇
날 낙글=나를 낚으려고 하는 ◇낙기곳 낙그면 낙겨볼가=낚으려고 해서 낚이게 된다
면 낚여볼까.

■ **통석(通釋)**   저 님의 눈짓을 보시오 마치 둥글게 구부린 낚시로구나.
             저 낚시의 거동을 보시오 마침 나를 낚으려는 낚시로구나.
             두어라, 낚으려고 해서 혹시라도 낚이게 된다면 낚여볼까 한다.

189.
좌내 집의 술 닉거든 부듸 날 부르시소
내 집의 곳 픠여든 나도 좌내 請히옴시
百年 껏 시름 니즐 일을 議論코져 ᄒ노라.   (靑珍 208) 金聲最

좌내=자네 ◇술 닉거든=술이 익거든. ◇부듸 날 부르시소=반드시 나를 부르시오.
◇곳 픠여든=꽃이 피거든 ◇請(청)히옴시=청하겠네. ◇百年(백년) 껏=백 년 동안을.

평생 동안을 ◇시름 니즐 일을=시름 잊을 일들을. 걱정 잊을 일들을.

■ **통석(通釋)**　자네 집에 술이 익거든 반드시 나를 부르시오.
　　　　　　　내 집에 꽃이 피거든 나도 자네를 청하겠네.
　　　　　　　평생 동안을 근심을 잊을 일을 의논하고자 하네.

190.
周나라 姜太公은 渭水에 고기 낚고
漢代 諸葛亮은 南陽에 밧츨 가니
두어라 이 둘에 滋味는 聖主나 알가 ᄒ노라.　　　　　　　(慶大本 時調集 127)

南陽(남양)=중국 하남성 신야현(薪野縣)의 서쪽. 제갈량이 숨어 살던 와룡강(臥龍崗)이 있다. ◇聖主(성주)나 알가=훌륭한 임금이나 아는 것이 아닌가.

■ **통석(通釋)**　주나라의 강태공은 위수에서 고기를 낚고
　　　　　　　한나라 때의 제갈량은 남양에서 밭을 가니
　　　　　　　두어라 이 두 사람의 재미는 성군이나 알까 한다.

191.
酒色 좃쟈 ᄒ니 騷人의 일 아니고
富貴 求챠 ᄒ니 ᄯᅳᆮ디 아니 가니
두어라 漁牧이 되오야 寂寞濱애 놀쟈.　　　　　　　(松巖續集) 權好文

酒色(주색) 좃쟈 ᄒ니=술과 계집을 쫓아다니자고 하니　◇騷人(소인)=시인(詩人)과 문사(文士). 풍류를 즐기는 사람　◇ᄯᅳᆮ디 아니 가니=마음이 내키지 아니하네.　◇漁牧(어목)이 되오야=어부나 목동이 되어서　◇寂寞濱(적막빈)애=조용한 물가에서

■ **통석(通釋)**　술과 계집을 쫓아다니자 하니 풍류를 즐기는 사람의 일이 아니고
　　　　　　　부귀를 구하고자 하니 그럴 마음이 내키지 아니하네.
　　　　　　　두어라 어부나 목동이 되어 조용한 물가에서 살고자 한다.

192.

즐기기도 ᄒ려니와 근심을 니즐 것가

놀기도 ᄒ려니와 길기 아니 어려오냐

어려온 근심을 알면 萬만壽슈無무疆강 ᄒ리라.　　　(孤山遺稿 25) 尹善道

나즐것가=잊을 것인가. ◇길기 아니 어려오냐=길기가 어렵지 않으냐. 오래도록 놀
기가 어렵다.

■ **통석(通釋)**　즐기기도 하겠지만 근심을 잊을 것인가.

　　　　　　　놀기도 하겠지만 오래도록 놀기가 어렵지 아니하랴.

　　　　　　　이처럼 어려운 근심을 안다면 만수무강할 것이다.

193.

지난히 오늘밤에 져 달빗츨 보왓더니

이 히 오늘밤에 그 달빗치 ᄯᅩ 발앗다

이졔야 歲去月長在를 아랏슨져 허노라.　　　(金玉叢部 52) 安玟英

(今日始覺 歲去月長在 ; 금일시각 세거월장재 : 오늘에서야 비로소 깨달았다. 세월이 흘러가
도 달은 항상 떠 있는 것을.)

발앗다=밝았다　◇歲去月長在(세거월장재)=세월이 흘러도 달은 항상 그 자리에 떠
있음.　◇아라슨져 허노라=알았다고나 하겠다.

■ **통석(通釋)**　지난해 오늘 밤에는 저 달빛을 보았더니

　　　　　　　올해 오늘 밤에도 그 달빛이 또 밝았다.

　　　　　　　이제야 세월이 흘러도 달은 항상 떠 있음을 알았다고나 하겠다.

194.

芝蘭은 슝거도 繁榮치 못ᄒ고

荊棘은 버혀도 快去치 못ᄒ뇌

眞實로 어려온 일이 이 두 거시로다.　　　(城西幽稿) 申甲俊

芝蘭(지란)은 슝거도=지초와 난초는 심어도 ◇繁榮(번영)치=번성하게 자라지 ◇荊棘(형극)은 버혀도=가시덩굴은 베어내도 ◇快去(쾌거)치 못ᄒ니=시원스레 제거치 못하겠구나.

- **통석(通釋)**   지초와 난초는 심어도 번성하게 자라지를 못하고
  가시덩굴은 베어내도 시원스레 제거치를 못하네.
  참으로 어려운 일은 이 두 가지 것이로구나.

195.
지죄괴는 져 가마괴 암수를 어이 알며
지나는 져 구름에 비 올쏭말쏭 어이 알리
암아도 世事人情도 다 이런가 ᄒ노라.   (靑謠 43) 金振泰

지죄괴는=지저귀는 ◇암수를 어이 알며=암놈인지 수놈인지를 어찌 알 수 있으며 ◇지나는=지나가는 ◇世事人情(세사인정)=세상 살아가는 일이나 사람의 사정 ◇다 이런가=다 이런 것이 아닌가.

- **통석(通釋)**   지저귀는 저 까마귀가 암놈인진 수놈인지를 어찌 알 수 있으며
  지나가는 저 구름에 비가 올지말지를 어찌 알 수 있으랴
  아마도 세상 살아가는 일이나 사람의 마음도 다 이런가 한다.

196.
塵世를 다 썰치고 竹杖을 훗써 집고
琵琶을 두러메고 西湖로 드러가니
水中에 써 잇는 白鷗는 뇌 벗진가 ᄒ노라.   (靑六 267) 申喜文

塵世(진세)를 다 썰치고=시끄러운 세상을 다 털어버리고. 잊고 ◇훗써 집고= 되는대로 짚고 ◇뇌 벗진가=나의 벗인가.

- **통석(通釋)**   속세를 다 털어버리고 대지팡이를 되는대로 짚고

비파를 둘러메고 서쪽에 있는 호수로 들어가니
물에 떠 있는 갈매기는 내 벗인가 한다.

197.

眞實로 검고져 ᄒ면 머리ᄂ 희ᄂ 게고
眞實로 희고져 ᄒ면 ᄆᄋᆞᆷ은 검ᄂ 게고
이 두 일 셔ᄅ 밧고면 無老無慾 ᄒ리라.　　　　　　(海朴 294) 金天澤

검고져 ᄒ면=검고자 하면. 젊고자 한다면　◇머리ᄂ='머리ᄂ'의 잘못. 머리카락은
◇희ᄂ 게고=허옇게 되는 것이고　◇희고져 ᄒ면=깨끗하게 하고자 한다면　◇셔ᄅ 밧
고면=서로 바꾸면　◇無老無慾(무노무욕)=늙지도 않고 욕심도 없다.

■ **통석(通釋)**　　진실로 젊고자 욕심을 부린다면 머리는 허옇게 되는 것이고
　　　　　　　　진실로 깨끗하고자 욕심을 부린다면 마음은 검게 되는 것이고
　　　　　　　　이 두 가지 일을 서로 바꾸면 늙지도 않고 욕심도 없으리라.

198.

秦檜가 업ᄊᆞᆫ들 金虜를 討平ᄒᆞᆯ는 거슬
孔明이 ᄉᆞ도던들 中原을 回復ᄒᆞᆯ는 거슬
天地間 이 두 遺恨은 못ᄂᆡ 슬허 ᄒ노라.　　　　　(海周 346) 李鼎輔

秦檜(진회)가 업ᄊᆞᆫ들=진회가 없었다면. 진회는 남송(南宋)의 정치가로 고종(高宗)
때 재상이다. 금(金)나라의 위세를 두려워하여 화의를 주장하고 주전론자인 악비(岳
飛)를 모살(謀殺)하였다.　◇金虜(금로)=금나라 오랑캐. 금나라는 여진의 아골타가 송나
라 휘종(徽宗) 때 세운 나라. 후에 요(遼)나라와 북송(北宋)을 멸했다.　◇討平(토평)ᄒᆞᆯ
는 거슬=쳐서 평정하였을 것을　◇ᄉᆞ도던들=살았던들　◇中原(중원)=중국 황하 중류의
남북 양안　◇遺恨(유한)=해결하지 못한 한　◇못ᄂᆡ=항상. 그지없이.

■ **통석(通釋)**　　진회가 없었던들 악비가 금나라 오랑캐를 쳐 평정했을 것을
　　　　　　　　제갈량이 살았던들 중국의 중원을 회복하였을 것을
　　　　　　　　세상에 이 두 가지 해결하지 못한 한을 끝내 슬퍼한다.

199.

질병을 못 지니고 명의를 어이 알며
창히를 못 건너고 쳔심을 뉘 말ᄒ랴
아마도 예로부터 경녁 업슨 쟝부 적어.　　　　　　　　(風雅 260) 李世輔

지니고=겪지 아니하고 ◇명의를 어이 알며=명의(名醫)를 어찌 알며. 이름난 의원
(醫員)을 어찌 알 수 있으며 ◇쳔심을 뉘 말ᄒ랴=천심(淺深)을 뉘 말하랴. 얕고 깊음
을 누가 말할 수 있겠느냐? ◇경녁 업슨 쟝부=경력(經歷) 없는 장부(丈夫). 직접 겪
어본 일이 없는 남자.

■ **통석(通釋)**　질병을 겪어보지 아니하고서 이름난 의원을 어떻게 알며
　　　　　　　넓고 푸른 바다를 건너보지 않고서 얕고 깊음을 누가 말할 수 있겠
　　　　　느냐?
　　　　　　　아마도 예전서부터 직접 겪어본 일이 없는 장부는 적은 것이 아닌가.

200.

집方席 내지 마라 落葉엔들 못 안즈랴
솔불 혀지 마라 어제 진 ᄃᆞᆯ 도다 온다
아ᄒᆡ야 濁酒山菜ᄅᆞᆯ만졍 업다 말고 내여라.　　　　　　　　(靑珍 319)

내지 마라=내놓지 마라. ◇솔불 혀지 마라=관솔불 켜지 마라. ◇도다 온다=돋아
온다. 떠오른다. ◇濁酒山菜(탁주산채)ᄅᆞᆯ만졍 업다 말고=막걸리에 산나물일망정 없다
고 하지 말고.

■ **통석(通釋)**　짚방석을 내놓지 마라 낙엽엔들 못 앉겠느냐
　　　　　　　관솔불을 켜지 마라 어제 졌던 달이 떠오른다.
　　　　　　　아ᄂᆡ야, 막걸리에 산나물일망정 없다 말고 내놓아라.

201.

집은 어이ᄒᆞ야 되엿ᄂᆞᆫ다 大대匠쟝의 功공이로다

나무는 어이ㅎ야 고든다 고조즐을 조찬노라

이 집의 이 뜯을 알면 萬만壽슈無무彊강 ㅎ리라.　　　　(孤山遺稿 23) 尹善道

어이ㅎ야 되연는다=어떻게 하여 되었느냐? 어떻게 해서 지어졌느냐? ◇대쟝의 공이로다=대장(大匠)의 공이다. 대장을 훌륭한 솜씨를 가진 장인(匠人) ◇고단다=곧았느냐. ◇고조즐을 조찬노라=먹고조 줄을 따랐다. 먹고조는 먹통. 목수들이 쓰는, 먹줄을 치는 도구.

- **통석(通釋)**　　집은 어떻게 하여 되었느냐, 훌륭한 장인의 공로이다
　　　　　　　　나무는 어떻게 하여 곧았느냐, 먹고조 줄을 따랐기 때문이다.
　　　　　　　　이 집에 이런 뜻이 있는 줄 안다면 만수무강을 할 것이다.

202.

집이 집이 아냐 煙霞아 내 집이오

벗이 벗이 아냐 風月이냐 내 벗이되

집 잇고 벗 어든 後니 萬事無心 ㅎ여라.　　　　(兩棄齋散稿) 安瑞羽

집이 집이 아냐=내 집이 집이 아니다. ◇煙霞(연하)=연기와 안개. 한가로운 자연 ◇風月(풍월)=아름나운 사연 ◇어든=얻은 ◇萬事無心(만사무심)=모는 일이 걱정이 없다.

- **통석(通釋)**　　내 집이 집이 아니다 한가로운 자연이 내 집이요.
　　　　　　　　내 친구가 친구가 아니다 아름다운 자연이 내 벗이되,
　　　　　　　　집이 있고 벗을 얻은 다음이니 모든 일이 걱정이 없어라.

203.

蒼松은 엇지ㅎ여 白雪을 웃는고야

桃李는 엇더ㅎ여 淸靄를 둘이는고

암아도 四時不變흔이 君子節을 가젓다.　　　　(海周 491) 金壽長

淸靄(청애)를 둘이는고=맑은 아지랑이를 두려워하는고. ◇四時不變(사시불변)흔이 君子節(군자절)을=일 년 내내 변함이 없으니 군자의 절개를.

■통석(通釋)   사철 푸른 소나무는 어찌하여 흰 눈을 비웃느냐?
             복사꽃과 오얏꽃은 어찌하여 맑은 아지랑이를 두려워하는고.
             아마도 일 년 내내 변함이 없으니 군자의 절개를 가졌구나.

204.
蒼梧山 구름이 일고 소상강의 바람이 온다
동정호의 달이 돗고 황능묘의 두견이 우다
엇지타 千里遠客은 歸不歸가.   (雜誌(平洲本) 286)

蒼梧山(창오산)=구의산(九疑山)이라고도 한다. 중국 호남성 영원현(寧遠縣)의 동쪽에 있으며 순(舜)임금이 순행(巡幸)하다 죽은 곳이다. ◇일고=일어나고 생기고 ◇소상강=중국 호남성 동정호(洞庭湖) 남쪽에 있는 강(瀟湘江) ◇온다=불어온다. ◇동정호=중국 호남성에 있는 중국 제일의 호수 ◇돗고=뜨고 ◇황릉묘=순임금의 황후였던 아황과 여영을 모신 사당 ◇엇지타 千里遠客(천리원객)은 歸不歸(귀불귀)가=어쩌다 먼 길을 온 나그네는 가고서는 다시 돌아오지 않는가.

■통석(通釋)   창오산에 구름이 일어나고 소상강에 바람이 온다.
             동정호에는 달이 돋고 황릉묘에는 두견새가 운다.
             어쩌다 먼 길을 온 나그네는 가고서는 다시 돌아오지 않는가?

205.
窓前에 풀은 山아 네 緣分을 늬 모로며
枕下에 말근 물아 늬 心情을 네 알니라
아마도 이 몸에 一動一靜 져 山川에 빗오리랴.   (三竹詞流 59) 趙榥

풀은 山아 네 緣分(연분)을 늬 모로며=청산(靑山)아! 너와의 연분을 내가 모르겠으며 ◇枕下(침하)에 말근 물아=베갯머리에 맑은 물아. 베개를 적신 눈물아. ◇네 알니라=네가 알 것이다 ◇一動一靜(일동일정)=움직임이나 상태 하나하나. 행동거지(行

動擧止).

■ 통석(通釋)　창문 앞에 푸른 산아 너와의 연분을 내가 모르며
　　　　　　　베갯머리에 맑은 물아 나의 심정을 너는 알리라.
　　　　　　　아마도 이 몸의 행동거지 하나하나를 저 산천에게서 배우리라.

206.
착헌 스름의 집의 악헌 스름 젹고
악헌 스름의 집의 착헌 스름 젹다
아마도 일노 둣ᄎ 삼쳔지곤가.　　　　　　　　　　　(風雅 250) 李世輔

　일노 둣ᄎ=이런 것을 따라　◇삼쳔지곤가=삼천지교(三遷之敎)인가. 삼천지교는 맹
자의 어머니가 어린 맹자를 가르치기 위해 세 번 이사를 해서 맹자를 가르쳤다는
고사.

■ 통석(通釋)　착한 사람의 집에는 악한 사람이 적고
　　　　　　　악한 사람의 집에는 착한 사람이 적다.
　　　　　　　아마도 이런 일을 따라서 삼천지교가.

207.
千里에 맛나쓰가 千里에 離別ᄒ니
千里 꿈속에 千里 님 보거고나
쑴ᄭᅵ야 다시금 生覺ᄒ니 눈물 계워 ᄒ노라.　　　　　(甁歌 549) 康江月

　千里에 맛나쓰가 千里에 離別(이별)ᄒ니=꿈속에서 만났다가 꿈속에서 헤어지니
◇보거고나=보겠구나. 만나겠구나.

■ 통석(通釋)　꿈속에서 만났다가 꿈속에서 헤어지니
　　　　　　　멀리 꿈속에서 먼 곳에 있는 님을 만나보겠구나.
　　　　　　　꿈 깨어 다시금 생각하니 눈물을 참기가 어렵구나.

208.

千山에 봄이 드니 草木이 푸러럿고
滄海에 바람 이니 白波가 놉하도다
오날도 勝景을 쪼차 醉해볼가.　　　　　　　　　　　(歌詞(平洲本) 16)

　千山(천산)에=많은 산에. 모든 산에 ◇봄이 드니=봄이 되니 ◇바람 이니=바람이
부니 ◇白波(백파)가 놉하도다=흰 파도가 높게 일어난다. ◇勝景(승경)을 쪼차=아름
다운 경치를 따라.

■ **통석(通釋)**　　모든 산에 봄이 되니 풀과 나무가 푸르렀고
　　　　　　　　푸른 바다에 바람이 부니 흰 파도가 높구나.
　　　　　　　　오늘도 좋은 경치를 따라 술이나 취해볼까.

209.

千山의 버든 츨기 이 내의 닙을 거시
萬山의 모든 芝草 이 내의 먹을 거시
니블 것 먹을 것 이시니 분별 업서 ᄒ노라.(閒情)　　　　(槿花樂府 163)

　千山(천산)·萬山(만산)=많은 산 ◇버든 츨기=뻗은 칡이 ◇이 내의 입을 거시=이
것이 나의 입을 것이다. 이것이 옷의 재료다. ◇芝草(지초)=풀 ◇이시니=있으니 ◇분
별 업서=분별(分別) 없어. 걱정 없어.

■ **통석(通釋)**　　많은 산에 벋은 칡이 이것이 나의 입을 것이다.
　　　　　　　　많은 산에 모든 풀이 이것이 나의 먹을 것이다.
　　　　　　　　입을 것, 먹을 것이 있으니 아무런 걱정이 없다.

210.

天地ᄂᆫ 有意ᄒ여 丈夫를 ᄂᆡ엿ᄂᆫᄃᆡ
일월은 無情ᄒ여 白髮를 ᄌᆡ촉ᄒ니
아마도 累世洪恩을 못 갑흘가 ᄒ노라.　　　　　　　　(甁歌 768)

有意(유의)ᄒ여=나름대로의 뜻이 있어 ◇닉엿ᄂᄃᆡ=태어나게 하였는데 ◇일월=일월(日月). 세월 ◇累世洪恩(누세홍은)=여러 세대에 걸쳐 받은 크나큰 은혜.

■ **통석(通釋)**　하늘과 땅은 뜻이 있어 남자로 태어나게 하였는데
　　　　　　　세월은 인정이 없어서 늙기를 재촉하는구나.
　　　　　　　아마도 여러 세대에 받은 많은 은혜를 못 갚을까 두렵다.

211.
天地는 父母ㅣ여다 萬物은 妻子로다
江山은 兄弟여늘 風月은 朋友ㅣ로다
이중에 君臣大義야 니즌 적이 잇시랴.　　　　　　　　　(海周 469) 金壽長

父母(부모)ㅣ여다=부모와 같다. ◇君臣大義(군신대의)=군신 간에 지켜야 할 커다란 의리. ◇니즌 적이 잇시랴=잊은 때가 있겠느냐?

■ **통석(通釋)**　천지는 부모와 같다. 만물은 처자와 같다.
　　　　　　　강산은 형제와 같거늘 풍월은 붕우와 같구나.
　　　　　　　이런 가운데 군신 간의 의리야 잊은 때가 있겠느냐?

212.
天地도 廣大ᄒ다 내 ᄆᆞᆷ굿치 廣大
日月도 光明ᄒ다 내 ᄆᆞᆷ굿치 光明
眞實노 내 ᄆᆞᆷ 天地日月 굿게 ᄒ면 堯舜同歸 ᄒ오리라.　　(頤齋亂稿) 黃胤錫

굿게 ᄒ면=똑같게 할 수 있다면 ◇堯舜同歸(요순동귀)=요임금이나 순임금처럼 똑같이 되도록.

■ **통석(通釋)**　천지도 광대하다 내 마음처럼 광대하고
　　　　　　　일월도 광명하다 내 마음처럼 밝게 비친다.
　　　　　　　진실로 내 마음을 천지와 일월과 같게 한다면 요순과 같도록 하겠다.

213.

靑門에 외를 파든 邵平이라 드러더니

雲下에 그림 파는 國太公을 뵈왓소라

今古에 英傑之慷慨心懷는 한가진가 ᄒ노라.　　　　　(金玉叢部 110) 安玟英

(石坡大老 於乙亥榴夏 設文房於老安堂東樓上 書梅畵樓三字 高掛壁上 寫蘭蕃送於南北諸宰 捧價以來 其後願賣者 不計其數矣 取適非取魚之意 政謂此也 一月後乃止 ; 석파대로 어을해유하 설문방어노안당동루상 서매화루삼자 고괘벽상 사란파송어남북제재 봉가이래 기후원매자 불계 기수의 취적비취어지의 정위차야 일월후내지: 석파대로께서 을해년(1875) 오월에 노안당 동쪽 누각에 문방을 차리시고 매화루란 석 자를 써서 벽에다 높이 걸고 난초 그린 것을 남북의 모 든 벼슬아치에게 퍼뜨려 보내니 그림 값을 가지고 왔다. 그 후에 그림을 사고자 하는 사람들 은 그 수를 헤아리기가 어려웠다. 이것은 한가함을 취한 것이지 고기를 잡으려는 것이 아니 라는 말은 정녕 이를 두고 한 말이다. 한 달 뒤에 그림 파는 일을 중지했다.)

　　靑門(청문)에 외를 파든 邵平(소평)이라 드러더니=청문에서 오이를 파는 소평이 있다고 들었더니. 청문은 장안성(長安城)의 동문인데 진(秦)나라 때 소평이란 사람이 동릉후(東陵侯)로 있다가 진나라가 망하자 서민이 되어 청문 부근에서 오이를 심고 지냈으므로 이 오이를 동릉과(洞陵瓜), 또는 청문과라고 했다. ◇雲下(운하)에=운현 궁(雲峴宮) 아래에서 ◇國太公(국태공)을 뵈왓소라=흥선대원군을 뵈었다. ◇英傑之慷 慨心懷(영걸지강개심화)=영웅이 나라를 걱정하는 마음과 회포. 대원군이 한때 그림 을 팔았던 것을 노래한 것이다.

■ 통석(通釋)　청문에서 오이를 파는 소평이라고 들었더니
　　　　　　　운현궁 아래에서 그림을 파는 국태공을 뵈었다.
　　　　　　　지금이나 예전이나 영웅이 나라를 걱정하는 마음은 한가지인가 한다.

214.

靑山은 므스 일노 無知ᄒᆫ 날 ᄀᆞᆺᄐᆞ며

綠水는 엇지ᄒᆞ야 無心ᄒᆫ 날 ᄀᆞᆺᄐᆞ뇨

無知타 웃지 마라 樂山樂水ᄒᆞᆯ가 ᄒᆞ노라.　　　　　(兩棄齋散稿 3) 安瑞羽

　　無知(무지)ᄒᆞᆫ 날 ᄀᆞᆺᄐᆞ며=무식한 나와 같으며 ◇無知(무지)타 웃지 마라=무식하다

고 비웃지 마라. ◇樂山樂水(요산요수)홀가=산과 물이나 좋아할까? 자연이나 좋아할까?

■ **통석(通釋)**　청산은 무슨 일로 무지한 나와 같으며
　　　　　　　녹수는 어찌하여 무심한 나와 같으냐?
　　　　　　　무식하다 웃지 마라, 산과 물이나 좋아하며 지낼까 한다.

215.

靑山ᄂᆞᆫ 엇뎨ᄒᆞ야 萬古에 프르르며
流水ᄂᆞᆫ 엇뎨ᄒᆞ여 晝夜애 긋디 아니ᄂᆞᆫ고
우리도 그치디 마라 萬古常靑 ᄒᆞ리라.　　　　　　　(陶山六曲板本 11) 李滉

엇뎨ᄒᆞ야=어찌하여　◇긋디·그치디=그치지　◇萬古常靑(만고상청)=언제나 항상 그대로의 모습을 지니다.

■ **통석(通釋)**　청산은 어찌하여 예전이나 지금이나 항상 푸르르며
　　　　　　　유수는 어찌하여 낮이나 밤이나 그치지 아니하는가.
　　　　　　　우리도 그치지 말자, 언제나 그대로의 모습을 지니리라.

216.

靑山이 不老ᄒᆞ니 麋鹿이 長生ᄒᆞ고
江漢이 無窮ᄒᆞ니 白鷗의 富貴로다
우리는 이 江山風景에 分別 업시 늙으리라.　　　　　　(源國 261) 任義直

不老(불로)ᄒᆞ니=변하지 아니하니. 항상 그대로이니　◇麋鹿(미록)이 長生(장생)ᄒᆞ고=사슴들이 언제나 살고　◇江漢(강한)=중국의 양자강(揚子江)과 한수(漢水). 여기서는 냇물이란 뜻　◇分別(분별) 업시=아무런 걱정 없이.

■ **통석(通釋)**　푸른 산이 변하지 않으니 사슴들이 오래 살 수 있고
　　　　　　　시냇물이 쉬지 않고 흐르니 갈매기들에겐 부귀로구나.

우리는 이 강산의 좋은 경치에 아무런 걱정 없이 늙겠다.

217.

靑雲은 네 죠화도 白雲은 닉 죠홰라

富貴는 네 즐여도 安貧은 닉 죠홰라

얼인 줄 웃건이 쓴여 곳칠 쓸이 잇시랴.　　　　　　　　　(海周 496) 金壽長

靑雲(청운)=입신출세. 높은 벼슬아치가 되는 것. ◇네 죠화도=너는 좋아해도 ◇白雲(백운)=자연에 사는 것 ◇얼인 줄 웃건이 쓴여=내가 어리석은 줄로 남들이 웃거나 말거나 ◇곳칠 쓸이 잇시랴=고칠 까닭이 있겠느냐?

■ **통석(通釋)**　　출세하는 것은 네가 좋아해도 자연에 사는 것은 내가 좋더라.
　　　　　　　　　부귀와 공명은 네가 즐겨도 마음 편하게 사는 것은 내가 좋더라.
　　　　　　　　　어리석다고 남이 웃거나 말거나 고칠 까닭이 있겠느냐?

218.

靑春을 사자 하니 팔 사람 뉘 잇으며

白髮을 팔자 헌들 그 뉘라서 사겟는고

두어라 팔도 사도 못할진대 老少同樂.　　　　　　　　　(時調集(平洲本) 3)

사자 하니=사자고 하니 ◇뉘 잇스며=누가 있으며 ◇팔자 헌들=팔고자 한들 ◇그 뉘라서 사겟는고=그 누가 나서서 사겠느냐? ◇두어라 팔도 사도 못할진대=그대로 두어라. 팔기도 사지도 못할 것이니.

■ **통석(通釋)**　　젊음을 사자고 하니 팔 사람이 누가 있으며
　　　　　　　　　늙음을 팔자고 한들 그 누가 나서서 사겠는가?
　　　　　　　　　두어라, 팔지도 사지도 못할 것이면 노소가 함께 즐기도록.

219.

淸風을 죠히 역여 窓을 으니 드닷노릭

明月을 죠히 역여 줌을 ᄋ니 드런노ᄅ

옛스름 이 두 ᄀ지 두고 어듸 혼ᄌ 갓노.　　　　　(剡溪公遺事) 李淨

죠히 역여=좋게 생각하여 ◇ᄋ니 ᄃ닷노ᄅ=아니 닫았다. ◇드런노ᄅ=들었다. ◇
이 두 ᄀ지 두고=이 두 가지를 두고서 ◇어듸 혼자 갓노=어디에 혼자서 갔느냐?

■통석(通釋)　시원하게 부는 바람을 좋게 생각하여 창문을 아니 닫았다.
　　　　　　 환하게 비추는 달을 좋게 생각하여 잠을 아니 들었다.
　　　　　　 옛사람들은 이 두 가지를 두고 어디로 혼자서 갔느냐?

220.

草堂 秋夜月에 蟋蟀聲도 못 禁커든

無心 浩月夜에 鴻雁聲을 뉘 禁ᄒ리

밤즁만 네 우름 소리에 줌 못 일워.　　　　　(無名時調集가本 16)

秋夜月(추야월)=가을철 달밤 ◇蟋蟀聲(실솔성)도 못 禁(금)커든=귀뚜라미 우는 소
리도 막을 수가 없거든 ◇無心浩月夜(무심호월야)=무심하게 커다란 달(보름달)이 뜬
밤. ◇鴻雁聲(홍안성)=기러기 우는 소리.

■통석(通釋)　초당의 가을철 달밤에 귀뚜라미 우는 소리도 막을 수가 없거든
　　　　　　 무심한 커다란 달이 뜬 밤에 우는 기러기 소리를 누가 막으랴.
　　　　　　 밤중에 귀뚜라미나 기러기 우는 소리에 잠을 못 이루어.

221.

蜀에서 우는 식는 漢나라흘 글여 울고

봄비예 웃는 곶츤 時節 만난 타시로다

月下에 외로운 離別은 이쌘인가 ᄒ노라.　　　　　(源河 414)

蜀(촉)=촉나라 ◇漢(한)나라흘 글여 울고=한나라를 그리워하여 울고 ◇時節(시절)
만난 타시로다=시절을 잘 만난 탓이다.

222.

秋江에 밤이 드니 물결이 ᄎ노ᄆᆡ라
낙시 드리치니 고기 아니 무노ᄆᆡ라
無心ᄒᆞᆫ 들빗만 싯고 뷘 ᄇᆡ 저어 오노라.　　　　　　　(靑珍 308)

밤이 드니=밤이 되니　◇ᄎ노ᄆᆡ라=차갑구나.　◇드리치니=드리우니　◇무노ᄆᆡ라=무
는구나.

■ **통석(通釋)**　가을철 강에 밤이 되니 물결이 차갑구나.
낚시를 드리우니 고기가 물지 않는구나.
무심한 달빛만 싣고서 빈 배를 저어 오는구나.

223.

春水滿四澤ᄒᆞ니 물이 만아 못 오더냐
夏雲多奇峰ᄒᆞ니 山이 놉하 못 오던가
秋月이 揚明輝어를 무슴 일노 못 오던가.　　　　　　　(甁歌 691)

春水滿四澤(춘수만사택)ᄒᆞ니=봄철에는 물이 사방 웅덩이에 가득 찼으니　◇夏雲多
奇峰(하운다기봉)ᄒᆞ니=여름철엔 구름은 모양이 자주 바뀌니　◇秋月(추월)이 揚明輝
(양명휘)어를=가을철엔 달이 뛰어나게 밝거늘. 도연명의 시 「사시(四時)」의 기, 승,
전구(起承轉句)를 시조로 만든 것이다.

■ **통석(通釋)**　봄철이 물이 사방 웅덩이에 가득 찼으니 물이 많아서 못 오더냐.
여름철 구름의 모양이 기이한 산봉우리 같아 산이 높아서 못 오던가.
가을철에 달이 너무나도 밝거늘 무슨 일로 못 오던.

224.

春秋도 아니로딕 風雨는 무슨 일고

戰國도 아니로딕 奴酋는 또 엇지오

아믜나 奴酋를 보아든 날을 잇드 ᄒ여라.　　　　　　(淸溪歌詞 21) 姜復中

春秋(춘추)도 아니로딕=춘추시대도 아닌데. 춘추시대는 주(周)의 동천(東遷)으로부터 진(晉)이 한(韓) 위(魏) 조(趙)의 삼국으로 분열할 때까지의 360여 년간 ◇風雨(풍우)는 무슨 일고=전쟁으로 인한 어지러움은 무슨 일인가? ◇戰國(전국)=전국시대. 주(周)나라 위열왕(威烈王) 때부터 진시황(秦始皇)이 천하를 통일하기까지의 약 183년간 ◇奴酋(노추)는 또 엇지오=노추는 또 어쩐 일이오. 노추는 혹 임진왜란을 일으킨 풍신수길을 가리키는 듯 ◇아믜나=아무나 ◇보아든 날을 잇드=보거든 내가 있다고 만나거든.

■**통석(通釋)**　　춘추시대도 아닌데 전쟁은 무슨 일인가

전국시대도 아닌데 노추는 또 어쩐 일이오.

아무나 노추를 보거든 내가 있다고 하여라.

225.

치위를 마글션졍 구틴야 비단옷가

고폰 빅 메올션졍 山菜라타 관계ᄒ랴

이밧긔 잡시름 업스면 긔 죠흔가 ᄒ노라.　　　　　　(靑珍 326)

치위를 마글션졍 구틴야=추위를 막으려면 구태여. 추위를 막을 것 같으면 구태여 ◇고폰 빅 메올션졍=고픈 배를 메우려면. 고픈 배를 메울 수 있으면 ◇이밧긔 잡시름=이 밖에 쓸데없는 시름 ◇긔 죠흔가=그것이 좋은 것이 아닌가.

■**통석(通釋)**　　추위를 막으려면 구태여 비단옷이어야 할까

고픈 배를 채우려면 산나물이야 관계가 있을까

이 밖에 쓸데없는 걱정이 없으면 그것이 좋은 것 아닐까.

226.

七里灘 어듸런고 栗嶺川 아니인가

釣魚臺 어듸런고 水月亭이 아니닌가

滄浪水 믈근 곳의 垂釣ᄒᆞ 뎌 한ᄋᆞ바 졔야 알가 ᄒᆞ노라.　　　(清溪歌詞 82) 李瀰

七里灘(칠리탄) 어듸런고=칠리탄이 어디냐? 칠리탄은 한(漢)나라 엄광(嚴光)이 친구였던 광무제(光武帝)가 내리는 벼슬을 마다하고 부춘산(富春山)에 숨어 낚시질을 하던 곳. ◇栗嶺川(율령천)=시내 이름. 소재 미상 ◇釣魚臺(조어대)=강태공이 낚시하던 곳 ◇水月亭(수월정)=정자 이름. 소재 미상 ◇垂釣(수조)ᄒᆞ 뎌 한ᄋᆞ바=낚시를 드리운 저 할아범. 강태공을 가리킨다. ◇졔야 알가=저나 알까.

■ **통석(通釋)**　　칠리탄이 어디던가 율령천이 그곳이 아닌가?

　　　　　　　조어대가 어디던가 수월정이 그곳이 아닌가?

　　　　　　　맑은 물이 출렁이는 곳에 낚시를 드리운 저 할아범 저나 알까 한다.

227.

貪이라 貪이라 ᄒᆞᆫ들 山水貪이 貪이 되며

病이라 病이라 ᄒᆞᆫ들 煙霞病이 病이 되랴

아마도 이 貪病 졔우니 못 곳칠가 ᄒᆞ노라.　　　(兩棄齋散稿 17) 安瑞羽

貪(탐)이라 貪(탐)이라 ᄒᆞᆫ들=욕심낸다 욕심낸다 하거늘 ◇山水貪(산수탐)=자연의 경치를 욕심냄 ◇煙霞病(연하병)=자연의 풍경을 좋아하는 것 ◇貪病(탐병) 졔우니=욕심을 내는 것이 이기기 어려우니. 억제하기가 어려우니.

■ **통석(通釋)**　　욕심낸다 욕심낸다 하거늘 자연의 경치를 욕심내는 것이 욕심내는 것이며

　　　　　　　병이라 병이라 하거늘 자연의 풍경을 좋아하는 것이 병이 되랴.

　　　　　　　아마도 이 자연을 욕심내는 것과 좋아하는 병은 참기가 어려우니 못고칠까 한다.

228.

太白이 愛月터니 씌쳐 간지 半돌일다

劉伶이 愛酒터니 너허간지 半盞일다

남은 달 남은 술 가지고 긴 밤 샐가 ᄒ노라.　　　　　　　(解我愁 135)

씌쳐 간지 半돌일다=깨서 가져갔는지 반달이로구나. ◇너허 간지=넣어 갔는지 ◇
샐가=새울까?

■ 통석(通釋)　　태백이 달을 좋아하더니 깨서 가져갔는지 반달이로구나.
　　　　　　　유령이 술을 좋아하더니 넣어서 가져갔는지 반 잔이로구나.
　　　　　　　남은 술과 남은 달을 가지고 긴 밤이나 새울까 한다.

229.

泰山이 놉다 ᄒ여도 하ᄂᆞᆯ 아래 뫼히로다

河海 깁ᄃᆞ ᄒ여도 ᄯᅡ 우히 므리로다

아마도 높고 깁흘슨 聖恩인가 ᄒ노라.　　　　　　　(自菴集) 金緯

뫼히로다=산이다. ◇ᄯᅡ 우히 므리로다=땅 위에 있는 물이다. ◇높고 깁흘슨=높고
도 깊은 것은.

■ 통석(通釋)　　태산이 아무리 높다고 하여도 하늘 아래에 있는 산이다.
　　　　　　　바다가 아무리 깊다고 하여도 땅 위에 있는 물이다.
　　　　　　　아마도 그보다 더 높고 깊은 것은 임금님의 은혜인가 한다.

230.

泰山이 놉다 해도 새가 나라 너머 가고

湖海가 멀다 해도 배를 저어 건너나니

우리도 艱難ᄒᆫ 國家事를 힘만 쓰면.　　　　　　　(源一 442)

나라 너머가고=날아서 넘어갈 수가 있고 ◇멀다='널다'의 잘못인 듯. 넓다. ◇艱

難(간난)훈 國家事(국가사)=해결하기 어려운 나랏일.

■**통석(通釋)**　태산이 아무리 높다고 해도 새가 날아서 넘어 갈 수 있고
　　　　　　　호수와 바다가 아무라 넓다 해도 배를 저으면 건너갈 수 있으니
　　　　　　　우리도 해결하기 어려운 나랏일을 힘만 쓰면.

231.
泰山이 다 글니며(여) 숫돌만치 되올지나
黃河水 다 여위여 씌만치 되올지나
그제야 父母兄弟를 여희거나 말거니.(頌祝)　　　　　　　　　　(古今 28)

글니여=갈려서. 닳아서　◇숫돌만치 되올지나=숫돌만큼 작게 될지라도　◇다 여위여=다 말라서　◇씌만치 되올지나=허리띠처럼 될지라도　◇여희거나=잃어버리거나. 돌아가시거나.

■**통석(通釋)**　태산이 다 닳아서 숫돌만큼 될지라도
　　　　　　　황하의 물이 다 말라서 허리띠처럼 될지라도
　　　　　　　그때서야 부모형제를 잃어버리거나 말거나.

232.
티미러 도라보니 딜 도텨 노피 눈다
라리미러 슬펴보니 비늘 도텨 노니ᄂ다
우리도 그 ᄉ이 낫거니 아니 놀고 엇데료.　　　　　　　(杜谷集 18) 高應陟

티미러 도라보니=고개를 들고 올려다보니　◇딜 도텨 노피 눈다=(새가)깃이 돋아나 높이 날아다닌다.　◇라리미러=고개를 숙여　◇비늘 도텨 노니ᄂ다=(고기)비늘이 돋아나 노니는구나.　◇그 ᄉ이 낫거니=하늘과 물 사이에 태어났느니. 땅에　◇엇데료=어찌하랴.

■**통석(通釋)**　고개를 들고 하늘을 올려다보니 새들이 깃이 돋아나 높이 날아다닌다.

고개를 숙여 물을 살펴보니 고기들이 비늘이 돋아나 마음대로 노니는
구나.
우리도 하늘과 물 사이에 태어났거니 놀지 아니하고 어찌하랴.

233.

폴목 쥐시거든 두 손으로 바티리라
나갈 듸 겨시거든 막대 들고 조츠리라
향鄕음飮酒쥬 다 파흔 후에 뫼셔 가려 ᄒ노라.　　　　　　　(松星 9) 鄭澈

바티리라=떠받들겠다. ◇나갈 듸 겨시거든=나갈 곳이 계시거든. 나갈 곳이 있거든
◇향음쥬 다 파흔 후에=향음주(鄕飮酒)가 다 끝난 다음에. 향음주는 마을 사람들이
어른들을 뫼시고 읍양(揖讓)의 예를 주고받고 주연(酒宴)하는 예식 ◇뫼셔 가려=모
시고 가려고.

■ **통석(通釋)**　노인이 팔목을 쥐시면 두 손으로 떠받들겠다.
　　　　　　밖에 나갈 곳이 계시거든 지팡이 들고 좇아가겠다.
　　　　　　향음주 예식이 끝난 다음에는 모시고 갈까 한다.

234.

八十 悔ᄒᄂᆞᆫ 쯧은 八十을 낫바호미
八十 다 살고 또 八十 살쟉시면
百年을 그음을 사마 늘글 뉘를 모로리라.　　　　　　　　　　(永類 68)

八十 悔(회)ᄒᄂᆞᆫ 쯧은=팔십 살을 후회한다는 뜻은 ◇낫바호미=부족해함이니 ◇살
쟉시면=살 수 있다면 ◇그음을 사마=한정을 삼아. 끝을 삼아 ◇늘글 뉘를=늙는 줄
을. 때를.

■ **통석(通釋)**　팔십 살을 후회한다는 뜻은 팔십까지 산 것을 부족해함이니
　　　　　　팔십 살을 다 살고 또 팔십 살을 살 수가 있다면
　　　　　　백 년을 한정을 삼아 늙는 줄을 모르리라.

235.

푸른 빗치 쪽예 낫스되 푸루기 쪽의셔 더 푸루고

어름이 물노 되야스되 차기 물에셔 더 차다더니

네 엇지 一般靑樓人으로 쎈여나미 이 가트뇨.　　　　　(金玉叢部 163) 安玟英

(海州玉簫仙 與我雖有情誼 然至於論人筆端 豈有一毫私情乎 以吾所見 果合於此貶耳 ; 해주
옥소선 여아수유정의 연지어논인필단 기유일호사정호 이오소견 과합어차폄이 : 해주 기생 옥소
선이 나와 더불어 비록 정의가 있으나 다른 사람의 논의나 붓 끝에 이르러서는 어찌 털끝만
큼의 사사로운 정이 있으랴? 나의 본 바로는 다만 이는 폄하하려는 것이 합당할 따름이다.)

쪽예 낫스되=쪽에서 나왔으되. 쪽은 풀의 이름으로 남색(藍色)의 원료가 된다. ◇
쪽의셔=쪽빛보다 ◇차기 물에셔=차가움이 물보다 ◇一般靑樓人(일반청루인)으로=한
갓 술집의 기생으로. ◇쎈여나미 이 가트뇨=뛰어나게 아름다움이 이와 같으냐? 해주
기생 옥소선을 두고 지은 시조이다

■ **통석(通釋)** 　 푸른빛이 쪽빛에서 나왔으되 푸르기가 쪽빛보다 더 푸르고
　　　　　　　　 얼음이 물로 되었지만 차갑기가 물보다 더 차갑다더니
　　　　　　　　 네 어찌 한갓 술집의 기생으로 빼어나게 예쁨이 이와 같으냐?

236.

하늘이 놉다 ᄒ고 발 져겨 셔지 말며

싸히 두텁다고 ᄆ이 ᄇᆞᆲ지 마롤 거시

하늘 싸 놉고 두터워도 내 조심을 ᄒᆞ리라.　　　　　　　(靑珍 222) 朱義植

발 져겨 셔지 말며=발을 돋우어 서지를 말고 ◇ᄆ이 ᄇᆞᆲ지 마롤 거시=매우 밟지
말 것이다. 많이 밟지 말 것이다.

■ **통석(通釋)** 　 하늘이 높다 하고 발뒤꿈치를 들고 서지를 말고
　　　　　　　　 땅이 두텁다 하고 심하게 밟지를 말아야 할 것이다.
　　　　　　　　 하늘과 땅이 아무리 높고 두터워도 내가 조심해야 한다.

237.

흐날리 놉다 히도 일월이 비취이고

싸이 깁다히도 청쳔의 솟거마는

엇지타 한 길 임의 속은 이다지 샹막.　　　　　　　　(風雅 369) 李世輔

청쳔의 솟거마는=청천(淸泉)이 솟건마는. 맑은 샘이 솟아나건만 ◇엇지타=어쩌다.
어째서 ◇한 길=키만큼 ◇속은=마음은 ◇이다지 샹막=이다지 삭막(索漠)하냐? 이렇
게도 알 수가 없느냐?

- **통석(通釋)**　　하늘이 아무리 높다고 해도 해와 달이 비추고
　　　　　　　　땅이 아무리 깊다고 해도 맑은 샘물이 솟아나건만
　　　　　　　　어쩌다 사람 키 만한 님의 속은 이렇게도 삭막하냐?

238.

하늘이 놉흐시되 人間事를 슬피시고

鬼神이 그윽흐되 보기를 잘 흐느니

흐믈며 엇더흐신 우리 님을 속이오려 흐는다.　　　　　(觀城雜錄 7) 金履翼

놉흐시되=높은 곳에 계시지만 ◇人間事(인간사)를=사람들의 일을 ◇그윽흐되=그
윽한 곳에 있지만. 어두운 곳에 ◇엇더흐신=어떠한. 훌륭한 ◇속이오려=속이려.

- **통석(通釋)**　　하늘은 높은 곳에 계시지만 사람들의 일까지도 살피시고
　　　　　　　　귀신은 그윽한 곳에 있지만 사람들 보기를 잘 하니
　　　　　　　　하물며 어떻게나 훌륭한 우리 님을 속이려고 하느냐?

239.

하늘히 이저신 제 므슴 術술로 기워낸고

白빅玉옥樓루 重듕修슈흘 제 엇던 바치 일워낸고

玉옥皇황끠 술와보쟈 흐더니 다 몯흐야 오나다.　　　　(孤山遺稿 69) 尹善道

이저신 제=이지러졌을 때에. 무너졌을 때에 ◇므슴 술로 기워낸고=무슨 술(術)로 기워냈는가. 무슨 재주로 꿰매었는가. ◇빅옥루 듕슈홀 제=백옥루(白玉樓) 중수(重修)할 때. 하늘에 있다고 하는 백옥루를 다시 수리할 때 ◇엇던 바치=어떤 공장(工匠)이가. 공장이는 기술자 ◇옥황끠=옥황(玉皇)께. 옥황상제에게 ◇솔와보쟈 ᄒ더니 다 몬ᄒ야 오나다=아뢰어보자 하였더니 다 끝나지 않아 왔구나.

■ **통석(通釋)** 하늘이 이지러졌을 때에 무슨 재주로 꿰매었는가?
백옥루를 다시 수리할 때에 어떤 공장이가 마치었는가?
옥황상제께 아리고자 하였더니 말을 다 하기 전에 왔구나.

240.

況時青春日將暮ᄒ니 桃花亂落如紅雨ㅣ라
勸君終日酩酊醉ᄒ쟈 酒不到劉伶墳上土ㅣ라
아희야 盞ᄀ득 부어라 與君長醉ᄒ리라.　　　　　　　　(甁歌 1028)

況時青春日將暮(황시청춘일장모)ᄒ니=하물며 푸른 봄이 장차 저물어가니 ◇桃花亂落如紅雨(도화난락여홍우)ㅣ라=복사꽃이 어지러이 떨어지니 붉은 비 같더라. ◇勸君終日酩酊醉(권군종일명정취)ᄒ쟈=그대여 권하노니 종일토록 취하자. ◇酒不到劉伶墳上土(주부도유령분상토)ㅣ라=술이 유령의 무덤 위에는 이르지 않는다. ◇與君長醉(여군장취)=그대와 함께 오래도록 취함.

■ **통석(通釋)** 하물며 푸른 봄이 장차 저물어가니 복사꽃이 어지러이 떨어지니 마치 붉은 비 같더라.
그대여, 권하노니 종일토록 취해보자 그래도 술은 유령의 무덤에는 이르지 않느니라.
아이야, 잔 가득 부어라. 그대와 함께 오래도록 취해보자.

241.

황잉은 버들이요 호졉은 곳시로다
기럭이는 녹슈요 빅학은 쳥숑이라

엇지타 스룸은 탁의혈 곳이 적어. (風雅 364) 李世輔

황잉=황앵(黃鶯). 꾀꼬리 ◇호졉=호접(蝴蝶). 나비 ◇탁의혈=탁의(托依)할. 마음을
의탁할. 마음을 의지할.

■ **통석(通釋)** 꾀꼬리는 버드나무에 있고 나비는 꽃에 있다.
　　　　　　　기러기는 푸른 물이 있고 백학은 푸른 소나무에 앉았다.
　　　　　　　어쩌다 사람은 마음을 의탁할 곳이 적어.

242.

孝悌로 터얼 닥고 忠信으로 집을 지어

禮義로 門을 늬고 廉恥道德 여어시면

아무리 千萬年 風雨ㄴ들 기울 쥬리 이시랴. (海朴 508)

터얼 닥고=터를 닦고 ◇늬고=만들고 ◇여어시면=지붕을 덮었으면 ◇기울 쥬리
이시랴=기울 까닭이 있겠느냐? 무너질 까닭이 있겠느냐?

■ **통석(通釋)** 효제로 집터를 닦고 충신으로 집을 지어
　　　　　　　예의로 문을 내고 염치도덕으로 지붕을 덮으면
　　　　　　　아무리 오랫동안의 시련에도 기울 까닭이 있겠느냐?

243.

흐린 물 엿다 ᄒ고 남의 몬져 듯지 말며

지는 히 놉다 ᄒ고 潘外옛 길 녜지 마쇼

어즈버 날 다짐 말고 녜나 操心 ᄒ여라. (源河 58) 鄭希良

흐린 물 엿다 ᄒ고=흐려서 깊이를 모르는 물을 얕다고 생각하고 ◇남의 몬져 듯
지 말며=남보다 먼저 들어가지 말며 ◇지는 히 놉다 ᄒ고=져가는 해가 아직도 높다
하고 ◇潘外(반외)옛 길='반외'는 '藩外'(번외)의 잘못인 듯. 영역 밖의 길. 또는 먼
길 ◇녜지 마쇼=가지 마라. ◇날 다짐 말고=나에게 다짐 받을 생각을 말고 ◇녜나=

너나.

　흐린 물이 얕다고 생각하고 남보다 먼저 들어가지 말며
　　　　　　　　지는 해가 아직도 높다고 생각하고 영역 밖의 길을 가지 마라
　　　　　　　　아! 나에게 다짐 받을 생각을 말고 너나 조심하여라.

244.

희기 눈 갓트니 西施에 後身인가

곱기 곳 갓트니 太眞에 넉시런가

至今에 雪膚花容은 너를 본가 허노라.　　　　　　　　(金玉叢部 53) 安玟英

(讚海州玉簫仙 ; 찬해주옥소선 : 해주의 기생 옥소선을 칭찬하다.)

西施(서시)의 後身(후신)인가=서시가 다시 태어난 것인가? 서시는 춘추시대 월(越)
나라 미인으로 오(吳)나라 왕 부차(夫差)의 총희였다. ◇太眞(태진)의 넉시런가=양귀
비의 넋이런가? ◇雪膚花容(설부화용)=눈처럼 흰 피부와 꽃처럼 예쁜 얼굴 ◇너를
본가=너를 보았는가. 해주 기생 옥소선을 칭찬하여 지은 시조이다.

　희기가 눈과 같으니 서시가 다시 태어난 것인가?
　　　　　　　　곱기가 꽃과 같으니 양귀의 넋이 아닌가?
　　　　　　　　지금의 뛰어난 아름다운 여인은 너를 보았는가 한다.

245.

흰 거슬 검다 ᄒ니 니로도 말녀니와

그른 일을 올타 ᄒ니 긔 ᄋ니 이다른가

世上에 ᄋᄂ 이 잇던지 업던지 ᄂᄂ 몰나 ᄒ노라.　　　　　　　　(樂高 346)

흰 거슬=흰 것을 ◇니로도 말녀니와=말하지도 말 것이지만 ◇그른 일 올타 ᄒ니=
잘못된 일을 옳다고 하니 ◇긔 아니 이다른가=그 아니 애달지 않은가. ◇ᄋᄂ 이 잇
던지 업던지=아는 사람이 있는지 없는지. 있거니 없거나.

■ 통석(通釋) 흰 것을 검다고 하니 말을 하지도 말 것이거니와

잘못 된 일을 옳다고 하니 그 아니 애달지 않은가.

세상에 이런 사실을 아는 사람이 있던 없던 나는 모르겠다고 하겠다.

246.

가마귀를 뉘라 물드려 검싸 ᄒ며 빅노를 뉘라 마젼ᄒ야 희다더냐

황ᄉ 다리를 뉘라 이어 기다 ᄒ며 오리 다리를 뉘라 분질너 ᄌᄅ다 ᄒ랴

아마도 검고 희고 길고 ᄌᄅ고 흑빅장단이야 일너 무슴.   (時調 98)

뉘라 물드려=누가 물을 들여 ◇마젼ᄒ야 희다더냐=볕에 바래서 희다고 하더냐. ◇뉘라 이어 기다 ᄒ며=누가 연결해서 길다고 하며 ◇ᄌᄅ다 ᄒ랴=짧다고 하랴. ◇ᄌᄅ고=짧고 ◇흑빅장단=흑백장단(黑白長短). 옳고 그름이나 잘잘못 ◇일너=말하여.

■ 통석(通釋) 까마귀를 누가 물을 들여 검다고 하며 백로를 누가 볕에 바래서 희다고 하더냐.

황새 다리를 누가 이어서 길다고 하며 오리 다리를 누가 분질러서 짧다고 하랴.

아마도 검고 희고 길고 짧고 옳고 그름과 잘잘못을 말하여 무엇.

247.

見月色 看花色이 色色이 雖好나 不如一家 和顔色이요

彈琴聲 落棋聲이 聲聲이 雖好나 不如子孫 讀書聲이라

家傳에 忠孝道德이요 園中에 松竹梅菊이러라.   (時調(關西本) 75)

見月色(견월색) 看花色(간화색)이=달빛도 보고 꽃의 빛깔도 보니 ◇色色(색색)이 雖好(수호)나=색색이 비록 좋기는 하나 ◇不如一家 和顔色(불여일가화안색)이요=한 집안에 화기를 띤 얼굴만 못하다. ◇彈琴聲(탄금성) 落棋聲(낙기성)=가야금 타는 소리와 바둑돌 두는 소리 ◇聲聲(성성)이 雖好(수호)나=소리마다 듣기가 좋으나 ◇不如子孫 讀書聲(불여자손독서성)이라=자손들이 책 읽는 소리보다는 못하다. ◇園中(원중)=뜰 안.

■ **통석(通釋)** 달빛도 구경하고 꽃의 빛깔도 구경하니 색색이 비록 좋으나 한 집안
에 화기를 띤 얼굴색만 못하다.

　거문고를 타는 소리, 바둑돌 두는 소리가 소리마다 비록 좋으나 자손
들의 책 읽는 소리만 못하다.

　가문에는 충효와 도덕이 전해오고 뜰에는 소나무와 대나무, 매화와 국
화가 있다.

248.

君不見黃河之水ㅣ天上來ᄒ다 奔流到海不復回라
又不見高堂明鏡悲白髮ᄒ다 朝如靑絲暮成雪이라
人生이 得意須盡歡이니 莫使金樽으로 空對月을 ᄒ여라.　　　　(甁歌 1031)

　君不見黃河之水ㅣ天上來(군불견황하지수천상래)ᄒ다=그대는 황하의 물이 하늘로
부터 내려오는 것을 보지 못했나. ◇奔流到海不復回(분류도해불부회)라=내달리듯 세
차게 흘러 바다에 이르러 다시는 돌아오지 않는다. ◇又不見高堂明鏡悲白髮(우불견
고당명경비백발)ᄒ다=또 고당의 명경 속에 백발의 슬픈 것을 보지 못했느냐? ◇朝如
靑絲暮成雪(조여청사모성설)이라=아침에 청사가 저녁엔 눈이로다. 아침에 검던 머리
가 저녁에는 백발이 되었다. ◇人生이 得意須盡歡(득의수진환)이니=인생이 뜻을 얻
으면 즐거움은 덧없는 것이니 ◇莫使金樽(막사금준)으로 空對月(공대월)을=허공의
달을 바라보며 술을 들음이 어떠리. 이백(李白)의 「장진주(將進酒)」의 앞부분이다.

■ **통석(通釋)** 그대는 황하의 물이 하늘로부터 내려오는 것을 보지 못했나, 내달리듯
세차게 흘러 바다에 이르러 다시는 돌아오지 않는다.

　또 고당의 명경 속에 백발이 슬픈 것을 보지 못했는가, 아침엔 검은
머리가 저녁엔 백발이 되었구나.

　사람이 뜻을 얻으면 즐거움이 덧없으니 허공의 달을 바라보며 술을
드는 것이 어떠하겠는가?

249.

길히 머다 ᄒ다 나면 아니 가랴터냐
믈이 파려ᄒ다 ᄐ면 아니 녜라터냐

가고 넨 後ㅣ면 老母 歸寧홀 일이듸 遄臻于衛언마ᄂᆞᆫ 不暇有害라 이를 저퍼 ᄒᆞ노라.

(靜齋先生文集 3) 李聃命

길히 머다 ᄒᆞ나=갈 길이 멀다고 하지만 ◇나면 아니 가라터냐=나서면 아니 가겠느냐? ◇파려ᄒᆞ다=파리하다. 몸이 마르고 핏기가 없고 해쓱하다. 약하다. ◇ᄐᆞ면 아니 녜라터냐=올라타면 아니 가겠느냐? ◇老母歸寧(노모귀녕)홀 일이듸=늙은 어머니께서 편안히 가실 일이니 ◇遄臻于衛(천진우위)언마ᄂᆞᆫ 不瑕有害(불하유해)라=빨리 위에 갈 수 있지만 어떤 해로움이 있을까?『시경(詩經)』패풍(邶風)에 나오는 구절이다. ◇저퍼=두려워.

■ **통석(通釋)**　갈 길이 멀다고 하지만 나섰으면 아니 가겠느냐?

타고 갈 말이 여위고 약하다고 하지만 올라타면 아니 가겠느냐?

떠나고 난 뒤면 늙으신 어머님이 편안하실 일이지 "빨리 위에 갈 수 있지만 어떤 해로움이 있을까."라고 했으니 이를 걱정한다.

250.

南山에 눈 ᄂᆞ니 양은 白松鶻이 죽지 ᄶᅵ고 당도ᄂᆞᆫ 듯
漢江에 빅 쓴 양은 江上 두루미 고기 물고 넘ᄂᆞᆫ 듯
우리도 남의 님 기리두고 넘노러 볼가 ᄒᆞ노라.

(瓶歌 1024)

ᄂᆞ니 양=날리는 모양 ◇죽지 ᄶᅵ고 당도ᄂᆞᆫ 듯=날갯죽지를 펴지 않고 커다랗게 빙빙 도는 듯 ◇넘ᄂᆞᆫ 듯=넘실대며 노는 듯 ◇남의 님 거러두고=임자가 있는 님과 약속하고 ◇넘노러볼가=넘나들며 놀아볼까. 외도(外道)를 하여볼까?

■ **통석(通釋)**　남산에 눈이 휘날리는 모양은 송골매가 날갯죽지를 접고 커다랗게 빙빙 도는 듯

한강에 배가 뜬 모양은 강 위에 두루미가 물고기를 물고 넘실대며 노는 듯

우리도 임자 있는 님과 약속하고 넘나들며 놀아볼까 한다.

251.

놉흘슨 泰山이며 깁흘슨 滄海로다 泰山과 滄海라 흔들 聖德과 比할손가.
발고 발근 日月이요 어질고 어진 雨露로다 日月과 雨露흔들 聖德과 갓흘손가
어긔야 우리 王母 聖德이야 形容키 어려웨라.　　　　　(三竹異本 90) 趙榥

놉흘슨=높구나! 높도다.　◇聖德(성덕)과 比(비)할손가=임금의 훌륭한 덕과 비교할
수 있을까?　◇雨露(우로)=雨露之澤(우로지택)을 가리킴. 넓고 큰 임금의 혜택　◇어긔
야=감탄사　◇어려웨라=어렵구나.

■통석(通釋)　　높도다! 태산이며 깊도다! 창해로다. 태산처럼 높고 창해처럼 깊다고
　　　　　한들 왕모의 성덕에 비교할 수 있을까?
　　　　　　밝고 밝은 해와 달 같고 어질고 어진 은혜로구나. 일월과 우로가 밝고
　　　　　어질다 해도 왕모의 성덕과 같을 수가 있을까?
　　　　　　아! 우리 왕모의 성스런 덕이야 형용키가 어렵구나.

252.

白馬는 欲去長嘶ㅎ고 靑娥는 惜別牽衣ㅣ로다
夕陽은 已傾西嶺이오 去路는 長程短程이로다
아마도 이 님의 離別은 百年 三萬六千日에 오늘쑌인가 ㅎ노라.　　　(瓶歌 826)

欲去長嘶(욕거장시)ㅎ고=가고자 하여 길게 울고　◇靑娥(청아)는 惜別牽衣(석별견
의)ㅣ로다=젊은 여인은 이별이 아쉬워 옷을 끌어당기는구나.　◇已傾西嶺(이경서령)이
오=이미 서쪽 마루로 기울고　◇去路(거로)는 長程短程(장정단정)이로다=갈 길은 멀
기도 가깝기도 하다.

■통석(通釋)　　백마는 가자고 길게 울고 젊은 여인은 이별이 아쉬워 옷을 끌어당기
　　　　　는구나.
　　　　　　저녁해는 이미 서쪽 마루로 기울고 갈 길은 멀기도 가깝기도 하구나.
　　　　　　아마도 이 님과의 이별은 백 년 삼만육천 일에 오늘뿐인가 한다.

253.

思郎을 ᄉ자 ᄒ니 思郎 ᄑ리 뉘 이시며

離別을 ᄑ즈 ᄒ니 離別 ᄉ리 젼혀 업다

思郎 離別을 ᄑ고 ᄉ리 업ᄉ니 長思郎 長離別인가 ᄒ노라.　　　　　(瓶歌 998)

ᄉ자 ᄒ니=사려고 하니 ◇ᄑ리 뉘 이시며=팔려고 하는 사람이 누가 있으며 ◇ᄑ
즈 ᄒ니=팔려고 하니 ◇ᄉ리 젼혀 업다=살 사람이 하나도 없다.

■ **통석(通釋)**　사랑을 사려고 하니 사랑을 팔 사람이 누가 있으며
　　　　　　이별을 팔려 하니 이별을 살 사람이 전혀 없다.
　　　　　　사랑과 이별을 팔고 살 사람이 없으니 영원한 사랑과 영원한 이별이
　　　　　　아닌가 한다.

254.

술 먹기 비록 됴흘지라도 ᄒᆞᆫ 두盞 밧긔 더 먹지 말며

色 ᄒ기 비록 됴흘지라도 敗亡ᄒ게 안일 거시

사람이 이 두 일 삼가ᄒ면 百年之軀을 病드로미 이시랴.　　　　　(詩歌 608)

밧긔=밖에는 ◇색(色)ᄒ기=여색을 좋아하기 ◇敗亡(패망)ᄒ게 안일 거시=패가망신
하게 해서는 아니 될 것이니 ◇百年之軀(백년지구)을 病(병)드로미=평생을 건강하게
살아야할 몸뚱이를 병듦이. 병들 까닭이.

■ **통석(通釋)**　술 먹는 것이 비록 좋다고 하더라도 한두 잔밖에는 더 먹지 말 것이며
　　　　　　색을 하는 것이 비록 좋다고 하더라도 망하는 지경에는 아니할 것이니
　　　　　　사람들이 이 두 가지 일을 삼가면 평생을 건강하게 살아야 할 몸뚱이
　　　　　　를 병들게 함이 있으랴.

255.

술을 멉ᄌ ᄒ니 百姓이 셜워ᄒ고

고기를 먹ᄌ ᄒ니 샨치도 셜워ᄒ니

愛婢 料산( )의 臺안쥬 ( )及將 ( )호오리 더드고 니여 븟고 드쟛ᄂ다.

(淸溪歌詞 38) 姜復中

멉즈 ᄒ니=먹고자 하니 ◇셜워ᄒ고=서러워하고 ◇샨치=산채(山菜). 산나물 ◇愛婢(애비)=사랑하는 계집종 ◇더드고 니여 븟고 드쟛ᄂ다=더 달라고 하고 계속해서 술을 따르고 듭시다.

■**통석(通釋)** 술을 먹고자 하니 백성들이 설워할 것 같고
　　　　고기를 먹고자 하니 산나물도 설워할 것 같으니
　　　　사랑하는 계집종이 ( ) 하랴 더 달라고 계속해서 잔에 붓고 듭시다.

256.

源川이 渾渾ᄒ야 晝夜에 不舍ᄒ거니

松竹이 蒼蒼ᄒ야 萬古에 長靑ᄒ거니

우리도 乾坤中 一身이라 一身中에도 一乾坤이 이실작시면 萬古長靑 못ᄒᆯ손가.

(城西幽稿 10) 申甲俊

源川(원천)='川'은 '泉'의 잘못인 듯. 물이 흘러나오는 근원 ◇渾渾(혼혼)ᄒ야=소리를 내면서 흘러 ◇晝夜(주야)에 不舍(불사)ᄒ거니=밤낮으로 쉬지 않고 흐르거니 ◇蒼蒼(창창)ᄒ야=무성하여. 푸르러서 ◇長靑(장청)ᄒ거니=항상 푸르거니. 항상 젊거니 ◇乾坤中(건곤중)=하늘과 땅 가운데. 이 세상에 ◇一身(일신)이라=구성하고 있는 것의 하나라. ◇이실작시면=있을 것 같으면.

■**통석(通釋)** 샘물이 소리를 내며 흘러 밤낮을 쉬지 아니하거니
　　　　소나무와 대나무가 무성하여 언제나 항상 푸르거니
　　　　우리도 이 세상을 꾸미고 있는 것의 하나라 그것 가운데 또 다른 세상이 있다면 언제나 젊음을 계속하지 못하겠느냐?

257.

李太白의 酒量은 긔 엇더ᄒ여 一日須傾三百杯ᄒ며

杜牧之의 風度는 긔 엇더ᄒ여 醉過楊州ㅣ橘滿車ㅣ런고
아마도 이 둘의 風采는 못내 부러 ᄒ노라.   (靑珍 470)

一日須傾三百杯(일일수경삼백배)ᄒ며=하루에 모름지기 삼백 잔의 술을 마시며 ◇
杜牧之(두목지)=당나라 시인 두목(杜牧). 목지는 두목의 자 ◇風度(풍도)=풍채와 태
도 ◇醉過楊州橘滿車(취과양주귤만거)ㅣ런고=취하여 양주를 지날 때 귤이 수레에
가득한고. 두목의 풍채에 반한 기생들이 지나가는 수레에 귤을 던져 수레에 가득 찼
다고 하는 고사 ◇風采(풍채)=사람의 드러나 보이는 의젓한 겉모양 ◇못내 부러 ᄒ
노라=끝내 부러워한다.

■통석(通釋)   이태백의 주량은 그 어떻기에 하루에 삼백 잔의 술을 마시며
             두목지의 풍도는 그 어떻기에 양주를 지날 때 수레에 귤이 가득 찼던가.
             아마도 이 두 사람의 풍채는 누구나 끝내 부러워할 것이다.

258.
저 盞에 술이 고라시니 劉伶이 와 마시도다
두렷ᄒ 달이 이즈러시니 李白이 와 ᄭᆡ치도다
나문 술 나문 달 가지고 翫月長醉ᄒ오리라.   (甁歌 822)

고라시니=곯았으니. 차지 않았으니 ◇두렷ᄒ=둥근 ◇이즈러시니=쭈그러졌으니 ◇
ᄭᆡ치도다=와서 깨부수었다.

■통석(通釋)   저 잔에 술이 채워지지 않았으니 유령이 와서 마시었나 보다
             둥근 달이 이지러졌으니 이백이 와서 깨부수었구나.
             남은 술과 남은 달을 가지고 달빛을 감상하여 오랫동안 취하여 놀겠다.

259.
泰山이 높다 말고 오라기를 싱각ᄒ소
河海을 깁다 말고 건너기를 싱각ᄒ소
놉흐나 깁푸나 오라고 건너기는 진실노 내 마음의 인는이라.

                                        (城西幽稿) 申甲俊

오라기를 싱각ᄒ소=올라가는 것을 생각해보시오. ◇건너기를=건너는 것을 ◇오라고 건너기는=산을 오르고 물을 건너기는 ◇마음의 인는이라=마음속에 있는 것이다.

■ **통석(通釋)**   태산이 너무 높다고만 말하지 말고 올라갈 수 있는지를 생각해보시오.
바다가 너무 깊다고만 말하지 말고 건너갈 수 있는지를 생각해보시오.
높거나 깊거나 오르고 건너고 하는 모든 것은 진실로 내 마음 먹기에
있는 것이다.

260.
흔 히도 열두 달이요 閏朔 들면 열석 쯀이라
흔 둘도 셜흔 날이요 그 둘 쟉으면 슴오아흐래 금음이로다
밤 다섯 닐 닐급 째예 날 볼 흘리 업쓸야.   (海一 534)

閏朔(윤삭)=윤달 ◇금음이로다=그믐이다. ◇닐=날 ◇날 볼 흘리=나를 볼 수 있는
하루가.

■ **통석(通釋)**   한 해도 열두 달이요 윤달 들면 열석 달이 일 년이다.
한 달도 삼십 일이요 그 달이 작으면 스무아흐레가 그믐이다.
밤 다섯 날 일곱 때나 되는데 나를 볼 수 있는 하루가 없겠느냐?

261.
項羽ㅣ ᄌ컨 天下壯士ㅣ랴마ᄂᆞᆫ 虞美人 離別 泣數行下ᄒ고
唐明皇이 ᄌ컨 濟世英主ㅣ랴마ᄂᆞᆫ 楊貴妃 離別에 우럿ᄂᆞ니
ᄒ물며 녀나믄 丈夫ㅣ야 일러 무슴ᄒ리오.   (靑珍 471)

ᄌ컨=훌륭한. 뛰어난 ◇虞美人(우미인) 離別(이별) 泣數行下(읍수행하)ᄒ고=우미인
과 이별할 때 두어 줄기의 눈물을 흘렸고 우미인은 항우가 사랑했던 여인 ◇唐明皇
(당명황)=당나라 명황. 현종(玄宗)을 가리킨다. ◇濟世英主 (제세영주)ㅣ랴마ᄂᆞᆫ=세상
을 구제할 뛰어난 군주라지만 ◇녀나믄 丈夫(장부)ㅣ야 일러=나머지 보잘것없는 사
내야 말하여.

■ **통석(通釋)** 항우가 뛰어난 천하장사라고 하지만 우미인과 이별에 두어 줄기의 눈물을 흘렸고

당 현종이 세상을 구제할 훌륭한 왕이라고 하지만 양귀비와 이별에 울었다.

하물며 보잘것없는 나 같은 사람이야 말하여 무엇하랴.

제15장 아쉬운 한 마디

우리말로 수(數)를 헤아리면 어디까지 셀 수 있을까? 하나에서 아흔아홉까지는 셀 수 있으나 더는 못 센다. 우리말에 100을 나타내는 말이 없기 때문이다. 그러나 예전에는 달랐다. 100이 아니라 1000까지도 셀 수 있었다. 우리의 고어(古語)에 100을 나타내는 낱말로 '온'이 있었고, 1000을 나타내는 말로 '즈믄'이 있었다. 한자(漢字)가 전래되기 이전에 순수한 우리말이 있었지만 한자가 전래되면서 우리말이 없어지기 시작했다. 본래부터 없으면 어쩔 수 없이 남의 말을 써야 하겠지만 있던 우리말 대신에 외래어를 쓰는 것에는 문제가 있다. 그러나 편리하다는 이유 하나 때문에 많은 고유어들이 한자어에 밀려나 저도 모르게 없어져가는 안타까운 일이 점점 늘어나는 것이 현실이다. 산(山)과 강(江)을 나타내는 훌륭한 고유어로 '뫼'와 '가람'이 있었음에도 불구하고 오늘에 와서는 아무도 쓰지 않는다. 그 외에도 많은 우리 고유어가 없어져가고 있으며, 서구의 문물이 들어오면서 이번에는 영어를 비롯한 서구어들이 우리 언어를 차츰 잠식하고 있음을 실감하고 있다.

말이 없으면 새로 만들지만 그렇지 못한 경우에는 부득이 외래어를 쓸 수밖에 없다. 그런데 그 한 마디를 만들지 못해 아쉬움이 많으니 바로 '내일(來日)'이란 말이다. 우리말에 '어제'가 있고, '오늘'이 있지만 '내일'이 없다. '아침'이 있고, '저녁'이 있지만 '점심'이 없다. 이처럼 그 한 마디가 아쉬운 시조를 모아보았다. 비록 없는 낱말이지만 우리말로 만든다면 무엇이 좋을까 하고 생각하면서 읽으면 더 재미있을 것 같다.

1.

가노라 다시 보쟈 그립거든 어이 살고
비록 千里라타 숨의야 아니 보랴
숨 씨야 겻희 업스면 그를 어이ᄒ리오.(別恨)   (古今 219)

어이=어찌 ◇비록ᄉ아니 보랴=비록 천 리라지만 꿈에서라도 아니 보랴. ◇겻희 업
스면=곁에 없으면.

■ 통석(通釋)   가자. 다시 보자. 그립거든 어이 살까?
             비록 천 리라지만 꿈에서라도 아니 보랴.
             꿈을 깨어서 곁에 없으면 그 아쉬움을 어찌하랴.

2.

가다ᄀ 올디라도 오다ᄀ란 가지 마소
뮈다ᄀ 괼디라도 괴다가란 뮈지 마소
뫼거니 괴거나ᄃ中에 쟈고 갈ᄀᄀ ᄒ노라.   (源國 711)

올디라도=되돌아올지라도 ◇뮈다ᄀ 괼디라도=미워히다가 사랑할시라도.

■ 통석(通釋)   가다가 되돌아올지라도 오다가는 가지 마시오.
             미워하다가 사랑할지라도 사랑하다가는 미워하지 마시오.
             미워하거나 사랑하거나 간에 자고나 갈까 한다.

3.

가락디 쨕을 닐코 네 홀로 날 ᄯ로니
네네 쨕을 ᄎ즐 제면 나도 님을 보련마는
쨕 닐코 글이는 양이야 네나 ᄂ나 다르랴.   (源國 746)

닐코=잃고 ◇날 ᄯ로니=나를 따르니 ◇네네=너의. '네네'는 강조 ◇ᄎ즐 제면=찾
을 때에는 ◇그리는 양이야=그리워하는 모양이야.

■통석(通釋)　가락지가 짝을 잃고 너 혼자서 나를 따르니
　　　　　　　네가 짝을 찾을 때에는 나도 님을 볼 수 있으련만
　　　　　　　짝을 잃고 그리워하는 모양이야 너와 내가 다르랴.

4.

가마괴 싹싹 흔들 사룸마다 다 주그랴

비록 싹싹 흔들 네 죽으며 내 죽으랴

眞實로 죽기곳 죽으면 님의 님이 죽으리라.(艶情)　　　　　　　(槿樂 230)

주그랴=죽겠느냐? ◇죽기곳 죽으면 님의 님이=틀림없이 죽는다면 님이 사랑하는
사람이.

■통석(通釋)　까마귀가 깍깍 하고 운들 사람들마다 다 죽으랴
　　　　　　　비록 깍깍 하고 운들 네가 죽으며 내가 죽으랴
　　　　　　　참으로 틀림없이 죽는다면 님이 사랑하는 사람이 죽으리라.

5.

가마귀 검거라 말고 히오리 셸 줄 어이

검거니 셰거니 一偏도 흔져이고

우리도 수리두로미라 검도 셰도 아녜라.　　　　　　　(瓶歌 609)

검거라 말고=검다고 하지 말고 ◇셸 줄 어이=흰 것은 어떤 일인가? ◇一偏(일편)
도=한쪽으로 치우치기도 ◇검도 셰도 아녜라=검기도 희지도 아니한다.

■통석(通釋)　까마귀가 검다고만 하지 말고 해오라비가 흰 것은 어떤 일인가?
　　　　　　　검거니 희거나 한쪽으로 치우치기도 하였구나.
　　　　　　　우리는 수리두루미라 검기도 희지도 아니한다.

6.

가마귀 검다 ᄒ고 白鷺ㅣ야 웃지 마라

겻치 거믄들 속조차 거믈소냐

아마도 겻 희고 속 검을 슨 너쑌인가 ㅎ노라.   (靑珍 418)

겻치 거믄들 속조차 거믈소냐=겉이 검다고 한들 마음마저 검겠느냐? ◇속 검을
슨=속이 검은 것은. 마음이.

■ **통석(通釋)**   까마귀가 검다 하고 백로야 비웃지 마라.
　　　　　　　　겉이 검다고 하여 마음조차 검겠느냐?
　　　　　　　　아마도 겉이 희면서 마음이 검은 것은 너뿐인가 한다.

7.

가마귀 쇽 흰 쥴 모르고 겻치 검다 뮈무여하며

갈멱이 겻 희다 스랑허고 쇽 검은 쥴 몰낫더니

이졔야 表裏黑白을 씨쳐슨져 허노라.   (金玉 157) 安玟英

뮈무여하며=매우 미워하며 ◇이졔야 表裏黑白(표리흑백)을=이제야 겉과 속, 그리
고 옳고 그름을 ◇씨쳐슨져=깨우쳤는가.

■ **통석(通釋)**   끼미귀가 속이 흰 줄 모르고 겉이 검다고 아주 미워하며
　　　　　　　　갈매기가 겉이 희다고 아주 좋아하였으나 속이 검은 줄을 몰랐더니
　　　　　　　　이제야 표리부동하고 옳고 그름을 깨우쳤는가 한다.

8.

가마귀 열두 소ᄅᆡ 스람마다 쑤지저도

그 숫기 밥을 물어 그 어미를 먹이ᄂᆞ니

아마도 鳥中曾子는 가마귄가 ㅎ노라.   (靑洪 237) 金壽長

열두 소리=우는 소리 모두 ◇숫기=새끼 ◇鳥中曾子(조중증자)는=새 가운데 증자
와 같은 효자는.

통석(通釋) 까마귀가 시끄럽게 우는 소리를 사람들마다 꾸짖어도

그 새끼가 먹이를 물어다 제 어미를 먹이느니

아마도 새들 가운데 증자 같은 효자는 까마귀가 아닌가 한다.

9.

가시리 못 가시리 날을 두고 못 가시리

가다가 올지라도 오다갈란 가지 마소

아마도 이 님의 離別은 슬쏭말쏭ᄒ여라.   (解我愁 193)

날을 두고=나를 두고 ◇오다갈란=왔다가는. 오려고 했다가는.

■ **통석(通釋)** 가시려고, 못 가십니다. 나를 두고는 못 가십니다.

가다가 올지라도 오다가는 가지 마십시오.

아마도 이 님과의 이별로 살 동 말 동 하구나.

10.

간다 잘 잇거나 그립거든 어이 슬니

아무리 千里라도 꿈이며는 아니 보랴

꿈씨여 겻히 업스니 그를 셜워.   (無名時調集가本 54)

잇거나='잇거라'의 잘못인 듯 ◇어이 슬니=어떻게 살 것이냐. ◇꿈이며는 아니 보
랴=꿈속이면 아니 보이겠느냐?

■ **통석(通釋)** 나는 간다. 잘 있거라. 그리거든 어떻게 살 것이냐?

아무리 멀리 떨어져 있다고 하더라도 꿈속에서야 아니 보랴.

꿈 깨어 곁에 없으니 그것을 서러워.

11.

간밤의 부던 ᄇ람에 눈서리 치단 말가

落落長松이 다 기우러 가노ᄆ라

ᄒᆞ믈며 못다 픤 곳이야 닐러 므슴ᄒᆞ리오.   (靑珍 359)

치단 말가=쳤단 말이냐? 내렸단 말이냐? ◇닐러=말하여.

■ **통석(通釋)**   간밤에 불던 바람에 눈과 서리가 세차게 내렸단 말인가.
          낙락장송도 다 기울어져가는구나.
          하물며 다 피지 못한 꽃이야 말하여 무엇 하랴.

12.
간밤에 우던 그 ᄭᅵ 여 와 울고 게 가 ᄯᅩ 쇠나니
ᄌᆞᄂᆡ 그려 죽어지라 ᄒᆞ엿더니
傳키를 ᄇᆞ로 못 傳ᄒᆞ여 주걱주걱ᄒᆞ도다.   (瓶歌 723)

여 와=여기에 와서 ◇게 가=거기에 가서 ◇쇠나니=지내는구나 ◇그려=그리워하여.

■ **통석(通釋)**   간밤에 울던 그 새 여기에 와서 울고 거기에 가서 또 지내는구나.
          자네를 그리워하여 차라리 죽어라 하였더니
          전하기를 옳게 못 전하여 주걱주걱 하고 우는구나.

13.
ᄀᆞᆯ닙희 져즌 이슬 서리 이믜 되다 말가
츄슈도 너를시고 ᄂᆡ 싱각이 ᄉᆡ로와라
아ᄒᆡ야 닷 들고 ᄇᆡ ᄯᅴ여라 벗 ᄎᆞᄌᆞ러 가리라.   (古今 7)

ᄀᆞᆯ닙희=갈대의 잎에 ◇서리 이믜 되다 말가=서리가 이미 되었단 말인가? ◇츄슈=
추수(秋水). 가을철의 강물 ◇닷 들고 ᄇᆡ ᄯᅴ여라=닻을 들어올리고 배를 띄워라.

■ **통석(通釋)**   갈댓잎을 적셨던 이슬이 이미 서리가 되었단 말인가.
          가을철의 강물도 넓어 보이고 내 생각도 새롭구나.
          아이야, 닻을 들고 배를 띄워라. 벗 찾으러 가겠다.

14.

곳득애 虛浪혼 내게 내론 두시 뵈올 줄이
보고도 춤ᄂᆞ냐 춤고도 사는 것가
보고셔 춤노라 ᄒᆞ니 살동말동 ᄒᆞ야라.　　　　　　　　(永類 201)

곳득애 虛浪(허랑)혼 내게=가뜩이나 거짓이 많고 착실하지 못한 나에게 ◇내론
두시=나란 듯이 ◇사는 것가=사는 것인가?

■ **통석(通釋)**　　가뜩이나 허랑한 나에게 나란 듯이 뵙게 될 줄이야.
　　　　　　　　　보고도 그대로 참느냐? 참고도 살아야 하는 것인가?
　　　　　　　　　보고서 억지로 참고자 하니 살 동 말 동 하구나.

15.

곳 쉰이 져물가마ᄂᆞᆫ 간 듸마다 술을 보고
닛집 드러내여 웃는 줄 므스 일고
젼젼의 아던 거시라 몬내 니저 ᄒᆞ노라.　　　　　　　(松星 58) 鄭澈

져물가마ᄂᆞᆫ=저물어가는 것이랴마는. 다 되어가지만 ◇간 듸마다=가는 곳마다 ◇
닛집 드러내에=잇몸을 드러내고 ◇웃는 줄=웃는 까닭이 ◇젼젼의 아던 거시라=전전
(前前)에 알던 것이라. 이미 오래전에 알던 것이라 ◇몬내 니저=끝내 잊어.

■ **통석(通釋)**　　나이 오십이 다 사는 것은 아니지만 가는 곳마다 술을 보고
　　　　　　　　　잇몸을 드러내 보이며 좋아 웃는 까닭이 무슨 일인가?
　　　　　　　　　이전부터 이미 아는 일이라 끝내 못 잊어 하는구나.

16.

거북아 너는 어이 머리는 내엿는다
머리곳 내여시면 世上이 아ᄂᆞ니라
져재예 범 세히 이시니 머린들 낼 쥴 이시랴.　　　　(景寒亭詩歌 19) 郭始徵

어이 머리는 내엿는다=왜 머리는 내어놓았느냐? ◇머리곳 내여시면=머리를 내어
놓았으면 ◇저재예=저자에. 시장(市場)에 ◇저재예 범 세히 이시니=세 사람이 짜면
거리에 범이 나왔다는 거짓말도 통할 수 있다는 뜻으로, '근거 없는 거짓말도 여러
사람이 말하게 되면 믿게 됨'을 비유하여 일컫는 말이다. 『전국책(戰國策)』에 "三人成
虎 十夫揉椎 衆口所移 毋翼而飛"(삼인성호 십부유추 중구소이 무익이비)라고 했다.

■ **통석(通釋)**　거북아 너는 왜 머리는 내어놓았느냐?
　　　　　　　머리를 내어놓게 되면 세상이 다 알게 될 것이다.
　　　　　　　저자에 범이 셋이나 있으니 머리를 내놓을 까닭이 있느냐?

17.
건너셔는 손을 치고 집의셔는 들나 ᄒᆞ니
門 닷고 드자 ᄒᆞ랴 손 치는 ᄃᆡ 가자 ᄒᆞ랴
ᄂᆡ 몸이 둘이 되오면 여긔져긔 가리라.　　　　　　　　　　(瓶歌 841)

건너셔는 손을 치고=건너편에서는 손을 두드리다. 건너편에서는 손짓하다. ◇집의
셔는 들나 ᄒᆞ니=집에서는 들어오라고 하네. ◇드자 ᄒᆞ랴=들어가야 하랴.

■ **통석(通釋)**　건너편에서는 오라고 손짓을 하고 집에서는 들어오라고 하네.
　　　　　　　문을 닫고 들어가야 하랴, 손짓하는 데로 가야 하랴.
　　　　　　　내 몸이 둘이 된다면 여기와 저기로 가겠다.

18.
검음연 희다 ᄒᆞ고 희면 검다 ᄒᆞ네
검거니 희거나 올타 ᄒᆞ리 專兮 업다
츨ᄒᆞ로 귀 막고 눈감아 듯도 보도 말리라.　　　　　　(海周 499) 金壽長

검음연=검으면 ◇올타 ᄒᆞ리 專兮(전혜)=옳다고 할 까닭이 전혀. 사람이 아주 ◇츨
ᄒᆞ로=차라리 ◇귀 막고 눈 감아 듯도 보도 말리라=귀를 막고 눈을 감아 듣지도 보
지도 않으리라.

검으면 희다고 하고 희면 검다고 하네.

검거나 희거나 옳다고 할 사람이 전혀 없다.

차라리 귀 막고 눈 감아 듣지도 보지도 아니하리라.

19.

古人도 날 몯 보고 나도 古人 몯 뵈

古人을 못 봐도 녀던 길 알픠 잇닉

녀던 길 알픠 잇거든 아니 녀고 엇멸고.　　　　　　　　(陶山六曲板本 9) 李滉

뵈=뵈었다. ◇녀둔 길 알픠 잇닉=가던 길이 앞에 있네. 행동하던 길이 앞에 있네.

■ 통석(通釋)　　고인도 나를 못 보고 나도 고인을 못 뵈었다.

고인을 못 뵈었어도 행하던 길 앞에 있다.

행하던 길 앞에 있으니 아니 행하고 어쩔 것이냐?

20.

고즌 므스 일로 퓌며셔 쉬이 디고

플은 어이ᄒ야 프르ᄂ 듯 누르ᄂ니

아마도 변티 아닐 순 바회뿐인가 ᄒ노라.　　　　　　(孤山遺稿 15) 尹善道

쉬이 디고=쉽게 떨어지고. 빨리 시들고 ◇어이ᄒ야 프르ᄂ 듯 누르ᄂ니=어찌하여 푸른 듯하다가 바로 누렇게 되느냐? ◇변티 아닐손=변하지 아니하는 것은.

■ 통석(通釋)　　꽃은 무슨 일로 피면서 빨리 시들고

풀은 어찌하여 푸른 듯하더니 누레지느니

아마도 변하지 않는 것은 바위뿐인가 한다.

21.

곳도 픠려 ᄒ고 버들도 프르려 ᄒ다

비즌 술 다 닉엇닉 벗님네 가시그려

六角에 두렷시 안즈 봄마지ᄒ리라.　　　　　　　　　　(海周 504) 金壽長

가시그려=갑시다그려.　◇六角(육각)=육각현(六角峴).　서울 인왕산 밑 필운대(弼雲臺)에 있던 고갯마루. 봄철 꽃놀이를 하던 곳이다.　◇두렷이 안즈 봄마지=둥글게 앉아 새봄맞이.

■ 통석(通釋)　꽃도 피려고 하는 것 같고 버들도 푸르려 하는 것 같다.
　　　　　　빚은 술 다 익었다. 벗님들 갑시다그려
　　　　　　육각현에 둥글게 앉아 봄맞이를 하겠다.

22.
곳 보고 춤추ᄂ 나뷔와 나뷔 보고 당싯 웃ᄂ 곳과
져 둘의 사랑은 節節이 오건마ᄂ
엇더타 우리의 사랑은 가고 아니 오ᄂ니.　　　　　　　　(瓶歌 784)

당싯 웃ᄂ 곳=방긋 웃는 꽃　◇節節(절절)이 오건마ᄂ=철마다 찾아오지만. 때마다 찾아오지만.

■ 통석(通釋)　꽃을 보고 춤추는 나비와 나비를 보고 방긋 웃는 꽃과
　　　　　　저 둘의 사랑은 철마다 틀림없이 찾아오건만
　　　　　　어쩌다 우리의 사랑은 가고서는 오지 않느냐?

23.
곳은 밤비에 퓌고 비즌 술 다 닉거다
거문고 가진 벗이 ᄃᆞᆯ 흠긔 오마터니
아희야 茅簷에 ᄃᆞᆯ 올랏다 손 오ᄂ가 보와라.　　　　　　(靑珍 397)

비즌=빚은. 담근　◇다 닉거다=다 익었겠다.　◇ᄃᆞᆯ 흠긔 오마터니=달과 함께 오겠다고 하더니　◇茅簷(모첨)에 ᄃᆞᆯ 올랏다=초가집 처마에 달이 떴다.　◇손 오ᄂ가=손님이 오는가.

■ **통석(通釋)** 꽃은 밤새 내린 비에 피고 빚은 술은 다 익었겠다.
거문고를 가진 벗이 달과 함께 오겠다고 하였더니
아이야, 추녀 끝에 달 떴다. 손님이 오시는가 보아라.

24.

곳촌 블긋블긋 닙흔 프릇프릇
이 내 모음은 우쥭우쥭ᄒᄂᆫ고야
春風은 불고도 낫바 건듯건듯ᄒᄂᆫ다.(節序)   (古今 109)

우쥭우쥭ᄒᄂᆫ고야=우쭐우쭐하는구나. ◇불고도 낫바=불고도 부족하여.

■ **통석(通釋)** 꽃은 울긋불긋 나뭇잎은 푸릇푸릇
이 나의 마음은 우쭐우쭐하는구나.
봄바람은 불고서도 부족한지 건듯건듯하는구나.

25.

곳 픠면 돌 싱각ᄒ고 돌 붉음연 술 싱각ᄒ고
곳 픠쟈 돌 붉쟈 술 잇으면 벗 싱각ᄒ네
언제면 곳 알래 벗 둘이고 翫月長醉ᄒ련요.   (海一316) 李鼎輔

둘이고=데리고 ◇翫月長醉(완월장취)=달을 구경하며 오래도록 취하다.

■ **통석(通釋)** 꽃 피면 달을 생각하고 달이 밝으면 술을 생각하고
꽃이 피자, 달이 밝자, 술이 있으면 벗을 생각하게 하네.
어느 때면 꽃 아래에서 벗을 데리고 달구경을 하며 오래도록 취하려
느냐?

26.

굼벙이 매암이 되야 ᄂ래 도쳐 ᄂ라올라
노프나 노픈 남게 소리ᄂᆫ 죠커니와

그 우희 거믜줄 이시니 그를 조심ᄒ여라.   (靑珍 362)

굼벙이 매암이 되야=굼벵이가 매미가 되어 ◇ᄂ래 도쳐 ᄂ라올라=날개가 돋아 날
아올라.

■ **통석(通釋)**   굼벵이가 매미가 되어 날개가 돋아 높이 올라가
　　　　　　　　높으나 높은 나무에서 우는 소리가 좋거니와
　　　　　　　　그 위에 거미줄 있으니 그것을 조심하여라.

27.
귀먹은 쇼경이 되어 山中의 드러시니
듯ᄂ 말 업거든 볼 일인들 이실손가
입이야 셩ᄒ다마ᄂ 무슴 말을 ᄒ리오.(慨世)   (古今 59)

드러시니=들어오니 ◇이실손가=있겠는가? ◇셩ᄒ다마ᄂ=온전하지마는.

■ **통석(通釋)**   귀가 먹은 소경이 되어 산속에 들어왔으니
　　　　　　　　듣는 말이 없거든 볼 일인들 있겠는가?
　　　　　　　　입이야 온전하지마는 무슨 말을 하겠느냐?

28.
귀 밋치 셰여시니 ᄂ이 늙다 ᄒ려니와
내 ᄆ음 져믈션졍 ᄂ의 말 허믈ᄒ랴
곳과 술 죠히 너기기야 엇ᄃ 老少 이시리.   (靑珍 355)

귀 밋치셰여시니=귀 뒤가 세었으니. 머리카락이 하얘졌으니 ◇ᄂ이 늙다 ᄒ려니
와=다른 사람들이 늙었다고 하지만 ◇져믈션졍=젊을망정 ◇ᄂ의 말 허믈ᄒ랴=다른
사람이 하는 말을 꾸짖으라(탓하랴). ◇곳과 술 죠히 너기기야=꽃과 술을 좋게 여기
기야.

　　귀밑머리가 허예졌으니 남이 나를 늙었다 하겠지만

　　　　　　　내 마음이 젊다고 생각할망정 남의 말을 탓하랴?

　　　　　　　꽃과 술을 좋게 생각하기야 어떤 노소가 있겠느냐?

29.

그리 그러 모도 그리 그러텃다

그러티 아니면 이제도록 그러ᄒ랴

진실로 그러ᄒ텃싸 그런 주리 깃게라.　　　　　　　　　　(杜谷集 20) 高應陟

그리 그러=그렇고 그렇다 ◇모도 그리 그러텃다=모두 그렇고 그러하였다. ◇그런
주리 깃게라=그렇게 된 것이 기쁘구나.

■ 통석(通釋)　　그렇고 그렇다 모두가 그렇고 그렇다.

　　　　　　　그렇지 아니하면 이제까지 그러하겠느냐?

　　　　　　　참으로 그러하였다. 그렇게 된 것이 기쁘구나.

30.

그리든 님 만날 밤은 져 닭아 부ᄃᆡ 우지 마라

네 소ᄅᆡ 업도소니 날 ᄉᆡᆯ 줄 뉘 모로리

밤중만 네 우름소ᄅᆡ 가슴 답답ᄒ여라.　　　　　　　　　　(靑六 287)

부ᄃᆡ=부디. 제발 ◇업도소니=없다고 하더라도 ◇날 ᄉᆡᆯ 줄 뉘 모로리=날이 샐 줄
을 누가 모르랴.

■ 통석(通釋)　　그리워하던 님을 만난 밤은 저 닭아 부디 울지 마라.

　　　　　　　네 우는 소리가 없기로소니 날이 새는 것을 누가 모르랴?

　　　　　　　밤중에 네 우는 소리를 들으면 가슴이 답답하구나.

31.

긔여 들고 긔여 나ᄂᆞᆫ 집이 픰도 픨샤 三色桃花

어른자 범나뷔야 너는 어니 넘나는다
우리도 남의 님 거러두고 넘나러볼가 ᄒ노라.   (甁歌 992)

긔여 들고 긔여 나는=기어 들어가고 기어 나오는 ◇어른자=얼씨구나! ◇어니 넘
나는다=어째서 넘나드느냐? 어째서 분수에 넘치는 짓을 하느냐? ◇거러두고=약속하
고 ◇넘나러볼가=분수에 넘치는 일을 하여볼까.

■통석(通釋)   기어 들고 기어 나오는 작은 집에 피기도 피었구나, 삼색 도화
          얼씨구나 범나비야 너는 왜 넘나드느냐?
          우리도 남의 님과 약속하고 넘나들어볼까 한다.

32.
기울계 대니거니ᄯ나 죡박귀 업거니ᄯ나
비록 이 셰간이 판탕홀만졍
고온 님 괴기옷 괴면 그를 밋고 살리라.   (松星 23) 鄭澈

기울계 대니거니ᄯ나=기우뚱하게 다니거나 말거나. 술이 취해 비틀걸음을 하거나
말거나 ◇죡박귀=조그만 바가지 따위가 ◇판탕홀만졍=판탕할망정. 판탕(板蕩)은 재
산을 탕진하는 것 ◇괴기옷 괴면=사랑하기만 사랑한다면.

■통석(通釋)   술에 취해 기우뚱하게 다니거나 말거나 바가지 따위가 있거나 말거나
          비록 이 세간을 다 탕진할망정
          고운 님이 사랑하기만 한다면 그를 믿고 살겠다.

33.
綺窓 아릭 피온 솟치 어직 핀가 그직 핀가
날 보고 반겨 핀가 이슬에 졀노 핀가
아마도 졀노 핀 솟치니 이우도록 보리라.   (興比賦 385)

어직 핀가 그직 핀가=어제 피었는가? 그제 피었는가? ◇날 보고 반겨=나를 보고

반가워 ◇이슬에 졀노=이슬을 맞고 저절로 ◇이우도록 보리라=시들 때까지 보겠다.

■ **통석(通釋)**　비단을 둘러친 창 아래 핀 꽃이 어제 피었던가? 그제 피었던가?
　　　　　　나를 보고 반가워서 피었던가? 이슬을 맞고 저절로 피었던가?
　　　　　　아마도 저절로 핀 꽃인 듯하니, 시들 때까지 보겠다.

34.
쏙닥이 오르다 하고 나즌 듸를 웃지 마라
네 압헤 잇는 것은 나려가는 일쑨이니
平地에 올을 일 잇는 우리 아니 더 크랴. (增歌 771)

쏙닥이 오르다=꼭대기에 올라갔다. 정상(頂上)에 올라갔다. ◇나즌 듸를=낮은 곳을 ◇올을 일 잇는=올라가야 할 일이 있는.

■ **통석(通釋)**　꼭대기에 올라갔다고 하고 낮은 곳을 비웃지 마라.
　　　　　　네 앞에 있는 것은 조심스레 내려가는 것뿐이니
　　　　　　평지에 올라갈 일이 있는 우리가 더 큰 것이 아니냐?

35.
숫치 지나 마나 접동이 우나 마나
前前에 그리던 님 다시곳 보게 되면
제 지나 제 우는 거슬 슬흘 줄이 이시랴. (解我愁 291)

지나 마나=시들거나 말거나 ◇우나 마나=울거나 말거나 ◇다시곳 보게 되면=다시 만나게 되면 ◇슬흘 줄이 이시랴=슬퍼할 까닭이 있으랴.

■ **통석(通釋)**　꽃이 시들거나 말거나 접동새가 울거나 말거나
　　　　　　이전부터 그리워하던 님을 다시 만나보게 된다면
　　　　　　제가 시들거나 제가 우는 것을 슬퍼할 까닭이 있겠느냐?

36.
꿈아 꿈아 어리척척흔 꿈아 왓는 님을 보니넌 것가
왓는 님 보니느니 잠든 날이나 쐬오넛다
이後에 님이 오셔드란 잡고 날 쐬와라.　　　　　　　　　　　(靑六 603)

어리척척흔=어리칙칙한. 능글능글하게 어리석은 체하는. ◇보니넌 것가=그냥 보내
는 것이냐? 그냥 보낼 것이냐? ◇날이나 쐬오넛다=나나 깨워라. ◇오셔드란 잡고=오
시거든 붙잡고.

■ **통석(通釋)**　꿈아, 꿈아, 어리석은 체하는 꿈아, 왔던 님을 그대로 보내는 것이냐?
　　　　　　　왔던 님을 그냥 보내기보다는 잠든 나를 깨웠어야지.
　　　　　　　이후에 님이 오시거든 붙잡아두고 나를 깨워라.

37.
나는 가옵거니와 사랑은 두고 감식
두고 니거든 본 돗시 사랑흐소
사랑아 不待接흐거든 괴는 되로 오나라.　　　　　　　　　　　(甁歌 682)

가옵거니와=기기니와 ◇두고 감식=두고서 간다. ◇두고 니거든 본 돗시=두고 가
거든 본 것처럼 ◇不待接(부대접)흐거든 괴는 되로 오나라=푸대접하거든 사랑하는
데로 오너라.

■ **통석(通釋)**　나는 가거니와 사랑은 두고 간다.
　　　　　　　두고 가거든 나를 본 듯이 사랑하소.
　　　　　　　사랑아 푸대접을 당하거든 사랑받는 데로 오너라.

38.
나는 나븨 되고 즈네는 곳이 되야
三春이 지나도록 써나 스지 마쟈트니
어듸 가 뉘 거즌말 듯고 이졔 잇쟈 흐는고.　　　　　　　　　(東國歌辭 308)

三春(삼춘)=봄철 석 달. 또는 세 번의 봄(삼 년) ◇쩌나 ᄉ지 마쟈트니=떨어져 살지 말자고 하였더니 ◇이제 잇쟈=이제는 잊어버리자.

■ **통석(通釋)** 나는 나비가 되고 자네는 꽃이 되어
봄철 석 달이 지나도록 떨어져 살지 말자고 하더니
어디에 가서 누구의 거짓말을 듣고 이제는 잊어버리자 하느냐?

39.
나도 검거니와 져 님아 너도 검다
ᄆ|온 지 되게 먹여 漢江 마젼 보내리라
그려도 희지 아니커든 한대 누어보리라.   (서울대 樂府 372)

ᄆ|온 지 되게 먹여=매운 재를 강하게 먹여. 잿물을 독하게 만들어 ◇마젼=피륙을 햇빛에 바래는 것 ◇그려도 희지 아니커든 한대 누어=그래도 희어지지 아니하거든 한곳에 누워. 같이.

■ **통석(通釋)** 나도 검지만 저 님아 너도 마찬가지로 검다.
잿물을 독하게 만들어 한강으로 마젼을 보내야겠다.
그렇게 해도 희어지지 않으면 함께 누워보리라.

40.
나라히 굿드면 딥이 조차 구드리라
딥만 도라보고 나라 일 아니 ᄒ니
ᄒ다가 明堂이 기울면 어ᄂ| 딥이 굿들이요.   (漆室遺稿 26) 李德一

나라히 굿드면=나라의 기초가 단단하면 ◇딥이 조차=집도 따라서 ◇딥만 도라보고=집안일만 돌보고 ◇ᄒ다가=그러다가.

■ **통석(通釋)** 나라가 튼튼하면 집마저 튼튼할 것이다.
내 집만 돌보고 나랏일은 하지 아니하는구나.

그러다 명당이 기울게 되면 어느 집이 튼튼하랴?

41.

나모도 아닌 거시 플도 아닌 거시
곳기ᄂᆞᆫ 뉘 시기며 속은 어이 뷔연ᄂᆞᆫ다
뎌러코 四ᄉᆞ時시예 프르니 그를 됴하ᄒᆞ노라.　　　　　　　(孤山遺稿 17) 尹善道

뉘 시기며=누가 시켰으며　◇어이 뷔연ᄂᆞᆫ다=왜 비었느냐?　◇됴하ᄒᆞ노라=좋아한다.

■ **통석(通釋)**　　나무도 아닌 것이 풀도 아닌 것이
　　　　　　　곧기는 누가 시켰으며 속은 왜 텅 비었느냐?
　　　　　　　그러면서도 일 년 내내 푸르니 그런 것을 좋아한다.

42.

나모 여름 中의 잣ᄀᆞ치 고소ᄒᆞ며
너츨 여름 中의 으흐음ᄀᆞ치 흥덩지랴
으흐음 자 고명 박으면 흥글흥글ᄒᆞ리라.　　　　　　　　　　(永類 211)

나모 여름=나무 열매　◇너츨=넝쿨　◇으흐음=으름. 으름덩굴의 열매.　◇흥덩지랴=
(맛이)넘쳐나랴.　◇으흐음 자 고명 박으면=으름과 잣을 고명으로 박으면. 고명은 음
식의 겉모양을 꾸미기 위해 뿌리는 양념 따위.

■ **통석(通釋)**　　나무 열매 가운데 잣같이 고소하며
　　　　　　　넝쿨 열매 가운데 으름처럼 맛이 넘쳐나랴
　　　　　　　으름과 잣으로 고명을 박게 되면 흥글흥글할 것이다.

43.

나이 언제런지 어제런지 그제런지
어듸런지 갓던지 누리던지 만나던지
至今에 잇츨 이 업스니 아모른 줄 몰ᄂᆞ라.　　　　　　　　　(歌譜 43)

나이 언제런지=날이 언제였던지 ◇어듸런지 갓던지=어디엔지 갔던지 ◇누리던지 만나던지=누군지를 만났던지 ◇잇를 이=있을 사람이. 일이 ◇아모른 줄=어떠한지를.

■ **통석(通釋)**　그날이 언제였던지, 어제였던지 그제였던지.
　　　　　　　어디엔지 갔던지 누구든지 만났던지
　　　　　　　지금에 있을 사람이 없으니 어떠한지를 모르겠다.

44.
날이 덥도다 믈 우희 고기 떤다
글며기 둘식 세식 오락가락ᄒᄂ고야
낫대ᄂ 쥐여 잇다 濁탁酒쥬ㅅ瓶병 시릿ᄂ냐.　　　　　　(孤山遺稿 28) 尹善道

덥도다=덥구나! ◇낫대ᄂ=낚싯대는 ◇시릿ᄂ냐='시럿ᄂ냐'의 잘못. 실었느냐?

■ **통석(通釋)**　날씨가 덥구나. 물 위에 고기가 뛰는구나.
　　　　　　　갈매기 둘씩 셋씩 오락가락하는구나.
　　　　　　　낚싯대는 쥐여 있다. 탁주병을 배에 실었느냐?

45.
ᄂᆷ의 말 니르디 말고 내 몸을 술펴보아
허믈을 고티고 어딘 듸 올마스라
내 몸의 온갓 흉 이시면 ᄂᆷ의 말을 니르랴.　　　　　　(仙源續稿 7) 金尙容

니르디 말고=말하지 말고. 떠들지 말고. ◇허믈을 고티고=잘못을 고치고 ◇어딘 듸=어진 데. 마음이 너그럽고 부드러우며 착한 곳 ◇올마스라=옮겨라. ◇온갓 흉 이시면=온갖 흠이 있으면서 ◇ᄂᆷ의 말을 니르랴=다른 사람에 관한 말을 하겠느냐.

■ **통석(通釋)**　남을 탓하는 말을 하지 말고 내 몸을 살펴보아라.
　　　　　　　허물이 있으면 고치고 마음이 너그러운 곳으로 옮겨라.
　　　　　　　내 몸에 온갖 흉이 있으면서 남의 말을 하겠느냐?

46.

ᄂᆞᆷ이 날 니ᄅᆞ기를 貞節 업다ᄒᆞ건만은
내 타시 아니라 님자 업슨 타시로다
아무나 내 님 되여셔 사라보면 알니라.(艶情)　　　　　　　　　(槿樂 228)

날 니ᄅᆞ기를=나를 두고 말하기를　◇타시=탓이. 잘못이　◇사라보면=같이 살아보면.

■ **통석(通釋)**　남이 나를 보고 말들 하기를 정절이 없다고 하지만
　　　　　　　내 탓이 아니라 나에게 임자가 없는 탓이다.
　　　　　　　누구나 내 임자가 되어 살아보면 알 것이다.

47.

남진 죽고 우ᄂᆞᆫ 눈믈 두 져지 ᄂᆞ리 흘러
졋 마시 ᄶᆞ다ᄒᆞ고 ᄌᆞ식은 보채거든
뎌 놈아 어ᄂᆡ 안흐로 계집 되라 ᄒᆞᄂᆞᆫ다.　　　　　　　(松李 18) 鄭澈

져지=젖에　◇졋 마시=젖 맛이　◇어ᄂᆡ 안흐로=어떤 심정으로.

■ **통석(通釋)**　남변이 죽고 우는 눈물이 두 젖으로 흘러내리니
　　　　　　　젖 맛이 짜다 하고 자식은 보채거늘
　　　　　　　저놈아, 어떤 심정으로 남의 안해가 되라고 하느냐?

48.

내 가슴 만ᄌᆞ보오 살 ᄒᆞᆫ 졈니 바리 읍ᄂᆡ
굴머서 굼기야 굴머쓸가 님얼 글여 여은 님 그여
인지야 움지면 긔울가 그ᄃᆡ을 그여 어엽잔치.　　　　　(時調集(慶大本) 131)

졈니=점이. 조각이　◇바리 읍ᄂᆡ='바리'는 '바히'의 잘못. 전혀 없네.　◇님얼 글여=
님을 그리워하여　◇여은 님=이별한 님　◇그여='글여'의 잘못　◇인지야=이제야　◇움
지면='움츠러들면'인 듯　◇어엽잔치=미상.

■ **통석(通釋)**　내 가슴을 만져보시오. 살이라고 한 점도 없네
　　　　　　 굶어서 굶기야 굶었을까? 님을 그리워하여 여읜 님을 그리워하여
　　　　　　 인제야 움츠러들면 기울까 그대를 그리워하여.

49.
내 ᄆᆞᆷ 버혀내여 뎌 ᄃᆞᆯ을 밍글고져
구만리댱텬의 번ᄃᆞ시 거려 이셔
고은 님 계신 고ᄃᆡ 가 비최여나 보리라.　　　　　　　(松李 31) 鄭澈

버혀내여=잘라서　◇밍글고져=만들고 싶다.　◇구만리댱텬의 번ᄃᆞ시 거려이셔=구만
리장천(九萬里長天)에 번듯하게 걸려 있어　◇고ᄃᆡ=곳에.

■ **통석(通釋)**　내 마음을 잘라내어 저 달을 만들고 싶다.
　　　　　　 머나먼 하늘에 번듯하게 걸려 있어서
　　　　　　 고운 님 계신 곳에 가서 비추어나 보고 싶다.

50.
ᄂᆡ 히 됴타 ᄒᆞ고 남의 님을 ᄆᆡ양 보랴
ᄒᆞᆫ 열흘 두 닷ᄉᆡ와 여드레만 보고지고
ᄒᆞᆫ들도 셜흔 날이니 ᄯᅩ 이틀만 보고지고.　　　　　　(甁歌 712)

ᄂᆡ 히 됴타 ᄒᆞ고=내가 하기 좋다고　◇남의 님을 ᄆᆡ양 보랴=임자가 있는 님을 언
제나 보랴.　◇보고지고=보고 싶다.

■ **통석(通釋)**　내가 하기 좋다고 남의 님을 언제나 만나보랴.
　　　　　　 한 열흘 두닷새와 여드레만 즉 한 달 동안만 보고 싶다.
　　　　　　 한 달도 삼십 일이니 거기에 또 이틀만 보고 싶다.

51.
너부나 너분 들의 시내도 김도 길샤

눈 ▽튼 白沙ᄂᆞᆫ 구룸 ▽치 펴 잇거든
일 업슨 낙대 든 분네ᄂᆞᆫ 히 가ᄂᆞᆫ 줄 몰나라.(閑情)　　　　　　　　(槿樂 168)

너부나 너분=넓으나 넓은 ◇시내도 김도 길샤=시냇물도 길기도 길다. ◇구룸▽치
펴 잇거든=구름같이 펼쳐져 있거든 ◇일 업슨 낙대 든 분네ᄂᆞᆫ=할 일 없어 낚싯대를
든 사람들은 ◇히 가ᄂᆞᆫ 줄=해가 지는 줄.

- ■통석(通釋)　넓으나 넓은 들에 시냇물이 길기도 길다.
　　　　　　　눈같이 흰 모래밭은 구름처럼 펼쳐져 있거든
　　　　　　　할 일 없이 낚싯대를 든 분들은 해가 지는 줄도 모르는구나.

52.
너부나 널은 들희 흐ᄅᆞ니 믈이로다
人生이 져러토다 어드러로 가ᄂᆞᆫ 게오
아마도 도라올 길히 업ᄉᆞ니 그를 슬허ᄒᆞ노라.(歎老)　　　　　(古今 100)

너부나 널은 들희=넓으나 넓은 들에 ◇흐ᄅᆞ니 믈이로다=흐르는 것이 냇물이다.
◇져러토다 어드러로 가ᄂᆞᆫ 게오=저와 같다. 어디로 가는 것이냐? ◇도라올 길히 업
ᄉᆞ니=되돌아올 길이 없으니. 방법이.

- ■통석(通釋)　넓으나 넓은 들에 흘러가는 것이 시냇물이로구나.
　　　　　　　사람이 사는 것도 저와 같구나. 어디로 가는 것이냐?
　　　　　　　아마도 되돌아올 길이 없는 것이니 그것을 슬퍼한다.

53.
네 나흔 마은ᄒᆞ나 내 나흔 닐흔다ᄉᆞᆺ
네 나떤 오ᄂᆞᆯ라애 셜흔다ᄉᆞᆺ 아니러랴
來年도 이 날을 만나셔 다시 놀랴 ᄒᆞ로라.　　　　　(龍潭錄 19) 金啓

나떤 오ᄂᆞᆯ라애=낳던 오늘에 ◇아니려냐=아니었더냐? ◇놀랴 ᄒᆞ로라=놀려고 한다.

네 나이는 마흔하나 내 나이는 일흔다섯
                  너를 낳던 오늘에 서른다섯이 아니었더냐?
                  내년에도 이날을 만나서 다시 놀려고 한다.

54.

녯 사름 이젯 사름 耳目口鼻 굿건마는
나 혼자 엇디ᄒᆞ야 녯 사름을 그리는고
이졔도 녯 사름 겨시니 긔 내 벗인가 ᄒᆞ노라.   (水南放翁遺稿 11) 鄭勳

그리는고=그리워하는고? ◇이졔도=지금도. 이제도.

■ **통석(通釋)**   예전 사람이나 이제 사람이나 이목구비가 똑같지마는
              나 혼자 어찌하여 예전 사람을 그리워하는가?
              이제도 예전 사람이 계신 듯하니 그가 내 벗이 아닌가 한다.

55.

노래 삼긴 사름 시름도 하도할샤
닐러 다 못 닐러 불러나 푸돗든가
眞實로 풀릴 거시면은 나도 불러보리라.   (靑珍 144) 申欽
(始作歌者 正多愁 言不能盡 歌以解 歌可解愁 吾亦歌: 시작가자 정다수 언불능진 가이해 가
가해수 오역가)

삼긴=만든 ◇시름도 하도할샤=근심도 많기도 많다. ◇닐러 다 못 닐러=말로 다
못하여 다시 말을 하여 ◇불러나 푸돗든가=노래를 불러서 푸는 것인가?

■ **통석(通釋)**   노래를 만든 사람 시름도 많기도 많은가 보다.
              말로는 다 못하여 노래로나 불러서 풀었던가?
              참으로 노래로 불러서 풀릴 것이면 나도 불러보겠다.

56.

노프나 노픈 남게 날 勸ᄒ여 오려두고

이 보오 벗님ᄂᆡ야 흔드지나 마르되야

ᄂᆞ려져 죽기ᄂᆞ 셟지 아녀 님 못 볼가 ᄒ노라.　　　　　　　　(靑珍 358)

오려두고=올라가게 만들고　◇흔드지나 마르되야=흔들지나 말려무나.　◇ᄂᆞ려져=내
려져서. 떨어져　◇셟지 아녀=서럽지 아니하나.

■ **통석(通釋)**　높으나 높은 나무에 나를 권하여 올라가게 만들고

여보시오, 벗님들아 흔들지나 말려무나.

떨어져 죽는 것은 서럽지 않으나 님 못 볼까 한다.

57.

놀애 못 부르ᄂᆞ 날을 부르라고 하 허시니

부르나 못 부르나 불런난 보려니와

坐中에 위이고 위일 손 나ᄲᆞᆫ인가 ᄒ노라.　　　　　　　　(解我愁 99)

놀애=노래　◇하 허시니=너무 재촉하시니　◇불런난 보려니와=불러는 보겠지만　◇
坐中(좌중)에=‘座中(좌중)’의 질못인 듯. 여러 사람이 모인 자리에. 좌상(座上)에　◇위
이고 위일 손=나이가 제일 많기는.

■ **통석(通釋)**　노래 못 부르는 나를 노래 부르라고 강하게 권하시니

잘 부르나 못 부르나 불러는 보려니와

이 자리에 나이가 제일 많기는 나뿐인가 한다.

58.

農人이 와 이르ᄃᆡ 봄 왓ᄂᆡ 바틔 가세

압집의 쇼보 잡고 뒷집의 따보 내ᄂᆡ

두어라 내 집 부듸ᄒᆞ랴 ᄂᆞᆷᄒᆞ니 더욱 됴타.　　　　　　　　(存齋集 2) 李徽逸

農人(농인)이 와 이르딕 봄 왓니 바틱 가세=농사짓는 사람이 와서 말하기를 봄이 왓으니 밭에 가세. 도연명의 「귀거래사(歸去來辭)」에 "農人告余春及 將有事于西疇" (농인고여춘급 장유사우서주)라고 했다. ◇쇼보=쟁기 ◇싸보 내닉=따비로 가니. 따비는 농기구의 한 가지 ◇부딕하랴=미상. 부지(扶持)하랴. 견뎌내랴. 혹 화전(火田)을 갈랴 등의 뜻인 듯하다. ◇눕ㅎ니=남이 하니. 도와주니.

- **통석(通釋)**　농인이 찾아와 말하기를 "봄이 왔다. 밭에 갑시다."

　　　　　　　앞집의 쟁기를 빌리고 뒷집의 따비로 밭을 가니

　　　　　　　두어라 내 집에 부지하랴. 남이 도와주니 더욱 좋구나.

59.

뉘라셔 날을 보고 늘근이라 ㅎ던고

아희 적 ㅎ던 일 어제런 듯ㅎ더고나

忽然히 거울곳 보면 나도 어히 업셔 ㅎ노매라.　　　　　(金剛言行錄 22) 金履翼

뉘라셔 날을 보고=누가 나를 보고 ◇忽然(홀연)히 거울곳 보면=갑자기 거울을 보면 ◇어히 업셔=어이가 없어.

- **통석(通釋)**　누가 나를 보고서 늙은이라고 하던가?

　　　　　　　아이일 때 하던 일들이 마치 어제인 듯하구나.

　　　　　　　갑자기 거울을 보게 되면 나도 어이가 없어할 것이다.

60.

늘거도 막대 딥고 병드러도 눕디 아냐

솔 아래 두로 거라 못 우희 안자 쉬니

뭇노라 이 엇던 하라비오 나도 몰라 ㅎ노라.　　　　　(葛峰先生遺墨 4) 金得研

막대 딥고=지팡이 짚고 ◇눕디 아냐=드러눕지 아니한다. ◇두로 거라=두루 걸어 ◇엇던 하라비오=어떤 늙은이냐?

■ **통석(通釋)**   늙어도 막대를 짚거나 병이 들어도 드러눕지를 아니하네.
　　　　　　　소나무 아래를 두루 걸어 웅덩이 위쪽에 앉아 쉬니
　　　　　　　묻노라, "어떤 할아비냐. 나도 모르겠다."고 하겠다.

61.

늙신야 맛난 님을 덧업씨도 여희건져
消息이 긋첫씬들 꿈에나 안이 뵐야
님이야 날 싱각홀야만은 나는 못 니즐까 ᄒ노라.　　　　　(海一 293) 李鼎輔

덧업씨도 여희건져=빠르게도 이별하였구나. 무상하게도 이별하였구나　◇꿈에나
안이 뵐야=꿈에라도 아니 보이겠느냐?

■ **통석(通釋)**   늙어서야 만난 님을 너무 빠르게도 이별하였구나.
　　　　　　　소식이 끊어졌다고 한들 꿈에도 아니 뵈랴.
　　　　　　　님이야 나를 생각하랴마는 나는 못 잊을까 한다.

62.

늙쩌다 물러가쟈 ᄆ음과 議論ᄒ이
이 님을 ᄇ이고 어듸어로 가쟛 말고
ᄆ음아 너란 잇씰아 몸만 물러갈이라.　　　　　　　　　(海一 397)

늙쩌다=늙었다.　◇ᄇ이고=버리고　◇어듸어로 가쟛 말고=어디로 가자는 말이냐
◇너란 잇씰아=너는 남아 있어라.

■ **통석(通釋)**   늙었구나, 물러가자. 마음과 의논하니
　　　　　　　이 님을 버리고 어디로 가자는 말이냐?
　　　　　　　마음아, 너는 남아 있거라. 나만 물러가겠다.

63.

니저ᄇ리고져 싱각ᄒ니 내 님 되랴

내 몸의 病이 되고 눔 우일 분이로다

이럴가 저럴가 ㅎ니 더욱 셜워ㅎ노라.(別恨)   (古今 232)

니저ㅂ리고져=잊어버리겠다고 ◇눔 우일 분이로다=남의 웃음거리가 될 따름이다.

■ **통석(通釋)**   잊어버리겠다고 생각하니 그렇다고 내 님이 되겠느냐?
          내 몸에는 병이 되고 남에게는 웃음거리가 될 뿐이다.
          이렇게 할까, 저렇게 할까를 생각하니 더욱 서러울 따름이다.

64.

님 그려 겨유 든 줌 쑴자리도 두리숭숭

그리던 님 만나 暫間 얼핏 뵈고 어드러로 간 거이고

잡으렴 줌 ㅼㅣ여 간 듸 업스니 더욱 슬허ㅎ노라.   (解我愁 332)

그려=그리워하여 ◇겨유=겨우 ◇두리숭숭=뒤숭숭 ◇얼핏 뵈고=얼추 보이고 ◇잡
으렴=잡으려고 ◇간 듸= 간 곳이.

■ **통석(通釋)**   님을 그리워하여 겨우 든 잠이 꿈자리마저도 뒤숭숭
          그리워하던 님을 만나 잠깐 얼핏 보이고는 어디로 간 것인가?
          잡으려고 잠을 깼으나 간 곳이 없으니 더욱 슬퍼한다.

65.

任 그려 ㅂ잔이다가 窓前에 베고 줌을 드니

두렷흔 얼굴이 번드시 뵈ᄂᆞ고나

쑴ㅼㅣ야 잡으려 ㅎ니 거도망도 업셰라.   (樂高 311)

ㅂ잔이다가=바장이다가 ◇두렷흔=둥근. 또는 뚜렷한 ◇번ㄷ시=뚜렷이 ◇거도망도
=흔적도. 자취도.

■ **통석(通釋)**   님을 그리워하여 바장이다가 창을 베고 잠이 드니

둥그런 얼굴이 뚜렷이 보이는구나.
꿈을 깨어 잡으려고 하였더니 흔적도 없더라.

66.

님금과 빅셩과 스이 하늘과 싸히로되
내의 셜운 이룰 다 아로려 ᄒ시거든
우린들 슬진 미나리룰 혼자 엇디 머그리.　　　　　　　(松李 3) 鄭澈

셜운 이룰=서러운 일들을　◇아로려=알려고　◇슬진 미나리=변변치 못한 것. 『여씨
춘추(呂氏春秋)』에 "野人美芹 願獻之至尊(야인미근 원헌지지존 : 시골에 사는 사람이
지존에게 좋은 미나리를 원하여 바친다)"란 말이 있다.　◇엇디=어찌.

■ **통석(通釋)**　임금과 백성과의 사이는 하늘과 땅과 같다.
　　　　　　　임금이 나의 서러운 일들을 다 알려고 하시거든
　　　　　　　백성인 우리가 미나리인들 혼자서 어찌 먹을 수 있겠느냐?

67.

님아 하 셜워 마라 낸들 너를 니저시랴
어엿븐 ᄉ랑이 구빈구빈 믹쳐셔라
日月이 엇마 지나리 다시 보려 ᄒ노라.(別恨)　　　　　　　(古今 256)

하=너무. 그렇게　◇니저시랴=잊었겠느냐?　◇어엿븐=가련한　◇日月(일월)이 엇마
지나리=세월이 얼마나 지났으랴. 시일이(時日).

■ **통석(通釋)**　님아, 너무 서러워하지 마라. 나인들 너를 잊었으랴.
　　　　　　　가련한 우리의 사랑이 굽이굽이 맺혀 있구나.
　　　　　　　시일이 얼마 지났으랴. 다시 만나고자 한다.

68.

님을 미들 것가 못 미들 슨 님이시라

미더온 時節도 못 미들 줄 아라스라

밋기야 어려와마ᄂᆞᆫ 아니 밋고 어이리.　　　　　　(靑珍 104) 李恒福

미들 것가=믿을 것인가? ◇미더온 時節(시절)도 못 미들 줄 아라스라=믿을 만한 시절도 믿지 못할 줄로 알아라. ◇밋기야 어려와마ᄂᆞᆫ=믿기야 어렵겠느냐만 ◇아니 밋고 어이리=아니 믿고 어찌하랴?

■**통석(通釋)**　님을 믿을 것인가? 못 믿을 것이 님이시다.
　　　　　　　　믿을 만했던 시절도 믿지 못할 줄로 알아라.
　　　　　　　　믿는 것이야 어렵지 않지만 믿지 아니하고 어쩔 것이냐?

69.

님이 가오실 제 爐口 네흘 주고 가니

오노구 가노구 그리노구 여희노구

이직는 그 노구 다 ᄒᆞᆫ듸 모아 가마나질가 ᄒᆞ노라.　　　　(甁歌 747)

爐口(노고)=노구솥 ◇네흘=넷을 ◇오노구 가노구 그리노구 여희노구=오고 가고 그리워하고 이별하고 ◇가마나질가=가마솥이나 만들까.

■**통석(通釋)**　님께서 가실 때 노구솥 넷을 주고 가시니
　　　　　　　　오고 가고 그리워하고 이별하고
　　　　　　　　이제는 그 노구솥을 다 한 곳에 모아 큰 가마솥이나 만들까?

70.

님이 오마더니 둘이 지고 싈별 쯘다

속이는 제 그르냐 기ᄃᆞ리는 ᄂᆡ 그르냐

이 後야 아모리 오야 ᄒᆞᆫ들 밋을 쥴이 잇시랴.　　　　　(國源 338)

싈별=샛별 ◇그르냐=잘못이냐. ◇아모리 오야 ᄒᆞᆫ들=아무리 온다고 한들.

■통석(通釋)   님께서 오신다고 하더니 달이 지고 샛별이 뜬다.
　　　　　　속이는 제가 잘못이냐? 기다리는 내가 잘못이냐?
　　　　　　이 다음에야 아무리 오겠다고 한들 믿을 까닭이 있겠느냐?

71.

둔줌 씨디 말거슬 아히 우롬소릭로다
졋줄 곤고노라 마양 우는 아히 굴와
이누고 뎌누고 ᄒ면 얼운답디 아녜라.　　　　　　　　　(松星 61) 鄭澈

졋줄=젖을 ◇곤고노라=먹으려고 ◇마양=마냥 ◇굴와=같이. 또는 달래다의 뜻인
듯 ◇이누고 뎌누고=이 애가 누군고 저 애가 누군고. 또는 이리 눕히고 저리 눕히고
◇얼운답디 아녜라=어른답지 않다.

■통석(通釋)   단잠을 깨지 않을 것을 아이의 울음소리 때문에 깨었다.
　　　　　　젖을 먹으려고 계속해서 우는 아이와 함께
　　　　　　"이 누군고" "저 누군고" 하면 어른답지 아니하다.

72.

달아 너를 보니 님 본 다시 반가워라
님도 너를 보고 날 본 다시 반기던야
져 달아 明氣를 빌여라 나도 보게.　　　　　　　　(時調演義 46) 林重桓

본 다시=본 것처럼 ◇明氣(명기)를 빌여라=환하고 명랑한 얼굴빛을 빌려라.

■통석(通釋)   달아, 너를 보니 님을 본 것처럼 반갑구나.
　　　　　　님도 너를 보고 나를 본 것처럼 반가워하더냐?
　　　　　　저 달아, 환하고 밝은 빛을 빌려주렴. 나도 님을 볼 수 있게.

73.

當時예 녀든 길흘 몃 히를 브려두고

어듸가 든니다가 이제야 도라온고
이제나 도라오나니 년듸 무숨 마로리.　　　　　　　　(陶山六曲板本 10) 李滉

　녀든 길흘=가던 길을. 하던 일을 ◇이제나 도라오나니=이제는 돌아왔으니 ◇년듸
무숨 마로리=다른 데 마음 갖지 마라.

- **통석(通釋)**　　그때에 가던 길을 몇 해를 버려두었다가
　　　　　　　　어디 가서 돌아다니다가 이제야 돌아왔는가?
　　　　　　　　이제는 돌아왔으니 다른 곳에 마음을 갖지 마라.

74.

더우면 곳 퓌고 치우면 닙 디거늘
솔아 너는 엇디 눈서리를 모르는다
九구泉천의 블희 고든 줄을 글로 ᄒᆞ야 아노라.　　　　　　(孤山遺稿 16) 尹善道

　엇디=어찌 ◇고든=곧은 ◇구천의 블희 고든 줄을 글로 ᄒᆞ야=땅속에 뿌리가 곧은
줄을 그것으로써.

- **통석(通釋)**　　더우면 꽃이 피고 추우면 잎이 떨어지거늘
　　　　　　　　소나무야 너는 어찌 눈과 서리를 두려워하지 않느냐?
　　　　　　　　땅속에서도 뿌리가 곧은 줄을 그것으로 하여 알겠다.

75.

冬至ㅅ둘 기닷 말이 나는 니론 거즛말이
님 오신 날이면 하늘조차 무이너겨
자는 닭 일씌와 울려 님 가시게 ᄒᆞ는고.　　　　　　　　　(靑珍 442)

　기닷 말이=길다고 하는 말이 ◇니론 거즛말이=말하기를 거짓말이다. ◇하늘조차
무이너겨=하늘마저 밉게 여겨 ◇일씌와 울려=일찍 깨워 울려서.

동짓달이 길다고 하는 말을 나는 거짓말이라고 하겠다.
　　　　　　사랑하는 님이 오신 날이면 하늘조차 밉게 여겨
　　　　　　자는 닭을 일찍 깨워 울려 님을 가시게 하는가?

76.

동짓쏠 기나긴 밤이 ᄒᆞᆯ 밤이 열흘 맛다
누으며 닐며 므슨 ᄌᆞ미 오돗더니
눈 우희 둘 비치 불그니 가슴 슬허ᄒᆞ노라. 　　　　　　　　　　(奉使君日記 11)

열흘 맛다=열흘과 같다. ◇닐며=일어나며 ◇ᄌᆞ미 오돗더니=잠이 오겠느냐? ◇비치=빛이 ◇가슴 슬허ᄒᆞ노라=마음이 서글퍼지는구나.

■통석(通釋)　　동짓달 기나긴 밤의 하룻밤이 마치 열흘과 같다.
　　　　　　누웠다 일어났다 하며 무슨 잠이 오겠느냐?
　　　　　　눈 위에 달빛이 밝으니 마음이 슬퍼지는구나.

77.

東窓이 ᄇᆞᆰ갓ᄂᆞ냐 노고지리 우지진다
쇼 칠 아ᄒᆡᄂᆞᆫ 여태 아니 니런ᄂᆞ냐
재너머 ᄉᆞ래 긴 밧츨 언제 갈려 ᄒᆞᄂᆞ니. 　　　　　　　(青珍 203) 南九萬

노고지리=종달새 ◇우지진다=우짖는다. ◇쇼 칠=소를 먹일. 소를 기를 ◇여태 아니 니런ᄂᆞ냐=이제까지 아니 일어났느냐? ◇ᄉᆞ래=이랑.

■통석(通釋)　　동창이 훤하게 밝았느냐? 노고지리 우짖는다.
　　　　　　소 먹일 아이는 아직 아니 일어났느냐?
　　　　　　고개 너머 이랑이 긴 밭은 언제 갈려고 하느냐?

78.

두렷ᄒᆞᆫ 불근 둘이 뎐디의 ᄀᆞ득ᄒᆞ야

밤이 낮이 되야 어두운 곳 업섯는듸
어듸셔 써가는 구름은 ᄀ리오려 ᄒᄂ니.　　　　　　　　　(甲棘漫詠 11) 尹陽來

두렷흔=둥그런　◇ᄀ리오려=가리려고.

■ **통석(通釋)**　둥그렇고 밝은 달빛이 온 세상에 가득하여
　　　　　　　　밤이 낮처럼 되어 어두운 곳이 없었는데
　　　　　　　　어디서 떠가는 구름은 달빛을 가리려고 하느냐?

79.
딜가마 조히 싯고 바회 아래 심물 기러
풋죽 들게 ᄲ고 저리지이 ᄭ어내니
世上에 이 두 마시야 ᄂ이 알가 ᄒ노라.　　　　　　　　(靑珍 150) 金光煜

딜가마=질가마. 진흙으로 만든 가마솥　◇조히 싯고=깨끗이 씻고　◇저리지이=절이
김치　◇두 마시야 ᄂ이 알가=두 가지 맛이야 다른 사람이 알까.

■ **통석(通釋)**　질가마 깨끗이 씻고 바위 아래 샘물을 떠다가
　　　　　　　　팥죽을 맛있게 쑤고 절이김치를 꺼내오니
　　　　　　　　세상에 이 두 맛이야 남이 알까 두렵다

80.
ᄭᆷ은 ᄯᅳᆫ는 대로 듯고 볏슨 ᄶᅬᆯ 대로 ᄶᅬᆫ다
쳥풍의 옷깃 열고 긴 파람 흘리 불제
어듸셔 길 가는 소님니 아는ᄃ시 머무는고.　　　　　　　(三足堂歌帖 4) 魏伯珪

ᄯᅳᆫ는 대로 듯고=떨어질 대로 떨어지고　◇볏슨=볕은　◇긴 파람 흘리 불제=휘파람
을 멀리까지 들리게 불 때에　◇길 가는 소님니 아는다시=길을 가는 손님은 아는 것
처럼.

　땀은 떨어지는 대로 떨어지고 햇볕은 내리쬘 대로 내리쬔다.
　　　　　　맑은 바람에 옷깃을 열고 휘파람을 멀리까지 들리게 불 때에
　　　　　　어디서 길을 가는 손님은 무엇을 아는 것처럼 머무는가?

81.

ᄆᆞ음아 너는 어이 늙을 줄를 모로ᄂᆞᆫ다
네 늙지 아니커든 이 얼골을 졈게 ᄒᆞ렴
아마도 못 졈는 人生이 아니 놀고 엇졔리.　　　　　　　　(樂高 202) 金尙得

어이=왜　◇아니커든=아니하겠거든　◇졈게 ᄒᆞ렴=젊게 만들려무나.　◇못 졈는=젊어
질 수가 없는　◇엇졔리=어찌하랴.

　마음아, 너는 어찌 늙을 줄을 모르느냐?
　　　　　　네가 늙지 아니하겠거든 이 얼굴을 젊게 하려무나.
　　　　　　아마도 젊어질 수 없는 인생이니 아니 놀고 어찌하랴.

82.

ᄆᆞ음아 너는 어이 ᄆᆡ양에 져멋ᄂᆞᆫ다
내 늘글 적이면 넨들 아니 늘글소냐
아마도 너 좃녀ᄃᆞᆫ니다가 ᄂᆞᆷ 우일가 ᄒᆞ노라.　　　　　　　(靑珍 394)

늘글 적이면=늙을 때면　◇너 좃녀ᄃᆞᆫ니다가 ᄂᆞᆷ 우일가=너를 쫓아다니다가 남의 웃
음거리가 될까.

　마음아 너는 어찌 언제나 젊었느냐?
　　　　　　내가 늙을 때면 너인들 아니 늙겠느냐?
　　　　　　아마도 너를 쫓아다니다가 남의 웃음거리가 될까 한다.

83.

묏버들 갈ᄒᆡ 것거 보내노라 님의 손ᄃᆡ

자시는 窓 밧긔 심거 두고 보쇼셔

밤비예 새닙곳 나거든 날인가도 너기쇼셔.　　　　　　　(傳 寫本) 洪娘

뫼ㅅ버들=산에 있는 버들 ◇갈히 것거=가려 꺾어. 또는 가지를 꺾어 ◇님의 손듸=
님의 손에. 님에게 ◇새닙곳 나거든 날인가도 너기쇼셔=새잎이 나오거든 나인 것처
럼 여기소서.

■**통석(通釋)**　산에 있는 버들가지를 골라 꺾어 보낸다, 님에게.

　　　　　　　　주무시는 창밖에 심어두고 보시옵소서.

　　　　　　　　밤비에 새잎이 나오거든 나인 것처럼 여기소서.

84.

뭇노라 부나븨야 네 뜻을 내 몰래라

죽은 後에 또 흔 나븨 뚤아온이

암을이 프새옛 즘싱인들 너 죽을 쭐 모르는다.　　　　　(海一 315) 李鼎輔

부나븨=불나비 ◇내 몰래라=내가 모르겠다. ◇암을이 프새옛 즘싱이들=아무리 푸
새의 짐승인들. 야생에서 저절로 자란.

■**통석(通釋)**　묻는다, 불나비야. 네 뜻을 내가 모르겠구나.

　　　　　　　　타 죽은 다음에 또 다른 나비가 따라 들어오니

　　　　　　　　아무리 제멋대로 자란 짐승인들 너 죽을 줄을 모르느냐?

85.

ᄇᆞ람도 부나 마나 눈비도 오나 개나

님 아닌 계시면 엇지려뇨 ᄒᆞ련마ᄂᆞᆫ

우리 님 오오신 後ㅣ니 부나 오나 내 알랴.(艶情)　　　　　(古今 201)

부나 마나=불거나 말거나 ◇오나 개나=오거나 개거나 ◇엇지려뇨ᄒᆞ련마ᄂᆞᆫ=어쩌
겠느냐고 하겠지만 ◇부나 오나=불거나 오거나.

■ **통석(通釋)**　　바람도 불거나 말거나 눈비도 오거나 개거나
　　　　　　　　님이 계시지 아니하면 어쩌겠느냐고 하겠지만
　　　　　　　　우리 님이 오신 뒤이니 바람 불거나 눈비 오거나 내가 알랴.

86.

百草를 다 심으되 대는 아니 심을 거시

살대 가고 져째 울고 그리느니 붓대로다

엇지타 가고 울고 그리는 대를 시물 줄이 이시리오.　　　　　　　(靑淵 207)

　심으되=심되 ◇거시=것이다. ◇살대 가고=화살을 만드는 대나무 날아가고 ◇져째
=피리를 만드는 대나무 ◇그리나니=그림을 그리느니. 그리워하느니 ◇엇지타=어쩌
다 ◇시물 줄이=심을 까닭이.

■ **통석(通釋)**　　모든 풀들을 다 심어도 대나무는 아니 심을 것이다.
　　　　　　　　살대는 날아가고 젓대는 울고 그림을 그리는 것은 붓대로다.
　　　　　　　　어쩌다 가고 울고 그리는 대를 심을 까닭이 있겠느냐?

87.

보리밥 풋ㄴ믈을 알마초 머근 後후에

바횟 굿 믉ㄱ의 슬ㅋ지 노니노라

그 나믄 녀나믄 일이야 부를 줄이 이시랴.　　　　　　(孤山遺稿 2) 尹善道

　알마초=알맞게 ◇슬ㅋ지=싫증이 나도록 ◇그 나믄 녀나믄 일이야=그 나머지 다
른 일이야 ◇부를 줄이 이시랴=부러워할 까닭이 있으랴.

■ **통석(通釋)**　　보리밥에 풋나물을 알맞게 먹은 뒤에
　　　　　　　　바위 끝 물가에 싫증이 나도록 논다.
　　　　　　　　그 나머지 다른 일이야 부러워할 까닭이 있으랴.

88.

브채 보낸 뜻을 나도 잠간 싱각ᄒ니

가슴의 붓ᄂ 블을 ᄭ라고 보내도다

눈믈도 못 ᄭ는 블을 부채라셔 어이 ᄭ리.(別恨)   (古今 227)

브채=부채 ◇붓ᄂ 블=일어나는 불. 울화 ◇부채라셔 어이 ᄭ리=부채라고 해서 어찌 끄랴. 부채라고 해서 어떻게 끄겠느냐?

■ **통석(通釋)**　　부채 보낸 뜻을 나도 잠깐 생각해보니

가슴의 답답한 불을 끄라고 보낸 것이로다.

눈물도 못 끄는 불을 부채라고 어떻게 끄겠느냐?

89.

사람이 삼기나서 배우지 안하며는

어더분 밤길을 것는 갓다 하얏시니

어화 저 少年들아 배우기에 힘씰지라.   (商山集 3) 池德鵬

삼기나서=태어나서. 생겨나서 ◇어더분=어두운 ◇것는 갓다 하얏시니=걷는 것과 같다고 하였으니 ◇어화=어허. 감탄사 ◇힘씰지라=힘쓸 것이다.

■ **통석(通釋)**　　사람이 태어나서 배우지 아니하면

어두운 밤길을 걷는 것과 같다고 하였으니

어와! 저 소년들아 배우기에 힘을 쓸 것이다.

90.

사ᄅᆷ이 주근 後에 다시 사ᄂ 니 보왓ᄂ다

왓노라 ᄒᄂ 니 업고 도라와ᄂᆯ 보ᄂ 니 업다

우리ᄂ 그런 줄 알모로 사라신 제 노노라.   (靑珍 158) 金光煜

사ᄂ 니 보왓ᄂ다=산 사람을 보았느냐? ◇ᄒᄂ 니=하는 사람이 ◇도라오ᄂᆯ 보ᄂ 니=돌

아왔다고 하거늘 본 사람이 ◇사라신 제=살아 있을 때에.

■ **통석(通釋)**　사람의 죽은 뒤에 다시 산 사람을 보았느냐?
　　　　　　　살아왔노라 하는 사람 없고 살아 돌아왔거늘 본 사람이 없다.
　　　　　　　우리는 그런 줄을 알기 때문에 살았을 때 노느니라.

91.
사룸이 죽어가셔 나올지 못 나올지
드러가보 니 업고 나오다 ᄒ 니 업닉
드러가 못 나올 人生이니 놀고 놀녀 ᄒ노라.　　　　　　　(慶大本 時調集 44)

보 니=본 사람이 ◇ᄒ 니=하는 사람이 ◇드러가 못 나올=죽어서 다시 살아나지
못할.

■ **통석(通釋)**　사람이 죽어 저승에 가서 이승에 나올지 못 나올지
　　　　　　　저승에 들어가본 사람 없고 살아 나왔다 하는 사람이 없네.
　　　　　　　저승에 들어가 못 나올 인생이니 놀고 놀려고 한다.

92.
ᄉ랑이 긔 엇덧터니 둥구던냐 모나더냐
기던냐 쟈르던냐 쟈힐년냐 발들넌냐
各別이 긴 줄은 몰나되 ᄉᆺ 간 듸를 모를네라.　　　　　　　(慶大本 時調集 251)

둥구던냐 모나더냐=둥글더냐? 모가 났더냐? ◇쟈힐년냐=(자로)재겠더냐? ◇발들넌
냐=아름으로 재겠더냐? ◇各別(각별)이=특별히 ◇몰나되 ᄉᆺ 간 듸를=모르겠으되 끝
이 난 곳을.

■ **통석(通釋)**　사랑이 그 어떠하더냐, 둥글더냐, 모가 났더냐?
　　　　　　　길더냐, 짧더냐 자로 잴 정도냐, 끌어안아 헤아릴 정도냐?
　　　　　　　각별히 긴 줄은 몰라도 끝 간 곳을 모르겠더라.

93.

새벽 비 일 개거냐 아히들 니거스라

뒷뫼 고사리 하마 아니 ᄌ라시랴

오늘른 일 쩍써다 새 술 안쥬 ᄒ리라.   (解我愁 13)

일 개거냐=일찍 개지 않겠느냐? ◇니거스라=일어나거라. ◇하마 아니 ᄌ라시랴=
벌써 자라지 않았겠느냐? ◇일 쩍거다=일찍 꺾어다.

■ **통석(通釋)**   새벽 비 일찍 개지 않겠느냐? 아이들아 일어나거라.
            뒷산에 고사리가 이미 자라지 않았겠느냐?
            오늘은 일찍 꺾어다 새 술 안주를 하겠다.

94.

새해는 맞을 거며 무근해는 보낼 건가

어이 마즈오며 어이 보낼 건가

아희야 잔 가져오너라 술 마지부터.   (雜誌(平洲本) 207)

맞을 거며=맞이할 것이며 ◇보낼 건가=보낼 것 아닌가? ◇어이 마즈오며=어떻게
맞이할 것이며 ◇마지부터=마중부터.

■ **통석(通釋)**   새해는 맞이할 것이며 묵은해는 보낼 것 아닌가.
            새해를 어떻게 맞이할 것이며 묵은해는 어떻게 보낼 것인가?
            아이야, 술 가져오너라. 술을 맞이하는 것부터.

95.

世事ㅣ 삼쩌울이라 허틀고 ᄆᆡ쳐셰라

거귀여 드리치고 나 몰래라 ᄒ고라쟈

아희야 덩덕궁 북쳐라 이야지야 ᄒ리라.   (青珍 332)

삼쩌울=삼거웃. 삼 껍질의 끝을 다듬을 때에 긁혀 떨어진 검불 ◇허틀고 ᄆᆡ쳐셰

라=허트러지고 맺혀 있다. ◇거귀여 드리치고=꾸기어 드리우고(垂) ◇나 몰래라 ᄒ
고라쟈=나는 모른다고 하고 싶다. ◇이야지야=이렇구나 저렇구나. 또는 흥얼흥얼.

■**통석(通釋)** 세상일이란 삼거웃과 같구나. 흐트러지고 옴쳐져 있구나.
　　　　　　꾸겨지고 드날려서 나는 모른다 하고 싶다.
　　　　　　아이야, 덩더러쿵 북을 쳐라. 이러쿵저러쿵하고 싶다.

96.
世上애 사ᄅᆞᆷᄃᆞ리 모다모다 채 어리다
살 줄만 알고 주글 주를 모ᄅᆞᄂ다
엇다 다 두고 두고셔 먹을 주를 모ᄅᆞᄂ다.　　　　　　(葛峰先生遺墨 18) 金得硏

사ᄅᆞᆷᄃᆞ리=사람들이 ◇채 어리다=너무 어리석다. ◇엇다 다 두고 두고셔=어디에
감추어두고서.

■**통석(通釋)** 세상에 사람들이 모두모두 너무 어리석다.
　　　　　　살 줄만 알고 죽을 줄은 모르는구나.
　　　　　　어디에다 모두 감추어두고서 먹을 줄을 모르느냐?

97.
세상에 모를 일이 하나둘이 아니로다
내가 나를 모르거든 남이 나를 어이 알니
두어라 알고도 모를 일을 알어 무삼.　　　　　　(時調集(平洲本) 106)

어이 알니=어찌 알겠느냐? ◇알어 무삼=알아서 무엇.

■**통석(通釋)** 세상에 모를 일이 하나둘이 아니로구나.
　　　　　　내가 나를 모르는데 남이 나를 어찌 알겠느냐?
　　　　　　두어라, 알고도 모를 일이니 알아서 무엇 하랴.

98.

술은 언지 나고 시름은 언지 난지

술 나고 시름 난지 시름 난 後 술이 난지

아마도 술이 난 後에 시름 난가 ᄒ노라.   (瓶歌 769)

언지 나고=언제 생기고 ◇시름 난지=시름이 생겼는지.

■ **통석(通釋)**   술은 언제 생겼고 시름은 언제 생겼는지.

          술이 생겨나고 시름이 생겼는지 시름이 생긴 뒤에 술이 생겼는지

          아마도 술이 생긴 뒤에 시름이 생긴 것이 아닌가 한다.

99.

슬프나 즐거오나 올타 ᄒ나 외다 ᄒ나

내 몸의 ᄒ올 일만 닫고 닫글 뿐이언뎡

그 받긔 녀나믄 일이야 분별ᄒ홀 줄 이시랴.   (孤山遺稿 70) 尹善道

올타 하나 외다 ᄒ나=옳다고 하나 그르다고 하나 ◇닫고 닫글=닦고 닦을 ◇받긔=

밖에 ◇녀나믄=여남은.

■ **통석(通釋)**   슬프거나 즐겁거나 옳다고 하거나 그르다고 하거나

          내가 해야 할 일만 닦고 닦을 뿐이언정

          그 밖에 여남은 일이야 구별할 까닭이 있겠느냐?

100.

아바님 날 나흐시고 어마님 날 기ᄅ시니

두 분곳 아니면 이 몸이 사라시랴

하늘 ᄀ튼 은덕을 어듸 다혀 갑소오리.   (松李 1) 鄭澈

사라시랴=살았으랴. 태어났으랴. ◇어듸 다혀 갑소오리=어디에 견주어 갚으랴?

아버지가 나를 낳으시고 어머니가 나를 기르시니
　　　　　　두 분이 아니었다면 이 몸이 살았으랴.
　　　　　　하늘 같은 은덕을 어디에 견주어 갚으랴?

101.

아히 제 늘그니 보고 白髮을 비웃더니

그 더듸 아히들이 우슬 줄 어이 알리

아히야 하 웃지 마라 나도 웃던 아히로다.　　　　　　(仙石遺稿) 辛啓榮

아히 제=어릴 때 ◇그 더듸=그 덧에. 생각지도 않은 짧은 시간에 ◇우슬 줄 어이
알리=비웃을 줄 어찌 알았으랴? ◇하 웃지 마라=너무 웃지 말거라.

■**통석(通釋)**　　어렸을 때에 늙은이를 보고 백발을 비웃었더니
　　　　　　그사이에 아이들이 날 보고 웃을 줄 어찌 알았으랴?
　　　　　　아이들아, 너무 웃지 마라. 나도 예전에 웃던 아이였다.

102.

알고 그린는가 모로고 그린는가

아니 알오도 모로노라 그린는가

眞實로 알고 그리면 닐러 무슴ᄒ리요.　　　　　　(漆室遺稿 22) 李德一

그린는가=그랬는가? 그렇게 했는가? ◇알오도 모로노라 그린는가=알고도 모른다
고 그런 것인가? ◇알고 그리면=알고도 그렇게 했으면 ◇닐러=말하여.

■**통석(通釋)**　　알고서 그랬는가? 모르고서 그랬는가?
　　　　　　아니 알고서도 모르노라고 그랬는가?
　　　　　　참으로 알고서 그렇게 했다면 말하여 무엇하랴?

103.

압ᄂᆡ에 낙근 고기 버들에 ᄒ나희고

뒷뫼헤 키온 삽쥬 줌으로 ㅎ나히로다

어듸가 有餘를 ㅂ라랴 이러구러 지닉리라.　　　　　　　　　　(甁歌 597)

버들에 ㅎ나희고=버들고리에 가득하고　◇삽쥬=삽주. 산나물의 하나　◇줌으로 ㅎ나히로다=움큼으로 가득하다.　◇有餘(유여)를 ㅂ라랴 이러구러 지닉리라=더 넉넉함을 바라겠느냐? 이럭저럭 지내겠다.

■ **통석(通釋)**　　앞개울에서 잡은 고기가 버들고리에 가득하고
　　　　　　　　뒷산에서 캐온 삽주나물이 움큼으로 하나로구나.
　　　　　　　　어디에 가서 이보다 더 넉넉함을 바라겠느냐? 이럭저럭 지내리라.

104.

압 개예 안개 것고 뒬 뫼희 히 비췬다

밤믈은 거의 디고 낟믈이 미러온다

江강村촌 온갓 고지 먼 빗치 더옥 됴타.　　　　　　(孤山遺稿 27) 尹善道

개예=강이나 시내에 조수가 드나드는 곳에. 포구에　◇것고=걷히고　◇거의 디고=거의 다 빠지고　◇미러온다=밀려온다.　◇온갓 고지 먼 빗치 더옥 됴타=모든 곳이 멀리 보이는 경치가 더욱 좋구나.

■ **통석(通釋)**　　앞 포구에 안개가 걷히고 뒷산에 해가 비춘다.
　　　　　　　　썰물은 거의 다 빠지고 밀물이 밀려온다.
　　　　　　　　강촌의 모든 곳이 멀리 바라보는 경치가 더욱 좋다.

105.

어른쟈 나븨야 에어른쟈 범나븨야

어이혼 나븨완듸 百花香의 춤추는고나

우리도 님의 님 거러두고 춤추어볼가 ㅎ노라.　　　　　　(靑詠 554)

어른쟈=얼씨구나!　◇에어른쟈=어얼씨구나!　◇어이혼 나븨완듸=어떠한 나비이기에

◇百花香(백화향)의 춤추는고나=모든 꽃향기에 좋아서 춤을 추는구나. ◇거러두고=
약속하고.

■ **통석(通釋)**　얼씨구나! 나비야, 어얼씨구나! 범나비야.
　　　　　　　어떠한 나비이기에 모든 꽃향기에 좋아서 춤을 추느냐?
　　　　　　　우리도 남의 님과 약속하고 춤이나 추워볼까 한다.

106.

어린 제는 ᄌ라고져더니 ᄌ란 뒤는 늘기 셜다
늘글 줄 아던들 ᄌ라지 마를 거슬
아마도 못 졀믈 人生이 아니 놀고 엇졔리.　　　　　　　　(葛峰先生遺墨 28) 金得硏

어린 제는 ᄌ라고져더니=어릴 때에는 얼른 자랐으면 하더니 ◇늘기 셜다=늙기가
서럽다. ◇ᄌ라지 마를 거슬=자라지를 말 것을 ◇못 졀믈=다시 젊지 못할 ◇엇졔리
=어쩌랴.

■ **통석(通釋)**　어릴 때는 얼른 자라기를 바랐더니 자란 뒤에는 늙는 것이 서럽다.
　　　　　　　늙을 줄을 알았던들 자라지 말았을 것을
　　　　　　　아마도 다시 젊지 못할 인생이니 아니 놀고 어쩌랴.

107.

於臥 ᄂᆡ 일이여 나도 ᄂᆡ 일 모를노다
우리 님 ᄀ오실제 ᄀ지 못ᄒ게 못헐넌가
보ᄂᆡ고 길고긴 歲月에 슬쓴 싱각 어이료.　　　　　　　　(源國 293) 朴孝寬

ᄂᆡ 일이여=내가 한 일이여. 또는 나의 일이여 ◇모를노다=모르겠다. ◇슬쓴 싱각
어이료=살뜰한 생각을 어쩌랴?

■ **통석(通釋)**　아! 내 일이여, 나도 내 일을 모르겠다.
　　　　　　　우리 님이 가실 때에 가지 못하게 못 했는가?

보내고 길고 긴 세월에 살뜰한 생각을 어쩌랴.

108.

어와 져 白鷗야 므슴 슈고ᄒᆞᄂᆞᆫ다
갈숩흐로 바자니며 고기 엇기 ᄒᆞᄂᆞᆫ괴아
날ᄀᆞᆺ치 군ᄆᆞ음 업시 ᄌᆞᆷ만 들면 엇더리.   (靑珍 151) 金光煜

므슴 슈고ᄒᆞᄂᆞᆫ다=무슨 힘든 일을 하느냐? ◇갈숩흐로 바자니며=갈대숲으로 배
회하며. 갈대숲으로 돌아다니며 ◇고기 엇기 ᄒᆞᄂᆞᆫ괴아=물고기 엿보기를 하는구나.
◇날ᄀᆞᆺ치 군ᄆᆞ음 업시=나처럼 쓸데없는 생각할 것 없이 ◇ᄌᆞᆷ만 들면 엇더리=잠이나
들면 어떠랴.

■ **통석(通釋)** 아! 저 갈매기야 무슨 수고를 하느냐?
         갈대숲으로 돌아다니면 고기 엿보기를 하는구나.
         나처럼 쓸데없는 생각 말고 잠만 들면 어떠랴.

109.

어이ᄒᆞ야 가려느냐 무슴 일노 가려느냐
無端이 실타느냐 남의 말을 드럿느냐
져 님아 이달쇼 이달너라 가는 ᄯᅳᆺ을.   (詩餘 136)

어이ᄒᆞ야 가려느냐=어찌하여 가려고 하느냐? 왜 ◇無端(무단)이 실타느냐=까닭
없이 싫으냐? ◇이달쇼 이달너라=애달프고 애달프고나.

■ **통석(通釋)** 어찌하여 가려고 하느냐 무슨 일로 가려고 하느냐?
         아무런 까닭도 없이 싫으냐 다른 사람의 헐뜯는 말이라도 들었느냐?
         저 님아 애달프고 애달프고나 가겠다는 뜻을.

110.

어화 우읍고나 우은 일도 보완지고

쇼경이 붓를 들고 그리ᄂᆞ니 山水ㅣ로다

져 쇼경 날과 ᄀᆞᆺ도다 못 보면셔 그린다.　　　　　　　　(慶大本 時調集 303)

어화 우읍고나 우은 일도 보완지고=아! 우습구나. 우스운 일도 보았구나. ◇그리
ᄂᆞ니=그리는 것이. 그리는 것과 그리워하는 것의 중의적(衆意的) 뜻이 있다. ◇山水
(산수)ㅣ로다=산수화(山水畵)로구나 ◇날과 ᄀᆞᆺ도다 못 보면서 그린다=나와 똑같구나.
보지도 못하면서 그리는구나.

■ **통석(通釋)**　　아! 우습구나. 우스운 일도 보았구나.
　　　　　　　　소경이 붓을 들고 그리는 것이 산수화로구나.
　　　　　　　　저 소경이 나와 같구나. 그리워하나 못 보면서 그리는구나.

111.

어제런지 그제런지 쇽졀업슨 밤 기던디

그날 밤 버혀내여 오ᄂᆞᆯ 밤 닛고라져

오늘이 來日이 되어 모리 ᄉᆡ다 엇더ᄒᆞ리.(艶情)　　　　　　　(古今 199)

쇽졀업슨 밤 기던디=어쩔 수 없는 밤은 길던지 ◇닛고라져=잇고 싶다. ◇ᄉᆡ다=날
이 새다.

■ **통석(通釋)**　　어제였는지, 그제였는지. 어쩔 수 없는 밤은 길던지.
　　　　　　　　그날 밤을 잘라내어 오늘 밤에 이었으면
　　　　　　　　오늘이 내일이 되고 모레에 날이 샌들 어떠하랴.

112.

어져 내 일이야 그릴 줄을 모로ᄃᆞ냐

이시라 ᄒᆞ더면 가랴마ᄂᆞᆫ 제 구ᄐᆡ야

보내고 그리ᄂᆞᆫ 情은 나도 몰라 ᄒᆞ노라.　　　　　　　　(靑珍 6)

어져=아! ◇그릴 줄을 모로ᄃᆞ냐=그리워할 줄을 몰랐더냐? 그렇게 될 줄을 ◇이시

라 ᄒᆞ더면 가랴마ᄂᆞᆫ 제 구틔야=있으라고 하였다면 갔겠느냐만 제가 일부러.

■ **통석(通釋)** 아! 나의 일이여, 그렇게 될 줄을 몰랐더냐?
　　　　　　　있으라고 했다면 갔겠느냐만 제가 일부러
　　　　　　　보내놓고 그리워하는 마음은 나도 모른다고 하겠다.

113.

엇그제 ᄭᅮᆷ 가운데 廣寒樓의 올라가이

님이 날 보시고 ᄀᆞ장 반겨 말ᄒᆞ시데

머근 ᄆᆞᆷ 다 ᅅᆞᆲ노라 ᄒᆞ이 날 새ᄂᆞᆫ 줄 모ᄅᆞ도다.　　　　　(沙村集 4) 張經世

廣寒樓(광한루)의 올라가이=광한루에 올라가니. 광한루는 달에 있다고 하는 궁전 ◇ᄀᆞ장 반겨 말ᄒᆞ시데=가장 반가워하며 말씀하시더라. ◇머근 ᄆᆞᆷ 다 ᅅᆞᆲ노라 ᄒᆞ이= 속에 있는 마음을 다 여쭙다 보니 ◇날 새ᄂᆞᆫ 줄 모ᄅᆞ도다=날이 밝는 줄 모르더라.

■ **통석(通釋)** 엇그제 꿈속에 광한루에 올라가니
　　　　　　　님께서 나를 보시고는 가장 반겨 말씀하시더라.
　　　　　　　먹은 마음을 다 여쭙다 보니 날이 새는 줄 모르겠더라.

114.

여긔를 뎌긔 삼고 뎌긔를 예 삼고

여긔 뎌긔를 멀게도 삼길시고

이 몸이 蝴蝶이 되여 오명가명 ᄒᆞ리라.　　　　　　　(自菴集 3) 金緣

뎌긔를 예 삼고=저기를 여기로 삼고 ◇멀게도 삼길시고=멀게도 만들었구나. ◇蝴 蝶(호접)=나비.

■ **통석(通釋)** 여기를 저기로 만들고 저기를 여기로 만들고
　　　　　　　여기와 저기를 멀게도 만들었구나.
　　　　　　　이 몸이 나비가 되어 오며 가며 하리라.

115.

여름날 더운 적의 단 싸히 부리로다
밧고랑 믹쟈 ᄒ니 쏨 흘너 싸희 듯네
어ᄉ와 粒粒辛苦 어늬 분이 알ᄋ실고.　　　　　(存齋集 3) 李徽逸

적의=때에 ◇단 싸히 부리로다=달궈진 땅이 불과 같구나. ◇쏨 흘너 싸희 듯네=
땀이 흘러내려 땅에 떨어지네. ◇어ᄉ와=어여차 ◇粒粒辛苦(입립신고)='粒粒皆辛苦
(입립개신고)'와 같은 말. 쌀알 하나하나가 다 농부의 애써 고생한 결과라는 뜻. 이
신(李紳)의 「민농시(憫農詩)」에 "鋤禾日當午 汗滴禾下土 誰知盤中殮 粒粒皆辛苦"(서
화일당오 한적화하토 수지반중손 입립개신고)라고 했다. ◇어늬 분이 알ᄋ실고=어느
분이 아실까?

■통석(通釋)　　여름철 더운 때에 뜨거워진 땅이 불이로구나.
　　　　　　　　밭고랑을 매려고 하니 땀이 흘러 땅에 떨어진다.
　　　　　　　　아! 낱알마다가 고생인 것을 어느 분이 아실까?

116.

예셔 그리ᄂ 뜻을 계셔 아니 모로ᄂ가
므뎐히 고은 님 녓업시 녀희올 듯
하로밤 더 새고 간 후에 다시 볼가 ᄒ노라.　　　　　(水南放翁遺稿 18) 鄭勳

예셔 그리ᄂ=여기서 그리워하는. 내가 그리워하는 ◇계셔 아니 모로ᄂ가=저기서
어찌 모르겠는가? 제가 어찌 모르겠는가? ◇므뎐히=다소 너그러운. 어지간하게 ◇넛
엇시 녀희올 듯=오래잖아 이별을 하게 될 듯 ◇더 새고=더 새우고

■통석(通釋)　　내가 그리워하는 뜻을 그쪽에서 왜 모르겠는가?
　　　　　　　　어지간하게 고운 님을 오래잖아 이별하게 될 듯
　　　　　　　　하룻밤을 더 새우고 간 뒤에 다시 볼까 한다.

117.

오려 고기 슉고 열무의 살져 잇다
낙시에 고기 물고 게는 어이 나리느니
아마도 農家興味는 이쑨인가 ᄒ노라.　　　　　　　　(慶大本 時調集 46)

오려=올벼　◇열무의=어린 무가　◇어이 나리느니=왜 내려오느냐? 실제는 반대로 올라오느냐?　◇農家興味(농가흥미)는 이쑨인가=시골에서 농사짓고 사는 재미는 이것뿐인가?

■ **통석(通釋)**　올벼는 고개를 숙이고 열무는 커졌다.
　　　　　　　　낚시에 고기가 물리고 게는 어찌 올라오는가?
　　　　　　　　아마도 농사짓는 사는 재미는 이것뿐인가 한다.

118.

玉에 흙이 뭇어 길ᄀ의 ᄇ롓신이
온은 이 가는 이 흙이라 ᄒ는고야
두어라 알 리 잇실씬이 흙인 듯시 잇걸아.　　　(海一 253) 尹斗緖

뭇어=묻어서　◇길ᄀ의 ᄇ롓신이=길가에 내버렸으니. 내버리니　◇온은 이 가는 이=오는 사람 가는 사람　◇알 리 잇실씬이=알 수 있는 사람이 있을 것이니　◇흙인 듯시 잇걸아=흙인 것처럼 있어라.

■ **통석(通釋)**　옥에 흙이 묻어 길가에 내버렸더니
　　　　　　　　오는 사람 가는 사람이 흙이라고 하는구나.
　　　　　　　　내버려두어라, 알 수 있는 사람이 있을 것이니 흙인 것처럼 있거라.

119.

올 제는 님 보려 오니 놉흔 뫼도 ᄂ자쩌니
必然이 갈 제는 ᄂ즌 뫼도 놉흐려니
ᄎ라리 놉흔 뫼 채 놉하 못 너문들 엇더리.(離恨)　　　(槿樂 254)

늧자쩌니=낮게 느꼈더니 ◇채 놉하 못 너문들=아주 높아 못 넘어간들.

■ 통석(通釋)   올 때에는 님을 만나려고 오니 높은 산도 낮았더니
　　　　　　틀림없이 갈 때에는 낮은 산도 높으려니
　　　　　　차라리 높은 산이 너무 높아 넘어가지 못한들 어떠랴.

120.
이러 혜여 알 길 업고 져리 혜여 알 길 업네
혜여 모을 일을 다시 혠다 알야마는
아쉽고 그리는 맘에 힝혀 알가.　　　　　　　　　　　　(시졀가 92)

이러 혜여 알 길 업고=이렇게 헤아려도 알 수가 없고 ◇혜여 모을 일을=헤아려도
모를 일을 ◇다시 혠다 알야마는=다시 헤아린다고 알겠느냐만 ◇아쉽고 그리는 맘
에=아쉽고 그리워하는 마음에 ◇힝혀 알가=행여나 알 수가 있을까?

■ 통석(通釋)   이렇게 헤아려도 알 수 없고 저렇게 헤아려도 알 수 없다.
　　　　　　헤아려도 모를 일을 다시 헤아린다고 알겠느냐마는
　　　　　　아쉽고 그리워하는 마음에 행여나 알까.

121.
이시렴 브듸 갈짜 아니 가든 못홀쏘냐
無端이 슬튼야 눔의 말을 드럿는야
그려도 하 애도래라 가는 쯧을 닐러라.　　　　　　　(海一 8) 成宗大王

이시렴 부듸 갈짜=있으려무나, 부디 가겠느냐? ◇無端(무단)이 슬튼야=까닭 없이
싫더냐? ◇그려도 하 애도래라=그래도 너무 애닯고나. ◇가는 쯧을 닐러라=가겠다고
하는 뜻을 말하여라.

■ 통석(通釋)   있으려무나, 부디 가야겠느냐? 아니가지는 못하겠느냐?
　　　　　　까닭도 없이 싫더냐? 남이 싫어하는 말을 들었느냐?

그래도 너무 애닯고나, 가려는 뜻을 말하여라.

122.

이 외나 져 외나 즁의 그만져만 더져두고

ᄒ올 일 ᄒ오면 그 아니 죠홀손가

ᄒ올 일 ᄒ디 아니ᄒ니 그를 셜워ᄒ노라.　　　　　(漆室遺稿 18) 李德一

외나=잘못되었거나 ◇그만져만 더져두고=그 정도로 그만 내버려두고 ◇ᄒ올 일 ᄒ오면=해야 할 일을 하게 되면. 해야 할 일을 하면.

■ **통석(通釋)**　　이것이 잘못되었거나 저것이 잘못되었거나 간에 고만고만 내버려두고
　　　　　　　　할 일만 하게 되면 그 아니 좋을 것 아니겠는가?
　　　　　　　　해야 할 일을 하지 않으니 그것을 서러워한다.

123.

이 잔 잡으시고 ᄯ 혼 잔 잡으쇼셔

잡으신 남은 잔을 두엇다가 고쳐 드러

이 히를 ᄯ 고쳐 만나 드려볼가 ᄒ노라.　　　　　(玉所稿 38) 權燮

고쳐 드러=다시 들어 ◇이 히를 또 고쳐 만나=올해에 또다시 만나.

■ **통석(通釋)**　　이 잔을 잡으시고 또 한 잔을 잡으십시오.
　　　　　　　　잡으셨던 남은 잔을 두었다가 다시 들어
　　　　　　　　올해를 또다시 만나 드려볼까 한다.

124.

일이나 일우려 ᄒ면 처엄의 사괴실가

보면 반기실ᄉ 나도 조차 ᄃ니더니

진실로 외다옷 ᄒ시면 마ᄅ신ᄃᆯ 아니랴.　　　　　(松李 26) 鄭澈

일우려 ᄒ면 처엄의 사괴실가=이루려고 하였다면 처음에 사귀시었을까? ◇조차 ᄃ니더나=따라 다녔더니 ◇외다옷 ᄒ시면 마른신들 아니랴=그르다고 하신다면 그만 두지 않았으랴.

■**통석(通釋)**　일이나 이루려 하였다면 처음부터 사귀시었을까?
　　　　　　　만나보면 반가워하시므로 나도 따라 다니더니
　　　　　　　진실로 잘못되었다고 하시면 그만두지 않았으랴.

125.
子規야 우지 마라 네 우러도 쇽졀업다
울거든 너만 우지 날은 어이 울니는다
아마도 네 소릭 드를 제면 가슴 압파ᄒ노라.　　　　　　　(海朴 219) 李澤

우러도 쇽졀업다=울어도 어쩔 수 없다. ◇너만 우지 날은 어이 울니는다=너만 울지 나는 왜 울리느냐? ◇드를 제면=들을 때에는.

■**통석(通釋)**　자규야 울지 마라. 네가 그렇게 울어도 아무 소용이 없다.
　　　　　　　울겠거든 너만 울지 나는 어째서 울리느냐?
　　　　　　　아마도 네 울음소리를 들을 때면 가슴이 아프구나.

126.
자 나믄 보라매를 구름 밧긔 씌여두고
ᄃ는 물 채 져겨 큰길히 노하시니
아마도 丈夫의 노리는 이쑨인가 ᄒ노라.　　　　　　　(解我愁 39)

자 나믄=(한)자가 넘는 ◇구름 밧긔 씌여두고=멀리 띄워놓고 ◇ᄃ는 물 채 져겨= 달리는 말에 채찍으로 쳐서 ◇큰길히 노하시니=큰길에 달리게 하였으니 ◇노리는= 노는 일은. 놀이는.

■**통석(通釋)**　한 자가 넘는 보라매를 멀리 구름 밖에 띄워두고

달리는 말을 더 빨리 가도록 채찍으로 쳐 큰길에 놓았으니
아마도 사내대장부의 즐기는 놀이는 이것뿐인가 한다.

127.

잔 들고 혼자 안자 먼 뫼흘 ᄇ라보니
그리던 님이 오다 반가옴이 이리ᄒ랴
말슴도 우움도 아녀도 몯내 됴하ᄒ노라.   (孤山遺稿 3) 尹善道

그리던 님이 오다=그리워하던 님이 오는구나. ◇반가옴이 이리ᄒ랴=반가움이 이
러하겠느냐? ◇말슴도 우움도 아녀도=아무런 말씀도 웃음도 아니하더라도 ◇몯내
됴하ᄒ노라=끝없이 좋아한다. 언제나 좋아한다.

■ **통석(通釋)** 술잔을 들고 혼자 앉아 먼 산을 바라보니
          그리워하던 님이 오시는구나. 반가움이 이러하랴.
          말씀이나 웃음이 없어도 끝없이 좋아한다.

128.

전 나귀 밧비 모라 다 졈은 날 오신 손님
보리피 구즌 뫼예 饌物이 아조 업다
아희야 ᄇᆡ 내어 씌워라 그믈 노하보리라.   (羅氏家範 4) 羅緯素

전 나귀 밧비 모라=다리를 저는 나귀를 급하게 몰아 ◇다 졈은 날=다 늦은 날 ◇
보리피 구즌 뫼예=보리껍데기가 섞인 거친 밥에 ◇饌物(찬물)이 아조 업다=반찬이
아주 없다. 반찬이 전혀 없다.

■ **통석(通釋)** 다리를 저는 나귀를 급하게 몰아 다 저문 때 찾아오신 손님
          보리 껍데기가 섞인 거친 밥에 반찬이 아무것도 없구나.
          아이야, 배를 띄워라. 그물을 쳐보아야겠다.

129.

졈어셔 지닌 일을 이졔로 비거보니

모음이 豪放ㅎ여 노릭로 일삼더니

어듸셔 모로는 벗님네는 죠흘시고 ㅎ는니.　　　　　　(瓶歌 369) 金友奎

졈어셔 지닌 일을=젊어서 겪었던 일들을 ◇이졔로 비거보니=지금과 비교해보니
◇모로는 벗님네는=사정을 모르는 벗님들은.

■통석(通釋)　　젊어서 겪었던 일을 이제와 견주어보니
　　　　　　　마음이 거리낌 없이 활달하여 노래로 일을 삼았더니
　　　　　　　어디서 아무것도 모르는 벗님들은 좋을시고 하더라.

130.

조그만 이 한 몸이 하늘 밧긔 써디니

오쇠구름 기픈 곳의 어느 거시 서울인고

바람애 지나는 검줄 갓ㅎ야 갈 길 몰라 ㅎ노라.　　　　(松巖遺稿 9) 李廷煥

하늘 밧긔 써디니=멀리 떨어지니 ◇어느 거시=어느 것이. 어느 곳이 ◇지나는 검
줄 갓ㅎ야=날리는 실 같아. 날리는 검불 같아.

■통석(通釋)　　조그만 이 한 몸이 하늘 밖으로 떨어진 듯하니
　　　　　　　오색구름이 잔뜩 끼어 있는 곳이 어느 곳이 서울안가?
　　　　　　　바람에 날리는 검불과 같아 갈 길을 몰라 한다.

131.

죽기 셜웨란들 늙기도곤 더 셜우랴

무거운 팔츔이요 숨졀은 노릭로다

갓득에 酒色지 못ㅎ니 그를 슬허ㅎ노라.　　　　　　　(源國 315) 李廷藎

셜웨란들 늙기도곤=서럽다고 한들 늙는 것보다 ◇팔츔이요=팔을 들어 추는 춤이

요. ◇숨절은=숨이 가쁜 ◇갓득에 酒色(주색)지 못ᄒ니=가뜩이나 술을 마시거나 여자를 가까이하는 것마저 하지 못하니.

■ **통석(通釋)**　죽기가 서럽다고 한들 늙는 것보다 더 서러우랴.
　　　　　　　무거운 팔뚝춤이요, 숨이 가쁜 노래로다.
　　　　　　　가뜩이나 주색마저 못하니 그것을 서러워한다.

132.
죽어 니저야 ᄒ랴 살아 글여야 ᄒ랴
죽어 닛기도 어렵고 살아 글의기도 얼여왜라
져 님아 ᄒ말씀만 ᄒ소라 死生決斷ᄒ리라.　　　　　　　　　　(海一 416)

니저야 ᄒ랴=잊어야 하랴. 잊어야 하겠느냐? ◇글여야 ᄒ랴=그리워해야 하랴. ◇ᄒ말씀만 ᄒ소라=한마디의 말을 하여보아라.

■ **통석(通釋)**　죽어 잊어야 하랴 살아서 그리워하랴.
　　　　　　　죽어 잊기도 어렵고 살아 그리워하기도 어렵다.
　　　　　　　저 님아 한마디만 해보아라, 사생결단을 해야겠다.

133.
지죄기는 져 가마괴 암수를 어이 알며
지나는 져 구름에 비 올똥말똥 어이 알리
암아도 世事人情도 다 이런가 ᄒ노라.　　　　　　(靑丘歌謠 43) 金振泰

지죄기는=지저귀는 ◇지나는=지나가는 ◇어이 알리=어찌 알겠느냐? ◇世事人情(세사인정)도 다 이런가=세상의 일과 사람들과 사귀는 정도 다 이런 것이 아닌가.

■ **통석(通釋)**　지저귀는 저 까마귀 암수를 어찌 알 수 있으며
　　　　　　　지나가는 저 구름에 비 올지 아니 올지를 어찌 알겠느냐?
　　　　　　　아마도 세상의 일과 사람들과 사귀는 정도 다 이런 것이 아닌가 한다.

134.

千萬里 머나먼 길에 고온 님 여희ᄋᆞᆸ고

내 ᄆᆞ음 둘 듸 업서 냇ᄀᆞ에 안자이다

져 믈도 내 안 ᄀᆞᆺ도다 우러 밤길 녜놋다.　　　　　　　(靑珍 17) 王邦衍

여희ᄋᆞᆸ고=이별하옵고 ◇둘 듸 업서=둘 곳이 없어 ◇안자이다=앉아 있습니다. ◇내 안 ᄀᆞᆺ도다=내 마음과 같구나. ◇우러 밤길 녜놋다=울며 밤길을 가는구나. 울며 밤길을 흐르는구나.

■통석(通釋)　　아주 머나먼 길에 고운 님과 이별을 하고
　　　　　　　내 마음 둘 곳이 없어 냇가에 앉아 있습니다.
　　　　　　　저 물도 내 마음과 같구나. 울며 밤길을 가는구나.

135.

靑山에 눈 노긴 ᄇᆞ람 건듯 불고 간 듸 업다

잠간 비러다가 불리고쟈 마리 우희

귀 밋틱 희무근 서리를 노겨볼ᄀᆞ ᄒᆞ노라.　　　　　　　(靑珍 403)

노긴=녹인 ◇건듯 불고 간 듸=살짝 불고는 간 곳이 ◇잠간 비러다가=잠깐 빌려다가 ◇불리고쟈 마리 우희=불게 하고 싶구나. 머리 위에 ◇귀 밋틱 희무근 서리를=귀 뒤에 해가 묵은 서리를. 백발을.

■통석(通釋)　　푸른 산에 눈을 녹인 봄바람이 살짝 불고는 간 곳이 없다.
　　　　　　　잠깐 빌려다가 불게 하고 싶구나, 머리 위에다
　　　　　　　귀 밑에 해묵은 서리를 녹여볼까 한다.

136.

하늘이 놉다 ᄒᆞ고 발 져겨 셔지 말며

ᄯᅡ히 두텁다고 ᄆᆞ이 ᄇᆞᆲ지 마롤 거시

하늘 ᄯᅡ 놉고 두터워도 내 조심을 ᄒᆞ리라.　　　　　　　(靑珍 222) 朱義植

져겨=돋우어 ◇싸히 두텁다고=땅이 두껍다고 ◇무이=매우. 너무 ◇마롤 거시=말 것이다.

■ **통석(通釋)**　하늘이 높다 하고 발뒤꿈치를 들고 서지 말 것이며
　　　　　　　땅이 두텁다 하고 힘을 주어 밟지 말 것이다.
　　　　　　　하늘과 땅이 높고 두터워도 내가 조심을 해야 할 것이다.

137.
ㅎ려 ㅎ려 ㅎ딕 이 뜻 못ㅎ여라
이 뜻ㅎ면 至樂이 잇ᄂ니라
우웁다 엇그제 아니턴 일을 뉘 올타 ㅎ던고.　　　　　　　(松巖續集 6) 權好文

ㅎ려 ㅎ딕=하였으되 ◇至樂(지락)이 잇ᄂ니라=지극한 즐거움이 있을 것이다. ◇우웁다 엇그제 아니턴=우습다 엊그제까지 아니라고 하던 ◇뉘 올타 ㅎ던고=누가 옳다고 하던가?

■ **통석(通釋)**　하려고 하려고 하였으나 이 뜻을 하지 못했다.
　　　　　　　이 뜻을 하게 되면 지극한 즐거움이 있을 것이다.
　　　　　　　우습구나, 엊그제 아니라고 하던 일을 누가 옳다고 하던가?

138.
ᄒ이아 가지 마라 너와 나와 흠씌 가쟈
기나긴 하늘의 어디 가려 수이 가는
東山의 ᄃ리 나거든 보고 가다 엇더리.(歎老)　　　　　　　(槿樂 112)

수이 가는=빨리 가느냐? 쉽게 ◇나거든 보고 가다 엇더리=뜨거든 보고 간들 어떠하랴?

■ **통석(通釋)**　해야, 가지 마라. 너와 내가 함께 가자.
　　　　　　　기나긴 하늘에 어디를 가려고 그렇게 빨리 가느냐?

동산에 달이 뜨거든 보고 간들 어떠랴.

139.

헌 삿갓 자른 되롱 삶 집고 홈의 메고
논쑥에 물 볼이라 밧기음이 엇덧튼이
암아도 朴枚碁 볼이술이 틈 업슨가 ᄒ노라.　　　　　(海周 301) 趙顯命

자른 되롱=짧은 도롱이　◇삶=삽　◇홈의=호미　◇볼이라=살펴보겠다. 살피겠다.　◇
밧기음이 엇덧튼이=밭에 난 잡풀들이 어떠하더냐?　◇朴枚碁(박장기)='枚碁(장기)'는
'將棋(장기)'의 잘못. 바둑과 장기　◇볼이술=보리로 담근 술　◇틈 업슨가=마실 틈이
없는가.

■ **통석(通釋)**　헌 삿갓 쓰고 짧은 도롱이를 입고 삽을 짚고 호미 메고
　　　　　　　　논둑에 물을 보랴, 밭기음은 어떠한지
　　　　　　　　아마도 바둑 장기를 두고 보리술을 마실 틈이 없는가 한다.

140.

홰 우희 발 사리고 안자 ᄂ래를 고쳐 것고
골희눈 기우리고 호긔도 이실시고
언제면 됴흔 ᄇ람 만나 플덕 ᄂ라가려뇨.(鷹)　　　　　(玉所稿 33) 權燮

홰 우희=횃대 위에　◇발 사리고 안자=발을 모으고 앉아. 발을 감추고 앉아　◇ᄂ
래를 고쳐 것고=날개를 다시 접고　◇골희눈=고리눈. 눈동자의 가에 희읍스름한 테
가 둘린 눈. 환안(環眼)　◇호긔도 이실시고=호기(豪氣)도 있구나. 씩씩한 기상도 있
구나.　◇됴흔 ᄇ람 만나=날기에 좋은 바람을 만나서. 순풍(順風)을 만나　◇ᄂ라갸려
뇨=날아가려느냐?

■ **통석(通釋)**　횃대 위에 발을 모으고 앉아 날개를 다시 접고
　　　　　　　　고리눈을 기울이고 씩씩한 기상도 있구나.
　　　　　　　　언제면 좋은 바람을 만나 풀떡 날아가려고 하느냐?

141.

힘써 ᄒᆞᄂᆞᆫ 싸홈 나라 爲한 싸홈인가
옷밥의 뭇텨이셔 ᄒᆞᆯ 일 업서 싸호놋다
아마도 근티디 아니ᄒᆞ니 다시 어히ᄒᆞ리.   (漆室遺稿 13) 李德一

뭇텨이셔=파묻혀서 ◇ᄒᆞᆯ 일 업서 싸호놋다=할 일이 없어 싸우느냐? ◇아마도 근
티디 아니ᄒᆞ니=그래도 그치지 아니하니 ◇다시 어히ᄒᆞ리=다시 어떻게 하랴?

■ **통석(通釋)**   힘써 하는 싸움이 나라를 위한 싸움인가?
　　　　　　　옷과 밥에 파묻혀서 할 일이 없어 싸우느냐?
　　　　　　　그래도 그치지 아니하니 다시 어찌해보랴.

142.

희여 검을ᄭᅵ라도 희는 것시 셜우려든
희여 못 검는듸 ᄂᆞᆷ의 몬져 흴쑬 어이
희여셔 못 거믈 人生인이 그를 슬ᄒᆞᄒᆞ노라.   (海一 377)

희여 검을ᄭᅵ라도=허옇다가 다시 검어지더라도. 다시 젊어지더라도 ◇희는 것시=
희어지는 것이. 늙는 것이 ◇셜우려든=서럽거든 ◇희여 못 검는듸=희어지면 다시
검지 못하는데 ◇ᄂᆞᆷ의 몬져 흴 쑬 어이=남보다 먼저 흴 줄을 어찌 알았으랴? ◇희
여서 못 거믈=희었다가는 다시 검어질 수가 없는.

■ **통석(通釋)**   허옇다가 다시 검어지더라도 허옇게 되는 것이 서럽거든
　　　　　　　허옇다가 다시 검어지지 못하는데 남보다 먼저 허예질 줄을 어찌
　　　　　　　허예졌다가는 다시 검어지지 못할 인생이니 그것을 서러워한다.

143.

흰 거슬 검다 ᄒᆞ니 니로도 말녓니와
그른 일을 올타ᄒᆞ니 긔 아니 이다론가
世上에 ᄋᆞᄂᆞᆫ 이 잇던지 업던지 ᄂᆞᄂᆞᆫ 몰나 ᄒᆞ노라.   (樂高 347)

니로도 말년니와=말도 하지 말 것이지만 ◇그 아니 이다론가=그것이 아니 애달픈가. ◇♀는 이 잇던지 업던지=아는 사람이 있든지 없든지.

■ 통석(通釋)　흰 것을 검다고 하니 말을 하지도 말 것이지만
　　　　　　그른 일을 옳다고 하니 그 아니 애달픈가?
　　　　　　세상에 이런 것을 아는 사람이 있는지 없는지 나는 모르겠다고 하겠다.

144.

물 아릭 그림ᄌᆞ 지니 달이 우희 듕놈 간다
져 듕아 게 셧거라 네 어듸로 가ᄂᆞᆫ고 말 물어보쟈
손으로 白雲을 가르치며 말 업시 가더라.　　　　　　　　　　(慶大本 時調集 247)

지니=생기니. 비추니. ◇달이 우희=다리 위에 ◇게=거기에.

■ 통석(通釋)　물 아래에 그림자가 비추니 다리 위로 중놈이 지나간다.
　　　　　　"저 중아, 거기 섰거라. 네 어디로 가느냐? 말 좀 물어보자."
　　　　　　손으로 흰 구름을 가리키며 말도 없이 가더라.

145.

가마귀 가마귀를 ᄯᆞ라 들거고나 뒷東山에
늘어진 괴향남게 휘듯ᄂᆞ니 가마귀로다
잇틋날 뭇 가마귀 ᄒᆞᆫ 듸 나려 뒤덤벙뒤덤벙 두로 덥젹여 ᄊᆞ오니 아모 어진
그 가마귄 줄 몰ᄂᆡ라.　　　　　　　　　　　　　　　　　　(甁歌 876)

들거고나=들어왔구나. ◇늘어진 괴향남게 휘듯ᄂᆞ니=가지가 늘어진 회향나무에 마구 들어오는 것이 ◇뭇 가마귀 ᄒᆞᆫ 듸 나려=여러 까마귀가 한곳에 내려와 ◇두로 덥젹여 ᄊᆞ오니=두루 덥젹거리며 싸우니 ◇아모=어느 것이.

■ 통석(通釋)　까마귀가 까마귀를 따라 들어왔구나. 뒷동산에,
　　　　　　가지가 늘어진 회양나무에 마구 들어오는 것이 까마귀로구나.

이튿날 여러 까마귀들이 한곳에 내려와 같이 뒤덤벙 뒤덤벙 두루 덥적거려 싸우니 어느 것이 어제 그 까마귀인 줄 모르겠구나.

146.

도련님 날 보시려 홀 제 피나모 굽격지에 잣징 박아주마터니
도련님 날 보신 後는 굽격지는 ㅋ니와 헌 신쫙 ㅎ나토 나 몰ㄴ라
이後란 도련님 날 보고 눈 금젹홀 제 나는 입을 빗죽ㅎ리라.　　　　(樂高 627)

보시려 홀 제=만나려고 할 때에　◇굽격지=굽이 있는 나막신　◇잣징 박아주마터니=작은 징을 박아주겠다고 하더니　◇ㅋ니와=커녕　◇나 몰ㄴ라=나는 모른다.

■ **통석(通釋)**　도련님이 나를 만나보시려고 할 때에 피나무 굽격지에 작은 징을 박아주겠다고 하더니
　　　　도련님이 나를 만나보신 뒤에는 굽격지는커녕 헌 신발짝 하나도 나 몰라라 한다.
　　　　이후에는 도련님이 나를 보고 눈을 꿈적할 때 나는 입을 삐죽하겠다.

147.

어이려뇨 어이려뇨 싀어마님아 어이려뇨
쇼대 남진의 밥을 담다가 놋쥬걱 줄를 부르쳐시니 이를 어이ㅎ려뇨 싀어마님아
져 아기 하 걱정 마스라 우리도 져머신 제 만히 것거보왓노라.　　　　(靑珍 478)

쇼대 남진=샛서방　◇줄를 부르쳐시니=자루를 부러뜨렸으니　◇하 걱정 마스라=너무 걱정하지 말거라.　◇져머신 제=젊었을 때　◇만히 것거=많이 겪어. 또는 많이 꺾어.

■ **통석(通釋)**　어떻게 할까요? 어떻게 할까요? 시어머님아 어떻게 할까요?
　　　　샛서방의 밥을 담다가 놋주걱 자루를 부러뜨렸으니 이를 어떻게 할까요? 시어머님아.
　　　　저 며느리야, 너무 걱정하지 마라. 우리도 젊었을 때 많이 겪어보았다.

제16장 슬픔과 죽음을 노래한 시조

슬픔을 주제로 한 시조로 권섭(權燮)의 연시조「비래호(悲來乎)」 4수만 다루고, 죽음을 애도한 시조로는 안민영(安玟英) 시조 4수를 대상으로 하고자 한다.

권섭의「비래호」는 웃음을 주제로 한「소의호(笑矣乎)」와 서로 상반된 주제로 지은 것으로, 첫째 수에서는 자신의 일생을 회고하고 삶의 고됨을 노래했다. 둘째 수에서는 작자의 어쩔 수 없는 서러운 회포를, 셋째 수에서는 남이야 어떻든 자신의 처지를 보고 슬퍼할 일이 없기를 바라는 마음을 읊었으며, 마지막 수는 사람들에게 남을 슬프게 하지 말라는 경계(警戒)를 보내는 것으로 되어 있다.

안민영의 작품들은 자기의 아내와 친구, 기생과 스승의 죽음을 애도한 것이다.

1.
아마도 이 내 인싱 불샹(不祥)코 잔잉(殘忍)ᄒᆞᆯ샤
험(險)ᄒᆞᆫ 일 구즌일 슬컷도 보안디고
두어라 잔잉(殘忍)ᄒᆞᆫ 인싱(人生) 닐러 쇽졀 업셰라.　　　　　(玉所稿 59) 權燮

불샹코 잔잉ᄒᆞᆯ샤=상서롭지 못하고 잔인하구나. 인정머리가 없고 몹시 모질다. ◇ 구진 일=굿은일. 언짢고 꺼림칙한 일 ◇슬컷도 보안디고=실컷도 보았구나. ◇닐러 쇽졀업셰라=말하여도 속절없구나. 단념할 수밖에 딴 도리가 없구나.

■ **통석(通釋)**　아마도 나의 인생이 상서롭지도 못하고 잔인하구나.
　　　　　　힘에 겨운 일 굿은일을 실컷도 보았구나.
　　　　　　두어라, 인정 없고 모진 인생을 말하여도 별 수 없구나.

2.

속절은 업다마ᄂᆞᆫ 하 셜워 닐은 말이
내 인물(人物) 내 성품(性稟)을 낸들 아니 잠간(暫間) 알가
아마도 이 셜운 회포(懷抱)를 알 리 ○○ 셜웨라.　　　　(玉所稿 60) 權燮

하 셜워 닐은 말이=너무 서러워서 하는 말이　◇잠간 알가=조금은 알지 않을까?
◇셜운 회포를 알 리=셜운 회포를 알 사람이. 알 까닭이　◇○○ 셜웨라=‘○○’은
‘업서’인 듯. 없어 서럽다.

■ **통석(通釋)**　　어쩔 수는 없지만 너무 서러워하는 말이
　　　　　　　　　내 인물 내 성품을 내가 조금은 알지 않을까?
　　　　　　　　　아마도 이 서운한 속마음을 아는 사람이 없어 서럽다.

3.

ᄂᆞᆷ이야 아나 마나 내 압흘 출혀스라
일 업시 노ᄂᆞᆫ 이들 우으나 ᄭᅮ지즈나
내 몸의 그른 일 업스면 슬허 므슴ᄒᆞ려뇨.　　　　(玉所稿 61) 權燮

아나마나=알거나 말거나　◇내 압흘 출혀스라=나의 앞을 차려라. 내 앞가림을 하
여라.　◇우으나 ᄭᅮ지즈나=웃거나 꾸짖거나　◇그른 일 업스면=그른 일이 없으면　◇
슬허 무슴ᄒᆞ려뇨=슬퍼하여 무엇 하겠느냐?

■ **통석(通釋)**　　남이야 알거나 모르거나 내 앞가림이나 하여라.
　　　　　　　　　하는 일 없이 노는 사람들이 웃거나 꾸짖거나
　　　　　　　　　내 몸에 잘못된 일이 없으면 슬퍼하여 무엇 하겠느냐?

4.

슬쿠지 ᄒᆞ디 마라 이 아니 내 타시냐
ᄂᆞᆷ대되 덧내고 왼 말이 곳 업스랴
져그나 아라곳 도니면 구즌일이 이실가.　　　　(玉所稿 62) 權燮

슬쿠지 ᄒ디 마라=슬퍼하게 하지 마라. 슬프다고 ◇이 아니 내 타시냐=이것이 내 탓이 아니겠느냐? ◇늠대되 덧내고=다른 사람 모두에게 화나게 하고 ◇왼 말이 곳 업스랴=잘못된 말이 즉시 없겠느냐? ◇져그나 아라곳 도니면=조금이라도 알아서 돌아다니면. 행동하면 ◇구즌일이 이실가=궂은일이 있겠느냐? 나쁜 일이 있겠느냐?

- **통석(通釋)** 남을 슬퍼하게 하지 마라, 이 내 탓이 아니겠느냐?
  남을 화나게 하고 또 잘못된 말이 곧바로 없겠느냐?
  조금이라도 알아서 행동하면 궂은일이 있겠느냐?

5.
弼雲臺 好林園에 詩酒歌琴 八十年을
喜怒를 不形ᄒ니 君子之風이로다
至今에 鶴駕鸞驂을오(으로) 乘彼白雲ᄒ언져.　　　　　　(金玉 102) 安玟英
(從事先生六十年 以師弟之情 兼朋友之誼 晝夜相隨 不忍暫離 而今焉先生謝世 我亦何時可去 : 종사선생육십년 이사제지정 겸붕우지의 주야상수 불인잠리 이금언선생사세 아역하시가 거 : 선생님을 따라 60년을 사제의 정과 붕우의 정의로 섬겨 주야로 서로 따르며 잠시를 떠나지 않았다. 이제 선생님께서 이승을 하직하시니 나 또한 언제 갈 것인지?)

弼雲臺(필운대)=서울 종로구 인왕산 이래에 있는 바위 이름 ◇好林園(호림원)=나무가 우거진 동산 ◇詩酒歌琴(시주가금)=시와 술 그리고 노래와 가야금 ◇喜怒(희로)를 不形(불형)ᄒ니=기쁨과 노여움을 얼굴에 나타내지 아니하니 ◇君子之風(군자지풍)이로다=군자의 풍모를 지녔다. ◇鶴駕鸞驂(학가난참)을오='鸞驂(난참)'은 '鸞駕(난가)'의 잘못인 듯. 신선의 수레와 천자(天子)의 수레로 ◇乘彼白雲(승피백운)=저 흰 구름을 타다. "승피백운 지우제향(乘彼白雲 至于帝鄕)"을 말함. "구름을 타고 제향에 이르다."란 뜻으로 신선이 되었다는 뜻이다.

- **통석(通釋)** 필운대 호림원에서 시와 술 그리고 노래와 가야금으로 팔십 년을
  기쁨과 노여움을 얼굴에 나타내지 않으니 군자의 풍모를 지녔다.
  지금은 신선이나 천자가 타는 수레를 타고 신선이 되었구나.

6.

닉 죽고 그듸 살라 使君知我此時悲허세

달은 날 黃泉길에 그 丁寧 맛날연니

닉 엇지 그듸의 無限헌 폭빅을 건딀 쥴리 잇쓰리.　　　　(金玉 105) 安玟英

(余與南原室人 相遆四十年 琴瑟友之 意欲同歸矣 神不佑之 庚辰七月二十三日 以病奄忽 此
時悲悼 果何如哉 ; 여여남원실인 상수사십년 금슬우지 의욕동귀의 신불우지 경진칠월이십삼일
이병엄홀 차시비도 과하여재 : 나와 남원 실인은 40년을 서로 따르며 금슬처럼 벗 삼아 죽어
서도 같이 가자고 하였다. 귀신도 돕지 않아 경진년(1880) 7월 23일에 병으로 홀연히 죽으니
이때의 비통함이 과연 어떠하였겠는가?)

　　살라=살아서　◇使君知我此時悲(사군지아차시비)=그대로 하여금 지금의 내 슬픔을
알도록 하자.　◇달은 날=죽은 다음의 어느 날. 먼 미래에　◇맛날연니=만날 것이니
◇폭빅=폭백(暴白). 화를 내며 분개하여 변명하다.　◇건딀 쥴리=견뎌낼 수가.

■ **통석(通釋)**　　내개 죽고 그대가 살아서 그대로 하여금 지금 나의 슬픔을 알도록 했
　　　　　　　으면
　　　　　　　　먼 훗날 저승에서 분명히 만날 것이니
　　　　　　　　내가 어찌 울분에 찬 그대의 말들을 견디어낼 수 있겠나?

7.

嗟爾 君仲이 길이 가니 琴韻歌聲이 머러거다

我葬를 汝葬홀듸 汝葬를 我葬ᄒ니

네 마닐 알오미 잇슬진듼 늣겨 갈가ᄒ노라.　　　　(金玉 115) 安玟英

(余與碧江金允錫君仲 相隨三十年 誼漆南膠 未嘗一日暫離 癸未春 與君仲會飮於壽洞 以翌朝
聞訃 眞耶夢耶 ; 여여벽강김윤석군중 상수삼십년 의칠정교 미상일일잠리 계미춘 여군중회음어
수동 이익조문부 진야몽야 : 나는 벽강 김윤석 군중과 더불어 30년을 서로 따라다녔으니 정의
가 아주 가까워 하루도 잠시를 떨어지지 않았다. 계미년(1883)봄에 군중과 더불어 수동에서
만나 술을 마시고 이튿날 아침에 부음을 들으니 이게 정말이냐 꿈이냐?)

　　嗟爾(차이)=아. 탄식하는 소리　◇君仲(군중)=친구 김윤석의 자(字)　◇길이 가니=죽
으니　◇琴韻歌聲(금운가성)이 머러거다=거문고와 노랫소리가 멀어졌다. 거문고와 노

랫소리를 듣지 못하게 되었다. ◇我葬(아장)를 汝葬(여장)홀듸=나의 장례를 네가 치러주어야 할 것을 ◇네 마닐 알오미 잇슬진된=네가 만일에 아는 것이 있다면 ◇늣겨 갈가=목이 메어 울며 죽을 것이다.

■ **통석(通釋)**　아! 군중이 죽으니 거문고와 노랫소리를 듣지 못하게 되었구나.
　　　　　　　나의 장례를 네가 치러야 하는데 네 장례를 내가 치르는구나.
　　　　　　　네가 만일 아는 것이 있다면 목이 메어 울고 갔을 것이다.

8.
嗟嗟 凌雲이 기리 가니 秋城 月色이 任者 업닉
앗츰 구름 져녁 비에 生覺 거워 어이헐고
間나니 淸歌妙舞를 뉘게 傳코 갓느니.　　　　　　　(金玉 116) 安玟英
(潭陽凌雲已逝 湖南風流 從此絶矣 ; 담양능운이서 호남풍류 종차절의 : 담양의 능운이 아주 가니 호남의 풍류는 여기에서 끊어졌구나.)

嗟嗟(차차)=아! 탄식하며 슬퍼하는 소리 ◇秋城(추성)=전라남도 담양(潭陽)의 옛 이름 ◇앗츰 구름 져녁 비=아침의 구름과 저녁에 내리는 비. 예전 서왕모(西王母)의 전설에서 나온 이야기로 아침에는 구름이 되고 저녁에는 비가 되어 사랑하는 사람을 모시겠다고 한 데서 따왔다. ◇기워-'거워'의 잘못. 억제하기 힘들어. ◇間(문)나니=묻겠다. ◇淸歌妙舞(청가묘무)를 뉘게 傳(전)코 갓느니=잘 부르는 노래와 뛰어난 솜씨의 춤을 누구에게 전하고 갔느냐?

■ **통석(通釋)**　아야! 능운이 죽으니 이젠 담양의 달빛도 임자가 없구나.
　　　　　　　아침엔 구름이 되고 저녁엔 비가 되겠다고 하더니 자꾸만 생각이 나는 것을 어쩌랴.
　　　　　　　묻겠다. 잘 부르는 노랫소리와 뛰어난 솜씨의 춤을 누구에게 전하고 갔느냐?

제17장 순한글 시조

1.

가더니 니즈 냥ᄒ여 ᄭᅮᆷ에도 아니 뵌다
현마 님이야 그 덧에 니저시랴
내 ᄉᆡᆼ각 애쉬온 젼ᄎᆞ로 님의 타슬 삼노라.   (靑珍 440)

2.

간다고 설어 마라 두고 가난 나도 잇다
가며는 아쥬 가며 아쥬 간들 이질손야
가다가 님 ᄉᆡᆼ각 나거든 오던 길노.   (時調(河氏本) 21)

3.

간밤 오던 비예 압내희 물지거다
등 검고 ᄉᆞᆯ진 고기 버들 넉세 올나고야
아희야 금을 내여라 고기잡이 가쟈ᄉᆞ라.   (海朴 215) 俞崇

4.

간밤의 우던 여흘 슬피 우러 지내여다
이제야 ᄉᆡᆼ각ᄒᆞ니 님이 우러 보내도다
져 물이 거스리 흐로고져 나도 우러 녜리라.   (靑珍 296)

5.

간밤의 꿈도 죠코 아츰의 가치 일 우더니

반가온 우리 님을 보려 ᄒ고 그러타쇠

반갑다 반갑다 밧긔 ᄒ올 말이 업세라.(別恨)　　　　　　　　　　(古今 257)

6.

겨월날 ᄃᄉᄒ 볏츨 님 계신 ᄃᆡ 비최고쟈

봄 미나리 슬진 마슬 님의게 드리고쟈

님이야 무서시 업스리마ᄂᆞᆫ 내 못 니저 ᄒ노라.　　　　　　(靑珍 428)

7.

곳이 진다 ᄒ고 새들아 슬허 마라

ᄇᆞ람에 훗ᄂᆞᆯ리니 곳의 탓 아니로다

가노라 희짓ᄂᆞᆫ 봄을 새와 므슴ᄒ리오.　　　　　　　　　(靑珍 347)

8.

구렁에 낫ᄂᆞᆫ 풀이 봄비에 절로 길어

알을 일 업스니 긔 아니 조ᄒᆞᆯ소냐

우리는 너희만 못ᄒᆞ야 실람겨워ᄒ노라.　　　　　(松巖遺稿 8) 李廷煥

9.

구룸 빗치 조타ᄒ나 검기를 ᄌᆞ로 흔다

ᄇᆞ람소ᄅᆡ 묽다 ᄒ나 그칠 적이 하노매라

조코도 그칠 뉘 업기ᄂᆞᆫ 믈뿐인가 ᄒ노라.　　　　(孤山遺稿 14) 尹善道

10.

그리 그러ᄒᆞᆯ샤 엇디ᄒᆞ야 그런 게고

그리 아니코ᄂᆞᆫ 그리치 모ᄒᆞᆯ런가

그런 줄 아지 못ᄒ니 그런 주리 셜웨라.　　　　(杜谷集 19) 高應陟

11.

그믈 멘 아희들아 고기잡기 ᄒᆞ디 마라
봄어름 ᄀᆞ프러 뎌 물 어더 즐기ᄂᆞᆫ듸
엇디타 나 먹기 됴타 ᄒᆞ고 저 셜운 일 ᄒᆞ렷ᄂᆞᆫ다.　　　　(甲峽漫詠 13) 尹陽來

12.

나ᄂᆞᆫ 고기만 잡고 기러기ᄂᆞᆫ 아니 잡ᄂᆡ
고기 그믈에 외 기러기 와 걸닌다 ᄒᆞ니
잇다감 제 와 걸니면 나도 슬허 ᄒᆞ노라.　　　　(詩歌(朴氏本) 492)

13.

나니 아희 적의 늙으니를 우엇더니
내 이제 이리 늙어 아희 우임 되건지고
아희야 너도 늙어보면 웃던 줄을 알니라.　　　　(解我愁 341)

14.

ᄂᆞᆷ의 말 니르디 말고 내 몸을 슬펴보아
허믈을 고티고 어딘 ᄃᆡ 올마ᄉᆞ라
내 몸의 온갓 흉 이시면 ᄂᆞᆷ의 말을 니르랴.　　　　訓戒子孫歌 (仙源續稿 7) 金尙容

15.

ᄂᆡ 그려 ᄭᅮᆷ을 ᄭᅮᆫ가 님이 그려 ᄭᅮᆷ에 뵌가
에엿븐 얼골이 번드시 뵈노ᄆᆡ라
ᄭᅮᆷ이야 ᄭᅮᆷ이엿마는 자로자로 뵈와라.　　　　(靑洪 275)

16.

내 말 고디드러 너 업ᄉᆞ면 못 살려니
머흔 일 구즌일 널로ᄒᆞ야 다 잇닛든
이제야 ᄂᆞᆷ 괴려 ᄒᆞ고 녯 벗 말고 엇디리.　　　　(松星 26) 鄭澈

17.

내 ᄒᆞ마 늘건ᄂᆞ냐 늘ᄂᆞᆫ 줄 내 몰내라
ᄆᆞᄉᆞᆷ은 져머이셔 벗들과 놀려 ᄒᆞ니
엇다다 져믄 벗들은 나ᄅᆞᆯ 늘다 ᄒᆞᄂᆞᆫ다. (葛峰先生遺墨 36) 金得研

18.

내 ᄒᆞᆫ낫 산깁 젹삼 ᄊᆞᆯ고 다시 ᄊᆡ라
되나 된 벼ᄐᆡ ᄆᆞᆯ뢰고 다료이다려
ᄂᆞᄂᆞᆫ ᄃᆞᆺ ᄂᆞᆯ란 엇게예 거러두고 보쇼셔. (松星 55) 鄭澈

19.

너추리 너추리여 얼운쟈 박 너추리야
어인 너추리완ᄃᆡ 손을 주어 담을 넘ᄂᆞᆫ
우리도 새 님 거러두고 손을 줄가 ᄒᆞ노라. (槿樂 384)

20.

너희 ᄂᆞᆯ ᄃᆞ리고 놀기ᄂᆞᆫ 됴컨마ᄂᆞᆫ
여엿븐 두 아ᄃᆞᆯ은 어니메나 가ᄂᆞᆫ 게고
이런가 뎌런가 혜쟈 ᄒᆞ니 더욱 그려 ᄒᆞ노라. (龍潭錄 24) 金啓

21.

논밧 가라 기음 ᄆᆡ고 들통ᄃᆡ 기ᄉᆞ미 퓌여 물고
코노ᄅᆡ 부로면셔 팔쏙츔이 제격니라
아희는 지어ᄌᆞ ᄒᆞ니 후후 웃고 놀니라. (靑六 562) 申喜文

22.

누은들 ᄌᆞᆷ이 오며 기ᄃᆞ린들 님이 오랴
이제 누어신들 어늬 ᄌᆞᆷ이 ᄒᆞ마 오리
ᄎᆞᆯ하로 안즌 곳에셔 긴 밤이나 새오쟈. (海朴 4)

23.

눈을 외다 할싀 모음인들 올흔 녠다
눈은 보거니와 못 춤눈 너도 외다
보거니 못 춤거니 흐니 아모 왼 줄 몰내라.　　　　　(永類 47)

24.

늘거니 벗 업스믈 녜부터 니르더니
오늘날 혜여보니 긔 진짓 올흔 마리
비로기 버디 업서도 나눈 즐겨 흐노라.　　　　　(葛峰先生遺墨 63) 金得研

25.

님 보신 둘 보고 님 뵈온 듯 반기로다
님도 너을 보고 날 본 듯 반기눈가
츨하리 저 둘이 되어셔 비최여나 보리라.　　　　　(瓶歌 180) 李元翼

26.

님의 얼골을 그려 벼맛희 브쳐두고
안즈며 닐며 몬지며 니른 말이
져 님아 말이나 흐렴은 내 안 둘 디 업세라.(別恨)　　　　　(古今 223)

27.

둔즘 싀디 말거슬 아히 우룸 소리로다
졋줄 곤고노라 모양 우눈 아히 굴와
이누고 뎌누고 흐면 얼운답디 아녜라.　　　　　(松星 61) 鄭澈

28.

둙 흔 홰 운다 흐고 흐마 닐어 가려눈다
져근덧 지졍여 쓰 흔 홰 드러보쇼
그 둙이 싀골셔 온 둙이라 제 어미 그려 우느니.　　　　　(詩歌(朴氏本) 359)

29.

대쵸 볼 불근 골에 밤은 어이 뜻드르며

벼 뷔 그르헤 게는 어이 ᄂ리는고

술 닉쟈 체쟝ᄉ 도라가니 아니 먹고 어이리.　　　　　(靑珍 324)

30.

뎌긔 셧는 뎌 소나모 길ᄀ의 셜 줄 엇디

져근덧 드리혀 뎌 굴헝의 셔고라쟈

숫 씌고 도치 멘 분내는 다 디그려 흔다.　　　　　(松李 51) 鄭澈

31.

도롱이예 홈의 걸고 쑬 곱은 검은 쇼 몰고

고동플 쯧머기며 깃믈 ᄀ 느려갈 제

어듸셔 폼 진 벗님 홈ᄭ 가쟈 ᄒ는고.　　　　　(三足堂歌帖 2) 魏伯珪

32.

동과 항것과를 뉘라서 삼기신고

벌와 가여미 이 ᄠᄃᆯ 몬져 아니

흔 ᄆᄉ매 두 ᄠᆮ 업시 소기지나 마옵생이다.　　　　　(武陵續集 3) 周世鵬

33.

뒷뫼 쎄 구름 지고 압ᄂᆨ에 안기 씨니

비 올지 눈이 올지 ᄇ룸 부러 진셔리 칠지

나간 님 오실지 못 오실지 ᄀ만 홀노 즛노ᄆᆞ라.　　　　　(甁歌 715)

34.

뒷뫼헤 쎄 구름 씨고 압내에 비껴 온다

굴삿갓 숙이 쓰고 고기잡이 가쟈스라

아희야 날 볼 손 오시거든 긴 여흘노 슬와라.　　　　　(甁歌 837)

35.
뒷뫼히 싀 다 긋고 압길의 갈이 업다
외로은 비에 삿갓 쓴 져 늙으니
낙시에 맛시 깁도다 눈 ᄒ 진 줄 모른다.　　　　(瓶歌 74) 金宏弼

36.
뒷뫼희 뭉킨 구룸 압들혜 펴지거다
ᄇ람 불디 비 올지 눈이 올지 서리 올지
우리ᄂ 하ᄂ 뜻 모르니 아므랄 줄 모르리라.　　　　(水南放翁遺稿 10) 鄭勳

37.
뒷집의 술 ᄲ을 ᄶ니 거츤 보리 말 못 ᄎ다
즈는 것 마고 씨허 쥐비저 괴아내니
여러 날 주렷ᄃ 입이니 ᄃ나쓰나 어이리.　　　　(青珍 148) 金光煜

38.
ᄆ을 사ᄅ들아 올ᄒ 일 ᄒ쟈스라
사ᄅ이 되어나셔 올치옷 못ᄒ면
ᄆ쇼를 갓곳갈 ᄲ워 밥 먹이나 다ᄅ랴.　　　　(松星 8) 鄭澈

39.
먹거든 먹지 마나 멀거든 먹지 마나
멀고 먹거든 말이나 ᄒ련마ᄂ
입조차 벙어리 되니 말 못ᄒ여 ᄒ노라.　　　　(兩棄齋散稿 13) 安瑞羽

40.
뫼ᄒ 길고길고 믈은 멀고멀고
어버이 그린 뜯은 만코만코 하고하고
어듸셔 외기러기ᄂ 울고울고 가ᄂ니.　　　　(孤山遺稿 73) 尹善道

41.

뫼흔 노프나 놉고 믈은 기나기다

놉흔 뫼 긴 믈에 갈 길도 그지 업다

님 그려 저즌 ᄉ매는 어니 저긔 ᄆ룰고.　　　　　(松湖遺稿) 許橿

42.

뫼혀는 새가 긋고 들희는 가리 업다

외로은 빈에 삿갓 쓴 져 늘근이

낙ᄃ예 마시 깁도다 눈 깁픈 줄 아는가.　　　　　(詩歌(朴氏本) 28)

43.

믈 아래 그림재 디니 ᄃ리 우희 듕이 간다

뎌 듕아 게 잇거라 너 가는 ᄃ 무러보쟈

막대로 구룸 ᄀᄅ치고 도라 아니 보고 가노매라.　　　　(松星 72) 鄭澈

44.

믜온 님 괴려ᄂ니 괴는 님을 ᄎ괴리라

새 님 번오 마오 녜 님을 조ᄎ리라

눈 속의 솔가지 것거 이 내 ᄠᆮ을 알외리라.(貞摻)　　　　(古今 40)

45.

미나리 한 펄기를 캐여서 싯우이다

년대 아니아 우리 님씌 바자오이다

맛이아 긴지 아니커니와 다시 십어보소서.　　　　(歷代時調選) 柳希春

46.

ᄇ람 분다 지게 다다라 밤 들거다 블 아사라

벼개예 히즈려 슬ᄏ지 쉬여보쟈

아희야 새야오거든 내 ᄌ와 ᄭ와스라.　　　　(孤山遺稿 11) 尹善道

47.

부룸 부러 쓰러진 뫼 보며 눈비 마자 석은 돌 보다가

눈경에 걸온 님이 슬커든 네 어딕 가본다

돌 석고 뫼 쓸어지거든 슬흔 줄노 아라라.　　　　　　　(解我愁 7)

48.

부람 브르쇼셔 비 올 부람 브르쇼셔

구랑비 그치고 굴근 비 드릭쇼셔

한길이 바다히 되여 님 못 가게 훙쇼셔.(艶靑)　　　　　　　(古今 194)

49.

밤도 김도 기다 남의 밤도 이러훈가

어딕셔 밤이 길니 내 쟘 업슨 타시로다

쟘좃ㅊ 가져간 님을 그려 무슴훙리오.　　　　　　　(東國 278)

50.

벙어리 너를 보니 내 시름이 새로왜라

속엣 말 다 못하니 네오 내오 다를소냐

두어라 임 오신 날 구뷔구뷔 일으리라.　　　　　　　(源增 110)

51.

보거든 슬믜거나 못 보거든 잇치거나

네 나지 말거나 늬 너를 모로거나

출하리 늬 몬져 치여셔 너 그리게 훙리라.　　　　　(甁歌 512) 高敬文

52.

브채 보낸 쓧을 나도 잠간 싱각훙니

가슴의 붓ᄂ 블을 쯔라고 보내도다

눈믈도 못 쯔ᄂ 블을 브채라셔 어이 쯔리.(別恨)　　　　　　　(古今 227)

53.

비즌 술 다 머그니 먼 듸셔 벗이 왓다
술집은 졔연마는 헌 옷세 언마 주리
아희야 셔기지 말고 주는 대로 바다라.　　　　　　　　(靑珍 372)

54.

빗긴 들 소등 위에 피리 부는 저 아헤야
너의 소 짐 없거든 나의 슯음 실러다고
실키는 어렵지 않이 하나 풀 곳 없어.　　　　　　　(時調(關西本 30)

55.

사라 그려야 올흐랴 죽어 이졔야 올흐랴
사라 그리기도 어렵고 죽어 잇기도 어려웨라
죽어도 잇기 어려오니 사라 두고 보리라.(感物)　　　　(槿樂 299)

56.

싀 들은 붉다마는 녯 버든 어듸 간고
져도 들 보고 날가치 싱각는가
들 보고 벗 싱각ᄒᆞ니 그를 셜워ᄒᆞ노라.　　　(淸溪公遺事 33) 姜復中

57.

싀별 놉히 셧다 지게 메고 쇼 늬여라
압논 네 믜여든 뒷밧츠란 늬 믜리라
힘가지 지거니 시러노코 이라져라 모라라.　　　(甁歌 366) 金兊錫

58.

셧듸리 너머드니 흔 ᄒᆡ도 거의로다
흔 ᄒᆡ 열두 들 삼빅예슌 나리도다
엇지다 하고 한 날래 님 볼 나리 져근고.　　　　(奉事君日記 12)

59.

솔 슷희 도든 들이 째 슷틔 쪄나도록

거문고 빗기 안고 바희 우희 안자시니

어듸셔 벗 일흔 기럭이는 혼자 우러 녜는니.(閑情)　　　　　(槿樂 158)

60.

술 안니 먹난 져 소름들 술 먹난 이을 웃지 말소

술 안니면 시름을 이질손야

우리는 술로 시름을 이진니 안니 먹고 어이후리.　(啓明大本 靑丘永言 162) 金堉

61.

술을 내 즐기던가 술이라셔 제 坐로니

먹는 내 글으냐 坐로는 제 글으냐

먹거니 坐로거니 아무 긘 줄 몰내라.　　　　　(解我愁 201)

62.

쉰 술 걸러내여 밉드록 먹어보새

쁜 느물 데워내여 드도록 십어보새

굽격지 보요 박은 잣딩이 무되드록 드녀보새.　　　(松星 51) 鄭澈

63.

어룬쟈 너추리야 에어룬쟈 박 너추리야

어인 너추리완듸 담을 너머 손을 주노

어른님 이리로셔 져리로 갈졔 손을 쥬려 후노라.　　　(甁歌 947)

64.

어리거든 채 어리거나 밋치거든 채 밋치거나

어린 듯 밋친 듯 아는 듯 모로는 듯

이런가 져런가 후니 아므란 줄 몰래라.　　　　　(靑珍 331)

65.

어와 가고지고 내 갈 듸를 가고지고

갈 듸를 가게 되면 볼 사름 볼연마는

못 가고 그리노라 ᄒ니 슬든 애를 서기노라.(別恨)　　　　　　(古今 230)

66.

어와 져 소나모 셤도 셜샤 길ᄀ의야

뎌ᄀ나 드리혀 셔고라쟈 굴형의나

낫 들고 지게 진 아히는 다 직조아 가더라.(寓諷)　　　　　　(古今 82)

67.

어졔런지 그졔런지 밤이런지 낫지런지

어드러로 가다가 눌이런지 만낫던지

오날은 너를 만나시니 긔 네런가 ᄒ노라.　　　　　　(靑六 689)

68.

어제 쇼 친 구들 오늘이야 채 덥거니

긴 줌 계우 ᄭᅵ니 아젹 날이 놉파 잇다

아히야 서리 녹앗ᄂ냐 닐고쟈도 ᄒ노라.　　　　　(仙石遺稿) 辛啓榮

69.

여튼 갠 고기들히 먼 소히 다 갇ᄂ니

져근덧 날 됴흔 제 바탕의 나가보쟈

밋기 곧다오면 굴근 곡이 믄다ᄒᆫ다.　　　　　(孤山遺稿 59) 尹善道

70.

오늘도 다 새거다 호믜 메오 가쟈ᄉ라

내 논 다 ᄆᆡ여든 네 논 졈 ᄆᆡ여주마

올 길히 ᄲᅩᆼ ᄯᅡ다가 누에 먹켜 보쟈ᄉ라.　　　　　(松星 13) 鄭澈

71.

오늘이 무슴 날고 이 거시 어듬에요
내 집가 놈의 집가 아무듼 줄 내 몰내라
술 잇고 벗 못은 집이면 다 내 집만 너기노라.　　　　(解我愁 119)

72.

오냐 말 아니쌰나 실커니 아니 말랴
하늘 아래 너쏜이면 아마 내야 ᄒ려니와
하늘이 다 삼겻스니 날 꾈 인들 업스랴.　　　　(傳寫本) 文香

73.

올가 올가 ᄒ여 기두려도 아니 온다
둙이 우러거니 밤이 언마 나마시리
ᄆᆞ음아 놀니지 마라 님 둔 님이 오던냐.(別恨)　　　(古今 222)

74.

왓다고 믜여 마소 날 왓다고 믜여 마소
님 둔 님 볼아오기 내 왼 줄 알것마ᄂᆞ
님이야 날 싱각할랴마ᄂᆞ 내 못 니져 볼아 왓늬.　　(解我愁 159)

75.

우러 가던 길의 노래 부르며 오ᄂᆞ 사ᄅᆞᆷ
슬푸 리 즐길 이 흔又지도 아닐시고
하늘이 이러케 삼기시니 그를 슬허ᄒ노라.(歎老)　　(槿樂 111)

76.

이고 진 뎌 늘그니 짐 프러 나를 주오
나ᄂᆞ 졈엇쩌니 돌히라 무거올가
늘거도 설웨라커든 짐을 조차 지실가.　　　　(松星 16) 鄭澈

77.

이 고기 가싀 만타 ᄒ고 ᄇ리기ᄂ 앗갑고야

버리디 마쟈 ᄒ니 이 가싀를 엇디ᄒ리

이 가싀 낫낫치 글희고 먹어보쟈 ᄒ노라.　　　　　　(玉所稿 53) 權燮

78.

이바 이 집 사름아 이 셰간 엇디 살리

솟버 다 ᄯᅳ리고 죡박귀 업섯괴야

ᄒ믈며 기울계 대니거든 누를 밋고 살리.　　　　　　(松星 22) 鄭澈

79.

이시렴 부디 갈다 아니 가ᄃᆫ 못ᄒ소냐

가셔 오느니 와신 지 자고 가렴

가노라 ᄒ고 자고 간들 엇더ᄒ리.　　　　　　　　　(永類 195)

80.

잘 새ᄂ ᄂ라들고 새 ᄃᆯ은 도다온다

외나모 ᄃᆞ리에 혼자 가ᄂ 더 듕이

녜 뎔이 언머나 ᄒ관디 먼 북소리 들리ᄂ니.　　　　(松星 77) 鄭澈

81.

져기 저 멀인 것 우희 파란 거시 무어시니

그 거슨 하늘히오 멀언 거슨 구롬일쇠

하늘이 구름만티 ᄂ던들 슬올 일을 알낫다.(望天)　　　(玉所稿 10) 權燮

82.

저믄 번님네야 늘그니 웃지 마라

졈기ᄂ 져근 더지오 늘기사 더 쉬오니

너희도 날 ᄀᆞᄐ면 ᄯᅩ 우스리 이스리라.　　　　　　(葛峰先生遺墨 38) 金得研

454 | 고시조 속 언어유희

83.

죽어 올흔 줄을 내어든 모를손가

믈 먹음 마시고 아모려나 사는 뜻은

늘그신 져 하늘 밋줍고 나죵 보려 ᄒ노라.(戀君) (古今 52)

84.

처음애 모로듬연 모로고나 잇실 ᄭᅥ슬

어인 ᄉ랑이 싹 남녀 움 돗든가

어제나 이 몸에 열음이 열어 휘들거든 볼연요. (靑丘歌謠 5) 金友奎

85.

히다 졈은 날에 굴에 버슨 쇼를 일코

플 ᄯᅳ어 손에 쥐고 자최를 징거간이

그 골에 안개 ᄌ잣신이 암옷 듸 간 줄 몰래라. (海一 394)

86.

가슴에 궁글 둥시러케 ᄯᅮᆯ고 왼ᄉᄉ기를 눈 길게 너슷너슷 ᄭᅬ와

그 궁게 그 ᄉᆺ 너코 두 놈이 두 긋 마조 자바 이리로 훌근 져리로 훌젹 훌근

훌젹 훌저긔는 나남즉 ᄂᆷ대되 그는 아모ᄽᅩ로나 견듸려니와

아마도 님 외오 살라 ᄒ면 그는 그리 못ᄒ리라. (靑珍 549)

87.

개를 여라믄이나 기르되 요 개ᄀᆺ치 얄믜오랴

뮈온 님 오며는 ᄭᅩ리를 홰홰 치며 치쒸락 ᄂ리쒸락 반겨셔 내ᄃᆺ고 고온 님

오며는 뒷발을 버동버동 므르락 나으락 캉캉 즈져셔 도로 가게 ᄒ다

쉰밥이 그릇그릇 난들 너 머길 줄이 이시랴. (靑珍 547)

88.

콩밧틔 드러 콩닙 쯔더 먹는 감은 암쇼 아므리 이라타 뚜츤들 제 어듸로 가며

니불 아레 든 님을 발로 툭 박츠 미젹미젹 ᄒ며셔 어셔 나가라 흔들 날 ᄇ

리고 제 어드로 가리

아마도 ᄲᅡ호고 못 마를슨 님이신가 ᄒ노라.   (靑珍 503)